KB185259

샤일록 작전

샤일록 작전

OPERATION SHYLOCK

필립 로스 장편소설 —— 김승욱 옮김

비채

클레어에게

וַיִּוָּתֵר יַעֲקֹב לְבַדּוֹ וַיֵּאָבֵק
אִישׁ עִמּוֹ עַד עֲלוֹת הַשָּׁחַר

야곱은 홀로 남았더니 어떤 사람이 날이 새도록 야곱과 씨름하다가.

〈창세기〉 32장 24절

내 존재 전체가 스스로에게 맞서 소리를 질러댄다.

존재는 확실히 논쟁이다…….

키르케고르

OPERATION SHYLOCK

차례

서문

법적인 이유로 여러 사실을 변형해서 이 책에 쓸 수밖에 없었다. 주로 인물과 장소에 관한 세세한 정보를 살짝 손보았으므로, 이야기의 전체적인 내용과 진실성에는 거의 영향이 없다. 내가 바꾼 이름은 처음 이 책에 등장할 때 작은 동그라미를 붙여 표시해두었다.

《샤일록 작전》의 바탕이 된 것은 공책에 적은 일기다. 이 책에 실린 이야기는 내가 오십대 중반에 겪은 일들을 가능한 한 정확하게 옮긴 것이다. 그때의 일들은 1988년 초에 내가 이스라엘의 해외 정보국인 모사드를 위해 정보수집 활동을 하겠다고 동의하면서 절정에 이르렀다.

데미야뉴크우크라이나 태생으로 나치 시절 강제 수용소에서 간수로 일했던 사람. 소비보르 수용소의 악명 높은 간수 '공포의 이반'으로 오인되어 재판을 받았으나 나중에 석방되었다 사건에 대한 논평에는 1988년 1월에 내가 하고 있던 생각이 정확하고 솔직하게 반영되어 있다. 1988년 예루살렘 지방 법원에서 사형선고를 받은 피고인 데미야뉴크는 항소심에서 소런 쪽 증거를 제시했고, 이로 인해 이스라엘 대법원은 1심 판결로부터 거의 오 년 뒤 이 사형선고를 되돌릴 것인지 심리하게 된다. 이 책에는 내가 1988년에 직접 방청한 1심 재판이 묘사되어 있다. 소련이 독일의 나치 수용소에서 간수로 일했던 사람들을 1944년부터 1960년까지 조사한 심문기록은 소련이 무너진 뒤에야 세상에 온전히 모습을 드러냈는데, 이 기록에 따르면 붉은 군대 소속 병사였다가 자진해서 나치 SS의 보조인력이 되었고 나중에 소련 당국의 손에 처형된 사람 스물한 명이 '공포의 이반'의 성姓은 데미야뉴크가 아니라 마르첸코라고 진술했다. 피고 측은 이 기록을 근거로, 미국으로 이주해 클리블랜드의 자동차 공장에서 일하던 존 이반 데미야뉴크와 악명 높은 가스실 담당자 '공포의 이반'이 동일인물임을 의심의 여지 없이 입증하는 것은 불가능하다고 주장했다. 검찰 측은 구소련의 기록에 앞뒤가 맞지 않는 부분이 잔뜩 있을 뿐만 아니라 문제의 진술을 한 간수들은 이미 교차신문을 받을 수 없는 처지가 되어 그 진술을 확인할 길이 없기 때문에 그 기록은 법정에서 받아들일 수 없는 전언증거라고 주장했다. 그들은 또한 독일 연방 문서고에서 새로이 발견된 기록에 따르면, 데미야뉴크가 트라브니키 수용소, 플로센뷔르크 강제 수용소, 소비보르 처형 수용소에서 간수로 일했다는 사실을 거듭 부정하는 위증죄를 저질렀다는 사실이 결정적으로 입증되었다는 점도 내세웠다.

  현재 이스라엘 대법원에서는 항소심이 아직 진행중이다.

필립 로스
1992년 12월 1일

OPERATION SHYLOCK

1 부

1

피픽 나타나다

1988년 1월, 신년이 밝은 지 며칠 뒤에 나는 또 다른 필립 로스의 존재를 알게 되었다. 내 친척 앱터°가 뉴욕의 내게 전화를 걸어, 이스라엘 라디오의 보도 내용을 알려주었다. 트레블링카에 근무하던 공포의 이반이라고 알려진 존 데미야뉴크의 재판을 내가 예루살렘에서 방청하고 있다는 내용이었다. 앱터에 따르면, 데미야뉴크 재판은 매일 라디오와 텔레비전을 통해 처음부터 끝까지 전부 방송되고 있다고 했다. 그런데 그 전날, 앱터가 살고 있는 집의 주인아주머니가 텔레비전 화면에 잠시 잡힌 나를 보았다. 방송 해설가는 나를 재판 방청객이라고 언급했다. 그리고 앱터가 내게 전화한 그날 오전에는 앱터 자신이 라디오에서 그 아주머니의 말을 뒷받침하는 뉴스를 직접 들었다. 앱터는 내가 얼마 전에 보낸 편지 덕분에 내가 이달 말에야 예루살렘에 갈 예정이라는 사실을 알고 있었으므로, 내가 정말로 어디에 있는지 확인하려고 전화를 걸었다고 말했다. 나는 예루살렘에서 소설가 아하론 아펠펠드를 인터뷰하기로 계획이 잡혀 있었다.

앱터는 주인아주머니에게 만약 내가 예루살렘에 왔다면 이미 자신에게 연락했을 것이라고 말했다. 맞는 말이었다. 실제로 나는 《카운터라이프》의 이스라엘 부분을 집필하는 동안 네 번 예루살렘을 방문했을 때, 매번 도착한 지 하루나 이틀 뒤 앱터를 만나 함께 점심을 먹었다.

외가 쪽 당숙 할아버지뻘인 앱터는 아직 어른이 되지 못한 어른이었다. 1988년 당시 쉰네 살이던 그는 제대로 자라지 못한 채 성인이 되어 몸집이 작은 탓에 인형처럼 보였다. 늙어가는 청소년 배우 같은 얼굴은 무서울 정도로 텅 비어 있었다. 앱터의 얼굴에는 20세기에 유대인이 겪은 무차별적인 폭력의 흔적이 조금도 남아 있지 않았다. 1943년에 그의 가족 전체가 독일을 휩쓴 유대인 살해 열병에 휩쓸렸는데도. 앱터는 어느 독일군 장교에게 납치당한 덕분에 목숨을 건졌다. 수용소로 실려 가던 앱터를 폴란드에서 납치한 그 장교는 그를 뮌헨의 남창 유곽에 팔아버렸다. 이것이 그 장교에게는 짭짤한 부업이었다. 당시 아홉 살이었던 앱터는 지금까지도 아이의 모습에 묶여 있다. 중년이 거의 끝나가는 나이인데도, 얼굴도 쉽게 붉히고 울기도 잘 운다. 언제나 간청하는 듯한 시선을 하고 있어서, 남의 차분한 시선을 마주 바라보지도 못한다. 인생 전체가 과거의 손아귀에 잡혀 있는 사람이다. 그래서 나는 앱터가 다른 필립 로스에 대해 해준 이야기를 믿지 않았다. 내가 예루살렘에 나타났는데도 앱터에게 연락하지 않았다니. 세상에 없는 사람들을 향해 앱터는 달랠 수 없는 굶주림을 품고 있다.

그러나 나흘 뒤 나는 뉴욕에서 같은 내용의 전화를 또 받았다. 이번에는 아하론 아펠펠드의 전화였다. 아하론은 1980년대 초에 런던 주재 이스라엘 문화 담당관이 그를 위해 마련한 리셉션 자리에서 나와 처음 만난 뒤 줄곧 나의 절친한 친구였다. 당시만 해도 나는 매년 대부분의 시간을 런던에서 보내고 있었다. 아하론의 전화를 받기 전 나는 그의 소설《불멸의 바르트푸스》가 미국에서 번역 출판된 것을 계기로 나와 아하론의 〈뉴욕 타임스 북리뷰〉 대담을 주선했다. 아하론은 통화에서 자신이 예루살렘에서 매일 글을 쓸 때 이용하는 카페로 나가 지난주에 나온 〈예루살렘 포스트〉를 집어 들었는데, 다음 주의 문화행사 목록 중 일요일 행사에서 내게 알려줘야 할 것 같은 내용을 보았다고 말했다. 그리고 만약 그 알림을 며칠 전에 보았다면, 나의 조용한 사자使者로 그 행사에 참석했을 것이라고 말했다.

'디아스포리즘: 유대인 문제유대인이 고대부터 현대까지 겪어온 박해와 편견 등을 둘러싼 다양한 문제의 총칭의 유일한 해법.' 필립 로스 강연. 토론도 있음. PM 6:00 킹 데이비드 호텔 스위트룸 511호. 다과 제공.

나는 그날 저녁 내내, 앱터의 말을 확인해준 아하론의 소식에 대해 어떻게 해야 할지 고민했다. 밤에도 잠을 잘 이루지 못하고 고민한 끝에, 내 신원에 혼란이 생긴 것은 여러 실수가 우연히 이어진 탓일 테니 그냥 무시해버리는 것이 가장 좋겠다는 결론을 내린 나는 다음 날 아침 일찍 일어나 세수도 하기 전에 예루살렘 킹 데이비드 호텔의 스위트룸 511호로 전화를 걸었다. 그리고 전화를 받은 여자(미국식 영어를 썼다)에게 로스 씨를 바꿔달라고 말했다. 그녀가 누군가를 부르는 소리가 들렸다.

"자기야." 곧 어떤 남자가 전화를 받았다. 내가 필립 로스냐고 묻자 그는 이렇게 대답했다. "맞습니다. 누구십니까?"

∞∞

　　이스라엘에서 걸려온 두 통의 전화를 받았을 때 나는 맨해튼에 있는 어떤 호텔의 방 두 개짜리 스위트룸에서 아내와 함께 거의 오 개월 동안 살고 있었다. 마치 과거와 미래의 경계선에 좌초한 것 같은 상태였다. 대도시의 호텔에서 살다 보면 인간적인 정을 느끼기 힘들기 때문에, 가정적인 생활을 강하게 갈망하는 우리 둘에게는 정말로 잘 맞지 않았다. 그러나 상황이 여의치 않아 이렇게 뿌리가 뽑힌 사람들처럼 낯선 생활을 하고 있어도, 당분간은 코네티컷의 농가로 돌아가는 것보다 이편이 더 나았다. 지난봄과 초여름에 나는 클레어가 최악의 상황을 두려워하며 무력하게 지켜보기만 하는 가운데, 그 농가에서 내 평생 가장 비참하고 긴박한 상황을 간신히 이겨낸 적이 있었다. 가장 가까운 이웃집과의 거리는 800미터나 되고, 사방을 에워싼 숲과 벌판 끝에는 긴 비포장도로가 있는 그 크고 외딴집에서 나는 십오 년이 넘는 세월 동안 세상과 동떨어져 일에 집중할 수 있었으나, 그 고립된 분위기가 그때는 기괴한 감정적 붕괴의 음산한 배경이 되고 말았다. 미늘판자로 지어진 그 아늑한 성소, 널찍한 밤나무 판자가 깔린 바닥에 낡은 안락의자가 놓여 있고 사방에 책이 쌓여 있으며 벽난로에서는 거의 매일 밤 장작불이 높이 타오르는 그곳이 갑자기 저주스러운 광인과 당혹한 보호자를 나란히 가둬놓은 끔찍한 수용소로 변했다. 내가 사랑하던 그곳이 나를 두려움으로 가득 채우는 바람에, 나는 호텔에서 오 개월 동안 피난민처럼 지내면서 예전의 부지런한 성격이 그럭저럭 되돌아와 다시 친숙한 길을 믿음직스럽게 달릴 수 있을 만큼 고삐를 쥐었는데도 그 농가로 돌아갈 마음이 들지 않았다. (처음에는 예전 같은 확신이 전혀 들지 않아서 과거의 성격이 조심스럽게 되돌아왔다. 폭파 협박 때문에 일시적으로 사무실을 비우고 밖에 나와 있던 회사원들이 조심스레 건물 안으로 되돌아갈 때와 비슷했다.)

그때 농가에서 내가 겪은 일을 설명하자면 이렇다.

가벼운 무릎 수술을 한 뒤 통증이 날이 갈수록 줄어들기는커녕 오히려 계속 심해지기만 했다. 애당초 불편해서 수술을 결정한 것인데, 통증이 그보다 훨씬 더 심하게 이어졌다. 내 수술을 맡은 젊은 외과 의사에게 이런 상태를 이야기했더니 그는 "가끔 있는 일"이라고만 말할 뿐, 수술이 효과가 없을 수도 있다고 미리 말하지 않았느냐면서 이제 병원에 오지 않아도 된다고 말했다. 내게 남은 것은 내 황당한 심정을 달래주고 통증을 다스려줄 알약 몇 알뿐이었다. 외래 환자로 병원에 갔다가 이렇게 놀라운 결과와 맞닥뜨린다면, 누구라도 화가 나고 낙담할 것이다. 그러나 내 경우는 더 심각했다.

내 정신이 무너지기 시작한 탓이었다. **무너졌다**는 단어가 내 뇌를 구성하고 있다가 저절로 분해되기 시작한 것 같았다. 이 글자들이 울퉁불퉁한 크기로 정교하게 한데 얽혀서 내 뇌를 구성하고 있다가 삐뚤빼뚤하게 찢어지듯 서로에게서 떨어져 나갔다. 글자의 일부만 떨어져 나갈 때도 있었지만, 대개는 도저히 발음할 수 없는 비非음절 두세 조각으로 고통스럽게 떨어져 나갔다. 가장자리는 거칠거칠한 톱니 모양이었다. 이런 정신붕괴가 이를 뽑을 때와 똑같이 뚜렷한 물리적 현실이 되었다. 이루 말할 수 없는 고통이었다.

고통스러운 환각들이 밤낮으로 우르르 몰려왔다 몰려갔다. 이 야생동물 무리를 내 힘으로는 막을 수가 없었다. 무엇도 막을 수 없었다. 지극히 사소하고 어리석은 생각이 거대하게 변해서 내 의지를 지워버렸다. 하루에 두 번, 세 번, 네 번, 나는 아무 일도 없는데 느닷없이 울음을 터뜨렸다. 작업실에서 혼자 읽을 수도 없는 책의 페이지를 넘기다가, 또는 클레어와 함께 식탁에 앉았으나 그녀가 준비한 음식을 내가 먹어야 할 이유를 찾지 못해 절망적으로 바라보다가…… 울었다. 친구들 앞에서도 울고, 낯선 사람들 앞에서도 울었다. 화장실에 혼자 앉아 있다가도 무너져서 눈물이 마를 때까지 울었다. 그렇게 눈물을 쏟고 나면 나는 완전히 생살이 노출된 것 같은 기분이 되었다. 오십 년 동안 살면서 쌓인 눈물이 깎여나가, 가장 내면에 자리 잡고 있던 내 존재가 그 허약하고 하잘것없는 모습을 모두에게 들켜버린 것 같았다.

나는 셔츠 소매를 이 분 이상 가만히 두지 못했다. 정신없이 소매를 걷어 올렸다가, 또 정신없이 소매를 내려 꼼꼼히 단추까지 채우고는, 또 곧바로 단추를 풀고 소매를 걷어 올리는 무의미한 동작을 시작했다. 마치 그 동작의 의미가 내 존재의 핵심 속으로 들어가버린 것 같았다. 창문을 벌컥 열었다가, 폐소공포증 발작이 추위에 무릎을 꿇으면 창문을 쾅 닫기도 했다. 애당초 내가 아니라 다른 사람이 창문을 열기라도 한 것처럼. 심야뉴스를 방송하는 텔레비전 앞에 뇌가 죽은 사람처럼 가만히 앉아 있는데도 맥박이 분당 120까지 치솟았다. 지상의 모든 시계보다 두 배나 빨리 째깍거리는 시계에 맞춰 격렬하게 쿵쾅거리는 심장만 빼면, 나는 시체나 마찬가지였다. 이런 공황증상에 나는 전혀 손을 쓰지 못했다. 낮뿐만 아니라 밤에도 이런 공황발작이 전혀 누그러지지 않고 거세게 산발적으로 일어났다.

나는 어두운 시간이 무서웠다. 계단이라는 장애물 코스에서 아픈 다리를 질질 끌며 멀쩡한 다리를 구부려 고통스럽게 한 단씩 올라 침실로 갈 때는 마치 고문실로 향하는 기분이었다. 이번에는 고문실에서 살아 나올 수 있을 것 같지 않았다. 내 정신이 완전히 무너지지 않은 상태로 새로이 밝아오는 하루를 맞이하려면 가장 무구했던 과거의 어느 이미지 하나를 부적처럼 붙들고 그 기억에 내 몸을 단단히 묶어 긴 밤의 위협을 견뎌보는 수밖에 없었다. 내가 살아남기 위해 경련하듯 갈망하며 미친 듯이 불러내려고 애쓴 기억 중 하나는 하숙집과 여름용 오두막이 늘어선 거리에서 우리 형이 나를 데리고 가던 모습이었다. 당시 우리 식구들은 뉴저지의 해변 마을에서 매년 여름 한 달씩 집을 빌려 지내곤 했는데, 형은 나를 데리고 산책로로 가서 해변으로 이어진 나무 계단을 내려갔다. '나도 갈래, 샌디 형, 나도.' 클레어가 잠들었다 싶으면(내 생각이 틀릴 때가 많았다), 나는 이 말을 주문처럼 소리 내어 반복했다. 내가 다섯 살이고 날 지키고 보살펴주던 형은 열 살이던 1938년 이후로 이 짧고 아이 같은 말을 그토록 열정적으로 입에 담은 적은 없었다. 아니, 아예 입에 담은 적이 없었던 것 같기도 하다.

나는 밤에 클레어가 커튼을 치지 못하게 했다. 일출이 시작되자마자 해가 떠오르고 있다는 사실을 내가 알아차려야 하기 때문이었다. 그러나 매일 아침, 동쪽을 향한 창문의 유리가 밝아오기 시작하면서 밤에 대한 공포에서 풀려난 것에 안도감을 느끼자마자 이제 곧 시작될 낮에 대한 공포가 안도감을 밀어내고 그 자리를 차지했다. 끝없이 길기만 한 밤을 나는 참을 수 없었다. 끝없이 길기만 한 낮도 참을 수 없었다. 나를 따라다니는 고통에서 몇 시간만이라도 숨을 수 있게 작은 굴을 만들어준다는 약을 찾으려고 약상자에 손을 넣을 때면 나는 약상자 안에서 바들바들 떨리는 손가락이 내 것이라는 사실을 믿을 수가 없었다(하지만 믿을 수밖에 없었다). "필립은 어디 있어?" 나는 수영장 가장자리에서 클레어의 손을 꼭 쥔 자세로 서서 공허한 목소리로 이렇게 말했다. 여름이면 나는 매일 하루 일을 끝낸 뒤 이 수영장에서 삼십 분 동안 헤엄쳤다. 그런데 지금은 수천 리터나 되는 물의 표면이 여름답게 예쁘게 반짝이는 모습에 압도되어 발가락을 물속에 넣는 것조차 무서웠다. 발을 넣었다가는 틀림없이 물속으로 빨려 들어가 영원히 나오지 못할 것 같았다. "필립 로스는 어디 갔어?" 나는 큰 소리로 물었다. "어디 있어?" 연극의 대사를 외듯이 말하는 것이 아니었다. 정말로 답을 알고 싶어서 던지는 질문이었다.

이런 일들이 백 일 동안 밤낮으로 계속되었다. 그때 누가 전화를 걸어, 필립 로스가 예루살렘의 전쟁범죄 재판정에서 목격되었다거나 킹 데이비드 호텔에서 유대인 문제의 유일한 해결책에 대한 강연을 할 것이라는 광고가 신문에 실렸다고 말했다면 내가 뭘 어떻게 했을지 상상이 가지 않는다. 자포자기라는 재앙에 완전히 푹 빠져 있었으니, 어쩌면 그 말을 모종의 정황증거로 받아들이고 정신이 완전히 나가서 자살해야겠다는 확신을 얻었을지도 모르겠다. 난 항상 자살을 생각하고 있었으니까. 보통 내가 생각한 방법은 익사였다. 우리 집에서 작은 도로를 건너면 나오는 연못에서……. 하지만 거기서 물뱀들이 내 시체를 갉아먹는 상상에 나는 진저리를 쳤다. 그럼 겨우 몇 킬로미터 거리에 있는 크고 아름다운 호수에서……. 하지만 혼자 거기까지 차를 몰고 나가기가 너무 무서웠다. 그해 5월에 컬럼비아 대학에서 명예박사학위를 받으려고 클레어와 함께 뉴욕에 왔을 때, 나는 14층에 있는 호텔 방의 창문을 열어젖혔다. 클레어가 잡화점에 다녀오겠다고 잠시 자리를 비웠을 때였다. 나는 창턱을 단단히 붙잡고 안뜰을 향해 최대한 몸을 내민 자세로 혼자 중얼거렸다. "지금이야. 여기에는 물뱀이 없어." 하지만 이번에는 아버지가 날 붙잡았다. 다음 날 열리는 학위수여식을 보려고 아버지가 뉴저지에서 오기로 되어 있었다. 아버지는 나와 전화통화를 하면서 장난으로 '박사님'이라고 나를 불렀다. 예전에 내가 다른 곳에서 명예박사학위를 받았을 때와 똑같았다. 나는 아버지가 집으로 돌아가신 뒤에 뛰어내리기로 했다.

컬럼비아 대학의 크고 햇빛 밝은 도서관 광장에 수많은 사람이 모여 졸업식 연습을 즐겁게 지켜보았다. 연단에서 그 사람들을 마주 바라보면서 나는 오후 내내 이어질 졸업식에서 내가 틀림없이 비명을 지르거나 걷잡을 수 없이 울게 될 거라는 확신이 들었다. 그날 낮을 내가 어떻게 보냈는지, 그날 저녁 명예박사 후보들을 환영하는 만찬을 어떻게 견뎠는지 나는 영영 알지 못할 것이다. 어쨌든 나는 이미 끝장난 사람이라는 사실을 남들에게 들키지 않았다. 그 사실을 이제 곧 증명하게 될 것이라는 생각도 들키지 않았다. 내가 호텔 창문 밖으로 몸을 반쯤 내밀었던 그날 아침에 또는 그다음 날 대학에서 연단에 섰을 때 어쩌면 무슨 짓을 저질렀을 수도 있었다. 속살이 전부 드러난 내 자아와 망각을 향한 강력한 갈망 사이에 여든여섯 살인 아버지에 대한 애정을 끼워 넣지 못했다면. 내가 자살로 세상을 떠난다면 아버지의 삶도 산산이 부서질 터였다.

컬럼비아 대학에서 학위 수여식이 끝난 뒤, 아버지는 우리와 함께 호텔로 와서 커피를 한 잔 마셨다. 아버지는 이미 몇 주 전부터 뭔가가 심각하게 잘못되었음을 짐작하고 있었다. 직접 만났을 때나 전화로 이야기를 나눌 때 나는 그냥 몸이 아파서 기운이 나지 않는 거라고 주장했지만 소용없었다. "기운이 다 빠져버린 것 같구나. 아주 안 좋아." 아버지가 말했다. 내 몰골을 보고 아버지의 얼굴은 이미 잿빛이 되었다. 우리가 아는 한 아버지는 치명적인 병을 앓은 적이 한 번도 없었다. "무릎 때문에요." 내가 대답했다. "아파요." 그러고는 아무 말도 하지 않았다. "너답지 않아, 필. 넌 뭐든 잘 해내잖아." 나는 빙긋 웃었다. "제가요?" "자, 집에 가서 열어봐라." 아버지는 꾸러미 하나를 내게 건넸다. 갈색 종이로 포장한 그 큼직한 꾸러미 안에 아버지가 당신 자신을 넣어 왔음이 분명했다. 아버지가 말했다. "네가 새로 학위를 받았으니까, 박사님."

아버지가 내게 준 것은 약 사십오 년 전에 메트로폴리탄 라이프의 사진작가가 찍은 사진이었다. 아버지가 담당한 뉴어크 지역이 회사 내에서 모두가 받고 싶어하는 영업실적상을 받았을 때 찍은 사진. 지금은 내가 잘 기억할 수 없는 아버지가 거기 있었다. 내가 초등학교 저학년이던 시절 열심히 노력하는 불굴의 보험사 직원이던 아버지는 대공황기의 미국인답게 진부하고 둔감해 보였다. 깔끔하게 맨 보수적인 넥타이, 단추가 두 줄인 양복, 점점 숱이 줄어가는 짧은 머리, 흔들리지 않는 시선, 붙임성 있고 착실하고 절제된 미소. 직장의 상사들이 원하는 직원이자, 고객들이 믿을 수 있는 사람은 바로 균형 잡힌 사람이다. 어느 세계에나 정식회원으로 있을 것 같은 사람. 사진 속 얼굴은 이렇게 주장했다. "날 믿어요. 일을 시키고 승진시켜요. 실망하지 않을 겁니다."

다음 날 아침 나는 코네티컷에서 아버지에게 전화를 걸었다. 아버지가 선물로 주신 그 옛날 사진에서 내가 얼마나 기운을 얻었는지 아주 솔직하게 말할 작정이었다. 그런데 아버지의 귀에 들린 것은 아기 때 이후로 한 번도 운 적이 없는 쉰네 살의 아들이 흐느끼는 소리였다. 틀림없이 내가 완전히 무너진 것처럼 들렸을 텐데 아버지의 반응이 너무나 태연해서 나는 경악했다. "그래, 그거다." 아버지는 그동안 내가 숨기고 있던 일들을 모두 아는 것 같았다. 그래서 자신이 가장 꿋꿋하고 단호하던 시절에 찍은 사진을 느닷없이 내게 주기로 한 것 같았다. "다 토해내." 아버지가 아주 부드럽게 말했다. "뭐가 됐든, 다 쏟아버려……."

◦◦◦◦◦

내가 지금까지 설명한 고통의 원인이 당시 매일 밤 먹던 수면제라고 한다. 할시온이라는 상품명으로 출시된 벤조디아제핀 트리아졸람은 최근 들어 전세계에서 사람을 미치게 만든다는 비난을 받기 시작했다. 네덜란드에서는 1979년에 할시온의 판매가 완전히 금지되었는데, 그건 이 약이 네덜란드에 도입된 지 이 년 뒤이자 내가 그 약을 처방받기 팔 년 전이었다. 프랑스와 독일에서는 내가 밤마다 먹던 용량의 알약이 1980년대에 약국에서 사라졌다. 영국에서는 1991년 가을에 BBC가 폭로기사를 방송한 뒤 완전히 금지되었다. 나 같은 사람에게는 그리 새로울 것도 없는 이 약의 비밀은 1992년 1월에 밝혀졌다. 〈뉴욕타임스〉는 이 긴 기사의 앞부분을 1면에 잘 보이게 배치했다. 기사의 시작은 이러했다. "세계에서 가장 잘 팔리는 수면제인 할시온을 제조하는 제약회사는 이 약이 심각한 정신과적 부작용을 일으킨 사례가 상당히 많다는 사실을 이십 년 동안 식품의약국에 숨겼다……."

나는 발작을 일으킨 지 십팔 개월 뒤에 할시온을 광범위하게 비난한 글을 처음 읽었다. 미국의 대중잡지에 실린 이 글에서 필자는 '할시온 광기'라는 것도 묘사했다. 이 기사에는 영국의 의학 저널인 〈랜싯〉에 실린 편지가 인용되어 있었는데, 여기서 네덜란드의 한 정신과 의사는 할시온을 처방받은 정신과 환자들을 연구해서 찾아낸 할시온 관련 증상들을 열거해놓았다. 마치 내가 겪은 재앙을 요약해놓은 교과서를 보는 것 같았다. "…… 심한 불안감, 이인증과 비현실감, 편집증 반응, 급성과 만성 불안증, 점점 미쳐가고 있다는 지속적인 두려움……. 환자는 자주 절박감을 느끼며, 거의 저항할 수 없는 자살충동과 맞서야 한다. 실제로 자살한 환자도 한 명 있다."

내가 병원에 입원하지 않고(땅에 묻히지도 않고) 할시온을 끊게 된 것은 순전히 행운 덕분이었다. 약을 끊자 내 증상들이 점점 누그러지다가 사라져버렸다. 1987년 초여름의 어느 주말에 내 친구 버니 아비샤이가 나와 통화를 하다가 내가 두서없이 자살 이야기를 하는 것을 듣고 깜짝 놀라서 직접 차를 몰고 보스턴에서 우리 집까지 왔다. 석 달째 증상에 시달리던 나는 작업실에 버니와 단둘이 있게 되었을 때 정신병원에 입원하겠다는 결심을 알렸다. 내가 결심을 아직 행동에 옮기지 못한 것은, 일단 정신병원에 들어가면 두 번 다시 나오지 못할 것 같은 두려움 때문이었다. 나는 내 두려움이 옳지 않다고 버니가 날 설득해주기를 바랐다. 하지만 버니는 내 말을 도중에 끊고 질문을 던졌다. 내 이야기와는 아무 상관도 없는 질문 같아서 나는 더할 나위 없이 짜증스러웠다. "지금 무슨 약을 먹고 있어?" 나는 아무 약도 먹지 않는다는 사실을 버니에게 일깨워주었다. 그냥 기분을 진정시키고 잠을 자게 해주는 약을 좀 먹을 뿐이라고. 내 상황이 얼마나 심각한지 버니가 이해하지 못하는 것 같아서 화가 난 나는 나의 부끄러운 현실을 최대한 솔직하게 털어놓았다. "난 망가졌어. 정신이 무너졌다고. 여기 있는 자네 '친구'가 정신병자라고!" "무슨 약이야?" 버니가 말했다.

몇 분 뒤 나는 그의 채근으로 수화기를 들어 보스턴의 정신약리학자에게 전화를 걸었다. 나중에 알았지만, 그는 바로 그 전 해에 나와 아주 비슷하게 할시온으로 인한 발작에 시달리던 버니를 구해준 사람이었다. 그는 먼저 내게 기분이 어떠냐고 물었다. 그리고 내 대답을 들은 다음에는 내가 그런 기분을 느끼는 원인이 무엇인지 말해주었다. 처음에 나는 고작 수면제 때문에 내가 이런 고통을 겪게 되었다는 사실을 받아들이지 못하고, 지금 내 상황이 얼마나 끔찍한지 그도 버니도 이해하지 못한다고 고집을 피웠다. 결국 그는 내 허락을 받아 내가 다니는 병원의 의사에게 전화를 걸었다. 그리고 두 사람의 공동 감독하에 나는 그날 밤부터 문제의 그 약을 끊었다. 두 번 다시 반복하고 싶지 않은 일이었다. 그때 나는 이러다 죽을 것 같다는 생각이 들었다. 〈랜싯〉에 논문을 발표한 네덜란드의 정신과 의사 C. 반 데르 크로프 박사는 이렇게 썼다. "간혹 두려움이 급속하게 커지고 심하게 땀이 흐르는 등 금단증상이 발생한다." 나의 금단증상은 칠십이 시간 동안 끊이지 않고 지속되었다.

반 데르 크로프 박사는 다른 글에서 자신이 목격한 할시온 발작 사례들을 열거하면서 이렇게 말했다. "환자들은 하나같이 그 시기를 지옥이라고 표현했다."

⊷⊷

그 뒤로 사 주 동안 비록 그 전처럼 속을 다 헤집는 것 같은 느낌은 없었으나 지극히 쇠약해진 것 같은 느낌이 항상 나를 따라다녔다. 특히 사실상 잠을 전혀 자지 못해서 피곤하다 못해 눈앞이 흐릿했다. 불면에 시달리는 밤마다 클레어와 우리 형, 그리고 비참했던 지난 백 일 동안 우리에게 다가왔던 친구들 앞에서 내가 창피한 꼴을 보였다는 생각이 납덩이처럼 나를 짓눌렀다. 너무 창피했다. 하지만 그런 감정은 좋은 것이기도 했다. 내가 보기에 치욕감은 내가 예전의 모습으로 돌아가고 있다는 유망한 징조 같았다. 좋든 나쁘든, 연못 바닥의 진흙 속을 누비는 뱀보다는 자존감 같은 평범한 일에 더 신경을 쓰던 사람으로.

하지만 내가 그렇게 무너진 것이 할시온 때문이라는 말을 믿지 않을 때가 더 많았다. 정신적 평형과 감정적 평형을 빠르게 회복해서 예전의 일상으로 완전히 돌아갈 수 있겠다고 기대하면서도 나는 설사 할시온이 내 증세를 부채질했을 수는 있어도 결국 그런 일이 벌어진 것은 내 탓이라고 반쯤은 믿고 있었다. 내가 고작 어설픈 무릎 수술 때문에 장기적으로 통증에 시달린 것만으로 정신을 놓아버린 탓이라고. 나는 나의 변화(붕괴)는 약때문이 아니라 그때까지 감춰져 있었거나 위장되었거나 억압되었던 어떤 것, 또는 내가 쉰네 살이 된 뒤에야 생겨났지만 내 문체나 유년기나 창자만큼이나 내 것인 어떤 것 때문이라고 반쯤 믿었다. 내가 나 자신을 어떻게 상상했는지는 모르겠으나 그 어떤 것 또한 나 자신이며, 만약 또 힘든 상황이 된다면 창피하게 남에게 의존하고 아무런 의미도 없이 일탈을 일삼고 누가 봐도 가련하고 뻔뻔할 정도로 결함 많은 그 모습으로 돌아갈지도 모른다고 믿었다. 예리함과는 정반대인 광기, 믿음직함과는 정반대인 악마성. 성찰도 고요함도 없고, 인생의 가치를 느끼게 해주는 평범한 용기도 없이 광기와 고뇌와 환각에 사로잡혀 혐오스럽고 가증스러운 모습으로 길고 긴 전율 같은 삶을 이어가던 그 모습으로.

오 년이 흐른 지금도, 수많은 정신과 의사, 신문기자, 의학 저널이 이 마법 같은 수면제가 많은 사람의 정신을 어떻게 바꿔버렸는지 밝혀낸 지금도 나는 그 믿음을 갖고 있을까? 이 질문에 내가 간단히 내놓을 수 있는 진실한 대답은 이것이다. "왜 안돼? 당신이 나라면 안 믿겠어?"

∽∾

킹 데이비드 호텔의 스위트룸 511호에서 나와 통화했던 필립 로스, 절대 나일 수 없는 그 필립 로스의 의도가 정확히 무엇인지 나는 전혀 알 수 없었다. 그가 내 이름을 물었을 때 내가 곧바로 전화를 끊어버렸기 때문이다. 애당초 전화를 하지 말 걸 그랬다는 생각이 들었다. 이런 일에 신경을 쓸 이유가 없어. 당황하지 마. 웃기잖아. 모르긴 몰라도, 아마 동명이인일 거야. 설사 그게 아니더라도, 예루살렘에서 그자가 내 행세를 하고 있다 해도, 굳이 뭘 어떻게 해보려고 할 필요는 없어. 내가 끼어들지 않아도 다른 사람들이 눈치챌 테니까. 이미 앱터와 아하론이 알아챘잖아. 이스라엘에는 나를 아는 사람이 많으니, 결국 놈은 정체가 들통나서 체포될 거야. 놈이 나한테 무슨 짓을 할 수 있겠어? 오히려 내가 문제지. 괜히 당황해서 충동적으로 전화를 하기나 하고. 놈의 사기극에 내가 신경을 쓴다는 사실을 놈이 알게 하면 안 되는데. 놈이 저런 짓을 하는 건 이렇게 내 신경을 긁기 위해서일 거 아냐. 적어도 지금은 초연하게 신경 쓰지 않는 것처럼 굴어야만…….

이미 나는 이 정도로 당황하고 있었다. 놈이 내게 아무렇지도 않게 제 이름을 말했을 때, 내가 내 이름을 밝히고 놈의 반응을 지켜보기만 했으면 됐을 것이다. 그랬다면 눈이 번쩍 뜨일 일이 생겼을지도 모르고, 심지어 재미있다는 기분까지 들었을지도 모른다. 신중한 척 전화를 끊고 나서 생각해보니, 내 행동은 무력한 두려움의 표현일 뿐이었다. 할시온을 끊고 거의 칠 개월이 흘렀는데도 내 정신이 전혀 회복되지 않았다는 충격적인 징조일 수도 있었다. "이런, 나도 필립 로스입니다만. 뉴어크에서 태어나 다수의 책을 썼지요. 당신은 어떤 필립 로스입니까?" 이런 말로 쉽사리 그를 무너뜨릴 수도 있었을 것이다. 하지만 수화기 속에서 내 이름을 말한 것만으로 나를 무너뜨린 건 바로 그놈이었다.

그다음 주 런던에 도착했을 때 나는 놈에 대해 클레어에게 아무 말도 하지 않기로 마음을 정했다. 내 정신을 심히 불안하게 만들 수도 있는 어떤 일이 일어날 것 같다며 그녀를 걱정시키고 싶지 않았다. 내가 감정적으로 복잡하거나 힘든 일을 이겨낼 만큼 충분히 힘을 회복했다고 그녀가 믿지 않는 것 같으니 더욱 그랬다……. 나 역시 갑자기 나 자신을 온전히 믿을 수 없게 되면서 클레어의 생각에 더 일리가 있는 것 같았다. 런던에 도착한 뒤에는 앱터와 아하론이 뉴욕에 있는 내게 전화를 걸었다는 사실조차 '기억'하고 싶지 않았다……. 그래, 고작 일 년 전만 해도 그들의 말을 재미있다며 가볍게 받아들이거나 아주 제대로 손을 봐줘야 하는 도발로 받아들였겠지만 지금은 무너지지 않기 위해 신중하게 주의를 기울일 필요가 있었다. 이런 사실을 깨닫고 나니 기분이 좋지 않았지만, 할시온에 휘둘리면서 기괴한 감각이 고통스러울 정도로 증폭되었을 때처럼 이 기괴하고 사소한 일이 내 마음속에서 점점 자라나는 것을 막을 수 있는 더 좋은 방법이 생각나지 않았다. 나는 합리적인 시각을 유지하기 위해 필요한 노력을 기울일 것이다.

런던에 온 둘째 날 밤, 아직 시차 때문에 잠을 잘 이루지 못하던 나는 벌써 세 번째인가 네 번째로 어둠 속에서 눈을 번쩍 뜨고서 문득 생각하기 시작했다. 예루살렘에서 걸려온 그 전화들과 내가 예루살렘으로 건 그 전화가 혹시 꿈속의 일이 아니었을까. 그날 낮까지만 해도 누가 물어봤다면 나는 호텔의 내 책상에 앉아서 아하론의 책들을 다시 읽어본 결과를 바탕으로 예루살렘에서 아하론에게 던질 질문들을 정리하려다가 두 사람의 전화를 받았다고 맹세코 단언했을 것이다. 하지만 그 길고 긴 밤에 나는 두 사람이 전화로 말해준 황당한 일을 곰곰이 생각하다가 틀림없이 내가 자는 사이에 걸려온 전화를 받았을 것이라고, 이 이야기는 누구나 밤에 꾸는 꿈과 같은 것이라고 나 자신을 설득하는 데 성공했다. 꿈에서는 상대가 누군지도 알고 그의 말에 공감도 하지만, 사실은 그의 말이 얼토당토않을 때가 있지 않은가. 그리고 보니 내가 이런 꿈을 꾸게 된 원인이 너무나 한심할 정도로 명백했다. 내 행세를 하는 타인, 앱터와 아하론에게서 그의 기괴하고 설명할 수 없는 행동에 대해 미리 들었고 나 역시 내 귀로 직접 목소리를 들은 그는 내가 회복한 뒤 처음으로 혼자 외국에 나갔다가 정신적으로 무너질까 봐 두려운 마음에서 생겨난 망령이었다. 손을 쓸 수 없을 정도로 내 몸을 차지해버린 또 다른 자아가 되살아날까 두려워하는 마음에서 생겨난 악몽이었다. 예루살렘에 또 다른 내가 있다고 알려준 소식통들 역시 그 꿈에서 파생된 고약한 상징에 지나지 않았다. 그들은 그 뜻밖의 존재에 대해 기괴할 정도로 나보다 더 잘 알 뿐만 아니라, 각자 자기 존재의 원판이 단단히 단련되어 절대 깨지지 않을 정체성을 구축하기도 전에 엄청난 변화를 겪었다. 수많은 찬사를 받은 프란츠 카프카의 변신 이야기도 내 친척과 친구의 어린 시절이 제3제국으로 인해 겪은 터무니없는 변신 옆에서는 무색해질 것이다.

꿈이 둑을 넘어 범람했음을 사실로 확립하고 싶은 마음이 어찌나 강렬했는지 나는 동이 트기도 전에 아하론에게 전화하려고 일어났다. 예루살렘에서는 동이 튼 지 한 시간 뒤였고, 아하론은 워낙 일찍 일어나는 사람이었다. 설사 그가 아직 자고 있다 해도, 나는 이 모든 일이 내 정신의 착각이며 우리 둘은 또 다른 필립 로스에 대해 전화로 이야기를 나눈 적이 없다는 사실을 그에게 한시라도 빨리 확인받고 싶었다. 하지만 침대에서 일어나 조용히 전화를 걸기 위해 부엌으로 걸어가던 중에 나는 그게 모두 꿈이었다고 혼자 되뇌는 것이 얼마나 꿈같은 일인지 깨달았다. 지금 서둘러 달려가서 전화해야 할 상대는 아하론이 아니라 보스턴의 그 정신약리학자인 것 같았다. 무엇이 현실인지 내가 확신하지 못하는 것은 석 달 동안 계속된 트리아졸람의 공격으로 내 뇌세포들이 영구적인 장애를 입었다는 뜻이냐고 물어야 할 것 같았다. 아하론에게 전화한다면 그 이유는 또 놈을 본 적이 있느냐고 묻는 것밖에 없었다. 하지만 아하론을 건너뛰고 내 흉내를 내는 그 사기꾼에게 직접 전화해서 도대체 무슨 속셈이냐고 묻는 건 어떻겠는가? 공연히 '합리적인 시각' 운운하면서 나는 망상이 새로 시작될 위험에 나를 더욱 노출하고 있을 뿐이었다. 새벽 4시 55분에 내가 전화할 곳이 있다면, 그곳은 바로 킹 데이비드 호텔 스위트룸 511호였다.

새벽 5시에 아무에게도 전화하지 않고 무사히 침대로 돌아온 나를 아침식사 때 나는 몹시 대견하게 여겼다. 자신의 의지로 일상을 소화하고 있다는 행복감이 나를 감쌌다. 이제 나는 스스로 조종간을 잡았다고 또 오만한 상상을 하고 있었다. 다른 것은 모두 망상인지 몰라도, 이 합리적인 시각은 망상이 아니었다.

그때 전화벨이 울렸다. "필립? 또 좋은 소식이야. 조간신문에 자네 기사가 났네." 아하론의 전화였다.

"훌륭하군. 이번엔 어떤 신문인가?"

"히브리어 신문이야. 자네가 레흐 바웬사^{과거 소련 위성국가 시}

절 폴란드의 자유노조 '솔리다리티'의 지도자를 방문했다는군. 그단스크에서. 데미야뉴크 재판을 방청하러 오기 전에 자네가 그곳에 있었대."

만약 전화 상대가 다른 사람이었다면, 그가 나를 놀리거나 갖고 노는 것이라고 믿었을지도 모른다. 하지만 아하론이 살면서 겪는 우스운 일들을 아무리 좋아한다 해도, 일부러 이렇게 웃기는 장난을 치는 것은 그의 금욕적이고 엄청나게 점잖은 성격과 전혀 맞지 않았다. 그도 농담을 알아듣는 것은 확실했지만, 나와 마찬가지로 농담을 좋아하지 않았다.

내 맞은편에서는 클레어가 커피를 마시며 〈가디언〉을 훑어보고 있었다. 우리 둘 다 아침식사를 거의 마친 참이었다. 뉴욕에서 전화를 받은 것도 지금 이 전화도 꿈이 아니었다.

아하론의 목소리는 온화하다. 열심히 주의를 기울이는 사람의 귀에 맞게 대단히 가볍고 온화하다. 그의 영어 발음은 정확하고, 이스라엘과 구세계의 말씨가 단어 하나하나에 가볍게 입혀 있다. 뛰어난 이야기꾼처럼 극적인 운율이 살아 있고, 조용하면서도 활기가 있는, 매력적인 목소리다. 나는 아주 열심히 귀를 기울이고 있었다. "여기에 실린 자네의 말을 번역해줄게." 그가 말했다. "'내가 바웬사를 만나러 간 것은 그곳에서 언젠가 솔리다리티가 권력을 잡았을 때 폴란드 내 유대인들의 재정착에 대해 그와 의논하기 위해서다.'"

"그냥 전부 번역해주는 게 낫겠어. 아주 처음부터. 그게 몇 면에 실렸나? 길이는 얼마나 되고?"

"길지도 않고 짧지도 않아. 뒤쪽 면에 특집기사들이랑 같이 실렸어. 사진도 있고."

"사진?"

"자네 사진."

"나라고?" 내가 물었다.

"그렇게 보이는데."

"기사 제목은 뭐야?"

"'필립 로스 솔리다리티 지도자 만나다.' 그리고 이보다 작은 글자로 '그단스크의 바웬사, "폴란드에는 유대인이 필요하다."'"

"'폴란드에는 유대인이 필요하다.'" 내가 되풀이했다. "우리 할아버지 할머니가 살아서 그 말을 들으셨어야 하는데."

"'"모두 유대인에 대해 이야기한다. 스페인은 유대인을 추방한 뒤 망가졌다." 바웬사는 그단스크의 조선소에서 로스를 만나 두 시간 동안 이야기를 나누면서 이렇게 말했다. 이 조선소는 1980년에 솔리다리티가 태어난 곳이다. "사람들은 내게 어느 유대인이 미쳤다고 여기에 오겠느냐고 말한다. 그러면 나는 유대인과 폴란드인이 수백 년 동안 함께 살았던 경험을 '반유대주의'라는 단어로 요약할 수 없다고 설명한다. 사 년의 전쟁보다 수천 년의 찬란함을 이야기하자. 이디시 문화가 역사상 가장 멋들어지게 폭발했던 곳, 현대의 유대인들이 일으킨 모든 위대한 지식운동의 장이 바로 폴란드 땅이었다. 이디시 문화에는 폴란드의 흔적이 유대인의 흔적만큼 들어 있다. 유대인이 없는 폴란드는 생각할 수도 없다. 폴란드에는 유대인이 필요하고, 유대인에게는 폴란드가 필요하다." 바웬사는 미국 태생의 유대인 작가인 로스에게 이렇게 말했다.' 필립, 난 지금 자네가 쓴 소설을 읽는 것 같은 기분이야."

"정말로 그런 거면 좋을 텐데."

"《포트노이의 불평》 등 유대인이 등장하는 여러 편의 소설로 논란을 일으킨 작가 로스는 "열성적인 디아스포리스트"를 자처한다. 그는 디아스포리즘이라는 이념이 이제 글쓰기만큼 중요한 자리를 차지하고 있다고 말한다. "내가 바웬사를 만나러 간 것은 그곳에서 언젠가 솔리다리티가 권력을 잡았을 때 폴란드 내 유대인들의 재정착에 대해 그와 의논하기 위해서다." 지금은 유대인 재정착에 대한 로스의 주장에 폴란드보다 이스라엘에서 더 적대적인 반응을 보이고 있다. 로스는 과거 폴란드의 반유대주의가 아무리 지독했다 해도, "이슬람 세계에 퍼져 있는 유대인 증오가 그보다 훨씬 더 확고하고 위험하다"면서 "이른바 유대인의 정상화는 처음부터 비극적인 환상이었다. 그러나 이 정상화가 이슬람 한복판에서 번성하기를 바란다면 비극이라는 말로도 부족하다. 그건 자살행위다. 우리에게 히틀러는 끔찍한 존재였으나, 그의 권력은 고작 십이 년 동안 지속되었다. 유대인에게 십이 년이 무엇이겠는가? 수백 년 전부터 지금까지 역사상 가장 진정한 유대인의 고향이었으며 랍비 유대교, 하시디즘, 유대교 세속주의, 사회주의 등의 탄생지인 유럽으로 돌아갈 때가 되었다. 물론 유럽은 시온주의의 탄생지이기도 하다. 그러나 시온주의는 이미 역사적인 기능을 다했다. 유럽의 디아스포라에서 우리가 탁월하게 수행한 영적인 역할과 문화적 역할을 갱신할 때가 되었다"고 말한다. 중동에서 두 번째 홀로코스트가 발생할 가능성을 우려하는 그는 유대인의 생존을 보장하고 "히틀러와 아우슈비츠에 맞서 영적인 승리뿐만 아니라 역사적인 승리 또한" 이룩할 수 있는 유일한 수단이 "유대인 재정착"이라고 본다. 로스는 "끔찍한 일에 눈을 감을 생각은 없지만, 데미야뉴크의 재판정에서 우리 유대인을 괴롭혔던 인간, 나치가 우리 민족에게 자행한 범죄적인 사디즘의 현신 같은 그 인간을 보면서 속으로 자문한다. '유럽에서 누가, 그리고 무엇이 주도권을 쥐어야 하는가. 이 인간 이하의 살인 짐승인가 아니면 인류에게 샬롬 알라이쳄'평화가 당신에게 임하기를'이라는 뜻의 히브리어 인사, 하인리히 하이네, 알베르트 아인슈타인을 선사한 문명인가? 바르샤바, 빌나, 리가, 프라하, 베를린, 리보프, 부다페스트, 부쿠레슈티, 살로니카, 로마에서 유대인 세계가 꽃을 피우게 해준 대륙에서 저놈 때문에 영원히 쫓겨나야 하는가?' 우리가 진정으로 있어야 하는 곳, 데미야뉴크 같은 살인자들이 파괴한 위대한 유대계 유럽인들의 운명을 되살릴 역사적 권리가 우리에게 있는 곳으로 돌아갈 때가 되었다." 로스는 이렇게 결론지었다.'"

기사는 이렇게 끝났다.

"그것참 훌륭한 생각이네." 내가 말했다. "시온주의의 고향에서 나한테 새로운 친구가 많이 생기겠어."

"시온주의의 고향에서 이 기사를 읽는 사람이라면 이런 생각밖에 안 들걸. '미친 유대인이 또 있네.'" 아하론이 말했다.

"그자가 호텔 숙박부에 '필립 로스' 대신 '미친 유대인'이라고 서명했다면 좋을 텐데."

"이 '미친 유대인'이 그의 미시가스'이디시어로 '광기'를 충족할 만큼 미치지는 않았을지도 몰라."

나는 클레어가 이제 신문에서 시선을 떼고 내 말에 귀를 기울이는 것을 알아차리고 그녀에게 설명해주었다. "아하론의 전화야. 이스라엘에 내 이름을 쓰면서 내 행세를 하고 돌아다니는 미친놈이 있대." 그러고 나서 아하론에게 말을 이었다. "이스라엘에 내 행세를 하는 미친놈이 있다고 클레어한테 말해줬어."

"그래. 그런데 그 미친놈은 뉴욕과 런던과 코네티컷에 자기 행세를 하는 미친놈이 있다고 믿을걸."

"그자가 완전히 미쳐서 지금 무슨 짓을 하는지도 모른다면 그렇겠지."

"지금 하는 짓이 뭔데?" 아하론이 물었다.

"그걸 내가 어떻게 알아. 놈이 알겠지. 이스라엘에 나를 직접 만난 사람이 얼마나 많은데, 어떻게 그자가 이스라엘 기자한테 필립 로스 행세를 하고서 쉽사리 빠져나갈 수 있는 거지?"

"이 기사를 쓴 사람은 아주 젊은 여자인 것 같네. 아마 이십 대일 거야. 그래서 이런 기사를 썼겠지. 경험이 없어서."

"그럼 사진은?"

"자기네 자료실에 있던 사진."

"통신사들이 이 기사를 받기 전에 내가 그 신문사에 연락해야겠어."

"그럼 난 어떻게 할까, 필립? 뭐든 말해봐."

"당분간은 아무것도 하지 마. 신문사에 전화하기 전에 일단 내 변호사랑 상의해야 하는 것 아닌가 모르겠네. 변호사한테 신문사로 전화하라고 해야 할 것 같기도 하고." 하지만 손목시계를 확인하니 뉴욕에 전화하기에는 시간이 너무 일렀다. "아하론, 내가 생각을 좀 해보고 법적인 문제를 확인할 테니까 그때까지는 가만히 있어. 그런 사기꾼을 무슨 혐의로 고발해야 하는지도 아직 모르겠으니까. 사생활 침해? 명예훼손? 분별없는 행동? 남의 행세를 하는 게 고발할 수 있는 죄인가? 그자가 정확히 어떤 법을 어긴 거지? 게다가 난 그 나라 국민도 아닌데 그자를 어떻게 막아? 아마 이스라엘 법을 따라야 할 텐데, 난 아직 이스라엘에 가지도 않았어. 뭐든 알아내면 내가 자네한테 전화하겠네."

하지만 전화를 끊자마자 밤에 침대에서 생각했던 것과 아주 연관이 없지는 않은 생각 하나가 떠올랐다. 마치 내가 쓴 소설을 읽는 것 같다던 아하론의 말이 씨앗이 되었을 가능성이 높지만, 어쨌든 엄청나게 객관적인 사실이라고 다시 확인된 것을 내가 직업적으로 너무나 잘 아는 정신적인 사건으로 변환하려는 또 하나의 우스꽝스러울 정도로 주관적인 시도였다. 주커먼이야. 나는 생각했다. 변덕스럽고, 어리석고, 현실도피적인 생각이었다. 케페시야. 타노폴과 포트노이야. 이들이 모두 활자의 속박에서 해방되어 나를 풍자하듯 닮은 인물 한 명으로 재구성된거야. 다시 말해서 이것이 할시온 때문도 아니고 꿈도 아니라면, 틀림없이 문학 때문이라는 결론을 내렸다는 뜻이다. 내면의 삶보다 만 배나 더 터무니없는 외면의 삶은 있을 수 없다는 듯이.

나는 클레어에게 말했다. "예루살렘에서 어떤 자가 나라고 주장하면서 공포의 이반 재판을 방청하고 있어. 이름도 내 이름을 대고, 이스라엘 신문과 인터뷰도 하고……. 아까 아하론이 전화로 읽어준 게 그 기사야."

"그 사실을 지금 처음 안 거야?" 클레어가 물었다.

"아니, 지난주 뉴욕에 있을 때 아하론이 전화로 말해줬어. 앱터도 전화해줬고. 앱터가 살고 있는 집의 주인아주머니가 날 텔레비전에서 봤다고 했대. 내가 당신한테 미리 말하지 않은 건, 나도 이게 무슨 일인지 몰라서였어."

"얼굴이 파랗게 질렸어, 필립. 안색이 무서울 정도야."

"그래? 피곤해서 그런 거야. 밤새 자다 깨다 했거든."

"설마 또 약을······."

"말 같지도 않은 소리."

"화내지 마. 당신한테 무슨 일이 생길까 봐 그러는 거니까. 지금 당신 안색이 무시무시해······. 그리고 넋이 빠진 사람 같아."

"내가? 그래? 안 그런 줄 알았는데. 안색이 변한 사람은 당신인걸."

"나야 걱정이 되니까 그렇지. 당신은······."

"뭐? 내가 뭐? 내가 보기에는 저기 예루살렘에서 누가 내 이름으로 신문기자랑 인터뷰를 하고 다닌다는 말을 방금 들은 사람 같구만. 내가 아하론한테 뭐라고 하는지 들었잖아. 뉴욕에서 업무가 시작되는 시간이 되기만 하면, 내가 헬렌한테 전화할 거야. 헬렌이 신문사에 전화해서 이 기사를 철회한다고 내일 발표하겠다는 약속을 받아내는 게 제일 좋은 방법인 것 같아. 놈을 막는 첫걸음이지. 기사를 철회한다는 발표가 나오면, 다른 신문사는 놈의 근처에도 안 갈 테니까. 그게 1단계야."

"그럼 2단계는?"

"나도 몰라. 어쩌면 2단계는 필요하지 않을 수도 있고. 법이 어떤지 모르니까. 내가 놈한테 금지명령을 내릴 수 있나? 이스라엘에서? 아마 헬렌이 그쪽 변호사랑 연락하게 되지 않을까 싶은데. 일단 헬렌과 이야기해보고."

"지금 그쪽으로 가지 않는 게 2단계일 수도 있어."

"그건 말도 안 돼. 난 넋이 달아나지 않았어. 바뀌어야 할 것은 내 계획이 아니라 놈의 계획이야."

하지만 오후 무렵 나는 당분간 아무 조치도 취하지 않는 것이 훨씬 더 합리적이고 현명할 뿐만 아니라 장기적으로는 더 만족스럽고 가차 없는 방법이라는 생각을 다시 하고 있었다. 클레어에게 무엇이든 알려줘서 또 나를 걱정하게 만드는 것은 당연히 좋지 않았다. 아침에 아하론이 전화했을 때 클레어가 내 맞은편에 앉아 있지 않았다면 나는 그녀에게 말해주지 않았을 것이다. 하지만 그보다는 변호사를 이 일에 풀어놓는 것이 훨씬 더 좋지 않은 방법인 것 같았다. 무려 두 대륙에 걸친 일이니, 변호사도 나보다 유리한 결과를 이끌어내지 못할 수도 있었다. 이 사기꾼이 결국은 혼자서 자멸할 수밖에 없을 테니 그때까지 내가 공연히 짜증과 화를 내기보다는 좀 더 도움이 되는 역할을 할 수만 있다면. 신문사가 기사를 철회하더라도, 처음에 그 신문사가 저지른 실수로 발생한 피해가 사라질 것 같지는 않았다. 그 기사에서 필립 로스가 무척 강력하게 피력한 생각은 이제 내 것이 되었고, 내일 사람들이 기사가 철회되었다는 발표를 읽더라도 그들의 머릿속에는 여전히 그 생각이 내 것으로 남아 있을 가능성이 높았다. 나는 엄격하게 나 자신을 일깨웠다. 그래도 이건 내 인생 최악의 소동이 아니야. 그러니 최악의 일을 당한 사람처럼 굴 수는 없었다. 변호사 군단을 동원하러 달려가지 말고, 구경꾼처럼 느긋하게 앉아서 그놈이 이스라엘 언론과 대중 앞에 절대 나 같지 않은 내 모습을 만들어내는 걸 지켜보는 편이 더 나아. 내가 법적으로 문제를 제기하거나 신문사가 기사를 철회하지 않아도 모두들 그 모습을 보고 혼란에서 벗어날 테고 놈의 정체도 들통날 테지.

할시온의 약기운이 아직 내게 남아서 놈을 만들어냈다고 치부해버리고 싶은 유혹이 들었지만, 환각에 빠진 쪽은 내가 아니라 놈이었다. 1988년 1월 무렵 나는 나보다 놈이 더 많은 것을 걱정해야 하는 처지임을 이미 깨닫고 있었다. 나는 수면제로 고생할 때만큼 궁지에 몰려 있지 않았다. 현실 앞에서 나는 모든 사람에게 가장 강력한 무기인 '나 자신의 현실'을 마음껏 휘두를 수 있었다. 내가 놈에게 자리를 빼앗길 위험은 없었다. 놈이야말로 나로 인해 반드시 지워질 것이다. 정체가 탄로 나서 말살될 것이다. 모든 것은 시간문제일 뿐이었다. 공황상태에 가까운 두려움이 가늘게 몸을 떨면서 특유의 지나치게 들뜬 목소리로 미친 소리를 해댔다. "놈이 너무 심해지기 전에 조치를 취해!" '무력한 두려움' 또한 큰 소리로 동의했다. 하지만 균형을 잃지 않고 마음을 다잡은 이성이 고양된 목소리로 조언했다. "모든 것이 네게 유리해. 놈에게는 아무것도 없고. 놈이 정확한 의도를 완전히 드러내기 전에 서둘러 놈을 뿌리 뽑으려 하면, 놈은 그 손길을 피해 다른 곳에 나타나서 똑같은 짓을 반복할 거야. 그러니 놈이 심한 지경까지 나아가게 돼. 놈을 막을 방법으로는 이게 가장 교묘해. 놈은 패배할 수밖에 없어."

만약 내가 그날 저녁 클레어에게 아침과는 생각이 달라졌으니 변호사들로 무장하고 전장으로 달려가는 대신 놈의 사기극이 부풀어 오르다가 터져버릴 때까지 그냥 두고 볼 생각이라고 말했다면, 클레어는 지금은 놈의 존재가 비록 이상하기는 해도 사소하고 귀찮은 수준에 불과하지만 놈을 그냥 내버려두면 이제 막 다시 자리 잡은 내 정신적 안정에 더욱 위협적인 문제가 생길 것이라고 말했을 것이다. 틀림없다. 클레어는 아침식사 때보다 훨씬 더 걱정스러운 얼굴로 이런 주장을 폈을 것이다. 내가 무너지는 모습을 석 달 동안 바로 옆에서 무력하게 지켜보느라 나에 대한 클레어의 믿음에 깊은 흉터가 생겼고 그녀의 정신적 안정 또한 타격을 받았기 때문이었다. 그래서 내가 이처럼 이상하고 당혹스러운 시험에 맞설 준비가 전혀 되지 않았다고 주장했을 것이다. 반면 나는 절제라는 전략이 주는 만족감을 온전히 느끼고, 위급한 상황에서 현실적인 평가와 차분한 자제력을 발휘해 자유로워졌다는 기분에 들뜬 나머지 클레어와는 정확히 반대의 믿음을 갖고 있었다. 이 사기꾼을 내가 직접 잡겠다고 결심한 것에 나는 더할 나위 없이 들떠 있었다. 나는 거의 모든 일에 혼자 맞서는 것을 항상 좋아했다. 그래, 이제 내 모습을 다시 찾은 거야. 나는 속으로 이렇게 생각했다. 고집 세고, 기운 넘치고, 독립적인 자아가 다시 자연스럽게 솟아오르기를 그토록 갈망했잖아. 이제 그 자아가 다시 인생에 초점을 맞추고, 예전과 같은 결의에 가득 차서, 병적이고 해로운 비현실이나 다름없는 정체불명의 상대와 다시 겨루고 있어. 그는 그 정신약리학자가 주문한 그대로야! 좋아, 우리 일대일로 붙어보자! 넌 질 수밖에 없어.

그날 저녁식사 때 클레어가 내가 뭔가 질문을 던지기도 전에 나는 거짓말을 했다. 뉴욕에 있는 변호사가 내 연락을 받고 이스라엘 신문사와 접촉했으며, 다음 날 기사를 철회한다는 공고가 신문에 실릴 것이라고.

"그래도 마음에 안 들어." 클레어가 대답했다.

"하지만 더 이상 방법이 없잖아? 더 뭘 해야 되는데?"

"그놈이 멋대로 돌아다니는데 당신이 혼자 거기에 가는 게 마음에 안 든다고. 아무래도 좋은 생각이 아니야. 놈이 어떤 사람인지, 무슨 꿍꿍이가 있는지 어떻게 알아? 놈이 미친놈이면 어쩌려고? 당신도 아침에 미친놈이라고 했잖아. 그 미친놈이 무기까지 갖고 있으면 어째?"

"내가 놈을 뭐라고 불렀든, 나는 지금 놈에 대해 아는 게 없어."

"내 말이 그 말이야."

"놈이 무기를 왜 갖고 있겠어? 내 흉내를 내는 데 권총이 필요한 것도 아닌데."

"이스라엘이잖아. 거기선 다들 무기를 갖고 있어. 거리를 어슬렁거리는 사람들 중 절반은 총을 갖고 있다고. 내 평생 그렇게 많은 총을 본 적이 없어. 이런 시기에, 사방에서 별일이 다 벌어지고 있는데 당신이 거기에 가는 건 정말, 정말 끔찍한 일이야."

클레어는 한 달 전 가자지구와 웨스트뱅크에서 시작된 폭동을 말하고 있었다. 나도 뉴욕에서 심야뉴스를 보며 그 소식에 계속 주의를 기울이고 있었다. 동예루살렘에서는 통금이 실시 중이었고, 관광객들에게는 자칫 돌팔매에 맞을 수도 있고 군대와 아랍인 주민들 사이에 폭력 충돌이 더욱 심해질 가능성도 있기 때문에 특히 구시가지 접근을 삼가라는 경고도 나왔다. 점령지에서 대체로 일상이 되어버린 이런 폭동을 언론들은 이제 팔레스타인인들의 봉기라고 불렀다.

"당신이 이스라엘 경찰에 연락하면 안 돼?" 클레어가 물었다.

"이스라엘 경찰에는 지금 그보다 더 시급한 문제들이 있을 것 같은데. 내가 연락해서 뭐라고 할까? 놈을 체포하라고? 추방하라고? 무슨 근거로? 내가 아는 한 놈은 내 이름으로 가짜 수표를 내민 적도 없고, 내 이름으로 무슨 일을 해주고 돈을 받은 적도 없고……."

"이스라엘에 들어갈 때 가짜 여권을 썼을 것 아냐. 당신 이름이 적힌 여권. 그건 불법이야."

"우리가 그걸 확실히 아는 것도 아니잖아. 불법인 건 맞지만, 놈이 반드시 그랬을 것 같지는 않아. 아마 놈이 내 이름으로 한 짓이라고는 되는 대로 떠벌린 것밖에 없을걸."

"그래도 그런 일을 막아주는 법적인 장치가 틀림없이 있을 거야. 사람이 어디 외국에 가서 다른 사람 행세를 하며 돌아다니는 게 간단한 일은 아니잖아."

"당신 생각보다는 그런 일이 많을걸. 좀 현실적으로 생각해 보는 게 어때? 여보, 합리적으로 생각해봐."

"당신한테 무슨 일이 생길까 봐 그러지. 나한테는 그게 합리적인 생각이야."

"난 이미 몇 달 전에 '무슨 일'을 겪었어."

"당신 정말 괜찮겠어? 난 대답을 들어야겠어, 필립."

"내가 괜찮고 말고 할 게 어디 있어? 몇 달 전에 겪은 일을 전에도 겪은 적이 있던가? 그 약을 끊은 뒤에도 비슷한 일이 생긴 적이 있어? 내일 그쪽에서 기사를 철회한다고 발표하고, 헬렌한테 그걸 팩스로 보내줄 거야. 지금은 그것으로 충분해."

"당신이 왜 이렇게 차분한지 모르겠네……. 솔직히 헬렌이 차분한 것도 그렇고."

"이젠 차분한 게 거슬리신다? 오늘 아침에는 내가 흥분한 걸 걱정했잖아."

"그거야, 뭐……. 난 못 믿겠어."

"내가 그 일에 대해 할 수 있는 일이 없어."

"엉뚱한 짓은 안 하겠다고 약속해."

"엉뚱한 짓?"

"그건 나도 몰라. 그놈을 찾아내려고 하는 것. 그놈이랑 싸우려고 하는 것. 상대가 어떤 사람인지 당신은 전혀 모르잖아. 그러니까 굳이 놈을 찾아내 이 웃기지도 않는 일을 직접 해결하겠다고 나서지 마. 그러지 않겠다고 나한테 약속이라도 해줘."

나는 그녀의 말을 듣고 웃어버렸다. 그리고 다시 거짓말을 했다. "내 짐작에, 내가 예루살렘에 도착할 때쯤이면 놈은 종적도 없이 사라진 뒤일 거야."

"안 하겠다고 해."

"내가 할 필요도 없어. 이렇게 생각을 한번 바꿔봐, 응? 모든 게 나한테 유리해. 놈한테는 아무것도 없고. 아무것도."

"아냐, 당신이 틀렸어. 놈한테 뭐가 있는지 알아? 당신 말만 들으면 분명히 알 수 있지. 놈한테는 당신이 있어."

∽∽∽

그날 저녁식사를 마친 뒤 나는 맨 위층의 내 서재로 가서 예루살렘에서 나눌 대화를 위해 다시 아하론의 소설을 읽으며 메모를 하겠다고 클레어에게 말했다. 하지만 책상에 자리를 잡고 앉은 뒤 기껏해야 오 분쯤 지났을 때 아래층에서 텔레비전 소리가 들려오자 나는 수화기를 들어 예루살렘의 킹 데이비드 호텔로 전화해서 511호실로 연결해달라고 말했다. 목소리를 위장하기 위해 나는 프랑스 말씨를 썼다. 침실에서 쓰는 말씨도, 희극에서 쓰는 말씨도, 샤를 부아예^{프랑스계 미국인 배우}로부터 대니 케이를 거쳐 식사용 포도주와 여행자수표 광고까지 내려온 프랑스 말씨도 아니었다. 내 친구이자 작가인 필립 솔레르스처럼 대단히 논리정연하고 국제적인 감각이 있는 프랑스인의 말씨였다. 공연히 발음을 굴리지도 않고, h는 착실하게 묵음으로 처리했다. 유창한 영어에 지적인 외국인의 자연스러운 운율을 특징적으로 집어넣고 자연스러운 억양을 조금만 가미한 형태. 이 말씨를 흉내 내는 솜씨가 나쁘지 않아서, 과거 나는 장난을 좋아하는 솔레르스까지 전화로 속인 적이 있었다. 저녁식사 때 내가 예루살렘에 가는 것이 현명한 일인지를 놓고 클레어와 다툴 때, 아니 솔직히 말해서 그보다 일찍 아무것도 않고 가만히 있는 것이 놈을 잡는 가장 확실한 방법이라고 이성의 고양된 목소리가 내게 조언했을 때 나는 이미 이 말씨를 쓰기로 마음을 정했다. 그날 밤 9시 무렵에는 호기심이 나를 거의 모두 삼켜버렸다. 호기심은 그리 합리적인 충동이 아니다.

"여보세요. 로스 씨? 필립 로스 씨입니까?" 내가 물었다.

"네."

"정말로 그 작가예요?"

"그렇습니다."

"《포트노이의 불평》의 작가?"

"그래요, 그래요. 누구십니까?"

장 주네전과자 출신의 프랑스 작가만큼 똑똑한 공범과 함께 처음으로 대규모 강도짓에 나선 사람처럼 심장이 쿵쾅거렸다. 이건 그냥 나쁘기만 한 것이 아니라 몹시 흥미로운 일이었다. 수화기 저편에서 놈은 내 행세를 하고, 나는 이쪽에서 내가 아닌 척한다는 사실이 뜻밖에도 사육제처럼 사람을 들뜨게 만들었다. 내가 곧바로 멍청한 실수를 저지른 건 십중팔구 그 때문이었을 것이다.

"저는 피에르 로제입니다." 나는 아무렇게나 고른 것 같은 이 편리한 가명을 입 밖에 낸 뒤에야, 이 이름의 이니셜이 내 이름 이니셜과 같다는 사실을 깨달았다. 놈의 이름 이니셜과도 같다는 얘기였다. 그보다 더 심각한 것은, 이것이 19세기에 단어를 정리했던 사람 최초의 영어 동의어·반의어 사전을 펴낸 영국의 외과 의사 피터 로제의 이름을 거의 그대로 가져온 이름이었다는 점이었다. 그는 유명한 유의어 사전의 저자로 거의 모든 사람에게 알려진 인물이다. 이것도 내가 미처 생각하지 못한 점이었다. 그가 비슷한 말들을 모은 확실한 책의 저자라는 것!

"저는 파리에서 활동하는 프랑스 기자입니다." 내가 말했다. "당신이 그단스크에서 레흐 바웬사와 만났다는 이야기를 방금 이스라엘 신문에서 읽었어요."

두 번째 실수. 내가 히브리어를 모른다면, 어떻게 이스라엘 신문에 실린 그의 인터뷰를 읽을 수 있었을까? 나는 열세 살 때 바르 미츠바 유대교의 남자 성인식를 간신히 통과할 수 있을 만큼만 히브리어를 배웠기 때문에 그 언어를 전혀 알아듣지 못하는데, 놈이 당장 히브리어로 바꿔서 말을 하기 시작하면 어쩌지?

이성의 목소리: "놈의 계략에 그대로 말려들고 있군. 이거야말로 범죄자인 놈이 바라마지않는 상황이야. 전화를 끊어."

클레어의 목소리: "당신 정말 괜찮아? 감당할 수 있겠어? 가지 마."

피에르 로제의 목소리: "제가 제대로 읽었다면, 당신이 유럽 출신 이스라엘 유대인들을 유럽에 다시 정착시키자는 운동을 이끌고 있는 것 같던데요. 폴란드에서부터 그 일을 시작하자고요."

"맞습니다." 놈이 대답했다.

"그러면서 동시에 소설도 계속 쓰시고요?"

"유대인들이 이렇게 기로에 서 있는데 소설을 써요? 이제 저는 유대계 유럽인들의 재정착 운동에 모든 것을 바치고 있습니다. 디아스포리즘에."

놈의 목소리가 조금이라도 내 것과 비슷한가? 놈의 목소리가 내 것처럼 들리기보다는 내 목소리가 영어로 말하는 솔레르스의 것처럼 들리기가 훨씬 더 쉬울 것이다. 우선 나는 놈처럼 뉴저지 사투리를 심하게 써본 적이 없다. 그런 말투가 놈에게 자연스러운 것인지, 아니면 놈이 그 말씨를 써야 내 흉내를 더 그럴듯하게 낼 수 있다고 잘못 생각한 탓인지는 알 수 없었다. 놈의 목소리는 또한 내 것보다 더 공명이 커서, 더 풍부하고 크게 들렸다. 어쩌면 놈은 열여섯 권의 저서를 발표한 사람이 전화로 인터뷰할 때 이렇게 말할 거라고 생각했는지도 모른다. 하지만 사실 내가 그런 식으로 말했다면, 아마 책을 열여섯 권이나 쓸 필요가 없었을지도 모른다. 놈에게 이런 말을 해주고 싶은 충동이 무척 강했지만 나는 참았다. 우리 둘 중 한 명의 숨통을 막아버릴 생각을 하기에는 지금 이 순간이 너무나 즐거웠다.

"당신은 유대인입니다." 내가 말했다. "과거에는 유대인 단체들이 당신의 '자기혐오'와 '반유대주의'를 비판한 적도 있죠. 그렇다면 제 생각에는……."

"이봐요." 놈이 갑자기 말을 자르고 들어왔다. "난 유대인이라고 말하는 걸로 충분합니다. 내가 다른 존재였다면 바웬사를 만나러 폴란드까지 가지 않았을 겁니다. 지금 이스라엘까지 와서 데미야뉴크 재판을 방청하지도 않았을 테고요. 재정착에 대해 질문한다면 무엇이든 기꺼이 대답하겠습니다만, 멍청한 인간들이 나에 대해 한 말을 놓고 낭비할 시간은 없습니다."

"그래도…….." 내가 고집스럽게 말했다. "멍청한 인간들은 이 재정착 주장 때문에 당신이 이스라엘의 뜻에 반하는 존재가 되었다고 말하지 않을까요? 그렇다면…….."

"난 이스라엘의 적입니다." 놈이 또 끼어들었다. "나는 유대인들을 위하지만 이스라엘은 이제 유대인의 이익을 생각하지 않는다는 이유만으로 당신이 그런 선정적인 표현을 쓰고 싶다면 쓰세요. 이스라엘은 제2차 세계대전 종전 이후 유대인들의 생존에 가장 심각한 위협이 되었습니다."

"이스라엘이 언제 유대인의 이익을 생각한 적이 있다고 보십니까?"

"물론입니다. 홀로코스트 직후 이스라엘은 유대인들이 그 참혹한 일의 충격에서 회복할 수 있는 유대인 병원이었습니다. 홀로코스트 때 워낙 끔찍하고 비인간적인 일을 당했으니, 유대인의 정신과 유대인들 자신이 분노, 굴욕, 슬픔의 유산에 완전히 무릎 꿇었다 해도 놀랄 일은 아니었을 거예요. 하지만 그런 일은 일어나지 않았습니다. 우리가 정말로 회복했거든요. 아직 1세기도 지나지 않았는데. 기적, 아니 기적보다 더한 일이었습니다. 이제 유대인의 회복이 기정사실이 되었으니, 우리의 진정한 삶과 진정한 고향, 조상들이 살던 유럽으로 돌아갈 때가 되었습니다."

"진정한 고향?" 내가 이 전화를 할까 말까 고민했다는 사실을 이제는 상상조차 할 수 없었다. "퍽이나 진정한 고향이네요."

"내가 되는 대로 아무 말이나 하는 게 아닙니다." 놈이 날카롭게 쏘아붙였다. "대다수 유대인은 중세 이후 유럽에 있었습니다. 우리가 유대인 문화라고 생각하는 거의 모든 것은 유럽에서 그리스도교인들과 함께 살던 수 세기 동안 생겨난 거예요. 이슬람 세계의 유대인들에게도 나름의 문화가 있습니다. 그들의 운명은 우리와 아주 달랐죠. 이스라엘의 유대인 중 이슬람 국가 출신까지도 유럽으로 돌아가야 한다고 말하는 게 아닙니다. 그들에게는 유럽으로 가는 것이 귀향이 아니라 난폭한 추방이 될 테니까요."

"그럼 그 사람들은 어떻게 할 겁니까? 아랍으로 보내서 유대인이라는 지위에 걸맞은 대우를 받게 할 건가요?"

"아뇨. 그 유대인들은 앞으로도 계속 이스라엘을 조국으로 삼고 살아가야 합니다. 유럽 출신 유대인들이 유럽에 재정착해서 이스라엘 인구가 절반으로 줄어든다면, 이 나라의 영토를 1948년 수준으로 줄이고, 군대를 해산하는 것이 가능해집니다. 수백 년 동안 이슬람 문화 속에서 살던 유대인들도 독립적이고 자율적으로 계속 그렇게 살 수 있을 테고요. 지금과는 달리 아랍의 이웃들과 평화롭게 공존하게 되겠죠. 그 사람들이 이 지역에 남는 것은 당연한 일입니다. 여긴 그들의 정당한 거처니까요. 반면 유럽 출신 유대인들에게는 이스라엘이 망명지에 지나지 않았습니다. 임시로 머무르는 곳이자 일종의 간주곡. 그들이 유럽에서 모험을 다시 시작할 때가 되었습니다."

"유대인들이 유럽에서 미래에 과거보다 더 성공을 거둘 거라고 생각하는 이유가 뭡니까?"

"우리가 오랜 세월 유럽에서 살아온 역사를 히틀러 치하의 십이 년과 혼동하면 안 됩니다. 만약 히틀러가 존재하지 않았다면, 십이 년의 공포정치가 우리의 과거에서 지워진다면, 유대인들이 미국인이 되는 것이나 유럽인이 되는 것이나 똑같이 있을 만한 일로 보일 겁니다. 어쩌면 유대인과 신시내티, 유대인과 델

51

러스보다 유대인과 부다페스트, 유대인과 프라하 사이에 훨씬 더 필연적이고 심오한 유대가 있는 것처럼 보일지도 모르죠."

놈이 이런 맥락으로 현학적인 말을 늘어놓는 동안 나는 속으로 자문해보았다. 혹시 놈이 가장 지우고 싶은 과거는 바로 자신의 과거가 아닐까? 정신적으로 너무나 망가져서 내 과거가 정말로 자기 과거라고 믿는 걸까? 지금 놈은 사기를 치는 게 아니라, 모종의 기억상실과 정신병을 앓는 상태인가? 놈의 말이 모두 진심이라면, 지금 나만 다른 사람인 척 사기를 치고 있는 거라면……. 그런 경우 상황이 더 좋아질지 나빠질지 나는 짐작도 할 수 없었다. 내가 놈과 또 논쟁을 벌이게 되었을 때 진심을 폭발적으로 드러낸다면 이 대화가 조금이라도 더 황당해질지 아니면 덜 황당해질지도 알 수 없었다.

"하지만 히틀러는 실제로 존재했습니다." 피에르 로제의 감정적인 목소리가 들렸다. "그 십이 년을 역사에서 지울 수는 없습니다. 우리 기억에서 몰아낼 수도 없고요. 잊는 편이 우리에게 더 좋은 일이라 해도. 유럽 유대인 사회의 파괴가 아주 짧은 시간 안에 이루어졌다는 사실만으로 그 파괴의 의미를 측정하거나 해석할 수는 없습니다."

"홀로코스트의 의미는 우리가 정하는 겁니다." 놈이 엄숙하게 대답했다. "하지만 한 가지는 확실합니다. 만약 2차 홀로코스트가 발생해서, 유럽보다는 더 안전해 보이는 중동으로 피신했던 유럽 출신 유대인들의 후손이 그곳에서 전멸한다 해도 지난 홀로코스트의 비극적 의미가 줄어들지는 않는다는 것. 2차 홀로코스트가 유럽 대륙에서 발생하지는 않을 겁니다. 1차 홀로코스트가 그곳에서 일어났으니까요. 2차 홀로코스트는 여기서 너무나 쉽게 발생할 수 있습니다. 아랍인과 유대인 사이의 갈등이 계속 심해진다면 그렇게 될 겁니다. 틀림없이. 핵전쟁 끝에 이스라엘이 파괴되는 건, 오십 년 전 사람들이 생각한 홀로코스트의 가능성보다 훨씬 더 현실적입니다."

"백만 명이 넘는 유대인들의 유럽 재정착. 이스라엘 군대 해산. 1948년의 국경으로 회귀. 제가 듣기에는 당신이 야세르 아라파트_{팔레스타인 자치정부의 초대 수반}를 위해 유대인 문제의 최종 해결책을 제시하는 것 같은데요."

"아닙니다. 아라파트의 최종 해결책은 히틀러의 방안과 같습니다. 말살. 내가 제안하는 건 말살의 대안입니다. 아라파트의 유대인 문제가 아니라 우리의 유대인 문제를 해결하는 방법. 규모 면에서 지금은 소멸한 시온주의라는 해법과 비견될 만합니다. 하지만 프랑스에서도 세상 어디서도 오해를 받고 싶지 않으니 다시 말하겠습니다. 전쟁 직후, 누구나 아는 이유로 유럽에 유대인이 살 수 없었을 때, 시온주의는 유대인의 희망과 사기를 회복시키는 데 가장 크게 기여했습니다. 그런데 유대인을 성공적으로 회복시킨 뒤, 시온주의는 자신의 건강을 스스로 파괴하는 비극을 맞았죠. 이제는 활기찬 디아스포리즘에 반드시 자리를 내주어야 합니다."

"독자들을 위해 디아스포리즘을 정의해주시겠습니까?" 나는 이 질문을 던지면서 속으로 생각했다. 딱딱한 표현, 교수가 강의하는 것 같은 말투, 역사적 시각, 열정적이고 헌신적인 태도, 진중함……. 이건 무슨 사기극이지?

"디아스포리즘은 서구에 유대인을 분산시키는 것입니다. 특히 유럽 출신으로 이스라엘에 살고 있는 유대인들을 제2차 세계대전 이전에 상당수의 유대인 인구가 있던 유럽 국가들에 재정착시키려고 하죠. 디아스포리즘은 모든 것을 재건할 계획입니다. 낯설고 위협적인 중동이 아니라, 한때 모든 것이 꽃을 피웠던 바로 그 땅에서. 그러면서 동시에 시온주의가 정치적으로도 이념적으로도 힘을 소진하면서 생겨날 2차 홀로코스트라는 재앙을 막으려고 합니다. 시온주의는 거의 이천 년 동안 유대인 사회도 히브리어도 전혀 생기를 띠지 못했던 곳에 이 두 가지를 되돌려놓는 일에 나섰습니다. 디아스포리즘의 꿈은 이보다 소박합니다. 히틀러의 파괴와 우리 시대 사이에는 고작 오십 년이라는 시간이 있을 뿐입니다. 오십 년이 채 안 되는 시간 동안 유대인들은 언뜻 환상적으로 보이는 시온주의의 목표를 실현할 수 있었지만, 이제 시온주의는 오히려 역효과를 내고 있습니다. 그 자체가 가장 두드러진 유대인 문제가 되었죠. 나는 전세계 유대인 사회가 시온주의에 비해 10분의 1까지는 아닐지라도 절반밖에 안 되는 기간 동안 디아스포리즘의 목표를 실현할 수 있을 것이라고 굳게 믿습니다."

"유대인들을 폴란드, 루마니아, 독일에 재정착시키자고 했죠? 슬로바키아, 우크라이나, 유고슬라비아, 발트 3국에도? 그럼 이건 아십니까?" 내가 물었다. "그 나라들에 유대인 증오가 아직 얼마나 남아 있는지?"

"유대인 증오가 유럽에 얼마나 남아 있든, 내가 그 증오의 끈질긴 특성을 경시하는 것은 아닙니다만, 그 반유대주의의 찌꺼기에 맞서서 계몽과 도덕이 강력한 흐름을 이루고 있습니다. 홀로코스트의 기억이 그 흐름을 유지해주고, 그 끔찍한 경험이 유럽의 반유대주의에 맞서는 보루 역할을 합니다. 이슬람 세계에는 그런 보루가 없습니다. 유대인 국가를 지상에서 없애버린 다 해도 이슬람 세계 사람들은 결코 밤잠을 설치지 않을 겁니다. 오히려 축제를 벌이느라 잠을 못 자겠지요. 현재 유대인은 비무장 상태로 라말라^{팔레스타인 자치정부의 임시 행정수도}를 걸을 때보다 베를린 거리를 정처없이 돌아다닐 때 더 안전하다는 말에 당신도 동의하실 겁니다."

"텔아비브를 돌아다니는 유대인들은 어떻습니까?"

"화학무기를 장착한 다마스쿠스의 미사일들이 겨냥하는 곳은 바르샤바 시내가 아니라 텔아비브의 디젠고프 거리입니다."

"그럼 디아스포리즘을 정리하자면, 겁에 질린 유대인들이 도망치는 겁니까? 유대인들이 또 도망치는 거군요."

"임박한 재앙에서 도망치는 건 어디까지나 전멸을 피해 달아나는 겁니다. 삶을 향해 달려가는 거예요. 1930년대에 독일에서 겁에 질려 도망친 유대인이 지금보다 수천 명 더 많았다면……."

"도망칠 곳이 있었다면 그들도 달아났을 겁니다. 유대인들이 아랍의 공격을 피해 도망쳐 바르샤바 기차역에 대거 나타난다고 생각해보세요. 과거와 마찬가지로 환영받지 못할 겁니다."

"유대인들을 태운 기차가 처음으로 기차역에 나타나면 바르샤바에서 무슨 일이 일어날 것 같습니까? 그들을 환영하는 인파가 있을 겁니다. 모두 무척 기뻐하며 눈물을 흘릴 거예요. 그러면서 이렇게 소리치겠죠. '우리 유대인들이 돌아왔다! 우리 유대인들이 돌아왔다!' 이 광경이 텔레비전으로 전세계에 방송될 겁니다. 유럽에, 유대인 사회에, 모든 인류에게 그 얼마나 역사적인 날일까요. 유대인들을 죽음의 수용소로 실어 나르던 가축 수송차량이 디아스포리즘 운동 덕분에 편안하고 그럴듯한 기차로 변신해서 유대인들을 수만 명씩 고향으로 데려가는 광경이라니. 인류의 기억과 정의, 그리고 속죄에 역사적인 의미를 지닌 날이 될 겁니다. 기차역에 모인 사람들은 울고 노래하고 축하할 겁니다. 유대인 형제들 앞에서 무릎을 꿇고 그리스도교의 기도를 드릴 겁니다. 그때 그 순간에 비로소 유럽의 양심이 정화되기 시작할 겁니다." 놈은 극적인 효과를 노리고 잠시 말을 멈췄다가, 지금껏 쏟아놓은 선지자 같은 이야기를 조용하고 단호하게 끝맺었다. "레흐 바웬사는 이런 미래를 필립 로스만큼 굳건히 믿고 있습니다."

"그래요? 미안합니다만, 필립 로스, 내가 듣기에 당신의 예언은 헛소리 같은데요. 당신이 쓴 책에서 가져온 코미디 시나리오 같습니다. 유대인의 발치에서 기뻐 우는 폴란드인이라니! 그런데도 요즘은 소설을 안 쓴다고요?"

"내가 말한 대로 될 겁니다." 놈이 예언자처럼 단언했다. "반드시 일어나야 할 일이니까. 유대인들이 2000년까지 유럽에 다시 통합되는 일. 분명히 말하지만, 난민으로 다시 들어가는 게 아닙니다. **국제법을 기반으로 재산권과 시민권을 비롯한 국민의 모든 권리를 회복한** 인구가 질서 있게 이동하는 겁니다. 그렇게 2000년이 되면, 베를린 시에서 유대인의 재통합을 축하하는 범유럽적인 행사가 열릴 겁니다."

"지금까지 들은 것 중에 가장 반가운 이야기네요." 내가 말했다. "브란덴부르크 문 앞에서 유대인 이백만 명에게 환영파티를 열어주면서 그리스도교의 세 번째 천 년을 맞게 된다면 독일인들이 특히 기뻐할 겁니다."

"헤르츨유대인 저널리스트. 헝가리 태생의 오스트리아인이며 근대 시온주의 운동의 창시자도 유대인 국가 설립을 제안했다가 풍자작가답게 정교한 농담을 한다는 비난을 받았습니다. 많은 사람이 웃기는 공상이니 별스러운 소설이니 비판을 퍼부으면서 헤르츨에게도 미쳤다고 했죠. 하지만 내가 레흐 바웬사와 나눈 대화는 별스러운 소설이 아닙니다. 내가 루마니아의 최고 랍비를 통해 차우세스쿠 대통령과 접촉한 것도 웃기는 공상이 아닙니다. **역사적 정의라는 원칙을 바탕으로 유대인들의 새로운 현실**을 만들어내기 위한 첫걸음입니다. 차우세스쿠 대통령은 오래전부터 유대인들을 이스라엘에 팔았습니다. 그래요, 팔았습니다. 1인당 1만 달러를 받고 수십만 명의 루마니아 유대인들을 이스라엘에 팔았다고요. 사실입니다. 나는 그가 유대인 한 명을 다시 데려갈 때마다 1만 달러를 또 주겠다고 제안할 겁니다. 필요하다면 액수를 1만 5천까지 높일 거예요. 나는 헤르츨의 생애를 자세히 연구하면서 그 사람들을 상대하는 법을 배웠습니다. 헤르츨이 콘스탄티노플에서 술탄과 벌인 협상이 비록 실패로 돌아가기는 했지만, 내가 부카레스트의 대통령궁에서 루마니아 독재자와 곧 하게 될 협상도 헤르츨의 협상도 웃기는 공상이 아닙니다."

"독재자한테 줄 돈을 어떻게 마련하려고요? 내 짐작에는 PLO 팔레스타인 해방기구에 의지하는 수밖에 없을 것 같은데요."

"나는 미국의 유대인들이 자금을 지원해줄 것이라고 굳게 믿고 있습니다. 그 사람들은 지극히 추상적이고 감상적인 유대감만 품고 있는 나라의 생존을 위해 수십 년 전부터 엄청난 액수의 돈을 기부하고 있어요. 미국 유대인 사회의 뿌리는 중동이 아니라 유럽입니다. 그들의 생활방식, 언어, 강렬한 향수鄕愁, 실제로 가늠할 수 있는 역사, 이 모든 것의 뿌리가 유럽입니다. 우리 할아버지는 하이파 출신이 아니었습니다. 민스크 출신이었죠. 유대 민족주의자도 아니었습니다. 유대인 인본주의자이자 영적인 믿음이 있는 유대인이었습니다. 할아버지가 투덜거릴 때 사용한 언어는 히브리어라는 고대 언어가 아니라 다채롭고 풍부한 일상어인 이디시어였습니다."

이때 호텔 교환원이 우리 대화에 끼어들었다. 교환원은 놈에게 프랑크푸르트와 전화가 연결되었다고 알렸다.

"피에르, 잠깐만요."

'피에르, 잠깐만요.' 나는 놈의 말을 따랐다. 물론 얌전히 놈을 기다리다 보니, 놈과 대화하면서 내가 한 말을 모조리 기억하는 것보다 훨씬 더 바보짓이라는 기분이 들었다. 이걸 테이프에 녹음할걸. 증거로 쓰게. 하지만 무슨 증거? 놈이 내가 아니라는 증거? 그걸 꼭 '증명'해야 하나?

"독일 기자입니다." 놈이 다시 돌아와 내게 말했다. "〈슈피겔〉 기자예요. 정말 미안한데, 내가 지금 그 사람과 얘기를 해야 합니다. 며칠 전부터 나한테 연락하려고 애쓰던 사람이거든요. 당신과의 인터뷰는 훌륭하고 강렬했습니다. 당신 질문이 공격적이고 고약하다고 할 수도 있겠지만, 또한 지적인 질문이기도 해서 고맙게 생각합니다."

"잠깐, 고약한 질문 하나만 더요. 부디 대답해주세요. 루마니아 출신 유대인들이 차우세스쿠의 루마니아로 간절히 돌아가고 싶다며 줄을 서고 있습니까? 폴란드 출신 유대인들이 공산국가 폴란드로 간절히 돌아가고 싶다며 줄을 서고 있어요? 러시아인들은 소련을 떠나고 싶어 몸부림치는데, 그들을 텔아비브 공항에서 돌려세워 모스크바행 다음 비행기에 억지로 태우는 게 당신 계획이에요? 반유대주의는 차치하고, 그런 끔찍한 나라에서 이제 막 빠져나온 사람들이 순전히 필립 로스의 말만 듣고 자발적으로 돌아갈 것 같습니까?"

"난 이미 당신에게 내 생각을 충분히 명확하게 밝혔다고 생각합니다." 놈이 지극히 예의 바르게 대답했다. "우리 인터뷰가 어떤 매체에 실릴까요?"

"난 프리랜서입니다, 필립 로스 씨. 그러니 〈르몽드〉일지 〈파리마치〉일지 아니면 다른 곳일지 모르죠."

"기사가 실리면 호텔로 한 부 보내주겠습니까?"

"거기에 얼마나 있을 건데요?"

"유대인 정체성의 해체가 내 동포들의 복지를 위협하는 동안에는 계속 있을 겁니다. 산산이 쪼개진 유대인 사회를 디아스포리즘으로 단번에 재구성하는 데 필요한 만큼. 성이 뭐라고 하셨죠, 피에르?"

"로제입니다. 그 동의어 사전 이름."

그의 웃음소리가 너무 강하게 터져 나와서, 내 생각에는 그가 나의 가벼운 농담 하나만으로 웃음을 터뜨린 것 같지 않았다. 놈이 알아. 나는 전화를 끊으면서 생각했다. 내가 누군지 다 알고 있어.

2

내 것이 아닌 삶

트레블링카 생존자인 여섯 노인의 증언에 따르면, 거의 백만 명의 유대인들이 트레블링카에서 살해당한 1942년 7월부터 1943년 9월까지 십오 개월 동안 가스실을 운영한 경비병은 유대인들에게 '공포의 이반'으로 불렸다. 가스실 앞에 알몸으로 끌려와 죽음을 기다리는 남녀노소의 신체를 훼손하고 고문하는 것은 그의 부업이었다. 그는 칼을 선호했다. 이반은 힘이 세고 튼튼했으며, 교육을 거의 받지 못한 소련 병사였다. 이십대 초반의 우크라이나인인 그는 동부전선에서 독일군에 붙잡힌 뒤, 수백 명의 우크라이나 전쟁포로들과 마찬가지로 독일군에 포섭되어 훈련을 받았다. 그들은 폴란드의 벨젝, 소비보르, 트레블링카에 있던 죽음의 수용소 직원이 되었다. 이스라엘 사람 요람 셰프텔이 포함된 존 데미야뉴크의 변호인단은 공포의 이반이라는 존재나 그가 저지른 끔찍한 만행을 단 한 번도 부정하지 않았다. 데미야뉴크와 공포의 이반이 서로 다른 사람이며, 그 둘이 동일인이라는 증거는 모두 아무 가치가 없다고 주장할 뿐이었다. 그들은 이스라엘 경찰이 데미야뉴크의 신원 확인을 위해 트레블링카의 생존자들에게 보여준 사진들은 아마추어처럼 서투르고 잘못된 방식으로 수집되었으므로 결코 믿을 수 없다고 말했다. 그 잘못된 방식으로 인해 생존자들이 데미야뉴크를 이반으로 오인하게 되었다는 것이었다. 그들은 또한 유일한 문서증거인 신분증, 즉 SS가 트레블링카 경비병들을 훈련시키던 트라브니키 캠프의 신분증에 데미야뉴크의 이름, 서명, 상세한 신상정보, 사진이 포함되어 있지만, 그것은 우크라이나 민족주의자인 데미야뉴크를 야만적인 전쟁범죄자로 몰아 우크라이나 민족주의자들의 평판을 떨어뜨리기 위해 KGB가 위조한 것이라고 주장했다. 공포의 이반이 트레블링카에서 가스실을 운영하던 시기에 데미야뉴크는 폴란드 죽음의 수용소와는 멀리 떨어진 지역에서 독일군에 전쟁포로로 억류되어 있었다고 했다. 변호인들이 묘사하는 데미야뉴크는 근면하고 신실하고 가정적인 남자였으며, 1952년에 유럽의 난민캠프에서 우크라이나인인 젊은 아내와 아주 어린 아이를 데리고 미국으로 이주했다. 그는 자녀 셋을 미국인으로 키워냈고, 포드 사에서 숙련된 기술자로 일했으며, 법을 준수하는 점잖은 미국 시민이었다. 클리블랜드 교외에 모여 살던 우크라이나계 미국인들 사이에서는 채소를 잘 가꾸고 피로시키*고기로 소를 만들어 넣은 러시아의 빵*를 잘 만드는 사람으로 유명했다. 성 블라디미르 정교회에서 축일에 여성들을 도와 피로시키를 함께 만들기도 했다. 그에게 죄가 있다면 우크라이나에서 태어나 과거 이반이라는 세례명을 갖고 있었던 것, 그리고 트레블링카의 생존자인 노인들이 사십 년이 넘도록 직접 만난 적이 없는 우크라이나인 이반과 같은 나이에 외모마저 조금 비슷한 것뿐이었다. 재판 초기에 데미야뉴크는 법정에서 직접 이렇게 호소했다. "저는 여러분이 말씀하시는 그 끔찍한 사람이 아닙니다. 저는 무고합니다."

내가 이런 사실을 알게 된 것은, 이스라엘의 영자지인 〈예루살렘 포스트〉에서 구매한 데미야뉴크 재판 기사 복사본 덕분이었다. 공항에서 차를 타고 오는 동안 그날 발행된 〈예루살렘 포스트〉에서 그 두툼한 기사 파일 광고를 본 나는 호텔에 체크인한 뒤 앱터에게 전화해 만날 약속을 잡으려던 계획과 달리 곧바로 택시를 타고 신문사로 향했다. 그리고는 예루살렘의 식당에서 아하론과 저녁식사를 하기 전에, 수백 개나 되는 기사들을 모두 찬찬히 읽었다. 미국 정부가 데미야뉴크를 상대로 클리블랜드 지방법원에 국적박탈 소송을 제기한 약 십 년 전의 기사도 거기 포함되어 있었다. 소송사유는 데미야뉴크가 비자 신청서에 제2차 세계대전 중 자신이 어디에 있었는지를 허위로 기재했다는 것이었다.

나는 아메리칸 콜로니 호텔의 정원에서 테이블에 앉아 기사 복사본을 읽고 있었다. 평소에는 학자와 예술가를 위한 게스트하우스인 미시케놋 샤아나님에 묵었다. 시장 직속의 예루살렘 재단이 운영하는 이곳은 킹 데이비드 호텔에서 길을 따라 200미터쯤 떨어진 곳에 있었다. 나는 1월에 예루살렘에 오면 묵으려고 여러 달 전 그 게스트하우스의 방을 예약했으나, 런던을 떠나기 전날 예약을 취소하고 아메리칸 콜로니 호텔에 방을 예약했다. 아랍인 직원들이 일하는 이 호텔은 예루살렘에서 킹 데이비드 호텔의 반대편 끝에 위치했다. 사실상 1968년 이전 요르단령 예루살렘과 이스라엘령 예루살렘을 가르던 경계선에 있는 이 호텔에서 몇 블록만 가면 지난 몇 주 동안 산발적으로 폭력사태가 일어났던 아랍 구시가지가 나왔다. 나는 다른 필립 로스와 최대한 멀어지기 위해 예약을 바꿨다고 클레어에게 설명했다. 신문사에서 기사를 철회했어도, 그가 여전히 킹 데이비드 호텔에 내 이름으로 묵으면서 예루살렘 시내를 돌아다닐지도 모르는 일이었다. 나는 아랍계 호텔에 묵는다면, 우리 둘이 우연히 마주칠 가능성이 최소한으로 줄어든다고 말했다. 클레어도 나더러 그와 마주치기 쉬운 곳에 가는 것은 멍청한 짓이라고 말한 적이 있었다. 그녀는 내 말을 듣고 이렇게 대답했다. "하지만 돌에 맞아 죽을 위험은 최대치가 될 거야." "아메리칸 콜로니 호텔에서 나는 거의 무명의 존재일 거야. 지금은 무명의 존재가 되는 것이 가장 영리하고, 가장 덜 파괴적이고, 가장 합리적인 전략이야." "아니, 아하론한테 여기 런던으로 와서 당신과 함께 있어달라고 말하는 게 가장 영리한 전략이야." 내가 이스라엘로 떠나는 날, 클레어는 아프리카로 날아가 케냐에서 영화촬영을 시작할 예정이었다. 나는 히스로 공항에서 헤어지면서 클레어에게 내가 동예루살렘 경계선 근처에 있는 1급 호텔에서 위험한 일을 당할 가능성이나 그녀가 나이로비 거리에서 사자에게 잡아먹힐 가능성이나 별로 다르지 않다고 말했다. 클레어는 우울한 표정으로 그렇지 않다고 말하고는 여행을 떠났다.

　나는 바로 지난주에 나온 기사까지 쭉 복사본을 읽었다. 이미 재판이 한참 진행되었는데도 피고 측 변호사인 요람 셰프텔이 열 종류의 문서를 증거로 새로 제시하고 싶다고 요청했다는 내용이었다. 그 사기꾼 놈이 이 사건의 핵심을 차지하는 신원증명 문제에서 용기를 얻어 내 흉내를 내자는 생각을 처음으로 떠올린 것이 이 데미야뉴크 재판 도중이었는지, 아니면 언론에 광범위하게 보도되는 사건인 만큼 대중에 널리 알려질 기회도 많다는 이유로 일부러 이 재판에서 연기를 펼치기로 한 건지 문득 궁금해졌다. 이렇게 우울하고 비극적인 사건 한복판에서 놈이 교묘하게 그런 미친 짓을 벌이고 있다는 생각을 하니 욕지기가 올라왔다. 나야 이런 사기극에 직업적인 호기심을 품고 있지만, 나와는 다른 누군가가 이유를 막론하고 우리 둘의 운명을 공개적으로 서로 얽히게 만들기 위해 처음부터 이 재판을 선택해 움직였다는 사실에 나는 처음으로 분노했다.

그날 저녁식사 때 나는 내 문제를 의논할 수 있는 예루살렘의 변호사를 추천해달라고 아하론에게 부탁해야 할지 몇 번이나 고민했다. 하지만 아하론이 최근에 만난 손님에 대해 이야기하는 동안 나는 대체로 침묵을 지켰다. 프랑스인이고 대학교수인 그 여자 손님은 두 자녀가 있는 기혼여성인데, 갓난아기 때인 1944년 연합군이 파리를 해방하기 겨우 몇 달 전에 파리의 어느 교회 마당에서 발견되었다고 했다. 그녀를 길러준 양부모는 가톨릭 신자였으나, 그녀는 몇 년 전부터 자신이 유대인 아이였다고 믿게 되었다. 당시 파리 어딘가에 숨어 있던 유대인 부모가 아기마저 유대인으로 살아가지 않게 하려고 갓 태어난 아기를 교회 마당에 놓아두었을 것이라는 논리였다. 그녀가 이 생각을 하게 된 것은 레바논 전쟁 때였다. 당시 그녀의 남편과 자녀들을 포함해서 그녀 주위의 사람들은 모두 이스라엘을 살인자로 비난했으나, 그녀는 자기도 모르게 전투태세를 갖추고 열심히 이스라엘을 변호했다.

그녀는 아하론의 책을 읽었을 뿐 그와 직접 아는 사이가 아니었지만, 그래도 자신의 이 새로운 생각에 대해 대단히 흥미롭고 열정적인 편지를 써서 그에게 보냈다. 그리고 아하론이 공감하는 답장을 보낸 지 며칠 뒤 그녀가 그의 집 문 앞에 나타나 개종하고 싶어서 랍비를 찾으려 하니 도와달라고 말했다. 그날 저녁 그녀는 아하론과 그의 아내 유디트와 함께 저녁식사를 하면서, 자신이 지금까지 단 한 번도 프랑스에서 소속감을 느껴본 적이 없다고 설명했다. 자신은 프랑스어를 흠잡을 데 없이 구사하고, 외모나 행동도 모든 사람의 눈에 지극히 프랑스인처럼 보이지만, 틀림없이 유대인이라는 확신이 있으며 유대인들에게 소속감을 느낀다는 것이었다.

다음 날 아침 아하론은 그녀를 아는 랍비에게 데려가, 그녀의 개종을 맡아줄 수 있느냐고 물었다. 랍비는 거절했다. 두 사람이 함께 만나러 간 다른 세 명의 랍비도 마찬가지였다. 그들은 모두 비슷한 거절 사유를 댔다. 그녀의 남편도 자녀들도 유대교 신자가 아니니, 종교 때문에 가족이 갈라질 수 있는 상황을 만들고 싶지 않다는 것. "내가 남편과 '이혼'하고 아이들과 '의절'한다면……." 하지만 그녀는 그들 모두를 몹시 사랑했으므로, 그녀의 이 말을 들은 랍비는 그리 진지하게 받아들이지 않았다.

예루살렘에서 일주일 동안 뜻을 이루지 못하고 여전히 가톨릭 신자의 몸으로 프랑스에 돌아가 계속 예전처럼 살아야 한다는 생각에 우울해진 그녀가 출발 전날 아펠펠드 부부의 저녁 식탁에 앉았을 때, 아하론과 유디트는 그녀의 고통을 더 이상 가만히 두고 볼 수가 없어서 갑자기 선언하듯이 말했다. "당신은 유대인이에요! 우리 아펠펠드 부부가 당신을 유대인으로 선언해요! 자…… 우리가 당신을 개종시켰어요!"

아하론은 나와 함께 식당에 앉아 친절하지만 우습고 대담했던 이 행동에 대해 웃어댔다. 나도 웃었다. 자그맣고 탄탄한 몸에 얼굴은 완전히 동그랗고 머리카락이 하나도 없으며, 얼굴에는 안경을 쓴 아하론이 자기 이름의 원래 주인인 모세의 형처럼 신비로운 요술에 능통한 착한 마법사 같은 표정으로 나를 바라보았다. 나는 나중에 우리 인터뷰의 서문에 이렇게 썼다. "그는 아이들의 생일파티에 나가 모자에서 비둘기를 꺼내 아이들을 즐겁게 해주는 마술사 행세를 해도 잘 통할 것이다. 그의 온화하고 상냥하고 다정한 얼굴을 보면 그 직업이 쉽게 떠오른다. 그가 피치 못해 떠밀려간 책임, 즉 그의 부모를 포함해서 유럽의 거의 모든 유대인이…… 그 대륙에서 사라진 일에 대해 은근히 불길한 일련의 작품들로 응답하는 일은 잘 연상되지 않는다." 아하론 자신도 아홉 살 때 트란스니스트리아의 강제 수용소를 탈출해 혼자 숲에 숨어 살거나 인근의 가난한 농가에서 머슴 노릇을 하면서 간신히 목숨을 건졌다. 그리고 삼 년 뒤 소련군 덕분에 자유의 몸이 되었다. 수용소로 끌려가기 전 그는 부유한 집의 응석받이 자식이었으며, 그의 부모는 부코비나루마니아 북동부의 2개 주와 우크라이나 체르노프치 주를 포함하는 지역의 역사적 명칭에서 현지에 상당히 동화되어 살아가는 유대인이었다. 집에는 보모와 가정교사가 있었고, 몸에는 항상 최고급 옷만 걸쳤다.

　내가 말했다. "아펠펠드가 유대인이라고 선언해주는 건 간단한 일이 아니야. 사람들에게 그 이름을 부여해주는 능력이 자네에게 있다고. 나한테도 시도한 적이 있잖아."

　"자네한테는 아니야, 필립. 나를 만나기 오래전부터 자네는 이미 훌륭한 유대인이었어."

　"아냐, 아냐. 자네가 상상하는 것만큼 끊임없이 전적으로 완전한 유대인이었던 적은 없어."

"아냐, 끊임없이, 전적으로, 완전히, 바뀔 수 없는 유대인이었어. 자네가 지금도 그 사실을 이토록 열심히 부정하려 한다는 게 나한테는 최고의 증거일세."

"그런 논리라면 반박할 길이 없군."

아하론이 조용히 웃음을 터뜨렸다. "그렇지."

"그런데 자네는 가톨릭 집안에서 자란 그 교수의 공상 같은 주장을 믿나?"

"내가 무엇을 믿는지는 중요하지 않아."

"그럼 그 교수의 믿음은 어때? 그 교수는 자기가 유대인이 아니기 때문에 교회 마당에 버려졌을 가능성은 생각한 적이 없나? 자기가 사회와 동떨어진 존재 같다는 느낌이 사실은 유대인으로 태어난 탓이 아니라 친부모가 아닌 사람들의 손에 자란 고아라는 사실에 기인한다는 생각은? 게다가 유대인 엄마라면 유대인이 살아남을 가능성이 더할 나위 없이 좋은 해방 전야에 아이를 버렸겠지. 그러니 그 여자가 발견된 시기만 생각해봐도, 유대인 부모의 자식일 가능성이 가장 희박해져."

"그래도 가능성이 아주 없는 건 아니지. 연합군의 손에 해방될 날이 겨우 며칠 뒤라고 해도, 그들은 그 며칠 동안 숨어서 살아남아야 했으니까. 자꾸 울어대는 갓난아기를 데리고 숨어서 살아남는 건 불가능한 일이었을지도 몰라."

"그건 그 여자의 생각이지."

"그 여자가 생각하는 것 중 하나야."

"그래, 사람은 당연히 무슨 생각이든 할 수 있어……." 당연히 나는 사람들 앞에서 내 행세를 하고 있는 그 남자를 떠올렸다. 그놈도 자기가 정말로 나라고 생각하나?

"피곤해 보이는데." 아하론이 말했다. "마음에 걸리는 게 있는 것 같기도 하고. 오늘 밤에는 평소와 달라."

"그럴 필요가 없거든. 평소의 나처럼 구는 다른 사람이 생겼으니까."

"하지만 신문에는 아무것도 없었어. 내가 이미 본 것만 제외하고."

"아, 그래도 놈은 계속 내 흉내를 내고 있을 거야. 틀림없어. 누가 놈을 막을 수 있겠나? 당연히 나는 아니지. 최소한 내가 시도는 해봐야 하지 않느냐고? 자네라면 그렇게 하겠지? 제정신을 가진 인간이라면 그렇게 하겠지?" 클레어가 다른 곳으로 가버리고 나니, 이제 내가 클레어의 주장을 내 것처럼 펼치고 있었다. "내가 〈예루살렘 포스트〉에 광고라도 내야 할까? 이스라엘 국민들에게 이 사기꾼의 존재를 알리고, 놈이 내 이름으로 무슨 행동을 하든 나와는 상관없다고 밝히는 광고 말이야. 전면광고 하나면 하루아침에 결판이 날 텐데. 내가 텔레비전에 출연할 수도 있겠지. 아니면 그냥 경찰서를 찾아가서 말하는 게 더 간단한 방법인지도 몰라. 놈이 가짜 신분증을 갖고 있을 가능성이 아주 높거든. 틀림없이 뭔가 법을 어기고 있을 거야."

"하지만 자네 실제로는 아무것도 안 하잖아."

"뭐, 내가 뭔가를 하기는 했어. 전에 자네랑 이야기한 뒤에 내가 놈한테 전화를 걸었거든. 킹 데이비드 호텔로. 런던에서 전화를 걸어, 기자인 척하고 놈과 인터뷰를 했어."

"그래, 그게 만족스러운 모양이지? 이제야 평소 모습이 나오는군."

"뭐, 아주 재미가 없었다고 할 수는 없어. 그렇지만 말이야, 아하론, 내가 어떻게 해야 할까? 심각하게 받아들이기 힘들 만큼 웃기는 일이자, 웃어넘기기 힘들 만큼 심각한 일이잖아. 이 일 때문에 내가 몇 달 전부터 떨쳐버리려고 애쓰던 정신 상태로 되돌아가고 있어. 신경쇠약 발작이라는 비참한 일의 핵심에 뭐가 있는지 아나? 나라는 염증. 소우주 염증. 나 자신이라는 작은 욕조에 빠져 익사하는 기분. 여기로 오면서 나는 방법을 다 생각해두었네. 예루살렘에 가서 주관에서 벗어나, 아펠펠드에 포섭되어, 다른 자아라는 바다에서 헤엄치자. 여기서 다른 자아란 자네를 말하는 거야. 그런데 웬걸, 이 '나'라는 존재가 나를 온통 차지하고 괴롭히고 있어. 밤낮으로 나를 괴롭히는 그 '나'도 아닌 주제에. 내가 아랍인들과 함께 지하로 들어가는 동안, 예루살렘의 유대인 구역에 대담하게 진을 친 '나'도 아니야."

"그래서 숙소를 여기로 잡은 거로군."

"맞아. 내가 여기 있는 건 놈 때문이 아니라 자네 때문이야. 그게 내 생각이었네. 아하론, 지금도 내 생각은 같아. 보게." 나는 재킷 주머니에서 종이를 꺼냈다. 내가 그에게 가장 먼저 던질 질문을 타자로 정리해둔 종이였다. "시작해보자고. 놈이야 어떻게 되든 말든, 이거나 읽어봐."

나는 이렇게 썼다. '이전 세대에 중부유럽에서 활동하던 두 작가, 즉 폴란드어로 글을 쓰던 폴란드 유대인으로 유대인 색채가 몹시 짙은 갈리시아의 도시 드로고비치에서 가족과 함께 살며 고등학교 교사로 일하던 중 나치의 총에 맞아 죽은 브루노 슐츠와, 독일어로 글을 쓰던 프라하의 유대인이자 막스 브로드에 따르면 사십일 년의 생애 중 대부분의 기간 동안 '가족들 사이에서 홀린 듯' 살았던 카프카의 메아리가 당신의 소설에 있는 것 같다. 당신의 상상력에 슐츠와 카프카가 얼마나 관련되어 있다고 생각하는가?'

그러고 나서 차를 마시며 우리는 나에 대해서도, 내가 아닌 자에 대해서도 이야기하지 않았다. 그보다는 더 생산적인 대화, 즉 슐츠와 카프카에 대한 대화를 나누다가 마침내 피곤해져서 집에 돌아가기로 했다. 그래, 이렇게 놈을 이기는 거야. 나는 속으로 생각했다. 그 그림자 녀석을 잊어버리고 내 일에만 집중하면 돼. 내가 힘을 회복할 수 있게 도와줬던 많은 사람 중에서도 클레어, 버니, 정신약리학자 등을 제쳐두고, 나는 아하론과의 대화를 마지막 출구로 삼았다. 내가 잃어버린 듯싶은 나의 일부, 담론 능력과 사고력을 지니고 있었으나 내가 할시온에 나가떨어져 결코 다시는 내 머리를 사용할 수 없을 거라고 확신하던 시기에 그냥 사라져버린 그 일부를 다시 내 것으로 만들 수 있는 수단으로 삼았다. 할시온이 내 평범한 일상을 파괴해버린 것만으로도 힘든데, 그 와중에 내게 특별했던 모든 것도 함께 파괴되었다. 아하론은 성장기에 상상할 수 있는 가장 잔혹한 일을 겪었으나 그 자신의 특별함으로 평범한 모습을 회복할 수 있었던 사람, 무익함과 혼돈을 정복하고 조화로운 인간이자 뛰어난 작가로 다시 태어난 것만으로도 내가 보기에는 기적에 가까운 성취를 이룩한 사람을 대표하는 존재였다. 그의 성취가 육안으로는 결코 볼 수 없는 내면의 어떤 힘에서 우러나왔다는 점에서 더욱더 기적적이었다.

그날 저녁 잠자리에 들기 전에 아하론은 식당에서 내게 설명했던 내용을 다시 정리해서, 다음 날 통역에게 줄 히브리어 답변서로 만들어 타자로 쳤다. 그는 카프카와 자신에 대해 이렇게 말했다. "카프카는 내면세계에서 빠져나와 현실을 어느 정도 이해하려고 합니다. 하지만 나는 상세하고 경험적인 현실세계, 수용소와 숲의 소산입니다. 나의 현실세계는 상상력을 훨씬 뛰어넘는 것이었으므로, 예술가로서 나의 임무는 상상력을 발전시키는 것이 아니라 오히려 제한하는 것이었습니다. 그런데도 불가능한 일 같았습니다. 너무나 믿기 어려운 일투성이라 나 자신이 허구의 존재인 것 같았거든요…… 처음에 나는 나 자신과 내 기억으로부터 도망쳐, 내 것이 아닌 삶을 살면서 내 것이 아닌 삶에 대한 글을 쓰려고 했습니다. 하지만 나 자신에게서 도망치는 것은 내게 허락된 일이 아니라고, 만약 내가 어린 시절 홀로코스트 때 겪은 일들을 부정한다면 영적으로 기형적인 존재가 될 것이라고 어느 비밀스러운 감정이 내게 말해주었습니다……"

∽∾∽

나의 작은 친척 앱터, 아직 어른이 되지 못한 어른인 그는 관광객들을 위해 성지의 풍경을 그려주는 일을 하고 있다. 그는 기념품 노점과 페이스트리 판매대 사이에 비좁게 자리한 작은 작업장에서 그림을 팔아 번 돈을 구시가지 유대인 구역의 가죽 장인과 나눈다. 관광객들이 앱터에게 가격을 물으면, 그는 그 관광객의 모국어로 대답해준다. 앱터는 비록 제대로 된 어른으로 자라지 못했지만, 지금까지 살아온 인생의 궤적 덕분에 영어, 히브리어, 이디시어, 폴란드어, 러시아어, 독일어를 유창하게 구사할 수 있기 때문이다. 심지어 우크라이나어도 조금 할 줄 아는

데, 앱터는 그 언어를 고이시goyish라고 부른다. 관광객들이 가격을 물어보면 앱터는 이렇게 대답한다. "그건 내가 결정하는 게 아니에요." 안타깝게도 그가 일부러 겸손한 척하는 것은 아니다. 앱터는 문화적 소양이 워낙 깊어서 자신의 그림을 높이 평가하지 않는다. "세잔을 사랑하는 사람으로서, 그의 그림 앞에서 울며 기도를 드리는 사람으로서 내 그림은 아무런 이상이 없는 속물 같아." 그의 이 말에 나는 이렇게 대답한다. "속물이라 해도 아주 괜찮은 그림이에요." 앱터는 이렇게 묻는다. "내 그림은 왜 이렇게 형편없지? 이것도 히틀러 때문인가?" "이게 혹시 위로가 될지는 모르겠는데, 히틀러의 그림 솜씨는 형편없었어요." "아냐, 내가 히틀러의 그림을 본 적이 있어. 심지어 히틀러조차 나보다 그림을 잘 그렸다고."

앱터는 0.9×1.2미터 크기의 풍경화 한 점에 어떤 주는 100달러를 받고, 어떤 주는 5달러밖에 받지 못한다. 자선을 즐기는 영국 유대인, 예루살렘에 고층 아파트를 소유하고 있으며 어쩌다 보니 앱터의 삶에 대해 알게 된 그 맨체스터 사업가가 그림 한 점을 사면서 앱터에게 1천 파운드짜리 수표를 준 적이 한 번 있었다. 그 뒤로도 그는 앱터의 후견인처럼 굴면서 대략 일 년에 한 번씩 사람을 보내 그 터무니없는 가격으로 비슷비슷한 그림들을 사간다. 반면 어느 미국인 노부인은 앱터에게 한 푼도 주지 않은 채 그림만 들고 일어섰다. 어쨌든 앱터의 말에 의하면 그렇다. 노부인이 가져간 그림은 앱터가 성 스데반 문 근처에 있는 예루살렘 동물시장을 주제로 매주 그리는 열두 점의 그림 중 하나였다. 그림을 도둑맞은 앱터는 거리에서 울며 소리쳤다. "경찰을 불러요! 도와주세요! 누가 좀 도와줘요!" 하지만 아무도 그를 도우려고 나서지 않았기 때문에 앱터가 직접 그 노부인을 쫓아가 첫 번째 길모퉁이에서 따라잡았다. 노부인은 훔친 그림을 발 옆에 두고 벽에 기대서 쉬고 있었다. 앱터는 노부인에게 이렇게 말했다. "난 욕심쟁이가 아니에요. 하지만, 부인, 나도 먹고살아야죠." 앱터가 들려준 이야기에 따르면, 노부인은 울면서 거지처럼 양손을 앞으로 뻗은 화가 주위로 금방 몰려든 소수의 사람들을 향해 자기가 이미 1페니를 치렀으며, 이런 그림 값으로는 그것이 충분하고도 남는 금액이라고 강력히 주장했다. 그녀는 화를 내면서 이디시어로 소리를 질러댔다. "이자의 주머니를 봐요! 거짓말이야!" 앱터는 내게 이렇게 말했다. "오우거 같은 입술을 비틀어서 무시무시하게 소리를 질러댔어. 필립, 난 내 상대가 어떤 사람인지 알아차리고 이렇게 말했어. '부인, 어느 수용소예요?' '전부!' 그 부인은 이렇게 소리치고서 내 얼굴에 침을 뱉었어."

앱터의 이야기에 등장하는 사람들은 거의 매일 그의 물건을 훔치고, 그에게 침을 뱉고, 사기를 치고, 모욕과 욕설을 쏟아낸다. 내 친척을 괴롭히는 이 사람들은 대개 수용소에서 살아남은 자들이다. 앱터의 이야기가 진실일까? 나는 이런 질문을 한 번도 던지지 않는다. 그 대신 이 이야기들을 픽션으로 받아들인다. 수많은 픽션이 그렇듯이, 이야기꾼이 차마 말할 수 없는 진실을 드러낼 수 있게 거짓을 제공해주는 픽션. 가톨릭 집안에서 자란 '유대인'이 지어낸 이야기를 아하론이 자기 나름의 방식으로 이해한 것처럼, 나도 앱터의 이야기를 비슷하게 대한다.

아하론과 저녁식사를 한 다음 날 아침 나는 호텔에서 택시를 타고 유대인 구역에 있는 앱터의 비좁은 작업실로 곧장 가서 두어 시간 그와 시간을 보내다가 다시 아하론을 만나 점심을 먹으며 대화를 재개할 생각이었다. 하지만 나는 택시를 타고 데미야뉴크 재판을 보러 갔다. 내 흉내를 내는 사기꾼을 제압하려고. 만약 놈이 법정에 없으면, 킹 데이비드 호텔에도 가볼 것이다. 반드시 그래야 했다. 아무 조치도 취하지 않고 또 이십사 시간을 보낸다면 내 머릿속에는 온통 그 생각만 가득할 테니까. 하지만 사실 나는 그 전날 밤에 잠을 제대로 이루지 못하고, 한 시간마다 한 번씩 깨어 문이 제대로 잠겼는지 거듭 확인한 뒤에야 다시 침대에 누웠다. 그러고도 침대 발치 허공에 마그리트의 그림처럼 놈이 나타나기를 기다렸다. 침대 발판이 무덤의 대석臺石이고 호텔 방은 묘지이며, 우리 둘 중 한 명은 유령인 것처럼. 게다가 내 꿈은…… 입에 담을 수도 없을 만큼 불길하고 끔찍한 전조들이 한데 모여 로켓처럼 돌진했다. 나는 내 손으로 그 망할 놈을 꼭 죽이고야 말겠다는 무자비한 결심과 함께 그 꿈에서 깨어났다. 맞다. 아침이 되었을 때는 나조차도 내가 아무 조치도 취하지 않기 때문에 오히려 모든 것이 크게 과장되어 보인다는 사실을 분명히 알 수 있었다. 그런데도 나는 흔들렸다. 택시가 유대인 구역 입구로 다가갈 때에야 나는 기사에게 차를 돌리라고 말하면서 시내 반대편에 있는 컨벤션센터의 주소를 말했다. 의사당과 박물관 너머에 있는 그곳은 보통 강연이나 영화 상영에 사용되었으나 십일 개월 전부터는 데미야뉴크 재판이 열리고 있었다. 아침식사 때 나는 신문에 실린 그 주소를 옮겨 적은 뒤, 예루살렘 지도에서 그 위치를 굵은 원으로 표시해두었다. **이제는 흔들리지 않을 것이다.**

센터의 입구 앞에 무장한 이스라엘 군인 네 명이 서서 자기들끼리 수다를 떨고 있었다. 그들 옆의 부스에는 손으로 직접 쓴 히브리어와 영어 안내문이 붙어 있었다. '이곳에 무기를 맡기시오.' 나는 그들이 알아차리지 못한 사이에 그들 옆을 지나 로비로 들어갔다. 거기서는 젊은 여성 경찰관에게 여권을 보여주고 출입자 명부에 내 이름을 적은 뒤 금속탐지기를 통과하는 것만으로 안쪽 로비에 발을 들일 수 있었다. 나는 이름을 적을 때 일부러 시간을 끌면서 명부의 위아래를 살피며 혹시 내 이름이 이미 적혀 있는지 확인해보았다. 물론 거기에 이름이 없다고 해서 확실해지는 건 하나도 없었다. 재판이 시작된 지 한 시간쯤 지났고, 명부에는 수십 명의 이름이 여러 페이지에 적혀 있었다. 게다가 놈이 갖고 있는 여권은 내 이름이 아니라 놈의 본명으로 되어 있을 가능성이 높았다. (하지만 내 이름으로 된 여권도 없이 어떻게 그 호텔에 내 이름으로 숙박할 수 있었지?)

로비 안쪽에서 나는 다시 여권을 건네야 했다. 헤드폰을 대여하는 데 필요한 담보물이었다. 그곳에 근무중인 군인도 젊은 여성이었는데, 그녀는 히브리어로 진행되는 재판을 영어 동시통역으로 들으려면 어떻게 해야 하는지 내게 알려주었다. 나는 그녀가 전에도 재판을 보러 오신 분이 아니냐며 내 얼굴을 알아보는지 지켜보았으나, 그녀는 자기 일을 마치고 나서 다시 잡지를 읽기 시작했다.

법정으로 들어가 맨 뒷줄 방청객들 뒤에서 상황을 정확히 파악한 뒤, 나는 이곳에 온 이유를 완전히 잊어버렸다. 법정 전면의 단상에 올라가 있는 십여 명의 얼굴을 살펴 피고를 파악하고 나니, 내 흉내를 내는 사기꾼뿐만 아니라 나 자신 또한 존재감을 잃어버렸기 때문이다.

거기 그가 있었다. **거기 그가 있었다.** 옛날 옛날에, 겨우 쉰 명이 들어갈 수 있는 방에 이삼백 명이나 되는 사람들을 빽빽이 몰아넣고 빗장을 잠근 뒤 기계를 작동시킨 사람. 그는 삼십 분 동안 일산화탄소를 뭉클뭉클 흘려보내면서 비명이 잦아들기를 기다렸다가, 살아 있는 사람들을 들여보내 죽은 자들을 끌어내고 다음 사람들을 위해 방을 치우게 했다. "그 쓰레기들 빨리 치워." 그는 사람들에게 이렇게 말했다. 사람들이 본격적으로 실려 오던 시절에는 하루에 열 번, 열다섯 번씩 이런 일이 되풀이되었다. 술기운 없이 정신이 맑을 때도 있고 그렇지 않을 때도 있었지만, 항상 활기가 넘쳤다. 기운차고 건강한 청년. 훌륭한 일꾼. 한 번도 아픈 적이 없고, 심지어 술을 마셔도 재빠른 움직임에는 변함이 없었다. 아니, 오히려 더 빨라졌다. 쇠파이프로 남자들을 후려치고, 임신한 여자의 배를 칼로 가르고, 눈을 파내고, 채찍질을 하고, 귀에 못을 박았다. 한 번은 송곳으로 누군가의 엉덩이에 구멍을 뚫기도 했다. 그날은 그냥 그러고 싶어서 그렇게 했다. 고함을 지를 때는 우크라이나어로. 우크라이나어를 모르는 사람의 머리에는 총알을 박아주었다. 정말 굉장한 시절이었다! 그런 시절은 두 번 다시 오지 않을 거야! 겨우 스물두 살의 나이로 그는 그곳의 주인이었다. 아무나 붙잡고 자기 마음대로 할 수 있었다. 채찍이든, 권총이든, 칼이든, 곤봉이든 아무거나 휘두르면서 젊고 건강하고 강한 존재가 될 수 있었다. 술에 취해 권력을 휘둘렀다. 신처럼 **무한한** 권력! 거의 백만 명이나 되는 사람들. **백만 명.** 그 모든 유대인의 얼굴에서 그는 공포를 읽었다. 그를 두려워하는 얼굴. **그를!** 스물두 살의 농촌 청년을! 온 세계의 역사에서 그토록 많은 사람을 한 명씩 차례로 혼

76

자 죽일 수 있는 기회가 누구에게든 주어진 적이 있던가? 세상에 이런 일이 있다니! 하루하루가 성대한 잔치였다! 끝나지 않는 파티였다! 피! 보드카! 여자! 죽음! 권력! 그리고 비명! 끝날 줄 모르는 비명! 그 모든 것이 **노동**인데, 기분 좋고 힘든 노동인데도 전혀 때 묻지 않은 야생의 즐거움이 있었다. 대부분의 사람들이 꿈에서만 느끼는 기쁨, 황홀경! 그런 일을 일 년, 일 년 반만 하면 평생 만족하며 살 수 있을 것이다. 그런 일을 하고 나면 인생이 그냥 흘러가버렸다고 불평할 필요가 없다. 그런 일을 하고 나면 누구라도 아침 9시에 출근해서 5시에 퇴근하는 생활을 매일 되풀이하면서도 만족할 수 있을 것이다. 아주 드물게 사고가 일어났을 때만 빼고 평소에는 공장 바닥에 피가 흐를 일이 없는 생활. 9시에서 5시까지 일하고 집으로 돌아와 처자식과 함께 식사를 하는 생활. 그런 일을 하고 나면 이런 생활만으로도 충분하다. 스물두 살에 그는 누구나 언제 한번 보았으면 좋겠다고 생각하는 광경을 모두 보았다. 그 시절이 계속되는 동안에는 굉장했다. 세상에 무서울 것이 없는 젊은 시절, 거의 모든 일에 동물 같은 열정을 품고 달려들던 그 정신없는 시절은 엄청난 경험이었다. 하지만 나이를 먹다 보면 결국 그런 일에서 멀어지게 된다. 그도 그랬다. 그런 일을 언제 그만둬야 하는지 잘 알아차려야 하는데, 다행히 그는 그 시기를 알아차린 쪽이었다.

그가 거기 있었다. 그것이 거기 있었다. 이제는 머리가 벗어지고 살이 찐 예순여덟 살의 얼간이. 덩치가 크고 유쾌한 그는 좋은 아버지, 좋은 이웃이었으며, 가족들과 친구들도 그를 사랑했다. 지금도 아침마다 팔굽혀펴기를 했다. 감방에서조차. 바닥에서 양손을 떼고 손뼉을 한 번 친 뒤 다시 양손으로 바닥을 짚는 팔굽혀펴기였다. 지금도 손목이 어찌나 굵고 튼튼한지, 이스라엘로 오는 비행기에서 평범한 수갑으로는 그의 손목을 묶을 수 없었다. 그래도 누군가의 머리를 후려쳐서 깨버리던 시절로부터 거의 오십 년이 흐른 지금, 그는 늙은 권투 챔피언처럼 상냥하고 무섭지 않은 존재였다. 착한 조니 할아버지. 악마 같은 인간이 착한 조니 할아버지가 되었다. 자기가 직접 가꾼 텃밭을 사랑한다고 모두들 입을 모았다. 지금은 누군가의 엉덩이에 송곳으로 구멍을 뚫는 일보다 토마토를 가꾸고 스트링빈을 기르는 일을 더 좋아했다. 그래, 반드시 한창때의 젊은이여야 한다. 항상 최고로 평가받으면서, 누군가의 큼직한 엉덩이를 가지고 그런 장난을 치는 간단한 일조차 제대로 잘 해내야 한다는 생각으로 들끓어야 한다. 그는 한곳에 정착해 귀리의 씨앗을 뿌렸다. 거친 일들은 모두 그만두겠다고 이미 오래전에 맹세했다. 자신이 어떤 지옥을 만들어냈는지 지금은 잘 기억도 나지 않았다. 너무 오래전이야! 세월이 어찌나 빠른지! 그래, 그는 이제 완전히 다른 사람이었다. 그는 이제 그런 망나니가 아니었다.

그가 거기 있었다. 경찰관 두 명을 양옆에 두고 작은 탁자에 앉아 있었다. 그 앞쪽의 긴 탁자에서는 그의 변호인 세 명이 그를 변호했다. 그는 목 부위의 단추를 풀어놓은 셔츠 위에 연한 파란색 양복을 입었다. 커다란 대머리에는 둥근 헤드폰이 걸쳐져 있었다. 나는 그가 우크라이나어 동시통역을 듣고 있다는 사실을 금방 알아차리지 못했다. 그는 마치 좋아하는 팝송을 카세트테이프로 들으며 시간을 보내고 있는 것 같았다. 양팔은 가슴 앞에서 편안하게 팔짱을 꼈고, 턱은 알아보기 힘들 만큼 조금씩 위아래로 움직였다. 마치 편안한 자세로 되새김질을 하며 그

맛을 음미하는 동물 같았다. 내가 지켜보는 동안 그는 그냥 그렇게 앉아 있기만 했다. 한번은 그가 방청객들을 무심하게 바라보기도 했는데, 거의 알아차리기 힘들 만큼 살짝살짝 뭔가를 씹는 시늉을 하면서 아주 편안한 상태인 것 같았다. 탁자 위의 물잔을 들어 한 모금 마시기도 하고, 하품을 하기도 했다. 당신들 엉뚱한 사람을 붙잡아왔어. 하품하는 얼굴이 이렇게 주장했다. 미안하지만, 데미야뉴크가 공포의 이반이 맞다고 확인해준 그 늙은 유대인들은 망령이 났거나, 착각했거나, 거짓말을 한 거야. 난 독일군에 붙잡힌 전쟁포로였어. 트레블링카의 수용소에 대해서는 황소나 암소와 마찬가지로 전혀 모른다고. 되새김질을 하는 네발짐승을 데려다가 유대인을 죽였다며 재판에 부친 거나 같아. 나를 재판하는 건 그런 일이라고. 난 멍청해. 누굴 해치지도 않아. 난 아무것도 아닌 존재야. 그때도 아무것도 몰랐고, 지금도 아무것도 몰라. 당신들이 겪은 고통을 생각하면 안쓰럽긴 한데, 당신들이 원하는 이반은 오하이오 주 클리블랜드에서 정원을 가꾸며 사는 착한 조니 할아버지만큼 소박하고 무고한 녀석이 결코 아니야.

나는 기사 복사본에서 읽은 내용을 떠올렸다. 저 죄수가 미국에서 송환되어 이스라엘에 도착했을 때, 특대형 수갑을 찬 그를 비행기에서 데리고 나오던 이스라엘 경찰에게 자기가 무릎을 꿇고 활주로에 입을 맞춰도 되느냐고 물었다는 내용이었다. 성지를 찾은 경건한 순례자, 독실한 신자, 믿음 깊은 영혼…… 그는 자기가 항상 이런 사람이었다고 주장했다. 그러나 활주로에 입을 맞춰도 된다는 허락은 떨어지지 않았다.

그렇게 그는 거기에 있었다. 아니, 없었다.

북적거리는 법정에 혹시 빈자리가 있는지 두리번거리던 나는 삼백 명쯤 되는 방청객 중 적어도 3분의 1이 고등학생이라는 사실을 깨달았다. 이 오전 재판을 보려고 같은 버스를 타고 왔을 것이다. 군인들도 많았다. 나는 그들 사이, 객석 중앙의 중간 자리에서 빈자리를 하나 발견했다. 십대 후반의 남녀 군인들은 이스라엘 군인들만의 특징인 초라한 모습이었다. 그들 역시 '교육적'인 이유로 여기에 와 있음이 분명한데도, 재판에 주의를 기울이는 군인은 고작해야 한 줌밖에 되지 않았다. 대부분의 군인들은 의자에 널브러지듯 앉아서 잠시도 가만히 있지 못하고 몸을 들썩이거나, 자기들끼리 속살거리거나, 몸이 마비된 사람처럼 가만히 백일몽에 잠겼다. 아예 자는 사람도 적지 않았다. 학생들 쪽도 마찬가지였다. 교사의 손에 이끌려 밖에 나왔지만 지루해서 미칠 것 같은 학생들이 어디서나 그렇듯이 자기들끼리 쪽지를 주고받는 녀석들이 보였다. 나는 열네 살쯤 되어 보이는 여자아이 두 명이 뒷줄 남학생에게서 받은 쪽지를 보고 함께 키득거리는 모습을 지켜보았다. 교사는 안경을 쓰고 열정적인 표정을 한 홀쭉한 청년이었는데, 그가 여학생들에게 그만 웃으라고 숨죽여 잔소리를 했다. 하지만 나는 그 두 학생을 보면서 생각했다. 그래, 그래, 이게 맞아. 저 아이들한테 트레블링카는 저 하늘의 은하수 어딘가에 있는 곳이겠지. 초창기에 수용소 생존자들과 그 가족들의 인구비중이 아주 높았던 이 나라에서는 저 어린 십대 아이들이 오늘 오후만 돼도 피고인의 이름을 기억조차 하지 못할 거라는 사실에 기뻐해야 마땅해.

무대 중앙의 단 위에 법복을 입은 재판관 세 명이 앉아 있었으나, 나는 얼마쯤 시간이 흐른 뒤에야 그들에게 주의를 돌릴 수 있었다. 자기가 겉모습과 똑같이 평범한 사람이라고 주장하는 존 데미야뉴크를 또 빤히 바라본 탓이었다. 그는 이렇게 주장했다. 내 얼굴, 내 이웃들, 내 직장, 나의 무지, 우리 교회 신도들, 오하이오에서 평범하고 가정적인 남자로 오랫동안 결백하게 살아온 기록, 이 모든 평범함이 내게 걸린 터무니없는 혐의를 수천 번이나 반증합니다. 내가 어떻게 그런 놈이자 이런 사람이 될 수 있겠습니까?

네가 그런 사람이니까. 네 외모는 사랑 넘치는 할아버지면서 동시에 대량 학살범이 되는 일이 그리 어렵지 않다는 사실을 증명할 뿐이다. 네가 그 두 가지 역할을 너무나 잘 해냈기 때문에 난 네게서 눈을 뗄 수 없어. 변호사들은 다르게 생각하고 싶을지 몰라도, 네가 미국에서 감탄이 나올 만큼 하찮은 삶을 유지해왔다는 사실은 네게 최악의 변호다. 네가 오하이오에서 소박하고 지루한 삶을 그토록 훌륭하게 살아냈다는 것, 바로 그 점 때문에 너는 여기서 혐오스러운 존재가 되는 거야. 넌 양극단에 있는 것처럼 보이는 두 삶을 차례로 살아냈을 뿐이다. 나치라면 이렇다 할 부담감 없이 동시에 즐길 수 있었던 그 두 삶은 서로 배타적인 관계지. 그러니 결국 그게 뭐 그리 대단하겠는가? 독일인들은 서로 크게 다른 성격, 그러니까 아주 착한 성격과 그리 착하지 못한 성격을 유지하는 것이 이제는 사이코패스만의 전유물이 아님을 온 세상에 확고하게 증명해 보였다. 트레블링카에서 최고의 시간을 보낸 네가 미국에서 상냥하고 근면하고 하찮은 사람이 되었다는 건 수수께끼가 아니야. 너의 명령으로 시체를 치웠던 사람들, 여기서 널 고발한 사람들이 너 같은 사람들한테 그런 일을 당한 뒤 평범한 삶과 조금이라도 닮은 생활을 할 수 있었다는 점이 수수께끼지. 그 사람들이 어떻게든 평범하게 살 수 있었다는 사실, 그게 믿기 힘든 일이라고!

데미야뉴크에게서 3미터도 채 떨어지지 않은 곳, 판사석 발치의 탁자에 아주 예쁜 검은 머리 여성이 있었다. 그녀의 역할이 무엇인지 처음에는 알아낼 수 없었다. 시간이 조금 흐른 뒤 나는 그녀가 재판장을 보조하는 사무원임을 알아차렸으나, 많은 일이 벌어지고 있는 법정에서 멋지게 침착한 모습을 잃지 않은 그녀를 처음 보았을 때는 데미야뉴크가 '튜브'라고 불리는 좁은 통로에서 칼과 채찍과 곤봉으로 잔혹한 짓을 저질렀다는 유대인 여성들을 생각할 수밖에 없었다. 그 통로는 그가 가축 수송차에서 내린 사람들을 가스실 안으로 몰아넣기 전에 한데 모아놓던 곳이었다. 건강해 보이는 그 젊은 여성 같은 사람들을 그는 튜브에서 몇 번이나 마주쳐 절대적인 힘을 휘둘렀을 것이다. 지금 그가 변호사 테이블 맞은편의 증인석이나 판사석을 바라볼 때마다 그 여성이 반드시 시야에 들어올 것이다. 머리를 박박 깎지도 않았고 옷도 제대로 입은 그녀는 자신감이 넘치고 겁에 질리지 않은 매력적인 젊은 유대인 여성으로, 어떻게 보나 그가 손을 뻗을 수 없는 상대였다. 그녀의 직업을 깨닫기 전에 나는 심지어 그녀를 그 자리에 앉혀놓은 이유가 바로 그것이 아닌가 하는 생각까지 했다. 그가 감방에서 꿈을 꿀 때, 과거 자신이 파괴해버린 젊은 여성들의 유령을 저 사무원에게서 본 적이 있는지, 꿈에서 조금이라도 양심의 가책을 느낀 적이 있는지, 아니면, 이쪽이 더 가능성이 높긴 한데, 깨어 있을 때와 마찬가지로 꿈에서도 그 여자 역시 트레블링카의 튜브에서 만났어야 한다는 생각밖에 없는지 궁금했다. 그 여성뿐만 아니라 재판관 세 명, 법정 경비, 검사,

통역, 그리고 매일 법정에 나와서 나처럼 그를 빤히 바라보는 사람들도 모두.

그에게 이 재판은 그리 놀라운 것이 아니었다. 유대인들이 날조한 이 선전용 재판은 거짓투성이의 부당한 코미디였으며, 그는 사랑하는 가족들과 함께 살던 평화로운 집에서 족쇄를 차고 여기까지 끌려왔다. 옛날 튜브 안에서 그는 자기 같은 소박한 청년에게 이 사람들이 얼마나 골치 아픈 존재가 될 수 있는지 알았다. 그들이 우크라이나인을 얼마나 미워하는지 알았다. 평생 알고 있었다. 그가 어렸을 때 일어난 기근은 누구 탓인가? 그의 나라를 칠백만 명의 공동묘지로 만들어버린 건 누구인가? 그의 이웃들을 쥐나 잡아먹는 인간 이하의 존재로 만든 것은 누구인가? 어렸을 때 그는 마을에서, 가족들에게서 이런 모습들을 모두 보았다. 집에서 기르던 고양이의 내장을 먹는 엄마들, 썩은 감자 한 알에 몸을 파는 누이들, 결국 인육에 손을 댄 아버지들. 울음소리. 비명. 고통. 사방에 널려 있던 죽음. 무려 칠백만! 죽은 우크라이나인 칠백만! 그게 누구 탓? 누구 탓!

양심의 가책? 그런 건 개나 줘버려!

아니, 내가 데미야뉴크를 잘못 이해했나? 지루한 재판 내내 되새김질을 하고, 물을 마시고, 하품을 하면서도 그의 머릿속에는 오로지 "내가 아니야"라는 말만 있었는지도 모른다. 과거가 다가오지 못하게 막는 데에는 그 말만으로 충분했다. "난 아무도 증오하지 않는다. 날 죽이고 싶어하는 너희 더러운 유대인조차도. 난 무고한 사람이야. 범인은 다른 놈이다."

정말로 다른 놈일까?

그렇게 그는 거기에 있었다. 아니, 없었다. 나는 그를 계속,

계속 빤히 바라보면서, 내가 읽은 모든 불리한 증거자료에도 불구하고 무고하다는 그의 주장이 혹시 옳은 건 아닌지 고민했다. 그의 신원을 확인해준 생존자들이 모두 거짓말을 하거나 착각한 것이 아닌지. 제복을 입은 강제 수용소 경비병의 신분증에 키릴어로 된 그의 서명과 그의 젊은 시절 사진이 있지만, 그 신분증 자체가 정말로 위조품이 아닌지. 그가 트레블링카에 있었다고 검찰이 증거를 내놓은 몇 달 동안 그는 독일군에 포로로 잡혀 있었다는데, 게다가 그가 처음 기소당하기 전부터 지금까지 조사를 받을 때마다 혼란스럽게 자꾸 말을 바꾸는데, 그 점이 오히려 그가 내세운 알리바이의 신빙성을 높여주는 것이 아닌지. 1945년부터 그가 난민기관과 이민 당국의 질문에 거짓으로 대답했다는 점이 분명히 그의 죄를 증명하는 것 같아서 결국 미국 국적을 박탈당하고 추방당했지만, 오히려 그 거짓말은 그의 무죄를 가리키고 있는 것이 아닌지.

하지만 그의 왼쪽 겨드랑이에 있는 문신, 나치가 SS 대원들의 혈액형을 등록하기 위해 새겨준 그 문신을 그가 실제로 나치를 위해 일했으며 지금 이 법정에서 거짓말을 하고 있다는 증거가 아니라 다른 의미로 해석할 방법이 있는가? 진실이 드러날까 봐 겁을 먹은 것이 아니라면, 그는 왜 난민캠프에서 그 문신을 몰래 없애려 했을까? 진실을 감추려던 것이 아니라면, 그는 왜 돌로 피가 나도록 살갗을 문지른 뒤 상처가 낫기를 기다렸다가 또 반복적으로 살갗을 문질러서 결국 심한 흉터 때문에 문신이 사라지게 만드는 그 말할 수 없이 고통스러운 일을 감행했을까? 데미야뉴크가 법정에서 말했다. "나의 비극적인 실수는 제대로 생각하지 못하고, 제대로 대답하지 못한다는 것입니다." 어리석음. 십일 년 전 클리블랜드에서 미국 검찰이 그를 공포의 이반으로 지목하며 처음 문제를 제기한 이래로 그가 자백하고 인정한 것은 이것뿐이다. 그러나 어리석다는 이유로 사람을 목매달아 죽일 순 없다. KGB가 그를 모함했다. 공포의 이반은 다른 사람이었다.

반백의 머리에 음울해 보이는 육십대 남자 도브 레빈 재판장과 피고를 대변하는 이스라엘인 변호사 요람 셰프텔 사이에 불화가 점차 자리를 잡고 있었다. 내 헤드폰에 결함이 있어서 나는 두 사람의 불화가 무엇 때문인지 알 수 없었다. 그렇다고 새 헤드폰을 가져오려고 자리를 비웠다가는 다른 사람이 이 자리를 차지할 수도 있기 때문에 나는 그대로 앉아 두 사람 사이의 갈등을 전혀 이해하지 못한 채로 점점 열기를 띠는 히브리어 대화에 귀를 기울였다. 단 위에서 레빈의 왼편에 앉은 중년의 여성 재판관은 머리를 짧게 자르고 얼굴에 안경을 쓴 모습이었다. 법복 아래에는 남자처럼 셔츠를 입고 넥타이를 맸다. 레빈의 오른쪽에 앉은 재판관은 몸집이 자그마하고, 얼굴에 수염을 기르고, 정수리 모자를 썼으며 할아버지 같은 분위기를 풍겼다. 대략 내 또래의 현명해 보이는 남자로, 재판관들 중 유일하게 정통파 유대교 신자였다.

레빈이 무슨 말을 하고 있는지는 몰라도, 어쨌든 셰프텔이 점점 더 화를 내는 모습을 나는 계속 지켜보았다. 전날 데미야뉴크 재판에 관한 기사 복사본에서 나는 이 변호사가 현란하고 성미 급한 사람이라는 대목을 보았다. 연극을 하듯이 열정적으로 의뢰인의 무고함을 역설하는 모습, 그것도 고통스러워 보이는 강제 수용소 생존자 증인들 면전에서 그런 모습을 보이는 바람에 그가 동포들의 사랑을 많이 잃은 것 같았다. 재판이 라디오와 텔레비전을 통해 전국에 중계되고 있으므로, 이 젊은 이스라엘인 변호사는 유대인 역사를 통틀어 가장 인기 없는 인물 중 한 명이 되었을 가능성이 높았다. 몇 달 전 정오 휴식시간에, 방청객 중 트레블링카에서 가족을 잃은 사람이 셰프텔에게 고함을 질렀다는 기사가 기억났다. "유대인이 어떻게 저런 범죄자를 변호할 수 있는지 이해를 못 하겠네. 유대인이 어떻게 나치를 변호해? 이스라엘이 어떻게 이런 걸 허용할 수 있어? 놈들이 내 가족한테 무슨 짓을 했는지 알아? 놈들이 내 몸에 무슨 짓을 했는지 아냐고!" 재판장과 변호사의 논쟁에 대해 내가 어떻게든 파악한 내용을 정리해보면, 그 피해자 가족의 항의도 유대인으로서 충성심이 있느냐는 다른 비난도 셰프텔의 자신감에는 전혀 피해를 입히지 않은 것 같았다. 그가 데미야뉴크의 변호를 위해 준비한 강력한 주장에도 변화가 없었다. 몸집은 작지만 누구도 막을 수 없는 공성추 같은 그가 법정에서 나갔을 때 어떤 위험에 처하게 될지 궁금했다. 지치지 않고 저항하는 그는 긴 구레나룻과 좁은 턱수염 때문에 쉽게 알아볼 수 있었다. 법정 가장자리에는 제복을 입은 경찰관들이 비무장 상태로 무전기만 들고 일정한 간격으로 서 있었다. 무장한 사복 경찰관들도 법정 안에 분명히 배치되어 있을 테니 여기서는 셰프텔도 온 나라의 증오를 받는 피고인과 똑같이 안전했다. 하지만 그가 하루 일을 끝낸 뒤 사치스러운 포르셰를 몰고 집으로 돌아갈 때는? 여자친구와 함께 해변에 놀러가거나 영화를 보러 갈 때는? 지금 이 순간 텔레비전을 보면서, 무슨 짓을 하든 저놈의 입을 막아버리면 좋겠다고 생각하는 사람들이 이스라엘 전국에 틀림없이 있을 터였다.

셰프텔과 논쟁을 벌이던 레빈은 결국 예정보다 일찍 점심 휴정을 선포했다. 재판관들이 일어서서 단 아래로 내려가는 동안 나도 다른 사람들과 마찬가지로 자리에서 일어섰다. 사방에서 고등학생들이 출구로 달려갔다. 그들의 뒤를 따르는 군인들의 속도도 크게 뒤처지지 않았다. 몇 분 만에 법정 안에는 고작해야 서른 명쯤 되는 방청객만 여기저기 흩어져 있었다. 일행끼리 한데 모여서 조용히 이야기하는 사람들이 대부분이고, 나머지는 몸이 아파서 움직일 수 없거나 무아지경에 빠진 사람처럼 말없이 혼자 앉아 있었다. 모두 노인들이었다. 나는 처음에 그들이 퇴직자라서 시간이 있기 때문에 재판을 자주 보러 오는 줄 알았다. 하지만 곧 그들 역시 수용소 생존자들일 것이라는 생각이 들었다. 신문에서 사진을 봐서 나도 얼굴을 알게 된 데미야뉴크의 스물두 살짜리 아들이 콧수염을 기르고 깔끔한 회색 정장을 입은 모습으로 앉아 있는 곳에서 겨우 1미터쯤 떨어진 곳에서 있는 그들의 기분이 어떨까. 아버지와 똑같이 이름이 존인 그는 아버지가 모함을 당했다고 큰 소리로 항의했으며, 이곳 언론 매체들과의 인터뷰에서는 아버지가 절대로 잘못을 저지른 적이 없다면서 무고함을 주장했다. 법정의 저 생존자들도 분명히 그 아들을 알아보았을 것이다. 내가 읽은 기사에 따르면, 재판이 시작될 때 그 아들이 가족들의 요청으로 아버지 바로 뒤에 눈에 잘 띄게 앉아 있었다고 했다. 또한 오늘 처음 이 법정에 온 나도 데미야뉴크가 아들이 앉아 있는 방청석 첫 번째 줄을 여러 번 내려다본 덕분에 그를 알아보았다. 아들은 어색하지 않게 인상을 찡그리면서 법적인 논쟁이 지루하고 재미없다는 뜻을 아버지에게 전달했다. 미국 이민국이 데미야뉴크를 처음 공포의 이반으로 지목했을 때 아들의 나이는 기껏해야 열한 살이나 열두 살이었을 것이다. 행운을 타고난 많은 아이가 그렇듯이, 저 청년도 유년기에 자신의 이름이 남들의 이름에 비해 특별히 눈에 띄지 않고 다행히 자신의 삶 또한 그러하다고 생각했을 것이다. 하지만 이제 두 번 다시는 그런 생각을 할 수 없게 되었다. 앞으로 영원히 그는 다른 사람의 끔찍한 범죄를 뒤집어쓰고 온 인류 앞에서 유대인들에게 재판받은 데미야뉴크의 아들일 것이다. 이 재판으로 정의가 구현될지는 몰라도, 데미야뉴크의 자식들은 이제 증오 속으로 내던져졌다. 저주의 부활이었다.

아무런 죄도 없는 아들을 죽여 죄 많은 아버지에게 복수하자며 존 데미야뉴크 2세를 죽일 생각을 하는 수용소 생존자가 이스라엘 전국에 단 한 명도 없을까? 트레블링카에서 온 가족을 잃은 사람 중에, 저 아들을 납치해 한 번에 1인치씩 천천히 그의 몸을 훼손해서 결국 데미야뉴크가 법정에서 정체를 실토하게 만들자는 생각을 하는 사람이 한 명도 없을까? 저 피고인의 태평한 하품과 무심하게 되새김질을 하는 듯한 표정, 안타까운 기색이 전혀 없는 표정에 분노한 나머지 이성이 끊어져서 아들을 고문해 아버지의 자백을 이끌어내는 상상을 할 만큼, 아들을 살해하는 일이 두말할 것 없이 정당하고 알맞은 보복이라고 생각할 만큼 망가진 생존자가 한 명도 없을까?

나는 키가 크고 호리호리한 몸에 옷을 잘 차려입은 그 청년이 변호인 세 명과 함께 기운차게 중앙 출구로 걸어가는 모습을 보며 속으로 이런 의문들을 품었다. 데미야뉴크의 외동아들인 그가 셰프텔처럼 무방비상태로 예루살렘 거리에 발을 내딛기 직전이라는 사실이 놀라울 따름이었다.

법정 밖으로 나와보니 온화한 겨울 날씨가 극적으로 변해 있었다. 완전히 다른 날이 된 것 같았다. 엄청난 비바람이 몰아치면서, 강한 바람에 실려 온 빗줄기가 옆에서 들이치는 바람에 컨벤션센터를 에워싼 주차장의 자동차 몇 대 외에는 전혀 앞이 보이지 않았다. 사람들은 이 건물을 빠져나갈 방법을 궁리하며 바깥쪽 로비와 지붕이 있는 보행로에 빽빽이 모여 있었다. 이 군중 속에 들어온 뒤에야 나는 내가 누구를 찾으려고 여기에 왔는지 기억해냈다. 끔찍하기 짝이 없는 엄청난 일 앞에서 나의 작은 문제가 완전히 지워져버린 탓이었다. 놈을 잡겠다고 이렇게 뛰쳐나온 것을 지금 생각해보니, 단순히 경솔하다는 말로는 부족한 짓 같았다. 그것은 일종의 광기에 순간적으로 무릎을 꿇은 행동이었다. 나 자신이 너무 부끄럽고, 그 짜증스러운 인간과 대화를 나눈 것을 생각하니 또 속이 뒤집혔다. 멍청하게 미끼를 물다니, 내가 미쳤지! 지금은 그를 찾는 일이 별로 다급해 보이지 않았다. 방금 목격한 법정 풍경이 머리에 가득해서, 나는 이제 제대로 된 일을 하자고 마음을 다졌다.

원래 나는 자파 거리 근처의 티초 하우스에서 아하론과 점심을 먹기로 되어 있었지만, 비바람이 점점 심해져서 약속시간에 맞춰 그곳까지 갈 방법이 전혀 보이지 않았다. 하지만 스스로 앞길을 방해하는 짓을 그만두자고 방금 마음을 정했으므로, 그 무엇도 나를 방해하게 둘 수는 없다는 생각이 들었다. 험악한 날씨는 말할 것도 없었다. 눈을 가늘게 뜨고 빗줄기 사이로 택시를 찾던 나는 젊은 데미야뉴크가 지붕 아래에서 갑자기 튀어 나가 변호사 한 명의 뒤를 따라 대기중이던 차의 열린 문 안으로 들어가는 모습을 보았다. 그에게 달려가 예루살렘 시내까지 태워달라고 부탁해볼까 하는 충동이 들었으나, 물론 실제로 그렇게 하지는 않았다. 만약 내가 그렇게 했다면, 자발적으로 복수를 하겠다고 나선 유대인으로 오인돼서 달려가던 중에 총에 맞지 않았을까? 아니지, 누가 총을 쏘겠어? 젊은 데미야뉴크를 잡는 것은 식은 죽 먹기였다. 설마 이 많은 사람 중에 그 사실을 알아차린 사람이 나뿐일까.

주차장에서 오르막길을 따라 400미터쯤 올라가면, 큰 호텔이 하나 있었다. 이곳으로 오는 길에 그 호텔을 본 기억을 떠올린 나는 필사적인 기분으로 군중 속을 빠져나와 비바람을 맞으며 그 호텔로 뛰었다. 몇 분 뒤 옷이 흠뻑 젖고 신발에도 물이 가득한 상태로 호텔 로비에 서서 전화로 택시를 부르려고 공중전화를 찾고 있을 때, 누군가가 내 어깨를 두드렸다. 뒤를 돌아보니 필립 로스가 있었다.

3

우리

"말이 안 나오네." 그가 말했다. "당신이군. 당신이 왔어!"

하지만 말이 안 나오는 사람은 나였다. 숨이 가빴지만 휘몰아치는 바람을 맞으며 오르막길을 뛰어올라왔기 때문만은 아니었다. 그 순간까지 나는 그의 존재를 결코 진심으로 믿지 않았던 것 같다. 수화기 속에서 들려오던 건방진 목소리와 속이 훤히 들여다보일 만큼 우스꽝스러운 신문기사가 전부였다. 그런데 그가 옷가게 손님처럼 치수를 잴 수도 있고, 링에 오른 격투기 선수처럼 생생히 만질 수도 있는 모습으로 공간을 차지하고 나타난 것을 보니 흐릿한 유령을 본 것만큼 무서웠다. 동시에 짜릿하기도 했다. 마치 저 억수 같은 비에 흠뻑 젖은 내가 만화 캐릭터처럼 차가운 물 한 양동이를 뒤집어쓰고 환상에서 깨어난 것 같았다. 비현실이던 그가 현실이 된 것에 넋을 잃고 충격을 받은 것만큼이나 엄청난 혼란에 빠진 나는 그날 아침 택시를 타고 그를 찾아나서면서 미리 계획했던 행동과 말이 전혀 생각나지 않았다. 우리가 얼굴을 맞댔을 때의 상황을 머릿속으로 시뮬레이션하면서,

그와 실제로 대면하게 되었을 때의 상황은 머릿속의 시뮬레이션이 될 수 없다는 사실을 떠올리지 못한 탓이었다. 그는 울고 있었다. 속까지 흠뻑 젖은 나를 품에 안고 울었다. 우리 둘 중의 하나가 한밤중에 센트럴 파크를 가로질러 무사히 돌아오기라도 한 것처럼 극적인 광경이었다. 반가움과 안도의 눈물……. 나는 그가 '나'를 실제로 만나면 두려움에 움츠러들어서 항복할 줄 알았다.

"필립 로스! 진짜 필립 로스……. 드디어!" 그는 감정에 겨워 몸을 떨었다. 내 등을 단단히 붙잡은 두 손에도 엄청난 감정이 배어 있었다.

내가 팔꿈치로 세게 몇 번이나 찌른 뒤에야 그는 나를 붙잡은 손을 풀었다. 나는 그를 조금 밀치는 동시에 뒤로 물러나면서 말했다. "당신이, 당신이 바로 가짜 필립 로스겠군."

그는 웃음을 터뜨렸다. 계속 울면서! 머릿속으로 시뮬레이션을 할 때 그를 미워하던 감정조차 지금 저 이유를 알 수 없는 황당한 눈물을 보며 느끼는 증오심만큼 강렬하지 않았다.

"가짜, 아, 당신과 비교하면 **완전히** 가짜지. 당신과 비교하면, 무엇도, 누구도, 하찮아. 지금 내 기분이 어떤지 말을 할 수가 없어! 이스라엘에서! 예루살렘에서! 무슨 말을 해야 할지 모르겠어! 어디서부터 시작해야 할지 모르겠다고! 책! 그 책들! 《내려놓기》1962년작부터야, 지금까지도 내가 가장 좋아하는 책! 리비 허츠와 정신과 의사! 폴 허츠와 그 겉옷! 《다이얼》에 실린 〈사랑의 그릇〉1959년작도 있어! 당신이 쓴 작품! 당신이 받은 무책임한 비평! 당신의 여자들! 앤! 바버라! 클레어! 진짜 굉장한 여자들이야! 미안한데, 당신이 나라고 상상해봐. 내가 당신을 만난 거야, 예루살렘에서! 여긴 어쩐 일이야?"

그가 몹시 순진하게 던진 이 기막힌 질문에 내가 대답하는 목소리가 들렸다. "지나가던 길이야."

"내가 지금 나 자신을 보고 있어. 그런데 그게 **당신**이야." 그가 황홀한 듯이 말했다.

그는 지나친 호들갑을 떨고 있었다. 처음부터 그럴 생각이 었는지도 모른다. 나는 만약 오늘 아침에 거울 속에서 마주 보았다면 십중팔구 내 얼굴로 받아들이지 않았을 얼굴을 보고 있었다. 누군가 낯선 사람, 내 사진이나 신문에 실린 내 캐리커처만 본 사람이라면 이 닮은 얼굴에 속아 넘어갔을지도 모른다. 특히 그 얼굴이 내 이름을 자기 이름으로 밝히고 있으니 더욱더. 하지만 만약 그 얼굴이 너스봄 씨나 슈워츠 박사 같은 이름을 대고 자기 볼일을 봤다면, 누군가가 "웃기지 마세요. 당신은 그 작가 잖아요"라고 말했을 것 같진 않다. 그 얼굴은 나에 비해 전통적인 미남에 더 가까웠으며, 턱선이 더 선명하고, 코도 나만큼 크지 않고, 유대인의 특징을 물려받은 내 코처럼 끝이 납작하지도 않아서 이목구비가 나보다 조금 더 보기 좋았다. 내 얼굴이 성형외과 광고에 나오는 '수술 전' 사진이라면, 그의 얼굴은 '수술 후' 사진 같다는 생각이 문득 들었다.

"무슨 장난을 치는 거야, 친구?"

"장난 아니야." 그는 내 성난 목소리에 놀라고 상처를 입은 표정으로 대답했다. "그리고 난 가짜가 아니야. 내가 '진짜'라고 말한 건 반어법이었어."

"글쎄, 난 당신처럼 잘생기지도 않았고, 당신처럼 반어법을 쓰지도 않으니까 '가짜'라는 말은 실수가 아니었어."

"이봐, 진정해. 당신이 얼마나 힘센 사람인지 모르니까 이러지. 나한테 말 함부로 하지 마, 알겠지?"

"당신이 내 행세를 하면서 돌아다니고 있잖아."

이 말에 그는 다시 미소를 지었다. "당신이 **내** 행세를 하며 돌아다니는 거지." 그의 대답이 가증스러웠다.

"겉모습이 닮았다는 점을 이용해서, 사람들한테 당신이 내 책을 쓴 작가라고 말하고 있잖아." 내가 말했다.

"내가 사람들한테 굳이 뭐라고 말할 필요도 없어. 날 보자마자 그 책들을 쓴 사람이라고 다 알아보니까. 항상 그래."

"그래서 당신은 굳이 그 착각을 바로잡지 않을 뿐이다?"

"이봐, 내가 점심 사줄까? 당신을 여기서 보다니! 여기 관리들한테는 얼마나 충격적일까! 어쨌든 우리 싸움은 그만두고 여기 호텔에서 점심을 먹으며 진지하게 이야기를 나누는 게 어때? 나한테 **설명**할 기회를 좀 주겠어?"

"당신이 무슨 꿍꿍이인지 알아야겠어, 친구!"

"나도 당신한테 알리고 싶어." 그는 온화하게 말했다. 그러고는 가장 진부한 연기를 펼치는 마르셀 마르소^{프랑스의 팬터마임 배우}처럼 양손을 아래로 누르는 듯한 동작을 과장되게 하면서 소리를 좀 낮추고 이성을 찾으라는 뜻을 내게 전달했다. "나도 당신이 **모든 걸** 알았으면 좋겠어. 내가 평생 동안 꿈꾸던……."

"아니, 안 되지, '꿈'은 안 돼." 이제는 그의 천진한 자세뿐만 아니라, 나와 통화할 때 목소리가 큰 디아스포리스트 헤르츨의 흉내를 내던 것과는 완전히 다른 태도뿐만 아니라, 나를 닮은 할리우드 배우 같은 얼굴로 너무나 무력하게 나를 진정시키려 애쓰는 모습 때문에도 나는 격분했다. 이상한 일이긴 해도 지금은 내 얼굴에서 가장 못생긴 부분을 매끈하게 수정한 것 같은 그 얼굴이 다른 것 못지않게 나를 약 올렸다. 자신과 닮은 사람의 얼굴에서 우리가 가장 싫어하는 것은 어떤 부분인가? 내 경우에는 그 얼굴이 정말로 매력적이라는 점이었다. "제발, 착한 유대인 소년처럼 부드럽게 녹아내리는 눈빛은 그만둬. 당신의 '꿈'이라니! 당신이 여기서 무슨 일을 꾸미고 있었는지 난 알아. 당신과 언론 사이에 무슨 일이 있었는지 다 안다고. 그러니 무해한 슐리마즐'언제나 운이 따르지 않는 사람'을 뜻하는 이디시어 연기는 그만둬."

"하지만 당신 눈빛도 조금은 녹아내려. 당신이 그동안 사람들을 위해서 무슨 일을 했는지 난 알아. 당신은 다정한 부분을 대중 앞에서 감췄지. 그 이글거리는 사진이며, '날 허투루 보지 마'라는 식의 인터뷰며. 하지만 남들이 보지 못하는 곳에서는 당신이 아주 부드러운 사람이라는 걸 난 알고 있어, 로스 씨."

"이봐, 당신 도대체 뭐야? 말해봐!"

"당신의 가장 열성적인 팬."

"다시."

"그보다 더 좋은 답을 내놓을 순 없어."

"그래도 해봐. **당신 누구야?**"

"당신의 책을 읽고 누구보다 사랑하는 사람. 한 번만 읽은 것도 아니고, 두 번만 읽은 것도 아니고, 말하기도 부끄러울 만큼 많이 읽었지."

"그래, 내 앞에서 그런 말을 하기가 부끄럽다고? 감수성이 아주 예민하시군그래."

"무슨 아첨꾼을 보듯이 나를 보는데, 내 말은 사실이야. 난 당신이 쓴 책들을 속속들이 알아. 당신의 **인생**도 속속들이 알아. 당신의 전기를 쓰려면 쓸 수도 있을 정도야. 내가 바로 당신의 전기를 쓰는 사람이야. 당신이 지금까지 참아 넘긴 모욕들, 당신 대신 내가 그냥 돌아버리겠어. 《포트노이의 불평》은 심지어 내셔널 북 어워드에 후보로 올라가지도 못했어! 뭐, 당신이 스와도스와 좋은 사이는 아니었지. 그자가 위원회에서 주도권을 쥐고 당신을 완전히 뭉개버렸잖아. 도대체 왜 그렇게 적대적이었는지……. 난 이해가 안 가. 포드호레츠^{미국의 잡지 편집자 겸}^{작가}……. 이자의 이름을 말할 때마다 난 입에서 쓴맛이 나. 그리고 길먼……. 《그녀가 착했을 때》를 공격했지. 월래스 서점^{문을}^{연 지 팔십 년이 넘은 뉴욕 브롱크스의 서점}에나 맞는 책이라면서. 그게 얼마나 훌륭한 책인데! 그리고 엡스타인 교수, 그자는 천재지. 그리고 〈미즈〉의 그 계집들과 노출증 환자 울컷……."

나는 뒤편에 있던 의자에 털썩 주저앉았다. 비에 흠뻑 젖은 축축한 옷 때문에 덜덜 떨면서 그렇게 호텔 로비에 앉아 나는 활자로 실렸던 모든 모욕, 내 글과 나에 대해 그때까지 나왔던 모든 공격을 되새기는 그의 말에 귀를 기울였다. 개중에는 너무 하찮은 욕이라서, 비록 사반세기 전에는 내가 몹시 화를 냈을지 몰라도 그 뒤로는 기적적으로 잊고 살던 것도 있었다. 마치 작가의 분노를 피클처럼 담아서 보관해두었던 병에서 불만의 요정이 도망쳐 나와 인간의 형태로 나타난 것 같았다. 내가 지나치게 핥아서 달래놓은 옛날 옛적 상처들의 동종번식으로 태어난 그가 나라는 인간을 조롱하듯 복제하고 있는 것 같았다.

"……〈카슨 쇼〉에서 커포티가 '컬럼비아 대학부터 컬럼비아 영화사에 이르기까지' 그놈의 '유대인 마피아' 어쩌고 하면서……."

"그만." 나는 이렇게 말하고 나서 의자에서 벌떡 일어났다.

"그만하면 됐어!"

"절대 즐겁지 않았다는 말을 하고 싶을 뿐이야. 당신이 얼마나 힘들게 사는지 내가 알아, 필립. 내가 필립이라고 불러도 돼?"

"안 될 것 없지. 그게 이름인데. 당신 이름은?"

벽돌로 한 대 후려치고 싶은 그 소년 같은 미소를 지으며 그가 대답했다. "미안. 정말 미안한데, 같아. 가서 점심이나 먹자." 그는 내 신발을 가리키며 말을 이었다. "화장실에 들러서 그걸 좀 털고 오면 어떨까. 몸이 흠뻑 젖었어."

"그러는 당신은 전혀 젖지 않았는데." 내가 말했다.

"차를 얻어 타고 올라왔거든."

설마. 내가 태워달라고 부탁하려던 데미야뉴크의 아들 차?

"그럼 재판에 왔었군." 내가 말했다.

"매일 와. 그러지 말고, 어서 가서 물기 좀 닦아." 그가 말했다. "내가 식당에 가서 자리를 맡아둘게. 점심을 먹으면서 좀 느긋하게 쉴 수 있을지도 모르잖아. 우린 할 이야기가 아주 많아. 당신과 나."

화장실에서 나는 일부러 시간을 길게 끌면서 물기를 닦아냈다. 그가 나와 다시 대면할 필요 없이 택시를 불러 타고 깨끗이 도망칠 기회를 주기 위해서였다. 그가 비록 영리하게 주도권을 쥐기는 했지만 로비에서 나를 보고 나와 거의 비슷하게 놀랐을 텐데, 그런 점을 감안하면 그의 연기는 비록 역겨울지언정 상당히 훌륭했다. 다정하고 순진한 모습으로 아첨과 눈물 사이를 비겁하게 오가던 그의 연기는 성난 피해자 역할을 맡은 나의 평범한 연기에 비해 놀라울 정도로 독창적이었다. 그래도 내가 그를 보고 충격을 받은 것에 비하면, 그가 나를 보고 받은 충격이 더 클 것이다. 지금쯤 그는 이 연극을 계속 밀고 나갈 때의 위험에 대해 열심히 생각해볼 수밖에 없을 터였다. 나는 그가 정신을 차리고 영원히 사라질 수 있는 시간을 충분히 주면서 머리를 빗고 신발에서 각각 반 컵 분량의 물을 쏟아낸 뒤 다시 로비로 나왔다. 전화로 택시를 불러 아하론과 점심을 먹기로 약속한 곳으로 갈 생각이었지만(벌써 삼십 분 지각이었다), 식당 입구 바로 앞에 서 있는 그의 모습이 곧바로 눈에 들어왔다. 여전히 알랑거리는 미소를 짓고 있는 그는 아까보다 더 나 같았다.

"로스 씨가 도망쳤나 하고 있었어." 그가 말했다.

"난 당신이 그랬으면 좋겠다 했는데."

"내가 왜 그런 짓을 해?"

"당신이 지금 사기를 치고 있으니까. 법을 어기고 있으니까."

"무슨 법? 이스라엘 법? 코네티컷 주법? 국제법?"

"사람의 신원은 개인 자산이라서 다른 사람이 멋대로 가져다 쓸 수 없다는 법."

"아, 당신도 프로서를 공부했구나."

"프로서?"

"프로서 교수의 《토츠 법 안내서》."

"난 아무것도 공부하지 않았어. 이런 사건에 대해서는 상식적인 지식만 있으면 충분해."

"뭐, 그래도 프로서를 한 번 봐. 1960년 〈캘리포니아 로 리뷰〉에 프로서 교수의 긴 논문이 실렸는데, 1890년에 워런과 브랜다이스가 〈하버드 로 리뷰〉에 발표한 논문을 다시 살펴본 글이야. 원래 논문에서 두 사람은 쿨리 판사의 '간섭받지 않을 일반적 권리'라는 말을 빌려와서, 프라이버시 문제의 여러 측면에 대해 분명한 의견을 밝혔지. 프로서는 프라이버시 사건을 네 종류로 분류해. 첫째, 고립에 대한 침범. 둘째, 개인적인 사실 공표. 셋째, 대중 앞에 거짓 모습으로 포장. 넷째, 신원도용. 명백한 사례는 이렇게 정의되어 있어. '타인의 이름이나 외모를 도용한 자는 그 타인의 프라이버시를 침해한 것에 대해 책임을 져야 한다.' 이제 점심 먹자."

식당은 완전히 텅 비어 있었다. 우리를 자리로 안내해줄 웨이터조차 없었다. 그는 식당 정중앙에 있는 테이블을 골라 마치 웨이터처럼 내 의자를 빼주고는, 내가 앉을 때까지 뒤에 정중하게 서 있었다. 이것이 노골적인 조롱인지 진심인지(또 맹목적으로 나를 우러러보는 행동인지) 알 수 없었다. 심지어 내 엉덩이가 의자 좌판에 2센티미터 남짓 다가갔을 때, 못된 초등학생들이 자주 하는 장난처럼 그가 의자를 확 빼내서 내가 엉덩방아를 찧게 만들려는 건가 하는 생각마저 들었다. 나는 양손으로 의자 가장자리를 잡고 앉으면서 안전하게 의자를 엉덩이 아래로 잡아당겼다.

"이봐." 그가 웃으면서 말했다. "날 완전히 믿지 않는군." 그러고는 테이블 옆을 돌아 맞은편 의자에 앉았다.

내가 로비에서 얼마나 기겁했는지, 심지어 화장실에서 혼자 있을 때 내가 승리를 거둬서 그가 곧 도망쳐 다시는 감히 돌아오지 못할 거라고 마음을 다스리면서도 역시 정신이 조금 어긋나 있었는지, 서로 마주 보고 앉은 뒤에야 나는 그의 옷차림이 나와 똑같다는 사실을 알아차렸다. 비슷한 정도가 아니라 '똑같았다'. 하도 많이 빨아서 색이 바랜 파란색 옥스퍼드 남방을 입고 목 부위 단추를 풀어놓은 것도 똑같았고, 낡은 황갈색 브이넥 캐시미어 스웨터도 똑같았고, 아랫단을 접지 않은 카키색 바지도 똑같았고, 팔꿈치가 해지고 헤링본 무늬가 있는 회색 브룩스 브라더스 스포츠 재킷도 똑같았다. 살아가면서 옷과 관련된 고민을 간단히 해결하기 위해 내가 오래전에 고안해서 제복처럼 입고 다니던 무채색 옷차림의 정확한 복제품이었다. 1950년대 중반에 시카고 대학에서 1학년생들을 가르치던 무일푼 강사 시절부터 똑같은 모양의 옷을 새로 사서 바꿔놓은 것이 아마 열 번도 채 되지 않을 것이다. 이스라엘 여행을 위해 가방을 쌀 때 나는 옷이 많이 낡아서 새것으로 바꿀 때가 되었음을 알아차렸다. 그런데 그의 옷도 똑같은 상태였다. 재킷에서 앞 단추 중 가운데 것이 떨어진 자리에는 작은 실밥이 매달려 있었다. 내가 이것을 알아차린 것은, 나 역시 얼마 전부터 '내' 재킷에서 가운데 단추가 또 사라진 그 자리에 비슷한 실밥을 매달고 다니는 중이었기 때문이다. 이 실밥을 보는 순간, 그동안 설명할 수 없었던 모든 일이 더욱더 설명할 수 없는 일이 되었다. 마치 우리 둘 다 배꼽이 없는 사람이 된 것 같았다.

"데미야뉴크를 어떻게 생각해?" 그가 물었다.

우리가 이렇게 '대화'를 나눈다고? 그것도 데미야뉴크에 대해서?

"그보다 더 급한 문제가 있지 않나? 당신과 나 사이에? 명백한 신원도용 문제가 있잖아. 프로서 교수가 네 번째 항목에서 개략적으로 설명한 것."

"하지만 오늘 오전에 법정에서 본 광경을 생각하면, 그 모든 게 무색해지는 것 같지 않아?"

"내가 오전에 법정에서 뭘 봤는지 당신이 어떻게 알아?"

"내가 당신을 봤으니까. 난 발코니석에 있었어. 2층에서 기자들이랑 같이 있었지. 당신 그자한테서 눈을 못 떼던데. 처음에는 누구나 그래. 저놈인가, 아닌가? 저놈이었나, 아니었나? 처음에는 누구나 머릿속에 이런 생각만 가득해."

"발코니에서 나를 봤다면서, 아까 로비에서는 왜 그렇게 호들갑을 떨었어? 내가 온 걸 이미 알았잖아."

"당신의 의미를 너무 작게 보네, 필립. 지금도 유명인이 됐다는 사실과 투쟁을 벌이고 있어. 당신이 어떤 사람인지 전부 이해하지 못하고 있다고."

"그러니까 당신이 나 대신 이해해준다······. 그런 말인가?"

그는 대답 대신 고개를 숙였다. 마치 우리가 이미 손대지 않기로 합의한 주제를 내가 뻔뻔하게 제기했다는 듯이. 그의 머리숱이 현저히 줄어들어서 내 머리카락과 비슷한 패턴으로 줄무늬를 그리고 있는 모습이 눈에 들어왔다. 처음 그를 보았을 때 훤히 눈에 보여서 나를 안심시켜주던 외모의 다른 점들이 내가 그의 외모에 익숙해질수록 자꾸만 사라져서 당혹스러웠다. 회개하듯 고개를 숙인 그의 점점 벗어지는 머리가 내 것과 너무 비슷해서 기가 막혔다.

나는 질문을 되풀이했다. "그런 이야기인가? 내가 어떤 사람인지 내가 잘 '이해'하지 못하는 것 같으니까, 당신이 친절하게 나서서 나 대신 훌륭한 인물 행세를 하며 돌아다니는 거야?"

"메뉴를 볼래, 필립? 아니면 술을 한잔하겠어?"

여전히 웨이터는 보이지 않았다. 이 식당이 아직 문을 열지 않은 것 아닌가 하는 생각이 문득 들었다. 나는 이내 그 '꿈'이라는 탈출구를 이제 이용할 수 없다는 사실을 되새겼다. 음식이 나올 것 같지 않은 식당에 앉아 있기 때문에, 내 맞은편에 어느 모로 보나, 그러니까 단추가 하나 떨어진 재킷과 그가 내게 일부러 보여준 은회색 필라멘트 같은 머리카락에 이르기까지 모든 면이 거의 내 복사본 같은 남자가 앉아 있기 때문에, 내가 이 곤란한 상황에 남자답게 적응해서 직관적으로 주도권을 쥐지 못하고 이 어리석고 참을 수 없는 코미디를 향해 자꾸만 휘둘려 가고 있기 때문에, 이 모든 점을 감안할 때 내가 말똥말똥 깨어 있음이 분명하기 때문에. 지금 여기서 만들어지는 것은 꿈이 아니다. 지금 이 순간 삶의 무게와 실체가 아무리 느껴지지 않는다 해도, 나 자신이 아무것도 아닌 한 점 먼지에 불과하며 그 작은 먼지조차 그의 먼지보다 훨씬 더 불쾌하다는 느낌에 아무리 경각심을 느낀다 해도.

"지금 당신한테 말하고 있잖아." 내가 말했다.

"알아. 놀라운 일이지. 나도 당신한테 말하고 있어. 머릿속으로만 상상하는 게 아니라. 더욱더 놀라운 일이야."

"내 말은 당신한테서 대답을 듣고 싶다는 뜻이었어. 진지한 대답."

"좋아, 진지하게 대답해주지. 말을 고르지도 않을 거야. 당신은 당신의 특권을 조금 허비하고 있어. 당신이 할 수 있는데 안 한 일이 많아. 좋은 일을 많이 할 수 있었는데. 비판하려는 게 아니라, 그냥 사실을 말하는 거야. 당신은 글을 쓰기만 하면 충분해. 당신 같은 작가가 누구에게도 그 이상의 의무는 없다는 걸 하느님도 아시지. 물론 모든 작가가 공인이 될 소양을 지닌 건 아니야."

"그래서 나 대신 당신이 공인이 됐다?"

"표현이 좀 냉소적이네, 안 그래?"

"그래? 냉소적이지 않은 표현은 뭔데?"

"이봐, 사실 당신은……. 내가 무례하게 굴려는 게 아니라 그냥 무뚝뚝하게 말하는 게 당신 스타일이라서 이러는 거야……. 사실 당신은 그냥 도구일 뿐이야."

나는 그의 안경을 바라보았다. 내가 그의 안경을 볼 수 있게 되는 데 이렇게 오랜 시간이 걸렸다. 내 것과 정확히 똑같이 좁은 금테가 반만 둘러진 안경……. 그동안 그는 재킷 안주머니에서 낡은 반지갑(그래, 정확히 내 것과 똑같이 낡았다)을 꺼내 거기서 미국 여권 하나를 빼내서 탁자 맞은편의 내게 건넸다. 여권에 붙은 사진은 십 년 전에 찍은 내 사진이었다. 서명도 내 것이었다. 페이지를 뒤적여 보니, 필립 로스가 나는 한 번도 가본 적이 없는 다섯 개 나라를 다녀왔다고 도장이 찍혀 있었다. 핀란드, 서독, 스웨덴, 폴란드, 루마니아.

"이거 어디서 났어?"

"여권과."

"알다시피 이건 나야." 나는 사진을 가리켰다.

"아니." 그가 조용히 대답했다. "그건 나야. 암에 걸리기 전."

"이 모든 걸 미리 생각해둔 거야, 아니면 지금 즉석에서 이야기를 지어내는 거야?"

"난 시한부 환자야." 그가 대답했다. 이 말이 너무나 혼란스러워서, 그가 그의 사기극을 밝혀줄 가장 강력한 최고의 증거인 여권을 향해 손을 뻗었을 때 나는 멍청하게 그에게 넘겨주고 말았다. 여권을 내가 갖고 그 자리에서 바로 소동을 일으켰어야 하는데. "이봐." 그가 테이블 위로 진지하게 몸을 기울였다. 대화할 때의 내 모습을 흉내 낸 것이었다. "우리 둘이 서로 연결되어 있다는 사실에 대해 더 할 말이 있어? 어쩌면 당신이 융을 많이 읽지 않은 게 문제인지도 모르지. 어쩌면 고작 그런 문제인지도 몰라. 당신은 프로이트를 따르고, 나는 융을 따르는 것. 융을 읽어봐. 도움이 될 거야. 난 처음 당신을 상대하게 되었을 때 융을 공부하기 시작했는데, 융은 설명할 수 없는 유사성에 대해 설명해줬어. 당신은 인과관계의 힘에 대해 프로이트 같은 믿음을 갖고 있지. 당신의 우주에 원인 없는 사건은 존재하지 않아. 지적인 의미에서 생각할 수 없는 일은 아예 생각할 가치도 없다고 보지. 똑똑한 유대인 중에 그런 사람이 많아. 지적인 의미에서 생각할 수 없는 일은 아예 존재하지 않는다. 그럼 당신과 똑같은 내가 어떻게 존재할 수 있을까? 나와 똑같은 당신이 어떻게 존재할 수 있을까? 당신과 나는 인과관계에 따른 설명에 맞지 않아. 그러니 '동시성'에 대한 융의 글을 읽어. 인과관계에 저항하는 의미 있는 일들이 있고, 그런 일들은 항상 일어나. 우리는 동시성 사례야. 동시에 발생하는 현상. 융을 좀 읽어봐, 필립. 당신 마음의 평화를 위해서라도. '통제할 수 없는 현실.' 카를 융은 이것에 대해 모르는 것이 없어. 《태을금화종지太乙金華宗旨》도교의 고전 중 하나. 융의 친구인 리하르트 빌헬름이 처음 독일어로 번역했고, 융이 여기에 설명을 달았다를 읽어. 완전히 다른 세상에 눈을 뜨게 해줄 거야. 넋이 나간 표정이네. 인과관계에 입각한 설명이 없으면 당신은 길을 잃어버리지. 같은 나이의 두 남자가 외모뿐만 아니라 이름까지 똑같은 게 이 지상에서 가능한 일일까? 좋아, 인과관계가 필요하다고? 그럼 내가 인과관계를 제공해주지. 당신과 나에 대해서는 잊어버려. 그냥 우리 또래의 유대인 소년 쉰 명이 1939년부터 1945년 사이에 유럽에서 일어난 비극적인 일만 없었다면 자라서 우리와 똑같은 모습이 되었을 거라고 생각해. 그렇다면 그들 중 여섯 명 정도가 로스일 수도 있지 않을까? 로스라는 성이 그렇게 희귀하진 않잖아. 그 로스들 중 두 명이 당신처럼, 나처럼 할아버지 파이벨의 이름을 따서 필립이라고 불릴 수도 있지 않을까? 당신은 직업적인 측면에서 당신이 하나뿐인 존재가 아니고, 필립 로스가 둘이나 된다는 사실이 끔찍하다고 생각할지 모르지. 하지만 유대인 관점에서 나는 둘밖에 남지 않았다는 사실이 끔찍해."

"아냐, 아냐, 끔찍한 게 아니야. 법적으로 기소할 수 있는 일이지. 우리 둘 중에 하나는 다른 하나의 이름을 사칭하고 있으니까. 세상에 우리가 칠천 명이나 살아남았다 해도, 내 책을 쓴 사람은 한 명뿐이었을 거야."

"필립, 당신 책을 나만큼 아끼는 사람은 없어. 하지만 유대인 역사 중 지금 이 시점에 우리에게는, 특히 마침내 예루살렘에서 이렇게 만났으니까, 당신 책 말고도 이야기할 것이 더 많을지도 몰라. 그래, 내가 사람들 앞에서 당신 행세를 한 건 맞아. 하지만 그 방법이 아니라면 내가 어떻게 레흐 바웬사를 만났겠어, 응?"

"설마 나한테 진심으로 묻는 건 아니지?"

"묻는 거야. 그럴 만한 이유도 있고. 내가 레흐 바웬사를 만나 그렇게 실속 있는 대화를 나눴다고 해서 당신한테 피해를 입힌 게 있나? 누구든 나 때문에 피해를 입은 사람이 있어? 누군가 피해를 입는다면 그건 당신이 오로지 당신 책 때문에 법적인 문제를 일으켜 내가 그단스크에서 성취한 일을 모두 무위로 돌리려고 할 때뿐이야. 그래, 법이 당신 편인 건 맞아. 누가 아니래? 내가 어떤 법을 상대해야 하는지 먼저 자세히 알아보지도 않고 이런 엄청난 일을 벌일 수는 없지. 오나시스 vs 크리스티앙 디오르-뉴욕 재판에서 직업 모델인 재키 오나시스 닮은 꼴의 사진이 디오르 의류 광고에 사용된 것과 관련해서 법원은 닮은 꼴 사진을 사용함으로써 재키 오나시스가 그 제품과 관련된 듯한 인상을 줬다며 오나시스의 손을 들어줬어. 카슨 vs 히어스 조니 휴대용 변기 재판에서도 비슷한 결정이 내려졌지. '히어스 조니'라는 문구를 들으면 카슨과 그가 진행하는 토크쇼가 연상되기 때문에 변기 회사는 제품에 그 문구를 사용할 권리가 없다는 게 법원의 결정이었어. 법은 더할 나위 없이 명확해. 피고가 사용하는 것이 정말로 본인의 이름이라 해도, 그로 인해 같은 이름을 지닌 어떤 유명인이 연상된다면 신원도용으로 기소될 수 있다는 거야. 보다시피 나는 법적으로 기소할 수 있는 일이 정확히 무엇인지에 대해 당신보다 더 잘 알아. 하지만 휴대용 변기를 팔거나 빌려주는 일은 말할 것도 없고, 그 고급 패션 시마타^{수건이나} ^{행주를 뜻하는} 이디시어를 파는 일과 내가 평생을 바친 사명 사이에 뚜렷한 유사점이 있다는 생각을 당신이 할 수 있다는 걸 난 정말 믿을 수가 없어. 내가 당신의 업적을 내 것으로 가져온 건 맞아. 원한다면, 내가 당신 책을 훔쳤다고 해도 돼. 하지만 내가 왜 그랬겠어? 유대인은 또다시 무서운 기로에 서 있어. 이스라엘 때문에. 이스라엘이 우리 모두를 위험에 빠뜨리고 있기 때문에. 법적인 문제는 잊어버리고 내 말을 잘 들어줘, 제발. 대다수 유대인은 이스라엘을 선택하지 않아. 이스라엘의 존재는 모두를 혼란스럽게 만들 뿐이야. 유대인도 이교도도 모두. 다시 말하지만, 이스라엘은 모두를 위험에 빠뜨리기만 해. 폴라드 사건을 봐. 조너선 폴라드의 사건이 내 머리를 떠나지 않아. 유대계 미국인인 그가 이스라엘 정보부의 돈을 받고 자기 나라 군부를 상대로 첩자 노릇을 했어. 난 조녀선 폴라드 때문에 겁이 나. 만약 내가 폴라드처럼 미국 해군 정보부에서 일했다면, 그와 정확히 똑같은 행동을 했을 테니까 겁이 나. 감히 말하지만, 필립 로스, 당신도 폴라드처럼 이스라엘에 아랍 무기체계에 대한 미국 측 비밀 정보를 넘겨줘서 유대인의 생명을 구할 수 있다는 확신이 있다면 똑같은 행동을 했을 거야. 폴라드는 유대인의 생명을 구하는 것에 대해 환상을 갖고 있었어. 나도 이해하고, 당신도 이해하는 감정이야. 유대인의 생명을 반드시 구해야 한다, 무슨 일이 있어도 반드시. 하지만 이 일을 위해 치러야 하는 대가는 반드시 조국을 배신하는 것이 아니야. 그보다 더 큰 대가야. 오늘날 유대인의 목숨을 가장 위험에 빠뜨리는 나라가 긴장을 풀게 되는 것. 그 나라가 바로 이스라엘이고! 다른 사람한테는 이런 이야기를 할 수 없어. 순전히 당신이니까 하는 거야. 하지만 반드시 해야 하는 말이기도 해. 폴라드는 이스라엘이라는 존재에 희생당한 또 하나의 유대인이야. 폴라드는 이스라엘이 디아스포라 유대인들에게 항상 요구하는 일을 했을 뿐이니까. 나는 폴라드에게 책임을 물을 수 없다고 생각해. 책임을 져야 하는 건 이스라엘이야. 이스라엘은 모든 것을 아우르는 유대식 전체주의 때문에 이교도 대신 스스로 전세계에서 유대인을 가장 위협하는 요인이 되었어. 그리고 지금은 유대인에 대한 갈망 때문에 아주 끔찍한 방법들을 많이 동원해서, 과거 반유대주의를 따르던 적들과 똑같이 유대인들을 일그러뜨리고 있어. 폴라드는 유대인을 사랑해. 나도 유대인을 사랑해. 당신도 유대인을 사랑해. 하지만 폴라드 같은 사람이 더 나오면 안 돼. 잘만 되면, 데미야뉴크 같은 사람도 더 나오지 않을 거야. 우린 아직 데미야뉴크 이야기를 하지도 않았네. 당신이 오늘 그 법정에서 뭘 봤는지 궁금해. 소송 얘기 대신, 이제 우리가 서로에 대해 조금은 더 많이 알게 되었으니까, 그 얘기를……."

"아냐. 싫어. 그 법정에서 벌어지는 일을 우리 둘이 이야기할 필요는 없어. 당신이 내 행세를 하면서 저지르고 있는 이 사기극과는 전혀 관계없는 일이니까."

"또 사기극이라고 하네." 그는 일부러 우스꽝스러운 유대인식 억양을 사용해서 슬픈 듯이 중얼거렸다. "그 법정 안의 데미야뉴크는 모든 면에서 우리와 관련되어 있어. 데미야뉴크가 없었다면, 홀로코스트가 없었다면, 트레블링카가 없었다면……."

"지금 농담을 하려는 거라면……." 나는 의자에서 일어나면서 말했다. "아주 멍청하고 사악한 농담이야. 좋은 말로 할 때 당장 그만둬! 트레블링카는 안 돼. 그건 안 돼. 당신이 누군지, 무슨 꿍꿍이가 있는지 난 모르지만, 경고하는데 당장 짐을 싸서 떠나. 짐을 싸서 떠나!"

"이런, 웨이터는 도대체 어디 있나? 당신 옷이 축축해. 당신은 아직 식사도 못 했잖아……." 그는 나를 진정시키려고 테이블 너머로 손을 뻗어 내 손을 잡았다. "조금만 참아……. 웨이터!"

"손 놔, 이 어릿광대야! 내가 원하는 건 점심이 아니야. 네 놈이 내 인생에서 사라지는 거지! 크리스티앙 디오르처럼, 조니 카슨과 그 휴대용 변기처럼……. 꺼져!"

"세상에, 진짜 발끈하는 성격이네, 필립. 심장발작을 일으키기 쉽겠어. 마치 내가 당신을 놀리려는 것처럼 구는데, 세상에, 내가 당신을 지금보다 더 우러러본다면……."

"그만. **넌 사기꾼이야!**"

"하지만 내가 뭘 하려는 건지 당신은 아직 모르잖아." 그가 간청하듯 말했다.

"모르긴 왜 몰라. 이스라엘에서 아슈케나지 유럽 중부와 동부 출신 유대인의 후손를 없애려는 거잖아. 한때 유대인이 인근 시골사람들 의 많은 사랑을 받던 훌륭한 마을들에 유대인을 재정착시키려는 거잖아. 당신과 바웬사, 당신과 차우세스쿠가 두 번째 홀로코스 트를 막으려는 거잖아!"

"그럼…… 그게 당신이었구나." 그가 소리쳤다. "당신이 피에르 로제였어! 날 속였어!" 그는 무서운 사실을 알아냈다는 듯이 의자 위에 늘어졌다. 완전한 즉흥 코미디였다.

"다시 말해봐. 내가 뭘 했다고?"

하지만 이제 그는 눈물을 흘리고 있었다. 우리가 만난 뒤 로 벌써 두 번째였다. 이건 어떻게 된 놈이지? 그가 부끄러운 줄 도 모르고 이렇게 감정을 드러내는 모습을 보니 내가 할시온 때 문에 마구 울던 때가 생각났다. 저놈이 지금 내 무력함을 패러 디하는 건가? 이것도 즉흥 코미디인가? 아니면 저놈도 할시온 에 중독됐나? 저놈이 눈부시게 창의적이라서 가짜 풍자를 하고 있는 건가, 아니면 정말로 모조품에 환장하는 건가? 이런 문제 는 올리버 색스한테 맡겨두자. 나는 이런 생각을 했다. 얼른 택 시를 타고 여길 떠나자고. 하지만 내 마음속 어딘가에서 웃음이 시작되더니, 곧 웃음이 나를 압도해버렸다. 내 두려움보다 더 깊 은 곳에 자리 잡은 이해심의 동굴 같은 중심부에서 웃음이 쏟아 져나왔다. 답을 찾지 못한 의문이 많은데도, 지금 저놈만큼 내 게 하찮게 보인 사람도 없고, 내 생득권을 노리는 라이벌 중 저 놈만큼 한심한 사람도 없었다. 내가 보기에 놈은 '훌륭한 아이디어'…… 그래, 생기를 얻어 호흡하는 훌륭한 아이디어였다!

∽

　약속시간에 한 시간 남짓 늦었는데도, 아하론은 티초 하우
스 카페에서 여전히 나를 기다리고 있었다. 비바람 때문에 내가
늦어지나 보다 싶어서, 물 한 잔을 앞에 놓고 참을성 있게 책을
읽으며 혼자 앉아 있었다고 했다.

　우리는 한 시간 반 동안 점심식사를 하면서 그의 소설《트
칠리》에 대해 이야기했다. 나는 먼저 아이의 의식이 이 소설뿐
만 아니라 그의 다른 소설들이 서술되는 숨은 시점인 것 같다고
말했다. 다른 일에 대해서는 아무 말도 하지 않았다. 텅 빈 호텔
의 식당에서 내 커다란 웃음소리에 굴욕을 당해 울고 있는 필립
로스 지망생을 두고 온 나는 앞으로 무슨 일이 벌어질지 짐작도
할 수 없었다. 내가 그를 제압했으니, 이제 어떻게 되는 거지?

　나는 속으로 되뇌었다. 지금 여기. 눈앞의 일에 집중해!

　점심을 길게 먹으며 대화를 나눈 끝에 아하론과 나는 우리
대화의 다음 단락을 글로 정리할 수 있었다.

로스: 당신의 책에는 아펠펠드 희생자에게 주는 경고라고
할 만한 공적인 영역의 뉴스가 없습니다. 희생자에게 곧 다
가올 파멸이 유럽에 닥친 재앙의 일부로 그려져 있지도 않
고요. 역사적 초점을 제공해주는 사람은 독자입니다. 희생
자와 달리 독자는 주위를 에워싸는 악의 규모를 이해합니
다. 역사가로서 당신의 과묵함이 지식이 많은 독자의 역사

적 시각과 결합하면서, 당신의 작품은 독특한 효과를 냅니다. 몹시 소박한 수단을 통해 서술되는 이야기에서 엄청난 힘이 나오는 거죠. 또한 사건들에서 역사적 맥락을 제거하고 배경을 흐릿하게 만드는 방식으로 당신은 격변이 임박했음을 알아차리지 못한 사람들의 혼란을 대략 비슷하게 묘사한 듯합니다.

당신의 소설에서 어른들의 시각이 지닌 한계가 아이의 시각과 비슷하다는 생각이 문득 들었습니다. 물론 아이에게는 눈앞에서 펼쳐지는 사건의 맥락을 파악할 연대표도 그 의미를 파악할 지적인 수단도 없죠. 당신의 소설에서 임박한 재앙이 간결하게 인식되는 건, 홀로코스트 직전 아직 아이였던 당신의 의식이 반영된 결과인지 궁금합니다.

아펠펠드: 맞습니다. 《반덴하임 1939》에서 나는 역사적인 설명을 완전히 무시해버렸습니다. 역사적 사실은 이미 알려져 있으니, 독자들이 빈자리를 메울 것이라고 생각했거든요. 제가 보기에는, 제2차 세계대전에 대한 내 묘사에 아이의 시각이 조금 들어 있다는 당신의 생각 또한 옳은 것 같습니다. 그러나 역사적인 설명은 제가 스스로를 예술가로 인식하기 시작한 이래로 항상 낯설었습니다. 또한 제2차 세계대전 때 유대인들이 겪은 일은 '역사적'이지 않았습니다. 우리는 그때 고대의 신화적 세력, 우리가 그때도 지금도 의미를 알지 못하는 모종의 어두운 잠재의식과 맞닥뜨렸습니다. 이 세상은 합리적으로 보입니다. 기차가 다니고, 기차의 출발시각이 정해져 있고, 기차역과 기술자가 있으니까요. 하지만 사실 이런 요소들은 모두 상상과 거짓과 계

략의 산물입니다. 이런 걸 만들어낼 수 있는 건, 깊은 곳에서 우러나는 비합리적인 충동밖에 없어요. 나는 살인의 동기를 그때도 지금도 이해할 수 없습니다.

나는 희생자였습니다. 지금은 희생자를 이해하려고 노력하고 있습니다. 삼십 년 전부터 나는 광범위하고 복잡한 인생에 대처하려고 애쓰는 중입니다. 나는 희생자를 이상화한 적이 없습니다. 《반덴하임 1939》에 이상화가 전혀 존재하지 않는 것 같습니다. 여담이지만, 반덴하임은 실존하는 장소에 가깝습니다. 그런 온천이 유럽 전역에 흩어져 있었어요. 충격적일 정도로 프티 부르주아 느낌이 나고, 어리석을 정도로 형식을 지키는 곳이었죠. 어린 내가 보기에도 정말 우스꽝스러웠습니다.

유대인들이 재주가 많고, 꾀바르고, 세련된 사람들이며, 세상의 지혜를 품고 있다는 주장에는 지금도 많은 사람이 동의합니다. 하지만 유대인들을 속여먹기가 그렇게 쉬웠다는 게 기가 막히지 않습니까? 간단하다 못해 거의 유치한 술수만으로 그들은 게토에 끌려가 몇 달 동안 굶주리면서도 거짓 희망에서 용기를 얻었고, 결국은 기차에 실려 죽음을 향해 떠났습니다. 《반덴하임 1939》를 쓰는 동안 그 순진함이 내 눈앞에서 어른거렸습니다. 그 순진함 속에서 나는 일종의 정제된 인간성을 보았습니다. 눈과 귀를 가린 맹목성, 자신에 대한 강박적인 집착이 바로 그런 순진함에 필수적입니다. 살인자들은 실용적이라서, 자신이 무엇을 원하는지 정확히 알고 있었습니다. 순진한 사람은 언제나 슐리마츨입니다. 위험신호를 결코 늦기 전에 알아차리지 못하고,

혼란에 휘말려 결국 함정에 빠지는 불운의 희생자예요. 그런 약점들에 나는 매혹을 느낍니다. 나는 그것들을 사랑하게 되었습니다. 유대인이 음모를 꾸미며 세상을 좌지우지한다는 주장은 과장된 신화임이 드러났어요.

로스: 외국어로 번역된 당신의 책 중에서 《트칠리》는 가장 가혹한 현실과 가장 극단적인 고통을 묘사하고 있습니다. 가난한 유대인 가정의 가장 단순한 어린아이 트칠리는 가족이 나치의 침공을 피해 도망칠 때 혼자 남겨지죠. 소설은 살아남기 위해 아이가 겪는 무시무시한 모험과, 사나운 농부들 사이에서 일하며 느끼는 지독한 고독을 보여줍니다. 저는 이 소설이 저지 코진스키의 《페인트로 얼룩진 새》와 짝을 이룬다고 생각합니다. 그 소설에 비하면 덜 기괴하긴 해도, 《트칠리》는 코진스키의 세상보다 더 황량한 불모의 세상에서 겁에 질린 아이의 모습을 그려냅니다. 그 아이는 베케트의 《몰로이》에 등장하는 모든 세상만큼이나 인간에게 맞지 않는 곳에서 혼자 움직입니다.

당신도 어렸을 때, 그러니까 아홉 살 때 수용소에서 탈출한 뒤 트칠리처럼 혼자 떠돌아다녔죠. 저는 당신이 미지의 곳에서 적대적인 농부들 사이에 숨어 살아가던 삶을 소설로 변형하면서, 왜 여자아이를 생존자로 설정했는지 궁금했습니다. 이 소재를 소설로 쓰지 않고, 그냥 있는 그대로 기록하자는 생각은 한 적이 없습니까? 프리모 레비가 아우슈비츠에 감금되었을 때의 경험을 쓴 것처럼 생존자의 경험담을 직접적으로 쓰는 것 말입니다.

아펠펠드: 나는 실제 있었던 일을 곧이곧대로 쓴 적이 한 번

도 없습니다. 내 작품이 모두 나의 가장 개인적인 경험을 조금씩 담고 있는 것은 사실이지만, 그렇다고 해서 그 작품들이 '내 인생 스토리'인 것은 아닙니다. 내가 살면서 겪은 일들은 이미 일어난 일, 이미 완성된 일입니다. 세월이 그 일들을 주물러서 형태를 잡아놓았어요. 과거의 일을 있는 그대로 쓰는 것은 곧 스스로 기억에 얽매이는 일입니다. 그건 창작과정에서 아주 사소한 요소일 뿐이에요. 내가 보기에 창작이란 작품에 맞는 단어와 속도를 정리하고 선택하는 일입니다. 어느 한 사람의 인생에서 가져온 소재라 해도, 궁극적으로 창작품은 별개의 생물입니다.

나는 수용소에서 도망친 뒤 숲에서 지낼 때의 '내 인생 스토리'를 써보려고 여러 번 시도했습니다. 하지만 모두 헛된 노력으로 끝났습니다. 나는 실제로 일어났던 일과 현실에 충실하고 싶었지만, 현실에서 나온 연대기는 발판이 되기에 힘이 별로 없었습니다. 그 결과물은 다소 빈약하고, 설득력이 없는 상상 속 이야기였죠. 무엇보다 진실한 것은 날조되기 쉽습니다.

아시다시피 현실은 항상 사람의 상상력보다 강합니다. 그뿐만 아니라, 현실은 스스로 도저히 믿을 수 없고 설명할 수 없는 형태가 되기도 합니다. 창작된 작품은 스스로 그런 형태를 취할 수 없다는 점이 안타깝습니다.

홀로코스트의 현실은 모두의 상상력을 뛰어넘었습니다. 만약 내가 사실을 충실하게 기록했다면, 아무도 내 말을 안 믿었을 겁니다. 하지만 나는 당시의 나보다 아주 조금 나이가 위인 여자아이를 선택하는 순간, 기억의 힘센 손아귀에서 '내 인생 스토리'를 빼내 창조적인 실험실에 넘겼습니다. 거기서 기억은 유일한 주인이 아닙니다. 거기서는 인과관계에 입각한 설명, 사건들을 서로 묶어주는 가닥이 필요합니다. 예외적인 일은 전체 구조의 일부로서 그 구조를 이해하는 데 도움이 될 때에만 허용될 수 있습니다. 나는 '내 인생 스토리'에서 믿을 수 없는 부분을 덜어내, 좀 더 믿을 수 있는 이야기를 사람들 앞에 내놓는 수밖에 없었습니다. 《트칠리》를 쓸 때 내 나이가 마흔 살쯤이었습니다. 당시 나는 예술에서 순진함이 지닌 가능성에 흥미가 있었죠. 순진한 현대 예술이 가능한가? 아이들과 노인들에게서, 그리고 어느 정도는 우리에게서도 발견되는 순진함이 없다면 결함 있는 예술 작품이 나올 것 같았습니다. 나는 그 결함을 바로잡으려고 노력했지만, 내 노력이 얼마나 성공을 거뒀는지는 하느님만 아실 겁니다.

∞∞

필립에게
나는 당신을 화나게 하고/ 당신은 내게 맹공을 퍼부었지. 내 말 한마디 한마디가 멍청하고/ 틀리고/ 부자연스러웠어. 그럴 수밖에 없지. 이 만남을 1959년부터 두려워하고/ 꿈꾸고 있었으니까. 《굿바이, 콜럼버스》에서 당신의 사진을 보고/ 앞으로 내 삶이 완전히 달라질 것을 알았어. 우리가 서로 다른 사람들임을 모두에게 설명했고/ 나 자신 외에 다른 사람이 될 생각이 전혀 없었고/ '내' 운명을 원했고/ 당신의 첫 책이 마지막 책이 되기를 바랐고/ 당신이 실패해서 사라지기를 원했고/ 당신이 죽는 모습을 끊임없이 생각했어. 내가 아무런 저항도 없이 내 역할을 받아들인 건 아니야. **알몸을 드러낸 당신/ 구세주 같은 당신/ 희생적인 당신. 그 무엇으로도 가려지지 않은 나의 유대인다운 열정. 구속받지 않은 나의 유대인다운 애정.**

내 존재를 허락해줘. 당신의 평판을 지키려고 날 부숴버리지 마. **내가 당신의 좋은 평판이야.** 난 당신이 모아놓은 명성을 소비하고 있을 뿐이야. 당신은 고독한 방/ 시골의 외딴 곳에/ 익명의 망명객/ 다락방에 갇힌 수도사로 숨어 있지. 명성을 반드시 소비해야 할 만큼/ 아마 할 수 있을 만큼/ 하고 싶지 않은 만큼/ 할 수 없는 만큼 소비하지 않아. **유대민족을 대신해서** 소비해야 하는데. 부탁이야! 당신이 쓰는 단어 하나하나에 들어 있는/ 유대인에 대한 사랑/ 유대인의 적에 대한 증오를 표현해주는 대중적인 도구 역할을 내가 할 수 있게 해줘. **법적으로 개입하지 말고.**

내 말이 아니라, 이 편지를 가져간 여자를 통해 나를 판단해. 당신에게 말할 때는 항상 멍청한 말만 나와. 내가 느끼고/ 아는 모든 것을 날조하는 서투른 말로 나를 판단하지 마. 당신 옆에서 나는 결코 언어의 장인이 되지 못할 거야. 말만 보지 말고 그 너머를 봐. 난 작가가 아니라/ 다른 어떤 것이다. **나는 말이 아닌 당신이야.**

필립 로스

바로 내 앞에 있는 그 여자의 물리적 존재감이 어찌나 강렬하고 짜릿하고 마음을 건드리는지, 마치 탁자를 사이에 두고 달과 마주 앉은 것 같았다. 건강하다 못해 관능적인 생물처럼 보이는 여성으로 나이는 서른다섯 살쯤. 그녀의 탄탄한 장밋빛 목에 시골 축제에서 받은 일등상 리본을 매도 부적절하지는 않을 듯 싶었다. 그녀는 생물학적인 승자, '건강한' 사람이었다. 하얀빛이 감도는 금발은 뒤통수에 헝클어진 듯이 틀어올려 핀으로 아무렇게나 고정해두었고, 입은 큰 편이었다. 그녀는 따뜻한 입 안쪽을 행복하게 할딱거리는 개처럼 상대에게 보여주었다. 말하지 않을 때도 입 안쪽이 보여서, 마치 그녀가 상대의 말을 입으로 받아들이는 것처럼 보였다. 타인의 말을 뇌로 받아들이지 않고, 작고 고르고 눈부시게 하얀 치아와 분홍색의 완벽한 잇몸을 넘어 들어온 말을 건강하고 눈부시고 낙천적인 그녀 자체가 소화하는 것 같았다. 그녀의 쾌활한 기민함은 물론 심지어 집중력조차도 턱 근처에 위치한 듯 보였다. 그녀의 눈은 아름다울 정도로 선명하고 강하게 집중하고 있었는데도, 그녀가 바로 이 자리에 있음을 알려주는 그 엄청난 존재감 속으로는 깊이 들어가지 못하는 것 같았다. 가슴의 크기는 상당했고, 크고 둥근 엉덩이는 그녀보다 훨씬 더 크고 무거운 사람에게나 어울리는 것이었다. 어쩌면 전생에 그녀가 폴란드 오지 출신의 푸짐한 유모였는지도 모르겠다. 하지만 사실 그녀는 종양 병동의 간호사였고, 그가 오 년 전 처음 암에 걸려 시카고의 어느 병원에 다닐 때 알게 된 사이였다. 그녀의 이름은 완다 제인 '징크스' 포제스키°. 그녀를 보고 있으니, 얼어붙을 듯이 추운 겨울에 호사스럽고 따뜻한 모피코트를 생각할 때와 비슷한 갈망이 일었다. 구체적으로 말하자면, 뭔가가 나를 폭 감싸주었으면 좋겠다는 갈망이었다.

그가 나더러 자기를 판단하는 기준으로 삼으라던 그 여자가 아메리칸 콜로니 호텔의 정원에서 작은 테이블에 나와 마주 앉아 있었다. 머리 위에는 이 오래된 호텔의 매력적인 아치형 창문이 있었다. 오전에 억수같이 쏟아지던 소나기는 내가 아하론과 점심을 먹는 동안 고작해야 여우비 수준으로 잦아들었고, 오후 3시까지 몇 분이 남은 지금은 하늘이 맑아져서 정원 바닥의 포석들이 빛을 받아 반짝였다. 마음을 어루만지듯이 조용하고 산들바람이 부는 따스한 5월 오후 같았지만, 사실 지금은 1988년 1월이고 우리가 있는 곳에서 몇백 미터만 나가면 바로 어제 이스라엘 군인들이 돌을 던지는 아랍 청년들에게 최루탄을 쏜 곳이었다. 데미야뉴크는 트레블링카에서 백만 명 가까운 사람들을 죽인 혐의로 재판을 받는 중인데, 아랍인들은 점령지 전역에서 유대인 당국자들에 맞서 봉기하고 있었다. 하지만 레몬나무와 오렌지나무를 좌우에 두고 파랗게 우거진 관목 사이에 내가 앉아 있는 이곳에서는 세상이 이보다 더 매혹적으로 보일 수가 없었다. 유쾌한 아랍인 웨이터, 노래하는 작은 새, 차갑고 맛 좋은 맥주……. 그리고 우리 몸을 구성하는 물질들은 썩기 쉬운데도 세상에 이보다 더 튼튼한 것은 없을 것 같은 환상을 불러일으키는 이 여자.

내가 그의 끔찍한 편지를 읽는 동안 그녀는 마치 게티즈버그 연설문 원본을 링컨 대통령에게서 직접 받아 이 호텔로 가져온 사람처럼 나를 지켜보았다. 내가 "내 평생 이렇게 정신 나간 글은 받아본 적이 없다"면서 편지를 갈기갈기 찢어버리지 않은 것은 순전히 그녀가 곧바로 일어나 가버리는 것을 막고 싶어서였다. 우선 나는 그녀의 이야기를 듣고 싶었다. 어쩌면 또 거짓말만 듣게 될지도 모르지만, 거짓말도 많이 쌓이다 보면 약간의 진실이 틈새로 방울방울 새어 나올지도 모르는 일이었다. 나는 또한 모호해서 관심이 가는 그녀의 목소리를 듣고 싶었다. 그녀의 목소리는 화성학적인 측면에서 내게 수수께끼였다. 마치 느긋하게 해동되는 냉동고에서 나온 것 같은 목소리. 가장자리는 촉촉하고 말랑말랑하게 녹아서 먹을 수 있지만, 다른 부분은 아직 얼어 있고, 한가운데는 완전히 꽁꽁 얼어 있는 것 같은 목소리였다. 그녀가 얼마나 거친 사람인지, 그녀의 머릿속에서 뭔가 큰일이 벌어지고 있는지, 아니면 머릿속에는 아무것도 없고 그녀는 그저 하찮은 범죄자의 순종적인 정부에 불과한지 알 수 없었다. 어쩌면 내가 이 여자의 풍만함과 존재감에 홀린 나머지, 나를 '어딘가로 데려갈' 수도 있는 대담한 관능 위에 순수함이 안개처럼 떠 있는 모습을 상상하게 된 건지도 모른다. 나는 편지를 삼등분으로 접어 안주머니에 넣었다. **그의 여권도 이렇게 했어야 하는 건데.**

"믿을 수가 없네요." 그녀가 말했다. "굉장해요. 심지어 글을 읽는 방식까지 똑같아요."

"왼쪽에서 오른쪽으로 읽죠."

"아뇨, 표정 말이에요. 내용을 받아들이는 방식. 심지어 옷차림도…… 으스스하네요."

"모든 게 으스스하죠, 안 그래요? 우리가 같은 이름을 쓰는 것까지."

"그리고……." 여자가 활짝 미소를 지었다. "비꼬는 말투도요."

"그자는 나더러 자기 편지를 가져가는 여자를 보고 자기를 판단하라고 했습니다. 나도 그러고 싶지만, 내 입장에서는 먼저 다른 걸로 그를 판단하지 않기가 어렵네요."

"그 사람이 시작한 일 말이죠, 알아요. 유대인들한테 아주 엄청난 일이에요. 이교도들에게도 마찬가지고요. 나는 모두를 생각해요. 그 사람이 앞으로 구하게 될 생명들. 이미 구한 생명들."

"이미? 그래요? 누굴?"

"우선 제가 있죠."

"간호사는 당신이고, 환자는 그자인 줄 알았는데요. 당신이 그를 도와준 줄 알았어요."

"저는 반유대주의에서 회복중인 사람이에요. A-S.A.가 저를 구했어요."

"A-S.A.?"

"반유대주의 익명 모임. 필립이 회복을 위해 만든 모임이에요."

"필립에게는 영감이 쉴 새 없이 떠오르나 봅니다. 나한테는 A-S.A. 얘기가 없었는데요."

"그 사람은 당신한테 말한 게 별로 없어요. 말할 수가 없었죠. 당신을 워낙 경외한 나머지, 말문이 막혀버렸으니까요."

"아, 그걸 말문이 막혔다고 하기는 좀……. 거의 지나칠 정도로 입이 열린 것 같았는데요."

"제가 아는 건 돌아왔을 때 그 사람이 심각한 상태였다는 것뿐이에요. 지금도 침대에 누워 있어요. 자기가 창피를 당했다고 하던데요. 당신이 자기를 미워하는 줄 알아요."

"내가 도대체 왜 필립을 미워합니까?"

"그래서 그 편지를 쓴 거예요."

"그리고 당신을 대변인으로 보냈군요."

"저는 책을 좋아하는 편이 아니에요, 로스 씨. 책을 아예 안 읽어요. 필립이 제 환자일 때 저는 당신이라는 사람이 존재하는 줄도 몰랐어요. 당신과 그 사람이 닮았다는 사실은 말할 것도 없죠. 우리가 어딜 가든 사람들은 항상 그 사람을 당신으로 착각해요. 어디서나, 누구나. 책을 안 읽는 저만 빼고. 제게 그 사람은 살면서 처음 보는, 가장 강렬한 사람이었어요. 지금도 그래요. 그 사람 같은 사람은 없어요."

"나만 빼고?" 나는 가슴을 두드리면서 말했다.

"그 사람이 세상을 바꿔보겠다고 나선 걸 말하는 거예요."

"뭐, 그런 일을 하기에 딱 맞는 곳에 온 건 맞습니다. 여기는 자신이 메시아라면서 인류에게 회개하라고 외치며 돌아다니는 관광객들이 매년 수십 명씩 오는 곳입니다. 정신건강 치료소에서는 유명한 현상이죠. 이곳의 정신과 의사들은 그걸 '예루살렘 증후군'이라고 부릅니다. 그 사람들은 대부분 자기가 메시아나 하느님이라고 생각해요. 나머지는 자기가 사탄이라고 주장하고요. 필립 정도면 심하진 않아요."

하지만 내가 무슨 말을 해도, 그를 아무리 경멸하고 깔보는 말을 해도, 그녀의 믿음을 꺾는 데에는 전혀 눈에 띄는 효과를 내지 못했다. 그녀는 이 뻔뻔한 사기꾼의 업적을 계속 칭찬했다. 예루살렘 증후군이라는 신종 히스테리를 앓는 사람이 바로 저 여자인 건가? 몇 년 전 이 주제에 관한 재치 있는 설명으로 나를 즐겁게 해준 정부 소속 정신과 의사는 스스로 세례 요한이라 믿고 사막을 떠돌아다니는 그리스도교인들도 있다고 말해주었다.

나는 속으로 생각했다. 세례 요한의 선발대이며 메시아의 대변인인 세례 징크스에게서 저 여자가 구원과 고상한 삶의 목적을 찾은 모양이라고. 그녀는 엄청나게 잘 속아 넘어갈 것처럼 보이는 눈빛으로 나를 똑바로 바라보며 말했다. "그 사람은 오로지 유대인만 생각해요. 암에 걸린 뒤로, 밤이나 낮이나 그 사람은 유대인에게 인생을 바쳤어요."

"그럼 당신은……. 그를 이렇게나 믿는 당신도 이제 유대인을 사랑합니까?"

하지만 내가 무슨 말을 해도 그녀의 낙천적인 태도에 흠집을 낼 수 없을 것 같았다. 혹시 그녀가 마약에 취한 것이 아닌지, 그 역시 그런 것이 아닌지, 나의 날카로운 말에 그녀가 지은 영혼 가득한 미소를 포함해서 모든 것이 그 때문이 아닌지, 이 두 사람이 이해할 수 없을 만큼 넉살 좋은 태도를 보이는 것은 순전히 질 좋은 대마초의 힘이 아닌지 모르겠다는 생각이 처음으로 들었다.

"필립을 사랑하는 거지, 유대인을 사랑하는 건 아니에요. 그건 아니죠. 징크스가 할 수 있는 건, 그것만으로도 그녀에게는 대단한 일인데, 더 이상 유대인을 미워하지 않는 것, 유대인을 비난하지 않는 것, 유대인을 보자마자 혐오하지 않는 것뿐이에요. 징크스 포제스키가 유대인을 사랑한다거나, 징크스 포제스키가 앞으로 유대인을 사랑하게 될 거라고 말할 수는 없어요. 내가 할 수 있는 말은……. 알겠어요? ……조금 전에 한 말이에요. 반유대주의에서 회복중이라는 말."

"기분이 어떻습니까?" 나는 이제야 그녀에게서 조금이나마 믿을 수 있는 이야기가 나올 것 같으니 가만히 앉아서 듣는 수밖에 없겠다는 생각이 들었다.

"아, 말하자면 길어요."

"회복하기 시작한 지 얼마나 됐어요?"

"거의 오 년. 저는 반유대주의의 독성에 물들어 있었어요. 지금 생각하면, 제 직업이 큰 영향을 미친 것 같아요. 제 직업을 탓하는 게 아니라, 징크스를 탓하는 거예요. 그래도 암 병동의 특징이 하나 있죠. 도저히 상상할 수 없는 통증을 보게 된다는 것. 누군가가 통증을 느낄 때는 진통제를 달라고 비명을 지르면서 병실에서 뛰쳐나가고 싶어져요. 사람들은 몰라요. 정말로 전혀 몰라요. 그런 통증이 어떤 건지. 그런 통증만으로도 엄청난데, 다들 죽음을 두려워해요. 암 치료에는 실패가 많아요. 아시잖아요, 산부인과 병동과는 다르죠. 산부인과 병동에서 일했다면 저는 저의 참모습을 결코 깨닫지 못했을 수도 있어요. 제가 그런 일을 겪지 않았을 수도 있어요. 정말로 이야기를 다 듣고 싶으세요?"

"당신이 말하고 싶은 기분이라면요." 내가 말했다. 내가 듣고 싶은 것은 그녀가 그 사기꾼을 사랑하는 이유였다.

"저는 사람들의 고통에 끌렸어요. 저도 어쩔 수 없었어요. 사람들이 울면 저는 그들의 손을 잡아주고 안아줘요. 사람들이 울면 저도 울어요. 제가 안아주면 그 사람들도 저를 안아줘요. 제게는 그런 행동을 하지 않을 방법이 없었어요. 마치 그들의 구세주가 된 것 같잖아요. 징크스는 절대 잘못을 저지르는 법이 없죠. 하지만 제가 그 사람들의 구세주가 될 수는 없어요. 그렇게 얼마쯤 시간이 흐른 뒤……." 징크스의 얼굴에서 말도 안 되게 행복한 표정이 갑자기 사라지고, 그녀는 파도처럼 밀려오는 고통에 경련하며 잠시 말을 잇지 못했다. "환자들이……." 그녀의 목소리는 이제 완전히 단호했으며, 아이의 것처럼 속속들이 말랑거렸다. "……환자들이 저를 보는 그 눈빛이……." 그녀가 드러내는 감정의 크기에 나는 깜짝 놀랐다. '만약 이게 연기라면, 이 여자는 사라 베르나르야.' "환자들이 저를 보는 눈빛이 완전히 마음을 활짝 연 눈빛인 거예요. 그 사람들이 저를 부여잡으면 제가 그 손길에 끌려가긴 하는데, 그렇다고 제가 그 사람들을 살려줄 수는 없잖아요……. 얼마쯤 시간이 흐른 뒤……." 그녀의 감정이 잦아들면서 슬픔과 안타까움으로 변했다. "저는 그저 사람들의 죽음을 돕고 있었어요. 사람들을 편안하게 해주고, 진통제를 더 주고, 허리를 주물러주고, 몸을 돌려주고. 저는 환자들을 위해 많은 일을 했어요. 항상 단순히 의학적인 일에서 한 걸음 더 나아갔죠. '카드게임을 하고 싶으세요? 대마초를 피우고 싶으세요?' 제게 조금이라도 의미 있는 존재는 환자들밖에 없었어요. 어느 날, 세 명쯤 되는 환자가 세상을 떠난 날이었는데, 세 번째 환자의 시신을 수습하면서 이런 생각이 들었죠. '더는 못하겠어. 누군가의 발가락에 인식표를 다는 일에는 이제 진저리가 나!'" 기분이 그렇게 격변하다니! 단순한 말 한마디만으로 그녀의 마음이 돌아섰다. '못 하겠다'는 말. '더는 못하겠어.' 조금 전까지 가슴이 아파서 힘들어하던 그녀가 이 말과 함께 거칠고 대담한 힘을 발산했다. 무엇이 그녀를 그에게 묶어두는지는 아직 알 수 없었지만, 한 남자를 그녀에게 종속시킬 수 있는 것이 무엇인지는 어렵지 않게 알 수 있었다. 그녀에게는 모든 것이 넉넉했다. 스트린드베리^{스웨덴 작가}를 마지막으로 읽은 뒤로, 이토록 감질나게 층층이 쌓인 여성의 짜릿함과 마주친 기억이 없었다. 나는 손을 뻗어 그녀의 젖가슴을 오목하게 덮고 싶은 욕망을 억

눌렀다. 내가 그런 욕망을 느낀 것은 공공장소에서 갑자기 불이 붙었을 때 남자가 항상 억눌러야 하는 충동 때문만은 아니었다. 나는 그 부드럽고 통통한 젖가슴 아래에 있을 심장의 힘을 내 손바닥으로 느껴보고 싶었다.

그녀의 말이 이어졌다. "아시겠어요? 저는 환자들을 돌아 눕히면서 제가 그런 일에 전혀 영향을 받지 않을 거라고 생각하는 걸 더 이상 참을 수가 없어요! '시신에 인식표를 붙이고 시체 가방에 넣어. 인식표를 붙이고 가방에 넣었어? 인식표를 붙이고 가방에 넣어.' '싫어요. 아직 가족들이 오지 않았으니까. 빨리 그 망할 가족들을 데려와요. 그래야 우리가 인식표를 붙이고 시체를 가방에 넣은 다음에 여기서 나갈 것 아니에요!' 저는 죽음을 과용한 상태예요, 로스 씨. 왜냐하면……." 그녀는 또 말을 잇지 못했다. 기억에 압도된 탓이었다. "……왜냐하면 죽음이 너무 많았으니까요. 죽어가는 사람이 너무 많았어요. 그래서 저는 저 자신을 주체하지 못하고 유대인들에게 화살을 돌렸죠. 유대인 의사들. 그들의 아내들. 자식들. 좋은 의사들이었어요. 뛰어난 의사, 뛰어난 외과의였어요. 하지만 저는 그 사람들 책상에 놓인 액자를 봤어요. 테니스라켓을 든 아이들, 수영장에서 쉬는 아내들. 나는 전화로 그 사람들의 목소리를 들었어요. 저녁약속을 잡는 소리. 마치 병동에 죽어가는 사람이 한 명도 없다는 듯이……. 테니스, 휴가, 런던이나 파리 여행 계획을 잡는 소리. '우린 리츠 호텔에 묵으면서 슈미츠에서 식사할 거야, 트럭을 세워놓고 구찌 매장을 다 비워버릴 거야.' 그러면 저는 아주 미쳐버려요. 정말 미친 듯이 유대인을 싫어하게 되죠. 저는 위장 병동에서 일했어요. 위, 간, 췌장 환자가 있는 곳이에요. 같은 또래의 간호사가 두 명 더 있었는데, 마치 저한테서 그 사람들에게 병이 전염된 것 같았어요. 우리 간호사 스테이션은 설비가 아주 좋았어요. 거기서 우리는 아주 좋은 음악, 주로 로큰롤을 들으면서 서로에게 엄청나게 의지했어요. 하지만 우리 모두 병가를 아주 자주 냈고, 저는 유대인들에 대해 자꾸만 수다를 떨었어요. 그때 우리는 모두 젊었어요. 스물셋, 스물넷, 스물다섯…… 주오 일 근무, 시간외근무를 하면서 매일 밤늦게까지 병동에 있었죠. 우리가 늦게까지 일한 건 환자들이 워낙 위중했기 때문이에요. 그럴 때면 저는 집에서 아내와 자식과 함께 있을 유대인 의사들을 생각했어요. 저 역시 퇴근한 뒤에도 그런 생각이 머리를 떠나지 않았어요. 마음이 활활 타올랐죠. 유대인, 유대인. 우리 셋 다 저녁근무를 마치고 집에 가면 대마초를 피웠어요. 반드시 피웠어요. 빨리 대마초를 말아 피우고 싶어 견딜 수가 없었죠. 피나 콜라다도 만들어 마셨어요. 뭐든지. 밤새도록. 집에서 술을 마시지 않는 날은 옷을 차려입거나 화장을 하고 밖으로 나갔어요. 니어노스, 러시스트리트, 그런 데로. 온갖 술집에 들어갔죠. 그러다 사람을 만나서 데이트를 하고 섹스를 하고……. 알겠어요? ……하지만 그런 걸로도 마음을 풀 수 없었어요. 죽음의 배출구는 대마초였어요. 죽음의 배출구는 유대인이었어요. 제 경우 반유대주의는 집안 내력이에요. 원인이 유전일까요, 환경일까요, 전적으로 도덕적 결함일까요? A-S.A. 모임에서 이런 주제로 토론이 벌어져요. 답이 뭐냐고요? 우리는 원인에 신경 쓰지 않아요. 모임에 나온 건 우리에게 반유대주의가 있다는 걸 인정하고, 그걸 없앨 수 있게 서로 돕기 위해서예요. 하지만 제가 그걸 갖게 된 데에는 모든 이유가 작용한 것 같아요. 우선 우리

아버지가 유대인을 싫어했어요. 오하이오에서 보일러 기술자였는데, 어렸을 때 아버지가 그런 소리를 하는 걸 들었어요. 하지만 그건 벽지 같은 거라서, 제가 암 병동 간호사가 되기 전에는 아무 의미도 없었어요. 하지만 일단 그게 시작되고 나니까……. 알겠어요? ……멈출 수가 없었어요. 그들의 돈. 그들의 아내. 그 여자들. 그들의 얼굴……. 그 끔찍한 유대인 얼굴. 그들의 아이. 그들의 옷. 그들의 목소리. 뭐든지. 하지만 가장 큰 건 그 표정이었어요. 유대인의 표정. 반유대주의가 사라지지 않았어요. 나도 그만두지 않았어요. 그러다 어느 날 카플란이라는 레지던트가, 사람의 눈을 똑바로 들여다보는 걸 별로 좋아하지 않는 사람인데, 그 사람이 어떤 환자에 대해 뭐라고 얘기할 때면 내 눈에는 그 유대인 입술밖에 안 보이는 거예요. 아직 젊은 나이인데, 그 사람은 유대인 노인처럼 벌써 턱이 늘어져 있었어요. 귀도 길고, 입술은 진한 적갈색이고……. 그 모든 걸 나는 참을 수가 없었어요. 그래서 미친 듯이 날뛰게 된 거예요. 그때가 제 바닥이었어요. 카플란은 진통제를 너무 많이 주는 데 익숙하지 않은 사람이라 겁을 먹었어요. 환자가 호흡정지를 일으켜 죽어버릴까 봐 겁을 먹었어요. 하지만 환자는 제 또래 여자였어요. 그렇게 젊은데, 그렇게 젊은데. 암이 온몸에 퍼져 있었어요. 통증은 또 얼마나 심했는지. 통증이 너무 심했어요. 로스 씨, '끔찍한' 통증이었어요." 그녀의 얼굴을 타고 눈물이 줄줄 흘러내렸다. 마스카라도 함께 흘렀다. 이제 나는 크고 따스한 젖가슴을 손으로 만져보고 싶다거나 그 아래에서 호전적으로 뛰고 있는 심장을 느껴보고 싶다는 충동이 아니라 테이블 위에 놓인 그녀의 두 손을 내 손으로 감싸고 싶다는 충동을 억누르고 있었다. 규칙을 초월하고, 금기가 없는 간호사의 손. 언뜻 너무나 깨끗하고 순수해 보이지만, 사방을 돌아다니며 붕대를 감고, 약을 뿌리고, 상처를 세척하고, 닦고, 거리낌 없이 사방을 만지고, 모든 것을 다루는 손. 벌어진 상처, 드레인 백, 액체가 흐르는 인체의 구멍을 고양이가 생쥐를 다루듯이 자연스럽게 다루는 손. "저는 암 병동에서 나와야 했어요. 암 전문 간호사가 되기 싫었어요. 저는 그냥 간호사가 되고 싶었을 뿐이에요. 무엇이든 좋으니까. 저는 카플란에게, 그 빌어먹을 유대인 입술을 향해 고함을 질러댔어요. '그 진통제가 필요하니까 내놓기나 해, 시발! 안 주면 주치의 선생님을 데려올 거야. 선생님은 자기 잠을 깨웠다고 당신한테 화를 낼걸! 가서 약 가져와! 당장 가져와!' 아시죠?" 그녀의 말투가 아이 같아서 놀라웠다. "아시죠? 아시죠?"

아시죠, 그러니까, 알겠어요? 이런 말투를 쓰는데도 그녀의 말에는 설득력이 있었다.

"그 환자는 젊었어요." 그녀가 말했다. "강했고요. 환자들의 의지는 아주, 아주 강해요. 그 덕분에 영원히 움직일 수 있을 거예요. 그렇게 엄청난 고통을 감내하면서도. 감내할 수 없는 고통까지도 그 사람들은 감내해요. 끔찍해요. 그래서 우리는 약을 더 많이 줘요. 그 사람들의 심장이 아주 강하고, 의지도 아주 강하니까. 그 사람들은 통증 속에 살아요, 로스 씨…… **그러니까 그 사람들한테 뭐든 줘야 한다고요!** 알겠어요? 알겠어요?"

"그래요, 알겠어요."

"거의 코끼리한테 쓸 만큼의 모르핀이 필요해요. 그렇게 젊은 사람들인데." 그녀는 조금 전과는 달리 어깨에 얼굴을 묻고 눈물을 감추려 하거나 마음을 가라앉히려 애쓰지 않았다. "젊어요……. 그러니까 **두 배로** 나빠요! 저는 카플란 선생한테 소리를 질렀어요. '누구든 죽어가는 사람한테 이렇게 잔인하게 구는 걸 두고 볼 수 없어요!' 그래서 카플란이 저한테 약을 줬어요. 저는 그 약을 환자한테 줬고요." 순간적으로 그녀는 그때의 자신을 보고 있는 것 같았다. 환자에게, 자신과 같은 나이의 여자에게 약을 주는 자신의 모습. "너무 젊어요, 너무 젊어요." 그녀는 다시 그 순간으로 돌아가 있었다. 어쩌면 항상 그 순간에 머물러 있기 때문에 그놈 옆에 있는 건지도 모른다. 이런 생각이 들었다.

"그래서 어떻게 됐어요?" 내가 그녀에게 물었다.

힘없이…… 그녀는 전혀 약한 사람이 아닌데도 아주 힘없이 마침내 대답을 내놓았다. 내내 자신의 손을 내려다보면서. 내가 계속 여기저기 돌아다니는 모습을 끈질기게 상상하는 손, 그녀가 과거에 매일 틀림없이 이백 번은 씻었을 손. "죽었어요."

다시 시선을 든 그녀는 슬픈 미소를 짓고 있었다. 그녀가 이제는 암 병동에서 나왔음을 그 미소가 확인해주었다. 비록 죽음은 멈추지 않았지만, 결코 멈춘 적이 없지만, 그 모든 죽음으로 인해 그녀가 대마초를 피우고 피나 콜라다를 마시고 카플란 선생이나 나 같은 사람을 미워할 필요는 없게 되었다는 것을. "어차피 죽을 사람이었어요. 죽을 준비가 되어 있는 사람이었어요. 하지만 나 때문에 죽었어요. 내가 죽인 거라고요. 그 환자의 피부가 얼마나 아름다웠는지 알아요? 웨이트리스였어요. 좋은 사람이었고요. 성격은 외향적이었어요. 아이를 여섯이나 낳고 싶었대요. 하지만 내가 모르핀을 줘서 그 환자가 죽었어요. 나는 미쳐버렸어요. 화장실로 가서 히스테리를 부렸어요. 유대인들! 유대인들! 수간호사가 들어왔어요. 내가 감옥에 갇히지 않고 지금 여기에 와 있을 수 있는 건 그 수간호사 덕분이에요. 환자의 가족들이 정말 심한 사람들이었거든요. '뭐야? 어떻게 된 거야?' 이렇게 고함을 지르면서 들어왔어요. 가족들은 할 수 있는 일이 아무것도 없고 환자가 죽지 않기를 바라기 때문에 죄책감에 짓눌리게 돼요. 환자가 끔찍한 고통에 시달린다는 것도 알고, 희망이 없다는 것도 알지만, 환자가 죽으면 '뭐야? 어떻게 된 거야?' 하고 말하게 되죠. 하지만 수간호사는, 뭐랄까, 정말 좋은 사람, 훌륭한 사람이었어요. 나를 안아주면서 이렇게 말했죠. '포제스키, 넌 여기 있으면 안 돼.' 일 년이 걸렸어요. 스물여섯 살 때 다른 곳으로 발령받았으니까. 수술실 간호사가 됐어요. 수술실에는 항상 희망이 있어요. '절개와 봉합'이라는 절차가 있다는 것만 빼면. 환자의 배를 열었는데 의사가 아무 시도도 안 할 때가 있어요. 그러면 환자가 죽어요. 죽는다고요! **로스 씨, 난 죽음에서 멀어질 수가 없었어요.** 그러다 필립을 만났어요. 암에 걸려 수술을 받았죠. 희망! 희망! 그다음에 날아온 조직검사 결과. 림프절 세 곳에 전이됐대요. 그래서 나는 '이를 어쩌……'. 정을 붙이고 싶지 않았어요. 참으려고 했어요. 항상 참으려고 해요. 그래서 말을 거칠게 하는 거예요. 거친 말은 그렇게 거친 게 아니에요. 차갑게 들리는 말도 차갑지 않아요. 필립의 경우가 그랬어요. 난 내가 필립을 미워하는 줄 알았어요. 그래요, 필립을 미워하고 **싶었어요.** 내가 죽인 그 여자 환자한테서 교훈을 얻었어야 하는 건데. 거리를 유지해라. 환자가 어떤 모습인지 봐라. 하지만 난 필립을 사랑하게 됐어요. 그 사람의 모습을 사랑하게 됐어요. 유대인의 특징을 죄다 갖고 있는데도. 그 말투. 우스갯소리. 강렬함. 흉내 내기. 삶에 대한 미친 듯한 애착. 그 사람은 내가 환자에게 주는 것보다 더 많은 힘을 내게 준 유일한 환자예요. 우리는 사랑에 빠졌어요."

　바로 그때 내 맞은편의 커다란 창문으로 데미야뉴크의 변호인들이 보였다. 마당 너머 로비에 있는 그들 역시 동예루살렘에 있는 이 호텔에 머물고 있음이 분명했다. 지금 오후 재판에 참석하러 가는 건지, 재판을 마치고 돌아오는 길인지는 알수 없었다. 가장 먼저 이스라엘인 변호사 셰프텔이 보였고, 그 다음에 다른 변호사 두 명이 보였다. 네 번째 변호사라도 되는 것처럼 정장을 흠잡을 데 없이 차려입고 넥타이까지 맨 키 큰 사람은 데미야뉴크의 젊은 아들이었다. 징크스는 죽음과 사랑을 중심으로 타는 듯이 강렬하게 돌아가는 자신의 인생 이야기에서 내 관심을 앗아간 것이 무엇인지 알아보려고 그쪽에 시선을 주었다.

　"데미야뉴크가 왜 계속 거짓말을 하는지 아세요?" 그녀가 물었다.

　"그가 거짓말을 하고 있습니까?"

　"물론이죠! 피고 측은 내놓을 게 전혀 없어요."

　"셰프텔은 엄청 자신만만해 보이는데요."

　"허세죠. 전부 허세예요. 알리바이가 전혀 없어요. 이미 열두 번도 넘게 가짜로 판명된 알리바이만 있죠. 그 카드, 트라브니키의 신분증 카드, 그거 틀림없이 데미야뉴크 거예요. 사진도 그 사람 거고, 서명도 그 사람 거예요."

　"위조가 아니라고요?"

　"그게 위조가 아니라는 걸 검찰 측이 증명했어요. 증인석에 앉은 그 노인들, 데미야뉴크의 지시로 가스실을 청소한 사람들, 매일 데미야뉴크와 함께 일했던 사람들, 이 재판은 데미야뉴크에게 압도적으로 불리해요. 어쨌든 데미야뉴크도 그들이 사실을 안다는 걸 알아요. 겉으로는 멍청한 농부처럼 굴지만, 사실은 약삭빠르고 비열한 놈이에요. 바보가 아니라고요. 자기에게 교수형이 떨어질 걸 알고 있어요. 자기가 한 일의 대가를 받게 되리라는 것도 알고요."

"그럼 왜 계속 거짓말을 하는 겁니까?"

그녀는 엄지손가락을 휙 움직여 로비를 가리켰다. 지금까지 열정적이고 연약한 그녀의 이야기를 들어서인지, 그 작고 힘찬 동작에 나는 깜짝 놀랐다. 십중팔구 보일러 기술자였다던 아버지에게서 반유대주의와 함께 배운 동작일 것이다. 재판에 대한 그녀의 말도 일종의 팬터마임임이 분명했다. 그 말에는 이제 그녀의 피가 묻어 있지 않았다. 그녀는 그 말의 의미를 자신도 믿지 않는다는 듯이 자꾸 같은 말을 되풀이했다. 영웅을 숭배하는 동료답게, 자신의 영웅을 앵무새처럼 흉내 내는 것 같았다.

"아들 때문이죠." 그녀가 설명했다. "데미야뉴크는 아들에게 사실을 알리고 싶지 않은 거예요. 아들을 위해 거짓말을 하는 거죠. 만약 데미야뉴크가 자백한다면 저 청년의 인생은 끝날 거예요. 전혀 가망이 없어요." 그녀의 한 손이 내 팔에 친숙하게 내려앉았다. 그 손이 몸에서 분비된 체액으로 더러워지는 모습이 자꾸 머릿속에 떠오르는데 나는 멈출 수가 없었다. 아무것도 꾸미지 않은 그 접촉이 너무나 친숙해서 나는 충격을 받았다. 내가 순간적으로 그녀의 존재 속으로 흡수되는 듯한 느낌이 들 정도였다. 어머니의 손을 신체의 일부가 아니라 어머니의 몸 전체, 크고 따스하고 놀라운 그 몸의 화신으로 느끼는 갓난아기의 심정이 꼭 이럴 것 같았다. 저항해. 나는 속으로 생각했다. 이 사람은 지나치게 유혹적이야. 이 두 사람은 나를 생각해주지 않아!

"가서 그 사람과 이야기를 해봐요. 필립과 함께 앉아서 이야기를 해줘요. 제발."

"나와 '필립'은 할 이야기가 없습니다."

"그러지 마세요." 그녀가 애원했다. 그녀의 손가락이 좀 더 단단히 내 팔을 붙잡았고, 팔오금에 닿아 있는 엄지손가락의 압박 때문에 완전히 잘못된 방향으로 나를 밀어대는 온갖 충동이 밀려왔다. "제발, 그러지……."

"뭘 하지 말라는 겁니까?"

"그 사람이 하는 일을 무너뜨리지 마세요!"

"뭔가를 무너뜨리는 사람은 내가 아닙니다."

"하지만 지금 그 사람은 잠시 증세가 누그러졌을 뿐이에요!"

지금보다 평범한 상황에서도 이런 말은 쉽게 무시할 수 없다. 법정에서 배심원 대표가 재판장에게 '유죄' 또는 '무죄'를 선언할 때보다 더하다.

내가 말했다. "증세가 누그러졌다면 좋은 일이죠. 그자든 다른 누구든. 난 심지어 그자가 주장하는 디아스포리즘에도 반대하지 않습니다. 어떤 식으로든 그자의 생각에 관심이 없어요. 내가 싫은 건 그자가 우리 둘의 인생을 하나로 얽어버려서, 누가 누군지 사람들을 헷갈리게 만든다는 점입니다. 그자가 사람들 앞에서 내 행세를 하는 걸 나는 지금도, 앞으로도 허락할 수 없어요. 그건 반드시 막아야 합니다!"

"그 사람도 그만둘 거예요, 네? 그만둘 거예요."

"그럴까요? 당신이 어떻게 알죠?"

"당신에게 이렇게 말하라고 필립이 나한테 말했으니까요."

"아, 그래요? 그럼 왜 아까 그렇게 말하지 않았어요? 그자는 편지에서, 그 멍청하기 짝이 없는 편지에서 왜 그렇게 말하지 않았어요!" 나는 알맹이 없이 함축적이기만 한 표현, 무의미한 불협화음, 삶과 죽음을 이야기하는 그 글의 모순과 히스테리를 떠올렸다. 문장에 이상하게 들어가 있던 그 빗금들을 떠올렸다. 아마도 그가 곧 내게 하려는 행동을 그 빗금들이 어렴풋이 가려주는 것 같았다.

"그 사람을 오해하고 계세요." 그녀가 애원했다. "그 사람도 그만둘 거예요. 당신이 기분 나빠하는 것에 그 사람도 괴로워하거든요. 이번에 있었던 일 때문에 그 사람도 비틀거리고 있어요. 현기증 때문에요. 문자 그대로 일어서지도 못해요. 그래서 침대에 눕혀놓고 왔어요. 그 사람은 무너졌어요, 로스 씨. 완전히."

"그렇군요. 내가 그런 일에 신경 쓰지 않을 줄 알았나 보네요. 자기가 기자들과 인터뷰해도 내가 그냥 무시해버릴 줄 알았나 봐요."

"그 사람을 한 번만 더 만나주시면……."

"이미 만났잖아요. 지금 당신을 만나고 있고." 나는 그녀의 손 아래에서 내 팔을 빼냈다. "포제스키 씨, 그자를 사랑한다면, 그자에게 헌신적이어서 조금 증세가 누그러진 암환자의 건강을 위험에 빠뜨릴 수도 있는 문제를 피하고 싶다면, 지금 당장 그자의 행동을 막아요. 내 이름을 사칭하는 짓을 당장 못하게 해요. 내가 당신들을 만나는 건 오늘로 끝입니다."

"하지만⋯⋯." 그녀는 분노해서 언성을 높이며 주먹을 쥐었다. "그건 그 사람더러 '자기' 이름을 쓰지 말라고 하는 것과 같아요."

"아뇨, 아닙니다, 전혀! **증세가 누그러졌다는 당신 환자는 거짓말쟁이예요.** 의도가 아무리 훌륭하다 해도, 그자는 지금 새빨간 거짓말을 하고 있어요! 그자의 이름은 나와 같지 않습니다. 만약 그자가 이름이 같다고 말했다면, 당신한테도 거짓말을 한 거예요."

그녀의 입술이 일그러지는 모습만 보고 나는 주먹을 막기 위해 본능적으로 한 손을 들어 올렸다. 그 손에 잡힌 주먹은 실제로 내 코를 부러뜨릴 수도 있을 만큼 강력했다. "나쁜 놈!" 그녀가 고함을 질렀다. "그놈의 이름! 그놈의 이름! 그 망할 놈의 이름 말고 다른 걸 생각할 때가 있기는 해!"

테이블 상판 위에서 한데 얽혀 있는 우리 손가락들이 이제 자기들만의 싸움을 시작했다. 그녀의 아귀힘은 여자다운 것과는 거리가 멀어서, 나는 있는 힘을 다 동원해서 그녀의 다섯 손가락을 내 손가락 사이에 끼워 봉쇄하는 것이 고작이었다. 그동안 나는 그녀의 다른 손에서 눈을 떼지 않았다.

"그런 걸 나한테 물으면 안 되지." 내가 말했다. "그자한테 물어봐."

호텔 웨이터들이 우리 싸움을 지켜보고 있었다. 그들은 로비 쪽 출입구 바로 안쪽에 모여, 문에 달린 창문으로 우리를 구경했다. 그들 눈에는 틀림없이 별로 위험하지 않고 재미있기만 한 사랑싸움으로 비쳤을 것이다. 거리에서 벌어지는 폭력에서 잠시 한숨을 돌릴 재미있는 일, 그리고 어쩌면 포르노처럼 적잖이 자극적인 일.

"이타심을 그 사람의 10분의 1, 100분의 1만 발휘해봐! 죽어가는 사람들을 알아? 죽어가면서도 오로지 다른 사람들을 구할 생각만 하는 사람들을 알아? 하루에 백오십 알씩 약을 먹어야만 목숨을 이어가며 몸을 움직일 수 있는 사람들을 알아? 그 사람이 바웬사를 만나려고 폴란드에서 어떤 고생을 했는데! 난 지쳐 떨어졌어. 하지만 필립은 무슨 일이 있어도 그만두려 하지 않았다고. 말도 쓰러뜨릴 만큼 강한 현기증이 일어도 그 사람은 멈추지 않아. 쓰러져도 다시 일어나서 계속 나아가지. 게다가 통증은……. 마치 그 사람 내장이 다 쏟아져 나올 것 같아! 우리가 바웬사를 만나기 전에 어떤 사람들을 만났는데! 우리가 바웬사를 만난 곳은 조선소가 아니었어. 그런 건 신문에나 나오는 이야기라고. 그것보다 훨씬 더 지독했어. 차를 타고 한참 달리다가 암호를 대고 은신처로 들어가야……. 그런데도 그 사람은 멈추려고 하지 않아! 십팔 개월 전에 의사들은 전부 그 사람에게 기껏해야 육 개월이 남았다고 말했어. 하지만 지금 그 사람을 봐. 살아서 예루살렘에 있어! 그러니까 그 사람의 목숨을 계속 이어주는 일을 하게 해줘! 그 사람이 꿈을 좇게 해줘!"

"자기가 나라는 꿈 말인가?"

"이기적이야! 이기적이야! 당신 세계에는 당신밖에 없어! 내 손 그만 만져! 손 놔! 수작 부리지 마!

"당신이 그 손으로 날 때리려고 했잖아."

"날 유혹하려는 거지! 손 놔!"

그녀는 짧은 데님 치마와 하얀 스웨터 위에 허리띠가 있는 파란색 포플린 레인코트를 입고 있었다. 아주 어려 보이는 옷차림이라서, 마침내 우리 손이 떨어져 그녀가 파르르 화를 내며 일어섰을 때 균형이 잘 잡힌 사춘기 소녀처럼 보였다. 미국처녀 같은 옷차림 속에 여성의 풍만함이 수줍은 듯 드러나 있었다.

로비 문의 유리창 앞에 모여 있는 젊은 웨이터들 중 한 명의 얼굴에서 나는 오랫동안 기다리던 스트립쇼가 곧 시작되기를 온 마음으로 바라는 남자의 들뜬 표정을 보았다. 아니면 그녀가 레인코트 주머니에 한 손을 넣었을 때, 그 청년이 총격전을 예상했을 수도 있었다. 저 요염한 여자가 곧 주머니에서 총을 꺼낼 거라고. 나는 이 커플이 진심으로 하고자 하는 일이 무엇인지 여전히 오리무중이었으므로, 사실 그 청년 웨이터에 비해 더 사실적인 예상을 할 수 있는 처지도 아니었다. 나를 사칭하는 사기꾼이 더 위협적인 존재일 수 있다는 점에서 일부러 고개를 돌리고, 그 끔찍한 신경쇠약에서 완전히 회복해 다시 튼튼하고 강하고 온전한 사람이 되었음을 증명하고 싶다는 필사적인 갈망에만 주의를 기울이면서 이렇게 예루살렘에 온 것이 지금껏 내가 저지른 실수 중에서도 가장 크고 멍청한 짓이었다. 소름이 끼치는 내 첫 결혼보다도 훨씬 더 한심스러운 이 실수에서 벗어날 길은 없는 것 같았다. '클레어의 말을 들을 걸 그랬어.'

하지만 이 요염한 여자가 주머니에서 꺼낸 것은 고작 봉투였다. "젠장! 그 사람의 증세가 여기 달렸어!" 그녀는 봉투를 테이블 위로 던지고는 안뜰에서 로비를 지나 호텔 밖으로 달려나가버렸다. 짜릿한 재미를 기대하며 홀린 듯이 구경하던 웨이터들은 이미 보이지 않았다.

나는 첫 번째 편지처럼 직접 손으로 쓴 그자의 이 두 번째 편지를 읽기 시작하면서, 그가 내 필체를 흉내 내는 데 무척 능숙하다는 사실을 비로소 깨달았다. 이제는 혼자가 되어 그녀의 반짝이는 존재감에 정신을 팔지 않게 된 덕분에, 나는 왼손잡이인 내가 지나치게 빠른 속도로 성급하게 갈겨 쓸 때 글자에 나타나는 비틀린 모습들을 이 종이에서 볼 수 있었다. 위로 올라가는 선은 고르지 못하고, o와 e와 a는 납작하게 눌러서 i와 구분하기가 거의 힘들 정도고, 급하게 갈겨 쓴 i와 t에는 각각 점과 가로선이 없었다. 종이 꼭대기의 제목에 포함된 'The'는 내가 초등학생 때부터 쓰던 'The'의 완벽한 복제품이어서 'The'보다는 'Fli'에 더 가깝게 보였다. 나처럼 빨리 글을 끝내려고 서둘러 쓴 글자들이 오른손잡이의 것처럼 몸에서 흐르듯이 멀어지기보다는, 왼손잡이의 것처럼 손을 방해하는 장벽을 향해 비정상적으로 돌진하는 필체를 이뤘다. 가짜 여권을 포함해, 내가 지금까지 본 모든 위조품 중에서도 이 문서는 단연코 가장 전문적인 솜씨로 만들어진 것이라서 눈으로 보고 있자니 나를 흉내 낸 그의 얼굴을 볼 때보다도 훨씬 더 화가 치밀었다. 그는 심지어 내 문체까지 흉내 내려고 시도했다. 적어도 그의 문체는 아니었다. 아까 그녀가 내게 준 그 편지, 미친놈이 쓴 것처럼 오리무중이고 빗금이 잔뜩 그어져 있던 그 편지가 이 위조범의 '자연스러운' 문체를 보여준다고 가정한다면.

반유대주의 익명 모임의 열 가지 원칙

1. 우리는 자신이 편견에 취약하며 자신의 증오를 통제하기에 무력하다는 사실을 인정한다.

2. 유대인이 우리에게 잘못을 저지른 것이 아니라 우리가

우리 자신의 문제와 세상의 사악한 일들을 유대인의 책임으로 돌리고 있음을 인정한다. 이런 믿음으로 우리가 **그들에게** 잘못을 저지르고 있다.

3. 유대인도 다른 사람들과 마찬가지로 결점을 갖고 있다. 그러나 우리가 이 자리에서 솔직히 밝히고자 하는 것은 바로 우리 자신의 결점, 예를 들어 편집증, 사디즘, 부정적 사고, 파괴주의, 시기심 같은 것들이다.

4. 우리가 돈 문제로 고생하는 것은 유대인 탓이 아니라 우리 자신의 탓이다.

5. 우리가 직장 문제로 고생하는 것은 유대인 탓이 아니라 우리 자신의 탓이다(성적인 문제, 결혼생활 문제, 공동체 내의 문제도 마찬가지다).

6. 반유대주의는 자신과 사회에 대해 솔직히 생각하기를 거부하는, 일종의 현실도피다.

7. 반유대주의자는 자신의 증오심을 통제하지 못한다는 점에서 다른 사람들과 같지 않다. 우리는 무심하게 던지는 반유대주의 비방 한마디로도 우리에게서 반유대주의라는 병을 몰아내려는 노력이 위험에 빠진다는 점을 인정한다.

8. 다른 사람들에게서 반유대주의의 독소를 빼내는 데 일조하는 것이 우리의 회복에 토대가 된다. 다른 반유대주의자들과 함께 열심히 노력하는 것만큼 반유대주의라는 질병에 대한 면역을 강화해주는 것은 없다.

9. 우리는 학자가 아니다. 우리가 어쩌다 이 끔찍한 병을 얻게 되었는지는 중요하지 않다. 우리는 스스로 이 질병을

앓고 있음을 인정하고, 병을 몰아낼 수 있게 서로를 도우
려고 한자리에 모였다.

10. A-S.A.의 동료의식 속에서 우리는 온갖 형태의 유대인
증오에 끌리는 마음을 다스리려고 노력한다.

4

유대인스러운 심출

　"이렇게 한번 생각해보지." 나는 다음 날 점심을 먹으며 일을 계속 이어가려고 아하론을 만나 이렇게 말했다. "이것이 어처구니없는 장난이 아니라고 생각해보자고. 어느 미친놈의 엉뚱한 짓도 아니고, 악의적인 사기극도 아니라고. 어느 모로 보나 그런 것 같기는 해도, 그 두 사람이 사기꾼이나 미친놈이 아니라고 생각해보잔 말이야. 생각하면 기가 막히지만, 두 사람이 스스로 주장하는 바로 그런 존재들이고, 그 입에서 나오는 말도 모두 진실이라고 가정해보세." 나를 사칭하는 사기꾼과 나 사이에 선을 긋고 차갑게 거리를 유지하면서 예루살렘에 있는 동안 아하론과의 일에만 집중하자는 나의 결심은 나를 찾아와 도발한 완다 제인 앞에서 완전히 무너졌다. 당연한 일이었다. 클레어가 암울하게 예언했듯이(곧장 피에르 로제 흉내를 내며 놈에게 전화를 걸었던 나도 속으로는 그녀의 예언을 전혀 의심하지 않았다), 놈이 나를 사칭하는 일 자체가 너무나 터무니없어서 나는 다른 일에 대해서는 이토록 강렬한 흥미를 느낄 수 없었다. "아하론, 일단 그렇게 가정해보세. 방금 내가 말한 그대로. XYZ라는 남자가 우연히 유명한 작가와 쌍둥이처럼 닮았어. 게다가 그 작가의 이름 역시 놀랍게도 XYZ야. 혹시 서너 세대쯤 거슬러 올라가면, 그러니까 유럽에 살던 유대인 수백만 명이 한꺼번에 미국으로 이주하기 전까지 거슬러 올라가면, 똑같은 갈리시아 씨족에서 두 사람의 뿌리가 발견될지도 모르지. 그렇지 않을 수도 있고. 그건 중요하지 않아. 설사 두 사람의 혈통에 겹치는 부분이 전혀 없다 해도, 비록 두 사람이 워낙 닮았으니 그럴 가능성은 아주 희박하지만, 어쨌든 우연히 닮은 사람이 존재할 수도 있네. 복제품 XYZ는 계속 원본 XYZ로 오인되면서 자연스레 원본에게 적잖은 관심을 갖게 되었어. 그러다 그가 유대인 사회의 어느 모순에 관심을 갖게 되는데, 그건 그 작가의 작품에 그런 요소가 눈에 띄게 등장하기 때문일 수도 있고 그 자신의 생애와 그 문제가 관련되어 있기 때문일 수도 있어. 복제품은 원본에 비해 뒤지지 않을 만큼 유대인을 소재로 환상을 꿈꾸게 되네. 예를 들면 이런 거야. 복제품 XYZ는 현재의 이스라엘이 아랍 적국들과의 핵전쟁으로 멸망할 운명이라 믿고, 디아스포리즘이라는 것을 만들어 내는 거지. 유럽 출신으로 현재 이스라엘에 살고 있는 유대인들을 제2차 세계대전이 벌어지기 전에 원래 살고 있던 나라로 돌려보내 정착시키는 프로그램. 이건 '두 번째 홀로코스트'를 피하기 위해서야. 그가 이런 생각을 해내는 데 영향을 미친 사람은 바로 테오도르 헤르츨. 사실 유대민족의 국가를 세우겠다는 헤르츨의 계획도 성사되기 오십여 년 전에는 유토피아적이고 반역사적이라는 비판을 받지 않았나. 복제품이 꿈꾸는 유토피아에 반대하는 수많은 강력한 주장 중에서도 가장 큰 것은 유럽 나라들로 이주한 유대인들의 안전과 안녕이 항상 위협을 받을 것이라는 점일세. 유럽에는 반유대주의가 계속 존재하고 있으니까. 이런 문제들로 여전히 골머리를 앓던 와중에 그는 암환자가 되어 입원한 병원에서 징크스 포제스키라는 간호사를 만나지. 그는 병자이고 유대인이며 목숨이 걸린 싸움을 하는 중이고, 그녀는 아주 팔팔하게 살아 있을 뿐만 아니라 지독한 반유대주의자야. 반감과 매력이 어우러진 폭발적인 드라마가 펼쳐지지. 심각한 균열, 후회가 가득한 사과, 갑작스러운 충돌, 애정 어린 화해, 교육적인 장광설, 은밀한 애무, 울음, 포옹, 괴롭고 혼란스러운 감정……. 그러던 어느 날 늦은 밤에 깨달음과 계시와 획기적인 진전이 일어나. 항암치료중인 그는 어두운 병실에서 불쌍할 정도로 힘겹게 숨을 쉬고 있고, 그의 침대 발치에 앉아 있던 간호사는 자신을 잡아먹고 있는 비참한 병을 환자에게 밝히지. 누구에게도 하지 않았던 이야기를 모두 털어놓는 거야. 그 이야기를 들으면서 XYZ는 알코올 중독자처럼 병에서 벗어나고 싶지만 방법을 모르는 반유대주의자들이 있다는 사실을 깨닫게 되네. 간호사의 이야기를 들으면 들을수록, 알코올 중독자의 비유가 계속 가슴에 와닿지. 하지만 물론 그는 이렇게 생각해. 세상에는 어쩌다 반유대주의적인 행동을 하는 사람들이 있다. 파티나 업무상 오찬에서 분위기를 부드럽게 하려고 살짝 반유대주의를 드러내는 정도. 그다음에는 반유대주의 성향을 잘 통제해서 필요할 때는 심지어 숨길 수도 있는 온건한 반유대주의자가 있고, 그다음에는 본격적인 반유대주의자가 있어. 처음에는 온건한 반유대주의자였는지 몰라도, 결국 그 병에 잡아먹혀 본격적으로 유대인을 증오하면서 점점 악화되고 있는 사람들. 징크스는 세 시간 동안 자신이 유대인들에게 품은 끔찍한 감정과 생각 앞에서 얼마나 무기력한지 고백해. 유대인과 이야기할 때마다 살의와 악의가 자신을 삼켜버린다고. 그 이야기를 들으면서 그는 내내 이런 생각을 해. 저 여자의 병이 반드시 나아야 할 텐데. 저 여자가 치료된다면, 우리는 구원받는 거야! 내가 저 여자를 구원할 수 있다면, 유대인 전부를 구원할 수 있어! 난 절대 죽을 수 없어! 안 죽을 거야! 징크스의 이야기가 끝나자 그는 그녀에게 부드럽게 말하지. '드디어 당신이 당신의 이야기를 털어놓았군요.' 그녀는 불쌍하게 펑펑 울면서 대답해. '그래도 기분은 전혀 나아지지 않았어요.' '나아질 겁니다.' '언제요? 언제요?' '때가 되면.' XYZ는 이렇게 대답하고 나서, 그녀에게 혹시 반유대주의를 그만두고 싶어하는 사람을 또 아느냐고 물어. 그녀는 자기도 그걸 포기할 준비가 되었는지 잘 모르겠다고 소심하게 대답하지. 설사 본인은 준비가 되었다고 느끼더라도, 정말로 포기할 수 있을까? 그와 다른 유대인들은 달라. 징크스가 그를 사랑하기 때문에, 모든 증오가 기적처럼 씻겨나가거든. 하지만 다른 유대인들과 있을 때는, 그냥 그들을 보기만 해도 그 감정이 저절로 속에서 솟아오르지. 한동안 유대인들을 피해 다닐 수 있다면 어떨지 모르겠지만⋯⋯. 이 병원에는 유대인 의사, 유대인 환자, 유대인 가족 천지라서 유대인의 울음소리, 유대인의 속삭임, 유대인의 비명이 항상 들려오니까⋯⋯. 그는 그녀에게 이렇게 말해. '유대인과 만나거나 어울려 지낼 일이 없는 반유대주의자도 여전히 반유대주의를 버리지 않아요. 유대인에게서 아무리 멀리 도망쳐도 그 감정이 당신을 따라갈 겁니다. 유대인에게서 도망쳐 반유대주의 감정을 피해보겠다는 꿈은 자신의 그러한 감정을 씻어내기 위해 지상에서 유대인을 모두 없애버리겠다는 발상을 뒤집은 것에 불과합니다. 당신의 증오를 막아줄 유일한 방패는 우리가 오늘 밤 이 병원에서 시작한 회복 프로그램뿐이에요. 내일 밤 다른 반유대주의자를 한 명 데려오세요. 반유대주의가 자신의 인생에 어떤 영향을 미치고 있는지 마음으로 아는 간호사 중 한 명.' 지금 그가 생각하는 건 이런 거야. 알코올 중독자처럼 반유대주의자도 다른 반유대주의자로만 치료할 수 있다. 반면 그녀는 자신의 유대인인 이 남자가 다른 간호사의 반유대주의를 용서해주는 꼴을 보고 싶지 않다, 저 애정 어린 용서를 나만 받았으면 좋겠다고 생각해. 반유대주의 여자가 한 명이면 충분하지 않나? 이 남자는 세상의 모든 반유대주의 여자들이 유대인인 자신에게 용서를 구걸하면서 이교도인 자기들이 얼마나 썩었는지 자백하고, 그는 우월한 존재인 반면 자기들은 인간쓰레기라고 인정하기를 바라는 거야? '말해봐요, 아가씨들, 당신들 이교도의 더러운 비밀을.' 이 유대인을 흥분시키는 게 바로 이거야! 하지만 다음 날 저녁, 훌륭한 로큰롤이 흘러나오는 간호사 스테이션에서 그녀는 반유대주의 여자를 한 명도 아니고 두 명이나 그에게 데려와. 어두운 병실에는 병상 옆 스탠드의 불빛만 있을 뿐이야. 수척하고 창백한 모습으로 조용히 병상에 누워 있는 그는 몸이 너무 힘들어서 자신이 의식이 있는지 혼수상태인지, 세 간호사가 침대 옆에 줄줄이 앉아서 떠들고 있는 것이 사실인지 아니면 죽음을 앞두고 보는 환상인지, 저 세 간호사는 끔찍한 임종을 앞둔 그를 보살피고 있는 건지 더 이상 확신하지 못해. '나도 완다 제인처럼 반유대주의자예요.' 간호사 한 명이 울면서 속삭이듯 말하고 있어. '유대인들에 대한 분노에 대해 누군가와 이야기해야 할 것 같아요…….'"

여기서 나는 징크스의 구세주이자 나를 사칭하는 사기꾼인 그 남자를 전날 호텔 식당에 두고 나올 때처럼 우렁차게 웃음을 터뜨렸다. 지금은 이야기를 계속 이어갈 수 없었다.

"뭐가 그렇게 웃겨?" 아하론이 웃는 나를 향해 미소를 지으며 물었다. "그자의 심술이야, 자네의 심술이야? 그자가 자네 행세를 하는 거야, 아니면 지금은 자네가 그자 행세를 하는 거야?"

"나도 몰라. 아마 내 처지가 곤란해진 게 우스운 것 같아. '심술'이 정확히 무슨 뜻이지?"

"자네 같은 심술쟁이한테 그걸 설명하라고? 심술은 일부 유대인들이 삶에 관여하는 방법이지."

"자." 나는 계속 웃으며 말했다. 애당초 무엇 때문에 웃음을 터뜨렸는지 이제는 기억도 하지 못하는 어린애처럼 바보 같고 걷잡을 수 없는 웃음이었다. 나는 그에게 'A-S.A.의 열 가지 원칙'을 건넸다. "그 여자가 이걸 내게 주고 갔네."

아하론은 여백에 내가 갈겨쓴 글자들이 가득한 그 문서를 두 손가락으로 들고 말했다. "그렇다면 자네는 그의 편집자이기도 하군."

"아하론, 이놈은 도대체 누굴까?" 나는 이 질문을 던진 뒤, 웃음이 가라앉기를 기다리고 또 기다렸다. "뭘 하는 놈이야?" 다시 말을 할 수 있게 되었을 때 나는 이렇게 말을 이었다. "놈에게는 실제로 존재하는 사람 같은 분위기가 전혀 없어. 실제 인물처럼 앞뒤가 맞는 구석이 전혀 없다고. 심지어 실제 인물처럼 앞뒤가 '안 맞는' 구석도 없어. 그래, 전부 앞뒤가 안 맞기는 한데, 그게 너무 인위적으로 보인단 말이야. 놈은 완전히 가짜 같은 분위기를 풍겨. 닉슨하고 거의 비슷할 정도야. 게다가 내가 보기에는 유대인 같지도 않아. 다른 모든 면과 마찬가지로 그것 도 가짜처럼 보인다고. 그게 놈이 하는 모든 일의 중심에 있다는 데도. 놈이 내 이름으로 하는 일이 나랑은 전혀 상관없다는 것만 문제가 아니야. 놈하고도 아무 상관이 없는 것 같아. 잘못 만들 어진 수공품 같다고. 아니, 이것도 너무 잘 봐준 말이지."

"진공이군." 아하론이 말했다. "자네의 재능을 끌어다가 기 만에 사용하는 진공이야."

"과장하지는 마. 그보다는 내 먼지를 빨아들이는 진공청소 기에 가깝지."

"자네를 사칭하는 그자의 재주가 자네보다 떨어져. 어쩌면 그래서 짜증이 나는지도 모르지. 대체 자아? 분신? 작가의 매개 체. 너무 얄팍하고 구멍이 많아서 적절한 무게와 알맹이가 없어. 이것은 나의 것이 되어야 할 분신인가? 미학적인 분노. 프라하 의 리바 랍비가 골렘에게 행한 기적을 이제는 자네가 그자에게 행할 참이지. 왜냐고? 놈보다 자네가 놈을 더 잘 이해하고 있으 니까. 리바 랍비는 진흙으로 시작했지만, 자네는 문장으로 시작 할 거야. 완벽해." 아하론은 즐거운 기색으로 이렇게 말하면서 내내 내가 열 가지 원칙의 여백에 써둔 논평을 읽었다. "자네가 놈을 다시 써내는 거야."

여백에서 내 눈에 띈 글자는 이거였다. "반유대주의자의 개 인적인 배경은 아주 다양하다. 이것이 그들에게는 너무나 복잡 하다. 1. 각각의 원칙은 반드시 하나의 개념만 담고 있어야 한 다. 첫 번째 원칙에 증오와 편견이 모두 들어가면 안 된다. '통제 하기에 무력하다'는 지리멸렬한 표현이다. '힘이 없다' 또는 '통제할 수 없다'로. 2. 점진적인 논리는 금물. 일반론에서 구체적인 것으로, 수용에서 행동으로, 진단에서 회복 프로그램으로 **관용적인** 삶의 기쁨으로 나아가야 한다. 3. 화려한 표현을 피한다. 지식인처럼 보이는 말. 부정적 사고, 면역 같은 단어들을 뺀다. 무엇이든 학자연하는 태도는 당신들의 목적을 위해 좋지 않아 (인생 전반에 걸쳐 대체로 마찬가지다)." 아하론이 그 종이를 뒤집어 뒷면을 읽기 시작하자 A-S.A.의 구성원들(그런 사람들이 정말로 있는지 모르겠다!)이 이 원칙들을 실제로 사용할 수 있게 내가 1번부터 원칙 몇 개를 더 간단한 문장으로 바꿔보려고 시도한 흔적이 나타났다. 징크스가 내게 한 말이 영감을 주었다. "우리는 원인에 신경 쓰지 않아요. 모임에 나온 건 우리에게 반유대주의가 있다는 걸 인정하고, 그걸 없앨 수 있게 서로 돕기 위해서예요." 징크스의 어조가 무뚝뚝하고 간결하다는 생각이 들었다. 반유대주의자의 개인적인 배경은 아주 다양하다. 나는 원칙들을 다음과 같이 수정했다.

1. 우리는 자신이 증오를 품고 있으며, 그 증오가 우리 인생을 파괴했다는 사실을 인정한다.
2. 증오의 대상으로 유대인을 선택함으로써 우리가 반유대주의자가 되었으며, 이러한 편견이 우리의 모든 생각과 행동에 영향을 미치고 있음을 인정한다.
3. 유대인이 아니라 우리 자신의 결점이 우리 문제의 원인임을 이해할 때 우리는 결점을 교정할 준비가 된다.
4. 우리는 우리와 같은 반유대주의자와 관용의 정신에게 이러한 결점을 극복할 수 있게 도와달라고 부탁한다.

5. 우리는 우리의 반유대주의가 초래한 모든 피해에 대해
   기꺼이 완전한 사과를 할 것이다…….

  내가 수정한 원칙들을 아하론이 읽는 동안, 몸이 아주 호리
호리하고 나이가 지긋한 장애인이 우리에게 다가왔다. 그는 가
까운 곳의 테이블에서 식사를 하다가 알루미늄 목발을 짚고 시
소를 타듯 절룩거리며 걸어왔다. 깨끗하고 조용한 카페인 티초
하우스에서는 대개 나이가 지긋한 사람들이 점심을 먹었다. 티
초 하우스는 분주한 자파 거리에서부터 분홍색이 도는 돌담들의
미로를 지나온 곳에 숨어 있었다. 가격도 비싸지 않고 소박했으
며, 식사를 마친 뒤에는 야외 테라스나 정원의 나무 그늘에 놓인
벤치에서 커피나 차를 마실 수도 있었다. 아하론은 이곳이라면
분주한 도시 풍경의 방해 없이 조용히 이야기를 나눌 수 있을 것
이라고 보았다.
  목발을 짚은 노인은 우리 테이블에 도착하자 아무 말 없이
고작 45킬로그램 정도밖에 나가지 않는 몸을 힘겹게 의자에 앉
히고 가만히 기다렸다. 마구 파닥거리는 심장박동이 가라앉기를
기다리는 것 같았는데, 그동안 뿔테안경의 두꺼운 알을 통해 내
표정의 의미를 읽어내려고 했다. 피부병을 앓는 사람처럼 부스
럼이 가득해서 좀 걱정스러울 정도였고, 그의 표정이 지닌 의미
를 한마디로 표현하자면 '시련'이 적절할 것 같았다. 그는 단추
를 모두 채운 두툼한 카디건 스웨터 위에 평범한 파란색 양복을
걸친 차림이었다. 스웨터 밑에는 빳빳하게 풀을 먹인 흰 셔츠를
입고 나비넥타이를 맸다. 아주 깔끔한 회사원 같은 모습이었다.
이웃 가정용품점의 상인이 추운 가게 안에서 입을 만한 옷차림

이었다.

"로스." 그가 말했다. "작가."

"네."

그가 모자를 벗자 아주 미세한 벌집 모양의 두피가 드러났
다. 머리카락이 하나도 남지 않은 두피에 바짝 삶은 달걀의 껍질
이 숟가락에 가볍게 얻어맞아 금이 갔을 때처럼 고랑이 패여 있
었다. 누가 이 남자를 바닥에 떨어뜨렸다가 깨진 조각들을 모아
재구성한 것 같다는 생각이 들었다. 작은 파편들을 풀로 붙이고,
실로 꿰매고, 철사로 고정해놓은 모자이크 같아…….

"죄송하지만, 성함을 여쭤도 될까요?" 내가 말했다. "이쪽
은 이스라엘 작가인 아하론 아펠펠드입니다."

"여길 떠나." 그가 아하론에게 말했다. "무슨 일이 생기기
전에 떠나요. 필립 로스가 옳아. 그는 정신 나간 시온주의자들을
무서워하지 않지. 그 사람 말을 들어요. 가족이 있소? 자식은?"

"셋입니다." 아하론이 대답했다.

"여긴 유대인 아이들을 키울 만한 곳이 아니오. 유대인 아
이들이 이만큼 죽었으면 됐어. 아이들이 아직 살아 있을 때 데리
고 떠나요."

"자녀가 있습니까?" 아하론이 그에게 물었다.

"내겐 아무도 없소. 난 수용소에서 나와 뉴욕으로 갔지. 이
스라엘에 나를 바쳤어. 그게 내 자식이오. 아무것도 없이 브루클
린에 살면서 일만 했어요. 그렇게 1달러를 벌면 90센트를 이스
라엘에 보냈어. 그러다 나이를 먹어 퇴직하면서 내가 갖고 있던
보석상을 팔고 여기로 왔소. 그런데 여기서 사는 동안 매일 도망
치고 싶은 생각이 들어. 폴란드에 있는 우리 유대인들이 생각난

다오. 폴란드의 유대인에게도 무시무시한 적이 있기야 하지. 그래도 무시무시한 적이 있다고 해서 그들이 유대인의 영혼을 지킬 수 없는 건 아니야. 그런데 여기 유대인들은 유대인 나라에 사는데도 유대인의 영혼이 없소. 성경 속 일이 또 벌어지고 있어요. 영혼이 없는 이 유대인들에게 하느님이 재앙을 내릴 준비를 하고 있소. 혹시 성경에 새로운 장이 하나 더 생긴다면, 하느님이 죄를 지은 이스라엘 민족을 파괴하려고 일억 명의 아랍인을 보냈다는 이야기가 거기 실릴 거요."

"그래요? 그럼 하느님이 히틀러를 보내신 것도 그들의 죄 때문입니까?" 아히론이 물었다.

"하느님이 히틀러를 보낸 건 하느님이 미쳤기 때문이오. 유대인은 하느님을 알고, 하느님이 어떻게 행사하시는지 알아요. 유대인은 하느님을 알고, 하느님이 인간을 창조한 바로 그날부터 계속 아침부터 밤까지 인간에게 짜증을 낸다는 사실도 알지. 유대인이 선택받았다는 말의 뜻이 바로 이거요. 이교도들은 미소를 지으며 말하지. 하느님은 자비롭다, 하느님은 사랑이다, 하느님은 선하다. 유대인들은 웃지 않아요. 이교도처럼 하느님에 대한 백일몽을 꾸는 게 아니라, 실제로 하느님과 평생을 같이 살면서 하느님에 대해 알게 되었으니까. 하느님은 하던 일을 멈추고 사랑하는 자식들과 함께 자기 머리를 써서 합리적으로 생각하는 일이 **단 한 번도** 없어요. 짜증을 잘 내고 제정신이 아닌 아버지에게 호소하는 것, 유대인이 된다는 건 바로 그런 뜻이오. 폭력적이고 제정신이 아닌 아버지에게 호소하는 것. 제정신이 아닌 유대인이 된다는 건 삼천 년 동안 그런 뜻이었어!" 아하론을 처리해버린 그는 다시 내게 주의를 돌렸다. 다리를 저는 유령

같은 이 노인은 지금쯤 어딘가에서 깨끗하고 하얀 베개를 베고 누워 가족들에게 에워싸인 채 의사의 보살핌을 받다가 평화로운 죽음을 맞이해야 할 것 같았다. "너무 늦기 전에, 로스 씨, 하느님이 영혼이 없는 유대인에게 알라를 외치는 아랍인 일억 명을 보내 학살하시기 전에, 나도 기부를 하고 싶소."

이제 내가 그에게 그런 뜻으로 내게 오신 거라면 잘못 오셨다고 말할 차례였다. "저를 어떻게 찾으셨습니까?" 내가 물었다.

"킹 데이비드 호텔에 갔더니 당신이 없어서 난 점심을 먹으러 여기로 왔소. 매일 여기로 점심을 먹으러 오거든. 그런데 오늘 당신을 여기서 만난 거요." 그는 우울한 목소리로 자신에 대해 한마디를 덧붙였다. "난 항상 운이 좋아요." 그는 가슴 주머니에서 봉투를 하나 꺼냈다. 그의 손이 너무나 심하게 떨렸기 때문에, 그가 그 동작을 끝낼 때까지 나는 참을성 있게 기다려야 했다. 심하게 말을 더듬는 사람이 결코 말을 듣지 않는 음절을 제압하려고 안간힘을 쓸 때와 비슷했다. 그의 동작을 멈춰 세우고 그에게 기부금을 가져갈 올바른 상대를 알려줄 시간이 충분하고도 남을 정도였으나, 나는 그가 건네는 봉투를 잠자코 받았다.

"성함이 어떻게 되십니까?" 내가 다시 물었다. 그리고 아하론이 지켜보는 가운데 나는 전혀 떨리지 않는 손으로 그 봉투를 내 가슴 주머니에 밀어 넣었다.

"스마일스버거." 그는 이렇게 대답하고 나서, 모자를 다시 머리에 쓰는 가련한 드라마를 시작했다. 기승전결이 갖춰진 드라마였다.

"여행가방은 있소?" 그가 아하론에게 물었다.

"내다 버렸습니다." 아하론이 점잖게 대답했다.

"실수했군." 스마일스버거 씨는 이 말과 함께 힘겹게 몸을 일으켰다. 의자에 웅크리고 있던 몸을 펼쳐 마침내 목발을 짚고 우리 앞에 위험할 정도로 휘청거리며 서 있게 된 그가 말했다. "여행가방도 더는 안 되고, 유대인도 더는 안 돼."

그는 다리도 자기 힘도 사용하지 않고 목발에 의지해 카페에서 튀어 나갔다. 그것 자체가 또 하나의 가련한 드라마였는데, 이번에는 진흙밭에서 다 망가진 원시적인 쟁기로 혼자 밭을 가는 농부가 생각났다.

나는 재킷 주머니에서 스마일스버거의 '기부금'이 들어 있는 긴 하얀색 봉투를 꺼냈다. 아이들이 처음 '고양이'와 '개'라는 단어를 쓸 때처럼 삐뚤빼뚤한 커다란 글자로 봉투 겉면에 공들여 써놓은 것은 내가 평생을 사용하던 내 이름, 징크스의 구세주이자 나를 사칭하는 사기꾼인 그자가 예루살렘과 그단스크처럼 멀고 먼 도시들에서 자기 책이라고 주장한 그 책들을 내가 발표할 때 사용했던 내 이름이었다.

"그래, 이런 일이었군." 내가 말했다. "망령 난 노인들을 등쳐먹는 일. 돈 때문에 유대인 노인들을 탈탈 털어낸 거야. 멋진 사기극인걸." 나는 식기용 나이프로 봉투를 잘라 열면서 아하론에게 물었다. "얼마일 것 같나?"

"100만 달러." 그가 대답했다.

"내 생각엔 50이야. 20달러 두 장에 10달러 한 장."

아니, 내가 틀리고 아하론이 맞았다. 내가 방과 후에 뉴어크의 운동장에서 야구를 하며 놀던 시절에 자신을 죽이려는 사람들을 피해 우크라이나의 숲에 숨어 있던 경험 덕분에 아하론은 무절제하고 과시적인 행동에 나보다 더 익숙한 것 같았다. 아

153

하론이 옳았다. 뉴욕의 이스라엘 은행에서 발행한 자기앞수표에는 100만 달러라는 금액이 적혀 있고, 그 돈의 수취인은 나였다. 나는 혹시 거래 일자가 서기 3000년으로 되어 있지나 않은지 다시 확인해보았지만, 거기에 적힌 날짜는 틀림없이 지난 목요일, 즉 1988년 1월 21일이었다.

"이걸 보니 생각나네." 나는 수표를 테이블 맞은편의 아하론에게 건네며 말했다. "도스토옙스키의 가장 훌륭한 문장."

"어떤 문장인데?" 아하론은 수표를 앞뒤로 돌려가며 꼼꼼히 살폈다.

"기억나나? 《죄와 벌》에서 라스콜니코프의 누이 두냐가 꾐에 빠져서 스비드리가일로프의 아파트에 갇히는 장면 말이야. 스비드리가일로프는 두냐가 아파트에 들어온 뒤 문을 잠그고 열쇠를 주머니에 넣은 다음, 뱀처럼 그녀를 유혹하려 하지. 필요하다면 완력까지 동원할 태세로. 그런데 놀랍게도, 그가 막 그녀를 무력하게 궁지로 몰았을 때 좋은 가정교육을 받은 아름다운 두냐가 가방에서 권총을 꺼내 그의 심장을 겨누는 거야. 도스토옙스키의 가장 훌륭한 문장은 스비드리가일로프가 그 총을 보았을 때 나오지."

"말해봐." 아하론이 말했다.

"이러면 완전히 달라지는데."

로스: 《반덴하임 1939》는 우화 같다, 꿈같다, 악몽 같다 등등의 말을 들었습니다. 하지만 사람들이 그런 말을 아무리 많이 해도 그 책은 여전히 내 짜증을 부채질했어요. 독자들은 유대인들이 드나들던 오스트리아의 쾌적한 휴양지가

유대인의 폴란드 '이동'을 위한 우울한 집합지로 바뀐 것
이 히틀러의 홀로코스트에 선행되는 사건들과 왠지 유사하
다는 점을 이해해야 합니다. 그와 동시에 반덴하임과 그곳
에 거주하던 유대인들에 대한 당신의 시선은 거의 충동적
일 정도로 기묘하고 인과관계에 무심합니다. 현실에서 흔
히 그렇듯이 사전경고나 논리 없이 위협적인 상황이 전개
되는 것이 아니라, 당신이 말을 아끼는 것 같아요. 속을 헤
아릴 수 없어서 책을 읽는 보람이 느껴지지 않을 정도로.
아마 미국에서 가장 유명한 당신의 작품이자, 찬사도 많이
받은 이 소설에 대해 내가 느끼는 어려움을 해소할 수 있게
좀 도와주시겠습니까? 반덴하임이라는 가상의 세상과 역사
적 현실 사이에 어떤 관계가 있습니까?

아펠펠드: 그럭저럭 분명한 어린 시절의 기억들이 《반덴하
임 1939》의 저변에 깔려 있습니다. 매년 여름 우리는 다른
모든 프티 부르주아 가정들처럼 휴양지로 향했습니다. 매
년 여름 우리는 복도에서 사람들이 수군거리지도 않고, 구
석진 곳에서 서로 마음을 고백하지도 않고, 남의 일에 간섭
하지도 않는 편안한 곳을 찾으려 했습니다. 물론 이디시어
를 말하는 사람도 없어야 했습니다. 하지만 매년 여름, 마
치 누가 우리에게 앙심을 품기라도 한 것처럼, 우리는 유대
인들에게 또다시 에워싸였습니다. 그래서 우리 부모님은
입에 쓴맛을 느끼면서 적잖이 화를 냈죠.

홀로코스트가 벌어지고 많은 시간이 흐른 뒤, 내가 홀로코
스트 이전부터 내 유년 시절을 되짚어보게 되었을 때, 이
휴양지들이 내 기억 속에서 특정한 장소를 차지하고 있다

는 사실을 알게 되었습니다. 많은 사람의 얼굴과 씰룩거리던 몸이 생생히 살아났어요. 알고 보니 기괴한 것도 비극적인 일 못지않게 기억에 새겨져 있었습니다. 반덴하임에서는 숲속 산책과 정성 들인 식사가 사람들을 하나로 모았죠. 그래서 서로 이야기를 나누고 고백도 하게 된 겁니다. 사람들은 마음의 긴장을 풀고 화려한 옷을 입었을 뿐만 아니라 말도 자유롭게 했습니다. 때로는 생생한 그림을 보는 것 같았어요. 남편들은 가끔 사랑스러운 아내들을 잃어버렸고, 때로는 저녁에 총성이 울리기도 했습니다. 누군가가 사랑에 실망했다는 날카로운 징후였죠. 물론 나는 이 귀한 삶의 조각들이 혼자서 예술적으로 서도록 배치할 수 있었습니다. 하지만 어찌 된 일일까요? 내가 그 잊힌 휴양지들을 재현하려고 시도할 때마다, 수송열차와 수용소가 보였습니다. 그리고 가장 깊숙이 숨겨져 있던 내 유년 시절의 기억에 수송열차의 검댕이 점점이 묻었죠.

운명은 그 사람들 속에 이미 치명적인 병처럼 숨어 있었습니다. 자기가 살던 곳에 동화된 유대인들은 인본주의적인 가치들로 구조물을 세우고, 그 안에서 세상을 바라보았습니다. 그들은 자기들이 이제 유대인이 아니니 '유대인'에게 적용되는 기준이 자신에게는 해당하지 않는다고 확신했어요. 그런 이상한 확신 때문에 그들은 눈이 멀었습니다. 적어도 반쯤은 눈이 멀었어요. 나는 항상 동화된 유대인들을 사랑했습니다. 유대인의 성격, 그리고 어쩌면 유대인의 운명 또한 그곳에 가장 강력히 집중되어 있었으니까요.

아하론은 2시쯤 버스를 타고 집으로 돌아갔다. 그 전에 우리는 나의 강력한 주장으로 스마일스버거의 수표를 무시하려고 최선을 다하며 《반덴하임 1939》에 대한 대화를 시작했다. 이 대화는 나중에 앞에 인용한 원고가 되었다. 대화가 끝난 뒤 나는 걸어서 중앙 농산물 시장과 바로 그 뒤에 있는 허름한 노동계층 동네로 갔다. 오헬 모셰의 좁은 골목에 세 들어 사는 친척 앱터를 만나기 위해서였다. 걷는 동안 나는 유복한 유대인이 유대인을 위한 대의에 100만 달러를 기부한 것이 스마일스버거가 처음이 아닐 거라는 생각, 유대인이 자선을 베풀 때 사실 100만 달러는 푼돈이라는 생각, 바로 이 도시에서는 부동산이나 쇼핑몰 사업으로 재산을 모은 미국 출신 유대인이 매주 시장실에 들러 수다를 떨다가 나가는 길에 내가 받은 것보다 금액이 두 배나 되는 수표를 기꺼이 건넬 것이라는 생각을 했다. 게다가 부자들만 이렇게 자꾸 뭘 내놓는 것이 아니었다. 스마일스버거처럼 이름 없는 노인들조차 항상 이스라엘에 적잖은 금액을 남겼다. 이것은 로스차일드 집안과 그 너머까지 거슬러 올라가는 후의의 전통 중 일부였다. 위험과 궁핍에서 살아남거나 역사적인 배경을 감안할 때 기적적인 확률로 그런 처지를 피한 부유한 기부자들이 자신과는 달리 위험에 처하거나 궁핍한 유대인들을 위해 엄청난 액수의 수표를 내놓는 것. 이런 기부자와 기부금이 모두 일상이라서 전혀 이상하지 않은 분위기가 이미 널리 알려져 있었다. 비록 나 자신은 도대체 무슨 정신으로 그걸 받았는지 아직도 알 수 없지만.

내 머릿속에 혼란스럽고 모순적인 생각들이 떠올랐다. 확실히 이제는 변호사에게 연락해서 이쪽 변호사(또는 경찰)와 접

157

촉해, 티초 하우스에서 발생한 100만 달러짜리 오해를 하찮은 일로 만들어버릴 새로운 일이 일어나기 전에 그놈을 내게서 떼어내기 위해 필요한 조치를 취하라고 말해야 했다. 나는 당장 전화기를 찾아 뉴욕에 전화해야 한다고 속으로 되뇌었지만, 이것을 행동으로 옮기지 않고 신중함보다 더 강한 어떤 힘, 불안감이나 두려움보다도 더 강력하며 지금의 이 이야기가 나보다는 그놈의 사양에 맞게 펼쳐지기를, 이번에는 나의 개입 없이 이 이야기가 정해지기를 바라는 어떤 힘의 도움을 받아 아그리파스 거리에 있는 오래된 시장으로 한들한들 걸어갔다. 아마 복원된 나의 정신이 다시 힘을 발휘한 덕분이었을 것이다. 계산적인 초연함, 일에 열중한 작가의 중립적인 태도. 반년 전만 해도, 나는 그 능력이 영원히 손상되었다고 확신했다. 전날 아하론에게 설명했듯이, 신경쇠약이라는 주관론적 소용돌이에 휘말린 작은 막대처럼 몇 달을 보낸 나는 주관에서 벗어나는 것, 궁지에 처한 나 말고 다른 곳으로 초점이 옮겨가는 것을 무엇보다 갈망하게 되었다. 그의 그다움이 그를 미치게 만들 테면 만들라지. 나의 나다움은 이미 오래전에 마땅히 누렸어야 할 안식년 휴가를 떠날 테니. 내 생각에 자기 소멸이 아하론에게는 식은 죽 먹기 같았지만, 그놈이 마음대로 돌아다니는 동안 나 자신을 소멸시키는 것은…… 음, 여기서 승리를 거둔다면 나는 순전히 객관적인 세계에서 영원히 살게 될 것이다.

하지만 '중립적인 열중'이 목표라면, 애당초 왜 이 수표를 받았을까? 어떻게 보나 이 수표는 문제만 일으킬 게 뻔한데.

또 다른 나. 나를 사칭하는 자. 사기꾼. 이런 호칭들이 내 자리를 빼앗으려는 놈의 주장에 자기도 모르게 일종의 정당성을 부여해준다는 생각이 이제야 들었다. '또 다른 나'는 없었다. 나는 세상에 하나뿐이고, 그놈은 누가 봐도 뻔히 보이는 가짜였다. 이런 식의 광기, 즉 남을 사칭하는 행위는 주로 책에 나온다. 똑같은 모습으로 완전히 현신한 가짜는 존경받은 원본이 숨기고 있던 악행의 화신이며, 산 채로 묻히고 싶지 않아서 문명사회에 스며들어 19세기 신사의 간악한 비밀을 폭로하는 또 하나의 인격 또는 성벽이다. 나는 자아분열에 관한 이런 소설들의 의미를 약 사십 년 전 대학 시절에 누구 못지않게 영리하게 해독해냈으므로 모르는 것이 없었다. 하지만 이것은 내가 연구중이거나 집필중인 책이 아니었다. 나를 사칭하는 놈이 책 속의 등장인물도 아니었다. 킹 데이비드 호텔 스위트룸 511호에 숙박중인 놈은 또 하나의 나, 두 번째 나, 무책임한 나, 일탈한 나, 반대의 나, 나의 사악한 공상을 구현해 비행을 저지르는 배덕한 나가 아니었다. 아주 간단히 말해서 내가 아닌 누군가, 나와는 아무 상관이 없는 자, 내 이름을 사용하지만 나와 아무런 관계가 없는 자가 나를 혼란에 빠뜨리고 있었다. 놈을 '또 다른 나'로 생각한다면, 생생하고 유명한 원형原型이라는 파괴적인 지위를 놈에게 부여하는 꼴이 될 것이다. '나를 사칭하는 사기꾼'이라는 말도 나을 것이 없었다. 내가 도스토옙스키의 문장으로 인정한 위협을 더욱 강화할 뿐이었다. 나의 인정이 직업적인 자격을 인정해준 꼴이 된 이……. 이, 뭐지? 놈을 부를 이름을 정해야 한다. 그래, 지금 정해야 한다. 적절한 이름을 붙여주면 놈의 정체를 알게 되고, 놈이라는 망령을 퇴치하는 동시에 놈에게 빙의할 수 있게 되기 때문이다. 놈을 부를 이름을 정하자! 가명을 쓰는 것은 익명과 같다. 날 죽이는 것이 바로 그 익명성이다. 놈을 부를 이름을 정하자! 이 터무니없는 가짜는 누구인가? 아무것도 아닌 일을 수수께끼로 만드는 데에는 무명無名만 한 것이 없다. 놈을 부를 이름을 정하자! 오로지 나만이 필립 로스라면 놈은 누군가?

모이셰 피픽.

그렇지! 내가 이걸 알았다면 그렇게 괴로워하지 않아도 되었을 텐데. 모이셰 피픽. 지킬 박사와 하이드 씨의 이야기나 골야드킨 1세와 골야드킨 2세도스토옙스키의 작품 〈더블〉의 등장인물의 이야기를 읽기 훨씬 전부터 내가 즐기던 이름, 힘들게 살아가는 친척들의 고생, 승진, 질병, 말다툼 등 집안에서 벌어지는 드라마에 홀딱 빠질 만큼 내 나이가 어릴 때를 빼면 내 앞에서는 아무도 말하지 않았을 가능성이 높은 이름. 당시 나 같은 꼬맹이 사내아이들이 내면의 장난꾸러기를 확실히 표현해주는 말이나 행동을 하고 나면, 다정한 숙모님이나 놀리기 좋아하는 삼촌이 이런 말을 하곤 했다. "이 녀석 모이셰 피픽이구나!" 항상 가볍고 평범한 순간, 웃음소리, 미소, 논평, 명확한 설명, 버릇없는 아이가 갑자기 가족들의 무대 중앙에서 조명을 받는 것, 자부심과 쑥스러움으로 몸이 찌릿찌릿하고, 슈퍼스타가 된 것 같아 기뻐하면서도 아이가 스스로 생각하는 자신의 이미지와는 별로 일치하지 않는 역할에 조금 당황하던 순간. 모이셰 피픽! 상대를 깔보고 놀리는 이 엉터리 이름을 문자 그대로 번역하면 모세 배꼽인데, 우리 동네에 살던 유대인들은 집집마다 이 이름을 조금씩 다르게 받아들였던 것 같다. 거물이 되고 싶어하는 평범한 사람, 바지에 오줌을 싸는 아이, 조금 우스꽝스럽고 조금 웃기고 조금 유치한 사람, 어릴 때 우리 옆에 있던 코믹한 그림자, 대부분의 아이들에게는 여기도 저기도 아니고 몸의 일부도 구멍도 아니고 오목한 동시에 볼록하며, 위도 아래도 아니고, 음란하지도 완전히 훌륭하지도 않고, 성기와 아주 가까워서 수상쩍을 정도로 흥미롭지만, 그 가까운 거리에도 불구하고, 너무 눈에 띄게 한복판에 있어서 당황스러운데도 불구하고, 기능이 없는 만큼 무의미하며, 사람의 근원에 관한 동화 같은 이야기를 증명하는 유일한 고고학적 증거이자 실제로는 그 누구도 아니면서 어찌 된 영문인지 그 자신이기도 한 태아의 영원한 흔적이자 우리와 같은 뇌를 가진 종種을 위해 고안되었을 가능성이 있는 가장 어리석고 가장 무의미하고 가장 하찮은 특징인 '그것'을 가리키는 성姓을 갖고 있는 민담 속 하찮은 희생양. 피픽이 드러내는 수수께끼를 감안하면, 델포이의 옴팔로스'옴팔로스'는 라틴어로 '배꼽' '세계의 중심'을 뜻한다. 델포이의 아폴로 신전 지하에는 '대지의 배꼽'이라고 불리는 돌이 보관되어 있었다라고 해도 될 것 같다. 우리의 피픽은 우리에게 정확히 무엇을 말하려 했던가? 누구도 그 답을 알아내지 못했다. 사람들에게 남은 것은 그 단어뿐, 재미있게 장난칠 수 있는 단어. 그 두 음절 단어의 장난 같은 소리를 입으로 내보면 처음에 입술이 펑 터지듯이 벌어지는 소리와 마지막에 찰칵거리는 소리가 몰래 엿보는 녀석처럼 순하고 중뿔나지 않은 얼간이 같은 두 모음을 감싸준다. 게다가 이 단어가 모이세, 즉 모세와 붙어 있다는 점이 정말이지 웃겨 죽을 만큼 우스꽝스럽다. 이건 이미 직장에서 돈을 벌고 신랄한 말도 할 줄 아는 커다란 어른들의 그림자에 가려진 작고 무지한 사내아이들에게조차 이민자인 우리 할아버지와 상상조차 할 수 없는 선조의 언어 속에 부족의 슈퍼맨조차 금방이라도 가련해질 것이라고 보는 강한 성향이 있었음을 암시해주었다. 이교도에게는 폴 버니언이 있고 우리에게는 모이셰 피픽이 있었다.

나는 예루살렘 거리에서 혼이 달아날 만큼 웃어댔다. 또다시 마음껏 웃어댔다. 부담을 농담으로 바꿔버린 깨달음이 아주 단순하고 뻔한 사실이었다는 점에 나는 혼자 웃겨 죽겠다는 듯이 웃었다. "이 녀석 모이셰 피픽이구나!" 이렇게 생각하고 나니 순식간에 내 힘이 돌아오고, 고집과 통제력이 돌아왔다. 나는 몇 달 전부터 이것들이 다시 확 밀려오기를 기다리고 또 기다렸다. 내가 할시온을 먹기 전에 내 것이었던 유능함도, 무슨 재앙이 됐든 하여튼 재앙이 나를 찍어 넘어뜨리기 전에, 내가 모순이니 거절이니 후회니 하는 말을 아직 한 번도 들어보지 않았을 때 내 것이었던 활기도 돌아왔다. 아주, 아주 오래전, 행복한 유년기라는 행운 때문에 내가 무엇에든 압도당할 수도 있음을 몰랐던 그때와 똑같은 기분이 되었다. 죄책감이 나를 방해하기 전 원래 내 것이었던 모든 자질, 마법에 강한 온전한 인간. 이런 기분과 마음을 유지하는 것은 완전히 다른 문제였으나, 그 기분이 느껴지는 동안에는 확실히 정말 좋았다. 모이셰 피픽! 완벽해!

중앙시장에 도착해보니 아직도 장을 보러 나온 사람들로 시장이 북적거려서 나는 몇 분 동안 생각을 멈추고 채소가 양편에 쌓여 있는 통로를 천천히 걸으며 평일의 들뜨고 분주한 풍경에 사로잡혔다. 바로 이런 점 때문에 어디서든 이런 야외시장을 돌아다니는 일이 무척 즐거워진다. 특히 안개가 낀 것 같은 머리를 청소할 때 더욱 그렇다. 손님이 방금 구입한 물건을 민첩하게 봉투에 담으면서 동시에 히브리어로 물건 가격을 외치는 상인들도 최대한 짧은 시간 안에 가장 적은 돈으로 가장 많은 물건을 사려고 열심인 사람들 특유의 집중력과 민첩함으로 미로 같은 시장 통로를 빠르게 걷는 손님들도 폭발에 휘말려 하늘 높이 날아가게 될까 봐 두려워하는 것 같지 않았다. 하지만 바로 이 시장에서 몇 달에 한 번씩 PLO가 쓰레기 더미나 농산물 상자에 숨겨둔 폭발물이 폭탄제거반에 발견되어 해체되거나 아니면 미처 해체되지 않고 폭발하여 근처에 있는 사람들을 모두 죽이거나 불구로 만드는 일이 벌어졌다. 점령지 전역에서 무장한 이스라엘 군인들과 성난 아랍 군중 사이에 폭력사태가 발생하고 고작 3킬로미터쯤 떨어진 구시가지에서는 최루탄이 날아다니고 있으니, 시장에 장을 보러 오던 사람들이 잦은 테러 발생지로 알려진 곳에서 목숨이나 팔다리를 잃을 위험을 피해 몸을 사리기 시작했더라도 순전히 인간적인 행동으로 보였을 것이다. 하지만 이곳의 활기는 내 눈에 어느 때 못지않게 강렬해 보였다. 사람들이 옛날과 똑같이 소란스럽게 물건을 사고팔고 있다는 사실은 저녁 식탁에 음식을 올리는 것처럼 기본적인 일조차 무시해야 할 정도의 삶이란 도대체 얼마나 고약한 것인지를 증명해주었다. 감미로운 가지와 잘 익은 토마토와 날것으로 삼켜도 될 것 같은 신선한 분홍색 고기에 둘러싸여 있기만 하다면 몰살은 불가능할 것이라고 믿는 일만큼 더 인간적인 일은 없는 듯했다. 테러리스트 양성소에서는 십중팔구 인간이 먹을 것을 구하려고 밖에서 돌아다닐 때만큼 안전에 주의를 기울이지 않는 때가 없다는 말을 가장 먼저 가르칠 것이다. 시장 다음으로 폭탄을 설치하기 좋은 곳은 유곽이다.

줄줄이 늘어선 고기 판매대 끝에서 정육점 주인들이 찌꺼기를 버리는 금속 쓰레기통 옆에 무릎을 꿇은 여자가 보였다. 덩치가 크고, 얼굴이 둥글고, 나이가 마흔 살쯤 되어 보이는 그 여자는 안경을 썼으며, 전혀 거지처럼 보이지 않는 옷차림을 하고 있었다. 끈적거리는 길바닥에 무릎을 꿇은 그녀에게 내가 시선을 주게 된 것도 그 평범하고 깔끔한 옷차림 때문이었다. 길은 여러 판매대에서 새어 나온 고약한 물로 젖어 있었으며, 진흙처럼 뭉개진 쓰레기가 그 위에 얇게 덮여 있었다. 여자는 한 손으로 아주 훌륭한 핸드백을 쥐고, 다른 한 손으로는 그 더러운 구정물을 찰방거렸다. 그러다 내가 자신을 지켜보는 것을 깨닫고 시선을 들더니 당황한 기색이 하나도 없이 히브리어가 아니라 외국어 발음이 섞인 영어로 이렇게 설명했다. "내 것을 찾는 게 아니에요." 그러고는 거슬릴 만큼 열정적으로 다시 탐색을 시작했다. 그녀의 몸짓이 너무나 발작 같고 시선은 너무나 고정되어 있어서 나는 그 자리를 뜰 수 없었다.

"그럼 누구 겁니까?" 내가 물었다.

"친구 거예요." 그녀는 양동이 속으로 깊숙이 손을 넣어 뒤지면서 이렇게 말했다. "아이가 여섯인 친구인데, 나한테 이렇게 말했어요. '혹시 뭐라도 보이거든…….'"

"수프라도 끓이려고요?"

"네. 그거랑 뭔가를 함께 넣어서 수프를 끓여요."

자, 여기 100만 달러 수표가 있습니다. 나는 그녀에게 이렇게 말할까 생각해보았다. 이걸로 당신 친구와 그 아이들을 먹이세요. 수표에 이서를 해서 저 여자에게 줘. 저 여자가 미쳤든 정상이든, 친구가 정말로 있든 없든, 전혀 중요하지 않아. 저 여자에게는 필요한 것이 있고, 내게는 수표가 있다. 그러니 이걸 주고 그냥 가버리면 내가 이 수표에 책임을 지지 않아도 돼!

"필립! 필립 로스!"

내가 가장 먼저 충동적으로 생각한 것은, 나를 알아본 사람이 누군지는 몰라도 여기서 돌아서서 그 사람에게 알은척을 하느니 이대로 군중 속으로 도망치자는 것이었다. 이번엔 안 돼. 또 1백만 달러를 받을 순 없어. 하지만 내가 움직이기도 전에, 그 낯선 사람은 이미 내 옆까지 와서 환한 미소를 지으며 나를 향해 손을 뻗고 있었다. 자그맣고 각진 몸매의 중년 남자인데, 가무잡잡한 얼굴에 검은 콧수염을 상당히 크게 길렀고 얼굴에는 주름이 많았으며 눈처럼 하얗고 헝클어진 머리카락이 시선을 끌었다.

"필립." 내가 손을 뒤로 물리고 소심스레 뒷걸음질을 쳤는데도 그의 목소리는 따뜻했다. "필립!" 그가 웃음을 터뜨렸다. "날 알아보지도 못하는군. 내가 너무 살이 찌고 늙어버렸지. 근심 걱정으로 주름도 많아졌고. 날 기억도 못 해! 자네는 고작 이마 하나만큼 자랐을 뿐인데, 나는 이렇게 웃기는 털만 자랐으니! 나야, 지, 필립. 조지라고."

"지!"

내가 그를 양팔로 감싸안는 동안 쓰레기통 옆의 여자는 우리 둘이 끌어안는 모습을 보고 순식간에 굳어서 큰 소리로 뭐라고 말했다. 그녀가 성난 목소리로 하는 말은 이제 영어가 아니었다. 그러고는 친구에게 줄 물건을 찾지도 못했으면서 그대로 갑자기 달아나버렸다. 물론 내 1백만 달러도 가져가지 않았다. 15미터쯤 떨어진 곳에서 나를 향해 돌아선 그녀는, 이제 안전한 거리를 확보했다고 생각했는지 손가락질을 하며 주위 사람들이 모두 돌아볼 만큼 큰 소리로 고함을 지르기 시작했다. 지도 그쪽을 보면서 귀를 기울였다. 그러더니 별로 즐거운 기색 없이 웃음을 터뜨렸다. 자신이 문제의 근원임을 알았기 때문이었다. "저 사람도 아랍인의 정신에 대한 전문가로군." 그가 설명했다. "저런 전문가들이 사방에 있어. 대학, 군대, 길거리, 시장⋯⋯."

'지'는 조지 지아드°라는 이름에서 지아드를 줄인 것이었다. 그와 내가 다시 만난 것은 삼십여 년 전, 시카고 대학의 신학생 기숙사 같은 층에서 일 년 동안 함께 살았던 1950년대 중반 이후 처음이었다. 당시 나는 영문과 석사과정을 밟고 있었고, 조지는 대학원에서 '종교와 예술'이라는 과정을 공부했다. 사도 신학기숙사는 캠퍼스에서 대각선 위치에 있는 자그마한 신고딕 건물로, 스무 개 남짓한 방 중 대부분을 사도교회^{미국의 개신교 교파 중}^{하나}와 관련된 학생들이 사용했다. 그러나 그런 학생이 항상 기숙사를 다 채울 만큼 많지는 않으므로, 지와 나 같은 외부인들도 그곳에 들어가 살 수 있었다. 우리가 살던 층의 방들은 햇빛이 잘 들고 기숙사비가 비싸지 않았다. 당시 대학 기숙사라면 어디서나 적용되던 여러 금지조항에도 불구하고, 용기만 있다면 밤늦게 여자친구를 몰래 데려오는 것도 불가능하지는 않았다. 지는 그런 용기뿐만 아니라 강렬한 욕구도 갖고 있었다. 이십대 초반일 때 그는 아주 유연한 몸에 말쑥한 옷을 입었으며, 몸집은 작아도 낭만적인 미남이었다. 또한 하버드에 다니다가 시카고 대학으로 와서 도스토옙스키와 키르케고르를 공부하는 이집트 인이라는 그의 배경이 문화를 넘나드는 모험을 원하는 모든 시카고 여학생에게 저항할 수 없는 매력이 되었다.

"난 여기 살아." 내가 이스라엘에는 웬일이냐고 묻자 조지가 이렇게 대답했다. "점령지 라말라에 살아."

"카이로가 아니라?"

"난 카이로 출신이 아니야."

"아니야? 옛날에는 그렇지 않았어?"

"우리가 카이로로 도망친 거야. 원래는 여기 출신인데. 난 여기서 태어났어. 내가 어렸을 때 살던 집이 지금도 그 자리에 그대로 서 있다고. 오늘은 내가 평소보다 더 멍청하게 굴었지. 그걸 보러 왔으니까. 게다가 더욱더 멍청하게 여기까지 와버렸어. 우리 압제자들이 자기네 서식지에서 어떻게 사나 보려고."

"난 그런 사정을 전혀 몰랐던 것 같은데, 그렇지? 자네가 예루살렘 출신이라고?"

"1955년에는 내가 이런 이야기를 잘 안 했어. 전부 잊어버리고 싶었거든. 아버지는 잊어버리지 못했으니까 난 잊어버리려고 했어. 아버지는 유대인 때문에 잃어버린 모든 것, 자기 집, 병원, 환자, 책, 예술품, 정원, 아몬드 나무 같은 것들을 생각하며 하루 종일 울고 고함을 질러댔어. 매일 소리를 지르고, 울고, 폭언을 퍼부었지. 난 진짜 훌륭한 아들이었네, 필립. 아버지가 아몬드 나무 때문에 절망한 걸 용서할 수 없었거든. 특히 그 나무 때문에 어찌나 화가 나던지. 아버지가 뇌졸중으로 세상을 떠났을 때 난 안도했어. 당시 시카고에서 이런 생각을 했지. '이제는 평생 그 아몬드 나무 이야기를 안 들어도 되겠구나. 이제 내 본연의 모습이 될 수 있어.' 그런데 지금은 내가 그 나무와 집과 정원만 생각해. 폭언을 퍼붓던 아버지만 생각난다고. 매일 아버지의 눈물을 생각해. 그게 내 본연의 모습이니 놀라운 일이지."

"여기선 무슨 일을 해, 지?"

그는 따뜻한 미소로 나를 바라보며 대답했다. "증오."

나는 어떤 대답을 해야 할지 알 수 없어서 아무 말도 하지 않았다.

"아까 그 여자가 옳았어. 내 사고방식에 대한 전문가야. 그 여자 말이 맞아. 나는 증오에 잡아먹혀서 돌멩이를 던져대는 아랍인이야."

이번에도 나는 대답하지 않았다.

그의 다음 말은 천천히 흘러나왔다. 달콤한 경멸이 살짝 배어 있었다. "내가 점령자들한테 뭘 던질 줄 알았나? 장미?"

내가 계속 침묵을 지키자 결국 그가 다시 말했다. "아니, 아니야. 그런 짓을 하는 건 아이들이지, 나이 먹은 남자들이 아니야. 걱정 말게, 필립. 난 아무것도 던지지 않아. 나처럼 점잖은 사람은 점령자에게 전혀 무서운 존재가 아니지. 지난달 그들이 사내아이 백 명을 잡아갔네. 점령자들 말이야. 십팔 일 동안 구금했다가 나블루스 근처의 수용소로 데려갔지. 열한 살, 열두 살, 열세 살 아이들이었네. 뇌손상을 입은 상태로 돌아왔어. 귀가 들리지 않고, 다리를 절고, 비쩍 말라서. 아니, 난 그런 거 싫네. 살찐 편이 더 좋아. 내가 무슨 일을 하느냐고? 대학이 문을 연 날에는 대학에서 학생들을 가르친다네. 신문사가 문을 연 날에는 신문에 글도 쓰고. 놈들이 내 뇌를 망가뜨리는 방식은 좀 더 은근해. 나는 말로 점령자들과 싸운다네. 놈들이 우리 땅을 훔치는 걸 말로 막을 수 있기라도 한 것처럼. 난 우리를 지배하는 자들에게 사상으로 맞서. 그것이 나의 굴욕이고 수치일세. 나는 영리한 생각이라는 형태로 항복하는 거야. 상황을 한없이 분석하는 글, 그것이 내 타락의 문법이지. 슬프게도 나는 돌멩이를 던지는 아랍인이 아니라네. 말을 던지는 아랍인이야. 무르고, 감상적이고, 효과도 없는 말, 우리 아버지랑 아주 똑같아. 내가 예루살렘에 온 건 어렸을 때 살던 집을 똑바로 보기 위해서일세. 아버지가 어떤 사람이었는지, 아버지의 삶이 어떻게 파괴되었는지 나는 기억해. 난 그 집을 보며 살의를 느껴. 그러고는 다시 차를 몰고 라말라로 돌아가 잃어버린 모든 것을 한탄하며 아버지처럼 울어대지. 하지만 자네는, 자네가 왜 여기에 왔는지 알고 있네. 신문에서 그 소식을 읽고 아내에게 이렇게 말했어. '이 친구는 변하지 않았네.' 고작 이틀 전 밤에는 아들한테 자네의 글 '유대인의 개종'을 소리 내어 읽어줬네. 그리고 이렇게 말했지. '이 친구는 나와 친하게 지내던 시절에 이 글을 썼다. 시카고 대학에서 이걸 썼어. 그때 스물한 살이었는데 지금도 전혀 변하지 않았구나.' 난 《포트노이의 불평》이 아주 좋았네, 필립. 정말 대단했어. 대단해! 내 수업의 과제로 그 작품을 포함했지. 나는 학생들에게 이렇게 말한다네. '여기 유대인에 대해 소리 내어 말하는 걸 한 번도 겁내지 않은 유대인이 있다. 독립적인 유대인인 그는 독립성 때문에 고초도 겪었지.' 나는 여기 있는 유대인들과 전혀 다른 유대인들이 세상에 존재한다고 학생들을 납득시키려 하지만, 그들이 보기에는 이스라엘의 유대인들이 너무나 사악해서 내 말을 잘 믿지 못한다네. 주위를 둘러보면서 이런 생각을 하는 거지. 저놈들이 무슨 짓을 저지른 건가? 이스라엘 사회가 저지른 짓을 하나라도 봐! 필립, 내 학생들이 옳아. 놈들은 누구인가? 무슨 짓을 저질렀나? 그들은 거칠고 소란스럽고 길에서 사람을 밀친다네. 난 시카고, 뉴욕, 보스턴에서 살아봤어. 파리, 런던에서도 살아봤고. 하지만 어디서도 거리에서 그런 사람을 본 적이 없네. 그 오만함이라니! 자네 같은 바깥세상 유대인들처럼 그들이 만들어낸 것이 무엇인가? 하나도 없어. 오로지 무력과 지배하려는 의지만으로 세운 나라뿐일세. 문화에 대해 이야기하고 싶어도 다른 문화와는 비교가 되지 않아. 음울한 그림과 조각, 작곡은 전혀 없고, 아주 소수 취향의 문학……. 그들의 오만함이 만들어낸 건 이런 것들일세. 이걸 미국 유대인의 문화와 비교해봐. 한심하지. 웃음만 나온다고. 그런데도 놈들은 아랍인과 아랍의 사고방식에 대해서만 오만한 태도를 취하는 게 아니야. 이교도와 그들의 사고방식에 대해서만 오만한 태도를 취하는 게 아니야. 자네와 자네의 사고방식에 대해서도 오만한 태도를 취하지. 촌구석의 하찮은 인간들이 자네를 낮잡아 본다고. 말이 되나? 이 나라 전체보다 맨해튼의 어퍼웨스트사이드에 유대인의 정신과 유대인의 웃음과 유대인의 지성이 더 많아. 유대인의 **양심**, 유대인의 **정의감**, 유대인의 **마음**…….. 이스라엘 국회 전체보다 자바스^{어퍼웨스트사이드에 있는 유대인 슈퍼마켓}의 크니슈^{유대인의 전통 요리 중 하나} 판매대에 유대인의 마음이 더 많을 걸세! 지금 자네의 모습을 봐! 근사하잖아. 여전히 마른 편이고! 유대인 귀족, 파리에서 온 로스차일드 집안사람 같네."

"내가? 아냐, 아냐, 지금도 뉴저지 출신 보험사 직원의 아들일 뿐이네."

"자네 아버님은 안녕하신가? 어머님은? 자네 형은?" 그가 들뜬 얼굴로 내게 물었다.

옛날 시카고에서 친하게 지냈던 청년의 모습을 거의 지워버린 신체적 변화는 아무것도 아니었다. 나는 변화 또는 변형 외에 훨씬 더 놀랍고 중대한 것을 깨닫게 되었다. 그가 줄줄 쏟아내는 모든 단어 밑에 얄팍하게 숨겨진 감정의 분출, 흥분, 달변, 광기. 흥분한 동시에 썩어가는 사람, 항상 뇌졸중이 임박한 것 같은 상태로 살아가는 사람 같은 분위기가 그에게서 퍼져나와 신경을 건드리는 것…… 이 사람이 지라고? 지나치게 살이 붙고 지나치게 긴장한 이 고뇌의 폭풍 같은 자가 어떻게 그 옛날 온화함과 멋들어진 침착함으로 우리 모두의 감탄을 자아내던 그 세련된 청년일 수 있지? 당시 나는 여전히 여러 성격이 혼란스럽게 뒤섞여 있는 상태였다. 다듬어지지 않은 성격들이 담겨 있는 뽑기 주머니 같은 존재. 길거리 소년 같은 면모가 막 싹을 틔우던 고상함과 아직 서로 단단히 얽혀 있었다. 반면 조지는 너무나 손색없이 침착하고, 인생을 잘 알고, 아주 완전히 인상적으로 **완성**된 사람처럼 보였다. 그런데 지금 그의 말을 들어보니 내가 모든 면에서 그를 잘못 생각했던 것 같다. 현실 속 그는 줄곧 만년설 아래에서 살고 있었다. 가진 것을 모두 빼앗기고 쫓겨난 고통을 뛰어난 예의범절과 세련된 남자다움으로 가릴 뿐만 아니라, 지금의 자신이 수치심 때문에 어쩌면 과거의 아버지보다 훨씬 더 새까맣게 타버렸다는 사실을 자신에게조차 숨기면서 부당한 일을 당해 망가진 아버지의 출혈을 막아보려고 헛되이 애쓰는 아들.

지가 울컥해서 떨리는 목소리로 내게 말했다. "꿈에 시카고가 나와. 시카고에서 학생이던 그 시절이 나와."

"그래, 그때 우린 기운 넘치는 청년이었지."

"월터 슈니먼의 레드도어 서점도 꿈에 나와. 유니버시티 주점도 나오고. 트로피컬 헛도, 도서관의 내 개인 열람석도, 프레스턴 로버츠의 수업도, 내 유대인 친구들도, 자네와 허브 하버와 배리 타건과 아트 게핀도 나와. 이런 유대인이 되는 건 상상도 못 하는 유대인들! 어떤 때는 몇 주 동안 매일 밤 하루도 빠짐없이 꿈에 시카고를 보기도 해!" 그는 내 손을 꼭 쥐고 마치 고삐를 흔들듯이 흔들어대며 불쑥 말했다. "자네는 뭘 하고 있나? 지금 이 순간에 뭘 하고 있어?"

물론 나는 앱터를 만나러 그의 집으로 가는 길이었지만, 이렇게 흥분한 조지 지아드에게는 이런 이야기를 하지 않기로 했다. 전날 저녁 나는 앱터와 짧은 통화를 하면서, 일주일 전 데미야뉴크 재판정에서 나로 오인된 사람은 그냥 나를 닮은 사람일 뿐이며 예루살렘에 도착한 지 하루밖에 안 됐으니 다음 날 오후에 구시가지에 있는 그의 노점으로 그를 만나러 가겠다고 분명히 말해주었다. 그런데 앱터는 이 대목에서, 예루살렘에서 내가 부딪히는 사람들이 거의 하나 걸러 한 사람씩 그렇듯이, 울기 시작했다. 그는 폭력사태 때문에, 돌멩이를 던지는 아랍인들 때문에 너무 무서워서 집에서 나올 수 없으니 나더러 자기 집으로 오라고 말했다.

나는 홀로코스트를 겪으며 감정적으로 장애가 생긴 내 친척이 여기에 살고 있다는 말을 조지에게 하고 싶지 않았다. 홀로코스트 생존자들이 홀로코스트라는 병에 걸려 있으며, 그들의 '지배하려는 의지' 앞에서 팔레스타인인들이 살아남기 위해 사십 년 넘게 싸우고 있다는 이야기를 그에게서 듣고 싶지 않아서였다.

"지, 잠깐 커피를 한 잔 마실 시간밖에 없어. 그 뒤에는 급히 갈 곳이 있어."

"커피? 여기서? 우리 아버지의 도시에서? 여기 아버지의 도시에서 놈들이 내 바로 옆에 앉을 텐데? 놈들은 내 **무릎**에 앉을 거야." 그는 이 말을 하면서 겨우 3, 4미터 떨어진 과일 노점 옆의 두 청년을 가리켰다. 청바지 차림으로 이야기를 하고 있는 그들은 키가 작고 몸이 건장해서, 지의 설명이 아니었다면 나는 그들이 시장에서 일하다가 잠시 쉬면서 담배를 피우는 일꾼인 줄 알았을 것이다. "이스라엘 보안대야. 신베트. 내 아버지의 도시에서 내가 공중화장실에 들어가기만 해도 저놈들이 내 옆으로 와서 내 신발에 오줌을 싸. 놈들이 없는 데가 없어. 공항에서 나를 심문하고, 세관에서 나를 수색하고, 내 우편물을 가로채고, 내 차를 미행하고, 전화를 도청하고, 집도 도청하고……. 심지어 강의실까지 침투해 들어와." 그는 아주 큰 소리로 웃음을 터뜨렸다. "작년에 내 학생 중 가장 뛰어난 녀석이 《모비딕》을 마르크스주의의 시각으로 분석한 훌륭한 글을 썼어. 그런데 그 녀석도 신베트였다네. 내가 유일하게 A를 준 학생인데. 필립, 난 여기서 편안히 앉아 커피를 마실 수 없어. 의기양양한 이스라엘은 커피를 마시기에 끔찍하고 끔찍한 곳이라네. 승리에 취한 유대인들은 끔찍한 종족이야. 이름이 카한이니 샤론이니 하는 유대인만 말하는 게 아니야. 전부 똑같아. 예호슈아도 오제도. 웨스트뱅크 점령에 반대하는 착한 사람들도 내 아버지의 집이 점령당한 것에는 반대하지 않아. '아름다운 이스라엘인들'은 시온주의를 내세워 도둑질을 하면서도 양심을 깨끗이 유지하고 싶어해. 다른 유대인들에 비해 우월감이 결코 뒤떨어지지 않아. 이 아름다운 이스라엘인들은 오히려 훨씬 더 우월감에 젖어 있지. 그들은 '유대인다움'에 대해 뭘 알고 있을까? 디아스포라 '신경증환자들'을 눈 밑으로 깔아보는 '건강하고 자신감 넘치는' 유대인들인데. 이것이 건강함인가? 이런 것이 자신감이야? 이건 오만일세. 자기 아들을 짐승 같은 군인으로 만드는 유대인들. 총에 대해 아무것도 모르는 자네 같은 유대인들을 보면서 놈들이 얼마나 우월감을 느끼는지 알아? 곤봉으로 아랍 아이들의 손을 부쉬버리는 유대인들. 그런 폭력을 저지르지 못하는 자네 같은 유대인들을 보면서 놈들이 얼마나 우월감을 느끼는지 알아? 관용이라고는 없는 유대인들, 모든 걸 흑백으로 나누는 놈들, 자기들끼리 소수정당으로 정신없이 갈라진 놈들, 1인 정당을 만드는 놈들, 서로에게 관용을 전혀 베풀지 않는 놈들……. 이런 놈들이 디아스포라를 떠난 유대인들보다 더 우월하다고? 공평한 교환의 의미를 뼛속 깊이 아는 사람들보다 더 우월하다고? 다양한 흐름과 사람들 사이의 차이가 존재하는 넓은 세상에서 관용을 베풀며 성공적으로 살아가는 사람들보다? 자기들만의 유대인 게토에 갇혀서 철저히 무장한 채 살아가는 여기 유대인들이 **진짜** 유대인이라고? 그리고 자네는, 인류 전체와 접촉하며 자유롭게 살아가는 자네는 진짜가 아니라고? 그런 **오만**이라니, 필립, **참을 수가 없어!** 학교에서 놈들은 아이들에게 디아스포라 유대인을 역겹게 바라보라고 가르친다네. 영어를 쓰는 유대인, 스페인어를 쓰는 유대인, 러시아어를 쓰는 유대인을 괴물로, 벌레로, 겁에 질린 정신병자로 보라고. 히브리어를 쓰는 유대인이 무슨 **다른 종류의 유대인**이라도 되나. 히브리어를 쓰는 것이 인간이 달성할 수 있는 최고의 업적이야? 놈들 생각은 이렇지. 난 여기 살고, 히브리어를 쓴다, 내 언어와 내 조국, 그러니 항상 '나는 유대인이지만, 유대인이란 무엇인가?' 같은 생각을 하며 돌아다닐 필요가 없어, 이렇게 스스로에게 의문을 품고 자신을 증오하고, 소외되고, 겁에 질린 정신병자 같은 유대인이 될 필요가 없어. 하지만 그 정신병자라는 인간들이 지적인 능력과 예술과 과학과 문명의 온갖 기술과 이상이라는 측면에서 세상에 어떤 기여를 했나? 놈들은 이걸 보지 못해. 하기야 놈들은 아예 온 세상이 안중에 없지. 놈들이 온 세상을 지칭하는 단어는 하나뿐일세. 이교도! '나는 여기 살고 히브리어를 쓰고 주위에는 온통 나 같은 유대인들뿐이니 정말 멋지지 않은가!' 이 오만한 이스라엘인들은 얼마나 빈곤한 유대인인지! 그래, 진짜 유대인 맞아. 예호슈아니 오제니……. 나는 놈들에게 이렇게 묻는다네. 솔 앨린스키 미국의 시민운동가, 데이비드 리스먼 미국의 사회학자, 마이어 샤피로 리투아니아 태생인 미국의 예술사가, 레너드 번스타인, 벨라 앱저그 미국 여성운동의 선구자, 폴 굿맨 미국의 사회비평가, 앨런 긴즈버그 미국 시인 등등이 누구인가? 너희는 자신이 누구라고 생각하나? 촌구석의 하찮은 인간들 같으니! 간수들 같으니! 이것이 유대인으로서 놈들의 위대한 업적일세. 유대인을 감옥의 간수로, 폭격기 조종사로 만드는 것! 놈들이 성공한다고 가정해보세. 놈들이 싸움에서 이겨 나블루스의 모든 아랍인, 헤브론의 모든 아랍인, 갈릴리와 가자의 모든 아랍인, 세상의 모든 아랍인이 유대인의 핵폭탄 덕분에 사라진다고 생각해봐. 앞으로 오십 년 뒤 놈들에게 무엇이 남겠는가? 중요성이라고는 전혀 없는 작고 시끄러운 나라뿐이겠지. 팔레스타인을 박해하고 파괴한 결과가 그렇게 될 거야. 유대인만으로 이루어진 벨기에 같은 나라가 만들어지는 거지. 하지만 그나마 자랑할 만한 브뤼셀 같은 도시도 없는 나라. 이 '진짜' 유대인들이 문명에 기여한다면 그런 것뿐이야. 유대인을 위대하게 만들어준 모든 특징이 없는 나라! 자기들의 사악한 점령체제 하에 살아가는 다른 아랍인들에게 자기들의 '우월성'에 대한 존경심과 두려움을 주입할 수는 있을지 몰라도, 난 자네의 민족과 함께 자란 사람이야. 자네 민족의 손에, 자네 민족과 함께 교육을 받았고, 하버드와 시카고에서는 진정한 유대인들과 함께 살았어. 진정한 의미에서 우월한 사람들이었지. 난 그들을 우러러보고, 사랑하고, 그 앞에서 정말로 열등감을 느꼈다네. 당연히 그럴 만도 했고. 그들의 활기, 냉소, 인간적인 연민, 인간적인 **관용**, 그들에게 **본능적**으로 나타나는 선함. 그들이 지닌 유대인의 생존감가은 너무나 인간적이고, 유연하고, 적응력이 뛰어나고, 유머러스하고, 창의적이었어. 그런데 그 모든 걸 여기 사람들은 몽둥이로 바꿔놓은 거야! 차라리 황금 **송아지**가 아리엘 샤론보다, 사마리아와 유대와 거룩한 가자지구의 신인 그보다 더 유대인다웠어! 게토의 유대인들 중 최악의 인간들과 호전적인 이교도 중 최악의 존재의 결합, 여기 사람들이 '진짜' 유대인이라고 말하는 게 바로 이런 인간들일세! 유대인은 똑똑한 걸로 유명하지. 실제로도 똑똑하고. 내가 가본 나라 중에 모든 유대인이 멍청한 곳은 이스라엘뿐일세. 놈들한테는 침이나 뱉어줘야 해! 침을 뱉어야 해!" 내 친구 지는 이 말을 그대로 실천에 옮겨, 축축한 흙 알갱이가 굴러다니는 시장 바닥에 침을 뱉었다. 그러면서 아까 이스라엘 보안대라고 지적했던, 청바지 차림의 두 장정들을 도전적으로 바라보았으나, 두 사람 모두 우연히 다른 쪽을 보고 있었다. 어쨌든 겉으로는 자기들의 대화 외에는 관심이 없는 듯했다.

❧

그날 오후 내가 앱터와의 약속을 지키지 않고 왜 지의 차에 올라 라말라로 갔느냐고? 내가 꼭 가야 한다고 지가 몇 번이나 말했기 때문에? 그는 점령자들이 정의를 조롱하는 것을 내 눈으로 꼭 봐야 한다고, 점령자들이 억압적인 식민정책을 숨기려고 내세운 사법시스템을 내 눈으로 꼭 봐야 한다고 말했다. 하려던 일이 뭔지는 몰라도 반드시 뒤로 미루고, 자신과 함께 군사법정에 가서 자기 친구의 막내 남동생이 날조된 혐의로 재판받는 모습을 봐야 한다고 말했다. 거기서 점잖은 디아스포라 유대인들이 모두 소중히 지키던 유대인의 가치관이 냉소적으로 썩어버린 모습을 보게 될 것이라는 말도 했다.

지의 친구의 남동생은 이스라엘 군인들에게 화염병을 던진 혐의를 받고 있었다. 지는 "뒷받침하는 증거가 하나도 없고, 입증되지도 않은 더러운 거짓말"이라고 했다. 그 청년은 시위현장에서 체포된 뒤 '심문'을 받았다. 머리에 두건을 씌우고 뜨거운 물과 차가운 물을 번갈아 뿌려 흠뻑 젖게 만든 다음, 날씨와 상관없이 밖에 세워두는 형식의 심문이었다. 여전히 머리에 씌워진 두건이 눈과 귀와 코와 입을 막았다. 그렇게 두건을 쓴 채 사십오 일 밤낮이 지난 뒤 청년은 마침내 '자백'했다. 지는 그렇게 사십오 일 밤낮을 보낸 그 청년이 어떤 몰골을 하고 있는지 내가 꼭 봐야 한다고 말했다. 자신의 친구도 꼭 만나봐야 한다고 했다. 점령에 완강히 반대하는 그 친구는 변호사이자 시인이며, 점령자들이 입을 막고 싶어하는 지도자였다. 그가 사랑하는 어린 동생을 그들이 체포해 고문한 이유가 그거였다. 조지는 꼭 가서 봐야 한다고 나를 다그쳤다. 목에서 핏줄이 케이블처럼 불거지고, 말하는 동안 내내 빠르게 펼쳐졌다 구부러지기를 반복하는 손가락은 손에 쥔 어떤 것의 생명을 마지막 한 방울까지 짜내고 있는 것 같았다.

우리는 조지의 자동차 옆에 서 있었다. 그가 차를 세워둔 곳은 시장에서 몇 블록 떨어진 작은 골목이었다. 차에는 주차위반 딱지가 붙었고, 경찰관 두 명이 멀지 않은 곳에서 기다리고 있다가 조지가 나타나 짐짓 무심한 척하면서 웨스트뱅크 번호판을 단 그 차가 자기 것이라고 인정하자마자 그에게 신분증과 자동차 등록증, 운전면허증을 요구했다. 그리고 조지의 열쇠로 자동차의 문을 열고 트렁크와 좌석 밑을 꼼꼼히 수색한 다음, 글러브 박스도 열어 내용물을 살폈다. 그동안 내내 조지는 그들의 존재가 안중에 없는 사람처럼, 그들에게 위협도, 두려움도, 굴욕감도 전혀 느끼지 않는 사람처럼 굴면서 내가 꼭 해야 하는 일들을 계속 이야기했다. 금방이라도 발작을 일으킬 것 같은 모습이었다.

점잖은 디아스포라 유대인들이 모두 소중히 지키던 유대인의 가치관이 썩어버린 모습 ……. 디아스포라 유대인에 대한 이 집요한 칭찬에, 도무지 멈출 줄을 모르는 그 과장된 표현에 결국 나는 시장에서 우리가 만난 것이 순전한 우연은 아니었음을 확신했다. 점령자들의 우스운 연극이 벌어지는 법정으로 당장 함께 가야 한다고 강력히 고집을 피우는 그를 보면서 나는 조지 지아드가 그동안 나를, 그러니까 변한 것처럼 보이던 '그' 나를 줄곧 쫓아다녔음을 확인했다. 시장의 과일 판매대 옆에서 담배를 피우며 수다를 떨던 두 청년이 그를 따라다니는 신베트 요원들이라는 말보다 더 확실했다. 그리고 바로 이것, 즉 그가 내게 꼭 해야 한다고 말하는 행동을 하지 말아야 할 최고의 이유가 이렇게 있다는 점, 바로 그것 때문에 나는 그 행동을 반드시 해야 한다는 것을 깨달았다.

청소년 같은 대담함? 작가의 호기심? 풋내기의 외고집? 유대인스러운 심술? 내가 어떤 충동에서 그런 나쁜 판단을 내리게 되었든, 한 시간도 안 되는 짧은 시간에 벌써 두 번이나 모이셰 피픽으로 오인되었다는 점 때문에 그의 끈질긴 요구에 따르는 것이 점심때 스마일스버거의 기부금을 받았을 때만큼이나 저항할 수 없는 자연스러운 일이 되어버렸다.

조지는 도무지 말을 멈추지 않았다. 멈출 수 없었다. 그는 굴레에서 벗어난 수다쟁이였다. 이야깃거리가 떨어지는 법이 없는 수다쟁이. 무서운 수다쟁이. 라말라까지 가는 동안 내내, 심지어 도로가 차단되어 그의 신분증뿐만 아니라 내 신분증까지 군인들에게 확인받아야 하는 곳에서도, 매번 자동차 트렁크를 수색하고 좌석을 들어내고 글러브박스의 내용물을 길바닥에 쏟아 검사를 받아야 하는 곳에서도, 그는 미국 유대인들이 이스라엘에 죄책감을 잔뜩 품고 있으며, 시온주의자들이 점점 발전하는 그 관계를 음침하게 이용해서 자기들 도둑질에 대한 보조를 얻어냈다고 내게 일장 연설을 했다. 그는 철저한 사색으로 알아낸 이 사실을 글로 써서 영국의 마르크스주의 정기간행물에 〈미국 유대인 사회를 협박한 시온주의자들〉이라는 제목으로 발표하기까지 했다. 하지만 이야기를 들어보니, 그 글을 발표한 뒤로 그는 더 많은 무시에 시달리며 화가 나서 고통받게 된 것 같았다. 예루살렘 북쪽의 유대인 교외에 있는 고층 아파트들("콘크리트 정글이야. 저렇게 끔찍한 것을 여기에 짓다니! 저런 건 집이 아니라 요새야! 그놈의 사고방식이 없는 데가 없어! 기계톱으로 자른 돌……. 저 천박한 꼴을 봐!")이 자동차 옆을 지나갔다. 이스라엘이 점령하기 전에 부유한 요르단인들이 지은, 이렇다 할 특징이 없이 현대적인 커다란 석조주택들도 지나갔다. 내가 보기에는 에펠탑을 싸구려처럼 흉내 낸 텔레비전 안테나들을 긴 왕관처럼 쓰고 있는 이 주택들이 더 천박했다. 마침내 돌이 여기저기 흩어진 건조한 계곡이 나왔다. 차를 타고 달리는 동안 유대인의 역사, 유대인의 신화, 유대인의 정신이상과 사회학에 대한 분석이 앙심과 뒤섞여 계속 흘러나왔다. 모든 문장의 논리가 엉망진창이라 걱정스러울 정도고, 과장된 말과 명석함, 통찰력과 어리석음, 정확한 역사 자료와 역사에 대한 고의적인 무지를 신랄한 이데올로기로 덮어놓은 것 같은 말이었다. 느슨한 주장은 일관성이 있는가 하면 앞뒤가 맞지 않고, 심오한가 하면 얄팍했다. 한때는 누구 못지않게 머리가 좋았으나 지금은 그 두뇌 자체가 분노와 증오 못지않게 본인을 위협하게 되어버린 사람의 날카롭고 알맹이 없는 독설. 유대인 국가가 생긴 지 사십 년이 흐르고 그들의 땅이 점령된 지는 이십 년이 흐른 1988년에는 그의 온건한 부분들, 실용적이고 현실적이고 간결하던 부분들이 모두 그 분노와 증오에 부식된 상태였다. 그 엄청난 분쟁, 상존하는 위급상황, 감당하기 힘든 불행, 너덜너덜해진 자존심, 저항이 가져오는 도취상태로 그는 진실을 조금씩 갉아먹는 것조차 할 수 없게 되었다. 그가 과거의 지성을 지금까지 얼마나 유지하고 있든 상관없었다. 그의 생각이 온갖 감정을 뚫고 나올 때쯤이면 이미 심하게 왜곡되고 강화되어서 인간의 생각이라고 보기가 어려울 지경이었다. 적을 이해하면 아직 조금이나마 희망이 있다는 듯이 적을 이해하려는 의지는 끊어지지 않는데도, 전문가다운 뛰어난 머리가 수상쩍은 엉터리 주장에도 지적인 빛을 얄팍하게나마 둘러주는데도, 이제 모든 것의 중심에는 다른 것을 무위로 돌리는 복수의 환상과 증오가 있었다.

나는 아무 말도 하지 않았다. 그의 과장된 주장을 반박하지도 않고, 그의 생각을 명확히 정리해주려 하지도 않고, 그가 잘 모르고 하는 소리라는 확신이 들 때 이의를 제기하지도 않았다. 대신 내 얼굴과 이름을 가면처럼 사용하며, 그의 참을 수 없는 불만이 낳은 모든 주장, 그의 말 한마디 한마디에서 쏟아져 나오는 고통에 열심히 귀를 기울였다. 나는 믿음직한 스파이처럼 차가운 매혹과 강렬한 흥분을 느끼며 그를 유심히 관찰했다.

그의 주장을 응축하자면 다음과 같다. 요약한 것이니만큼, 그의 원래 주장보다 훨씬 더 설득력이 있다. 조지가 꿋꿋이 앞으로 나아가며 간신히 피한 충돌 위험에 대해서는 말하지 않겠다. 사방에서 봉기와 폭력사태가 일어나지 않는 곳이라 해도, 운전대를 잡은 채 일장 연설을 하는 사람의 옆자리에 앉아 있는 것은 지극히 위험한 일이라는 말만으로 충분할 것이다. 그날 오후 예루살렘에서 라말라까지 가는 동안, 1킬로미터가 멀다 하고 짜릿한 일들이 일어났다. 조지가 입에 거품을 물 때 항상 똑바로 앞만 보지는 않은 탓이었다.

이제 정말로 조지의 말을 요약해보자. 나는 조지가 말한 그 주제가 날 때부터 죽을 때까지 이런 식으로 나를 따라다니게 하겠다고 결정한 기억이 없다. 이 주제에 대한 강박적인 탐색을 언젠가 뒤로 밀어둘 수 있을 것이라고 항상 생각했다. 고상한 일에든 저속한 일에든 이 주제가 고집스레 침범하는 바람에, 이 주제를 어떻게 이해해야 할지 알아내기가 항상 쉽지만은 않았다. 이것은 내 인생의 가장 큰 문제와 가장 놀라운 경험을 하나로 감싸고 속속들이 스며들어 지치게 만드는 주제이자, 그 주문에 저항하려는 모든 명예로운 시도에도 불구하고 이제는 내 인생을 가지고 달아나버린 비합리적인 힘처럼 보이는 주제였다. 게다가 이야기를 들어보니, 나만 이런 문제를 안고 있는 것이 아니었다……. 바로 **유대인**이라는 주제.

유대인의 타락 주기를 역사적으로 구분해놓은 조지의 이론에 따르면, 첫 번째 시기는 홀로코스트와 이주가 있기 전인 1900-1939년이었다. 새로운 나라를 위해 과거의 나라를 포기한 시기, 외국인의 지위에서 벗어나 귀화한 시기, 포기한 공동체와 가족에 대한 기억을 소멸시킨 시기, 가장 용감한 자식들이 위로하러 달려오지 않아 혼자 나이를 먹고 죽어가는 부모를 잊어버린 시기……. 미국에서 영어를 사용하며 유대인으로서 새로운 삶과 정체성을 구축하려고 땀을 흘리던 열띤 시기였다. 그 다음은 계산적인 기억상실의 시대인 1939-1945년이었다. 헤아릴 수 없는 재앙이 일어난 이 시기에, 미국에 이주한 지 얼마 되지 않아 아직 완전히 미국화되지 않은 유대인들은 가족 및 공동체와의 가장 강력한 유대관계를 빛의 속도로 자진해서 끊어버렸고, 히틀러는 그 가족 및 공동체를 문자 그대로 말살해버렸다. 유럽 유대인 사회의 파괴가 미국 유대인들에게 대홍수와 같은 충격적인 일로 받아들여진 것은 그 자체가 끔찍한 일인 데다가, 슬픔이라는 비이성적인 프리즘을 통해 본 이 재앙에 불을 붙인 것이 콕 집어 말할 수는 없어도 바로 자신들인 것 같았기 때문이었다. 그들이 대규모로 이주하면서 유럽에서 유대인으로 살던 시절에 종지부를 찍고 싶어했던 것이 그런 사태를 부추긴 것은 사실이었다. 야만적이고 파괴적인 히틀러의 반유대주의와 유럽에서 굴욕적으로 갇혀 지내던 시절로부터 해방되고 싶은 이주 유대인들의 강렬한 욕망 사이에 거의 공모에 가까운, 생각도 할 수 없을 만큼 끔찍한 상호관계가 존재하는 것 같았다. 이와 아주 비슷한 불안, 어쩌면 이보다 훨씬 더 불길할 수도 있고 결코 드러낼 수 없는 자기비난을 시온주의자와 시온주의에 돌릴 수 있을지도 모른다. 시온주의자들은 팔레스타인으로 출발할 때 유럽에서 유대인으로 살았던 삶을 경멸하는 마음이 조금도 없었는가? 유대인 국가를 개척한 호전적인 사람들은 슈테틀홀로코스트 이전 동유럽에 있던 유대인촌에 살면서 이디시어를 쓰던 대중에 대해 벤구리온이스라엘의 초대 총리의 사상과 같은 병적인 이데올로기에 물들지 않고 미국으로 탈출하는 데 성공한 실용적인 사고방식의 이민자들보다 훨씬 더 과격한 반감을 품지 않았던가? 시온주의가 제시한 해결책이 나치의 것과 같은 대량학살이 아니라 이주였던 것은 사실이다. 그럼에도 이 시온주의자들은 자신의 출신지에 대한 반감을 수없이 다양한 방식으로 드러냈다. 유대인 국가의 공식 언어로 유럽에 살던 시절 무력한 선조들의 입에서 나오던 부끄러운 일상어 대신 멀고 먼 성서시대의 언어를 선택한 것이 그중에서도 가장 두드러졌다.

그렇다면, 유대인들이 자기도 모르는 사이에 내팽개친 수백만 명을 히틀러가 죽인 것, 유대인들이 결코 끌어안지 않으려 하던 굴욕적인 문화가 파괴된 것, 그들의 활기찬 모습을 손상시키고 발전을 제한한 사회가 소멸된 것, 그 결과로 이스라엘을 세운 도전적이고 대담한 국부들은 물론 위험에 처하지 않은 미국의 유대인들도 슬픔뿐만 아니라 지울 수 없는 죄책감까지도 유산으로 물려받게 되었다. 그 뒤로 수백 년까지는 아닐망정 수십 년 동안은 유대인의 영혼을 일그러뜨릴 만큼 저주스러운 죄책감이었다.

재앙 뒤에 찾아온 것은 전쟁이 끝난 뒤 세상이 정상으로 돌아가는 위대한 시기였다. 이 기간 동안 이스라엘이 유럽에서 살아남은 유대인들에게 피난처로 등장한 시기와 미국에서 유대인들이 더욱 동화된 시기가 우연히도 정확히 일치했다. 새로운 에너지와 영감이 넘치던 이 시기에 대중은 홀로코스트를 아주 흐릿하게만 인식했다. 홀로코스트가 유대인이 사용하는 모든 문장에 들끓기 전이었다. 홀로코스트라는 이름이 상업화되기 전, 유럽의 유대인들이 감내한 세월을 상징하는 가장 대중적인 이미지는 다락방에 숨어 아빠를 위해 숙제를 열심히 하는 유쾌한 청소년의 모습이었다. 이보다 끔찍한 일들에 대해 곰곰이 생각할 수단들이 이때는 아직 거의 발견되지 않았거나 억압되었으며, 이스라엘이 육백만 명의 사망자를 기리는 공휴일을 정식으로 선포한 것도 한참 뒤였다. 이 시기 곳곳의 유대인들은 자신들조차 스스로를 희생자가 아니라 활기찬 모습으로 볼 수 있게 되기를 바랐다. 미국에서 이 시기는 코를 성형하고 이름을 바꾸던 때였다. 쿼터제가 퇴조하고, 교외 생활이 떠받들어지고, 기업들의 대규모 광고들이 싹을 틔우고, 아이비리그에 터무니없는 사람들이 입학하고, 휴일에는 향락을 추구하고, 모든 종류의 금지가 점점 힘을 잃었다. 그리고 놀라울 정도로 이교도를 닮은 유대인 아이들이 등장했다. 이전 세대의 불안한 유대인 부모들은 감히 상상도 해보지 못한 모습으로 게으르고 자신감 넘치고 행복하게 살아가는 아이들이었다. 조지 지아드는 게토의 전원화, 믿음의 저온살균이라는 표현을 썼다. "초록색 잔디밭, 피부가 하얀 유대인들…… 자네는 이것에 대한 글을 썼지. 첫 번째 책에서 명료하게 정리했어. 그래서 그렇게 화제를 모은 거야. 1959년. 유대인들이 한창 잘나가던 시절의 성공담. 새롭고, 짜릿하고, 재미있고, 즐겁기만 한 이야기. 해방된 새로운 유대인, 정상화된 유대인, 우스꽝스럽고 놀라워라. 비극적이지 않은 것의 승리. 브렌다 파팀킨 로스의 짧은 소설 〈굿바이, 콜럼버스〉의 등장인물. 부유한 가문의 딸로 래드클리프 대학에 다니는 학생이다 이 안네 프랑크를 옥좌에서 밀어낸다. 뜨거운 섹스, 신선한 과일, 그리고 십대 농구팀. 유대인에게 이보다 더 행복한 결말을 누가 상상할 수 있을까?"

1967년. 이스라엘이 6일 전쟁에서 승리했다. 이와 함께 확인된 것은 유대인의 귀화 또는 동화 또는 정상화가 아니라 유대인의 힘. 홀로코스트의 냉소적인 제도화가 시작된다. 바로 여기서, 유대인들의 군사국가가 의기양양하게 으쓱거리는 가운데, 이제 정복자가 된 유대인이 과거에는 희생자였으며 순전히 그 역사 때문에 정복자가 되었음을 온 세계에 시시각각, 날이면 날마다 일깨워주는 것이 유대인들의 공식적인 방침이 된다. 이것은 테러리스트 베긴이 영리하게 고안해낸 홍보 캠페인이었다. 이스라엘의 군사적 팽창을 유대인의 희생에 대한 기억과 결부시켜 팽창주의를 역사적으로 정당화하고, 점령지를 꿀꺽 집어삼킨 뒤 팔레스타인인들을 살던 땅에서 또다시 몰아낸 일을 역사적인 정의, 정당한 보복, 그저 자기방어로 정당화하기 위한 캠페인. 이스라엘의 국경선을 넓힐 기회를 하나도 놓치지 않고 움켜쥐는 모습을 무엇이 정당화해주는가? 아우슈비츠. 베이루트의 민간인들을 폭격한 일을 무엇이 정당화해주는가? 아우슈비츠. 팔레스타인 아이들의 뼈를 박살 내고 아랍인 시장들의 팔다리를 폭탄으로 날려버리는 행동을 무엇이 정당화해주는가? 아우슈비츠. 다하우. 부헨발트. 벨젠. 트레블링카. 소비보르. 벨제크. "그런 거짓이라니, 필립. 어쩌나 잔인하고, 냉소적인 거짓인지! 영토를 지키는 것이 그들에게는 한 가지 의미를 지닌다. 딱 한 가지 의미만. 이런 정복을 가능하게 해준 물리적 능력을 과시하는 것! 영토를 다스리는 것은 지금껏 그들이 누리지 못했던 특권을 행사하는 일. 남을 억압하고 희생자로 만드는 경험, 이제는 **타인들**을 다스리는 경험. 권력에 미친 유대인, 이것이 그들의 모습이야. 그들의 모든 것이야. 세계 곳곳에서 권력에 미친 인간들과 조금도 다르지 않아. 그들이 **우리**를 희생자로 만드는 일과 권력에 중독된 현재를 정당화하려고 희생자였던 과거를 신화처럼 사용한다는 점이 다를 뿐. 유명한 우스갯소리가 정확하다. '쇼아홀로코스트를 뜻하는 히브리어 단어 비즈니스 같은 비즈니스는 없다.' 그들이 정상화되던 기간에는 어린 안네 프랑크 같은 무구한 상징이 사용되었지. 그것만으로도 충분히 통렬했어. 하지만 지금은, 그들의 무력이 어느 때보다 커진 시대, 그들의 견딜 수 없는 오만이 정점에 이른 지금은 전세계 사람들을 가루로 만들어버리는 열여섯 시간 동안의 쇼아 이야기가 있지. NBC에서 유대인 메릴 스트립이 출연하는 〈홀로코스트〉가 매주 한 번씩 방송돼! 그리고 이 나라를 찾는 미국의 유대인 지도자들. 그들도 이 쇼아 비즈니스를 잘 알지. 뉴욕, 로스앤젤레스, 시카고 등지에서 오는 그들은 유대인 기성체제의 관리들이며, 아직 약간의 긍지와 진실성을 지니고 있는 소수의 이스라엘 사람, 선전과 거짓이 아닌 말을 아직 할 줄 아는 소수의 이스라엘 사람들에게 이렇게 말한다네. '팔레스타인 사람들이 차츰 유연해지고 있다고 말하지 마시오. 팔레스타인 사람들의 주장이 정당하다고 말하지 마시오. 팔레스타인 사람들이 억압당하고 있으며 부당한 일이 벌어지고 있다고 말하지 마시오. 그런 말은 당장 그만둬요! 그런 얘기로 는 미국에서 모금을 할 수 없소. 우리가 얼마나 위협받고 있는지 말해요. 테러에 대해 말해요. 반유대주의와 홀로코스트에 대해 말해요!' 이 멍청한 우크라이나인을 앉혀놓고 보여주기식 재판 을 여는 이유가 이것으로 설명돼. 희생자의 이데올로기를 보강 해서 이스라엘 힘의 정치의 초석을 강화하려고. 그래, 그들은 앞 으로도 계속 희생자를 자처하며 과거와 자신을 동일시할 걸세. 하지만 딱히 과거를 무시하는 행동이라고 말할 수는 없지. 이 나 라의 존재 자체가 그 증거야. 그들의 강박적인 이야기가 이제는 그들의 현실감각을 해치는 수준에 이르렀을 거야. 우리의 현실 감각은 확실히 해치고 있지. 그들이 희생되었던 이야기를 **우리** 에게 하지 마! 우리는 이 세상에서 그것을 가장 이해하지 못하 는 사람들이야! **물론** 우크라이나의 반유대주의는 현실이지. 우 리 모두가 아는 원인이 많이 있어. 유대인들이 그곳의 경제구조 속에서 담당했던 역할, 집단농장에서 스탈린이 그들에게 부여한 냉소적인 역할과 관련된 것들. 이건 모두 명확해. 하지만 이 멍 청한 우크라이나인이 공포의 이반인지 여부는 전혀 명확하지 않 지. 사십 년쯤 세월이 흘렀으니 절대 명확해질 수 없을 거야. 유 대인들이 하나의 민족으로서 정직성을 조금이라도 갖고 있다면, 법을 존중하는 마음이 조금이라도 남아 있다면, 그를 놓아주어 야 해. 무슨 일이 있어도 복수를 해야겠다면, 그를 우크라이나로 돌려보내 러시아가 처리하게 해야지. 그것만으로도 충분히 만 족스러울 거야. 그러나 이곳 법정에서 그를 재판하면서 라디오 와 텔레비전과 신문으로 보도하는 데에는 오로지 한 가지 목적 밖에 없다네. 홀로코스트로 장사를 하는 베긴과 조직폭력배 샤

미르식의 홍보 묘기. 유대인 희생자의 이미지를 앞으로 십만 년
은 견딜 만큼 영원히 새겨 넣어 유대인의 힘을 정당화하고, 유대
인의 통치를 정당화하려는 홍보. 하지만 사법체제의 목적이 홍
보인가? 사법체제에는 법적인 목적이 있어. 홍보는 목적이 아니
라고. 대중을 교육한다고? 아니, 그것은 **교육**체제의 목적이지.
다시 말하지만, 데미야뉴크는 이 나라의 생명줄인 신화를 유지
하기 위해 여기 불려온 거야. 홀로코스트가 없다면, 유대인들이
지금 어디 있겠는가? 어떤 사람이 되었겠는가? 그들이 전세계
의 유대인들, 특히 안정적으로 특권을 누리는 미국 유대인들과
관계를 유지하는 것은 바로 이 홀로코스트를 통해서야. 미국 유
대인들은 위험에 처한 적이 없고 성공을 거뒀다는 점에 죄책감
을 품고 있어서 이용할 수 있거든. 전세계 유대인들과의 관계가
없다면, 역사에 대한 그들의 주장이 어디에 닿겠는가? 어디에도
닿지 못해! 만약 그들이 홀로코스트의 관리인 지위를 잃는다면,
만약 유대인들이 뿔뿔이 흩어졌다는 신화가 사기극으로 드러난
다면, 그다음에는 어떻게 되지? 미국 유대인들이 죄책감을 떨치
고 제정신을 찾는다면 어떻게 될까? 믿을 수 없을 만큼 오만한
여기 사람들이 터무니없기 짝이 없고 순전히 허구에 불과한 일
과 의미를 떠들어댔다는 사실을 미국 유대인들이 깨닫는다면 어
떻게 될까? 자기들이 가짜 상품을 속아서 샀으며, 시온주의자들
이 디아스포라 유대인들보다 우월하기는커녕 **문명의 모든 면에**
서 오히려 열등하다는 사실을 그들이 깨닫는다면 어떻게 될까?
미국 유대인들이 지금껏 얼간이처럼 기만당했음을, 자기들과 이
스라엘이 동맹을 맺는 데 기반이 된 것이 사실은 비이성적인 죄
책감과 복수심에 찬 공상이었음을, 무엇보다 특히, **무엇보다 특**

히 이 나라의 도덕적 정체성에 대한 순진하기 짝이 없는 망상이었음을 알게 된다면 어떻게 될까? **이 나라에는 도덕적 정체성이 없어.** 이 나라에 애당초 도덕적 정체성이 있었다 해도, 이 나라가 그것을 빼앗아버렸지. 홀로코스트를 가차 없이 제도화함으로써 심지어 홀로코스트에 대한 권리마저 빼앗아버렸다고! 이스라엘은 사망자 육백만 명이라는 은행에서 도덕적 신용대출을 마지막까지 받아냈네. 명성을 날리는 국방장관의 명으로 아랍 어린이들의 손을 부러뜨려 이룩한 일이 바로 이거야. 전세계 유대인들의 눈에도 이 점은 명확히 보일걸. 이곳은 무력으로 건설되어 무력으로 유지되는 나라라는 것. 섬령지에서 억압당하는 사람들의 봉기에 폭력으로 대응하는 마키아벨리 국가라는 것. 이 나라가 마키아벨리식 세계에 있는 것은 사실일세. 시카고 경찰국과 마찬가지로 성결한 것과는 거리가 멀어. 그들은 이 나라가 유대인 문화, 민족, 유산 유지에 필수적이라고 지난 사십 년 동안 선전했지. 사실 이 나라의 존재는 **품질**과 **가치** 면에서 조사 대상이 될 수 있는 선택적인 것이었는데도 이스라엘은 선택의 여지가 없는 현실이라고 선전하는 데 온갖 술수를 동원했어. 이 나라를 정말로 조사해본다면, 무엇이 발견되는가? 오만! 오만! 오만! 그럼 그 오만함 너머에는? 아무것도 없어! 그럼 그 공백 너머에는? **또 오만!** 이제는 온 세상 사람들이 매일 밤 텔레비전으로 볼 수 있네. 가학적으로 폭력을 가하는 원시적인 모습을 보고 마침내 그들의 모든 신화가 거짓임을 알게 되었어! 귀환법^{1950년}에 제정된 이스라엘 법으로, 유대인들에게 이스라엘로 이주해서 국적을 취득할 수 있는 권리를 주었다? 자부심과 교양이 있는 유대인이 이런 곳으로 '귀환'하고 싶어한단 말인가! 유랑자 불러모으기^{The Ingathering of the Exiles,}

189

구약성서 〈신명기〉 30장 1-5절에서 모세가 이스라엘 민족에게 하는 약속. 하느님이 유대인

을 조상의 땅으로 다시 모을 것이라는 내용이다? 유대인 사회에서 벗어나 '유

랑'한다는 말이 **여기** 말고 다른 곳에서도 유대인들의 상황을 조

금이라도 설명해주는 것처럼! 홀로코스트? 홀로코스트는 끝났

어. 시온주의자들이 자기도 모르는 사이에 사흘 전 라말라 마나

라 광장에서 스스로 홀로코스트의 끝을 선언했네. 내가 자네를

그곳으로 데려가, 그 포고문이 작성된 곳을 보여줄 거야. 군인들

이 무고한 팔레스타인 민간인들을 체포해 곤봉으로 곤죽이 되도

록 구타한 곳. 홍보를 노린 보여주기식 재판은 잊어버려. 홀로코

스트의 끝이 그곳의 벽에 팔레스타인인의 피로 적혀 있으니. 필

립! 옛 친구! 자네는 유대인들을 스스로에게서 구하는 데, 그들

의 자기기만을 그들에게 폭로하는 데 평생을 바쳤지. 평생 작가

로서, 옛날 시카고에서 이야기를 쓰기 시작한 이래로 줄곧, 그

들이 자신에 대해 입에 발린 소리로 만들어놓은 고정관념에 반

대했어. 그로 인해 공격을 받고, 그로 인해 욕을 먹었지. 유대인

언론에서 자네를 겨냥한 음모는 처음부터 시작되어 오늘날까지

거의 누그러진 적이 없어. 스피노자 이래로 이런 중상모략을 당

한 유대인 작가는 아무도 없네. 내 말이 과장인가? 그놈들이 자

네를 공개적으로 모욕했듯이 어떤 이교도가 유대인을 공개적으

로 모욕한다면, 브네이 브리스19세기에 미국에서 결성된 유대인 비영리단체

사람들이 온갖 연단에 서서, 온갖 토크쇼에서 소리를 질러댈 거

야. '반유대주의!'라고. 놈들은 자네에게 더럽기 짝이 없는 욕설

을 하고, 터무니없는 배신의 오명을 씌웠지만, 자네는 여전히 놈

들에게 책임감을 느끼고 놈들을 걱정하면서, 놈들의 독선적이

고 어리석은 태도 앞에서도 정 많고 충실한 아들 노릇을 꿋꿋이

하고 있어. 자네는 동포들을 사랑하는 훌륭한 애국자야. 그로 인해, 내가 하는 말에 대부분 화를 내고 있어. 자네 표정에, 자네의 침묵에 다 드러난다네. 자네는 이런 생각을 하고 있지. 저놈은 미쳤다, 히스테리를 부린다, 무모하다, 거칠다. 설사 그렇다 해도 뭐? 자네라면 안 그러겠나? 유대인! 유대인! 유대인! 내가 어떻게 유대인에 대한 생각을 멈출 수 있어! 유대인은 나를 가둔 간수들이고, 나는 그들의 포로인데. 내 아내를 만난다면 이런 말을 듣게 될 거야. 내가 포로로 사는 데에 아무 재능이 없는 사람이라고. 내 재능은 교수가 되는 것이었네. 주인이 있는 노예가 되는 것이 아니야. 내 재능은 도스토옙스키를 가르치는 것이지, 지하생활자처럼 앙심과 분노에 푹 잠겨 살아가는 것이 아니야! 내 재능은 도스토옙스키의 작품 속에서 부글부글 끓어오르는 광인들의 한없는 독백을 상세히 해설하는 것이지, 심지어 잠을 잘 때도 한없는 독백을 멈추지 못하고 부글부글 끓어오르는 광인이 되는 것이 아니야. 내가 나 자신을 망치고 있다는 걸 알면서 왜 자제하지 않느냐고? 내 가엾은 아내도 매일 묻는 질문일세. 폭언을 퍼붓던 우리 아버지를 죽인 뇌졸중이 폭언을 퍼붓는 아들인 나까지 죽이기 전에 보스턴으로 돌아가면 안 돼? 왜? 나 역시, 항복하지 않는 나 역시 애국자니까. 아마도 필립 자네가 자기만족에 겨워 점잔을 빼는 유대인들을 사랑하고 증오하는 것과 똑같이 나는 패배해서 웅크린 팔레스타인 사람들을 사랑하고 증오하니까. 자네 말이 없군. 쾌활한 지가 맹목적인 분노에 잡아먹힌 모습에 충격을 받은 거야. 자네는 내가 이제부터 할 이야기를 품위 있게 받아들이기에는 너무 냉소적이고, 너무 세속적이고, 너무 회의적이지. 하지만 필립, **자네는 유대인 예언자야. 처음부터**

그랬어. 자네는 유대인 천리안이야. 폴란드 여행으로 자네는 미래를 내다보는 사람으로서 대담하고 역사적인 한 발을 내디뎠네. 그래서 이제부터는 언론에서 단순히 욕설을 듣는 정도가 아닐 거야. 협박과 위협을 당하고, 물리적인 공격을 당할 가능성도 있어. 심지어 놈들은 틀림없이 자네를 체포하려 할걸. 자네에게 범죄혐의를 씌워서 감옥에 가둬 입을 막아버리려고. 여기 사람들은 무자비해. 필립 로스가 감히 국가적 거짓말에 정면으로 대항했으니. 사십 년 동안 놈들은 전세계에서 유대인들을 끌어왔네. 더 많은 유대인과 접촉해서 이리로 끌고 와 유대인의 고향이라는 신화를 영속화하려고 십여 개 나라에 이득도 안겨주고, 거래도 하고, 그곳 관리들에게 뇌물도 주었지. 그런데 이제 필립 로스가 나타나서 바로 그 유대인들더러 다른 사람의 땅을 무단으로 차지하지 말고, 완고하고 권력과 복수에 미친 시온주의자들이 전세계의 유대인들을 자기들 만행에 끌어들여 유대인들에게 결코 회복하지 못할 재앙을 내리기 전에 이 가짜 나라를 떠나라고 모든 수단을 동원해 부추기고 있네? 친구, 우리에겐 자네가 필요해. 우리 모두에게 자네가 필요해. 점령당한 자들뿐만 아니라 점령한 자들도 자네의 디아스포라 대담함과 디아스포라 두뇌가 필요해. 자네는 이 분쟁에 묶인 몸이 아니니, 이것의 손아귀에 무력하게 붙잡혀 있지 않지. 자네는 상황을 해결할 수 있는 비전, 신선하고 눈부신 비전을 가져왔어. 정신 나간 유토피아 같은 팔레스타인의 꿈이나 시온주의자의 끔찍한 최종 해결책이 아니라, 심오한 생각을 바탕으로 실현 가능한 역사적 방안을 가져온 거야. **정의로운** 방안이기도 하고. 친구, 귀하고 귀한 옛 친구, 내가 자네를 어떻게 도우면 되겠나? 우리가 자네를 어떻게 도울

192

까? 우리한테도 자원이 아주 없는 건 아니야. 우리가 뭘 해야 하는지 말해주면 그대로 하겠네."

5

내가 피릭

라말라 군사법정은 위임통치 때 영국이 건설한 감옥의 담장 안에 있었다. 콘크리트로 나지막한 벙커처럼 지은 이 건물들의 목적은 누구든 쉽게 이해할 수 있을 것이다. 이 건물을 보는 것 자체가 처벌이었으니까. 감옥은 도시 가장자리의 벌거벗은 모래언덕 꼭대기에 있었다. 우리는 언덕 기슭의 로터리를 돌아 높은 철망 울타리를 향해 차를 몰았다. 맨 위에 가시철망이 두 줄로 설치된 이 울타리 안에는 감옥과 저 아래 도로를 갈라놓은 약 2만 제곱미터의 감옥 외곽지대가 있었다. 조지와 나는 차에서 내려 출입문으로 다가가서 무장 경비병 세 명 중 한 명에게 신분증을 제시했다. 경비병은 아무 말 없이 신분증을 살펴본 뒤 돌려주었고, 우리는 30미터 안쪽의 두 번째 초소까지 들어가도 좋다는 허락을 받았다. 두 번째 초소의 창문에서 불쑥 튀어나온 기관단총은 무엇이 됐든 저 아래에서 진입로로 올라오는 것을 겨냥하고 있었다. 총을 담당한 사람은 수염을 깎지 않은 음울한 표정의 젊은 군인이었다. 우리가 또 다른 경비병에게 신분증을 제시할 때 그 군인은 진지한 표정으로 우리를 보았다. 경비병은 신분증을 자기 책상으로 던진 뒤, 호전적인 손짓으로 우리에게 들어가도 좋다는 뜻을 알렸다.

"세파르디스페인과 북아프리카계 유대인 아이들이야." 조지가 나와 함께 감옥의 옆문으로 계속 걸어가며 말했다. "모로코인. 아슈케나지들은 자기 손을 더럽히지 않으려고 하거든. 그래서 피부색이 어두운 형제들에게 고문을 맡겨. 동방 출신으로 아무것도 모르고 아랍인을 증오하는 이 아이들은 세련된 아슈케나지들이 어디에나 쓸 수 있는 아주 유용한 프롤레타리아 대중이지. 물론 저놈들도 모로코에 살 때는 아랍인을 미워하지 않았어. 천 년 동안 아랍인과 화목하게 살았으니까. 하지만 피부가 하얀 이스라엘인들이 저들에게 그걸 가르쳤네. 아랍인을 미워하는 법과 스스로를 미워하는 법. 피부가 하얀 이스라엘인들이 그들을 자기가 부리는 자객으로 바꿔놓은 거야."

옆문을 지키는 군인 두 명은 방금 마주친 군인들과 마찬가지로 도시의 가장 초라한 거리에서 모집된 것 같았다. 그들은 말한마디 없이 우리를 통과시켰다. 우리가 들어간 곳은 기껏해야 스무 명 남짓한 방청객만 들어갈 수 있는 낡은 법정이었다. 방청석 절반을 차지한 이스라엘 군인들은 무기를 들고 있는 것 같지 않았지만, 맨손으로도 얼마든지 소란을 일으킬 수 있을 듯했다. 꾀죄죄한 작업복에 전투화를 신은 그들은 셔츠 깃을 잠그지 않고, 머리에는 아무것도 쓰지 않은 모습으로 게으르게 늘어져 있었으나 나무로 만든 긴 의자의 등받이에 양팔을 걸친 모습이 정말 이곳의 주인처럼 보였다. 술집 기도들을 전문적으로 조달해주는 직업소개소의 로비에서 빈둥거리는 젊은 불량배 같다는 것이 내 첫인상이었다.

법정 앞쪽의 단상에 앉은 판사 뒤편 벽에는 이스라엘 국기 두 장이 양쪽에 붙어 있었다. 판사는 제복을 입은 삼십대 장교였다. 호리호리한 몸매에 머리가 살짝 벗어졌고, 수염을 깨끗이 깎았으며, 옷을 잘 차려입은 그는 온화하고 현명한 사람처럼 총명한 분위기를 풍기며 법정에서 오가는 말에 귀를 기울였다. 그는 '우리'와 같았다.

단상에서부터 두 번째 줄에 앉은 방청객이 조지에게 손짓했다. 우리 둘은 그 사람 옆자리에 조용히 앉았다. 그 줄에는 군인이 한 명도 없었다. 군인들은 훨씬 뒤쪽, 문 근처에 몰려 있었는데, 나는 그 문이 피고를 구금해두는 구역으로 통한다는 사실을 알 수 있었다. 문이 완전히 닫히기 전에 아랍 청년 하나가 언뜻 보였다. 거의 10미터나 떨어진 거리에서도 공포에 질린 청년의 표정을 알아볼 수 있었다.

우리를 불러서 옆자리에 앉힌 사람은 화염병을 던진 혐의로 동생이 기소되었다는 그 시인 겸 변호사였다. 조지가 이스라엘의 점령에 강력히 반대한다고 설명한 바로 그 사람. 조지가 우리를 소개하자 그는 내 손을 따뜻하게 꽉 잡았다. 이름이 카밀˚인 그는 키가 크고 콧수염을 길렀으며, 몸이 해골처럼 앙상했다. 여자들에게 인기 있는 그윽한 눈빛과 예의 바른 태도를 보니, 조지가 시카고에서 지라고 불릴 때 실감 나는 가면처럼 쓰고 있던 유쾌한 모습이 생각났다.

카밀은 동생의 사건이 아직 호명되지 않았다고 조지에게 영어로 설명했다. 조지는 피고석의 동생에게 손가락 하나를 들어 인사했다. 열여섯 살이나 열일곱 살쯤 된 소년의 텅 빈 표정에서 나는 그가 적어도 지금 이 순간에는 두려움 때문이 아니라 지루함 때문에 몸이 굳은 것 같다는 인상을 받았다. 피고석에는 모두 합해 다섯 명의 아랍인이 있었다. 네 명은 십대이고, 나머지 한 명은 스물다섯 살쯤 되었는데 아침부터 법정에서 다루고 있는 것이 바로 그의 사건이었다. 카밀은 검찰이 200디나르를 훔친 도둑이라는 그 피고인의 구금명령을 갱신하려 하고 있다고 내게 작은 목소리로 설명해주었다. 하지만 검찰 측 증인인 아랍인 경찰관이 조금 전에야 법정에 도착한 참이었다. 나는 피고 측 변호인의 교차신문을 받고 있는 경찰관을 보았다. 놀랍게도 변호인은 아랍인이 아니라 정통파 유대인이었다. 턱수염을 기른 곰처럼 보이는 덩치에 검은 법복을 입고 정수리 모자를 쓴 그는 나이가 오십대인 것 같았다. 판사 바로 아래쪽 중앙에 앉은 통역은 드루즈인이슬람교 중 이스마일파에서 유래한 드루즈교를 믿는 아랍인. 이스라엘의 드루즈인들은 이스라엘 시민권자라서 병역의무가 있다이었다. 카밀의 설명에 따르면, 아랍어와 히브리어를 할 줄 아는 이스라엘 군인이라고 했다. 검사 역할을 맡은 사람 역시 판사처럼 제복을 입은 장교였는데, 지독하게 지루한 일을 하고 있다는 인상을 풍기는 섬세한 외모의 젊은이였으나 조금 전 통역이 전해준 경찰관의 말을 듣고 지금은 판사와 마찬가지로 순간적으로 재미있다는 표정을 짓고 있었다.

이틀 만에 두 번째로 와본 유대인 법정이었다. 유대인 판사. 유대인 법률. 유대인 깃발. 그리고 유대인이 아닌 피고. 유대인들이 수백 년 전부터 공상 속에서나 꿈꿨던 법정, 자기들의 군대나 나라를 갖고 싶다는 꿈보다 훨씬 더 상상하기 어려웠던 갈망에 대한 응답이었다. 언젠가 **우리가** 정의를 정할 것이다!

그래, 놀랍게도 그날이 와서 우리가 이렇게 앉아 정의를 정하고 있었다. 희망으로 가득한 인간의 꿈이 이상적이지 않은 모습으로 실현된 또 다른 사례였다.

나의 일행 두 명은 교차신문에 아주 잠깐만 정신을 집중했다. 조지는 곧 손에 종이를 들고 메모를 하고 있었다. 카밀이 나를 똑바로 바라보며 다시 작은 소리로 말했다. "내 동생은 주사injection를 맞았어요."

처음에 나는 그가 '명령injunction'이라고 말한 줄 알았다.

"무슨 뜻입니까?" 내가 물었다.

"주사라고요." 그는 엄지손가락을 내 팔에 찔러 넣는 시늉을 했다.

"무슨 주사요?"

"목적은 없어요. 성격을 누그러뜨리려는 거겠죠. 이제는 온몸이 아프답니다. 내 동생을 봐요. 고개도 제대로 들지 못하잖아요. 열여섯 살인데." 그는 안타까움을 호소하듯이 양손을 앞으로 펼쳤다. "놈들이 놓은 주사로 애가 병들었어요." 그는 저들이 정말로 그런 짓을 했으며, 그들을 막을 길이 없다는 듯이 손을 움직였다. "의료 관련자를 이용해요. 내일 나는 이스라엘 의사회에 불만을 제기하러 갈 겁니다. 그러면 그들은 나를 명예훼손으로 고발하겠죠."

"어쩌면 이미 몸이 아파서 의료인에게 주사를 맞은 건지도 모르잖아요." 내가 속삭였다.

카밀은 병원에서 부모가 죽어가고 있는데 혼자 장난감을 갖고 노는 아이를 보며 빙긋 웃듯이 내게 웃어주었다. 그러고는 내 귓가에 입술을 대고, 이를 악문 것 같은 소리로 말했다. "아픈 건 저놈들입니다. 민족주의 세력의 반란을 이런 식으로 억압하는 거예요. 흔적을 남기지 않는 고문입니다." 그는 증인석의 경찰관을 가리켰다. "저것도 사기극입니다. 재판이 한없이 계속되는 건 순전히 우리의 고통을 길게 늘이기 위해서예요. 이런 상황이 오늘로 나흘째입니다. 놈들은 오래 시간을 끌면서 우리를 괴롭히면, 우리가 달나라에 가서 살겠다며 도망칠 줄 알아요."

카밀은 얼마 뒤 또 내게 고개를 돌리고 내 손을 잡더니 다시 속삭였다. "남아프리카에서 온 사람들과 사방에서 마주칩니다. 나는 그 사람들에게 먼저 말을 걸고 질문을 던지죠. 날이 갈수록 여기 상황도 거기랑 아주 비슷해지니까요."

카밀의 속삭임이 점점 내 신경에 거슬리기 시작했다. 설명할 수 없는 괴상한 이유로 내가 스스로 맡은 지금의 이 역할도 마찬가지였다. 우리가 당신을 어떻게 도울 수 있을까? 카밀은 유대인에 맞서는 동맹으로 나를 포섭하려 애쓰는 중이거나, 아니면 내가 레흐 바웬사를 만나러 갔다는 이유로 조지가 짐작했던 것만큼 쓸모 있는 존재인지 시험해보는 중인 것 같았다. 나는 속으로 생각했다. 난 평생 이런 식의 어려움을 자처했지만, 지금까지는 대체로 픽션 속의 일이었어. 여기서 빠져나가는 방법이 정확히 뭐지?

카밀의 어깨가 다시 내 어깨를 누르고, 따뜻한 숨결이 내 살갗에 닿았다. "그렇지 않습니까? 이스라엘이 유대인 국가가 아니었다면……."

판사가 법봉을 두드리는 날카로운 소리가 났다. 카밀에게 이제 그만 입을 다무는 게 어떻겠느냐고 권고하는 판사 나름의 방법이었다. 어떤 상황에도 굴하지 않는 카밀은 한숨을 내쉬며 무릎에 양손을 포개고 약 이 분 동안 생각을 반추하는 것 같은 자세로 판사의 질책을 견뎌냈다. 그러고는 다시 내게 귓속말을 시작했다. "이스라엘이 유대인 국가가 아니었다면, 미국의 유대인 자유주의자들, 이 나라의 안녕을 자기 일처럼 생각하는 그 사람들이 이 나라가 아랍인을 대하는 태도를 보고 남아프리카에 그랬던 것처럼 엄하게 비난하지 않았을까요?"

나는 이번에도 대답하지 않는 편을 택했으나, 카밀은 법봉과 마찬가지로 나의 침묵에도 굴하지 않았다. "물론 이제 남아프리카는 우리 일과 상관없죠. 이제 놈들이 손을 부러뜨리고 죄수들에게 주사를 놓으니까, 요즘은 남아프리카가 아니라 나치 독일이 연상됩니다."

여기서 나는 본능적으로 그를 돌아보았다. 내 자동차 앞으로 뭐가 튀어나올 때 브레이크를 밟는 것과 비슷했다. 전혀 공격적이지 않은 시선으로 나를 응시하는 그의 맑은 눈은 바닥을 헤아릴 수 없는 웅변을 담고 있었으나, 내게는 온통 불투명했다. 내가 그냥 공감한다는 듯 고개를 끄덕이기만 해도, 그러고 나서 진지하기 짝이 없는 표정을 짓기만 해도 이 가면극을 계속 이어갈 수 있을 것이다. 하지만 이 가면극의 목적이 무엇인가? 여기에 애당초 목적이 있었다 해도, 나는 나를 괴롭히는 이 사람의 무모한 말솜씨에 너무 감정적인 자극을 받은 나머지, 그 목적이 무엇인지 기억해낼 수도, 연극을 계속 이어갈 수도 없었다. 이미 들을 만큼 들었다. "이봐요." 내가 말했다. 조용하고 낮은 목소리였지만, 일단 말을 시작하고 나니 놀랍게도 내 통제를 완전히 벗어나버렸다. "나치는 손을 부러뜨리지 않았습니다. 인간들을 대규모로 말살하는 일을 했죠. 그들은 죽음을 제조하는 과정을 만들어냈습니다. 부탁인데, 이미 기록이 남아 있는 역사를 은유로 쓰지 마세요!"

　이 말과 함께 나는 벌떡 일어섰다. 내가 조지의 다리를 밀며 통로로 나가는 동안 판사가 이번에는 두 번 법봉을 휘둘렀다. 뒷줄에서는 군인 네 명이 곧바로 일어섰고, 내가 가려던 문 옆의 무장 경비병이 내 앞을 막으려고 움직이는 것이 보였다. 그때 이해가 빠른 판사가 법정 전체를 향해 영어로 선언하듯 말했다. "로스 씨가 우리의 신식민주의적 행동에 도덕적으로 경악하셨습니다. 길을 내어주세요. 바람을 쐬셔야 할 것 같습니다." 그가 곧이어 히브리어로 뭐라고 하자 문을 막고 있던 경비병이 옆으로 물러났다. 나는 문을 밀어서 열고 마당으로 나갔다. 하지만 혼자 예루살렘으로 돌아갈 방법을 미처 생각해보기도 전에, 내가 법정 안에 두고 온 사람들이 모두 문에서 쏟아져 나왔다. 조지와 카밀만 없었다. 그 둘도 체포되었나? 열린 문을 통해 안을 들여다보니, 피고석의 죄수들은 사라지고 단상을 제외한 법정 전체가 텅 비어 있었다. 군사법정의 재판관 의자 옆에 내 일행 두 명이 서 있었다. 재판관이 두 사람과 직접 이야기를 나눠보려고 휴정을 선포한 것 같았는데, 마침 판사는 말을 하는 것이 아니라 조지의 말을 듣는 중이었다. 거품을 물고 말하는 조지 옆에서 카밀은 조용히 서 있었다. 주머니에 양손을 넣은 이 키 큰 남자는 인내로 위장된 계산으로 공격력을 억누른 공격자였다.

　커다란 덩치에 수염을 기르고 정수리 모자를 쓴 변호인은 내게서 1미터 남짓 떨어진 곳에서 열심히 담배를 피우고 있었다. 내가 그쪽으로 고개를 돌리자 그가 빙긋 웃었다. 바늘을 품은 미소였다. "그래." 우리가 말을 주고받기도 전에 이미 교착상태에 봉착하기라도 한 것처럼 그가 말했다. 그는 피우던 담배를 미친 듯이 뻑뻑 빨며 피우다가 꽁초로 새 담배에 불을 붙였다. 그리고 다시 입을 열었다. "그래, 사람들이 이야기하던 그분이 로군요."

법정에서 내가 아랍인 피고의 형이자 지역적인 유명인사인 사람과 내밀한 이야기를 나누는 모습을 보고 그는 만약 내 생각이 어느 한쪽으로 기울어져 있다면 그 자신의 생각과 크게 다르지 않을 것이라고 생각했을 것이다. 설사 그것이 틀린 생각이라 해도, 나는 그의 지독한 경멸을 전혀 예상하지 못했다. 그도 적대적이었다. 하지만 내게 적대적인 건가, 아니면 피픽에게 적대적인 건가? 알고 보니 둘 다에게 조금씩 적대적이었다.

"그래요, 당신이 입을 열면, 거기서 무슨 말이 나오든 온 세상이 주의를 기울이죠." 그가 말했다. "유대인들은 가슴을 두드리기 시작합니다. '그가 왜 우리에게 반대하지? 왜 우리에게 찬성하지 않아?' 하고요. 정말 굉장한 기분일 겁니다. 당신이 무엇에 찬성하거나 반대한다는 사실이 그토록 중요하다니."

"촌구석에서 좀도둑을 대변하는 변호사로 사는 것보다는 확실히 기분 좋은 일입니다."

"몸무게 113킬로그램의 정통파 유대인 변호사입니다. 나의 하찮음을 축소하지 마세요."

"꺼져요." 내가 말했다.

"여기 얼간이들이 아랍인을 변호한다는 이유로 내게 달려들 때면, 나는 보통 놈들 말에 신경을 쓰지 않습니다. '생계를 위해 하는 일이야. 나 같은 악덕 변호사한테 뭘 기대하는 거야?' 이렇게 말하죠. 아랍인들은 뚱뚱한 남자를 존중하니까, 뚱뚱한 남자는 놈들을 제대로 뜯어먹을 수 있다고 말합니다. 하지만 조지 지아드가 이 법정에 좌파 유명인사인 지인들을 데려오면, 내가 보기에도 내가 거의 그 사람들 못지않게 비열해 보입니다. 적어도 당신은 자기발전을 위해서라는 변명이라도 있죠. 제3세계에서 활동한 이력 없이 어떻게 스톡홀름까지 가겠습니까?"

"물론이죠. 전부 그 상을 받으려는 노력입니다."

"그 화려한 놈, 법정의 음유시인한테서 아직 듣지 못했습니까? 불타는 빌딩의 이야기? '불타는 빌딩에서 뛰어내리면 길을 걷고 있던 사람의 등에 떨어질지도 모른다. 아주 불행한 사고다. 그렇게 되면 당신이 그 남자의 머리를 막대기로 두드릴 필요가 없을 것이다. 하지만 웨스트뱅크에서는 그런 일이 실제로 일어난다. 먼저 놈들은 자신의 목숨을 구하려고 누군가의 등에 떨어진 뒤, 머리를 두드려댄다.' 아주 민담 같죠. 아주 진짜 같습니다. 그자가 당신의 손을 아직 잡지 않았습니까? 잡을 겁니다. 아주 마음이 술렁거리게. 당신이 떠나려고 하면. 그 순간 카밀은 아카데미상급의 연기를 펼칩니다. '당신은 이곳을 떠나 잊어버리겠죠. 그녀도 이곳을 떠나 잊어버리고, 조지도 이곳을 떠날 겁니다. 잘은 몰라도, 어쩌면 조지조차 잊어버릴지도 모릅니다. 하지만 매를 맞는 사람의 경험은 매를 헤아리는 사람의 경험과 다릅니다.' 그래요, 당신은 그들에게 인기가 많습니다, 로스 씨. 유대인판 제시 잭슨이에요. 촘스키 천 명과 맞먹죠. 아, 저기 오는군요." 그는 법정에서 마당으로 나오는 조지와 카밀을 바라보았다. "이 세상이 아끼는 희생자들. 저들의 꿈이 뭘까요? 팔레스타인일까요, 아니면 팔레스타인과 이스라엘일까요? 언젠가 저 둘에게 진실을 말해달라고 부탁해보십시오."

조지와 카밀은 우리 옆에 오자마자 덩치 큰 변호사와 악수했다. 변호사는 각자에게 담배를 한 개비씩 권했다. 내가 담배를 거절하자, 그는 자기 몫의 담배에 불을 붙이고 웃기 시작했다. 거칠고 찢어지는 듯한 소음에 동굴 같은 소리가 깔려 있어서, 기관지에 좋지 않았다. 앞으로 담배를 천 갑쯤 더 피운다면, 그는 제시 잭슨이나 나 같은 좌파 유명인사들의 역겨운 순진함을 다시 견딜 필요가 없는 상태가 될지도 모른다. 그는 조지와 카밀에게 이렇게 설명했다. "이 저명한 작가께서는 우리의 진심을 어떻게 받아들여야 할지 모르십니다." 그러고 나서 그는 내게 속내를 털어놓았다. "여기는 중동입니다. 우리는 모두 미소를 지으며 거짓말하는 법을 알죠. 진실성은 이 세계에 속하지 않습니다만, 여기 토박이 청년들은 일부러 진실하지 않게 구는 재주를 갖고 있습니다. 아랍인들에게서 찾아볼 수 있는 것이 바로 그겁니다. 두 가지 역할을 모두 동시에 지극히 자연스럽게 수행하는 것. 글을 쓸 때의 당신처럼 너무나 진짜 같은 모습을 보이다가, 누가 밖으로 나가면 그들은 돌아서서 완전히 반대로 행동합니다."

"그 이유를 뭐라고 생각하십니까?" 내가 그에게 물었다.

"사람은 이득을 위해서라면 무엇이든 합니다. 이건 아주, 아주 기본이죠. 사막에서 온 겁니다. 저 풀잎은 내 것이고, 내가 기르는 짐승은 그 풀을 먹지 못하면 죽는다. 우리 집 짐승이 먹을 것이냐, 너희 집 짐승이 먹을 것이냐. 여기서부터 이득이 생겨나서 모든 이중성을 정당화해줍니다. 이슬람에는 타키야^{시아}파 신도들이 박해의 위험이 있을 때 신앙을 감추는 행위라는 개념이 있습니다. 영어로는 대개 '위장'이라고 하죠. 시아파에서 특히 강하게 나타나지만, 사실은 이슬람 문화 전체에 퍼져 있습니다. 원론적으로 말

204

하자면, 위장은 이슬람 문화의 **일부**입니다. 위장을 허락하는 분위기는 널리 퍼져 있습니다. 사람이 스스로 위험해지는 말을 하지는 않을 것이라고 보는 문화, 상대가 분명히 솔직하고 진실하지는 않을 것이라고 보는 문화죠. 솔직한 말을 한다면 바보 취급을 받을 겁니다. 사람들은 겉으로 드러내는 입장과 상당히 다른 생각을 속에 품고 있으면서, 사적인 자리에서는 완전히 다른 행동을 보입니다. 이런 걸 가리키는 표현도 있어요. 라말 무타하리카. '움직이는 모래'라는 뜻입니다. 예를 하나 들어보죠. 그들은 시온주의에 반대한다고 온갖 허풍을 떨면서도, 위임통치 시절 유대인에게 땅을 팔았습니다. 흔해빠진 기회주의자들뿐만 아니라, 거물급 지도자들까지도. 하지만 그들에게는 이것 역시 정당화해주는 훌륭한 속담이 있습니다. Ad-daroori lih achkaam. '필요에는 나름의 규칙이 있다.' 위장, 두 얼굴, 비밀스러움. 모두 당신 친구들이 높이 평가하는 것들입니다. 그들은 자신의 진짜 생각을 다른 사람들이 알 필요는 없다고 봅니다. 유대인과는 아주 다르죠. 유대인들은 자기 마음속의 생각을 모든 사람에게 쉴 새 없이 떠들어대잖아요. 옛날에 나는 하느님이 유대인의 양심을 괴롭혀 계속 유대인다움을 유지하게 하려고 유대인에게 아랍인을 주신 것 같다고 생각했습니다. 조지와 그 시인을 만난 뒤로 생각이 달라졌지만요. 하느님이 아랍인을 보내신 건, 속임수를 정제하는 법을 아랍인에게서 배우라는 뜻이었습니다."

"그럼 하느님이 아랍인에게 유대인을 주신 이유는 뭡니까?" 조지가 그에게 물었다.

"아랍인에게 벌을 내리신 겁니다." 변호사가 대답했다. "이걸 누구보다 잘 아실 텐데요. 물론, 알라에게서 멀어진 아랍인을 벌하시는 겁니다. 조지는 아주 대단한 죄인입니다." 그가 내게 말했다. "신에게서 멀어지는 것에 대해 조지는 재미있는 이야기들을 갖고 있습니다."

"내가 죄인이라지만 시무엘°은 그보다 더한 배우야." 조지가 말했다. "우리 사회에서 시무엘은 성자의 역할을 하지. 아랍인의 시민권을 옹호하는 유대인이니까. 유대인 변호사가 변호인으로 나선다면, 법정에서 조금이라도 기회를 얻을 수 있어. 심지어 데미야뉴크도 이런 식으로 생각한다고. 그래서 자기 변호인인 오브라이언 씨를 버리고 셰프텔을 변호사로 선임했지. 그자도 이런 방법이 도움이 될 거라는 망상에 빠져 있거든. 일전에 들었는데, 데미야뉴크가 셰프텔에게 이렇게 말했다네. '처음부터 유대인 변호사를 썼다면, 지금 이렇게 곤경에 빠지지도 않았을 텐데요.' 물론 시무엘이 셰프텔은 아니지. 셰프텔은 기성체제에 반발하는 슈퍼스타야. 그 우크라이나인한테서 짜낼 수 있는 걸 모두 짜낼걸. 이 트레블링카 간수 사건으로 50만 달러는 벌어들일 거야. 성자 시무엘의 소박한 방식과는 다르지. 성 시무엘은 가난한 피고인들이 변호사비를 아무리 조금 줘도 신경 쓰지 않아. 왜 신경을 쓰겠나? 다른 데서 돈을 받고 있는데. 신베트가 모든 가정에서 한 사람을 정보원으로 매수해 우리 삶을 타락시키는 것만으로는 충분하지 않지. 이미 억압받는 사람들한테 그렇게 뱀처럼 구는 것만으로도 충분하지 않을 거야. 억압만 받는 게 아니라, 이미 많은 굴욕까지 당하고 있는데도 말이지. 인권변호사라 해도 반드시 첩자가 되어야 해. 그런 사람조차 놈들은 반드시 타락시켜야 직성이 풀리는 거야."

"조지는 정보원들을 너무 나쁘게만 봅니다." 유대인 변호사가 내게 말했다. "그래요, 첩자가 아주 많습니다. 안 될 것 뭐 있습니까? 이 지역에서는 전통적인 직업인데요. 실제로 활동하는 사람들의 솜씨가 아주 놀라운 수준이기도 하고요. 여기서는 정보를 주고받는 고귀하고 유구한 전통이 있습니다. 단순히 영국인에게만, 투르크인에게만 정보를 판 것이 아닙니다. 이건 유다의 시대까지 거슬러 올라가는 직업이에요. 문화적 상대주의를 받아들이세요, 조지. 정보를 주고받는 것은 여기서 삶의 방식 중 하나예요. 모든 사회에 존재하는 특유의 생활방식만큼 이것도 존중해달란 말입니다. 당신은 오랜 시간 해외에 살면서 지식의 플레이보이 노릇을 했습니다. 동포들과 너무나 오랫동안 떨어져 있어서, 내가 이런 말을 해도 될지 모르겠습니다만, 은혜를 베푸는 듯한 이스라엘 제국주의자의 개와 거의 비슷한 시선으로 동포들을 평가합니다. 정보전달에 대해 말하지만, 그렇게 정보를 주면 온갖 굴욕에서 잠시 벗어날 수 있습니다. 정보원 활동이 지위를 주고, 특권을 줘요. 부역하는 행위가 당신 사회에서 가장 평가받는 일 중 하나이니, 부역자의 목을 그렇게 성급하게 베어버리면 안 됩니다. 그들의 손을 불태우고 그들을 돌로 쳐 죽이는 건 사실 인류학적인 수준의 범죄예요. 당신의 입장에서는 멍청한 짓이기도 하고요. 라말라의 사람들은 다른 사람들을 모두 정보원이 아닌가 하고 의심합니다. 그러니 언젠가 성질 급한 어느 멍청이가 당신을 부역자로 오해해서 당신 목을 베어버릴 수도 있어요. 만약 내가 그런 소문을 직접 퍼뜨린다면 어쩔 겁니까? 내가 그런 소문을 퍼뜨리면서 생각만큼 불쾌해하지 않을 수도 있어요."

"시무엘." 조지가 말했다. "당신이 할 일을 하세요. 원한다면 가짜 소문을 퍼뜨려도……."

두 사람이 계속 이렇게 티격태격하는 동안 카밀은 조금 떨어진 곳에 서서 조용히 담배를 피웠다. 그는 두 사람의 대화에 전혀 귀를 기울이는 것 같지 않았다. 사실 그가 굳이 그 대화를 들을 이유도 없었다. 이 쏩쓸한 희극은 그가 아니라 오로지 내게 상황을 알리기 위한 것임이 분명했다.

마당 반대편 끝에서 함께 담배를 피우던 군인들이 법정 문을 향해 돌아오기 시작했다. 시무엘 변호사도 손으로 입을 가리고 흙바닥을 향해 기침을 한 뒤 우리 중 누구에게도 더 이상 날선 말을 던지지 않고 갑자기 자리를 떴다.

시무엘이 사라진 뒤 카밀이 내게 말했다. "내가 당신을 다른 사람으로 착각했습니다."

이번엔 또 누구로 착각한 거지? 나는 그의 이야기를 기다렸으나, 한동안 그는 아무 말도 하지 않았다. 또 다른 생각을 하고 있는 것 같았다. "할 일이 너무 많아요." 마침내 그가 설명했다. "시간은 부족하고요. 우리 모두 과로와 스트레스에 지쳐 있습니다. 잠을 자지 않으면 사람이 멍청해지죠." 진중한 사과였다. 그의 모든 면이 그렇듯이 그 진중함도 내게는 무거웠다. 그가 이 분마다 한 번씩 상대의 면전에서 분노를 터뜨리는 사람이 아니라서 조지의 분노보다 그의 분노가 더 무서울 것 같다는 생각이 문득 들었다. 도시 발굴 사업중에 땅에서 파낸 제2차 세계대전 때의 불발탄 가까이에 있는 기분이었다. 카밀이 만약 분노를 터뜨린다면 엄청난 피해가 발생할 것 같았다(조지에 대해 생각할 때는 이런 상상을 하지 않았다).

"누구로 착각했는데요?" 내가 물었다.

그가 미소를 짓는 모습에 나는 깜짝 놀랐다. "당신으로요."

장난을 친 적이 한 번도 없을 것 같은 사람이 이렇게 빙긋 웃는 것이 불길했다. 지금 사정을 다 알고 하는 말인가, 아니면 더 이상 할 말이 없다는 뜻으로 하는 말인가? 그가 연기를 한다고 해서 반드시 지금 연극이 진행중인 것은 아니었다. 오히려 정반대였다.

"그렇군요." 나는 우호적인 태도를 가장했다. "어떻게 착각하게 된 건지 알 것 같습니다. 하지만 나는 여기 있는 다른 사람들과 마찬가지로 나 자신입니다."

이 말의 무엇이 그를 자극했는지, 그는 그 수상쩍은 미소를 짓기 전보다 훨씬 더 엄격한 표정을 지었다. 나는 그가 무엇을 하려는 건지 정말 알 수 없었다. 카밀은 마치 자기만 아는 암호를 말하는 것 같았다. 아니면 그냥 내게 겁을 주려는 것일 수도 있었다.

조지가 말했다. "판사가 카밀의 동생을 병원에 보내야 한다는 주장을 받아들였어. 카밀이 여기 남아서 동생이 정말로 병원에 가는지 확인할 거야."

"동생한테 아무 일도 없어야 할 텐데요." 내가 말했다. 하지만 카밀은 그 소년에게 직접 주사를 놓은 사람을 바라보듯이 나를 계속 보았다. 나를 다른 사람으로 착각했다고 사과한 뒤, 이제는 내가 다른 나보다 더욱더 경멸스러운 인간이라는 결론을 내린 것 같았다.

"그래요." 카밀이 대답했다. "당신은 측은지심이 있군요. 아주 많이. 여기서 저질러지는 일을 눈으로 직접 본 사람이라면 측은지심을 느끼지 않기가 힘들죠. 하지만 그 측은지심이 앞으로 어떻게 될지 말해줄까요? 당신은 여길 떠날 겁니다. 그리고 일 주, 이 주, 길어야 한 달이 지나면 여기 일을 잊겠죠. 시무엘 변호사 또한 오늘 밤 집으로 돌아가 집 안으로 들어가기도 전에, 저녁식사를 마치고 자녀들과 놀아주기도 전에, 여기 일을 잊을 겁니다. 조지도 여길 떠날 겁니다. 어쩌면 조지조차 다 잊어버릴 수 있어요. 오늘은 아닐지라도 내일은. 조지는 전에도 한 번 잊은 적이 있습니다." 그는 성난 표정으로 유치장을 가리켰지만, 그의 목소리는 지극히 온화했다. "매를 맞는 사람의 경험과 매의 횟수를 헤아리는 사람의 경험은 다릅니다." 이 말을 마친 뒤 그는 동생이 유대인들의 손에 갇혀 있는 곳으로 돌아갔다.

조지는 아내에게 전화해서 곧 손님을 데리고 간다고 알려야겠다고 말했다. 그래서 우리는 법원단지 앞쪽의 문으로 걸어 갔다. 경비를 서는 사람이 하나도 없었다. 조지는 간단히 문을 밀어서 열고 안으로 들어갔다. 나도 바짝 뒤를 따랐다. 조지 같은 팔레스타인인과 나 같은 완벽한 이방인이 복도를 걸어가는데 도 제지하는 사람이 하나도 없는 것이 놀라웠다. 그때까지 우리는 심지어 무기가 있는지 여부를 확인하는 검문을 당한 적이 한 번도 없었다. 복도 끝의 사무실에서 여성 군인 세 명, 열여덟 살이나 열아홉 살쯤 된 것 같은 젊은 이스라엘 여성들이 열심히 타자를 치고 있었다. 라디오에서 일반적인 록 음악이 흘러나왔다. 우리가 열린 문틈으로 수류탄 하나만 던져 넣어도 카밀의 동생 대신 복수를 할 수 있을 것 같았다. 왜 누구도 그런 가능성을 생각하지 않는 거지? 타자를 치던 군인 중 한 명이 고개를 들자, 조지는 전화기를 빌려 쓸 수 있느냐고 히브리어로 물었다. 그녀는 대충 고개를 끄덕였다. "샬롬, 조지." 그때 나는 이런 생각이 들었다. 조지는 진짜 부역자가 맞네.

조지는 아내에게 영어로 말했다. 예루살렘에서 우연히 아주 친한 친구인 나를 만났는데, 1955년에 헤어지고 이번에 처음 만난 거라고. 나는 더럽고 우중충한 사무실 벽에 걸린 포스터들을 보았다. 아마 타자수를 겸한 군인들이 이곳이 어떤 사무실인지를 잊으려고 붙여놓은 듯했다. 콜롬비아에서 만든 여행 포스터, 수련이 피어 있는 연못에서 귀엽게 헤엄치는 새끼 오리들을 찍은 포스터, 평화로운 벌판에 야생화가 지천으로 피어 있는 모습을 찍은 포스터……. 이 포스터들에 완전히 푹 빠진 척하면서 나는 속으로 생각했다. 조지는 이스라엘의 첩자야. 지금 나를 염탐하고 있어. 하지만 내가 올바른 내가 아니라는 사실을 모를 정도라면, 첩자의 자격이 있는 걸까? 그리고 시무엘은 왜 조지의 정체를 폭로했을까? 시무엘 자신도 신베트를 위해 일한다면서. 아니, 그는 PLO의 첩자겠지. 아니, 그는 누구의 첩자도 아닐 거야. 아무도 첩자가 아니야. **내가** 첩자야!

말에 관한 한 내가 어느 정도 통달해서 많은 요령을 알고 있을 것 같겠지만, 이렇게 부글거리는 증오, 말로 상대를 총살해버리는 사람들, 헤아릴 수 없는 의심, 조롱과 분노로 가득한 대화, 맹렬한 토론 그 자체인 삶, 못 하는 말이 전혀 없는 대화 속에서는…… 그래, 차라리 정글에 가 있는 편이 나을 것이다. 거기서는 짐승의 포효가 정말로 포효라서, 그 의미를 놓치기가 힘들 테니까. 여기서 나는 싸움의 저변에 깔려 있는 것과 은밀한 그림자 속에서 이루어지는 싸움을 아주 어렴풋하게만 이해할 뿐이었다. 다른 사람들의 행동과 마찬가지로 나 자신의 행동도 그다지 현실처럼 보이지 않았다.

조지는 나와 함께 언덕을 내려와 경비초소를 통과하면서, 자신이 점령지의 비참한 삶을 아내와 아들에게 강요했다고 자책했다. 두 사람 모두 전선의 삶을 견딜 만큼 강하지 않다고 했다. 하지만 안나°의 경우에는, 어머니를 잃고 혼자되신 아버지와 사실상 옆집에서 사는 보상을 누리고 있었다. 그녀는 미국에서 살 때 아버지의 건강이 점점 나빠진다며 크게 걱정하곤 했다. 라말라의 부유한 사업가로 여든 살에 가까운 안나의 아버지는 안나가 열 살 때인 1950년대 중반부터 딸을 최고의 학교에 보내려고 신경을 썼다. 그래서 처음에는 베이루트의 그리스도교 여학교에 딸을 보냈고, 그다음에는 미국으로 보냈다. 안나가 미국에서 만나 결혼한 조지 역시 그리스도교인이었다. 안나는 보스턴의 광고회사에서 레이아웃 담당으로 오랫동안 일했다. 여기서는 선전용 포스터, 팸플릿, 전단지 등을 생산하는 공장을 운영했다. 워낙 은밀히 해야 하는 일이라서 매일 여러 건강문제에 시달렸으며, 일주일에 한 번씩 편두통을 겪었다. 그녀는 밤에 이스라엘 기관원들이 와서 자신이 아니라 열다섯 살인 아들 마이클°을 잡아갈까 봐 항상 두려워했다.

하지만 조지에게 선택의 여지가 있었던가? 보스턴에 살 때 그는 쿨리지 홀에서 열린 중동 세미나에서 이스라엘을 옹호하는 사람들에게 맞섰다. 자신이 주최한 디너파티를 망치는 한이 있더라도 유대인 친구들의 말을 고집스럽게 반박했으며, 〈보스턴글로브〉에 독자 의견을 써서 보내고, 크리스 라이든이 자신의 프로그램에서 네타냐후 같은 사람과 삼 분 동안 전투를 벌일 사람을 원할 때마다 WGBH°보스턴의 공영 라디오에도 출연했다. 하지만 미국 대학에서 임기를 보장받은 교수로서 안전하고 만족스러운 삶을 누리며 점령자에게 이상주의자처럼 항거하는 생활은, 투쟁과 연결되는 것을 거부하며 살던 시절의 기억보다도 훨씬 더 양심을 찔러댔다. 하지만 이제는 여기 라말라에서 자신이 해야 할 일을 하면서, 자신과 함께 돌아온 안나와 마이클을 끊임없이 걱정했다. 조지는 아들의 반항을 미처 예상하지 못했다고 말했다. 하지만 나는 그의 설명을 들으면서, 어째서 예상하지 못했는지 의아했다. 교외 마을인 뉴턴에 살 때 마이클이 자기 방을 장식한 애국적인 낙서들을 보며 그 대의를 얼마나 영웅적으로 바라보았는지는 몰라도, 지금은 시대에 뒤떨어진 삶의 방식을 명령하는 둔감한 아버지의 손에 사란 사춘기 아들답게 자아실현을 방해하는 장애물에 반응하고 있을 뿐이었다. 조지는 장인의 경제적인 지원을 마지못해 받아들이기 직전이었고, 안나의 고집대로 마이클을 뉴잉글랜드의 기숙학교로 보내 고등학교를 마치게 해야 하나 고민중이었다. 조지는 아이가 이제 다 컸으니 여기에 남아 이곳의 냉혹한 현실을 배우면서 피할 수 없는 시련을 동포들과 공유하고 조지의 아들로서 감당해야 하는 현실을 받아들일 수 있을 것이라고 믿었다. 그러니 마이클과 언쟁을 하다 보면, 옛날 자신이 아버지와 멀어지는 계기가 되고 아버지와 자신을 모두 비참하게 만들었던 뼈아픈 갈등이 재현되었다는 사실에 더욱더 괴로웠다.

마이클이 얼마나 미숙한 풋내기인지는 몰라도, 나는 그 아이가 안쓰러웠다. 세대마다 아버지들이 아들들의 등에 수치스러운 민족주의를 얹어놓고, 다음 세대에 투쟁을 강요한다는 생각이 들었다. 그것이 이들 가족의 거대한 드라마이자, 조지 지아드를 바위처럼 짓누르는 문제였다. 미국에서 자란 십대 소년인 마이클의 본능은 그가 역사를 무시하고 자유롭게 행동하는 또 하나의 배은망덕한 세대가 되는 것이 당연하다고 말한다. 조지 역시 아버지들의 가슴 아픈 역사를 그대로 따르며, 자신이 그 옛날 이기적으로 대적했던 아버지의 유령을 달래려는 자신의 어른다운 욕구 앞에서 아들의 맹목적인 이기심이 모두 항복하기를 기대한다. 조지는 아버지에게 했던 잘못을 보상해야 한다는 생각에 사로잡혀 있었다. 그런데 이런 시도를 해본 사람이라면 누구나 알듯이, 아버지에게 했던 잘못을 보상하는 일은 어렵다. 케케묵은 병적인 생각들을 죄책감이라는 도끼로 쳐내며 나아가야 하기 때문이다. 그러나 조지는 자아분열이라는 문제를 단번에 해결하겠다고 나선 참이었고, 이런 경우 대개 그렇듯이 복수심에 절제를 잃었다. 이런 사람들에게 미봉책은 생각할 필요도 없다. 하지만 조지는 원래 이런 사람이 아니었던가? 그는 시카고에서 지로 살 적에 다른 사람들의 삶, 우리의 삶과 융합된 삶을 원했다. 그리고 지금은 여기서 그들의 삶과 융합하려고 처음부터 다시 시작하면서 내적인 갈등을 가차 없는 단순화로 가라앉혔으나 결코 성공하지 못했다. 그렇다고 보스턴에서 분별 있는 중산층으로 살아가는 방식이 성공한 것도 아니었다. 그가 자신의 삶을 리모델링하기 위해 아무리 격렬한 실험을 해봐도 그의 삶은 장소와 상관없이 누구의 삶과도 융합하지 못하는 것 같았다. 정말이지 자아처럼 작디작은 것 안에 서로 다투는 소자아들이 있고, 그 소자아들 또한 그보다 더 작은 소자아들로 구성되어 있다는 사실이 놀라웠다. 이런 구조가 계속 이어졌다. 하지만 이보다 더욱더 놀라운 것은, 교육수준이 높아 어엿한 교수인 성인 남자가 **자아통합**을 추구한다는 점이었다!

내 머릿속에도 몇 달 전부터 여러 자아가 존재했다. 할시온 때문에 신경쇠약에 걸렸을 때부터 생겨난 이 자아들은 모이세 피픽의 등장으로 다시 자극을 받았기 때문에, 어쩌면 내가 지금 조지에 대해 하는 생각이 지나치게 주관적일 수 있었다. 하지만 나는 조지가 무슨 말을 하든, 아내와 아들처럼 가까운 사람들 때문에 절망할 때조차 내가 보기에는 말의 앞뒤가 맞지 않는 이유를 불완전하게나마 어떻게든 이해해볼 생각이었다. 그의 말을 들으면서 나는 자신의 모순 때문에 몸부림치며, '자아를 찾는 것'은 둘째 치고 자신이 소속감을 느끼는 곳조차 평생 찾지 못할 운명의 남자가 감당할 수 없는 일에 휘말려 스스로도 어쩌지 못하는 것 같다는 생각이 자꾸 들었다. 요약하자면, 그의 학자적인 기질이 역사를 만들겠다는 광적인 분노에 잡아먹혔고, 절박한 양심의 가책보다는 기질적인 부적응성이 내가 본 지리멸렬한 모습, 지나친 흥분, 광적인 다변, 지적인 이중성, 판단력 부족, 선전선동적인 어법의 원인이라고 할 수 있을 것 같았다. 상냥하고 명민하고 호감이 가던 조지 지아드가 지금 이렇게 완전히 뒤집어진 원인이 그것 같았다. 아니면 그냥 불의의 문제인 것 같기도 했다. 거대하고 지속적인 불의라면 점잖은 사람도 얼마든지 미쳐버리게 할 수 있지 않은가?

우리는 이스라엘 군인들이 주민들을 끌고 가 두들겨 패고 뼈를 부러뜨려서 굴복시킨 장소인 피투성이 벽으로 순례를 가려 했으나, 중앙광장 주위의 통행이 모두 차단되어 있어서 뜻을 이루지 못했다. 사실 우리는 라말라 시내 반대편에 있는 조지의 집까지 갈 때도 길을 우회해서 외곽의 야산들을 통과해야 했다. "옛날에 아버지는 이 야산들도 그리워하면서 우셨어. 봄에도 여기서 피던 아몬드 꽃 냄새가 나는 것 같다고 말했지. 봄에는 맡을 수 없는 냄새인데." 조지가 내게 말했다. "아몬드 꽃은 2월에 피거든. 난 항상 상냥하게 아버지의 과장법을 수정해줬네. 아버지는 왜 남자답게 울음을 그치지 못했을까?"

조지는 뒷길을 빙빙 돌아 시내를 향해 오르막길을 올라가는 동안 내내 스스로를 나무라며 체념한 어조로 이렇게 자신을 고발하는 기억들을 지친 듯이 늘어놓았다. 그렇다면 내가 처음에 했던 생각이 옳은 건지도 모른다. 정말로 후회가 이렇게 가혹하고 엄청난 변화를 결정했을 뿐만 아니라, 비참한 절망까지도 강화한 건지 모른다. 그래서 그 절망이 모든 것을 오염시켜, 조지 역시 과장법을 기본으로 사용하게 되었을 것이다. 인생이 망가진 아버지의 감상적이고 두서없는 이야기에서 사춘기 소년답게 잘못된 부분을 찾아내 심술궂게 공격했던 지아드 박사의 아들이 이제 중년이 되어 치를 수 있는 대가를 넘칠 만큼 치르고 있는 것 같았다.

물론 그의 모든 행동이 연기가 아니라면.

꠲

조지의 집은 한곳에 모여 있는 여섯 채의 석조주택 중 하나였다. 커다란 정원이 각각 경계선 역할을 하는 이 주택들은 작은 계곡까지 이어진 그림 같은 올리브 숲 주위에 옹기종기 모여 있었다. 안나가 어렸을 때는 일가친척들이 이곳에 모여 살았으나, 지금은 그들이 대부분 다른 나라로 이주해버렸다. 날이 어스름해지면서 얼얼한 추위가 몰려와서, 집 안의 좁은 거실 한쪽 끝에 있는 작은 벽난로에서는 장작 몇 개가 타고 있었다. 보기 좋은 광경이었으나 집 안 구석구석에 퍼져 뼛속을 파고드는 차갑고 습한 공기를 누그러뜨리는 데에는 효과가 없었다. 그러나 의자와 소파에 밝은 천이 걸쳐져 있고, 현대적이고 기하학적인 디자인의 깔개 여러 장이 울퉁불퉁한 돌바닥 여기저기에 흩어져 있어서 전체적인 분위기는 밝고 경쾌했다. 놀랍게도 책은 어디서도 보이지 않았다. 아마 조지는 대학의 자기 연구실에 책을 보관하는 편이 더 안전하다고 생각한 모양이었다. 하지만 소파 옆 탁자에는 아랍어 잡지와 신문이 많이 놓여 있었다. 안나와 마이클은 두툼한 스웨터 차림으로 우리와 함께 벽난로 앞에 앉아 뜨거운 차를 마셨다. 나는 컵을 잡고 손을 녹이며 속으로 생각했다. 보스턴에서 살다가 지금은 지상의 지하실 같은 이런 집에서 살다니. 던전의 차가운 냄새가 모든 것에 배어 있었다. 등유 난로 냄새도 났다. 난로 자체의 상태도 그리 좋지는 않은 것 같았으나, 어쨌든 거실이 아니라 다른 방에 있는 듯했다. 거실에서 격자 모양의 유리문을 열고 나가면 정원이 나왔다. 높이가 4.5미터는 되어 보이는 둥근 천장에는 날개 네 개짜리 선풍기가 아주 긴 줄에 매달려 있었다. 날이 따뜻해지면 이곳이 어떤 매력적인 모습이 될지 짐작이 갔지만, 지금은 아늑하고 편안한 집이라고 할 수 없었다.

안나는 몸집이 아주 작아서 거의 무게가 나갈 것 같지 않았다. 그 놀라운 눈이 자리할 공간을 마련해주는 것만이 그녀의 몸이 지닌 유일한 목적인 것 같았다. 눈이 그녀의 거의 전부였다. 강렬하고 동그란 눈, 어둠 속에서도 볼 수 있는 눈, 남자의 주먹과 거의 비슷한 크기의 삼각형 얼굴에 여우원숭이의 눈처럼 박혀 있는 눈. 그다음으로 눈에 들어온 것은 거식증에 걸린 것 같은 몸을 텐트처럼 감싼 스웨터와 그 아래로 삐죽 빠져나와 아기의 것 같은 운동화를 신고 있는 두 발이었다. 조지의 아내라면 안나보다 더 풍만하고 풍성한 야행성 동물을 닮았을 줄 알았는데, 이십 년 전 두 사람이 보스턴에서 처음 만나 결혼했을 무렵에는 낮에는 사라졌다가 밤에만 나와서 삶을 이어가는(이것도 삶이라고 부를 수 있을지는 모르겠다) 이 쫓기는 동물 같은 모습보다는 더 활달하고 기운찬 면이 있었는지도 모르겠다.

마이클은 이미 제 아버지보다 머리 하나가 더 컸지만, 몸은 지극히 비쩍 말랐고, 머리카락은 갈색이었다. 피부가 대리석 같고 얼굴이 예쁘장한 소년은 수줍음 때문에(아니면 분노 때문일 수도 있었다) 말도 없고 움직임도 없었다. 조지는 유대인이 디아스포리즘처럼 독창적인 아이디어를 내놓은 것을 사십 년 만에 처음 들었다면서, 이것이 정직한 역사와 도덕을 기반으로 정말로 해결책을 제시해줄 것처럼 보이는 첫 번째 아이디어이기도 하다고 설명하는 중이었다. 그는 팔레스타인을 정의롭게 분할하는 유일한 방법은 이곳의 토박이 주민들이 아니라 처음부터 이방인으로서 감정이 좋지 않던 주민들을 이주시키는 것이라는 점을 디아스포리즘이 처음으로 인정했다는 사실도 언급했다……. 그가 이런 말을 하는 동안 내내 마이클의 시선은 내 무릎 위 약 30센티미터 지점에 온전히 주의를 집중할 수밖에 없는 투명한 점이 존재하기라도 하는 것처럼 계속 못 박혀 있었다. 안나 역시 디아스포리즘을 주창한 유대인이 자신의 집에 와서 차를 마시고 있다는 사실에서 이렇다 할 희망을 보지 못하는 것 같았다. 조지만이 아주 심하게 넘어간 것 같았다. 미친 듯이 절박한 사람은 조지뿐이었다……. 그의 모든 행동이 연기가 아니라면.

물론 디아스포리즘 같은 주장에 시온주의자들이 보일 반응은 경멸뿐이라는 사실을 조지도 이해하고 있었다. 시온주의의 신성한 가르침이 사기에 불과하다는 사실을 디아스포리즘이 폭로했기 때문이다. 조지는 여기서 멈추지 않고, 나의 열렬한 옹호자가 되어야 마땅한 팔레스타인인 중에도 카밀처럼 디아스포리즘의 정치적인 잠재력을 이해할 상상력이 부족해서 디아스포리즘이 유대인의 향수鄕愁에서 우러나온 것이라는 멍청한 오해를 할 사람들이 있을 것이라고 설명했다…….

"그게 ㄱ 사람의 주장이었지." 나는 고삐 풀린 수다쟁이의 말을 감히 가로막았다. 어쩌면 조지의 목소리 때문에 안나가 눈만 남게 되고 마이클은 그 목소리에 얻어맞아 입을 다물게 된 건지도 모른다는 생각이 문득 들었다. "향수에 물든 유대인이 브로드웨이 뮤지컬코미디에 나오는 슈테틀을 꿈꾼다고."

"그래, 카밀이 나한테 이렇게 말했어. 우디 앨런은 한 명으로 충분하다고."

"그래? 법정에서? 갑자기 웬 우디 앨런?"

"우디 앨런이 〈뉴욕타임스〉에 뭘 썼잖아." 조지가 말했다. "칼럼이었는데, 안나한테 물어봐. 마이클한테도 물어보고. 둘이서 그 글을 읽고 눈을 의심했으니까. 여기 어디에도 다시 실렸는데, 지금까지 나온 우디 앨런의 농담 중 최고야. 필립, 그 친구는 영화에서만 슐리마즐이 아니야. 우디 앨런은 유대인들이 폭력을 저지를 수 없다고 믿는다네. 자기가 읽는 신문 기사들이 이상한 거라고. 유대인들이 남의 뼈를 부러뜨렸다는 얘기를 믿지 못하는 거야. 다른 얘기를 해주세요, 우디. 그 사람들이 처음 뼈를 부러뜨린 건 방어 차원이었어. 자비롭게 표현하자면 그래. 두 번째로 뼈를 부러뜨렸을 때는 승리를 거뒀고, 세 번째에는 즐거움을 느꼈고, 네 번째에는 이미 반사적인 행동이 되었지. 카밀은 그 멍청이를 참아줄 인내심이 없어. 그래서 자네도 우디 같은 멍청이라고 생각한 거야. 하지만 카밀이 라말라에서 필립 로스에 대해 무슨 생각을 하든 튀니스에서는 전혀 중요하지 않지. 라말라에서도 이제는 카밀이 무슨 일에 대해 무슨 생각을 하든 별로 중요하지 않아."

"튀니스?"

"분명히 말하는데, 아라파트는 우디 앨런과 필립 로스를 구분할 수 있을 거야."

내 평생 이렇게 이상한 문장은 들어본 적이 없었다. 나는 이 문장을 능가하기로 했다. 조지가 원하는 게 이런 방식이라면, 나도 장단을 맞출 것이다. 이걸 글로 쓸 사람은 내가 아니라 그들이었다. 나는 아예 존재하지도 않았다.

"아라파트와의 만남은 항상 철저한 비밀이어야 해." 내 목소리가 들렸다. "이유는 뻔하지. 어쨌든 나는 그를 만날 거야. 언제 어디서든. 튀니스든 어디든. 내일이라도 당장 만날 수 있어. 레흐 바웬사의 주선으로 내가 아마 다음 달쯤 바티칸에서 비밀리에 교황을 만날 가능성이 높다는 말을 아라파트에게 전할 수 있을지도 몰라. 알다시피 바웬사는 이미 나와 함께하기로 했네. 교황도 디아스포리즘에서 아랍-이스라엘 갈등을 해결할 수단뿐만 아니라 유럽 전체의 도덕적 재활과 영적인 재각성을 꾀할 수단 또한 찾을 수 있음을 알게 될 거라는 게 바웬사의 주장이야. 사실 나는 교황이 정말로 그렇게 대담한 사람일지 바웬사만큼 낙관하지는 않네. 교황 성하께서 친親팔레스타인 입장을 취하면서, 유대인들이 법적으로 아무 권리가 없는 재산을 탈취한 것에 대해 호된 꾸지람을 내린다면 다 좋은 일이지. 하지만 여기서 당연히 따라 나오는 결론을 받아들여 백만 명이 넘는 유대인들에게 서구 그리스도교 세계의 중심부를 고향으로 생각하라고 권유하는 건 완전히 다른 얘기야. 그래, 만약 교황이 유럽을 향해 이스라엘로 떠나간 유대인들의 귀환을 권고하라고 공개적으로 촉구한다면, 그리고 그것이 교황의 진심이라면 대단한 일이겠지. 유대인들이 완전히 뿌리가 뽑혀 죽어간 일에 유럽이 공범이었음을 자백하라고 교황이 유럽을 향해 촉구한다면. 천 년 동안 이어진 반유대주의를 유럽에서 몰아내고 유대인들이 번성할 수 있는 자리를 유럽 한복판에 만들어주라고 촉구한다면, 그리고 뿌리 뽑혀 쫓겨난 유대인들이 유럽의 고향에 다시 정착해 자유롭고 안전하게 환영받으며 살아갈 권리를 유럽의 모든 의회가 그리스도교의 세 번째 천 년을 기다리며 선언하라고 촉구한다면. 그러면 정말 굉장할 거야. 하지만 나는 의심이 가네. 바웬사의 나라 폴란드 출신인 교황이 히틀러가 유럽의 상속자들에게 물려준 유럽을 더 좋아할지도 모르잖나. 성하께서 히틀러의 작은 기적을 무위로 돌릴 생각이 사실은 없을지도 몰라. 하지만 아라파트는 또 다른 얘기지. 아라파트는……" 나는 내 신분을 빼앗아간 강탈자의 신원을 다시 강탈해 와서, 진실과는 상관없는 이야기를 계속 늘어놓았다. 모든 망설임에서 해방되어, 나의 주장이 누구도 반박할 수 없을 만큼 옳다는 확신을 품은 천리안, 구세주, 십중팔구 유대인의 메시아였다.

그래, 이렇게 된 거로군. 나는 속으로 생각했다. 놈들이 이

221

렇게 한 거야. 방금 난 할 말을 다 했어.

하지만 나는 한참 동안 더 말을 계속했다. 계속, 계속, 계속, 충동을 전혀 눌러버리지 않고 거기에 복종하며, 언뜻 보기에는 회의懷疑에서 자유로운 것 같았다. 헛소리에 제동을 걸 양심 또한 흔적도 없었다. 나는 12월에 열릴 세계 디아스포리즘 회의에 대해 이야기했다. 바로 구십 년 전 최초의 세계 시온주의 회의가 열렸던 바젤에서 이 회의가 열릴 것이라고. 그 1차 시온주의 회의의 참석자는 이백 명 정도에 불과했다. 내 목표는 그보다 두 배의 사람들을 모으는 것이었다. 히틀러가 거의 말살했던 유럽 유대인 사회를 이스라엘 아슈케나지들이 곧 되살릴 모든 유럽 국가들에서 유대인 대표단을 모을 것이라고. 바웬사는 이미 이 회의에서 기조연설을 해주기로 했으며, 혹시 폴란드를 떠나는 것이 안전하지 않다는 결론이 내려진다면 아내를 대신 보내기로 했다는 말도 했다. 나는 갑자기 아르메니아인들 이야기를 꺼냈다. 그들에 대해 아는 것이 하나도 없는데. "아르메니아인들이 고통받은 것이 디아스포라에 나섰기 때문일까? 아니지. 그냥 고향에 있었는데, 튀르키예인들이 들어와서 그들을 학살했기 때문이야." 이어서 내가 가장 위대한 디아스포리스트, 새로운 디아스포리즘 운동의 아버지인 어빙 벌린을 찬양하는 목소리가 들렸다. "사람들은 내가 어디서 이런 아이디어를 얻었는지 궁금해해. 음, 라디오를 듣다가 얻었네. 라디오로 '부활절 퍼레이드'Easter Parade. 어빙 벌린이 작사, 작곡한 노래를 듣다가 문득 이런 생각이 드는 거야. 십계명과 맞먹는 유대인의 천재성이 여기 있구나. 하느님은 모세에게 십계명을 주시고, 어빙 벌린에게 '부활절 퍼레이드'와 '화이트 크리스마스'를 주셨네. 그리스도의 신성, 그

222

러니까 유대인이 그리스도교를 거부하는 데 가장 핵심적인 역할을 한 그 신성을 축하하는 두 축일에 대해 어빙 벌린이 어떤 눈부신 일을 했지? 두 축일에서 모두 그리스도교의 분위기를 빼냈어! 부활절은 패션쇼로 바꿔놓고, 크리스마스는 눈 내리는 축일로 바꿔놓았다고. 그리스도가 피를 낭자하게 흘리며 살해당한 이야기는 사라졌지. 십자가와 함께. 그리고 자동차와 함께 다시 일어섰어! 그들의 종교를 싸구려로 바꿔버렸다고! 하지만 솜씨가 훌륭하지! 훌륭해! 너무나 훌륭해서 이교도들은 뭐가 뭔지도 몰라. 그냥 좋아할 뿐. 모두 그걸 좋아해. 특히 유대인들이. 유대인은 예수를 증오하시. 사람늘은 예수도 유대인이라고 나한테 항상 말하지만, 난 그 말을 절대 안 믿어. 옛날에 사람들이 나더러 케리 그랜트가 유대인이었다고 말할 때와 비슷해. 헛소리라는 얘기야. 유대인들은 예수 얘기를 듣고 싶어하지 않아. 그런 유대인들을 비난할 수 있겠나? 그래서……. 빙 크로스비는 예수를 사랑받는 하느님의 아들로 바꿔놓았고, 유대인들은 부활절 노래를 휘파람으로 부르면서 돌아다녀! **유대인들**이! 수백 년에 걸친 적의를 누그러뜨리는 수단으로 이것이 그렇게나 수치스러운 것인가? 이것 때문에 실제로 불명예를 당한 사람이 있어? 싸구려가 된 그리스도교가 유대인의 증오심이 씻겨나간 그리스도교라면, 싸구려를 위해 세 번 건배를 해야지. 예수 그리스도의 자리에 눈을 집어넣은 것으로 내 동포들이 크리스마스와 친해질 수 있다면, 렛잇스노, 렛잇스노, 렛잇스노^{1945 년에 나온 크리스마스 노래의 제목. 나중에 프랭크 시나트라가 리바이벌해서 부르기도 했다. 직역하면 '눈이 내리게 하라'는 뜻지. 무슨 말인지 알겠어?” 나는 6일 전쟁의 승리보다 '부활절 퍼레이드'가 더 자랑스럽다고, 이스라엘의 원자로보다}

'화이트 크리스마스'에서 더 안정감을 느낀다고 그들에게 말했다. 만약 이스라엘이 사람들의 손을 부러뜨리는 데서 그치지 않고 핵폭탄까지 떨어뜨려야 생존할 수 있다고 믿는 때가 온다면, 이스라엘이라는 나라는 살아남더라도 유대주의는 끝날 것이라는 말도 했다. "유대인의 모습을 간직한 유대인은 그냥 사라져버린 거야. 유대인들이 적에게서 스스로를 구하기 위해 핵무기를 사용하고 한 세대가 흐르면, 스스로 유대인이라고 밝히는 사람이 하나도 없을 걸세. 이스라엘은 국민을 파괴해서 나라를 구한 셈이 되는 거지. 그 이후에 이스라엘은 결코 도덕적으로 살아남을 수 없을 거야. 그런 상황에서 유대인이 왜 살아남겠나? 지금도 도덕적으로 살아남을 수단이 거의 없어. 엄청난 적의가 사방을 에워싼 이 작은 땅에 모든 유대인을 모아놓았는데, 어떻게 도덕적으로 살아남을 수 있겠나? 차라리 발작 직전의 신경증 환자, 안달하는 동화주의자가 되는 게 낫지. 무엇이든 시온주의가 경멸하는 것이 되는 게 나아. 핵전쟁을 시작해서 자신의 도덕을 잃어버리느니 나라를 잃는 편이 더 낫지. 아리엘 샤론보다 어빙 벌린이 더 나아. 통곡의 벽보다 어빙 벌린이 더 나아. 신성한 예루살렘보다 어빙 벌린이 더 나아! 굳이 이 예루살렘을 소유하는 것이 1988년인 지금 유대인다움과 무슨 관계가 있나? 예루살렘은 이제 우리에게 가장 나쁜 것이 되었어. 지난해는 예루살렘에서! 내년에는 바르샤바에서! 내년에는 부쿠레슈티에서! 내년에는 빌나와 크라쿠프에서! 사람들이 디아스포리즘을 가리켜 혁명적인 아이디어라고 말하는 건 나도 알지만, 나는 혁명을 제안하는 게 아닐세. 역행을 제안하는 거야. 한때 시온주의가 바로 이것이었지. 교차점으로 되돌아가 다른 길로 건너가는 것. 시온주의는 너무 멀리 되돌아갔어. 그래서 잘못된 거야. 시온주의는 유대인들이 뿔뿔이 흩어진 교차점으로 되돌아갔지만, 디아스포리즘은 시온주의라는 교차점으로 되돌아갈 걸세."

나는 오로지 조지의 아내에게만 연민을 느꼈다. 내가 디아스포리즘 어쩌고저쩌고를 이렇게 열정적으로 주장하는 것과 조지가 가만히 앉아서 깊이 생각에 잠긴 표정으로 내 말을 받아들이는 광경 중 어느 편이 그녀에게 더 참기 어려울지 나는 알 수 없었다. 그녀의 남편이 드디어 말을 멈추기는 했으나, 그건 순전히 내 말에 귀를 기울이기 위해서였다! 추워서인지 아니면 마음을 다스리기 위해서인지 그녀는 양팔로 몸을 감싼 자세였다. 그리고 통곡을 터뜨리기 직전의 여자처럼 거의 알아보기 힘들 만큼 아주 조금씩 몸을 앞뒤로 흔들기 시작했다. 그녀의 눈에 담긴 메시지는 그보다 더 확실할 수가 없었다. 지금까지 모든 것을 참아 온 그녀도 나는 참아줄 수 없다는 것. '당신이 없어도 남편은 이미 괴로워하고 있어요. 닥쳐요. 가버려요. 사라져요.'

그래, 저 여자의 두려움을 내가 직접 대면해야겠다. 모이셰 피픽이라면 그러지 않겠는가. "안나, 나도 당신이라면 회의적이었을 겁니다. 지금 당신처럼 꼭 이런 생각을 했겠죠. 이 작가라는 사람은 현실을 전혀 몰라. 그런 작가들이 있지. 아무것도 모르면서 분별없는 공상만 하고 있어. 이건 심지어 문학도 아냐. 정치는 말할 것도 없고. 그냥 우화나 동화지. 당신은 디아스포리즘이 실패할 수밖에 없는 이유를 천 가지쯤 생각하고 있을 겁니다. 분명히 말하지만 난 그 이유들을 다 알아요. 백만 개쯤 되는 이유들을 압니다. 그래도 난 당신에게, 조지에게, 카밀에게, 누구든 내게 귀 기울이는 사람에게 이 말을 하려고 왔어요. 디아스포리즘은 결코 실패하면 안 되기 때문에, 어리석은 것은 디아스포리즘이 아니라 그 대안인 파괴이기 때문에, 디아스포리즘이 실패하는 일은 없을 거라고. 예전에 사람들이 시온주의에 대해 생각하던 것과 지금 당신이 디아스포리즘에 대해 생각하는 것이 같을 겁니다. 실현 불가능한 몽상이라는 거죠. 나 역시 여기에서 양측 모두에 퍼져 있는 광기의 희생양이라고 생각하고 있을 겁니다. 광적이고 비극적인 이 상황이 내 정신 역시 삼켜버렸다고 말이죠. 당신이 실행할 수 없는 유토피아라고 확신하는 기대를, 조지 역시 마음속 가장 깊숙한 곳에서는 유토피아라고 확신하는 기대를 조지에게 불러일으키는 일이 당신을 얼마나 비참하게 만드는지 알겠습니다. 하지만 내가 겨우 몇 시간 전에 받은 걸 두 사람에게 보여줄게요. 그러면 당신의 생각도 달라질지 모릅니다. 아우슈비츠에서 살아남은 어느 노인이 내게 준 겁니다."

나는 재킷에서 스마일스버거의 수표가 든 봉투를 꺼내 안나에게 건넸다. "이 미칠 듯한 분쟁이 정의롭고 명예롭고 실현 가능하게 매듭지어지기를 당신만큼 절박하게 바라는 사람이 준 겁니다. 다이스포리즘 운동을 위해 기부한 거예요."

안나는 수표를 보더니 아주 작게 웃음을 터뜨렸다. 마치 특별히 그녀를 즐겁게 하려고 개인적으로 건넨 농담을 들은 사람 같았다.

"나도 좀 봐." 조지가 말했지만, 안나는 순간적으로 수표를 놓지 않으려 했다. 조지가 지친 표정으로 물었다. "왜 웃는 거야? 물론 눈물을 흘리는 것보다는 낫지만, 왜 이렇게 웃어?"

"행복해서. 기뻐서. 모두 끝났으니까 웃는 거야. 내일이면 유대인들이 항공사 사무실 앞에 줄을 서서 베를린으로 가는 편도 비행기표를 사려고 할 테니까. 마이클, 이걸 봐라." 그녀가 아이를 가까이 데려와서 수표를 보여주었다. "이제 넌 평생 동안 멋진 팔레스타인에서 살 수 있을 거야. 유대인들이 떠날 거거든. 로스 씨는 그들을 이스라엘에서 데리고 나가는 반反모세야. 이건 그들이 비행기 삯으로 쓸 돈이고." 하지만 길쭉하고 창백하고 아름다운 소년은 어머니가 손에 쥔 수표를 한 번 거들떠보지도 않고 이를 악물며 휙 물러나버렸다. 그래도 안나는 굴하지 않았다. 수표는 그녀가 통렬하게 비난을 퍼붓는 데 필요한 구실일 뿐이었다. "이제 모든 건물에서 팔레스타인 깃발이 휘날리고, 모두가 일어나 하루에 스무 번씩 그 깃발에 경례할 수 있겠네. 이제 우리도 우리 화폐를 가질 수 있겠어. 아버지 아라파트의 얼굴이 그려진 돈. 주머니에서는 아부 니달1970, 1980년대에 팔레스타인의 테러를 이끈 인물의 옆얼굴이 새겨진 동전들이 짤랑거리겠지. 내가 웃는 건 팔레스타인의 낙원이 가까이 왔기 때문이야."

"이러지 마." 조지가 말했다. "이건 편두통이 오는 지름길이야." 그는 아내에게 수표를 건네달라고 성급하게 손짓했다. 피픽의 수표.

"망각하지 못하는 또 한 명의 희생자." 안나가 그 동그란 눈으로 수표를 열심히 들여다보며 말했다. 마치 운명이 왜 그녀를 이런 비참한 곳으로 데려왔는지 그 단서를 거기서 마침내 찾을 수 있을지도 모른다고 생각하는 것 같았다. "그 모든 희생자와 그들의 끔찍한 흉터. 대답해봐." 그녀는 왜 풀이 초록색이냐고 묻는 아이처럼 순진하게 물었다. "이 좁은 땅에 설 수 있는 희생자가 몇 명이나 될까?"

"이 친구는 당신과 생각이 같아." 그녀의 남편이 말했다.

"그래서 여기에 온 거야."

그녀는 내게 말했다. "미국에서 나는 이런 희생을 모두 뒤로한 남자, 인생을 풍요롭게 만들어주는 것이 무엇인지 아는 교양 있는 남자와 결혼한 줄 알았어요. 내가 또 다른 카밀과 결혼한 줄은 몰랐어요. 점령이 끝나기 전에는 인간이 될 수 없는 사람. 이 형제들은 살 수가 없다, 숨을 쉴 수가 없다고 주장해요. 누군가가 자기들 머리 위에 그림자를 드리우고 있다면서! 도덕적으로 얼마나 유치한지! 조지처럼 머리 좋은 사람이 '충성심'이라는 그럴듯한 말에 목이 졸리고 있으니! 당신은 왜 충성하지 않아?" 그녀가 조지를 향해 격하게 몸을 돌리며 소리쳤다. "당신의 머리에 충성해야지. 왜 문학에 충성하지 않아? 당신들 같은 사람들은……." 이건 내게도 해당하는 말이었다. "자기 인생을 위해 여기 같은 낙후된 지역에서 도망쳐야지. 당신은 도망쳤어. 두 사람 모두 도망친 게 옳았어요. 편협성과 자기중심주의와 외국인 혐오증과 탄식에서 최대한 멀리 도망친 게. 이렇게 유치하고 어리석은 종족적 신화의 감상주의에 물들지 않고, 머리와 힘을 모두 쏟아 크고 새롭고 자유로운 세계로 뛰어들었죠. 진정 자유로운 젊은이로서 예술, 책, 이성, 학문에, **진지함**에 몰두……."

"그래, 고결하고 숭고한 모든 것에 몰두했지." 조지가 말했다. "당신이 지금 말하고 있는 건 그냥 잘난 척하는 두 대학원생이었을 뿐이야. 심지어 그때도 우린 그렇게 순수하지 않았어. 당신은 지금 말도 안 되게 순진한 소리를 하고 있는 거야. 그때도 우리가 이런 얘기를 들었다면 웃어버렸을걸."

"아니, 내 말은……." 안나가 가소롭다는 듯이 대답했다. "그때의 당신은 어떻게 봐도 지금의 당신만큼 멍청하지 않았다는 거야."

"당신은 그냥 정치투쟁이라는 저열한 어리석음보다 대학이라는 고상한 어리석음이 더 좋은 거겠지. 지금 이 일이 멍청하지 않다고 말하는 사람은 없어. 심지어 쓸데없는 일이라는 말도 할지 몰라. 하지만 이런 게 원래 이 지상에서 인간이 살아가는 모습이야."

안나는 점잖게 가르치는 듯한 남편의 말을 무시하고, 내게 다시 수표 이야기를 꺼냈다. "돈이 아무리 많아도 바뀌는 건 하나도 없어요. 여기 계속 있다 보면 내 말이 맞다는 걸 알 거예요. 여기 유대인들과 아랍인들에게 미래는 없어요. 더 많은 비극, 고통, 피가 있을 뿐이에요. 양편이 품고 있는 증오가 너무 거대해서 모든 것을 삼키고 있어요. 신뢰는 찾아볼 수 없고요. 앞으로 천 년이 흘러도 마찬가지일 거예요. '지상에서 인간이 살아가는 모습'이라고요. 보스턴에서 사는 게 지상에서 사는 거였어요……." 안나는 성난 목소리로 조지의 기억을 일깨웠다. "조용하고 교양 있는 이웃들이 사는 동네에서 크고 밝은 아파트에 살면서 좋은 직장에 다니고 아이를 기르는 문명사회의 소박한 즐거움을 누리는 건 이제 '삶'이 아닌 거야? 책을 읽고 음악을 듣고 친구를 고를 때 나와 뿌리가 같다는 점보다는 품성을 고려하는 건 '삶'이 아니야? 뿌리라니! 원시인들한테나 어울리는 관념이지! 팔레스타인 문화, 팔레스타인 사람, 팔레스타인의 유산이 살아남는 게 인류의 발전에 정말로 '꼭 필요한 일'이야? 내 아들의 생존보다 그 모든 신화가 더 중요해?"

"마이클은 돌아갈 거야." 조지가 조용히 대꾸했다.

"언제? **언제?**" 안나는 조지의 면전에서 수표를 흔들어댔다. "필립 로스가 정신 나간 유대인들한테서 수표를 천 장쯤 더 받고 폴란드로 유대인들을 공수하는 작업이 시작될 때? 필립 로스와 교황이 바티칸에서 마주 앉아 우리 대신 우리 문제를 해결해줄 때? 난 이제 과대망상에 빠진 공상과 광신도들을 위해 내 아들을 희생하지 않을 거야!"

"마이클은 돌아갈 거야." 조지가 엄격한 얼굴로 같은 말을 되풀이했다.

"팔레스타인은 거짓이야! 시온주의도 거짓이야! 디아스포리즘도 거짓이야! 그게 제일 큰 거짓이야! 그런 거짓 때문에 마이클을 희생시킬 수는 없어!"

❦

조지가 라말라 시내로 전화를 걸어 나를 예루살렘까지 데려다줄 택시를 불렀다. 기사는 산전수전을 다 겪은 것처럼 보이는 노인으로, 아직 저녁 7시인데도 엄청나게 졸린 것 같았다. 이것이 정말로 조지에게 최선인가 하는 의구심을 나는 소리 내어 표현했다.

먼저 조지가 기사에게 아랍어로 행선지를 말한 뒤, 영어로 말을 이었다. "이분이 검문소를 잘 알아. 군인들도 이분을 잘 알고. 무사히 돌아갈 수 있을 거야."

"내가 보기에는 좀 연로하신 것 같은데."

"걱정 마." 조지가 말했다. 사실 그는 직접 나를 데려다주고 싶었지만, 안나가 좀 누워 있어야겠다면서 어두운 침실로 들어갈 때 경고한 말이 있었다. 만약 그가 저녁에 감히 차를 몰고 예루살렘에 다녀올 생각이라면, 집에 돌아왔을 때 자신도 마이클도 없을 거라고. 아니, 애당초 경계에 나선 유대인의 총에 맞거나 군인들에게 맞아 죽지 않고 돌아올 수 있을지나 모르겠다고. "편두통 때문에 그런 소리를 한 거야." 조지가 설명했다. "나 때문에 두통이 더 심해지면 안 되잖아."

"걱정이네." 내가 말했다. "나 때문에 두통이 심해진 것 같아서."

"필립, 내일 다시 얘기해. 의논할 것이 많아. 내가 아침에 가지. 자네를 데려가고 싶은 곳이 있거든. 만나게 해줄 사람도 있고. 오전에 다른 약속은 없지?"

나는 아하론과 약속을 잡아놓았다. 어떻게든 앱터도 만나러 가야 했다. 하지만 나는 이렇게 말했다. "자네가 온다면야 당연히 그래야지. 마이클한테 대신 인사를 전해줘. 안나한테도⋯⋯."

"녀석은 방에서 제 엄마 손을 잡아주고 있어."

"어쩌면 아이가 견디기에는 정말 힘든 상황인지도 몰라."

"점점 그렇게 보이긴 해." 조지는 눈을 감고 손가락으로 이마를 눌렀다. "내가 멍청했어." 그가 신음하듯 말했다. "지독하게 멍청했어!"

문 앞에서 그는 나를 포옹했다. "자네가 하는 일이 뭔지 아나? 자네가 아라파트와 만난 걸 모사드가 알면 자네한테 어떤 일이 벌어질지 알아?"

"만남을 주선해봐, 지."

"아, 자네는 정말 최고야." 그가 감격해서 말했다. "진짜 최고야!"

나는 속으로 생각했다. 엉터리 예술가, 배우, 거짓말쟁이,

가짜. 하지만 겉으로는 조지 못지않게 열렬히 일구이언을 실행하며 그를 마주 안아주었을 뿐이다.

라말라의 시내 중심부로 들어가는 길과 핏자국이 선명한 벽에 접근하는 길이 여전히 막혀 있었으므로, 택시기사는 이곳으로 올 때 조지가 그랬던 것처럼 산속으로 에둘러 가는 길을 선택했다. 계곡 가장자리의 석조주택 단지에서 멀어지자 어디에도 불빛이 보이지 않았다. 산속을 지나는 도로에도 자동차 한 대 보이지 않아서 나는 헤드라이트 불빛에 드러난 도로에만 시선을 고정한 채 무서워하며 그저 예루살렘으로 무사히 돌아가는 것만 생각했다. 이 택시도 불을 켜고 달려야 하는 것 아닌가? 아니, 저 희미한 광선이 헤드라이트 불빛인가? 이 아랍 노인과 함께 예루살렘으로 돌아가는 것은 틀림없이 실수 같다는 생각이 들었지만, 그렇게 따지면 조지와 함께 이쪽으로 나온 것도 마찬가지였다. 내가 조금 전까지 했던 말이나 행동도 물론 마찬가지였다. 내가 분별력뿐만 아니라 아예 생명까지 이런 식으로 잠시 내려놓은 이유를 나 자신도 설명할 수 없었다. 마치 현실이 멈춘 사이 내가 현실에서 벗어나 이런저런 행동을 하고서, 이제는 현실이 기다리는 곳을 향해 이 어두운 도로를 달리고 있는 것 같았다. 돌아가면 나는 다시 현실로 기어 들어가 하던 일을 재개할 것이다. 내가 그 자리에 정말로 있기는 했던가? 그래, 그래, 분명히 그랬다. 심술궂은 냉소 뒤로 고작 5센티미터쯤 몸을 숨겼을 뿐이다. 그래도 내 행동은 전적으로 무구했다고 나는 맹세할 수 있었다. 내가 조지의 오해를 부추기려고 애쓴 것은 의뭉스러움이라는 측면에서 내가 보기에 모래밭에서 노는 두 아이와 다를 바 없었다. 조심성이 없다는 면에서도 마찬가지였다. 생각을 너무 많이 하는 나 자신을 진심으로 비꼴 수 없는 경우는 원래 그리 많지 않은데, 오늘이 바로 그런 경우였다. 내가 무엇에 무릎을 꿇었는가? 어쩌다 여기까지 왔나? 덜컹거리는 자동차, 졸린 기사, 불길한 도로……. 이 모든 것은 나의 거짓과 그의 거짓이 한 지점으로 수렴되면서 나타난, 미처 예상하지 못한 결과였다. 거짓에 맞선 거짓……. 조지가 거짓으로 연기를 한 것이 아니라면, 연기한 사람은 나뿐이라면 또 모를까! 하지만 설마 조지가 어빙 벌린에 대한 그 헛소리를 정말 그렇게 진지하게 받아들인다고? 아니, 아니지. 그들에게 꿍꿍이가 있음이 분명했다. 그들은 국지적으로 평등주의적 독재를 시행하는 혁명지도자와 악수함으로써 일시적으로 역사라는 광대한 무대로 올라온 모든 작가의 유아적인 이상주의와 측량할 수 없는 자기중심주의를 생각하고 있었다. 그런 일이 작가의 허영심에 아부하는 것은 둘째치고, 작가 자신도 적절한 표현을 찾지 못하는 것 같은 인생의 의미(비슷한 표현을 찾아내는 것조차 오백 번 중 한 번이 될까 말까 했다)를 그에게 어떻게 부여해주는지 생각하고 있었다. 위대하고 이타적이며 남들 눈에 아주 잘 띄는 대의 속에 작가의 자기중심주의적 생각을 사나흘쯤 푹 담가놓았다는 환상만큼 그 자기중심주의를 키워주는 것이 없다는 생각을 하고 있었다. 내가 큰 상을 받기 위한 기록을 쌓으려고 '세상이 좋아하는 희생자들'에게 붙잡힌 법정으로 나온 것인지도 모른다는 시무엘 변호사의 논리를 따르고 있었다. 제시 잭슨, 바네사 레드그레이브가 그들의 지도자와 팔짱을 끼고 웃으며 찍은 사진을 생각하고 있었다. 유대인들과의 홍보전쟁, 어쩌면 마지막에 테러리즘보다 더 많은 것을 결정해줄지도 모르는 그 전쟁에서 〈타임〉에 실린 유명한 유대인과의 사진 한 장이 지도자의 귀한 시간 십 초만큼 가치가 있을지도 모른다는 생각을 하고 있었다. 그렇지! 저 사람들은 나와 사진을 찍으려고 일을 꾸미는 거였군. 그러니 내가 주장하는 디아스포리즘이 정신 나간 소리라는 점은 중요하지 않은 거야. 제시 잭슨 역시 딱히 그람시는 아니다. 미테랑에게는 스타이론이 있고, 카스트로에게는 마르케스가 있고, 오르테가에게는 핀터가 있고, 아라파트에게는 이제 곧 내가 있을 것이다.

그래, 사람의 성격이 운명을 결정하지는 않는다. 사람의 운명은 인생이 그의 성격에 거는 장난이다.

우리는 에펠탑 같은 텔레비전 안테나들이 달린 주택가에 아직 도착하지 못했으나, 그래도 산속을 벗어나 예루살렘 남쪽의 대로를 달리고 있었다. 그때 택시기사가 처음으로 내게 말을 걸었다. 발음에 별로 자신이 없는 것 같은 영어로 그가 물었다. "시온주의자입니까?"

"지아드 씨의 오랜 친구입니다." 내가 대답했다. "미국에서 대학에 함께 다녔죠. 오랜 친구예요."

"시온주의자입니까?"

이 사람은 대체 누구지? 나는 그의 질문을 무시하고 계속 창밖을 바라보며 우리가 예루살렘 외곽에 접근하고 있음을 보여주는 분명한 광경들, 예를 들어 텔레비전 안테나 같은 것을 찾으려 했다. 하지만 여기가 예루살렘으로 가는 도로가 아니라 다른 곳으로 이어진 도로라면 어쩌지? 이스라엘 검문소는 어디 있는 거야? 지금까지 우리는 검문소를 하나도 보지 못했다.

"시온주의자입니까?"

나는 최대한 상냥하게 대답했다. "시온주의자라는 말을 무슨 뜻으로 하는 겁니까? 그걸 말해주면 나도 시온주의자인지 아닌지 대답하겠습니다."

"시온주의자입니까?" 기사가 단조롭게 되풀이했다.

"이봐요." 나는 기사에게 이렇게 쏘아붙이면서 속으로 생각했다. 그냥 아니라고 하면 되는데, 왜 그 말을 못 하지? "그게 당신과 무슨 상관입니까? 그냥 운전이나 하세요. 여기가 예루살렘으로 향하는 도로 맞죠?"

"시온주의자입니까?"

이제 자동차 속도가 확연히 느려졌다. 길은 칠흑같이 어둡고, 도로 너미로는 아무것도 보이지 않았다.

"왜 속도를 늦추는 겁니까?"

"차가 나빠요. 고장 났어요."

"조금 전만 해도 잘 달렸어요."

"시온주의자입니까?"

이제는 차가 거의 굴러가지 않았다.

"기어." 내가 말했다. "기어를 내리고 힘을 좀 받게 해요."

하지만 차는 그대로 멈춰버렸다.

"뭡니까!"

기사는 아무 대답 없이 손전등을 들고 밖으로 나가 전등을 껐다 켰다 하기 시작했다.

"대답해요! 왜 여기서 이렇게 차를 세운 거예요? 여긴 어딥니까? 전등은 왜 깜박거려요?"

차 안에 계속 있어야 할지, 아니면 뛰어내려야 할지, 둘 중 어느 쪽이라도 곧 내게 닥칠 일에 영향을 미치기나 할지 알 수 없었다. "이봐요." 나는 기사를 따라 차에서 뛰어내리며 소리쳤다. "내 말 못 알아들어요? 조지 지아드의 **친구**라니까요!"

하지만 기사가 보이지 않았다.

시민봉기 한복판에서 멍청하게 돌아다니니 이 꼴이 되지! 클레어의 말을 듣지 않고 모든 일을 변호사들에게 맡기지 않았으니 이 꼴이 되지! 다른 사람들처럼 현실감각을 갖고 움직이지 못했으니 이 꼴이 되지! '부활절 퍼레이드'! 형편없는 농담을 했으니 이렇게 되지!

"이봐요!" 나는 소리를 질렀다. "이봐! 어디 있어요?"

기다려도 대답이 없어서 나는 운전석 문을 열고 시동 장치를 더듬더듬 만져보았다. **열쇠가 그대로 꽂혀 있었다.** 나는 차에 올라 문을 닫고 주저 없이 시동을 걸고는 중립기어에서 세게 가속페달을 밟았다. 엔진이 멎지 않게 하기 위해서였다. 그러고는 도로로 진입해서 속도를 높이려고 애썼다. **어딘가에 틀림없이 검문소가 있을 텐데!** 하지만 내가 차를 몰고 15미터도 채 가기 전에 택시기사가 나타나 흐릿한 손전등 불빛 속에서 한 손을 흔들어 차를 멈추게 했다. 다른 손으로는 바지의 무릎께를 붙잡고 있었다. 나는 그를 치지 않으려고 급히 방향을 틀었다. 그러고는 그가 탈 수 있게 차를 세워주지 않고 그냥 달려갔다. 엔진의 속도를 올리려고 가속페달을 밟았지만, 무슨 짓을 해도 차의 속도가 올라가지 않았다. 겨우 몇 초 만에 엔진이 죽어버렸다.

뒤쪽 도로 위 허공에서 손전등 불빛이 흔들리는 것이 보이더니, 몇 분 만에 늙은 택시기사가 숨을 몰아쉬며 차 옆에 서 있었다. 내가 차에서 내려 열쇠를 건네자, 그가 다시 차에 올라 두세 번 시도 끝에 시동을 걸었다. 차가 움직이기 시작했다. 처음에는 움직임이 불안했지만 곧 모든 것이 괜찮아졌는지 다시 차가 제대로 달리게 되었다. 나는 우리가 맞는 방향으로 가고 있다고 그냥 믿어버리기로 했다.

"똥이 마려우면 그렇다고 말을 했어야죠. 당신이 그냥 차를 세우고 사라져버리면 내가 무슨 생각을 하겠어요?"

"아파요." 기사가 대답했다. "배가."

"그러니까 그렇다고 말을 했어야죠. 내가 오해했잖아요."

"시온주의자입니까?"

"왜 자꾸 그걸 묻는 겁니까? 메이르 카하네^{미국 태생 이스라엘인}_{으로 민족주의 정치인} 같은 사람을 말하는 거라면, 난 시온주의자가 아니에요. 시몬 페레스 같은 사람을 말하는 거라면……." 하지만 내가 왜 장에 문제가 생긴 이 무해한 노인에게 대답을 해줘야 하지? 영어를 거의 알아듣지도 못하는데 굳이 진지하게 대답해주는 건……. 내 현실감각은 도대체 어디로 가버린 거야? "부탁이니 운전이나 하세요. 예루살렘으로. 날 예루살렘에 데려다주기만 하면 됩니다. 아무 말 없이!" 내가 말했다.

하지만 예루살렘까지 5, 6킬로미터 남짓밖에 가지 못하고 기사는 차를 갓길에 세우더니 시동을 끄고 손전등을 들고 밖으로 나갔다. 이번에는 그가 길가에서 적당한 자리를 찾아 또 볼일을 보는 동안 나는 차분히 뒷좌석에 앉아 있었다. 심지어 내가 아까 이 상황의 위험성을 너무 과장해서 생각한 것을 떠올리며 크게 웃기까지 했다. 그런데 그때 택시를 향해 무섭게 달려오는 헤드라이트 불빛에 나는 눈이 멀었다. 그 차는 앞 범퍼에서 겨우 10센티미터쯤 되는 거리에 멈춰 섰다. 하지만 이미 충돌을 걱정하며 긴장하고 있던 내가 어쩌면 비명을 질렀는지도 모르겠다. 곧 사방에서 소리가 들려왔다. 사람들의 고함, 또 다른 자동차 소리, 하나 더 나타난 자동차 소리. 갑자기 터져 나온 빛이 모든 것을 하얗게 물들이고, 두 번째로 빛이 터졌을 때는 누가 나를 택시에서 길로 끌어 내렸다. 사람들이 사용하는 언어가 무엇인지 알 수 없었다. 눈부시게 환한 빛 때문에 눈에 보이는 것도 사실상 거의 없었다. 이 폭력적인 자들이 아랍인 약탈자일 경우와 이스라엘 정착민일 경우 중 어느 쪽을 더 두려워해야 할지도 알 수 없었다. "영어로 해요!" 길바닥을 구르면서 내가 소리쳤다. "난 영어를 써요!"

누군가 나를 일으켜 자동차 펜더 위로 엎어놓았다가, 휙 떼어내 돌려세웠다. 뭔가가 내 뒤통수를 스치듯이 때린 뒤에야 머리 위에 거대하게 떠 있는 헬리콥터가 보였다. 고함치는 내 목소리가 들렸다. "때리지 마. 젠장. 난 유대인이라고!" 내가 호텔로 안전하게 돌아가기 위해 줄곧 찾고 있던 사람들이 바로 이들임을 나는 깨달았다.

설사 내가 수를 헤아릴 수 있는 상황이었다 해도, 내게 총을 겨눈 군인들의 수를 모두 헤아릴 수는 없었을 것이다. 라말라 법정에서 본 것보다 더 많은 군인이 헬멧을 쓰고 무장한 채 큰 소리로 뭐라고 지시했다. 그러나 설사 그들이 내가 아는 언어를 썼다 해도, 헬리콥터 소리 때문에 나는 그 말을 알아듣지 못했을 것이다.

"라말라에서 택시를 불러 탔어요!" 내가 그들에게 마주 고함을 질렀다. "기사는 똥을 싸려고 차를 세웠습니다!"

"영어로 말해!" 누군가가 내게 고함쳤다.

"지금 영어로 하잖아! 기사가 장을 비우려고 차를 세웠어!"

"기사?"

"택시기사! 아랍인 기사!" 그는 어디 있는 거지? 저들이 붙잡은 사람은 나뿐인가? **기사가 있었다고요!**

"너무 늦은 시간이야!"

"그래요? 몰랐어요."

"똥?" 누군가가 물었다.

"그래요. 기사가 똥을 싸려고 차를 세웠어요. 손전등을 들고 있었는데……."

똥!

"그래요!"

내게 계속 질문하던 사람이 웃음을 터뜨렸다. "그게 답니까?" 그가 소리쳤다.

"내가 아는 한은 그래요. 내가 틀렸을 수도 있어요."

틀렸어요!

바로 그때 그들 중 한 명이 다가와 내게 한 손을 내밀었다. 덩치가 큰 젊은 군인이었다. 그의 다른 손은 권총을 들고 있었다. "받으세요." 그가 내게 내 지갑을 주었다. "이걸 떨어뜨리셨습니다."

"고마워요."

"이거 정말 굉장한 우연의 일치인데요." 그가 완벽한 영어로 예의 바르게 말했다. "바로 오늘 오후에 내가 당신의 책 한 권을 끝냈거든요."

◈◈◈

삼십 분 뒤 나는 호텔 문 앞에 무사히 도착했다. 바로 그날 오후에 《유령작가》를 다 읽었다는 그 젊은 장교 갈 메슬러°가 군용지프를 직접 운전해서 데려다주었다. 갈은 하이파에서 성공한 제조업체 사장의 아들로 스물두 살이었다. 그의 아버지는 어렸을 때 아우슈비츠에 있었는데, 갈은 내 책에 나오는 네이선 주커먼 부자의 관계가 자신과 아버지의 관계와 완전히 똑같다고 말했다. 지프의 앞 좌석에 나와 나란히 앉은 갈은 호텔 앞 주차 공간에서 자기 아버지와 자신의 관계에 대해 내게 말했다. 그동안 나는 팔레스타인까지 포함한 이스라엘 영토 전체에서 만난 아들들 중 아버지와 갈등관계가 아닌 사람은 존 데미야뉴크 2세밖에 없는 것 같다는 생각을 했다. 데미야뉴크 부자의 관계는 오로지 화목할 뿐이었다.

갈은 사 년의 장교 복무기간이 육 개월 뒤에 끝난다고 말했다. 그때까지 그가 멀쩡한 정신을 계속 유지할 수 있을까? 그는 잘 모르겠다고 했다. 그가 하루에 두세 권씩 책을 마구 읽어대는 이유가 바로 그것이었다. 시간이 날 때마다 이 미친 현실에서 멀어지려고. 밤마다 그는 복무를 마치고 이스라엘을 떠나 미국으로 가서 NYU에서 영화를 공부하는 꿈을 꾼다고 말했다. NYU의 영화학과 아세요? 그는 거기서 학생들을 가르치는 사람들 몇 명의 이름을 언급했다. 이 사람들을 아세요?

"미국에는 얼마나 머무를 생각인가요?" 내가 물었다.

"모르겠어요. 만약 샤론이 권력을 잡는다면……. 글쎄요. 제가 휴가로 집에 가면 어머니는 제 주위에서 까치발로 돌아다니세요. 마치 제가 병원에서 갓 퇴원한 것처럼, 장애인이 되거나 어디가 아픈 사람인 것처럼. 그걸 참기가 힘들어서 결국 제가 어머니한테 소리를 지르기 시작하죠. '내가 직접 사람을 때린 적이 있는지 궁금해요? 없어요. 하지만 사람을 때리지 않으려고 엄청나게 머리를 굴려야 했어요!' 어머니는 다행이라면서 울고, 그러면서 마음이 좀 놓인다고 말해요. 그러고 나면 아버지가 우리 둘한테 고함을 질러요. '손을 부러뜨리는 일? 그런 건 뉴욕에서도 밤마다 일어나는 일이야. 희생자는 흑인이지. 미국에서 사람들이 남의 손을 부러뜨린다고 넌 거기서 도망칠 거냐?' 아버지 말은 이런 거예요. '영국인을 여기에 데려다놓고 우리와 같은 현실에 맞닥뜨리게 하면 도덕적으로 행동할 것 같아? 캐나다인은 도덕적으로 행동할 것 같아? 프랑스인은? 국가는 도덕적 이념을 바탕으로 행동하지 않아. 자기 이익을 바탕으로 행동하지. 국가는 스스로를 지키려고 행동해.' 그래서 제가 '그러면 저는 차라리 국가가 없는 편이 나을 것 같네요'라고 말하면 아버지는 저를 비웃어요. '우리가 이미 해봤어. 그런데 잘 안 됐지.' 아버지의 냉소적인 헛소리 같은 건 저한테 필요하지도 않은데. 제 마음속 절반 역시 아버지의 신념을 그대로 믿기라도 하는 것처럼! 어쨌든 저는 제 눈을 똑바로 바라보며 소리를 질러대는 여자들과 아이들을 계속 상대해야 해요. 제가 부하들에게 그들의 형제와 아들을 끌고 가라고 지시할 때, 그들은 저를 계속 바라보죠. 그들 눈에 보이는 저는 선글라스를 쓰고 군화를 신은 이스라엘의 괴물이에요. 제가 이런 이야기를 하면 아버지는 아주 싫어하십니다. 식사를 하다 말고 접시를 바닥에 던져버릴 정도예요. 그러면 어머니가 울음을 터뜨리죠. 저도 울음을 터뜨리고요. 제가 운다고요! 원래 절대로 안 우는 사람인데. 그래도 저는 아버지를 사랑하니까 우는 거예요, 로스 씨! 지금까지 살아오면서 제가 했던 모든 행동은 아버지의 자랑스러운 아들이 되기 위해서였어요. 장교가 된 것도 그래서고요. 아버지는 지금의 저보다 열 살이나 어릴 때 아우슈비츠에서 살아남으셨어요. 그러니 제가 여기서 견뎌내지 못한다면 창피한 일이죠. 현실이 어떤지는 저도 압니다. 아버지가 순수한 분이라거나 인생이 소박하다고 믿는 바보는 아니에요. 아랍의 땅에서 사는 건 이스라엘의 숙명입니다. 유대인들은 가진 게 없어서 숙명조차 없는 삶보다는 차라리 이 숙명을 받아들였어요. 유대인들은 분할을 받아들였고, 아랍인들은 받아들이지 않았죠. 아버지가 하시는 말씀은 이거예요. 만약 아랍인들이 받아들였다면, 그들도 건국 40주년을 축하하고 있을 거라고. 하지만 아랍인들은 정치적 결정을 내려야 하는 순간마다 한결같이 잘못된 선택을 했어요. **저는 이걸 다 압니다.** 그들이 겪고 있는 불행 중 10분의 9는 그들 정치 지도자의 어리석음 때문이에요. **저도 이걸 알아요.** 그런데도 우리 정부를 보면 토하고 싶어집니다. 제가 NYU에 갈 수 있게 추천서를 써주실 수 있나요?"

커다란 덩치에 권총으로 무장한 군인, 며칠 동안 깎지 못한 수염이 거뭇거뭇하고 전투복에서는 고약한 땀 냄새가 나고 몸무게는 90킬로그램쯤 되는 장교, 하지만 아버지와 자신의 불화를 그가 이야기하면 할수록 내 눈에는 그가 점점 더 어리고 무방비하게 보였다. 그런데 이번에는 거의 어린아이 같은 목소리로 내놓은 이런 부탁이라니. "그러니까……." 나는 웃음을 터뜨렸다. "아까 거기서 내 목숨을 구해준 이유가 이거로군요. 그래서 내 손을 부러뜨리지 못하게 한 거였어. 그래야 내가 추천서를 써줄 수 있으니까."

"아뇨, 아뇨, 아뇨." 그가 재빨리 대답했다. 유머를 모르는 이 청년은 내 웃음소리에 괴로워하며 조금 전보다도 훨씬 더 진지해졌다. "아뇨. 아까 거기서 선생님을 해칠 사람은 아무도 없었습니다. 네, 그런 일이 있긴 하죠. 당연히 있어요. 없다고 말하는 게 아닙니다. 우리 애들 중에는 정말로 잔인한 녀석들이 있거든요. 대부분 겁에 질린 탓이고, 다른 사람들이 지켜보는 앞에서 겁쟁이처럼 보이기 싫어서 그러는 녀석도 있어요. '우리보단 저놈들이, 나보단 저놈이 다치는 게 낫지'라고 생각하는 녀석도 있고요. 하지만 선생님은 전혀 위험한 상태가 아니었습니다. 틀림없어요."

"위험한 건 당신이죠."

"무너질 위험요? 그게 보이세요? 그게 보여요?"

"내 눈에 뭐가 보이는지 알아요? 당신이 디아스포리즘 추종자인데, 정작 본인은 그걸 모르고 있다는 게 보입니다. 당신은 디아스포리즘이 뭔지도 모르죠. 당신이 정말로 선택한 것이 뭔지도 몰라요."

"디아스포리즘 추종자? 디아스포라 상태로 살아가는 유대인이죠."

"아뇨, 아뇨. 그보다 더 많은 의미가 있어요. 훨씬 더. 디아스포라 상태로 사는 것이 곧 유대인의 정통성을 의미하는 유대인. 시온주의는 비정상이고 디아스포라가 정상이라고 생각하는 유대인을 말합니다. 디아스포라 유대인만이 중요한 유대인이고, 디아스포라 유대인만이 앞으로 살아남을 것이며, 디아스포라 유대인만이 진정한 유대인이라고 믿는 유대인이에요……."

고작 사십팔 시간 동안 그렇게 많은 일을 겪었는데도 내가 이런 말을 할 기운이 어디서 나는지는 잘 모르겠지만, 여기 예루살렘에서 갑자기 뭔가가 또 내게서 도망치고 있는 것 같은데 이렇게 피픽 흉내를 내는 것 외에는 내게 달리 도리가 없는 것처럼 보였다. 혀가 매끄러워지는 느낌이 들더니 내 언변이 좋아져서 나는 계속, 계속 유대인들의 탈이스라엘을 외쳤다. 그렇게 취한 듯한 충동에 따르고는 있어도, 가엾은 갈의 눈에 보이는 만큼 자신감은 느껴지지 않았고, 아버지를 사랑하는 효자 아들이면서 아버지에게 반항하는 비행을 저지르고 있다는 갈등으로 갈처럼 나도 마음이 둘로 갈라져 있었다.

2 부

6
그의 이야기

내 방 열쇠를 받으려고 프런트데스크로 다가가자 젊은 직원이 미소를 지으며 말했다. "열쇠를 이미 가져가셨는데요."

"내가 가져갔다면 지금 열쇠를 달라고 하지 않았겠죠."

"아까 바에서 나오셨을 때 제가 열쇠를 드렸습니다."

"난 바에 가지 않았어요. 이스라엘 사방을 돌아다녔지만 바에는 안 갔다고. 이봐요, 난 지금 목도 마르고 배도 고파요. 목욕도 좀 해야겠고. 지금 쓰러지기 직전이라고요. 열쇠 줘요."

"그렇죠, 열쇠!" 직원은 자신이 멍청한 짓을 했다고 비웃는 척 쾌활하게 말하고는 열쇠를 찾으려고 돌아섰다. 그동안 나는 방금 들은 이야기의 의미를 서서히 깨달았다.

나는 열쇠를 들고 로비 구석의 고리버들 의자에 앉았다. 이십 분쯤 지난 뒤, 처음에 나를 혼란스럽게 했던 프런트데스크 직원이 살금살금 내게 다가와 방까지 올라가는 데 도움이 필요하냐고 조용히 물었다. 그는 혹시 내가 어디 아픈가 걱정하면서, 쟁반에 생수 한 병과 잔 하나를 챙겨 온 참이었다. 나는 생수병을 들어 단번에 다 마셔버렸다. 그러고도 직원이 걱정스러운 표정으로 내 옆에 계속 남아 있기에, 나는 괜찮으니 혼자서 방으로 올라갈 수 있다고 그에게 말했다.

거의 11시가 가까운 시각이었다. 내가 한 시간쯤 더 기다리면 놈이 스스로 이곳을 떠날까? 아니면 내 잠옷으로 갈아입고 잠자리에 들까? 어쩌면 택시를 타고 킹 데이비드 호텔로 가서, 놈이 내 열쇠를 요구할 때 그랬던 것처럼 아무렇지도 않게 놈의 열쇠를 요구하는 것이 해법일 수도 있었다. 그래, 거기로 가서 거기서 자자. 그 여자와 함께. 그리고 내일 놈이 아하론을 만나 우리의 대화를 마무리하는 동안 나와 그 여자는 우리의 대의를 널리 알리려고 나서겠지. 내가 지프 안에서 하다 만 생각을 계속하면 된다.

나는 로비 구석 의자에 앉아 꾸벅꾸벅 졸면서, 지금은 아직 지난여름이고 내가 현실이라고 생각하는 모든 것, 그러니까 라말라의 유대인 법정, 절망에 빠진 조지의 아내와 아들, 내가 그들 앞에서 모이세 피픽 행세를 한 것, 똥싸개 택시기사가 몰던 웃기는 택시, 이스라엘 군대와의 무서운 조우, 내가 갈 앞에서 모이세 피픽 행세를 한 것이 모두 할시온의 환각이라고 생각했다. 모이세 피픽 자체도 할시온의 환각이었다. 징크스 포제스키도 마찬가지였다. 이 아랍 호텔도, 예루살렘시도 모두. 만약 여기가 예루살렘이라면 나는 항상 묵던 시립 게스트하우스 미시케놋 샤아나님에 묵고 있을 것이다. 앱터와 친구들을 모두 만났을 것이고…….

나는 퍼뜩 잠에서 깼다. 내 양편에 커다란 양치류 화분이 있고, 그 친절한 직원이 다시 물을 내밀면서 정말로 도움이 필요

248

하지 않느냐고 물었다. 손목시계를 보니 11시 반이었다. "지금 몇 년, 몇 월, 며칠이죠?"

"1988년 1월 26일 화요일입니다. 삼십 분 뒤면 27일이 되겠군요, 손님."

"여긴 예루살렘이고요?"

직원은 빙긋 웃었다. "그렇습니다."

"고마워요. 됐습니다."

나는 재킷 안주머니에 손을 넣었다. 혹시 그것도 할시온의 환각이었을까? 100만 달러짜리 수표, 틀림없이 환각이었을 것이다. 봉투가 없었다.

나는 직원에게 지배인이나 보안 담당자를 부르라고 하거나, 십중팔구 정신이 온전치 않고 어쩌면 무장을 했을 가능성도 있는 침입자가 내 행세를 하면서 내 방에 들어갔다고 말해주는 대신 자리에서 일어나 로비를 가로질러서 식당으로 들어갔다. 이렇게 늦은 시각에도 식사를 할 수 있는지 물어보기 위해서였다. 먼저 나는 식당 문간에서 걸음을 멈추고, 피픽과 징크스가 안에서 식사를 하고 있지는 않은지 확인했다. 놈이 바에서 나와 프런트데스크에서 내 열쇠를 받아갈 때 징크스도 함께 있었을 가능성이 높았다. 어쩌면 그들은 내 방에 올라가 섹스를 하기보다는 내 돈으로 여기 식당에서 식사를 하고 있는지도 몰랐다. 그렇게 못 할 이유가 없지 않은가.

그러나 식당 가장 안쪽의 구석 자리에 있는 둥근 테이블에서 커피를 마시며 시간을 끌고 있는 남자 네 명을 빼면 식당 안에는 심지어 웨이터도 없었다. 네 남자는 뭔가 이야기를 나누며 조용히 웃고 있는 것이, 자기들끼리 즐거운 시간을 보내고 있는 것 같았다. 그들 중 한 명이 일어섰을 때에야 나는 그가 데미야 뉴크의 아들이며 늦은 저녁식사를 하고 있는 그의 일행은 아버지 데미야뉴크의 변호인들이라는 사실을 깨달았다. 캐나다인 추막, 미국인 길, 이스라엘인 셰프텔. 십중팔구 그들은 저녁식사를 하며 내일의 전략을 짰을 것이다. 지금은 데미야뉴크의 아들 존에게 작별인사를 하는 중이었다. 존은 법정에서 입었던 어두운 색의 깔끔한 정장 대신 캐주얼한 바지와 셔츠 차림이었다. 그가 한 손에 플라스틱 물병을 들고 있는 것을 보고, 나는 집과 사무실이 사십오 분 거리인 텔아비브 시내에 있는 셰프텔만 빼고 다른 변호사들과 데미야뉴크의 가족들이 모두 아메리칸 콜로니 호텔에 묵고 있다는 기사를 읽은 기억이 났다. 그는 물을 자기 방으로 가져가려는 모양이었다.

식당을 나선 데미야뉴크 아들은 내 바로 옆을 스쳐 지나갔다. 나는 마치 그를 줄곧 기다리던 사람처럼 몸을 돌려 그를 쫓아갔다. 전날 그가 법정에서 거리로 나가는 것을 보고 했던 것과 정확히 똑같은 생각이 들었다. 저 청년이 저렇게 무방비하게 다녀도 되나? 자녀나 형제자매나 부모나 남편이나 아내를 그 강제수용소에서 잃은 생존자가 단 한 명도 없을까? 그곳에서 신체의 일부를 잃거나 평생에 걸친 정신장애를 입은 사람은? 그들은 데미야뉴크의 아들을 통해 아버지인 그에게 복수하려 할 텐데. 아버지가 자백할 때까지 아들을 인질로 삼을 각오가 된 사람이 하나도 없을까? 그와 이름이 같은 아버지가 성심성의껏 참여한 범죄로 인해 엄청난 수의 사람이 목숨을 잃은 세대의 마지막 생존자들이 살고 있는 이 나라에서 저 청년이 어떻게 무사히 살아 있는지 설명하기가 힘들었다. 이스라엘 전역에 잭 루비케네디 대통령의 암살범인 오즈월드를 쏘아 죽인 사람 같은 사람이 하나도 없다고?

그때 문득 이런 생각이 들었다. 나는 어떤가?

나는 젊은 데미야뉴크보다 고작 1미터 조금 넘게 뒤에 처져서 그를 따라 로비를 지나고 계단을 올라갔다. 그를 멈춰 세워 이렇게 말하고 싶은 충동이 들었지만 참았다. "이봐, 자네는 아버지가 모함에 빠졌다고 믿지. 난 그걸로 자네를 비난하지 않아. 아버지의 무죄를 믿지 않는다면, 지금처럼 착한 미국의 아들이 될 수 없겠지. 아버지에 대한 자네의 믿음 때문에 내가 자네를 적으로 보지는 않네. 하지만 여기 사람들 중 일부는 나와 생각이 다를 거야. 자네가 이렇게 돌아다니는 건 정말 아주 위험한 일일세. 자네와 자네 누이들, 어머니는 이미 고생을 충분히 했지 않나. 하지만 고생을 한 건 많은 유대인도 마찬가지라는 점을 잊지 말게. 자네가 스스로를 아무리 속여도 이번 일에서 회복하는 건 불가능할 거야. 하지만 많은 유대인 역시 자신과 가족들이 겪은 일에서 아직 제대로 회복하지 못했어. 자네가 이렇게 좋은 셔츠와 깨끗한 바지를 입고 손에는 물병을 든 모습으로 돌아다니는 건 그 사람들 눈에 너무한 것처럼 보일 수 있네……. 자네의 관점에서 보면 틀림없이 아주 무해한 일이겠지만. 물이 무슨 상관이냐고? 쓸데없이 사람들의 기억을 자극하지 말게. 영혼이 망가진 사람이 분노에 차서 이성을 잃고 후회할 만한 일을 저지르게 유혹하지 마……."

내 사냥감이 층계참에서 복도로 들어갔을 때 나는 그대로 계단을 올라가 호텔 맨 꼭대기 층으로 향했다. 그 층의 복도 중간쯤에 내 방이 있었다. 나는 최대한 조용히 내 방으로 다가가, 안에서 소리가 나지 않는지 귀를 기울였다. 그동안 계단 옆에서는 누군가가 서서 내 쪽을 보고 있었다. 내가 데미야뉴크의 아들을 뒤쫓는 동안 겨우 몇 걸음 뒤에서 나를 쫓아온 사람이었다. 당연히 사복형사였다! 그는 데미야뉴크 아들의 안전을 위해 이곳에 배치되어 있었다. 아니, 저 사복형사는 내가 모이세 피픽인 줄 알고 나를 미행한 걸까? 아니면, 피픽이 나인 줄 알고 그를 쫓아온 걸까? 아니면, 우리가 왜 두 명인지, 우리 둘이 무슨 음모를 꾸미고 있는지 조사하러 왔나?

방 안에서는 아무 소리도 들리지 않았다. 어쩌면 그가 이곳에서 이미 원하는 물건을 훔치거나 파괴한 뒤 나가버렸을 가능성이 있는데도, 나는 그가 안에 있을 가능성이 아주 조금이라도 남아 있다면 혼자 안으로 들어가는 것이 멍청한 짓이라는 확신을 품고 몸을 돌려 계단으로 돌아가기 시작했다. 바로 그때 내 방의 문이 조금 열리더니 모이세 피픽의 머리통이 밖을 내다보았다. 그때 나는 사실상 복도를 뛰다시피 걸음을 서두르고 있었지만, 내가 얼마나 겁을 먹었는지 그에게 알리기 싫어서 걸음을 멈췄다. 그리고 그가 문밖으로 몸을 반만 내밀고 서 있는 곳을 향해 몇 걸음 천천히 되돌아가기까지 했다. 그런데 다가가면서 본 모습이 너무나 충격적이라 나는 그대로 돌아서서 도움을 청하러 전속력으로 달려가고 싶은 것을 참느라 안간힘을 썼다. 그의 얼굴은 내가 신경쇠약에 걸린 몇 달 동안 거울로 보던 바로 그 얼굴이었다. 안경을 벗은 그의 눈에서 지난여름 내가 느낀 그 무시무시한 두려움이 보였다. 내가 자살 외에는 다른 생각을 거의 하지 못하던 그때, 가장 두려움에 차 있던 그 눈이었다. 그의 얼굴은 클레어를 너무나 겁먹게 했던 그것, 즉 영원한 슬픔에 잠긴 표정을 짓고 있었다.

"당신." 그가 말했다. 그 말뿐이었다. 그러나 그에게는 그 말이 비난이었다. 내가 나라는 사실을 비난하는 말.

"들어와." 그가 힘없이 말했다.

"아니, 네가 나와. 신발 신고." 그는 양말만 신고 있었다. 셔츠 자락은 바지 밖으로 늘어져 있었다. "네 물건 전부 챙기고 열쇠를 나한테 넘겨. 그리고 얼른 가버려."

그는 내 말에 대답도 하지 않고 돌아서서 방으로 들어갔다. 나는 문까지 다가가 안을 들여다보며 징크스가 함께 있는지 확인했다. 하지만 침대에 대각선으로 누워 새하얗고 둥근 천장을 슬프게 올려다보고 있는 그는 혼자였다. 베개는 침대 머리판 앞에 모여 있고, 이불은 뒤집혀서 타일 바닥으로 끌어 내려진 상태였으며, 침대 위 그의 옆에는 책 한 권이 펼쳐져 있었다. 내가 갖고 있던 아하론 아펠펠드의 소설 《트칠리》였다. 작은 방 안에 어질러진 것은 전혀 없는 듯했다. 나는 호텔에 묵을 때조차 내 물건을 깔끔하게 정돈하는 편인데, 모든 것이 내가 놓아둔 자리에 그대로 있는 것 같았다. 애당초 내 소지품이 많지도 않았다. 커다란 아치형 창문 옆의 작은 책상 위에는 아하론과 대화하면서 작성한 메모를 넣어둔 폴더, 아하론과 내가 지금까지 나눈 대화를 녹음한 테이프 세 개, 아하론의 작품을 영어로 번역한 책 몇 권이 있었다. 내 녹음기는 하나뿐인 여행가방 안에 있고, 여행가방은 잠금장치가 있는 벽장 안에 있으며, 벽장 열쇠는 내 지갑 속에 있기 때문에 그가 테이프를 듣지는 못했을 것이다. 어쩌면 그가 서랍장의 중간 서랍에 정리해둔 내 셔츠와 양말과 속옷을 뒤졌을 수는 있었다. 그가 그 옷가지들을 어떤 식으로든 더럽혔다는 사실을 내가 나중에 알게 될 수도 있었다. 하지만 그가 욕조에서 염소를 잡아 희생제물로 바치는 짓이라도 저지르지 않은 이상, 나는 운이 좋았다고 할 수밖에 없었다.

"이봐." 나는 문간에서 그에게 말했다. "내가 여기 보안 담당자를 부를 거야. 그 사람이 경찰을 부르겠지. 네가 내 방에 무단으로 침입했어. 내 물건에 멋대로 손을 댔다고. 네가 뭘 가져갔는지는 몰라도……."

"내가 뭘 가져가?" 이 말을 하면서 그는 몸을 획 돌려 침대에 걸터앉았다. 그러고는 양손에 머리를 묻어버렸기 때문에 나는 나를 닮은 얼굴이 슬픔에 젖은 모습을 순간적으로 볼 수 없었다. 내가 홀린 듯 바라보며 경악했던 그 얼굴. 그 역시 나를 보지 못했다. 아직도 자세히 알 수 없는 모종의 동기로 인해 그가 무릎을 꿇은 그 닮은 얼굴. 나는 사람들이 항상 스스로를 변화시키려 하는 것을 이해했다. 다른 사람이 되고 싶은 충동은 보편적이었다. 다른 얼굴, 다른 목소리를 원하고, 지금과는 다른 대우를 원하고, 지금과는 다른 고통을 원하기 때문에 사람들은 머리모양, 다니던 옷가게, 배우자, 말씨, 친구를 바꾼다. 주소, 코, 벽지를 바꾼다. 심지어 정부 형태도 바꾼다. 이 모두가 좀 더 자기다워지기 위해서, 또는 덜 자기다워지기 위해서, 아니면 평생 동안 강박적으로 흉내 내거나 거부하는 이미지에 가까워지거나 멀어지기 위해서. 사실 피픽은 대부분의 사람들에 비해 그리 지나친 편도 아니었다. 있을 수 없는 일이지만, 그는 거울 속에서 이미 다른 사람으로 진화했다. 그가 흉내 내거나 공상할 것은 별로 남아 있지 않았다. 자신을 짓눌러버리고, 불완전한 가짜지만 재미있고 새로운 모습이 되고 싶다는 유혹을 나는 이해할 수 있었다. 나도 그런 유혹에 무릎을 꿇은 적이 있었다. 바로 몇 시간 전 지아드의 집에서, 그리고 나중에 갈과 함께 있을 때, 그리고 내 책에서는 그보다 훨씬 더 광범위하게. 나와 같은 외모, 나와 같은 목소리, 심지어 내 프로필 중에 편리하게 이용할 수 있는 일부를 자기 것으로 주장하기까지 하지만 나로 위장한 그 모습 아래에는 완전히 다른 사람이 있었다.

하지만 이것은 책이 아니었다. "내 침대에서 내려와." 내가 말했다. "나가!"

그는 아하론의 《트칠리》를 들어 자기가 어디까지 읽었는지 보여주었다. "이건 진짜 독이야." 그가 말했다. "디아스포리즘이 맞서 싸우는 보는 것이 여기 있어. 이자는 우리에게 전혀 필요하지 않은 사람인데 당신은 왜 이자를 높이 평가하지? 이자는 절대 반유대주의를 포기하지 않을 거야. 그걸 반석으로 삼아 자기의 세상을 전부 구축하고 있으니까. 영원히 흔들리지 않는 반유대주의. 이 사람은 홀로코스트 때문에 손쓸 수 없이 망가졌어. 왜 이렇게 공포만 가득한 책을 사람들한테 권하는 거야?"

"내 말을 못 알아듣는군. 내가 원하는 건 네가 여기서 나가는 것뿐이야."

"다른 사람도 아니고 당신이, 지금까지 그런 글을 썼으면서, 유대인 희생자라는 고정관념을 더욱 강화하려 한다는 게 정말 놀라워. 당신이 작년에 프리모 레비랑 나눈 대담을 〈타임스〉에서 읽었어. 레비가 자살한 뒤 당신이 신경쇠약 발작을 일으켰다고 들었는데."

"누구한테서 들었어? 바웬사?"

"당신 형, 샌디."

"우리 형하고도 연락하는 사이라고? 난 샌디한테서 아무 말도 못 들었는데."

"들어와서 문 닫아. 우리가 나눠야 할 이야기가 많아. 수십 년 동안 수많은 방법으로 서로 얽혀 있었으니까. 이 모든 일이 얼마나 으스스한지 당신은 알고 싶지 않은 거지? 그냥 이 일을 없애버릴 생각뿐이야. 하지만 이건 말이야, 필립, 챈슬러 애비뉴 학교까지 거슬러 올라가야 하는 이야기야."

"너 그 학교를 다녔어?"

놈은 부드러운 바리톤 목소리로 조용히 노래를 부르기 시작했다. 오싹할 정도로 내게 친숙한 목소리로 챈슬러 애비뉴 학교의 교가 몇 소절을 불렀다. 1930년대 초에 '온 위스콘신'의 곡조에 가사를 붙인 노래였다. "……우리는 최선을 다할 것이다……. ……언제나 승리를 위해 애쓰리……. ……시련을 겪어, 라라라……." 그는 슬픔에 물든 얼굴로 나를 향해 힘없는 미소를 지었다. "챈슬러 거리와 서밋 거리가 만나는 모퉁이에서 길을 건네주던 경찰관 기억해? 1938년, 당신이 유치원에 다니기 시작한 해야. 그 경찰관 이름 기억해?"

놈이 말하는 동안 나는 계단 쪽을 흘깃 보았다. 내가 원하는 사람이 거기 있는 것을 보니 마음이 놓였다. 셔츠 차림의 땅딸막한 남자가 층계참에 서 있었다. 검은 머리는 아주 짧게 잘랐고, 얼굴에는 가면처럼 표정이 없었다. 어쨌든 멀리서 보기에는 그랬다. 그는 자신이 그곳에 있다는 사실, 뭔가 수상쩍은 낌새를 자신도 알아차렸다는 사실을 굳이 감추려 하지도 않고 나를 바라보았다. 아까 그 사복형사였다.

"앨이야." 피픽이 다시 말했다. 그의 고개가 베개 위로 떨어졌다. "경찰관 앨." 그리움에 젖은 목소리였다.

피픽이 침대에서 조잘거리는 동안 사복형사는 내가 신호도 하지 않았는데 내가 있는 열린 문간을 향해 걸어오기 시작했다.

"당신은 앨의 팔을 건드리려고 펄쩍 뛰곤 했어." 피픽이 내 기억을 일깨워주었다. "앨이 양팔을 쭉 뻗어 도로의 차들을 멈춰 세우면, 당신 같은 어린 애들은 길을 건너가면서 펄쩍 뛰어 앨의 팔을 만졌지. 매일 아침 '안녕, 앨!' 하고 말하면서 펄쩍 뛰어서 그의 팔을 만졌어. 1938년이야. 기억나?"

"물론이지." 내가 말했다. 사복형사가 가까워지자 나는 그에게 미소를 지었다. 비록 그가 필요한 상황이지만 아직은 내가 통제할 수 있다는 뜻을 알리기 위해서였다. 그가 내 귀에 입을 가까이 대고 뭐라고 중얼거렸다. 영어인데도 그의 발음 때문에 처음에는 그의 말을 알아들을 수 없었다.

"뭐라고요?" 내가 속삭였다.

"내 손에 날아가고 싶어요?" 그가 마주 속삭였다.

"아뇨, 괜찮아요. 내가 실수했군요." 나는 방 안으로 들어가서 문을 단단히 닫았다.

"멋대로 들어와서 미안하군." 내가 말했다.

"앨을 기억해?"

나는 창가의 안락의자에 앉았다. 이렇게 놈과 같이 방에 갇힌 꼴이 되고 나니, 달리 무엇을 해야 할지 알 수 없었다. "별로 섹시해 보이지 않는데, 피픽."

"뭐?"

"끔찍한 몰골이라고. 아픈 사람 같아. 이 일이 당신한테 그리 좋지는 않은 것 같아. 아주 심각한 문제가 있는 사람 같은 몰골이야."

257

"피픽?" 그는 이제 침대에서 일어나 앉아 있었다. 그가 경멸스럽다는 듯이 물었다. "날 피픽이라고 불렀어?"

"너무 심각하게 생각하지 마. 달리 내가 뭐라고 부를까?"

"쓸데없는 소리 마. 난 수표를 가지러 왔어."

"수표라니?"

"내 수표!"

"당신 수표? 이봐, 댄버리에 사는 우리 고모할머니 이야기 못 들었어, 피픽? 할아버지의 누님이야. 그 미마 깃차 할머니에 대해 아무도 당신한테 말해주지 않았던 말이야?"

"내게 필요한 건 그 수표야."

"당신은 경찰관 앨에 대해서 알아냈어. 누군가한테서 챈슬러 교가의 가사도 배웠을 테고. 그럼 이제는 미마 깃차 할머니에 대해 배울 때가 아닐까? 우리 집안 어른 중의 어른. 우리가 그 할머니 댁에 갔다가 집으로 돌아온 뒤 전화해서 무사히 잘 왔다고 알려드리는 얘기 같은 것. 1938년에 아주 관심이 많은 모양인데, 이건 1940년의 이야기야."

"나한테서 그 수표를 훔쳐 갈 수는 없어. 스마일스버거의 돈을 훔칠 수는 없어. **그건 유대인의 돈을 훔치는 거야.**"

"이봐. **이봐.** 그만해. 미마 깃차 할머니도 유대인이었어. **내 말 좀 들어.**" 내가 뭘 하려는 건지 나 역시도 모르는 상태였지만, 그래도 내가 주도권을 쥐고 계속 이야기를 하다 보면 결국 놈이 지칠 테니 그때부터는……. 그때부터 뭘 하지? "미마 깃차 할머니는 정말 외국인처럼 보이는 시골 할머니였어. 덩치 크고, 목소리 크고, 바쁜 사람. 가발을 쓰고, 어두운색의 긴 드레스 위에 숄을 두른 모습. 댄버리의 그 할머니 댁에 가는 건 거의 외국에 가는 것과 비슷한 엄청난 외출이었어."

"수표 내놔. 당장."

"피픽, 조용히 해."

"피픽이라는 소리 하지 마!"

"그럼 그냥 들어. 이건 재미있는 이야기야. 대략 육 개월에 한 번씩 우리는 자동차 두 대에 나눠 타고 미마 깃차 할머니 집에 가서 주말을 보냈어. 할머니 남편은 댄버리에서 모자를 만들어 팔았는데, 옛날에 우리 할아버지랑 같이 뉴어크의 피시맨스에서 일한 적이 있어. 우리 할아버지도 한동안 모자를 만들어 팔았고. 모자 공장들이 코네티컷으로 옮겨갔을 때 깃차 할머니 가족은 그 공장들을 따라 댄버리로 갔지. 그리고 십 년쯤 지나서 할머니 남편이 쉬는 시간에도 일을 하면서 완성된 모자를 발송실로 옮기려다가 엘리베이터 사고로 그 안에 갇혀서 돌아가셨지. 깃차 할머니가 혼자 되셨기 때문에 우리는 일 년에 두세 번씩 모두 북쪽의 할머니 집으로 갔어. 당시 자동차로 다섯 시간이 걸리는 길이었는데. 고모들, 삼촌들, 사촌들, 우리 할머니가 자동차에 빽빽이 타고 그 길을 오간 거야. 내 어린 시절의 기억 중에 가장 유대인답고 이디시다운 일이야. 그렇게 차를 몰고 댄버리로 가다가 아예 갈리시아까지 가버릴 수도 있었을 거야. 미마 깃차 할머니의 집은 아주 우울하고 어지러웠어. 조명은 흐릿하고, 항상 요리하는 냄새가 나고, 질병이 어디서 기다리는 것 같고, 새로운 비극이 금방이라도 닥칠 것 같고…… 거기 친척들은 새 자동차에 잔뜩 타고 온 활기차고 건강하고 미국인 같은 우리와는 아주 다르고. 미마 깃차 할머니는 할아버지의 죽음을 끝내 극복하지 못했어. 그래서 우리가 오는 길에 틀림없이 자동차 사고로 죽을 거라고 항상 확신했지. 오는 길에 아무 일도 없었다면, 틀림없이 돌아가는 길에 사고를 당할 거라고 했어. 그래서 우리가 일요일 밤 집에 도착하자마자, 문을 열고 들어가는 순간, 누가 화장실에 가거나 겉옷을 벗을 새도 없이, 미마 깃차 할머니한테 전화해서 우리가 죽지 않았다고 알리는 게 관습이 됐어. 하지만 물론 당시 우리가 살던 세상에서 장거리 전화란 전대미문의 물건이었지. 아주 위급한 상황이 아니라면, 꿈도 꾸지 못하는 거였다고. 그래도 우리가 미마 깃차 할머니의 집에서 돌아온 뒤 아무리 늦은 시각이라도 우리 어머니가 수화기를 들었어. 그리고 엄청 돈을 잘 버는 사람처럼 교환원을 불러 미마 깃차 할머니의 코네티컷 번호로 장거리 전화를 걸겠다고 했지. 모이셰 피픽과 직접 이야기를 나눠야 한다고. 어머니가 전화기를 붙들고 있는 동안 우리 형제는 어머니 옆에서 귀를 쫑긋 세우고 있었어. 이교도인 교환원이 '모이셰 피픽'이라고 발음하려 애쓰는 소리를 들으면 기분이 엄청 짜릿했거든. 교환원이 항상 잘못 발음했기 때문에, 우리 집안에서 그런 걸 잘하기로 유명한 우리 어머니가 아주 차분한 목소리로 아주 정확하게 말해줬어. '아뇨, 교환원, 그게 아니라…… 모이셰…… 피픽입니다. 모이셰…… 피픽 씨.' 교환원이 어떻게든 비슷한 발음을 해내고 나면, 미마 깃차 할머니의 목소리가 수화기에서 불쑥 들려왔어. '모이셰 피픽? 여기 없어! 삼십 분 전에 갔어!' 그러고는 곧바로 쾅. 전화 회사가 뭐가 뭔지 깨닫고 우리를 감옥에 처넣기 전에 할머니가 전화를 끊어버렸어."

이 이야기가 왠지 놈을 조금 진정시킨 것 같았다. 어쩌면 순전히 이야기의 길이 때문일 수도 있었다. 놈은 지금 이 순간만은 놈 자신을 포함해서 누구에게도 해롭지 않은 존재처럼 침대에 누워 있었다. 놈이 눈을 감은 채 아주 지친 목소리로 이렇게 말했다. "그게 당신이 내게 한 짓과 무슨 상관이지? 응? 오늘 당신이 나한테 무슨 짓을 했는지 정말 모르겠어?"

그때 그가 길을 잘못 든 내 아들 같다는 생각이 들었다. 내가 낳은 적이 없는 아이, 아무짝에도 쓸모없는 철딱서니 어른. 영웅 같은 아버지와 같은 성을 쓰고 얼굴을 닮았으며, 아버지의 명성에 짓눌리지 않고 사방을 다니며 숨 쉬는 법을 배웠으나, 그렇게 오토바이를 타고 수십 년을 돌아다녔는데도 전혀 성공하지 못하고 일렉트릭 기타나 퉁기면서 옛집의 문 앞에 나타나 평생에 걸친 무력감을 쏟아낸 뒤 이십사 시간 동안 광기 어린 비난과 무서운 눈물에 시달린 끝에 반박할 말이 모두 고갈된 채로 결국 어렸을 때 쓰던 방으로 돌아간다. 아버지는 상냥하게 아들 옆에 앉아, 아들의 부족한 점을 모두 머릿속으로 하나하나 헤아리며 이런 생각을 한다. "네 나이에 나는 이미……." 그러고는 아들이 적어도 받으러 온 수표를 받아 자동차를 수리할 수 있는 곳으로 갈 때까지는 이 사냥감을 달래서 마음을 바꾸게 하려고 재미있는 이야기를 소리 내어 늘어놓지만 소용이 없다.

수표라. 수표는 환각이 아니었고, 지금은 내 수중에 없다. 모두 환각이 아니었다. 이건 할시온보다 더 나쁘다. 실제로 벌어지고 있는 일이니까.

"당신은 피픽이 우리의 희생양인 줄 알지." 내가 말했다. "희생양의 희생양. 아니, 피픽은 변화무쌍했어. 그런 면에서는 아주 인간적이었지. 모이셰 피픽은 존재하지 않는 사람, 도저히 존재할 수 없는 사람인데도 우리는 그가 정말로 현실에 존재하기 때문에 전화도 받을 수 있다고 주장했어. 일곱 살짜리 아이가 들어도 그냥 웃기는 이야기였지. 하지만 미마 깃차 할머니는 이렇게 말했어. '삼십 분 전에 갔어.' 그러면 나는 갑자기 교환원처럼 멍청해져서 그 말을 믿어버렸지. 피픽이 밖으로 나가는 모습이 정말로 눈에 보이는 거야. 피픽은 거기 남아서 미마 깃차 할머니랑 더 이야기하고 싶었는데. 그 할머니 집에 오면 피픽은 왠지 안심할 수 있었어. 자기가 혼자가 아니라는 생각이 들었으니까. 내 짐작이야. 댄버리에는 유대인이 많지 않았어. 가엾은 모이셰 피픽이 애당초 어쩌다 그곳에 가게 되었느냐고? 깃차 할머니는 세상 모든 일을 걱정하는 사람인데도 이상하게 그렇게 든든할 수가 없었어. 하지만 걱정거리에 대해서는 용을 사냥하듯 달려들었지. 아마 그거였을 거야. 난 미마 깃차 할머니와 모이셰 피픽이 이디시어로 이야기하는 모습을 상상했어. 난민 소년인 피픽은 고향의 난민들이 쓰는 모자를 쓰고 있었어. 할머니는 냄비에서 음식을 퍼주고, 죽은 남편이 옛날에 입던 옷도 내줬지. 가끔은 1달러를 손에 슬쩍 쥐여주기도 했어. 하지만 뉴저지의 친척들이 주말에 다녀간 뒤로 피픽이 우연히 할머니를 보러 와서 식탁에 앉아 고민을 털어놓을 때마다 할머니는 부엌의 시계를 보며 앉아 있다가 갑자기 벌떡 일어서서 이렇게 말하곤 했어. '이제 가, 모이셰! 시간을 봐! 걔들이 전화할 때 네가 여기 있으면 안 돼!' 그러면 만사를 제쳐두고, 느닷없이 피픽이 모자를 들고 뛰어가는 거야. 피픽은 달리고 달리고 또 달렸어. 오십 년 뒤 마침내 예루살렘에 도착할 때까지 결코 멈추지 않았지. 너무 오랫동안 달리다 보니 피픽은 너무나 피곤하고 외로워져서 예루살렘에 도착한 뒤에는 잠잘 곳을 찾는 게 고작이었어. 어떤 침대라도, 심지어 다른 사람의 침대라도……."

나는 녀석을 아이처럼 잠재웠다. 내 이야기가 그를 마취시켰다. 나는 창가의 의자에 계속 앉아, 내 이야기가 놈을 죽여버렸으면 좋겠다고 생각했다. 지금보다 젊었을 때, 나보다 나이가 많은 주위의 유대인들은 내가 쓰는 단편들이 유대인의 삶을 위험에 빠뜨린다고 비난하곤 했다. 내가 그런 걸 할 수만 있었다면! 총처럼 위험한 이야기라니!

나는 놈을 보았다. 놈이 나를 마주 볼 때는 차마 지을 수 없었던 굶주린 시선으로 한참 동안 바라보았다. 가엾은 녀석. 녀석의 얼굴은 놀라울 정도로 나와 흡사했다. 놈이 쓰러져 잠든 자세 때문에 바지 자락이 말려 올라가서 발목마저 나와 비슷하게 앙상하다는 사실을 알 수 있었다. 아니, 내 발목이 녀석의 발목을 닮은 것일 수도 있었다. 몇 분이 조용히 흘러갔다. 내가 해냈다. 놈이 지쳐서 쓰러지게 만들었다. 놈을 넘어뜨렸다. 하루 중에 처음으로 맛보는 평화로운 순간이었다. 그래, 내가 잘 때는 이런 모습이구나. 나는 속으로 생각했다. 침대에 누운 내 모습이 이렇게 길어 보인 적은 없었다. 하지만 침대가 짧은 탓일 수도 있었다. 어쨌든 여자들이 아침에 일어나 간밤에 누구와 무슨 일을 저질렀는지, 그것이 현명한 일이었는지 생각에 잠길 때 보는 내 모습이 이거로군. 만약 내가 오늘 밤 저 침대에서 죽는다면 바로 저런 모습으로 죽고 싶어. 이것이 내 시체다. 나는 이미 죽었는데도 살아서 여기 앉아 있다. 나는 죽은 뒤에 여기 앉아 있는 거야. 어쩌면 내가 태어나기 전인지도 모르지. 나는 여기에 앉아 있지만, 미마 깃차 할머니의 모이셰 피픽처럼 존재하지 않아. 난 삼십 분 전에 이곳을 나갔어. 난 여기서 나 자신을 위한 시바_{유대}

인이 부모나 배우자의 장례식을 치른 후 지키는 칠 일간의 복상 기간를 지키고 있어.

내가 생각했던 것보다 더 이상한걸.

아니, 그런 게 아니야. 그냥 타인이 비슷한 형태로 구현된 거야. 저 닮은 외모를 시에 비유한다면, 근사운近似韻이겠네. 그 외의 의미는 없어.

나는 내 옆 탁자 위의 수화기를 들어 교환원에게 아주, 아주 조용한 목소리로 킹 데이비드 호텔을 연결해달라고 요청했다.

"필립 로스를 부탁합니다." 킹 데이비드 호텔의 교환원과 연결됐을 때 나는 이렇게 말했다.

그들이 묵고 있는 방에서 징크스가 전화를 받았다.

나는 그녀의 이름을 속삭였다.

"자기야! 지금 어딨어? 내가 미쳐!"

나는 힘없이 대답했다. "아직 여기 있어."

"어디?"

"그의 방."

"세상에! 그거 못 찾았어?"

"없어."

"그럼 할 수 없지. 나와!"

"지금 그를 기다리고 있어."

"안 돼! 그러지 마!"

"내 100만 달러야, 젠장!"

"지금 목소리가 끔찍해. 전보다 더 안 좋다고. 또 너무 많이 먹었지. 먹을 수 있는 양에는 한도가 있어."

"필요하면 먹어야지."

"하지만 너무 지나쳐. 얼마나 안 좋아? 많이 안 좋아?"

"지금 쉬고 있어."

"목소리가 지독해! 아픈 거지! 돌아와! 필립, 돌아와! 그 사람이 모든 걸 뒤집어버릴 거야! 당신이 그 사람한테서 돈을 훔친 게 될 거라고! 그 사람은 사악하고 무자비한 이기주의자이니까 이기기 위해서 무슨 말이든 할 거야!"

이런 말을 들으면 웃어주어야 했다. "그자가? 내가 겁을 먹는다고?"

"내가 무서워! **돌아와!**"

"그자 때문에? 내가 무서워서 바지에 똥을 지리고 있는데? 그자는 이게 다 꿈인 줄 알아. 꿈이 어떤 건지 내가 보여줄 거야. 놈의 머리를 내가 뒤죽박죽으로 헝클어버리면 놈은 자기가 무엇에 당했는지도 모를걸."

"자기야, 이건 자살행위야."

"사랑해, 징크스."

"진짜? 이제 내가 당신한테 무엇이든 의미가 있기는 해?"

"지금 뭘 입고 있어?" 나는 침대에 시선을 고정한 채 속삭였다.

"뭐?"

"지금 뭘 입고 있냐고."

"그냥 청바지. 브래지어랑."

"청바지."

"지금은 안 돼."

"청바지."

"미치겠네. 그 사람이 돌아오면······."

"청바지."

"그래, 그래."

"벗었어?"

"지금 벗고 있어."

"발목에 걸쳐. 발목에 걸쳐놔."

"그렇게 했어."

"팬티."

"당신도 해."

"아, 그렇지."

"했어? 그거 꺼냈어?"

"지금 놈의 침대에 있어."

"당신은 미쳤어."

"놈의 침대야. 그것도 꺼내놨고. 아, 물론 꺼내놨지."

"커졌어?"

"커졌어."

"아주 커?"

"아주 커."

"내 젖꼭지가 진짜 바위처럼 딱딱해. 젖퉁이 커지고 있어. 아, 자기야, 커지고 있어……."

"말해. 전부 말해."

"난 누구의 것도 아닌 당신만의 보지야……."

"언제나?"

"당신만의."

"전부 말해."

"난 당신의 딱딱한 좆을 숭배해."

"전부 말해."

"당신의 딱딱한 좆을 내 입술로 감싸고…….”

침대에서 피픽이 눈을 뜨고 있었다. 나는 전화를 끊었다.

"몸이 좀 괜찮아졌어?" 내가 물었다.

그는 마치 깊은 혼수상태에 빠진 사람처럼 나를 보았다. 아무것도 보지 않는 것 같더니 다시 눈을 감았다.

"약을 너무 먹었네.” 내가 말했다.

나는 하던 일을 마저 하기 위해 징크스에게 전화하는 것은 그만두기로 했다. 대충 어떤 상황인지는 알았으니까.

그가 다시 정신을 차렸을 때, 그의 이마와 뺨에 땀이 가면처럼 매달려 있었다.

"의사를 부를까?" 내가 물었다. "포제스키 양을 불러줄까?"

"내가 원하는 건 당신뿐, 내가 원하는 건 당신뿐…….” 하지만 눈에 눈물이 고이면서 그는 말을 잇지 못했다.

"원하는 게 뭐야?"

"당신이 훔쳐 간 거."

"이봐, 당신은 환자야. 지금 엄청 아프지? 진통제 때문에 제정신이 아니야. 약을 엄청나게 먹었거든. 그렇게 된 거야, 그렇지? 나도 직접 겪어봐서 알아. 약을 먹으면 사람이 어떻게 되는지 안다고. 데메롤_{모르핀의 대용약제} 중독자를 딱히 감옥에 보내고 싶은 생각은 없어. 하지만 당신이 내 일에 손대지 못하게 만드는 방법이 그거라면, 당신이 지금 얼마나 심한 중환자든 통증이 얼마나 심하든 약 때문에 얼마나 정신이 나갔든 난 신경 쓰지 않을 거야. 난 어떻게든 내 뜻을 이룰 거니까. 꼭 필요하다 싶으면 난 당신한테 철저히 무자비해질 거야. 하지만 내가 꼭 그래야 하나? 여기서 벗어나 포제스키 양과 어디 다른 곳으로 가서 평화를 찾는 데 얼마나 필요해? 그 길을 택하지 않는다면 그냥 명청한 희극이 벌어질 뿐이니까 아무 의미가 없어. 당신은 성과 하나 없이 실패할 운명이야. 당신들 둘은 결국 스스로 불러온 어리석은 재앙에 끝장날 가능성이 커. 당신이 가고 싶은 곳이 어디든 내가 그 비용을 댈 용의가 있어. 왕복 일등석 비행기표 두 장. 당신들 둘이 원하는 곳이라면 어디든. 상황이 정리될 때까지 어려움을 헤쳐나갈 수 있는 돈도 좀 주지. 합리적이지 않아? 당신을 고발하지는 않을게. 그냥 여길 떠나. 서로 적당한 금액을 협상해서 이런 일에는 종지부를 찍자고."

"참 쉽네." 처음 정신을 차렸을 때만큼 눈빛이 흐리지는 않았지만, 여전히 윗입술에 땀이 맺혀 있고 얼굴에는 핏기가 하나도 없었다. "모이세 피픽은 돈을 받고, NBA 우승팀은 다시 우승한다."

"유대인 경찰서에 가는 게 더 인간적인 해법일 것 같아? 이렇게 어지러운 상황에서는 돈을 받는다고 해서 반드시 품위를 잃는 건 아니야. 내가 1만 달러를 주지. 큰돈이야. 여기에 아는 출판사가 있는데……." 내가 거기 전화할 생각을 왜 못 했을까! "내일 정오까지 당신 손에 현금 1만 달러가 들어가게 해줄 수 있어……."

"당신이 해지기 전까지 예루살렘을 떠난다면."

"내일 해지기 전까지, 좋아."

"난 1만을 받고, 당신은 잔액을 갖겠다?"

"잔액은 없어. 그게 끝이야."

"잔액이 없어?" 놈이 웃음을 터뜨렸다. "잔액이 없어?" 순식간에 똑바로 일어나 앉은 그는 완전히 기운을 차린 것 같았다.

약기운이 갑자기 모두 빠져나갔는지 아니면 갑자기 효과를 발휘했는지, 어쨌든 피픽은 다시 본연의 모습(그게 뭔지는 몰라도)이 되어 있었다. "챈슬러 애비뉴 학교에서 더친 선생님한테 산수를 배운 당신이 나한테 '잔액이 없다'고 말하는 거야?" 여기서 그는 유대인 만화에 나오는 사람처럼 손짓을 하기 시작했다. 두 손을 왼쪽으로, 두 손을 오른쪽으로, 이것과 저것을, 저것과 이것을 구분하는 동작. "감수減數는 1만이고 피감수被減數는 100만인데? 챈슬러 학교 시절 내내 당신의 산수 점수는 B였잖아. 뺄셈은 산수의 사칙연산 중 하나지. 당신 기억을 되새겨줄까? 뺄셈은 덧셈의 반대야. 한 숫자에서 다른 숫자를 뺀 결과물을 차差라고 불러. 뺄셈 기호는 우리에게 친숙한 마이너스 기호지. 기억이 좀 나? 덧셈에서처럼, 유사한 성질을 지닌 것들끼리만 뺄셈이 가능해. 예를 들어, 달러에서 달러를 빼는 식일 때 아주 훌륭하게 작동하지. 달러에서 달러를 빼는 것이야말로 애당초 뺄셈이 만들어진 목적이야, 필."

이놈은 뭐지? 51퍼센트 똑똑한 건가, 아니면 51퍼센트 어리석은 건가? 51퍼센트 미친 건가, 아니면 51퍼센트 멀쩡한 건가? 51퍼센트 무모한 건가, 아니면 51퍼센트 교활한 건가? 어떤 경우든 차이는 아주 미세했다.

"더친 선생님이라. 솔직히 난 더친 선생님을 기억하지 못했어." 내가 말했다.

"콜럼버스의 날콜럼버스의 아메리카대륙 발견을 기념하는 미국 국경일로 10월 둘째 월요일 연극에서 당신은 해나 더친을 위해 콜럼버스 역을 했어. 4학년 때. 더친 선생님은 당신을 아주 예뻐했지. 자기가 본 최고의 콜럼버스라면서. 모두들 당신을 예뻐했어. 당신 어머니, 밈 아주머니, 허니 아주머니, 핑클 할머니……. 당신이 아기였을 때 사람들은 요람을 둘러싸고 서 있었지. 그러다 당신 어머니가 기저귀를 갈아줄 때 투차스'엉덩이'를 뜻하는 이디시어에 차례대로 입을 맞췄지. 그때부터 줄곧 여자들이 당신 투차스에 키스하려고 줄을 서 있잖아."

음, 이제는 우리 둘 다 웃고 있었다. "당신 뭐야, 피픽? 무슨 짓을 하려는 거야? 당신한테도 재미있는 부분이 있기는 해, 그렇지? 아무리 봐도 그냥 멍청이는 아니야. 활기가 가득한 멋진 동반자도 있고, 대담함이나 용기가 부족하지도 않고, 심지어 머리도 좀 있어. 나도 이런 말을 하는 건 정말 싫지만, 이스라엘을 비판할 때 당신의 열정과 지성을 보면 단순한 미친놈은 아닌 것 같단 말이야. 이건 신념에 대한 악의적인 코미디 같은 건가? 디아스포리즘에 대한 주장은 원래 당신이 말할 때처럼 항상 우습기만 한 건 아니야. 무모하긴 해도 가능성이 있는 주장이라고. 유대주의, 그러니까 시온주의 등등을 낳은 유대주의에 유럽중심주의가 있다는 주장에는 적잖은 진실이 들어 있어. 하지만 내게는 놀랍게 들리기도 해. 철없는 어린애의 희망사항 같아서 말이야. 그러니까 말해봐. 당신 목적은 진짜로 뭐야? 신원도용? 그런 거라면 당신은 멍청하기 짝이 없는 사기꾼이야. 반드시 들킬 수밖에 없거든. 당신은 누구야? 이런 사기를 치지 않을 때는 무슨 일을 하는 사람인지 말해봐. 내가 아는 한, 만약 내가 틀렸으면 당신이 고쳐주면 돼, 어쨌든 내가 아는 한 당신은 내 아메리칸익스프레스 카드를 쓴 적이 없어. 그럼 무슨 돈으로 사는 거야? 순전히 머리만으로?"

"추측해봐." 아, 이제 그는 매우 밝게 반짝이고 있었다. 사실상 추파를 던지는 것 같기도 했다. 추측해보라니. 설마 양성애자인 건 아니겠지! 복도에 서 있는 그 남자가 문제라는 건 아니겠지! 나랑 그걸 하자는 건 아니겠지! 필립 로스와 필립 로스가 섹스를 하다니! 미안하지만 그건 나조차도 감당할 수 없을 만큼 기발한 자위행위가 될 것이다.

"추측할 수 없어. 나한테 당신은 백지와 같아." 내가 말했다. "게다가 내가 주위에 없으면 당신은 당신 자신한테도 백지가 될 것 같다는 느낌까지 들어. 조금 도시적이고, 조금 머리가 좋고, 조금 자신감이 있고, 어쩌면 조금 매혹적이기도 하고……. 징크스 같은 사람이 그냥 하늘에서 뚝 떨어지는 건 아니니까……. 하지만 대체로 자기 인생의 목적이 무엇인지 명확한 결론을 내리지 못한 사람, 대체로 응집력이 없고, 실망감을 안고 있고, 그림자 같고, 이렇다 할 형태가 없이 조각난 존재. 거칠게 윤곽을 그려놓은 무無. 내가 없을 때 당신에게 불을 붙이는 건 뭐지? '나'의 아래에 '당신'이 조금이라도 있기는 한가? 당신이 당신 자신이 아닌 다른 사람이라고 모두 믿게 만드는 것 외에 당신 인생의 목표는 뭐야?"

"그것 말고 **당신**의 목표는 뭐야?"

"그래, 무슨 소리인지 알겠어. 하지만 당신한테 던진 질문에는 더 넓은 의미가 있어. 아냐? 피픽, 실제 인생에서 당신이 하는 일은 뭐야?"

"치안 관련 면허를 갖고 있지." 그가 말했다. "어떻게 들려? 난 사립탐정이야. 자."

그의 신분증이었다. 잘못 나온 내 사진이라고 해도 될 것 같았다. 면허증 번호 7794. 유효기한 1990, 06, 01. "……정식

면허증이 있는 사립탐정……. 법이 허락하는 모든 권한을 갖고 있음." 그리고 그의 서명. 내 서명.

"난 시카고에서 사무소를 운영해." 그가 말했다. "나랑 직원 세 명. 그게 전부야. 작은 사무소지. 다른 탐정들이 하는 일은 우리도 해. 절도, 화이트칼라와 블루칼라 범죄, 실종, 배우자 감시. 거짓말 탐지도 하고, 마약도 다루고, 살인도 다루지. 나는 실종사건 전담이야. 중서부에서 필립 로스는 실종사건을 잘 다루기로 유명해. 난 멕시코와 알래스카까지 가봤어. 이십일 년 동안 찾아내기로 계약한 사람을 모두 찾아냈지. 살인사건도 다뤄."

나는 신분증을 돌려주고, 그가 그것을 지갑에 다시 넣는 모습을 지켜보았다. 저 안에 가짜 신분증이 백 장쯤 더 있을까? 모두 같은 이름으로? 당장 이걸 물어보는 건 현명하지 않은 것 같았다. '살인사건도 다룬다'는 말이 마음에 걸렸다.

"위험한 일을 좋아하는군." 내가 말했다.

"이십사 시간 내내 힘든 일에 달려드는 기분을 느껴야 해. 항상 신경을 곤두세우고 위태롭게 사는 게 좋아. 그러면 흥분이 유지되거든. 다른 건 전부 지루해."

"와, 놀라운걸."

"그렇게 보여."

"당신은 흥분을 즐기는 괴짜 같은데, 당신을 딱히 치안 관계자라고 불러주고 싶지는 않아."

"유대인이 사립탐정이 된 것이 이상한가?"

"아니."

"탐정이 나처럼 생긴 게, 아니, 당신처럼 생긴 게 있을 수 없는 일인가?"

"아니, 전혀 아니야."

"날 거짓말쟁이로 생각하겠지. 당신은 아늑한 세상에서 살고 있어. 당신은 진실을 말하는 필립이고 나는 거짓말하는 필립, 당신은 정직한 필립이고 나는 부정직한 필립, 당신은 합리적인 필립이고 나는 조증에 걸린 사이코패스."

"실종사건을 다룬다는 얘기는 마음에 들어. 그게 전문이라니 좋아. 지금 상황에서 아주 재치 있는 말이었어. 어쩌다 탐정 일을 하게 된 거지? 기왕 말이 나온 김에 말해봐."

"난 항상 남을 돕고 싶어하는 성격이었어. 어렸을 때부터 불의를 보면 참지 못했지. 내가 미칠 것 같았거든. 지금도 그래, 앞으로도 항상 그럴 거고. 나는 불의에 집착해. 아마 전쟁 시기에 유대인으로서 어린 시절을 보냈기 때문일 거야. 당시 미국이 유대인에게 항상 공정하지는 않았거든. 고등학교 때는 구타를 당했어. 조너선 폴라드처럼. 어쩌면 나도 폴라드의 길을 그대로 따라갔을지도 몰라. 유대인에 대한 사랑을 행동으로 옮겼다면 그렇게 됐을 수 있어. 이스라엘을 위해 자진해서 나서서 모사드를 위해 일한다는 폴라드식의 환상을 품고 있었으니까. 미국의 FBI와 CIA는 모두 나를 받아주지 않았어. 끝내 이유도 알 수 없었고. 가끔 당신 때문이 아닌가 하는 생각이 들어. 대중의 눈앞에 드러나 있는 누군가를 꼭 닮은 사람이라니, 너무 귀찮을 것 같다고 생각한 게 아닐까. 하지만 영원히 알 수 없겠지. 어렸을 때 나는 혼자 만화를 그리며 놀았어. 〈FBI에 들어간 유대인〉이라는 제목으로. 나한테 폴라드는 아주 중요해. 폴라드 사건과 나의 관계는 드레퓌스 사건과 헤르츨의 관계와 비슷해. 나는 탐정 일과 관련된 소식통을 통해 FBI가 폴라드를 거짓말탐지기에 연결한 뒤, 미국의 저명한 유대인 명단을 주면서 누가 또 스파이로 활동하는지 말하라고 했다는 이야기를 들었어. 폴라드는 말하지 않으려 했지. 그 인간의 모든 것이 내게는 반감을 일으키지만, 이 부분만 예외야. 나는 제2의 폴라드가 될지도 모른다는 두려움 속에 살아. 그게 무슨 뜻일지 무서워하면서 살아."

"그러니까 나한테 이런 얘기를 하는 건 당신이 유대인들을 도우려고 탐정이 됐다는 뜻을 알아서 이해하라는 건가?"

"이봐, 나에 대해 전혀 모른다고 당신 스스로 말했잖아. 나는 당신에 대해 아주 많이 알고 있으니 당신이 불리한 입장이라고. 그러니까 지금 나는 이렇게 많은 정보를 갖게 된 게 내 직업 때문이라고 당신한테 설명하는 거야. 당신뿐만 아니라 모든 사람에 대해 많이 알고 있으니까. 나더러 솔직히 말하라며. 그러니까 그렇게 하고 있잖아. 그런데도 당신은 불신뿐이군. 나한테도 거짓말탐지기를 붙이고 싶어? 아마 아주 화려한 점수로 통과할걸. 그래, 내가 당신 앞에서 차분하게 굴지 못한 건 사실이야. 나도 놀랄 정도로. 그래서 사과하는 편지를 썼잖아. 당신이 어떤 사람이든 때로는 마구 돌진해서 놀라게 하는 사람을 만나기도 하는 법이야. 나를 이렇게 놀라게 한 사람은 당신이 내 인생에서 두 번째라고 할 수밖에 없네. 직업상 나는 모든 일에 단련이 됐어. 모든 것을 보고 다루는 법을 배워야 하거든. 전에 이런 적은, 그러니까 이렇게 놀란 적은 1963년에 대통령을 만났을 때야. 대통령이 시카고에 왔을 때. 그때 나는 경호 쪽 일을 하고 있었지. 주로 민간인들이 나를 고용했는데, 그때는 공공부문이 나를 고용했어. 시카고 시장실. 대통령과 악수할 때 나는 아무 말도 할 수 없었어. 말이 밖으로 나오질 않는 거야. 그런 일은 잘 없는데.

내 일에서 말은 아주 큰 비중을 차지하거든. 내 성공의 90퍼센트가 말솜씨 덕분이야. 말솜씨와 머리. 아마 그때는 내가 수상스키를 타는 대통령의 아내에 대해서 자위행위 같은 공상을 품고 있었기 때문에 죄책감을 느낀 모양이야. 대통령이 나한테 뭐라고 한 줄 알아? '당신 친구 스타이론을 압니다. 언제 워싱턴으로 와서 우리와 스타이론 부부와 함께 만찬을 하시죠.' 그러고는 또 말을 이었어. '나는 《놓아 보내기》로스가 1962년에 발표한 소설를 아주 좋아합니다.' 1963년 8월의 일이야. 삼 개월 뒤 대통령이 총에 맞았지."

"케네디가 당신을 나로 착각했군. 미국 대통령이면서, 시장실에서 일하는 경호원이 부업으로 소설을 쓴다고 생각한 거야."

"대통령이 하루에 악수하는 사람이 백만 명은 될 거야. 그러니 나를 귀빈으로 착각했겠지. 그럴 만도 해. 내 이름, 내 얼굴. 게다가 사람들은 항상 경호원을 다른 사람으로 착각하거든. 그게 그 직업의 일부야. 어떤 사람은 보호를 원해. 당신처럼 때로 위협을 느끼는 사람들. 경호원은 그런 사람들하고 같이 다녀야 돼. 친구인 척하는 거지. 그래, 경호원더러 확실히 경호원 티를 내라고 하는 사람들도 있어. 그러면 또 그 주문에 따르지. 멋진 검은색 정장에 선글라스를 쓰고 총을 휴대하는 거야. 조폭 의상이야. 고객이 원하면, 경호원은 그대로 해. 확실히 경호원 티를 내라는 사람들은 화려하게 반짝반짝 과시하려는 거야. 시카고에서 항상 나를 고용하던 어떤 고객이 있어. 대형 건설사 사장이고 부동산 개발업자라서 돈이 아주 많았지. 만나고 싶어하는 사람도 많았고. 그 고객은 화려한 걸 좋아했어. 나는 그 사람과 함께 라스베이거스에 가곤 했어. 리무진을 타고 고객의 친구들과 함께. 다들 언제나 성대한 연출을 하고 싶어했지. 그 사람들이 화장실에 갈 때면 나는 일행 중의 여자들을 지켜야 했어. 여자들 몰래 화장실에도 같이 들어가야 했어."

"힘들었나?"

"그때 스물일곱, 스물여덟 살이었는데, 그럭저럭 해냈지. 지금은 세상이 달라졌지만, 당시 나는 미국 중서부 전체에서 유일한 유대인 경호원이었어. 획기적인 존재였다고. 다른 유대인 청년들은 전부 로스쿨에 다녔지. 가족들이 그걸 원했으니까. 당신 아버지도 당신이 시카고에 가서 영어 선생이 되는 길에 들어서는 것보다 로스쿨에 가는 걸 원하지 않았어?"

"그런 얘긴 어디서 들었어?"

"클라이브 커미스, 당신 형의 친구. 지금은 뉴저지의 거물 변호사지. 당신이 문학을 공부하려고 대학원에 가기 전에, 당신 아버지가 클라이브한테 부탁했다더군. 당신을 조용히 불러내서 로스쿨에 가라고 설득해보라고."

"내 기억에는 없는 일인데."

"그렇겠지. 클라이브는 레슬리 거리의 집에서 당신을 침실로 데려갔어. 그리고 영어를 가르치는 일로는 생계를 해결할 수 없을 거라고 말했지. 하지만 당신은 그런 얘기를 듣고 싶지 않다면서 그만두라고 말했어."

"음, 내 기억에서 사라진 일인가 보군."

"클라이브는 기억하고 있어."

"클라이브 커미스도 만나는 사이인가?"

"전국의 변호사들에게서 일 의뢰가 와. 우리와 밀접하게 일하는 법률회사도 많고. 우리가 전속계약을 했거든. 시카고에서 탐정이 필요해지면 항상 우리한테 의뢰하기로. 우리도 사건이 생기면 그 회사들에 넘기고, 그 회사들도 우리한테 사건을 넘기고. 나랑 좋은 거래관계를 유지하고 있는 경찰국도 일리노이, 위스콘신, 인디애나에 약 이백 곳이나 돼. 카운티 경찰과도 사이가 좋아서 범인 체포 건수도 아주 많지. 내가 범인들을 아주 많이 잡아줬어."

솔직히 점점 그의 말에 믿음이 갔다.

"이봐, 나는 유대인들의 대세를 따를 생각이 전혀 없었어." 그가 말했다. "나한테는 그게 항상 우리의 커다란 실수처럼 보였으니까. 내가 보기에 로스쿨은 그냥 또 하나의 게토였어. 당신이 하는 일도 마찬가지였지. 글을 쓰고, 책을 내고, 학교에서 가르치면서 물질적인 세계를 경멸하는 것. 내게 책은 지나치게 유대인스러웠어. 이교도에 대한 두려움을 피해 숨는 또 하나의 방법이지. 알겠어? 난 그때도 벌써 디아스포리즘과 비슷한 생각을 하고 있었어. 아직 다듬어지지 않은 상태였지만, 내 본능은 처음부터 그쪽에 있었다고. 여기 사람들은 그걸 헐뜯으려고 '동화同化'라고 부르던데, 나는 그거야말로 인간답게 사는 방법이라고 봤어. 난 한국에 가려고 군대에 들어갔지. 공산당과 싸우고 싶었거든. 그런데 파병되지 못했어. 포트 베닝에서 헌병으로 근무했지. 거기 체육관에서 몸을 만들었어. 교통정리하는 법도 배웠고. 권총 전문가가 되었지. 난 무기와 사랑에 빠졌어. 무술도 공부했어. 당신은 버크넬 대학에 다닐 때 기존 군사체제가 싫다는 이유로 ROTC를 그만뒀지. 나는 조지아에서 사상 최고의 헌병이 됐고. 내가 거기의 망할 무지렁이들한테 본때를 보여줬다고. 무서워하지 마라. 도망치지 마. 나는 속으로 이렇게 되뇌었어. 그 망할 자식들이 장난을 걸어오면 놈들을 무찔러야지. 이런 방법을 통해 나는 엄청난 자존감을 얻었어."

"그 자존감은 지금 어디로 간 거야?" 내가 물었다.

"제발, 날 너무 모욕하지 마. 지금 나한테는 총이 없어. 암은 내 몸을 아주 엉망으로 만들었고, 약은, 당신 말이 맞아, 약은 머리에 아주 나쁘지. 사람의 본성을 뒤죽박죽으로 만들어. 게다가 난 당신에게 감탄하고 있어. 진짜야. 앞으로도 영원히 그럴 거야. 그래야 마땅하지. 당신 앞에서 내 자리가 어딘지는 나도 알아. 내 평생 들어본 적이 없는 욕지거리라도 당신이 하면 기꺼이 받아들일 거야. 당신과 관련된 일에서 난 좀 무력해. 하지만 나는 당신이 어떤 곤경에 처해 있는지도 잘 이해하고 있어. 당신이 인정하는 것보다 더. 당신도 느닷없는 일을 당한 거잖아, 필립. 전형적인 유대인 편집증 환자가 쉽게 감당할 수 있는 상황은 아니지. 내가 지금 상대하려는 게 그거야. 당신의 편집증적인 반응. 그래서 내가 누구인지, 어디 출신인지 당신한테 이렇게 설명하는 거야. 난 우주에서 온 외계인이 아니야. 정신분열증이 낳은 망상도 아니고. 당신은 나를 미마 깃차의 모이셰 피픽으로 생각하는 게 재미있는지 몰라도, 난 그 사람도 아니야. 절대로. 난 필립 로스야. 시카고 출신의 유대인 사립탐정이고, 암에 걸려서 곧 죽을 거야. 하지만 죽기 전에 세상에 나름대로 기여해야지. 지금까지 내가 사람들을 위해 한 일이 나는 부끄럽지 않아. 경호원이 필요한 사람들을 위해 경호원으로 일한 것이 부끄럽지 않아. 경호원은 그냥 고깃덩이 취급을 받지만, 난 단 한 번도 최선을 다하지 않은 적이 없어. 난 불륜 감시도 몇 년 동안 했어. 그게 내 직업에서 기분전환 역할을 한 건 알아. 사람들이 옷을 벗고 있는 현장을 포착하는 것. 좋은 작품을 썼다고 상을 받는 소설가와는 다른 일이지만, 나는 그런 필립 로스가 아니었어. 파머 하우스의 지배인에게 다가가 경찰 신분증 비슷한 것을 보여주며 숙박부를 보여달라고 해서 불륜 커플이 정말로 여기 들어왔는지, 몇 호실에 있는지 알아내는 필립 로스였지. 그 방으로 올라가기 위해 꽃배달원 행세를 하는 필립 로스이기도 해. 나는 손님이 꼭 꽃다발을 직접 전달해달라며 100달러나 줬기 때문에 직접 올라가야 한다고 말하지. 나는 복도에서 만난 호텔 메이드에게 거짓 이야기를 꾸며서 들려주는 필립 로스야. '여기가 내 방인데 열쇠를 깜박했어요. 내 방이 맞는지 데스크에 확인해보셔도 됩니다.' 나는 이런 방법으로 항상 열쇠를 얻어내서 항상 방으로 들어갈 수 있는 필립 로스야. 항상."

"여기서 했던 것처럼." 내가 말했지만, 그는 말을 멈추지 않았다.

"나는 미놀타 카메라를 들고 방으로 달려 들어가 상대방이 상황을 알아차리기 전에 사진을 찍는 필립 로스야. 이런 걸로 누가 나한테 상을 주지는 않지만, 난 한 번도 부끄러워한 적 없어. 난 그 일에 세월을 바쳤고, 그렇게 돈을 마련해 마침내 내 사무소를 열었지. 그다음은 이미 잘 알 테고. 사람이 실종되면 필립 로스가 찾는다. 나는 항상 필사적인 사람들을 상대하는 필립 로스야. 그냥 책에서만 그러는 게 아니야. 범죄는 필사적이지. 범죄를 신고하는 사람도 필사적이고, 도망치는 사람도 필사적이니, 내 인생도 밤낮으로 필사적이지. 아이들이 가출하면 내가 찾아. 가출한 아이들은 쓰레기 인간들의 세계로 끌려 들어가지. 머물 곳이 필요한 아이들을 사람들이 이용하는 거야. 내가 암에 걸

리기 전에 마지막으로 맡은 사건은 하이랜드 파크의 열다섯 살
짜리 여자애가 사라진 사건이었어. 그 애 엄마가 날 찾아왔는
데, 엉망진창인 몰골로 눈물을 줄줄 흘리면서 비명을 질러대더
라고. 자기 딸 도나가 9월에 고등학교에 입학해서 이틀 동안 학
교에 나간 뒤 사라졌다는 거야. 그러다 이미 이름이 알려진 중
범죄자와 얽히게 됐는데, 그놈은 체포영장이 나온 나쁜 남자였
지. 도미니카 출신. 나는 놈의 할머니가 사는 캘류멧시티의 아파
트를 찾아내서 잠복했어. 나한테 단서는 그것뿐이었으니까. 며
칠 동안 잠복했지. 한 번은 스물여섯 시간 내내 한 번도 쉬지 않
고 앉아 있은 적도 있어. 그런데 아무 일도 없는 거야. 그런 일
을 하려면 인내심이 강해야 돼. 엄청나게 강해야 돼. 신문을 읽
는 것조차 위험해. 찰나의 순간에 무슨 일이 일어날지 모르는데,
자칫 그걸 놓칠 수도 있으니까. 그렇게 오랜 시간을 보내려면 사
람이 창의력을 발휘해야 돼. 차량 안에 몸을 낮추고 숨어서, 다
른 사람들처럼 그냥 빈둥거리는 척하는 거야. 도중에 몇 번은 화
장실도 차량 안에서 해결해야 돼. 어쩔 수 없어. 그렇게 잠복하
는 동안 항상 나는 범죄자의 입장에서 생각해보려고 해. 놈이 어
떻게 반응할지, 앞으로 무엇을 할지 생각하는 거야. 범죄자는 저
마다 다르니까, 내가 생각해내는 시나리오도 전부 다르지. 멍청
한 범죄자라면 아무 생각이 없겠지만, 탐정이라면 그 아무 생각
이 없는 범죄자처럼 아무 생각도 하지 않을 수 있을 만큼 머리가
좋아야 돼. 어쨌든 놈이 마침내 자기 할머니가 사는 그 아파트에
나타났어. 놈이 거기서 나오는 걸 보고 나는 걸어서 놈을 미행했
지. 놈은 마약을 사러 가는 길이었어. 약을 산 다음에는 자기 차
로 갔지. 나는 그 차 옆을 지나쳤는데 거기 그 여자애가 있더라

고. 도나라는 사실을 확실히 확인했어. 나중에 알았지만 놈은 그때 자동차 안에서 마약을 하고 있었지. 긴 이야기를 짧게 줄여서 말하자면, 이십오 분 동안 자동차 추격전이 벌어졌어. 우리는 거의 시속 130킬로미터로 골목들을 달리면서 인디애나의 소도시 네 군데를 통과했지. 그놈은 열여섯 가지 혐의를 받고 있었어. 경찰관 회피, 체포 저항, 납치…… 진짜 더러운 것이 목까지 가득 찬 놈이었지. 나는 여자애한테 물었어. '잘 지내니, 도나?' 그랬더니 애가 이랬지. '무슨 소리를 하는지 모르겠어요. 내 이름은 페퍼예요. 캘리포니아 출신이고요. 여기 온 지는 일주일 됐어요.' 하이랜드 파크의 훌륭한 고등학교에 다니던 열다섯 살 여자애가 닳고 닳은 사기꾼처럼 똑똑해서 아주 완벽한 이야기를 꾸며낸 거야. 실종된 지 십일 개월인데 그동안 가짜 출생증명서, 운전면허증, 그밖에 온갖 가짜 신분증을 만들었더라고. 아이의 행동을 보니 그놈이 애를 매춘부로 이용하는 것 같더군. 아이의 가방에서 콘돔이 발견되고, 자동차 안에서는 이런저런 성적인 도구들이 나왔어."

나는 속으로 생각했다. 저거 전부 텔레비전에서 가져온 이야기야. 내가 도스토옙스키의 작품을 덜 읽고 대신 〈LA 로〉를 많이 봤다면 지금 뭐가 어떻게 돌아가는 건지 알았을 텐데. 저놈이 정확히 어떤 드라마에서 이야기를 가져온 건지 이 분 만에 알아차렸을 거야. 어쩌면 드라마 열다섯 편에서 모티브를 가져오고, 거기에 탐정영화 십여 편을 섞었는지도 모르지. 웃기는 건 사람들이 금요일 밤에 전부 집에 앉아서 기다릴 만큼 인기 있는 드라마에 실종된 아이들을 전문적으로 찾을 뿐만 아니라 유대인이기까지 한 사립탐정이 나오는 작품이 분명히 있을 거라는 점이야. 여자 고등학생(예쁜 치어리더, 고지식한 부모, 자기만의 생각이 있는 아이)과 그 아이를 납치해서 포주 노릇을 하는 마약중독자(더러운 춤을 추는 여자, 민담에 나오는 사람 같은 할머니, 울퉁불퉁한 피부)가 나오는 이야기는 십중팔구 피픽이 나한테 장난을 치려고 텔아비브행 비행기에 오르기 전에 마지막으로 본 화의 내용이었겠지. 어쩌면 비행기에서 본 영화의 내용일 수도 있고. 세살 이상의 미국인이라면 누구나 탐정들이 자동차에서 용변을 보고 자동차를 차량이라고 부른다는 사실을 십중팔구 알고 있을거야. 세 살 이상의 미국인이라면 성적인 도구라는 말이 정말로무슨 뜻인지 정확히 알걸. 그걸 몰라서 물어보는 건 이제 늙어가고 있는 《포트노이의 불평》의 작가뿐이야. 놈이 지금 이런 식으로 나를 놀리면서 얼마나 재미있을까. 하지만 놈은 돈을 빼앗겼기 때문에 이렇게 무자비한 가면극을 펼치는 걸까, 아니면 돈 얘기는 이런 연기의 구실이고 사실 진짜 재미는 이 연기 자체에 있는 걸까? 이게 그냥 사기극이 아니라 내 직업에 대한 패러디라면? 사람들이 '혹평'이라고 부르는 거 있잖아. 그래, 이 피픽이라는 자가 바로 풍자의 정령의 화신이라면? 이 모든 게 작가를놀리기 위한 거라면! 내가 왜 이걸 놓쳤지? 그래, 그래, 풍자의정령이라면 당연히 날 놀리려고 왔겠지. 중요하고 현실적인 것에 헌신하는 다른 구식 인간들도 놀리려고. 생각할 가치가 없는유대인들의 만행에서 우리 모두가 눈을 돌리게 하려고 왔을 거야. 비참하게 살고 있는 모두에게 웃음을 주려고 쇼를 준비해서예루살렘으로 온 거라고.

"성적인 도구가 뭔데?" 나는 그에게 물었다.

"아이한테 바이브레이터가 있었어. 차 안에 블랙잭이 있었고. 또 뭐가 있었는지는 잊어버렸어."

"블랙잭이 뭐야? 일종의 딜도인가? 요즘은 시청률이 제일 높은 시간에 딜도가 아주 지천으로 나오지 않나. 옛날에 훌라후프가 그랬던 것처럼."

"블랙잭은 SM에 쓰는 거야. 때리고 벌주고, 뭐, 그런 거."

"도나는 어떻게 됐어? 그 애는 백인인가? 난 그 드라마를 못 봤는데. 당신 역할은 누가 맡았어? 론 리브먼? 조지 시걸? 아니면 당신이 나를 위해 그 사람들 역할을 해주고 있는 건가?"

"난 아는 작가가 많지 않아." 그가 대꾸했다. "작가들은 원래 이런 식으로 생각해? 사람들이 전부 연기를 하며 살아간다고? 세상에! 어렸을 때 어린이 프로그램을 무슨 성경 말씀처럼 너무 열심히 들은 것 아냐? 당신과 샌디가 그런 프로그램을 너무 좋아했던 것 같네. 토요일 아침마다. 기억나? 그것도 1940년대의 일인데. 오전 11시. 동부시간으로. 다둠다다다, 둠다다다다, 둠다다다둠."

그는 옛날에 〈렛츠 프리텐드〉가 시작할 때 울려 나오던 노래를 콧노래로 부르고 있었다. 동화 같은 그 삼십 분짜리 프로그램은 1930년대와 1940년대에 아직 미디어를 잘 모르던 미국 어린이들의 사랑을 받았다. 우리 형제도 수백만 명의 어린이들과 마찬가지였다.

"어쩌면 당신의 현실인식이 〈렛츠 프리텐드〉 수준에 머물러 있는지도 모르지." 그가 말했다.

이 말에 나는 군이 대꾸할 생각도 들지 않았다.

"아, 이건 클리셰지? 내 얘기가 재미없나? 뭐. 당신 나이도 예순을 바라보고 〈렛츠 프리텐드〉는 이제 방송되지 않아. 누군가가 지루하더라도 당신한테 설명해줘야 할 것 같네. 첫째, 세상은 진짜다. 둘째, 걸린 것이 많다. 셋째, 당신만 빼고 누구도 이제는 거짓 연기를 하지 않는다. 난 당신 머릿속에 아주 오랫동안 들어가 있었는데도, 작가가 뭔지 이제야 이해했어. 작가들은 모든 걸 가장으로 생각한다는 걸."

"내 생각에는 아무것도 가장이 아닌 것 같은데, 피픽. 내 생각에는 당신이 진짜 거짓말쟁이고 진짜 가짜 같아. 아니 그렇게 확신해. '그것'에 대한 이야기, '그것'을 묘사하려는 노력, 여기서 가장이 등장하는 거지. 다섯 살짜리 아이라면 그 이야기를 진짜로 받아들일지 몰라도, 예순을 바라보는 나이가 되면 이야기를 병리적으로 해석해내는 일이 중년기의 전문기술 중 하나가 돼. 예순을 바라보는 나이가 되면, '그것'을 묘사한 것도 '그것'이라고. 그게 전부야. 무슨 말인지 알겠어?"

"당신과의 관련성 외에는 이해하기 어려운 게 전혀 없지. 나이를 먹으면 냉소주의가 커져. 머리 위에 헛소리가 쌓이거든. 그게 우리랑 무슨 상관이냐고?"

나도 모르게 큰 소리로 묻는 내 목소리가 들렸다. "내가 지금 이 사람하고 대화를 하는 건가? 이 사람이랑 정말로 의미가 통하는 대화를 하려고 애쓰는 거야? 왜?"

"왜 안 돼! 아하론 아펠펠드와는 대화를 하면서……." 그가 아하론의 책을 들어 흔들었다. "나하고는 왜 안 돼!"

"이유야 수없이 많지."

그는 순식간에 질투와 분노로 들끓었다. 내가 아하론과는 진지하게 이야기하면서 그에게는 그러지 않았기 때문에. "하나만 말해봐!" 그가 소리쳤다.

나는 생각했다. 아하론과 나는 뚜렷하게 구분되는 두 사람이라는 점, 즉 둘 사이에 닮은 점이 전혀 보이지 않는다는 점. 우리는 모두가 착각할 만큼 닮은 것과는 거리가 멀다는 점. 아하론과 나는 각자 상대가 겪은 일들의 역逆을 상징한다는 점. 각자 상대방에게서 자신이 갖지 못한 유대인 남자의 모습을 본다는 점. 20세기의 유대인이지만 서로 정반대의 궤적을 걸어온 탓에 서로 양립할 수 없는 성향을 갖고 있으며, 그 성향이 아주 다른 우리의 삶과 아주 다른 우리의 책을 빚어냈다는 점. 우리가 철저히 두 갈래로 갈라진 유산의 공동 상속자라는 점. 유대인들의 이 모든 모순이 합쳐진 덕분에, 우리는 이야기할 것이 많은 절친한 친구가 되었다.

　　"하나만 말해봐!" 그가 두 번째로 도전장을 던졌지만 나는 그냥 침묵을 지키며, 모처럼 현명하게 내 생각을 드러내지 않았다. "당신은 아펠펠드를 그가 주장하는 그대로 인정해주잖아. 그런데 나한테는 왜 안 그래? 나한테는 저항만 하잖아. 나한테 저항하고, 나를 무시하고, 나를 모욕하고, 나를 비방하고, 폭언과 고함을 퍼붓고……. 내 것을 훔쳐 가잖아. 우리가 왜 이렇게 반목해야 하는데? 당신이 왜 나를 경쟁자로 보는지 난 이해하지 못하겠어. 당신은 왜 나한테 그렇게 호전적이야? 우리 둘이서 아주 많은 걸 성취할 수 있는데 왜 우리 관계가 이렇게 파괴적이어야 해? 우리는 창조적인 관계를 맺을 수 있었어. 우리가 파트너가 될 수 있었어. 공동의 인격이 멍청하게 둘로 갈라지지 않고 서로 협력할 수 있었어!"

　　"이봐, 난 이미 다 쓸 수도 없을 만큼 많은 인격을 갖고 있어. 거기에 당신까지 덧붙이다니, 너무 많지. 그걸로 끝이야. 난 당신과 일을 하고 싶지 않아. 당신이 사라지기를 바랄 뿐이야."

"최소한 우리가 친구가 될 수는 있었어."

그의 목소리가 너무나 쓸쓸하게 들려서 나는 웃을 수밖에 없었다. "천만에. 너무 심오해서 메울 수 없는 분명한 차이가 표면적인 닮은 점보다 훨씬 더 커. 아니, 우린 친구도 될 수 없어. 더 말할 필요도 없어."

그가 내 말을 듣고 금방이라도 울음을 터뜨릴 것 같아서 나는 깜짝 놀랐다. 아니, 어쩌면 그가 먹은 약물의 작용 때문일 수도 있었다. "이봐, 아까 도나가 어떻게 됐는지 말 안 했어." 내가 말했다. "조금만 더 즐거운 시간을 보내다가, 그다음에는 어떻게 할까, 이 작은 실수를 이만 끝내야겠지. 하이랜드 파크 출신이고 SM에서 지배자 위치를 즐기는 그 열다섯 살 여자아이는 어떻게 됐지? 그 드라마는 어떻게 끝났어?"

하지만 이 말은 당연히 그의 화를 또 부채질했다.

"드라마라니! 내가 정말로 사립탐정이 나오는 드라마를 본 것 같아? 현실을 제대로 표현한 드라마는 하나도 없어, 하나도. 만약 〈매그넘 P.I.〉네이비실 출신의 사립탐정이 활약하는 미국 텔레비전 시리즈와 〈60분〉미국의 시사프로그램 중에 하나를 고를 수 있다면, 나는 언제나 〈60분〉을 볼 거야. 하나 말해줄까? 알고 보니 도나는 유대인이었어. 그리고 또 나중에 알고 보니, 도나가 가출한 이유가 바로 엄마였어. 자세히 말하지는 않을 거야. 당신은 관심이 없으니까. 하지만 달랐지. 내가 직접 관여했던 사건이니까. 병들기 전에 내가 직접 그런 삶을 살았다고. 난 아이들이 가출한 이유를 찾아서 가출을 막으려고 애썼어. 아이들을 도우려고 했어. 얼마나 보람 있었는지 몰라. 하지만 안타깝게도 도나가 함께 있던 그 도미니카 남자, 이름이 헥터인데, 도나는 그 남자와 문제가 있었어…….”

“그놈이 아이를 지배했겠지. 지금도 아이는 그놈이랑 연락하려고 애쓰고 있고.” 내가 말했다.

“공교롭게도 그렇게 됐어. 맞아. 장물취득 혐의를 받은 도나는 체포에 저항하고 경찰을 피해 도망 다녔어. 지금은 단기 소년원에 있지.”

“그럼 거기서 풀려나는 날 또 도망치겠군. 훌륭한 이야기야. 누구나 공감할 수 있겠어. 당신부터 그렇잖아. 도나는 이제 유대인 박사 부부의 딸 도나가 되고 싶지 않은 거야. 헥터의 도미니카 후추가 되고 싶은 거지. 이런 식의 자전적인 환상, 이게 전국으로 퍼져 있나? 세계적이야? 모든 사람이 보는 이런 드라마 때문에 인구 중 절반이 대규모 영혼 이전에 대한 갈망을 갖게 된 건지도 모르지. 당신이 주장하는 게 그것일 수도 있고. 그런 텔레비전 드라마들이 인류에게 윤회에 대한 갈망을 불어넣은 거야.”

“멍청이!” 그가 소리쳤다. “내가 뭘 주장하는지 바로 당신 눈앞에 있잖아!”

있긴 하지. 완전한 무無. 나는 속으로 생각했다. 여기에는 아무 의미가 없어. 그게 바로 의미야. 나는 여기서 멈출 수 있어. 처음에 여기서부터 시작했어도 됐을 거야.

“그래서 헥터는 결국 어떻게 됐어?” 나는 그에게 물었다. 그와의 대화에서 무엇이든 매듭을 지을 수 있다면, 내가 프런트 데스크에 도움을 청하지 않아도 저자를 내 침대에서 일으켜 밖으로 내보낼 기회가 생길지도 모른다는 생각이 있었다. 지금 이 순간 나는 귀신 들린 이 가엾은 불한당이 결국 곤경에 처하는 모습을 보고 싶다는 생각이 어느 때보다 강했다. 그는 단순히 무의미하기만 한 것이 아니었다. 거의 한 시간 동안 그를 관찰한 결과 나는 이제 그가 폭력적이라고 쉽게 믿을 수 없었다. 그런 면에서 우리는 서로 다르지 않았다. 그의 폭력은 모두 입에서만 나왔다. 사실 그가 내 인생을 마구 헝클어놓고 계속 내 앞에 나타나는 것을 감안할 때 그를 경멸해야 마땅한 나는, 그 경멸이 약해지지 않게 적극적으로 노력해야 했다. 그가 앞으로도 불쾌하게 나를 따라다닐 것 같다는 확신이 들었다.

"헥터?" 그가 말했다. "헥터는 보석을 신청해서 풀려났어." 그가 느닷없이 웃음을 터뜨렸으나, 그것은 그가 지금까지 내뱉은 모든 웃음과 마찬가지로 절망적이고 피곤한 웃음이었다. "당신과 헥터. 지금까지 둘이 비슷하다는 걸 몰랐네. 계속 나를 밟아버리려 하는 당신 때문에 이미 충분히 슬픔을 느끼고 있는데도, 아직 헥터가 남아 있었어. 헥터는 내게 전화를 걸고 말을 걸면서 내 목숨을 위협했어. 자기가 날 죽일 거라고 했다고. 내가 병원에 입원하기 직전이야. 당신도 알겠지만 난 많은 사람을 체포해서 감옥에 보냈어. 그 사람들은 내게 전화를 하고 나를 추적하지만 나는 숨지 않아. 누가 나한테 복수하려 한다면 나로서는 방법이 없어. 하지만 겁을 내며 뒤를 흘깃거리는 짓은 안 해. 나는 그런 사람들한테 항상 하는 말을 헥터에게도 해줬어. '전화번호부에 내 번호가 있어. 이름은 필립 로스. 와서 날 잡아봐.'"

이 말을 듣고 나는 양팔을 머리 위로 들어 올리며 환성을 지르고 손뼉을 쳤다. 한 번, 두 번. 그러다 정신을 차리고 보니 그에게 갈채를 보내고 있었다. "브라보! 훌륭해! 대단한 마무리야! 이렇게 화려할 수가! 통화할 때는 헌신적인 유대인 구세주,

유대인 정치가 테오도르 헤르츨을 뒤집어놓은 것처럼 굴었고, 법정 밖에서 직접 대면했을 때는 좋아서 얼굴을 붉히는 바보 팬처럼 굴더니, 지금은 이렇게 대가의 마무리. 겁을 내며 뒤를 흘깃거리지 않는 탐정이라. '전화번호부에 내 번호가 있어. 이름은 필립 로스. 와서 날 잡아봐.' 전화번호부라니!" 내 몸속 깊은 곳에서부터 그동안 참고 있던 모든 웃음이 포효처럼 터져 나왔다. 말만 잘하는 이 터무니없는 인간이 존재한다는 말을 처음 들은 날부터 이렇게 웃었어야 했다.

그가 침대에서 갑자기 소리를 질러댔다. "수표 내놔! 수표 내놔! 당신이 100만 달러를 훔쳤어!"

"수표는 잃어버렸어, 피픽. 라말라에서 오는 고속도로에서 잃어버렸다고. 수표는 없어."

그는 기겁해서 나를 똑바로 바라보았다. 세상 그 누구보다 그 자신을 연상시키는 사람, 그가 자신의 부족한 부분을 메워 완성해줄 거라고 보는 사람, 그가 존재하는 이유가 된 사람, 거울에 비친 그 자신, 그의 기둥, 그의 숨은 잠재력, 그의 대중적인 페르소나, 그의 알리바이, 그의 미래, 그가 자신에게서 도망쳐 숨으려 했던 사람, 그가 자신이라고 부르는 타인, 그가 자신의 신원을 부인해가며 도우려고 했던 사람, 그의 인생의 다른 반쪽으로 길을 뚫어줄 사람……. 그는 또한 바로 자신의 얼굴을 가면처럼 쓰고 걷잡을 수 없이 웃어대는 최악의 적을 보았다. 그에게 느끼는 유일한 유대감이라고는 증오심뿐. 하지만 피픽은 자신이 나를 미워하는 만큼 나도 그를 미워할 수밖에 없다는 사실을 왜 알지 못했을까? 우리가 만나면 내가 사랑에 빠져서 맥베스와 그의 아내처럼 창조적인 관계를 맺게 될 거라고 진심으로 기대한 건가?

"잃어버렸다고. 그것도 훌륭한 이야깃거리지. 믿을 수 없기로는 당신의 이야기와 거의 막상막하일 거야. 수표는 없어." 나는 그에게 다시 말했다. "100만 달러가 사막의 모래 위를 날아가고 있어. 벌써 메카까지 절반쯤 갔는지도 모르겠네. 그 100만 달러가 있었다면 당신은 바젤에서 첫 번째 디아스포리즘 회의를 열 수 있었을지도 모르지. 처음으로 선정된 행운의 유대인들을 폴란드로 보낼 수 있었을지도 몰라. 다른 곳도 아닌 바티칸에 A-S.A.의 참사회를 세울 수 있었을지도 모르고. 성 베드로 성당 지하에서 회의를 열면 매일 밤 사람이 가득 모였을 거야. '제 이름은 에우제니오 파첼리입니다. 회복중인 반유대주의자입니다.' 피픽, 내가 어려울 때 누가 당신을 내게 보냈어? 누가 나한테 이렇게 훌륭한 선물을 한 거지? 하이네가 즐겨 하던 말이 뭔지 알아? 신은 있다. 그의 이름은 아리스토파네스. 당신이 증명해봐. 통곡의 벽에서 사람들이 숭배해야 하는 건 아리스토파네스야. 만약 그가 이스라엘의 하느님이라면 나는 하루에 세 번씩 유대교회에 갈 거야!"

나는 장례식에서 사람들이 감정을 참지 않고 모두 분출하는 풍습이 있는 나라에서 우는 사람들처럼 웃었다. 그런 나라의 사람들은 장례식에서 자신의 옷을 찢는다. 손톱으로 얼굴을 할퀸다. 울부짖는다. 졸도한다. 기절한다. 비틀린 손으로 관을 붙잡고 비명처럼 소리를 지르며 미리 파놓은 땅속으로 몸을 던진다. 내가 바로 그렇게 웃고 있었다. 여러분이 상상할 수 있을지 모르겠다. 피픽의 얼굴(우리 얼굴!)로 판단하건대, 정말 볼만한 광경인 것 같았다. 왜 아리스토파네스가 하느님이 아닌가? 우리는 이보다 더 진실에서 멀어질 것인가?

"현실에 항복해." 다시 말을 할 수 있게 되었을 때 내가 그에게 가장 먼저 한 말이 이거였다. "내 경험에서 우러나온 말이야. 현실에 항복해, 피픽. 세상에 현실만 한 건 없어."

그다음에 벌어진 일을 놓고 내가 더욱더 포효하듯 웃었어야 한다는 생각이 든다. 구희극^舊에 새로 귀의한 사람으로서 나는 벌떡 일어나 "할렐루야!"라고 외치며 찬송가를 불렀어야 했다. 우리를 창조하신 분, 진흙으로 우리를 빚으신 분, 오직 하나뿐인 코미디의 전능자, **최고의 구원자 아리스토파네스**를 찬양하는 노래. 하지만 너무나 불경스러운 이유(완전한 정신적 마비) 때문에 나는 대단히 즐거운 아리스토파네스적^的 발기를 피픽이 만들어낸 광경을 보고 명청하게 입만 헤벌릴 수밖에 없었다. 그의 바지 앞섶에서 그것이 마치 토끼처럼, 〈리시스트라타〉^{아리스토파네스의 희극. 아테네 여성들이 성 파업으로 전쟁을 중단시키는 내용}에서 튀어나온 커다란 기둥처럼 서 있었는데, 그가 둥근 혹이 달린 인형 같은 끝부분을 한 손으로 오목하게 덮고 둥글게 회전하는 듯한 동작을 하는 것을 보고 나는 더욱더 놀라버리고 말았다. 마치 그가 전쟁 전에 나온 자동차에서 바닥에 설치되어 있던 기어 전환 장치를 움직이는 것 같았다. 그러고 나서 그는 그것과 함께 침대 위에서 돌진했다.

"이게 현실이야. 반석 같은 현실!"

그는 기가 막힐 정도로 가벼웠다. 마치 그가 걸린 병이 뼈를 다 먹어버린 것처럼, 그의 몸 안에 남은 것이 하나도 없어서 모티머 스너드^{미국의 배우 겸 코미디언인 에드가 버겐이 복화술로 창조해낸 인형 캐릭터}의 이름만큼 속이 텅 비어버린 것 같았다. 나는 그가 막 바닥에 닿는 순간 그의 팔을 잡았다. 그리고 그의 양 어깨뼈 사이에 한 방, 허리에 더 고약한 한 방을 먹여 그를 돌려세우면서 문밖으로 밀었다(누가 문을 열어두었지?). 그가 복도에 엉덩방아를 찧었다. 찰나의 순간 문턱을 사이에 둔 채 우리 둘 다 상대에게서 꼴사납게 변형된 자신의 모습을 보고 그대로 얼어붙었다. 그때 문이 나를 도우려고 저절로 살아나기라도 한 것처럼 닫히고 잠겼다. 그 문이 열렸을 때와 마찬가지로 지금 이렇게 닫히는 데에도 나는 손을 대지 않았다고 맹세라도 할 수 있었다.

"내 신발!"

그가 신발을 부르짖는 순간 내 전화기가 울리기 시작했다. 그러니까, 여기엔 우리 둘만 있는 것이 아니었다. 아랍 구역인 동 예루살렘의 이 아랍 호텔에는 데미야뉴크의 아들과 데미야뉴크의 변호사들이 아직 있었다. 로스와 '로스'가 아무런 방해 없이 주도권 다툼을 마음껏 벌이다가 이렇게 엄청난 결말을 맞을 때까지 유대인 당국이 모든 손님을 몰아내고 호텔을 봉쇄하지도 않았다. 그래, 이 원시적인 꿈에서 튀어나온 난폭한 행동에 대한 바깥세상의 불만이 마침내 터져 나온 것이다.

그의 신발은 침대 옆에 있었다. 발등을 가로지르는 끈이 있는 코도반 가죽 구두, 내가 버크넬에서 프린스턴 출신인 말쑥한 셰익스피어 교수의 발에서 처음 보고 감탄한 이래로 계속 신고 다니던 구두와 비슷한 브룩스 브라더스 구두였다. 나는 피픽의 구두를 집으려고 허리를 숙였다가 신발 뒤쪽 측면의 곡선을 따라 뒤축이 내 구두 뒤축과 정확히 똑같은 모양으로 닳아 있는 것을 보았다. 나는 내 구두를 보고, 그의 구두를 본 뒤 문을 열었다가 재빨리 닫았다. 그 순간이 워낙 짧아서 내가 코도반 구두를 복도로 던지며 본 것은 그의 머리 가르마뿐이었다. 나는 문을 향해 달려오는 그의 가르마를 보았다. 그리고 문을 다시 잠근 뒤에는, 가르마의 위치가 내 것과 반대임을 깨달았다. 나는 두피로 손을 뻗어 확인해보았다. 그가 내 사진을 보고 자기 모습을 꾸몄음이 분명했다! 그러니까 이자는 틀림없이 다른 사람이라고 나는 속으로 되뇌었다. 그리고 기진했다는 말도 모자랄 정도로 기진맥진해서, 조금 전 발기한 놈이 일어섰던 바로 그 헝클어진 침대에 팔을 쭉 펴고 쓰러졌다. 저놈은 내가 아니다! 나는 여기에 있고, 온전하다. 아직 빠지지 않고 남아 있는 머리카락의 가르마는 **오른편**이다. 그럼에도, 그보다 더 뚜렷한 차이가 있는데도 (예를 들어 우리 둘의 중추신경계), 놈은 저 모습으로 계단을 내려가 호텔 밖으로 나갈 것이다. 저 모습으로 퍼레이드를 하듯이 로비를 지나고, 저 모습으로 예루살렘 거리를 걸을 것이다. 그러다 마침내 경찰이 놈을 찾아내 음란행위를 한 혐의로 체포하러 가면 놈은 모두에게 하는 얘기를 또 되풀이할 것이다. "전화번호부에 내 번호가 있어. 이름은 필립 로스. 와서 날 잡아봐."

"내 안경!"

나는 침대 위 바로 내 옆에서 안경을 발견했다. 그리고 그것을 둘로 부러뜨려 벽에 던져버렸다. 놈이 앞을 못 보든 말든!

"부러졌어! **가!**"

전화벨이 계속 울리고, 나는 이제 훌륭한 아리스토파네스처럼 웃지 못했다. 불경하고 미개한 분노로 몸이 떨렸다.

나는 수화기를 들고 아무 말도 하지 않았다.

"필립 로스?"

"여기 없어."

"필립 로스, 1939년부터 1945년 사이에 하느님은 어디 있었지? 창조 때에는 있었던 게 분명해. 모세와 함께 시내산에 있었던 것도 분명해. 내가 모르는 건 신이 1939년부터 1945년 사이에 있던 곳이야. 그건 아무리 하느님이라도, 아니 특히 하느님이기 때문에 절대 용서받을 수 없는 직무태만이야."

강하고 진지한 구대륙 말투였다. 목이 갈라지고 소리가 거칠어서 폐기종에 걸린 것 같은 목소리. 엄청나게 쇠약해진 어떤 것에서 나오는 소리 같았다.

그동안 누가 손마디로 문을 가볍게 두드리는 소리가 규칙적으로 들렸다. 딴따다다다…… 딴딴. 전화를 건 사람도 피픽이고, 문을 두드리는 사람도 피픽일 수 있을까? 피픽이 몇 명이나 있는 거지?

"누구야?" 나는 수화기를 향해 물었다.

"나는 1939년부터 1945년까지 휴가를 즐긴 신에게 침을 뱉을 거야!"

나는 전화를 끊었다.

딴따다다다…… 딴딴.

나는 기다리고 또 기다렸지만, 두드리는 소리는 사라지지 않았다.

"누구세요?" 결국 나는 이렇게 속삭였다. 하지만 목소리가 워낙 작아서 밖까지 들리지도 않을 것 같았다. 나는 현명하니까 질문을 던진 적이 없다고 하마터면 믿어버릴 뻔했다.

속삭임으로 답하는 소리가 철사처럼 가늘고 선선한 공기에 실려 열쇠 구멍을 통해 흘러 들어오는 것 같았다. "내 손에 날아가고 싶어?"

"꺼져!"

"내가 너희 둘을 다 날릴 거야."

❧

　　나는 뉴어크의 블룸필드 애비뉴에 있던 스쿨 스타디움을 연상시키는 커다란 운동장에 차려진 야외 병동 또는 공공 진료소를 내려다보고 있다. 스쿨 스타디움에서는 내가 어렸을 때 뉴어크의 경쟁 고등학교들(이탈리아계 고등학교, 아일랜드계 고등학교, 유대계 고등학교, 흑인 고등학교)이 하루에 두 경기씩 미식축구 게임을 했다. 하지만 지금 이곳의 운동장은 그 스타디움보다 열 배나 크고, 군중도 특별 초청경기 때의 관중만큼이나 많다. 수만, 수십만 명의 흥분한 팬들이 포근하게 옷을 겹쳐 입고 김이 피어오르는 커피 잔으로 검은 속을 덥히는 모습. 하얀 페넌트들이 사방에서 휘날리고, 군중은 리듬에 맞춰 구호를 외친다. "내게 M을 달라! 내게 E를 달라! 내게 T를 달라! 내게 E를 달라!" 그동안 운동장에서는 하얀 옷을 입은 의사들이 진료소답게 조용한 분위기 속에서 민첩하게 미끄러지듯 움직인다. 나는 쌍안경으로 그들의 진지하고 헌신적인 얼굴을 볼 수 있다. 돌처럼 꼼짝도 않고 누워서 저마다 링거 바늘을 꽂고 있는 사람들의 얼굴도 보인다. 그들의 영혼이 옆 들것에 있는 몸속으로 빠져나가고 있다. 무서운 것은 그들 모두의 얼굴, 심지어 여자와 아이의 얼굴까지도 트레블링카의 이반과 같다는 점이다. 관중석에서 환호하는 팬들의 눈에는 들것에 끈으로 고정된 각각의 시체에서 풍선처럼 크게 부풀어오르는 멍청하고 상냥한 얼굴뿐이다. 그러나 나는 쌍안경 덕분에 인간사회에서 증오의 대상이 될 만한 모든 것이 그렇게 솟아나오는 얼굴에 집중되어 있음을 본다. 하지만 흥분한 군중은 희망으로 들끓는다. "이제부터는 모든 게 달라질 거야! 이제부터는 모두가 친절할 거야! 데미야뉴크 씨처럼 모두가 교회에 다닐 거야! 데미야뉴크 씨처럼 모두가 텃밭을 가꿀 거야! 데미야뉴크 씨처럼 열심히 일하고 밤이면 훌륭한 가족이 기다리는 집으로 돌아올 거야!" 나만이 쌍안경을 갖고 있어서 눈앞에 펼쳐지는 재앙의 유일한 목격자다. "저건 이반이야!" 하지만 만세 소리와 열광적인 환성 때문에 아무도 내 말을 듣지 못한다. "내게 O를 달라! 내게 S를 달라!" 나는 이반이라고 계속 소리친다. 트레블링카의 이반이라고. 그때 그들이 나를 내 자리에서 가볍게 들어 올려, 모든 팬이 쓰고 있는 하얀 모직 모자의 부드러운 술 위로 아래를 향해 나를 굴린다. 내 몸(이제 파란색으로 크게 M이 적혀 있는 하얀색 페넌트에 싸여 있다)이 '기억의 장벽. 선수 이외 출입금지'라고 페인트로 적혀 있는 나직한 벽돌담을 넘어 기다리던 의사 두 명의 품으로 떨어진다. 그들이 나를 들것에 단단히 묶고 운동장 중앙으로 데려가는 순간 악단이 속보 행진곡을 시작한다. 링거 바늘이 내 손목을 뚫고 들어올 때, 큰 게임에 앞서 들리는 엄청난 포효가 터져 나온다. "누가 경기해요?" 나는 하얀 제복을 입고 나를 돌보는 간호사에게 묻는다. 그녀는 징크스다. 징크스 포제스키. 그녀가 내 손을 토닥거리며 속삭인다. "윤회metempsychosis 대학이에요." 나는 비명을 지르기 시작한다. "난 경기하기 싫어!" 하지만 징크스는 안심하라는 듯이 웃으며 말한다. "해야 돼요. 하프백으로 선발출전할 거니까."

'하프백'이 내 귓가에서 알람을 울려대는 바람에 나는 침대에서 허겁지겁 벌떡 일어나 앉았다. 차원이 없는 이 어두운 방이 어디인지 전혀 알 수 없었다. 처음에 나는 지금이 지난여름이라는 결론을 내리고, 침대 옆의 약상자를 찾으려면 불빛이 필요하다고 생각했다. 할시온을 이미 한 알 먹었지만, 반 알을 더 먹어야 이 밤을 버틸 수 있을 것이다. 하지만 이불과 베갯잇뿐만 아니라 벽과 천장에서도 짐승 발자국이 발견될까 봐 차마 불을 켜지 못한다. 그때 전화기가 다시 울리기 시작한다. "사람의 진짜 인생은 뭐야?" 지친 목소리와 외국어 말씨가 강한 늙은 유대인이 폐기종에 걸린 것 같은 목소리로 이렇게 묻는다. "난 포기할래. 사람의 진짜 인생은 뭐야?" "그런 건 없어. 진짜 인생을 살고 싶다는 충동이 있을 뿐이지. 진짜가 아닌 모든 것이 사람의 진짜 인생이야." "좋아. 내가 물어볼 것이 하나 있어. 오늘의 의미를 말해봐." "실수. 실수에 또 겹쳐진 실수. 실수, 직무태만, 속임수, 공상, 무지, 위조. 그리고 당연히 심술. 억제할 수 없는 심술. 누구의 삶에서도 볼 수 있는 평범한 하루." "그 실수는 **어디 있어?**" **이 침대에.** 나는 이렇게 생각하고 나서 계속 꿈을 꾼다. 나는 전염성이 대단히 강한 병으로 방금 죽은 사람의 침대에 누워 있다가 곧 죽음을 앞두고 있다. 이 작은 방에 그와 함께 스스로 틀어박혀 고작해야 팔을 뻗으면 닿을 거리에서 그를 조롱하고 꾸짖었기 때문에, 자아가 없고 과대망상증에 걸린 이 유사 존재에게 너는 내 모이세 피픽일 뿐이라고 말했기 때문에, 그가 우스운 존재가 아니라는 사실을 이해하지 못했기 때문에, 모이세 피픽이 나를 죽인다. 나는 피가 모두 사라진 채 숨이 끊어져, 불타는 조종실에서 튕겨나가는 조종사처럼 사출되면서 내가 이십오 년 만에 몽정을 했다는 사실을 발견한다.

완전히 잠에서 깬 나는 마침내 침대에서 일어나 어둠 속에서 책상 앞의 아치형 창가로 갔다. 저 아래 거리에서 내 방을 계속 감시하는 놈이 있는지 확인하려고. 내 눈에 보인 것은 호텔 쪽의 좁은 거리가 아니라 거리 두 개를 사이에 둔 곳에서 빛나는 가로등 아래에 버스 여러 대가 서 있는 모습이었다. 수백 명의 군인이 각자 어깨에 소총을 메고 버스에 오를 순서를 기다리고 있었다. 군홧발 소리조차 들리지 않았다. 움직이라는 신호가 떨어지면 그 군인들이 워낙 편안하고 느리게 차례로 걸어가기 때문이었다. 거리 맞은편을 따라 높은 담장이 쭉 뻗어 있고, 이쪽 편에는 한 블록 길이의 석조 구조물 위에 골함석 지붕이 얹어져 있었다. 틀림없이 차고나 창고일 텐데, L자 모양이라 거리가 숨은 막다른 길이 되었다. 버스는 여섯 대. 나는 마지막 군인이 무기를 메고 버스에 오른 뒤, 버스들이 움직이기 시작할 때까지 가만히 서서 지켜보았다. 버스들은 십중팔구 웨스트뱅크로 향하는 것 같았다. 폭동을 진압할 대체병력, 무장한 유대인들, 그들로 인해 2차 홀로코스트가 임박했다고 피픽이 주장하는 자들, A-S.A.의 호의적인 활동으로 그들의 존재를 불필요하게 만들 수 있다고 피픽이 주장하는 자들…….

그 순간(2시가 조금 넘었다) 나는 예루살렘을 떠나기로 결심했다. 지금 즉시 일을 시작한다면 인터뷰를 마무리할 질문 서너 개를 더 만들 수 있을 것이다. 아하론의 집은 예루살렘에서 서쪽으로 약 이십 분 거리에 있는 신개발 마을에 있는데, 공항으로 가는 길이 멀지 않았다. 새벽에 택시를 타고 그곳에 잠깐 들러 아하론에게 마지막 질문들을 건넨 뒤 공항으로 가서 런던으로 출발하면 될 것이다.

왜 그냥 그의 파트너 행세를 하지 않았나? 너의 실수는 경멸이다. 그 안경을 부러뜨린 값을 크게 치를 것이다.

그날 밤 2시에 나는 그 전날의 혼란을 도저히 극복할 수 없어서 지친 나머지, 그 어떤 진실도 더 이상 평가할 수 없게 되었다. 따라서 새벽에 출발하기 위한 준비를 시작하는 동안 조용히 들려온 이 세 문장을 복도에 있는 피픽이 말한 줄 알았다. '그 미친놈이 돌아왔어! 무장하고 있어!' 하지만 방금 들은 것이 내 목소리인데도 그의 목소리로 착각했다는 사실, 고향에서 멀리 떨어진 낯선 호텔에서 한밤중까지 전혀 잠들지 못한 고독한 여행자라면 으레 그렇듯이 나 역시 혼잣말을 했을 뿐이라는 사실을 금방 깨닫고 나는 또다시 기겁했다. 어떤 의미에서는 이편이 더 무서웠다.

내 상태가 갑자기 끔찍해졌다. 지난여름의 발작 이후로 내가 되찾으려고 노력한 모든 것이 압도적인 두려움의 공격 앞에서 급속도로 스러지기 시작했다. 나는 더 이상 자신을 지탱할 힘이 없다는 생각에, 얼마 남지 않은 자제력을 동원해서 이 붕괴를 강제로 막아내지 못하면 또다시 악몽에 휩쓸려 무너질 것이라는 생각에 금방 겁에 질렸다.

나는 서랍장을 문 앞으로 옮겼다. 놈이 되돌아와 아직 주머니에 갖고 있을 내 방 열쇠를 감히 다시 사용하려 할 것이라는 염려 때문이라기보다는 내가 자진해서 문을 열고 놈을 받아들여 화해를 위한 마지막 제안을 내놓을지도 모른다는 두려움 때문이었다. 나는 허리통증을 조심하며 서랍장을 천천히 끌어 침대 맞은편에 놓은 뒤, 방 한복판에 있던 동양식 융단을 돌려 최대한 소리를 내지 않고 타일 위로 살살 끌어서 문을 열고 들어오는 데 방해가 되게 놓았다. 이제는 그가 내게 덤벼드는 것을 내가 내버려두고 싶어도 그럴 수 없게 되었다. 다시 들어가게 해달라는 그의 탄원이 아무리 재미있어도, 아무리 위협적이어도, 아무리 가슴을 울려도 소용없었다. 서랍장으로 문을 막는 방법은 내가 스스로 어리석은 짓을 할 가능성을 막기 위해 생각해낼 수 있는 방법 중 두 번째로 좋은 조치였다. 가장 좋은 방법은 놈에게서 1천 킬로미터쯤 떨어진 곳으로 도망치는 것이었다. 최면술처럼 사람을 홀리는 놈의 정신 나간 도발에 나 혼자 맞설 수 없다는 사실로부터도 도망쳐야 했다. 하지만 지금은 바리케이드를 치고 앉아서 버텨야 했다. 날이 밝고 호텔이 다시 잠에서 깨어나면 내가 벨보이를 불러 함께 방을 나서서 호텔 입구 앞에 바짝 서 있는 택시에 올라 이곳을 떠날 수 있을 것이다. 그때까지는 이 자리에서 버텨야 했다.

그 뒤 두 시간 동안 나는 창가의 책상에 앉아 있었다. 저 아래 거리에 누가 숨어 있다면 내가 아주 잘 보이는 위치라는 사실을 잘 알고 있었다. 정확하게 날아오는 총알을 막는 데 천 조각은 전혀 도움이 되지 않으므로, 굳이 커튼을 치지는 않았다. 창가의 책상을 옆의 벽 쪽으로 밀 수도 있겠지만, 아직 정신이 멀쩡한 탓에 나는 머뭇거렸다. 호텔의 가구들을 더 움직이면 안 될 것 같았다. 침대에 앉아 아하론에게 던질 질문들을 마저 정리해도 되었을 것이다. 하지만 나는 아직 조금이나마 남아 있는 마음의 평형을 지키기 위해 평생 그랬던 것처럼 책상 앞 의자에 앉아 있는 편을 택했다. 스탠드 아래에서 내가 아는 가장 단단한 방법으로 나라는 사람의 독특한 존재감을 실체화하며, 폭군처럼 제멋대로 구는 조리 없는 생각들을 말이라는 끈으로 꿰었다.

〔나는 이렇게 썼다.〕《부들개지의 땅으로》에서 유대인 여성과 그녀가 이교도 남성과의 사이에서 낳은 장성한 아들은 루테니아의 외진 시골로 여행한다. 그녀가 태어난 곳으로 돌아가는 중이다. 때는 1938년 여름. 두 사람이 그녀의 고향에 가까워질수록, 이교도의 폭력이 점점 위협적으로 변한다. 어머니는 아들에게 이렇게 말한다. "저쪽은 많고 우리는 둘이야." 그다음에 당신은 이렇게 썼다. '그녀의 내면에서 '이교도goy'라는 말이 솟아올랐다. 그녀는 마치 먼 기억에 귀를 기울이는 사람처럼 미소를 지었다. 아주 가끔뿐이었지만, 그녀의 아버지가 도저히 손쓸 수 없을 만큼 우둔하다는 뜻으로 그 단어를 쓴 적이 있었다.'
당신의 책에 나오는 유대인들과 같은 세상을 살고 있는 듯이 보이는 이교도는 대개 손쓸 수 없는 우둔함과 위협적이고 원시적인 행동의 화신이다. goy는 주정뱅이, 아내를 때리는 사람, '자제력이 없는' 거칠고 짐승 같은 야만인을 뜻한다. 당신 작품의 배경이 되는 지역에는 비非유대인의 세상에 대해, 그리고 자기들의 세상에서는 우둔하고 원시적으로 굴 수 있는 유대인들의 능력에 대해서도 할 말이 많은 듯하지만, 유대인이 아닌 유럽인조차 유대인의 상상력에 대한 이런 이미지의 힘이 실제 경험에 뿌리박고 있음을 인정해야 할 것이다. goy는 또한 '건강이 흘러넘치는······ 세속적인 영혼'이라는 뜻으로도 받아들여진다. 그 건강이 **부럽다**. 《부들개지……》에서 어머니는 이교도의 피가 섞인 아들에 대해 이렇게 말한다. "그 애는 나처럼 불안해하지 않는다. 그 애의 핏줄에는 나와 달리 조용한 피가 흐르고 있다."

미국에서 레니 브루스, 재키 메이슨 같은 유대인 코미디언들이, 그리고 또 다른 차원에서 유대계 소설가들이 이용해온 민담에서 goy가 차지하는 위치를 조사해보지 않으면 유대인의 상상력에 대해 무엇도 제대로 알아낼 수 없다고 말하고 싶다. 미국 소설에서 goy의 이미지를 가장 일관되게 표현한 작품은 버나드 맬러머드의 《점원》이다. 여기서 goy인 프랭크 알파인은 한창때가 지난 도둑으로, 유대인인 보버의 망해가는 식품점에서 강도짓을 하고, 나중에는 보버의 성실한 딸을 강간하려고 하다가, 결국은 보버 특유의 고통받는 유대주의로 돌아서서 뒤집어놓은 듯이 goy다운 야만적인 행동을 상징적으로 포기한다. 솔 벨로의 두 번째 소설 《희생자》에서 뉴욕의 유대인인 주인공은 이교도이고 알코올중독자이며 사회부적응자인 올비에게 시달린다. 올비도 알파인 못지않은 불한당이고 부랑자다. 레벤탈이 힘겹게 얻은 마음의 평온을 깨뜨리는 그의 공격이 지적인 면에서 더 도시적이라는 사실은 별로 상관이 없다. 그러나 벨로의 모든 작품을 통틀어 가장 인상적인 이교도는 헨더슨이다. 내면을 성찰하는 레인킹 헨더슨은 정신적 건강을 회복하기 위해 무뎌진 본능을 안고 아프리카로 간다. 아펠펠드와 마찬가지로 벨로에게도 진정 '세속적인 영혼'은 유대인이 아니다. 유대인의 탐색 대상으로 묘사되는 원시적인 에

너지를 되찾으려는 노력도 아니다. 아펠펠드와 마찬가지로 벨로에게도, 그리고 놀랍게도 아펠펠드와 마찬가지로 메일러에게도 그렇다. 메일러의 작품에서 가학적이고 공격적인 섹스를 추구하는 남자의 이름은 서지우스 오쇼그네시이고, 아내를 살해하는 남자의 이름은 스티븐 로잭이며, 위협적인 살인자의 이름은 렙케 부할터나 구라 샤피로가 아니라 게리 길모어다.

여기서 결국 불안감에 굴복한 나는 스탠드를 끄고 어둠 속에 앉아 있었다. 금방 저 아래 거리를 볼 수 있게 되었다. 정말로 누가 거기 있었다! 어떤 남자가 내 창문에서 멀어야 7.5미터쯤 떨어진 길에서 희미한 가로등 불빛 속을 뛰어가고 있었다. 그는 몸을 웅크리고 있었지만 나는 그를 알아보았다.

나는 책상에서 일어섰다. 그리고 창문을 활짝 열고 소리쳤다. "피픽! 모이셰 피픽, 이 개자식!"

그는 고개를 돌려 열린 창문 쪽을 보았다. 그의 양손에 커다란 돌멩이가 하나씩 들려 있는 것이 보였다. 그는 돌멩이를 머리 위로 들고 내게 마주 고함을 질렀다. 복면을 쓰고 아랍어로 고함을 질렀다. 그러더니 그대로 뛰어갔다. 곧 또 다른 사람이 뛰어서 지나가고, 또 한 명, 또 한 명이 차례로 나타났다. 각자 양손에 돌멩이를 하나씩 들었고, 스키마스크로 얼굴을 가리고 있었다. 그들이 돌을 가져온 곳은 피라미드 모양의 돌 더미였다. 원추형 돌무덤을 닮은 그 돌 더미는 호텔 맞은편의 골목 바로 안쪽에 있었다. 네 사람은 돌무덤이 완전히 사라질 때까지 거리를 뛰어서 오가며 돌멩이를 날랐다. 그러고 나니 거리가 다시 텅 비었고, 나는 창문을 닫은 뒤 다시 일을 시작했다.

새로 번역된 당신의 소설 《불멸의 바르트푸스》에서, 바르트푸스는 죽어가는 애인의 전남편에게 불경한 질문을 던진다. "홀로코스트에서 살아남은 우리들이 무슨 짓을 한 거지? 우리의 위대한 경험이 우리를 바꿔놓았나?" 이 소설이 사실상 모든 페이지에서 어떻게든 다루려고 애쓰는 질문이 이것이다. 바르트푸스의 고독한 갈망과 후회에서, 자신의 냉담함에 당황한 그가 그것을 극복하려고 기울이는 노력에서, 다른 인간과의 접촉을 갈망하는 데서, 이스라엘 해안 지방을 말없이 방황하는 데서, 더러운 카페에서 그가 마주치는 수수께끼 같은 사람들에게서, 우리는 큰 재난을 겪은 뒤의 삶에서 경험할 수 있는 고통을 감지한다. 전쟁 직후 이탈리아에서 어쩌다 보니 밀수와 암시장에 손을 대게 된 유대인 생존자들에 대해 당신은 이렇게 썼다. "구출된 생명을 어떻게 해야 할지 아무도 알지 못했다."

《불멸의 바르트푸스》에서 당신이 보여준 집착에서 우러나온 나의 마지막 질문이 어쩌면 지극히 포괄적일 수도 있겠지만, 그래도 잘 생각해보고 대답해주기 바란다. 전쟁 직후 유럽에서 어린 나이로 집도 없이 떠돌아다니며 보았던 것, 이스라엘에서 사십 년 동안 살면서 알게 된 것을 통해 당신은 구출된 생명으로 살아가는 사람들의 경험에서 또렷이 구분되는 패턴을 알아볼 수 있는가? 홀로코스트에서 살아남은 사람들은 무엇을 했으며, 어떤 면에서 불가항력적인 변화를 겪었는가?

7
그녀의 이야기

그는 아무것도 가져가지 않았다. 내가 옷을 넣어둔 서랍장에서 양말 한 짝도 사라지지 않았다. 그에게 모든 것이나 다름없는 수표를 찾으면서도 그는 방 안을 전혀 어지르지 않았다. 내가 돌아오기를 침대에서 기다리며 《트칠리》를 꺼내 읽기는 했으나, 그가 감히 손댄 내 물건은 그것뿐인 것 같았다(내 신원도용은 별개다). 나는 짐을 싸면서 점차 미심쩍어졌다. 그가 정말로 내 방을 뒤졌을까? 애당초 그가 이 방에 정말로 있었는지조차 순간적으로 의심스러워지면서 나는 마음이 불편해졌다. 자기 것이라는 수표를 찾으러 온 게 아니라면, 굳이 내 방에 무단으로 침입해서 내 분노를(그리고 어쩌면 그보다 더한 것까지도) 살 위험을 무릅쓸 이유가 무엇인가?

나는 가방을 다 싸고 재킷을 입었다. 이제 날이 밝기만 기다리는 중이었다. 내게 있는 목표는 단 한 가지, 여기서 사라지는 것뿐이었다. 나머지는 탈출에 성공했을 때 퍼즐을 맞추듯 알아내든 말든 할 것이다. 나중에 이 일에 대해 글을 쓰지도 않겠다고 나는 속으로 되뇌었다. 요즘은 객관성을 지켜야 한다는 주장에 귀가 얇은 사람들조차 콧방귀를 뀐다. 사람들이 가장 최근에 통째로 받아들인 주장은, 무엇이 됐든 사람이 충실히 묘사할 수 있는 것은 자신의 체온뿐이라는 것이었다. 모든 것은 비유다. 그러니 내가 이런 일을 현실이라고 설득력 있게 설명할 수 있는 가능성이 얼마나 될까? 아하론과 작별인사를 할 때, 이 일을 잊어버리고 입을 다물어달라고 부탁하자. 심지어 런던에 도착한 뒤에도 클레어가 돌아와 어떻게 되었느냐고 물으면 모두 잘 됐다고 해야지. "아무 일도 없었어. 놈이 끝내 안 나타났거든." 이러지 않으면 죽을 때까지 지난 이틀 동안의 일을 설명해도, 모두들 그건 어디까지나 내가 하는 이야기일 뿐이라고 생각할 것이다.

내 재킷 안주머니에 세 겹으로 접어 넣은 호텔 종이에 나는 읽기 쉬운 글자로 아하론에게 물어볼 나머지 질문들을 적어두었다. 가방 안에는 우리가 지금까지 주고받은 질문과 대답, 녹음테이프가 모두 들어 있었다. 온갖 일을 겪는 와중에도 나는 맡은 일을 해내는 데 성공했다. 뉴욕에서 기대했던 것만큼은 아닐지 몰라도……. 퍼뜩 앱터가 생각났다. 예루살렘에서 나가는 길에 앱터의 하숙집에 들르면 만날 수 있을까? 아니면 피픽이 벌써 거기에 가서 나인 척 가엾은 앱터를 속이고 나를 기다리고 있을까!

내 방의 불은 모두 꺼져 있었다. 나는 어둠 속에서 커다란 창문 앞의 작은 책상에 앉아 삼십 분째 기다리는 중이었다. 다 싸놓은 가방을 다리에 붙여놓은 채로, 나는 창문 바로 아래에서 복면을 쓰고 다시 돌멩이를 옮기기 시작한 남자들을 지켜보았다. 그들이 나를 교화하려고 그러는 것 같기도 하고, 나더러 수화기를 들어 군대나 경찰에 신고할 테면 해보라고 을러대는 것 같기도 했다. 저들은 저 돌멩이로 유대인의 머리를 깨려 하겠지. 나는 속으로 생각했다. 하지만 이런 생각도 들었다. 나는 여기 사람이 아니야. 저 분쟁의 대상이 된 영토는 내 것이 아니야……. 나는 그들이 옮기는 돌멩이의 수를 세었다. 숫자가 100에 이르렀을 때 나는 더 이상 참지 못하고 프런트데스크에 전화를 걸어 경찰을 연결해달라고 말했다. 통화중이라는 말이 들려왔다. "긴급상황입니다." 내가 말했다. "무슨 문제라도 있습니까? 어디 편찮으세요, 손님?" "아뇨, 경찰에 신고할 것이 있습니다." "서쪽 통화가 끝나는 대로 연결하겠습니다. 경찰이 오늘 밤 몹시 바빠요. 분실하신 물건이라도 있습니까, 로스 씨?"

내가 막 전화를 끊는 순간 문밖에서 어떤 여자의 목소리가 들려왔다. "문 열어주세요. 징크스 포제스키예요. 무서운 일이 벌어지고 있어요."

나는 방에 없는 척했지만, 그녀가 문을 가볍게 두드리기 시작했다. 내가 통화하는 소리가 밖에서도 언뜻 들린 모양이었다.

"그 사람이 데미야뉴크의 아들을 납치하려고 해요."

하지만 내 목표는 하나뿐이었으므로 나는 그녀에게 대답하지 않았다. '아무것도 안 하면 실수를 저지를 가능성이 없어져.'

"지금 이 순간에도 데미야뉴크의 아들을 납치할 계획을 짜고 있다고요!"

문밖에는 피픽의 포제스키, 창문 아래에는 스키마스크를 쓰고 돌멩이를 옮기는 아랍인들. 나는 비행기를 타고 떠나기 전에 아하론에게 남길 마지막 질문을 머릿속으로 정리하려고 눈을 감았다. '이 사회에 살면서 당신은 뉴스와 정치적 논쟁에 맹폭당

하고 있습니다. 하지만 소설가로서 당신은 이스라엘의 일상적인 소란을 대체로 옆으로 밀어두었죠…….'

"로스 씨, 정말로 납치를 할 생각이에요!"

'……그것과는 또렷이 구분되는 유대인의 곤경에 대해 생각하기 위해서요. 당신 같은 소설가에게 이스라엘의 일상적인 소란은 어떤 의미가 있습니까? 이 나라의…….'

징크스는 이제 작게 흐느끼고 있었다. "그 사람이 그걸 몸에 걸치고 있어요. 바웬사가 준 거예요. 로스 씨, 도와주세요……."

'……자기현시적이고, 자기주장이 강하고, 스스로에게 도전하고, 스스로를 전설로 만드는 사회의 일원으로 살아가는 것이 당신의 집필 생활에 어떤 영향을 미칩니까? 뉴스를 만들어내는 이 현실이 당신의 상상력을 부추긴 적이 있습니까?'

"이 일로 그 사람은 끝장날 거예요."

모든 것이 침묵과 자제를 가리켰지만, 나는 더 이상 참지 못하고 내 마음을 입 밖에 냈다. "그거 좋네요!"

"그 사람이 지금까지 한 모든 일이 무너질 거예요."

"완벽해요!"

"당신도 조금 책임을 져야 해요."

"절대!"

그동안 나는 네 발로 엎드려서 서랍장 아래로 팔을 뻗으려고 애썼다. 징크스가 문 아래로 밀어 넣은 것이 무엇인지 궁금해서였다. 마침내 나는 구두 한 짝으로 그것을 꺼낼 수 있었다.

내 손 크기만 한 들쭉날쭉한 천이었다. 무게는 거즈 조각과 같았다. 천으로 만든 다윗의 별. 점령당한 유럽에서 행인들을 찍은 사진에서만 본 물건이었다. 유대인을 유대인으로 표시해주는 노란색 천. 이 놀라운 물건을 보고 나는 피픽의 방종한 행위의 산물을 접했을 때보다 더 분노하지 않는 게 맞았지만, 사실은 분노했다. 격렬하게 분노했다. 그만. 숨을 쉬어. 생각해. 놈의 병적인 행동은 놈의 것이지 내 것이 아니야. 현실적인 유머로 대하고 여길 떠나는 거야! 하지만 나는 감정에 점차 무릎을 꿇었다. '안 돼, 안 돼.' 하지만 어쩔 수 없었다. 이 비극적인 기념물의 등장을 무해하고 재미있는 일로 취급하는 것은 불가능할 것 같았다. 그는 무엇이든 소극笑劇으로 바꿔버릴 사람이었다. 이런 것조차 불경하게 대하는 사람. 나는 놈을 견딜 수 없다.

"이 미친놈은 누구예요! 누구인지 말해요!"

"말할게요! 문 열어줘요!"

"전부 말해요! 진실을!"

"아는 것 전부! 말할게요!"

"혼자예요?"

"완전히 혼자예요. 맹세코 혼자예요."

"기다려요."

그만. 숨을 쉬어. 생각해. 하지만 나는 안전하게 떠날 시간이 될 때까지 하지 말자고 마음먹은 행동을 해버렸다. 커다란 서랍장을 문에서 조금씩 움직여 간신히 문을 열 수 있는 공간을 만든 뒤, 잠금장치를 열고 놈이 나를 부추기려고 보낸 공범을 방에 들여놓았다. 암 병동 간호사들이 그 모든 죽음을 흘려보내려고 찾는 술집, 징크스 포제스키가 아직 교화되지 않은 완전한 유대인 혐오자였던 그 시절에 찾던 술집에 맞는 옷차림이었다. 커다란 선글라스가 얼굴을 절반이나 가렸고, 검은 옷은 몸매를 더할 나위 없이 돋보이게 해주었다. 그 옷을 입지 않았다면 그런 몸매로 보이지 않았을 것이다. 아주 싸구려 옷이었다. 립스틱을 잔뜩 바른 입술, 폴란드의 옥수수수염처럼 헝클어진 머리카락, 문틈으로 비어져 들어온 그 모습을 보니 그녀가 지금 나쁜 짓을 꾸미고 있는 것 같다는 생각뿐만 아니라, 내가 그놈의 성질 때문에 숨을 쉬고 생각하기를 그만두고 바리케이드 안으로 징크스를 들여놓은 것 같다는 생각도 들었다. 나 역시 얼마 전부터 나쁜 짓을 꾸미고 있었으니까. 그녀가 좁은 틈을 비집고 들어와 열쇠를 돌려서 문을 잠가버렸을 때(놈이 들어오지 못하게?) 내가 문득 떠올린 생각은 애당초 뉴어크의 집을 떠나지 말았어야 한다는 것이었다. 내 갈망이 그토록 열렬했던 적은 없었다. 그녀를 향한 갈망이 아니라, 그래 그것이 아니라 나를 흉내 내는 놈이 나타나 삶이 두 겹이 되기 전의 내 인생에 대한 갈망이었다. 자기 조롱과 자기 이상화(그리고 그 조롱의 이상화, 이상화의 조롱, 이상화의 이상화, 조롱의 조롱) 이전의 삶, 초超객관성과 초超주관성(그리고 초주관성에 대한 초객관성, 초객관성에 대한 초주관성)을 들쭉날쭉 오가기 전의 삶, 밖의 것은 밖에 있고 안의 것은 안에 있을 때의 삶, 모든 것이 아직 분명하게 구분되고 설명할 수 없는 일은 하나도 없던 때의 삶. 나는 레슬리 거리의 그 집을 나서서 픽션의 나무 열매를 먹었다. 그러고 나니 그 무엇도, 현실도 나도 예전과 달라졌다.

나는 나를 유혹하러 온 이 여자가 싫었다. 열 살이 되고 싶었다. 평생 단호하게 향수鄕愁에 반대하는 태도를 취했는데도, 인생이 아직 막다른 길이 아니라 야구공 같던 열 살 때 살던 동네로, 엄마를 제외한 모든 여자의 관능적이고 세속적인 모습에 탐닉하고 싶다는 생각이 전혀 없던 시절로 돌아가고 싶었다.

"로스 씨, 그 사람은 지금 메이어 카한의 연락을 기다리는 중이에요. 그 일을 정말로 할 생각이에요. 누가 그 사람들을 말려야 해요!"

"왜 이걸 가져왔어요?" 나는 노란색 별을 그녀의 면전에 성난 표정으로 불쑥 내밀었다.

"말했잖아요. 바웬사가 준 거라고. 그단스크에서. 필립은 울었어요. 지금은 셔츠 밑에 그걸 달고 있어요."

"진실! 진실! 왜 새벽 3시에 이 별을 가지고 와서 이런 얘기를 하는 거예요? 애당초 여기까지 어떻게 온 겁니까? 1층의 프런트데스크를 이렇게 동과했어요? 이 시각에 예루살렘 거리에서 어떻게 움직였죠? 이 위험한 곳에서 그 헤픈 여자 같은 옷을 입고. 여기는 증오가 들끓는 도시입니다. 무시무시한 폭행을 당했을 거예요. 안 그래도 이미 무서운 곳인데. 그놈이 당신을 이 꼴로 여기에 보낸 걸 봐요! 제임스 본드 영화의 팜므파탈 같은 옷을 당신한테 입힌 걸 보라고! 그놈은 포주의 본능을 타고 났어요! 미친 아랍인들까지 생각할 것도 없어요! 경건하게 신을 믿는다는 미친 유대인 무리가 이 옷을 입은 당신을 돌로 쳐 죽였을 테니!"

"그 사람들이 데미야뉴크의 아들을 납치해서, 데미야뉴크가 자백할 때까지 그 몸을 조각조각 잘라 보낼 거라니까요! 지금 데미야뉴크의 자백서를 그 사람들이 쓰고 있어요. 필립한테 이렇게 말하더라고요. '당신, 작가, 잘해!' 발가락을 하나씩, 손가락을 하나씩, 안구를 하나씩. 아버지가 진실을 말할 때까지 그 사람들은 아들을 고문할 거예요. 정수리 모자를 쓴 신자들인데. 그 사람들이 하는 말을 당신도 들어봐야 돼요. 필립은 거기 앉아서 자백서를 쓰고 있다고요! 카한! 필립은 카한한테 반대해요. 야만인이라면서. 그런데도 거기 앉아서 자기가 세상에서 가장 싫어하는 야만인 광신도의 전화를 기다리고 있어요!"

"나한테 진실만 말해줘요. 그놈이 왜 당신한테 이런 옷을 입혀서 여기로 보냈어요? 이 별은 왜? 그놈 같은 사람이 어떻게 생겨난 거지? 계략이 무한하네요."

"내가 도망쳤어요! '더 이상 못 듣겠어. 당신이 모든 걸 파괴하는 모습을 지켜볼 수 없어!' 이렇게 말하고 도망쳤어요!"

"나한테로."

"당신이 꼭 수표를 돌려줘야 돼요!"

"수표는 잃어버렸어요. 내 수중에 없어요. 그놈한테도 그렇게 말했다고요. 운 나쁜 일이 생겼다고. 당신 남자친구의 여자친구라면 분명히 이해할 수 있을 텐데요. 수표는 없어요."

"당신이 돈을 안 주니까 그 사람이 미쳐 날뛰는 거예요! 스마일스버거 씨의 돈이 당신 것이 아닌 걸 알면서 왜 받았어요!"

나는 천으로 만든 별을 그녀의 손에 밀어 넣었다. "이거 가지고 가요."

"데미야뉴크의 아들은 어쩌고요!"

"아가씨, 난 데미야뉴크의 아들이라는 사람을 보호하려고 뉴어크의 베스 이스라엘 병원에서 베스 로스와 헤르만 로스의 아들로 태어난 게 아니에요."

"그럼 필립을 보호해줘요!"

"그렇게 하고 있잖아요."

"그 사람은 자기가 어떤 일을 하는지 당신한테 증명하려고 해요. 당신의 찬탄을 받고 싶어서 제정신이 아니에요. 당신이 좋아하든 싫어하든, 당신은 영웅이에요!"

"제발, 그런 거시기를 갖고 있는 사람한테 나 같은 영웅은 필요 없어요. 여기까지 와서 그걸 보여주다니 아주 친절한 행동이었죠. 당신도 알고 있었어요? 그놈한테는 딱히 금기가 없어요. 그렇죠?"

"맞아요." 그녀가 중얼거렸다. "아, 안 돼." 그녀는 눈물을 흘리며 무너지듯 침대에 걸터앉았다.

"안 돼요." 내가 말했다. "둘이 교대라도 할 셈인가. **일어나서 나가요.**"

하지만 그녀가 너무나 불쌍하게 울고 있어서 나는 창가의 안락의자로 돌아가 그녀가 내 베개에 실컷 눈물을 쏟을 때까지 앉아 있을 수밖에 없었다. 우는 동안 그녀가 그 별을 꽉 쥐고 있다는 사실에 나는 역겨움과 분노를 느꼈다.

저 아래 거리에는 이제 복면을 쓴 아랍인들이 보이지 않았다. 그들을 막는 것 역시 나의 사명이 아닌 듯했다.

별을 쥐고 있는 징크스의 모습을 더 이상 참아줄 수가 없어서 나는 침대로 다가가 그녀의 손에서 별을 빼낸 다음, 내 여행가방의 지퍼를 열고 내 물건들 사이에 처박았다. 나는 지금도 그별을 갖고 있다. 이 글을 쓰면서 그것을 보고 있다.

"그건 보형물이에요." 그녀가 말했다.

"뭐가요? 무슨 말을 하는 거예요?"

"그건 '그 사람 것'이 아니에요. 플라스틱 보형물이에요."

"오? 더 말해봐요."

"그 사람의 모든 것이 잘려나갔어요. 그 뒤에 남은 자신을 그 사람은 견디지 못했죠. 그래서 그 수술을 받았어요. 그 안에 플라스틱 막대들이 있어요. 음경 안에 음경 보형물이 있다고요. 왜 웃어요? 어떻게 웃을 수가 있어요! 다른 사람의 끔찍한 고통을 비웃다니요!"

"전혀 그런 게 아니에요. 거짓말을 비웃는 거지. 폴란드, 바웬사, 카한, 심지어 암도 거짓말. 데미야뉴크의 아들 이야기도 거짓말. 그런데 그자가 그렇게 자랑스러워하는 그 물건이, 솔직히 말해봐요, 암스테르담의 어느 싸구려 장식품 가게에서 당신 둘이 그 재미있는 장난 거리를 찾아낸 겁니까? 이건 포제스키와 피픽이 출연한 〈헬자파핀〉1930년대에 브로드웨이에서 큰 인기를 끈 익살극이야. 혈기왕성한 당신들 두 사람이 일 분에 한 번씩 개그를 터뜨리는 극이라고요. 그러니 누가 웃지 않을까? 그 거시기는 대단했어요, 솔직히. 하지만 다시 돌아오는 유대인들을 바르샤뱌 기차역에서 열광적으로 환영하는 폴란드인들을 앞으로 영원히 사랑하게 될 것 같네요. 디아스포리즘! 디아스포리즘은 막스 형제20세기 초에 미국에서 크게 인기를 끈 코미디언 5형제. 그루초는 그들 중 하나한테 어울리는 영화 플롯이에요. 그루초가 콜 총리에게 유대인들을 팔아넘기는 거지! 난 런던에서 십일 년 동안 살았어요. 고집불통이고, 낙후하고, 교황이 지배하는 폴란드가 아니라 세속화되어서 세상을 잘 아는 문명국 영국에서 살았다고요. 처음에 유대인 십만 명이 세간을 모두 챙겨서 워털루역으로 들어올 때 나도 정말그 모습을 보고 싶으니 날 초대해요. 응? 십만 명의 디아스포리즘 추종자들이 범죄적인 시온주의자들의 고향을 고통받는 팔레스타인인들에게 자발적으로 넘기고 이곳을 떠나 쾌적하고 푸른영국 땅에 내릴 때, 영국 이교도 환영위원회가 샴페인을 들고 플랫폼에서 기다리는 모습을 나도 내 눈으로 직접 보고 싶다고요.

'왔다! 유대인들이 또 왔어! 진짜 좋아!' 아니, 내 생각에는 유대인 인구가 지금보다 **줄어드는** 편을 유럽이 좋아할 것 같은데. **유대인이 최대한 줄어들기를.** 디아스포리즘은 반감의 **깊이**를 심각하게 놓치고 있어요. 하기야 A-S.A.의 창립회원한테는 이것이 처음 듣는 소리가 아니겠지. 그 가엾은 스마일스버거 영감은 디아스포리즘의 창시자들에게 100만 달러를 거의 날릴 뻔했어요. 아니지, 그런 사람이 스마일스버거뿐만은 아닐 것 같네요."

"스마일스버거 씨가 자기 돈으로 무엇을 하든……." 그녀가 쏘아붙였다. 그녀의 얼굴이 뜻을 이루지 못해 패배감에 빠진 아이처럼 급속히 일그러지고 있었다. "**그건 스마일스버거 씨가 알아서 할 일이야!**"

"그럼 스마일스버거 씨에게 수표에 대한 지급정지 조치를 취하라고 말하지 그래요? 그 사람한테 가서 중재자 역할을 해요. 나한테는 뭘 해도 소용없으니 그쪽으로 가보라고요. 엉뚱한 필립 로스에게 돈을 줬다고 말해요."

"미치겠네." 그녀가 앓는 소리를 냈다. "젠장, 미치겠어." 그러고 나서 그녀는 침대의 안쪽 귀퉁이 옆에 비좁게 놓여 있는 양철 상판의 탁자에서 수화기를 들고 호텔 교환원에게 킹 데이비드 호텔을 연결해달라고 말했다. 모든 길이 그에게 통한다. 나는 그녀의 손에서 수화기를 뺏기로 했지만 이미 너무 늦었다. 내 생각이 흐트러지는 데 기여한 모든 요소 중 하나는 바로 침대 위에 있는 그녀의 관능적인 모습이었다.

"나야." 전화가 연결되자 그녀가 말했다. "……같이 있어……. 그래……. 그 방에! ……아니! ……아니! **그 사람들**은 아니야! ……더는 못 하겠어, 필. 나도 한계야. 카한은 미쳤어.

이건 내가 아니라 당신이 한 말이잖아……. **안 돼!** ……미치겠어, 필립, 미칠 것 같아!" 여기서 그녀는 내게 수화기를 불쑥 내밀었다. "당신이 말려봐요! 꼭 말려야 돼요!"

모종의 이유로 전화선이 문에서 가장 먼 벽에 연결되어 있었으므로, 침대 위로 선을 잡아당긴 다음 내가 그녀의 몸 바로 위로 몸을 기울여야 수화기에 입을 대고 말할 수 있었다. 어쩌면 바로 그 자세를 하려고 내가 수화기에 입을 대고 말하게 된 것일 수도 있었다. 다른 이유가 있을 리 없었다. 저 커다란 창문으로 누가 우리를 지켜보고 있었다면, 이제 그녀와 내가 함께 음모를 꾸미는 것처럼 보였을 것이다. 징크스라는 이름을 폭발적인 어원으로 삼아, 가까운 거리에서 느끼는 짜릿함을 뜻하는 단어가 만들어진 것 같았다.

"또 웃기는 생각을 해낸 모양인데." 내가 수화기를 향해 말했다.

재미있다는 듯이 차분하게 대꾸하는 목소리는 온화하게 절제된 나 자신의 목소리였다. "당신 것이야."

"다시 말해봐."

"당신 아이디어라고." 그가 말했다. 나는 전화를 끊었다.

하지만 수화기를 내려놓자마자 다시 전화벨이 울렸다.

"놔둬요." 내가 그녀에게 말했다.

"좋아요, 이제 끝이에요. 끝일 수밖에 없어요."

"맞아요. 그냥 벨이 울리게 둬요."

책상 옆 의자로 돌아오는 길은 유혹으로 가득해서 아주 길게 느껴졌다. 저열한 갈망을 향해 주의와 상식을 당부하는 목소리가 가득하고, 격동적인 갈등이 그 짧은 거리에 압축되었다. 나의 성인기 전체가 거기에 종합되어 있는 것 같았다. 경솔하고 조급한 공범자가 된 것 같은 분위기에서 최대한 먼 곳에 앉은 나는 이렇게 말했다. "당신이 어떤 사람인지는 잠시 제쳐두고, 내 행세를 하며 돌아다니는 저 괴상한 자는 누굽니까?" 나는 벨이 울리는 전화기에 손을 대지 말라고 손가락으로 신호했다. "내 질문에 집중해요. 대답해요. 그자는 누굽니까?"

"내 환자예요. 이미 말했잖아요."

"또 거짓말."

"모든 게 거짓말일 수는 없어요. 그 말 좀 그만해요. 누구한테도 도움이 안 되니까. 당신은 믿기 싫은 걸 전부 거짓말로 치부하면서 진실로부터 자신을 보호하고 있어요. 감당할 수 없는 일에 부딪힐 때마다 당신은 '그건 거짓말이야'라고 말하죠. 하지만 그건 삶을 부정하는 태도예요, 로스 씨! 당신이 거짓말이라고 치부하는 건 내 인생이라고요! **이 전화기도 거짓말이 아니에요!**" 그녀는 수화기를 들고 송화구를 향해 소리쳤다. "싫어! 다 끝났어! 난 돌아가지 않을 거야!" 그러나 수화기 속에서 들린 소리에 그녀의 얼굴로 몰리던 성난 피가 발까지 쭉 다시 물러났다. 마치 '모래시계'가 뒤집힌 것 같았다. 그녀의 몸매를 묘사하기에 '모래시계'는 단순한 은유가 아니었다. 그녀는 아주 얌전히 내게 수화기를 내밀었다.

"경찰이에요." 그녀는 기겁한 표정으로 '경찰'이라는 말을 뱉었다. 의사에게서 '시한부' 판정을 받은 환자에게서 그녀가 틀림없이 들어봤을 것 같은 목소리였다. "안 돼요." 그녀가 내게 간청했다. "그 사람은 살아남을 수 없을 거예요!"

예루살렘 경찰이 전화한 것은 내 신고 때문이었다. 돌멩이를 나르던 자들이 사라졌기 때문에, 그들의 전화가 내게 연결되었다. 아니, 어쩌면 아까 모든 전화선이 정말로 통화중이었는지도 모른다. 정말로 그랬을 가능성은 지금도 희박해 보이지만. 나는 창가에서 본 광경을 경찰에게 설명했다. 그들은 지금 거리 상황이 어떤지 내게 물었다. 나는 거리에 아무도 없다고 말했다. 이름을 묻는 말에도 대답해주었다. 미국에서 발급받은 내 여권 번호도 알려주었다. 내 여권을 복제해서 가지고 다니는 사람이 지금 이 순간 킹 데이비드 호텔에서 존 데미야뉴크의 아들을 납치해 고문할 음모를 꾸미고 있다는 말은 하지 않았다. 놈이 해볼 테면 해보라지. 나는 속으로 생각했다. 만약 그녀의 말이 거짓이 아니라서 놈이 자신의 반¾영웅인 조너선 폴라드처럼 무슨 대가를 치르더라도 유대인의 구세주가 되겠다고 결심한 거라면, 아니 설사 놈의 동기가 순전히 개인적인 것이라서 조디 포스터에게 잘 보이려고 레이건을 쏜 그 청년처럼 내 인생에서 주인공 자리를 차지하겠다는 생각뿐이라 해도, 놈의 공상이 웅장하게 발전하는 데 나는 끼어들지 않을 작정이었다. 이번에는 놈이 내 인생의 경계를 넘어 더 큰 것을 침범하는 바람에 예루살렘 경찰과 정면으로 충돌하게 내버려둘 작정이었다. 내가 나선다 해도, 별로 중요하지도 않은 이 터무니없는 일의 결말을 이보다 더 만족스럽게 맺을 수는 없을 것이다. 그들은 역사적으로 중요한 인물의 자리를 노리는 놈을 이 분 만에 체포할 것이고, 모이셰 피픽은 그것으로 끝장날 것이다.

내가 그녀의 몸 바로 위에서 경찰과 대화하는 동안 그녀는 눈을 감고 가슴을 보호하듯 팔짱을 끼고 있었다. 내가 방을 가로질러 다시 의자에 앉는 동안에도 그녀는 미라처럼 그 자세를 그대로 유지했다. 나는 침대를 보면서, 그녀가 장의사에게 들려 나가기를 기다리는 것 같다고 생각했다. 그러다 보니 내 첫 아내가 생각났다. 그녀는 약 이십 년 전, 딱 지금의 징크스만 한 나이에 뉴욕에서 자동차 사고로 목숨을 잃었다. 지독했던 사랑 끝에 임신 테스트 결과를 위조한 그녀가 결혼해주지 않으면 자살하겠다고 위협하는 바람에 우리는 재앙 같은 삼 년간의 결혼생활을 시작했다. 나는 그녀의 반대를 무릅쓰고 집을 떠났지만, 육 년이 흐른 뒤에도 그녀에게서 이혼 동의를 받아낼 수 없었다. 그러다 1968년 그녀가 갑자기 세상을 떠났을 때, 나는 사고가 일어난 장소인 센트럴파크 주변을 방황하며 그 상황에 지독하게 잘 맞는 존 드라이든의 시구절을 혼자 중얼거렸다. "여기 내 아내가 눕는다. 여기에 그녀가 눕게 하라!/ 이제 그녀는 쉬고 있다. 나도 그렇다."

징크스는 그녀보다 키가 15센티미터쯤 더 크고, 몸도 튼튼했다. 좀 더 매력적인 쪽으로. 하지만 마치 장례식을 기다리듯 조용히 누워 있는 그녀를 보니, 오래전 죽은 내 적의 각진 머리와 북부인다운 아름다움이 그녀와 비슷해서 깜짝 놀랐다. 혹시 그녀가 내게 복수하려고 죽음에서 일어난 거라면…… 놈을 훈련하고 위장시킨 사람, 내 버릇과 말투를 가르친 주범이 그녀라면…… 그 옛날 2번 애비뉴의 약국에서 가짜 소변 샘플을 내놓을 때처럼 악마 같은 결의로 신원도용이라는 복잡한 음모를 꾸민 것이라면…… 계속 정신을 차리려고 애쓰면서도 꾸벅꾸벅 졸고 있던 나의 머릿속에 이런 생각들이 밀려왔다. 피픽이 나의 유령이라면, 침대 위에 몸을 쭉 펴고 누워 있는 검은 옷의 여자는 내 첫 아내의 유령이었다. 하지만 이제 내 머릿속이 몽롱하게 일그러지고 있어서, 나는 이성적인 방어를 간헐적으로만 꺼내들 수 있었다. 이해할 수 없는 수많은 사건에 취한 것 같았다. 게다가 이십사 시간 동안 잠을 자지 못했기 때문에 나는 점점 흐려지는 불완전한 의식으로 그리 능숙하게 움직일 수 없었다.

"완다 제인 '징크스' 포제스키. 눈을 떠요, 완다 제인. 진실을 말해요. 이제 때가 됐어요."

"어디 가요?"

"눈을 떠요."

"날 당신 가방에 넣어서 데려가줘요." 그녀가 앓는 소리를 냈다. "날 여기서 데리고 가요."

"당신 누구예요?"

"아유, 알잖아요." 그녀가 계속 눈을 감은 채로 지친 목소리를 냈다. "망한 이교도 여자. 새삼스러울 것도 없죠."

나는 그녀의 말이 이어지기를 기다렸다. 다시 입을 연 그녀의 목소리에는 웃음기가 없었다. "날 데려가줘요, 필립 로스."

진짜 내 첫 아내야. 난 구원이 필요하고, 당신은 반드시 날 구원해야 해. 내가 물에 빠져 죽어가는 건 당신 때문이야. 망한 이교도 여자는 나야. 날 데려가줘.

이때쯤 우리는 몇 분 정도 깜박 잠이 들었다. 그녀는 침대에서, 나는 의자에서. 나는 옛날처럼 되살아난 아내와 언쟁을 벌였다. "**죽음**에서 되살아나면서 꼭 당신은 도덕적이고 나는 부도덕하다고 소리를 질러야 하나? 거기서도 당신이 생각하는 건 온통 이혼수당뿐이야? 무슨 근거로 내 소득에 대해 영원한 소유권을 주장하는 건데? 도대체 무슨 근거로 누가 당신에게 목숨을 빚졌다는 결론을 내린 거야?"

그러고 나서 나는 다시 그녀가 없는 유형有形의 세상으로 밀려왔다. 나는 내 몸을 되찾았고 완다 제인은 물질적 실재라는 동화 속에 있었다.

"일어나요."

"아, 그렇지……. 일어났어요."

"망했다니, 어떻게?"

"뭐겠어요? 가족 때문이죠." 그녀는 눈을 떴다. "하층계급. 맥주나 마시고, 싸워대는 멍청한 사람들." 그녀의 목소리가 몽롱했다. "난 싫었어요."

첫 아내도 그랬다. 그들을 미워했다. 내가 그녀의 마지막 기회였다. 날 데려가줘요, 임신했으니까 꼭.

"우리 집은 가톨릭 집안이었어요." 내가 말했다.

그녀는 팔꿈치로 몸을 지탱하며 신파극의 등장인물처럼 눈을 깜박거렸다. "세상에, 당신 어느 쪽이에요?"

"난 하나뿐이에요."

"거기에 당신의 100만 달러를 걸 수 있어요?"

"난 당신이 어떤 사람인지 알고 싶어요. 뭐가 어떻게 된 건지 이제는 알아야겠어. 난 진실을 원해요!"

"아버지는 폴란드 사람." 그녀가 손가락을 하나씩 접으며 가볍게 말했다. "어머니는 아일랜드 사람. 아일랜드인 할머니는 정말 특이하고, 가톨릭 학교……. 아마 열두 살 때까지 성당에 다녔을걸요."

"그다음엔?"

그녀는 내 열렬한 말투에 미소를 지었다. 입꼬리를 천천히 말아 올릴 뿐인 친밀한 미소였다. 입꼬리가 움직인 거리는 고작

해야 몇 밀리미터였지만, 내 작품에서 그것은 성적인 마법의 축약형 그 자체였다.

나는 그것을 무시했다. 그 자리에서 일어나 나가버리지 못한 것도 무시라고 쳐줄 수 있다면.

"그다음엔? 그다음에는 내가 대마초 마는 법을 배웠죠." 그녀가 말했다. "가출해서 캘리포니아로 갔어요. 거기서 마약이며 뭐며 히피스러운 일에 잔뜩 얽혔어요. 열네 살. 히치하이킹을 했어요. 드문 일이 아니었으니까."

"그다음엔?"

"그다음엔? 음, 샌프란시스코에서 열린 하레 크리슈나 교단한두교의 크리슈나 신을 믿는 종파 행사를 경험한 기억이 나네요. 진짜 좋았어요. 아주 열정적이었거든요. 사람들이 춤을 추면서 그 감정에 흠뻑 빠졌어요. 난 거기에 끼어들지 않았지만. 예수님 쪽 사람들하고 어울렸죠. 그 직전에 다시 미사에 나가기 시작했으니까. 아마 나는 종교와 관련되는 것에 관심이 있었나 봐요. 당신이 정확히 알고 싶은 게 뭐라고요?"

"내가 알고 싶은 게 뭐겠어요? 그놈이지."

"이런. 나한테 조금이라도 관심이 있나 했더니만."

"예수님 쪽 사람들이랑 어울렸다고요."

"뭐……."

"계속해요."

"음, 목사가 있었어요. 아주 열정적이고 덩치가 작은 남자인데……. 열정적인 사람이 항상 있었죠……. 난 그때 부랑아처럼 보였을 거예요. 히피 같은 옷차림이었거든요. 긴 치마를 입고 있었던 것 같아요. 머리도 길게 기르고. 농부 같은 옷이었어요. 당신도 봤을 거예요. 어쨌든, 그 목사가 예배 말미에 제단에서 외쳤어요. 내가 예배에 참석한 건 생전 처음이었는데, 목사는 누구든 예수님을 가슴으로 받아들이고 싶은 사람이 있으면 일어서라고 말했어요. 평화를 원한다면, 행복을 원한다면, 예수님을 구세주로 가슴에 받아들이라는 거였어요. 나는 여자친구랑 같이 맨 앞줄에 앉아 있다가 일어섰어요. 그런데 절반쯤 일어서다 말고 보니까 일어선 사람이 나밖에 없는 거예요. 목사가 제단에서 내려와 내 앞에 서서 내가 성령의 세례를 받을 거라고 기도했어요. 지금 생각해보면 그때 그냥 과호흡이었던 것 같은데, 하여튼 뭔가가 몰려오는 느낌, 심오한 감각이 있었어요. 이상한 언어로 말이 나오기 시작했죠. 틀림없이 대충 꾸며낸 언어였을 거예요. 하느님과 소통하는 거라고 하던데, 언어와 상관없이. 눈을 감고 있으니 따끔따끔한 감각이 있기는 했어요. 주위의 일들과는 유리된 느낌. 나만의 세계에 있는 느낌. 내가 누구고 무엇을 하고 있었는지 잊어버릴 수 있었어요. 그렇게 이 분쯤 계속되었을 거예요. 목사가 내 머리에 손을 얹었을 때 나는 짜릿했어요. 그냥 무엇에든 잘 넘어갈 수 있는 상태였던 것 같아요."

"왜요?"

"이유야 평범하죠. 누구에게나 있는 이유. 그러니까 우리 부모. 난 집에서 관심을 거의 못 받았거든요. 전혀 못 받았어요. 그러니 어떤 장소에서 내가 갑자기 스타가 되어 모두가 나를 사랑하고 원하는데, 어떻게 저항하겠어요? 나는 십이 년 동안 그리스도교를 믿었어요. 열다섯 살부터 스물일곱 살까지. 주님을 발견한 히피들 중 하나였죠. 종교가 내 삶이 됐어요. 그때 난 학교에 다니지 않았어요. 학교를 그만뒀으니까. 그런데 그 뒤로 초등학교부터 다시 시작해서 열여섯 살 때 샌프란시스코에서 초등학교를 졸업했어요. 그때도 내 가슴이 이랬는데, 이런 모습으로 어린 애들이랑 같이 초등학교 책상에 앉아 있었다고요."

"당신의 십자가는 뒤가 아니라 앞에 있었군요." 내가 말했다.

"가끔은 정말 그렇게 보이기도 해요. 의사들이랑 같이 일할 때는 항상 의사들이 나한테 몸을 비벼댔어요. 어쨌든 나는 학교에서 항상 실패만 했는데, 갑자기 이런 가슴도 생기고 모든 게 잘 풀리기 시작한 거예요. 난 성경을 읽었어요. 자기를 부인하라는 얘기가 어찌나 좋던지. 이미 기분이 거지 같았는데, 그런 말이 내 기분을 확인해줬다고나 할까. 난 아무 가치도 없다, 난 아무것도 아니야. 하느님은 모든 것이다. 이런 건 아주 열정적으로 변할 수 있어요. 당신을 위해 죽을 수도 있을 만큼 당신을 사랑하는 사람이 있었다고 상상해보세요. 그건 최고의 사랑이에요."

"그런 말을 진심으로 받아들였군요."

"물론이죠. 그게 나예요. 그래요, 그래요. 난 기도를 좋아했어요. 아주 열정적으로 기도하고, 하느님을 사랑하고, 황홀경에 빠졌어요. 길을 걸을 때 아무것도 보지 않게 혼자 훈련하던 기억이 나요. 나는 똑바로 앞만 봤어요. 하느님을 생각해야 하는데 주의가 산만해지는 게 싫었거든요. 하지만 그런 순간이 길게 이어질 순 없죠. 너무 힘드니까. 그런 순간은 연기처럼 사라지고……. 난 죄책감에 사로잡혔어요."

헤픈 여자처럼 굴면서 거친 말투를 쓰던 어제의 간호사는 어디로 갔을까? 지금 그녀의 말투는 품행이 바른 열 살짜리 아이의 말투처럼 부드러웠다. 자기가 아는 정보를 전해주는 기쁨을 방금 알아차린 다정하고 똑똑한 열 살 아이의 순진하고 높은 목소리가 빗소리처럼 후두두 떨어졌다. 어쩌면 30킬로그램밖에 나가지 않는 아이가 집에서 어머니를 도와 케이크를 만들며 새로 얻은 유창한 말솜씨로 이야기하고 있는 것 같았다. 사람들의 관심에 열중하며 내는 그녀의 목소리가 그렇게 신선했다. 일요일 오후에 아버지를 도와 세차를 하며 수다를 떠는 아이라고 해도 될 것 같았다. 가슴이 풍만하고 예수님을 발견한 히피가 초등학교 책상에 앉아 말할 때의 목소리가 이랬을 것 같았다.

"죄책감이라니요?" 내가 물었다.

"하느님께 드려야 마땅한 사랑을 충분히 드리지 못했으니까요. 내가 이 세상의 것들에 관심을 갖고 있다는 게 죄스러웠어요. 나이를 먹어가면서 더욱더."

나는 오하이오 주 영스타운에서 우리 둘이 접시의 물기를 닦는 모습을 상상했다. 그녀는 내 딸인가 아내인가? 이것은 모호한 전경에 붙은 엉터리 배경이었다. 이때 내 머리는 멋대로 움직이고 있었지만, 내가 계속 깨어 있을 수 있다는 것이, 그녀와 내가(그리고 놈도) 다음 날 새벽 4시가 되도록 이런 이야기를 할 수 있다는 것이 경이로웠다. 이런 이야기를 한참 들어봤자 달라질 것은 눈곱만큼도 없는데, 들으면 들을수록 내가 그 주문에 더 깊이 빠져들고 있다는 점 또한 경이로웠다.

"세상의 것들이라니?" 내가 물었다. "뭘 말하는 겁니까?"

"내 외모. 하찮은 일들. 친구들. 오락. 허영. 나 자신. 나 자신에게 관심을 가지면 안 되는 거였어요. 그래서 간호사가 되기로 했죠. 간호사가 되고 싶지 않았지만, 환자를 돌보는 건 이타적인 일이잖아요. 내 외모를 잊어버리고 타인을 위해 할 수 있는 일. 간호사가 되면 그리스도를 섬길 수 있었어요. 그러면 계속 하느님의 사랑을 누릴 수 있을 거예요. 그래서 중서부로 돌아가 시카고의 어느 교회에 다니기 시작했어요. 개신교회. 모두들 지상의 삶에 대해 그리스도가 권하신 것들을 따르려고 애썼죠. 서로를 사랑하고, 서로의 삶에 관심을 가져라. 형제자매를 보살펴라. 진짜 개소리예요. 그런 행동을 실제로 하는 사람은 하나도 없고, 다들 말뿐이었다고요. 노력한 사람이 있기는 했지만, 아무도 성공하지 못했어요."

"그리스도교에 마침표를 찍은 계기는 뭐죠?"

"음, 병원에서 일하면서 함께 일하는 사람들과 더 많이 어울리게 됐어요. 내가 부랑아였기 때문에 사람들이 나한테 관심을 가져주는 게 좋았거든요. 하지만 스물다섯 살이라니! 부랑아로 살기에는 나이가 많았죠. 그러다 어떤 남자랑 사귀게 됐는데, 이름이 월터 스위니였어요. 그 사람이 죽었어요. 서른네 살에. 아주 젊었죠. 아주 열정적이었고. 항상 그랬어요. 그런데 하느님이 자신에게 단식하기를 원한다고 생각하게 된 거예요. 고통은 진짜 의미가 커요. 어떤 그리스도교인들은 우리가 하느님의 훌륭한 종이 될 수 있게 하느님이 우리에게 고통을 허락하신다고 믿어요. 그러면서 그걸 불순물을 없애는 일이라고 하죠. 어쨌든 월터 스위니가 불순물을 없앤 건 맞아요. 자신을 정화하려고 단식을 계속한 거니까. 하느님과 더 가까워지려고. 그러다 죽었어요. 아파트에서 무릎을 꿇고 있는 걸 내가 발견했어요. 그 모습이 항상 머리를 떠나지 않아서, 그게 내게는 온전한 하나의 경험이 됐어요. 무릎을 꿇고 죽은 모습. 시팔."

"월터 스위니와 잤군요."

"넵. 첫 남자였어요. 열다섯 살 무렵부터 스물다섯 살까지 정결하게 살았으니까. 열다섯 살에 이미 처녀가 아니었지만, 열다섯부터 스물다섯까지는 데이트도 안 했어요. 나는 스위니와 사귀다가 그가 죽은 뒤 다른 남자를 만났어요. 같은 교회에 다니는 유부남. 그것도 큰 의미가 있었어요. 그 사람 부인이 내 친한 친구였거든요. 난 그걸 참을 수가 없었어요. 더 이상 하느님을 마주 볼 수 없어서 기도를 관뒀어요. 오래 그러지는 않고 아마 두 달쯤이었지만, 그새 살이 거의 7킬로그램이나 빠질 정도였어요. 난 그 일로 나 자신을 괴롭혔어요. 난 섹스라는 개념이 좋았어요. 왜 섹스를 금기시하는지 끝내 알 수 없었죠. 지금도 모르겠어요. 왜들 그렇게 법석이죠? 누가 신경 쓴다고? 내가 보기에는 어처구니가 없었어요. 나는 상담치료를 시작했어요. 자살충동 때문에. 하지만 아무 소용 없었죠. 크리스천 대인관계 상담치료 워크숍. 치료사 이름은 로드니."

"크리스천 대인관계 상담치료가 뭔데요?"

"아, 그냥 로드니가 사람들한테 이야기를 하는 거예요. 그것도 개소리죠. 어쨌든 그 뒤에 나는 그리스도교인이 아닌 남자를 만나서 사귀게 됐어요. 점진적인 관계였어요. 이보다 더 명확하게 설명할 말이 없어요. 나는 점차 거기서 빠져나왔죠. 모든 면에서."

"그러니까 당신이 교회를 떠난 건 섹스 때문이군요. 남자 때문."

"애당초 교회에 다닌 이유도 십중팔구 그거였을 거예요. 그리고, 맞아요, 내가 나오는 데 그것도 일조했을걸요."

"남자들의 세계를 떠났다가 남자들의 세계로 돌아왔네요. 당신이 말한 이야기에 따르면."

"뭐, 그것도 확실히 내가 떠난 세상의 일부이긴 했죠. 내가 떠난 세상 중에는 우울한 우리 가족들의 세계와 혼란스럽게 살아가는 세계도 있었어요. 나중에 충분히 강해진 뒤에는 내가 혼자서 살아갈 수 있게 됐죠. 내가 간호학교에 다닌 건 그리스도교에서 멀어지는 또 하나의 큰 변화였어요. 내가 생각하는 그리스도교에는 아무 생각도 하지 않는 것이 포함되어 있었어요. 어른들을 찾아가서 내가 뭘 해야 하는지 묻는 것도. 하느님에게 의지하는 것도. 이십대 때 나는 하느님이 응답하지 않는다는 걸 깨달았어요. 어른들이 나보다 더 똑똑한 건 아니라는 사실도. 내가 혼자서 생각할 수 있다는 사실도. 그래도 그리스도교가 수많은 터무니없는 짓에서 날 구해준 건 사실이에요. 그 덕분에 내가 다시 학교에 다니게 됐고, 마약과 문란한 생활을 그만뒀죠. 그리스도교가 없었다면 내가 어떻게 됐을지 누가 알겠어요?"

"지금과 같았겠죠. 지금처럼 됐을지도 모릅니다. 지금 여기, 놈이랑 같이 혼란스럽게 살아가는 것."

나는 지금 그녀가 스스로를 이해할 수 있게 도우려고 이 자리에 있는 것이 아니다. 더 말하지 말자. 나는 유대인 대인관계 상담치료 워크숍이 아니야. 그냥 지금 그런 것처럼 보일 뿐이지. 남자 환자가 나타나 평소 즐겨 늘어놓던 거짓말을 한 시간 동안 내게 들려주고 나간다. 자신의 그 부위를 보여준 뒤에. 그리고 나니 여자 환자가 나타나 베개를 차지하고서 평소 즐겨 늘어놓던 거짓말을 들려준다. 이야기처럼 들려주는 일상생활, 필 도너휴의 토크쇼에서 들을 수 있는 시, 십중팔구 그녀가 도너휴 쇼에서 들었음직한 이야기. 나는 이 자리에 앉아 있다. 망한 이교도 여자들 중 한 명인 셰에라자드에게서 망한 이교도 여자의 이야기를 듣지 못한 것처럼. 삼십여 년 전 그 이야기의 페이소스에 우울하게 빠져들지 않은 것처럼, 나는 가만히 앉아 귀를 기울인다. 그것이 나의 운명인 것처럼. 어떤 이야기든 이야기 앞에서 나는 사로잡힌다. 남의 이야기에 귀를 기울이거나 내가 직접 이야기를 하거나 둘 중 하나다. 모든 것이 거기서부터 시작된다.

"그리스도교는 수많은 터무니없는 짓에서 날 구해줬어요." 그녀가 말했다. "하지만 반유대주의에서 구해주지는 못했죠. 내가 그리스도교인이었을 때 정말로 유대인 증오에 빠진 것 같아요. 그 전에는 그냥 우리 집안에 내려오는 멍청한 풍조였어요. 내가 왜 유대인을 미워하게 됐는지 아세요? 그들은 그리스도교의 헛소리들을 참고 견딜 필요가 없으니까요. 자신을 부인하려면 우리는 스스로를 죽여야 해요. 고통을 겪으면 하느님의 더 훌륭한 종이 된다고 하죠. 그런데 유대인들은 우리의 고통을 비웃었어요. 우리는 하느님의 그릇에 불과한 존재가 되기 위해 하느님이 우리를 통해 사시게 해야 해요. 그래서 나는 그릇에 불과한 존재가 되었는데 유대인들은 의사, 변호사, 부자가 되는 거예요. 그러면서 우리의 고통을 비웃었죠. 하느님의 고통을 비웃었어요. 내 말을 오해하면 안 돼요. 난 아무것도 아닌 존재가 된 것이 좋았어요. 그걸 좋아하면서도 싫어했어요. 내가 스스로를 어떤 존재라고 믿으면 바로 그런 존재가 될 수 있었어요. 똥 같은 인간이든 뭐든. 그걸로 찬사를 받을 수도 있었죠. 나는 격자무늬 치마를 입고, 머리를 하나로 묶고, 섹스를 안 했어요. 그런데 그동안 유대인들은 전부 말쑥한 중산층이 되고, 섹스도 하고, 교육도 받고, 크리스마스 때는 카리브해로 놀러도 갔어요. 그래서 미웠어요. 내가 그리스도교인일 때 시작된 감정이 병원에서 계속 커졌어요. 이제는 A-S.A. 덕분에 내가 그들을 미워하는 다른 이유도 알아요. 그들의 응집력, 나는 그게 싫었어요. 그들의 우월감, 이교도들이 탐욕이라고 부르는 것, 그것도 싫었어요. 그들의 의심 많은 성격과 방어적 태도, 항상 전략적으로 주의를 기울이는 것, 항상 영리한 것……. 유대인들이 유대인이라는 이유만으로 나는 미칠 것 같았어요. 어쨌든 이게 예수에게서 물려받은 나의 유산이었어요. 필립을 만날 때까지는."

"예수에서 필립으로."

"네, 그런 것 같네요. 처음부터 다시 시작했어요, 그렇죠? 그 사람과 함께." 그녀는 감탄한 기색이었다. 그 놀라운 경험이 그녀의 것이었다.

그럼 내 경험은? 예수에서 필립으로…… 필립으로. 예수에서 월터 스위니로, 로드니로, 필립으로, 필립으로. 나는 이다음에 나올 묵시록적 해결책이다.

"그런데 놈으로 인해 어쩌면 당신이 조금 과거로 되돌아간 건지도 모른다는 사실을 여기서 이제야 조금씩 깨닫고 있는 겁니까?" 내가 물었다.

"나는 그냥 움직이고 있었어요. 날갯짓을 하면서, 간호사로, 칠 년 동안. 그 얘기는 이미 했죠? 누군가를 죽인 이야기……."

"그래요, 했어요."

"하지만 그 사람한테서 빠져나갈 길을 몰랐어요. 빠져나갈 길을 지금도 모르겠어요. 내가 만난 남자들 중 한쪽이 더 어리석은데, 나는 빠져나갈 길을 몰라요. 아주 열정적으로 황홀경에 빠진다는 게 내 문제예요. 내가 비현실적인 상황에 환멸을 느끼는 데에는 오랜 시간이 걸려요. 그 사람이 내 반유대주의에 관심을 보인 것처럼 사람들이 내게 관심을 보이는 걸 나는 여전히 좋아했던 것 같아요. 그래요, 그 사람이 예수님의 자리를 차지했어요. 교회처럼 나를 정화해줄 것 같았어요. 난 흑백논리가 필요한 사람 같아요. 그런데 세상에는 흑백으로 구분되는 게 별로 없으니, 나는 온 세상이 회색일 뿐임을 깨닫죠. 하지만 독단적이고 미친 인간들, 그 사람들은 일종의 보호막이에요, 아시겠어요?"

"놈은 누굽니까? 독단적이고 미친 그놈은 누구예요?"

"그 사람은 사기꾼이 아니에요. 가짜가 아니에요. 당신 생각이 틀렸어요. 그의 인생에는 유대인밖에 없어요."

"놈이 누굽니까, 완다 제인?"

"그래요, 완다 제인. 그게 나죠. 완벽하고 작은 완다 제인. 눈에 보이지 않는 하인이 되어야 하는 사람. 악전고투하는 징크스, 아마존 징크스, 스스로 생각하는 징크스, 스스로 대답하는 징크스, 스스로 결정하고 스스로를 위해 일어서는 징크스, 죽어가는 사람을 품에 안고 인간이 겪을 수 있는 모든 종류의 고통을 지켜보는 징크스, 아무것도 두려워하지 않으며 죽어가는 사람들에게 대지의 여신처럼 보이는 징크스 포제스키, 모든 것을 두려워하며 아무것도 아닌 완다 제인. 날 완다 제인이라고 부르지 마세요. 그런 건 농담 거리가 아니에요. 옛날에 오하이오에서 함께 살던 사람들이 생각나요. 내가 항상 유대인보다 더 미워한 사람이 누군지 아세요? 내 비밀을 알고 싶어요? 나는 망할 놈의 그리스도교인들을 싫어했어요. 나는 도망치고 또 도망치다가 결국 원을 그리며 되돌아갔어요. 다들 그러는 건가요, 아니면 나뿐인가요? 가톨릭은 아주 깊어요. 광기와 어리석음도 아주 깊어요.

하느님! 예수님! 유대교는 내가 세 번째로 접한 위대한 종교예요. 아직 서른다섯 살도 안 됐는데. 아직 신과 함께 갈 방법이 남아 있어요. 내일 무함마드 사람들에게 으쓱으쓱 걸어가서 합류하면 돼요. 그 사람들은 다 알아낸 것 같더라고요. 여자들한테도 잘하고요. 성경. 나는 성경을 안 읽었어요. 성경을 펼치고 그냥 손가락으로 짚었죠. 어떤 구절이든 손가락으로 짚은 것이 내게 해답을 주었어요. 해답! 게임이었어요. 그 모든 게 정신 나간 게임. 그래도 난 스스로를 해방했어요. 해냈어요. 더 나은 사람이 됐어요. 무신론자로 다시 태어났어요. 할렐루야. 인생은 완벽하지 않고, 나는 반유대주의자였어요. 내 출발점을 감안할 때 그것이 내가 닿을 수 있는 최악의 일이라면, 그건 승리라고요, 젠장. 하나라도 미워하지 않는 사람이 어디 있어요? 나 때문에 누가 다치기라도 해요? 유대인에 대해 함부로 떠들어댄 간호사. 그게 어때서요? 그러려니 하고 살아야지. 아뇨, 여전히 그들의 후손인 걸 참을 수가 없었어요. 오하이오에서 온 거라면 무엇이든 참을 수가 없었어요. 그렇게 해서 필립과 A.S-A.와 연결된 거예요. 정신 나간 유대인과 일 년을 보냈는데 나는 그 사실을 몰랐어요. 그 사람이 한 시간 전에 수화기를 들고 메이어 카한에게 전화를 걸 때까지 그걸 몰랐어요. 카한은 종교적인 미친놈들의 절대 군주, 유대인 복수자예요. 나는 예루살렘의 호텔 방에서 미친놈 세 명과 함께 앉아 있었어요. 모두 정수리 모자를 쓰고 필립에게 데미야뉴크의 자술서를 쓰라고 고함을 질러댔어요. 데미야뉴크의 아들을 잡아 그의 몸을 조금씩 잘라서 아비에게 우편으로 보낼 거라고 고함을 질러댔어요. 그래도 나는 몰랐어요. 그 사람이 카한의 번호로 전화를 건 뒤에야 내가 반유대주의자의 악몽 속에 살고 있다는 걸 깨달았어요. 내가 A-S.A.에서 배운 모든 것이 튜브를 타고 쭉 내려왔어요. 고함을 질러대며 이교도의 자식을 살해할 계획을 세우는 유대인들. 트랙터를 몰던 폴란드인인 우리 할아버지는 놈들이 폴란드에서 항상 하던 일이 바로 그거라고 옛날에 나한테 말하곤 했어요! 당신처럼 많이 배운 사람들은 이런 소리를 듣고도 고개를 높이 들고 당신이 신경을 쓰기에는 격이 떨어지는 일이라고 생각할지 몰라도, 당신이 쓰레기 같은 거짓말이라고 생각하는 그 미친 소리가 나한테는 훨씬 더 생생해요. 내가 아는 사람들은 대부분 이런 미친 짓들을 매일 겪으며 살고 있어요. 월터 스위니의 일이 처음부터 되풀이되는 거예요. 무릎을 꿇고 죽은 사람. 그리고 내가 그 사람을 발견했죠. 상상해보세요. 월터 스위니가 무릎을 꿇고 기도하는 자세로 굶어 죽은 것을 내가 발견했다고 말했더니 나의 필립이 뭐라고 했는지 아세요? '하여튼 그리스도교는⋯⋯. 이교도들이 그런 걸 즐기지.' 그러고는 침을 뱉었어요. 결국 달라진 건 하나도 없는 거예요. 로드니. 로드니의 그리스도교 대인관계 상담치료가 뭔지 궁금해요? 고등학교도 나오지 못한 사람인데, 완다 제인은 그 사람한테 치료를 받으러 갔어요. 뭐, 치료를 받기는 했죠. 그래요, 짐작했을 거예요. 그 음경 보형물 이야기는 하지 마세요. 내가 그 얘기를 하게 만들지 마세요."

그녀가 '보형물'이라는 단어를 입에 담았을 때, 나는 신기원을 여는 여행을 하면서 새로운 땅에 닿을 때마다 왕의 깃발을 꽂아 왕의 소유권을 주장했으나 족쇄에 묶인 몸으로 소환되어 반역 혐의로 목이 잘리는 탐험가를 떠올렸다. "모든 걸 내게 말해봐요." 내가 말했다.

"하지만 당신은 모든 게 거짓말이라고 생각하잖아요. 전부 사실인데. 지독히, 지독히, 지독히 사실인데."

"보형물 얘기를 해봐요."

"날 위해서 그걸 넣었어요."

"그건 나도 믿을 수 있겠군."

이제 그녀는 울고 있었다. 아름답고 탄력 있는 그녀의 몸매처럼 탱글탱글한 눈물이 그녀의 뺨을 타고 또르르 흘러내렸다. 공격에 노출된 아이가 그동안 참고 참았던 눈물을 쏟아내는 것 같았다. 이제는 나조차도 이의를 제기할 수 없는 여린 성격의 증거였다. 헛소리를 늘어놓는 미친놈이 어쩌다 이렇게 훌륭한 여자를 얻었는지. 그녀는 훌륭한 심성을 지녀 속속들이 성자 같은 사람이었지만, 그 이타적인 삶이 그만 엄청나게 어긋나고 말았다.

그녀가 말했다. "그 사람은 두려워했어요. 울고 또 울었죠. 어찌나 끔찍하던지. 다른 남자에게 날 잃을 거라고 생각했어요. 아직 그런 능력이 있는 남자에게 날 잃을 거라고 말했어요. 내가 떠난 뒤 자신은 혼자 남아 암의 통증에 시달리며 죽어갈 거라고. 내가 어떻게 싫다고 하겠어요? 그렇게 고통받는 사람 앞에서 완다 제인이 어떻게 싫다고 하겠어요? 간호사로서 많은 일을 겪은 내가 어떻게 음경 보형물을 싫다고 하겠어요? 그게 그 사람에게 계속 싸울 수 있는 힘을 준다는데. 가끔은 주님의 가르침을 따르는 사람이 나밖에 없다는 생각이 들어요. 그 사람이 그 물건을 내 안으로 밀어 넣는 게 느껴질 때 가끔 그런 생각을 해요."

"그 사람이 누구예요? 그게 누구인지 말해요."

"망한 유대인 청년이죠. 망한 이교도 여자의 망한 유대인 애인. 거칠고 히스테리를 부리는 짐승. 그게 그 사람이에요. 그게 나예요. 그게 우리예요. 모든 게 그 사람 어머니 때문이에요."

"꼭 그렇지는 않아요."

"그 사람 어머니는 그를 충분히 사랑해주지 않았어요."

"그건 내 책에 나오는 내용이잖아요."

"나야 모르죠."

"내가 책을 한 권 썼어요. 백 년 전에."

"그건 알아요. 읽지는 않았지만. 그 사람이 그 책을 줬는데 나는 읽지 않았어요. 나는 말로 들어야 돼요. 학교 다닐 때 가장 힘든 부분이 그거였어요. 읽는 것. d와 b를 구분하기가 정말 힘들어요."

"예를 들면 'double' 같은 단어."

"난 난독증이에요."

"극복할 것이 많았겠네요."

"그러니까요."

"놈의 어머니 얘기를 해봐요."

"그 사람을 집 밖으로 쫓아내고 문을 잠가버렸대요. 아파트 앞 층계참에 아이를 두고. 그 사람이 다섯 살 때예요. '여긴 이제 네 집이 아니야.' 어머니가 그 사람한테 하던 말이에요. '넌 우리 아들이 아니야. 다른 집 애야.'"

"어디서 있었던 일이죠? 어떤 도시예요? 아버지는 그때 뭘 하고 있었어요?"

"몰라요. 아버지에 대해서는 아무 말도 안 했어요. 어머니한테 항상 쫓겨났다는 말만 해요."

"무슨 잘못을 했기에?"

"누가 알겠어요? 폭행. 무장강도. 살인. 말로 표현할 수 없는 범죄. 아마 그 어머니는 알았겠죠. 그 사람은 턱에 힘을 주고, 어머니가 문을 열어주기를 층계참에서 기다렸어요. 하지만 어머니도 그 사람만큼이나 고집이 세서 쉽게 꺾이지 않았죠. 고작 다섯 살짜리 어린애가 어머니를 마음대로 휘두를 수 있는 것도 아니고. 슬픈 이야기죠? 그러다 날이 어두워지면 그 사람이 고집을 꺾었어요. 개처럼 낑낑거리면서 먹을 것을 달라고 애원하기 시작한 거예요. 그러면 어머니는 이렇게 말했어요. '네 부모한테 가서 저녁을 달라고 해.' 그 사람이 예닐곱 번 더 잘못했다고 빌면 어머니는 아이의 기가 충분히 꺾였다고 생각하고 문을 열어줬어요. 필립의 어린 시절은 온통 그 문에 관한 이야기뿐이에요."

"무법자가 그렇게 만들어지는 거지."

"그런가요? 나는 형사가 그렇게 만들어지는 건 줄 알았는데요."

"둘 다 그렇게 만들어지는지도 모르죠. 문밖으로 쫓겨나서 무력감에 시달리며 화를 내는 소년. 부당한 비난. 그 다섯 살짜리 아이의 속이 얼마나 분노로 들끓었을까. 그 층계참에서 얼마나 반항적인 성격이 태어났을까. 밖으로 쫓겨난 존재. 추방된 아이. 집안의 괴물. 나는 혼자고 나쁜 놈이다. 아니, 그건 내가 쓴 작품이 아니에요. 난 그렇게까지 나아가지 않아요. 놈이 아마 다른 책에서 그런 내용을 봤겠죠. 부모들이 죽으라고 밖에 내놓은 아기. '오이디푸스 왕'이라는 말 들어봤어요?"

내 침대에 앉아 있는 이 매혹적인 여자가 영화배우 메이 웨스트처럼 은밀한 태도로 요염한 목소리를 내며 유쾌하게 대답했을 때 그녀에게 반할 것 같아 가슴이 간질거리던 느낌을 내가 어떻게 할 수 있었을까? 그녀는 이렇게 말했다. "자기, 나처럼 난

독증이 있는 사람들도 오이디푸스 왕은 알아요."

"당신을 어떻게 봐야 할지 모르겠군." 나는 진심을 토로했다.

"당신을 어떻게 봐야 할지도 쉽게 알 수 없는 건 마찬가지예요."

그 뒤에 이어진 침묵을 채운 것은 우리 둘이 함께하는 미래에 대한 공상이었다. 길고 긴 침묵, 그리고 의자와 침대를 오가는 길고 긴 시선.

"그래, 놈이 어쩌다 나를 상대로 정한 거죠?" 내가 물었다.

"어쩌다?" 그녀가 웃음을 터뜨렸다. "농담이시죠?"

"그래요, 어쩌다?" 이제는 나도 소리 내어 웃고 있었다.

"언제 거울을 한번 보세요. 그 사람이 달리 누구를 상대로 정했겠어요? 마이클 잭슨? 당신들 두 사람 모두 믿을 수가 없네요. 난 두 사람을 모두 볼 수 있으니까. 나라고 쉽게 받아들인 건 아니에요. 진짜로 이상하다고요. 내가 꿈을 꾸고 있는 것 같아요."

"음, 완전히 같지는 않아요. 놈이 조금 수작을 부렸지."

"많지는 않았어요." 이 순간 그녀가 특유의 미소를 또 지었다. 입꼬리를 천천히 말아 올리는 그 미소가 내게는, 이미 말했듯이, 성적인 마법의 축약형이었다. 내가 문 앞으로 밀어두었던 서랍장을 뒤로 물리고 그런 옷을 입은 그녀를 내 방에 들여놓은 그 순간부터 그녀의 성적인 매력을 중화하고, 내 침대에 누운 그녀의 필사적이고 흐트러진 모습이 자극한 야한 생각들을 없애버리려고 안간힘을 쓰고 있었다는 사실은 이 고백서를 지금 읽고 있는 어린아이라도 분명히 알 수 있을 것이다. 그녀가 속삭이는 소리로 신음하듯 "날 당신 가방에 넣어서 데려가줘요"라고 말했을 때 나 역시 참기가 쉽지 않았다. 그러나(개신교에서, 가톨릭에서, 유대인들에게서) 수호천사를 찾으려 애쓰다가 좌절하는 그녀의 대하소설 같은 과거를 홀린 듯 들으면서 나는 회의적인 태도를 최대한 유지했다. 매력적인 것은 사실이지만, 그녀의 말솜씨가 사실 그렇게 뛰어나지는 않았다. 나는 이보다 덜 극적인 상황이라면(예를 들어, 독신 남녀들이 모이는 시카고의 술집에서 간호사인 그녀가 시간을 보내고 있을 때 내가 그녀에게 슬금슬금 다가간 상황이라면), 그녀의 말을 오 분쯤 들은 뒤에는 그렇게 한없이 거듭나지 않는 사람에게 나의 운을 시험해보려 했을 것이다. 하지만 그렇다 해도, 그녀의 미소 때문에 내 신체의 그 부분이 부풀어 올랐다.

나는 그녀를 어떻게 봐야 할지 알 수 없었다. 우스꽝스럽기 짝이 없는 진부한 일들로 단련된 여자가 그녀에게 가까이 가지 말아야 할 이유가 수만 가지는 되는 남자를 향해 호텔 침대에서 미소를 짓는다. 어떤 의미로도 결코 그녀의 짝이 아닌 남자. 그 남자는 페르세포네와 함께 지하세계에 있다. 이런 일을 겪을 때면 사람들은 에로스의 신화적인 깊이에 경탄한다. 융이 '통제할 수 없는 현실'이라고 불렀던 것, 정식 간호사인 그녀는 간단히 '인생'이라고 부르는 것.

"우리가 구분할 수 없을 만큼 똑같은 건 아니에요."

"그거예요. 그 표현. 그 사람은 그 말을 하루에 백 번쯤 해요. '우리는 구분할 수 없을 만큼 똑같다.' 거울을 보면서 하는 말이에요. '우리는 구분할 수 없을 만큼 똑같다.'"

"아니, 그렇지 않아요. 절대로."

"그래요? 뭐죠, 그럼? 두 사람의 '인생' 선이 서로 다른 거예요? 내가 손금을 볼 줄 알거든요. 옛날에 히치하이킹을 하면서 배웠어요. 난 책 대신 손금을 읽어요."

이 말을 듣고 나는 여기 예루살렘에서는 물론이고 내 인생을 통틀어서도 가장 어리석은 행동을 했다. 창가의 의자에서 일어나 침대로 다가가서 그녀가 내민 손을 잡은 것이다. 나는 그녀의 손, 간호사의 손에 내 손을 놓았다. 만지지 않은 것이 없는 손이었다. 금기가 없어서 어디든 만질 수 있는 손. 그녀는 엄지로 내 손바닥을 가볍게 쓸더니 손바닥 귀퉁이의 두툼한 부분을 차례로 만져보았다. 적어도 꼬박 일 분 동안 그녀가 한 말이라고는 "으으음…… 으으음……"이 전부였다. 그동안 내내 그녀는 내 손을 꼼꼼히 살폈다. "놀랄 일도 아니네요." 마침내 그녀가 아주, 아주 조용하게 말했다. 마치 침대에 다른 누가 잠들어 있어서 그 사람을 깨우지 않으려고 애쓰는 것 같았다. "'머리' 선이 놀라울 정도로 길고 깊어요. 당신 손에서 '머리' 선이 제일 강해요. 이 선을 지배하는 건 돈이나 마음이나 이성이나 지성이라기보다 상상력이에요. 당신의 '운명' 선에는 전쟁 같은 요소가 강하게 깃들어 있네요. '운명' 선이 화성 산에서 솟아오르고 있다고나 할까. 사실 당신의 '운명' 선은 세 개예요. 대단히 이례적이죠. 대부분의 사람들은 아예 이 선이 없거든요."

"당신 애인한테는 몇 개예요?"

"딱 하나."

나는 생각했다. 죽임을 당하고 싶다면, 월터 스위니처럼 무릎을 꿇은 자세로 죽겠다고 굳게 결심했다면, 이렇게 하면 되겠구나. 손금을 읽는 이 여자는 놈의 보물이야. 반유대주의에서 회복중이고 지금 내 '운명' 선을 만지고 있는 이 여자는 그 미친놈의 보물이라고!

"여기 금성 산에서 나와서 '인생' 선으로 들어가는 이 선들은 전부 당신이 열정에 깊이 지배당하는 사람이라는 걸 보여 줘요. 여기 아주 깊고 선명한 선, 보여요? '인생' 선이랑 교차한 것. 정확히 서로를 가로지르지는 않았죠. 그건 열정이 당신에게 불운을 가져오지는 않는다는 뜻이에요. 만약 이 둘이 완전히 교차했다면, 성욕이 당신을 퇴폐와 타락으로 이끈다고 말했을 거예요. 하지만 그렇지 않네요. 당신의 성욕은 상당히 순수해요."

"당신이 뭘 안다고." 나는 이렇게 대답하면서 생각했다. 이런 짓을 하면 놈이 세상 끝까지 날 쫓아와서 죽일 거야. 도망쳤어야지. 네가 가진 모든 의문에 이 여자의 답을 들을 필요는 없었잖아. 이 여자의 답이 진실이든 거짓이든 너한테 쓸모없기는 마찬가지야. 이건 놈의 함정이야. 내가 이 생각을 하는 순간, 그녀가 고개를 들어 내 얼굴을 보았다. 그녀 자신의 '운명' 선인 그 미소를 짓고 이렇게 말했다. "이건 전부 헛소리니까 그냥 재미로 하는 거예요. 알죠?" 그만. 숨 쉬어. 생각해. 이 여자는 네가 스마일스버거의 100만 달러를 갖고 있는 줄 알고 그냥 네 편이 되기로 한 거야. 무슨 일이 일어날지 몰라. 그리고 너는 가장 마지막에 상황을 알아차리는 사람이 될 거야.

"이 손은 뭐랄까……. 그러니까 내가 당신에 대해 전혀 몰랐다면, 누군지 모르는 낯선 사람의 손금을 읽는 거라면, 이건…… 위대한 지도자의 손 같다고 말했을 거예요."

도망쳤어야 했다. 하지만 나는 나 자신을 심은 뒤에야 도망쳤다. 그녀의 안에 침입한 뒤에야 도망쳤다. 우스꽝스러울 정도로 진부한 일이 따로 없다.

8

통제할 수 없는 현실

지금까지 피픽이 꾸민 음모를 정리하면 이렇다.

중년의 미국 유대인이 예루살렘 킹 데이비드 호텔의 스위트룸에 짐을 풀고, 아슈케나지 혈통의 이스라엘 유대인들, 즉 이 나라 인구 중 절반을 차지하며 나머지 절반보다 더 많은 영향력을 발휘하고 있고 처음 이 나라가 세워질 때 뼈대가 되었던 사람들에게 원래 고향으로 돌아가 히틀러가 1939년부터 1945년 사이에 거의 말살해버린 유럽 유대인 사회를 부활시키는 게 어떻겠느냐고 공개적으로 제안한다. 그는 시온주의 이후의 이 정치 프로그램을 '디아스포리즘'이라고 부르면서, 이것만이 '두 번째 홀로코스트'를 막을 수 있는 방법이라고 주장한다. 두 번째 홀로코스트가 발생한다면, 이스라엘의 유대인 삼백만 명이 아랍인 적들의 손에 학살당하거나, 아니면 아랍인 적들이 이스라엘의 핵무기에 수없이 죽어갈 것이다. 그리고 이런 승리는 패배와 마찬가지로 유대인들의 도덕적인 기반을 영원히 파괴할 것이다. 그는 전통적인 유대인 박애주의자들이 도와준다면 이 운동에 필요한 돈을 모금해서 영향력 있는 유대인들의 정치적 의지를 모아 2000년까지 이 프로그램을 실현할 수 있다고 믿는다. 그리고 시온주의의 역사를 언급하고, 이룰 수 없을 것처럼 보이는 자신의 꿈을 유대인 국가를 세우려는 헤르츨의 계획과 비교하며 자신의 희망을 정당화한다. 헤르츨을 비난하던 수많은 유대인도 헤르츨의 계획을 듣고, 어처구니없다거나 미친 것 같다는 반응을 보였다. 피픽은 유럽에 반유대주의자들이 아직도 상당히 많이 남아 있다는 사실을 인정하면서도, 전통적인 반유대주의의 유혹 앞에서 여전히 무력한 그 수천만 명의 사람들을 재활시켜, 유럽에 다시 뿌리를 내리게 될 유대인 이웃들에게 느끼는 반감을 조절하게 해줄 대규모 재활 프로그램의 실행을 제안한다. 그는 이 프로그램을 실행할 조직을 '반유대주의 익명 모임(A-S.A.)'이라고 부르며, 사람들을 전향시키고 기금을 모으기 위해 돌아다닐 때 A-S.A.의 참사회원과 동행한다. 폴란드와 아일랜드계 가톨릭 집안에서 자란 미국인 간호사인 그녀는 자신이 '회복중인 반유대주의자'라며, 자신이 일하는 시카고 병원에 피픽이 암환자로 입원했을 때 그의 이념에 감화되었다고 말한다.

디아스포리즘의 주창자이자 A-S.A.의 설립자인 피픽은 알고 보니 예전에 시카고에서 작은 탐정사무소를 운영하던 사립탐정이었다. 그의 전문분야는 실종자 찾기. 그가 정치적인 문제에 관심을 갖고 유대인의 생존과 유대인들의 이상을 생각하게 된 것은 암투병 때부터인 것 같다. 당시 그는 자신에게 남은 수명이 얼마나 되는지는 몰라도 그동안 고귀한 소명에 헌신하라는 부름을 받았다고 느꼈다. (또한 미국의 유대인으로 미국 국방체계 중 민감한 부분에 자리 잡고 이스라엘의 첩자로 활동했던 조너선 폴라드의 신념과 그의 활동이 어려워진 순간 이스라엘 비밀정보국 담당자들이 냉정하게 그를 버린 것이 피픽에게 강한 영향을 미쳐, 디아스포라 유대인들이 유대인 국가의 눈에 착취해도 되는 소모적 자원으로 보이는 한은, 그래서 그들에게 맹목적인 충성심을 마키아벨리처럼 강요하는 한은 그들이 위험할 수 있다는 두려움을 더욱 강화한 것으로 보인다.) 그의 젊은 시절에 대해서는 자세히 알려진 것이 없지만, 젊었을 때 그는 유대인이라는 사실이 드러날 수 있는 사회적 상황이나 직업을 신중하게 피하기 시작했다. 그의 조수이자 애인인 간호사는 그의 어머니가 어린 그를 무자비하게 훈육했다고 말한 바 있으나, 그의 생애의 다른 부분들은 공백으로 남아 있다. 이렇게 듬성듬성한 윤곽만 종합해봐도, 실현 가능성이 낮고 과장된 디아스포리즘을 만들어낸 바로 그 상상력, 역사와 어긋나는 그 상상력이 꿰어 맞춘 이야기인 듯하다.

그런데 공교롭게도 그는 미국인 작가 필립 로스와 확연히 닮은 외양을 하고 있어서, 자신의 이름 또한 필립 로스라고 주장하며, 전적으로 공상적이라고까지는 할 수 없어도 어쨌든 설명할 수 없는 이 우연의 일치를 이용하여 자신이 바로 그 작가 행세를 하면서 디아스포리즘을 널리 알리는 것을 꺼리지 않는다. 이런 속임수를 이용해서 그는 나이가 많고 거동이 불편한 홀로코스트 희생자 루이스 B. 스마일스버거를 설득할 수 있었다. 뉴욕에서 보석상으로 큰돈을 번 뒤 은퇴해 예루살렘에서 행복하지 못한 생활을 하고 있던 그는 피픽에게 100만 달러를 기부하기로 했다. 하지만 스마일스버거가 디아스포리스트 필립 로스에게 직접 수표를 전달하려고 나섰을 때, 그와 마주친 사람은 이스라엘의 소설가 아하론 아펠펠드를 인터뷰하기 위해 이틀 전 예루살렘에 도착한 작가 필립 로스였다. 작가 로스가 예루살렘의 어느 카페에서 아펠펠드와 점심식사중일 때 그를 발견한 스마일스버거는 그 작가와 디아스포리스트가 동일인물이라는 잘못된 생각으로 그에게 접근해 수표를 내민다.

비슷하게 생긴 두 사람은 이날 이전에 이미 존 데미야뉴크의 재판이 열리는 예루살렘의 법정에서 그리 멀지 않은 곳에서 마주친 적이 있다. 우크라이나 출신의 미국인 자동차 기술자인 데미야뉴크는 클리블랜드에 살다가 미국 법무부에 의해 이스라엘로 추방되어, 트레블링카에서 공포의 이반이라고 불리며 유대인들을 대량학살한 사디스트 간수로 재판을 받는 중이다. 이 재판과 점령지 아랍인들이 이스라엘 정부에 맞서 일으킨 봉기, 전 세계 언론에 보도된 이 두 사건을 소란스러운 배경으로 두 닮은 꼴은 적대적인 조우를 한다. 첫 만남에서 작가 로스는 디아스포리스트 로스에게 가짜 행세를 즉시 그만두지 않으면 형사범으로 법정에 서게 될 것이라고 경고한다.

스마일스버거 씨가 카페에 나타났을 때, 디아스포리스트 로스와의 만남 때문에 아직 격앙된 상태였던 작가 로스는 충동적으로 스마일스버거가 생각하는 그 사람(바로 자기 자신!) 행세를 하며 그가 내민 봉투를 받는다. 물론 그 안에 엄청난 액수의 기부금이 들어 있다는 사실은 알지 못한다. 나중에 대학원 시절의 친구인 팔레스타인인과 함께 점령지 라말라의 이스라엘 법정(여기서도 작가는 또 디아스포리스트로 오인되며, 이번에도 그 실수를 지적하지 않고 넘어가는 자신에게 경악과 당혹감을 느낀다. 그러나 그 뒤 친구의 집에 갔을 때는 디아스포리즘을 **격찬**하는 이상한 설교로 오히려 그 오해를 강화한다)에 가서 불편한 경험을 한 뒤, 그는 스마일스버거의 수표를 잃어버린다(압수되었을 수도 있다). 그날 초저녁 그가 아랍인 기사의 택시를 타고 라말라에서 예루살렘으로 순조롭지 못하게 돌아가던 중 작가와 아랍인 기사가 모두 이스라엘 군인들에게 무섭게 몸수색을 당하면서 발생한 일이다.

약 칠 개월 전 사소한 수술이 잘못되는 바람에 처방받은 위험한 수면제 때문일 가능성이 높은 심한 신경쇠약에 시달린 적이 있는 작가는 이 어지러운 사건들과 그에 대한 자신의 일관성 없고 자기파괴적인 행동에 당황한 나머지 병이 재발하는 것이 아닌가 하고 두려워하기 시작한다. 워낙 이상한 일들을 많이 겪다 보니 그는 지극히 혼란한 순간에 심지어 이런 일들이 현실이 맞는지, 자신이 코네티컷의 시골집에서 또 환각을 겪고 있는 것은 아닌지 자문하게 된다. 신경쇠약에 시달릴 때 그는 확고부동한 설득력을 지닌 환각 때문에 자살 직전까지 간 적이 있었다. 또 다른 필립 로스, 사실 그가 '또 다른 필립 로스'나 '사칭범'이나 '닮은 꼴'이 아니라 모이셰 피픽이라고 생각하는 그 인물에 대한 그의 영향력과 마찬가지로 그의 자기 통제력 또한 미약해지는 것 같다. 모이셰 피픽은 그의 보잘것없던 유년 시절의 코미디 같던 일상에서 나온, 악의 없이 상대의 허상을 깨뜨리는 이디시어 별명으로 문자 그대로 번역하면 모세의 배꼽인데, 그는 이 이름이 상대의 위험도와 힘에 대한 자신의 평가, 어쩌면 편집증적일 수도 있는 그 평가를 제어하는 역할이라도 해주기를 바라고 있다.

라말라에서 예루살렘으로 돌아오는 길에 이스라엘 군인들의 기습을 받고 모골이 송연해진 그를 그 부대의 책임자인 젊은 장교 갈 중위가 구해준다. 바로 그날 자신이 읽고 있던 책의 저자 얼굴을 장교가 알아본 덕분이다. 작가에 대한 부당한 공격을 보상하기 위해 갈 중위는 직접 지프를 운전해서 작가를 동예루살렘 아랍인 구역의 호텔까지 데려다준다. 그러면서 이스라엘 군사정책의 도구라는 자신의 정당하지 못한 지위에 대한 심한 가책을 (확실히 높게 우러러보는 듯한 작가에게) 자진해서 털어놓는다. 작가는 그 대답으로 디아스포리즘에 대한 상세한 설명을 또 시작하는데, 라말라에서 했던 설교 못지않게 웃기는 소리라고 생각하면서도 여전히 똑같은 열정으로 지프에서 말을 계속한다.

호텔에 도착한 작가는 모이셰 피픽이 프런트데스크에서 필립 로스인 척 직원을 쉽게 속여 호텔방에 먼저 들어와서 침대에 누워 자신을 기다리고 있는 것을 발견한다. 피픽은 로스에게 스마일스버거의 수표를 넘기라고 요구한다. 그리고 격앙된 대화가 오간다. 중간에 우호적이라는 착각이 들 만큼 차분하고 심지어 친밀하기까지 한 순간이 오자 피픽은 시카고에서 사립탐정으로 일할 때의 모험담을 털어놓는다. 그러나 스마일스버거의 수표를 잃어버렸다고 작가가 다시 말하자 피픽의 분노가 또 폭발하고, 결국 피픽은 들끓는 분노와 히스테리에 압도되어 작가에게 발기한 성기를 드러낸 채로 호텔 복도로 쫓겨난다.

작가는 연속되는 혼란스러운 일에 지친 나머지 아침 비행기를 타고 런던으로 도망치기로 한다. 그리고 피픽이 다시 올 경우는 물론 피픽의 도발 앞에서 자신이 어리석은 행동을 할 경우도 막기 위해 문 앞에 바리케이드를 치고 창가 책상에 앉아 아펠펠드 인터뷰를 위한 마지막 질문 몇 개를 작성한다. 새벽에 공항으로 떠나면서 아펠펠드에게 그 종이를 전달할 계획이다. 창문을 통해 그는 수백 명의 이스라엘 군인들이 근처 막다른 길에서 버스에 오르는 모습을 본다. 폭동이 일어난 웨스트뱅크로 군인들을 신고 갈 버스다. 호텔 바로 아래에서는 복면을 쓴 아랍 남자 여섯 명이 은밀하고 빠른 걸음으로 오락가락하면서 거리 이쪽에서 저쪽으로 돌멩이를 옮기고 있다. 작가는 아펠펠드에게 줄 질문을 모두 작성한 뒤, 이 돌멩이 옮기기를 이스라엘 당국에 신고해야겠다고 결정한다.

그러나 경찰에게 전화하려다가 실패한 직후 피픽의 여자친구가 가구로 막아놓은 문 뒤에서 울먹이며 속삭이는 소리가 들린다. 그녀는 짜증 나게 피픽을 계속 필립이라고 부르면서, 그가 킹 데이비드 호텔에서 호전적인 정통파 유대인들과 함께 데미야뉴크의 아들을 납치해 데미야뉴크가 공포의 이반이라고 자백할 때까지 그 아들의 신체를 훼손할 계획을 짜고 있다고 설명한다. 그리고 문 아래로 천으로 만든 별을 밀어 넣는다. 유럽의 유대인들이 전쟁 때 유대인이라는 신분의 증표로 강제로 붙이고 다녔던 것과 같은 별이다. 모이셰 피픽이 그단스크에서 레흐 바웬사에게 선물로 이 별을 받은 뒤 줄곧 옷 아래에 붙이고 다녔다는 말을 그녀에게서 들은 작가는 너무나 화가 난 나머지 이성을 잃고, 도망을 쳐서라도 멀어지려고 했던 바로 그 광기에 다시 말려드는 자신을 깨닫는다.

그는 그녀에게 모이셰 피픽의 진짜 신원을 말해달라는 조건을 걸고 문 앞의 바리케이드를 풀어 그녀를 살짝 방에 들여놓는다. 알고 보니 그녀 자신도 피픽에게서 도망쳐 예루살렘 거리를 가로질러 작가에게 온 길이었다. 그녀도 처음에는 스마일스버거의 수표를 되찾으려는 시도를 미약하게 하긴 했지만, 그 수표를 되찾거나 작가를 설득해 데미야뉴크 아들의 납치를 막아보겠다는 기대보다는 '반유대주의자의 악몽'을 피할 도피처를 찾고 싶다는 희망이 더 컸다. 역설적인 말이지만, 그녀는 그만 보살피고 싶어도 멈출 수가 없는 그 열성분자 때문에 그 악몽에 빠져 있었다. 작가의 호텔 침대에 유혹적으로 누운(몸을 쭉 펴고 모든 것을 맡긴 듯 늘어진) 그녀(그날 밤 그의 베개에 머리를 대고 회복을 꾀한 사람은 그녀가 두 번째였다)는 작가로 하여금 자신의 의도만큼이나 그녀의 의도 또한 확신하지 못하게 만드는 싸구려 옷을 입은 채로 평생에 걸친 봉사와 연속적인 변신 이야기를 자아낸다. 가톨릭 집안에서 편협하고 무지한 부모에게 사랑받지 못하는 아이에서 아무 생각 없이 문란한 생활을 하는 히피 부랑아로, 아무 생각 없이 문란한 히피 부랑아에서 어이가 없을 정도로 예수에게 예속되어 정절을 지키는 근본주의자로, 어이가 없을 정도로 예수에게 예속되어 정절을 지키는 근본주의자에서 유대인을 미워하고 죽음에 중독된 암 병동 간호사로, 유대인을 미워하고 죽음에 중독된 암 병동 간호사에서 얌전하게 회복중인 반유대주의자로…… 오하이오에서 시작된 여정 중 가장 최근에 들른 이 중간역에서, 여기서 또 어떤 고행의 길로 갈까? 완다 제인 '징크스' 포제스키의 다음 변신은 무엇일까? 정신이 흐릿하고 감정이 고갈되고 영양분이 결핍되고 성적으로 현혹된 작가의 다음 변신은? 몹시 경솔하게 그녀의 안에 자신을 심어버린 작가는 자신이 그녀를 반쯤 사랑하게 되었다는 훨씬 더 위험한 사실을 깨닫는다.

작가가 아직도 쓸쓸하게 그것에 빠져 있는 여자를 두고 나가는 순간까지의 플롯이 이것이다. 작가는 정사를 마친 뒤 쉬고 있는 여자를 방해하지 않으려고 까치발로 살금살금 걸어 조용히 플롯에서 빠져나온다. 플롯 전체에 개연성이 없고, 무게는 전혀 없고, 핵심적인 지점에서 가능성이 희박한 우연의 일치에 기댈 때가 너무 많고, 내적으로 앞뒤가 맞지 않고, 진지한 의미나 목적 비슷한 것이 희미하게나마 보이지 않는다는 것이 그가 이런 행동을 하는 근거다. 지금까지 이 이야기의 플롯은 경박하고 지나쳐서, 그의 취향에는 전혀 맞지 않는 괴물 같다. 이상한 사건들이 고비마다 워낙 거칠게 기울어지며 질주하는 탓에 지성이 발판을 마련하고 전체를 조망해볼 수 있는 곳이 전혀 없다. 이야기의 태풍 중심에 있는 닮은 꼴만으로도 터무니없기 짝이 없는데, 스마일스버거의 수표가 사라지는 변덕스러운 일까지 일어난다(스마일스버거의 수표가 등장하는 것도 뜻밖이고, 루이스 B. 스마일스버거 자신도 보르시벨트^{뉴욕주}에 있는 유대인 피셔저에서 모든 문제를 해결해주는 존재 같다). 그래서 사건의 흐름에 설득력이 떨어지고, 이 이야기가 고약한 장난을 위해 일부러 만들어진 것이라는 작가의 느낌이 더욱 강화된다. 작가의 적대자가 중요한 이슈라고 말한 유대인의 힘든 상황을 감안할 때 정말로 고약한 장난이다.

그렇다면 이 이야기를 만들어낸 그 적대자는 어떤 영향을 받을까? 자신이 깊이 있는 인물, 또는 입체적인 인물이라는 그의 주장을 무엇이 뒷받침해주는가? 마초적인 생활. 음경 보형물. 웃음이 나올 정도로 속이 훤히 들여다보이는 작가 흉내. 웅장한 주장. 불안정한 성격. 히스테릭한 편집증. 궤변, 고뇌, 간호사, 작가와 '구분할 수 없을 만큼 똑같다'는 징그러운 자부심, 이 모든 것이 합쳐져서 어떻게 진짜가 되어야 할지 전혀 모르는 채로 진짜가 되려고 **애쓰는** 사람이 된다. 가공의 인물이 되어 자신이 아닌 다른 사람의 모습을 설득력 있게 연출하는 법도 모르고 자신의 모습을 있는 그대로 삶 속에 풀어놓는 법도 모르는 사람. 그는 자신의 성격을 전체적으로 조화롭게 그려내지도 못하고, 자신을 해석할 수 없는 당혹스러운 퍼즐처럼 구축하지도 못하고, 예측할 수 없는 풍자의 주체로 그냥 존재하지도 못한다. 성인 독자가 진지하게 생각해볼 수 있을 만큼 앞뒤가 잘 연결되는 플롯을 만들지 못하는 것과 같다. 그는 적대자이기 때문에 그의 존재 자체가 전적으로 작가에게 의존하고 있으므로, 작가에게 기생하며 빈약한 자아를 훔쳐다가 아주 어렴풋하게나마 그럴듯한 모습을 만들어내고 있다.

하지만 작가는 왜 또 작가대로 그에게서 도둑질을 하는가? 택시가 예루살렘의 서쪽 언덕들을 안전하게 통과해서 공항으로 향하는 고속도로에 올라서는 동안 작가를 괴롭힌 의문이 바로 이것이다. 그가 자신을 사칭하는 자를 다시 사칭한 것이 공허한 적대자의 존재를 강화하고 상상 속에서 그를 이해하여 객관을 주관으로 주관을 객관으로 만들겠다는 미학적인 충동에서 나온 행동이라고 믿는 편이 작가에게는 위안이 되었을 것이다. 어차피 그것은 작가들이 돈을 받고 하는 일과 다르지 않으니까. 라말라에서 조지에게, 그리고 지프에서 갈에게 보여준 연기는 물론, 방에서 간호사와 나눈 열정적인 시간을 이해한다면 그에게 위안이 되었을 것이다. 그 열정적인 시간이 절정에 이르렀을 때 간호사는 말이 아니라 배경음 같은 소리를 내며 쾌락의 물결에, 목이 갈라진 것 같으면서도 동시에 중얼거리듯이 높아졌다 낮아지는 목소리의 흐름에 몸을 던졌다. 청개구리의 울음소리와 고양이가 목을 울리는 소리 사이 어디쯤에 해당하는 그 소리는 지복至福의 절정을 풍부하게 표현했으며, 몇 시간이 흐른 지금도 그의 귓가에서 사이렌의 노랫소리처럼 울리고 있었다. 용감하고 자발적이고 대담한 생기가 편집증과 두려움에 거둔 승리로서, 예술가의 끊임없는 장난기와 억제할 수 없을 만큼 희극적인 적응력을 믿음직스럽게 표현해주는 도구로서. 이 일련의 일들이 영혼의 진정한 자유는 곧 그의 것임을 간략하게 보여준다고, 이만큼 나이를 먹은 지금은 당황하거나 부끄러워할 이유가 없는 자기만의 뚜렷한 특징, 불굴의 정신이 빚어낸 그 특징이 그를 사칭하는 자를 사칭하는 행동에 구현되어 있다고 생각할 수 있다면 위안이 되었을 것이다. (조지, 갈, 징크스와의) 폭발적인 상황을 병적으로 가지고 놀기는커녕, 자신이 커다란 위협을 느껴 이렇게 도망치게 만든 그 극단주의의 주입으로 오염되기는커녕, 자신이 모이셰 피픽의 도전에 딱 걸맞은 패러디로 대항했다고 생각할 수 있다면 위안이 되었을 것이다. 자신이 저자로서 좌지우지할 수 없는 플롯의 한계 속에서 스스로를 지나치게 깎아내리거나 망신을 자초하지 않았으며, 자신의 심각한 실수와 계산 착오는 편집증적인 위협 때문에 크게 어긋나 피픽의 어리석음을 포함시킨 효과적인 대항 플롯을 생각해낼 수 없게 된 정신보다는 병에 걸린 적에게 지나치게 감상적인 연민을 품은 데서 크게 기인했다고 생각할 수 있다면 위안이 되었을 것이다. 자신을 사칭하는 자와의 이야기 콘테스트(사실주의 모드)에서 진짜 작가라면 '정교한 수단' '섬세한 효과' '영리한 구조' '복잡한 아이러니' '지적인 흥미' '심리적인 신빙성' '언어의 정밀함' '전체적인 사실성' 분야에서 압도적인 승리를 기록하며 쉽사리 창의적인 챔피언 자리에 앉을 수 있을 것이라고 가정한다면 위안이 되었을 것이다. 그런 가정이 지극히 자연스러웠다. 그러나 '생생한 리얼리즘' 분야의 예루살렘 금메달은 모든 분야에서 전통적인 판단기준에 대한 일괄적인 무심함으로 둘째가라면 서럽고 이야기에는 전혀 재주가 없는 자에게 돌아갔다. 그의 작품은 속속들이 가짜다. 환상의 예술을 히스테릭하게 그린 캐리커처, 비틀린 성격(아니, 어쩌면 광기)을 연료로 삼은 과장법, 창작의 원칙으로서의 과장이다. 모든 것이 점점 더 과장되고, 지나치게 단순화되고, 정신과 감각의 구체적인 증거에서 멀어진다. 그런데도 그가 승리자다! 뭐, 그러라지. 동족을 잡아먹는 야만적인 존재처럼 스스로를 만들어내며 제대로 존재하지 못하는 무시무시한 인큐버스로, 스스로에게게서 도망쳐 다른 사람 속에 숨어서 다른 사람이 된 것처럼 자신을 경험해야만 자신을 경험할 수 있는 광란의 기억상실증 환자로, 태어나다 말았거나 죽다 말았거나 미치다 말았거나 협잡꾼/사이코패스가 되다 만 존재로 그를 보면 안 된다. 둘로 갈라진 이 존재를 있는 그대로의 성취로 보고 그에게 너그럽게 승리를 허락해주어야 한다. 승리를 거둔 플롯은 피픽의 것이다. 그가 이기고 너는 졌다. 집으로 가라. 자신의 안정성을 회복하려는 투쟁에서 패배해 다시 자신의 50퍼센트밖에 안 되는 존재로 돌아가느니 아무리 부당한 일이라 해도 사람의 50퍼센트밖에 안 되는 존재에게 생생한 사실주의 메달을 넘겨주는 편이 낫다. 네가 예루살렘에 남아 있든 런던으로 돌아가든 데미야뉴크의 아들은 피픽의 플롯에 따라 납치되어 고문당할 수도 있고 그렇지 않을 수도 있다. 네가 여기 있는 동안 그런 일이 일어난다면, 신문기사에는 범인의 이름으로 네 이름이 실릴 뿐만 아니라 네 사진과 인물 정보 또한 박스기사로 실릴 것이다. 그러나 네가 여기 없다면, 네가 그곳으로 돌아간다면, 사람들이 사해의 동굴까지 그를 추적해 수염을 기른 공범들과 그들에게 납치당한 피해자까지 모두 찾아냈을 때 전체적으로 혼란을 최소화할 수 있을 것이다. 네가 무방비하게 돌아다니는 젊은 데미야뉴크를 처음 봤을 때 잠깐 스치듯 생각한 것을 그가 실현하려고 마음먹었다는 이유로 너에게 죄를 씌울 수는 없다. 그가 상을 받은 플롯으로 아무리 열심히 네게 죄를 돌리고, 당국의 심문이 시작된 뒤에는 단순히 시카고 출신의 청부업자, 돈을 받고 일하는 사립탐정, 대역, 자아도취에 푹 빠진 네가 정의와 복수로 꾸며낸 신파극 행세를 하더라도 소용없다. 물론 너무 들떠서 그의 말을 믿지 못하는 사람들도 있을 것이다. 그것도 어려운 일은 아니다. 지킬이 하이드의 행동을 약 탓으로 돌렸듯이, 그들은 그것을 할시온으로 인한 너의 광기 탓으로 돌릴 것이다(틀림없이 연민에서 우러난 행동이다). 그들은 이렇게 말할 것이다. "그때의 발작에서 회복된 것이 아니었어. 이게 그 결과야. 틀림없이 그 발작 때문이야. 아무리 그래도 그렇게까지 지독한 소설가는 아니었잖아."

하지만 나는 플롯에 휘둘리는 이 세상에서 더 쾌적하고 좀더 현실성이 있고 내심 내가 만든 이야기로 추진되는 이야기 속으로 도망치지 못했다. 공항까지 가지도 못했다. 아니 심지어 아하론의 집까지도 가지 못했다. 택시 안에서 내가 레바논 전쟁 중 런던에 살 때 영국 신문에서 본 정치만평을 떠올린 탓이었다. 그 혐오스러운 만평에는 코가 커다란 유대인이 양손을 앞으로 얌전히 벌리고, 책임을 부정하듯이 어깨를 으쓱하며, 아랍인의 시체가 쌓여 만들어진 피라미드 꼭대기에 서 있는 모습이 그려져 있었다. 당시 이스라엘 총리 메나헴 베긴의 캐리커처라고 알려진 그 그림은 사실 나치 언론에 묘사되던 전형적인 유대인을 완전히 사실적이고 명료하게 그린 것이었다. 이 만평이 내 마음을 돌려세웠다. 예루살렘을 벗어난 지 십 분도 채 안 됐을 때 나는 택시기사에게 킹 데이비드 호텔로 돌아가자고 말했다. 놈이 청년의 발가락을 하나씩 잘라 데미야뉴크의 감방으로 보내기 시작하면, 〈가디언〉이 아주 신이 나겠지. 이런 생각이 들었다. 데미야뉴크의 변호사들은 이미 재판의 신뢰성에 대해 공개적으로 의문을 표하며, 유대인 법정에서 세 명의 유대인 판사를 향해 존 데미야뉴크를 트레블링카 범죄 혐의로 기소한 것은 드레퓌스 재판과 더도 덜도 없이 똑같은 일이라고 감히 천명했다. 데미야뉴크 아들의 납치사건은 이런 주장을 극적으로 강조해주지 않을까? 미국과 캐나다에서 데미야뉴크를 옹호하는 우크라이나 출신들, 서구 언론에서 좌우를 막론하고 그를 옹호하는 사람들도 이름이 '-유크'로 끝나는 사람이 유대인에게서 정의로운 대접을 받는 것은 불가능하며, 데미야뉴크는 유대인의 희생양이고, 유대인 국가는 무법 국가이며, 예루살렘에서 열린 '과시용 재판'은 스스로를 희생자로 정당화하는 유대인들의 허구를 영속화하려는 것이고, 유대인들의 목적은 오로지 복수뿐이라고 그보다 훨씬 덜 섬세한 방식으로 주장하지 않았던가. 데미야뉴크의 지지자들이 세상 사람들의 동정심을 자극하고, 재판 자체가 편견과 선입견의 산물이라는 주장을 강화하기 위해 어떤 홍보전략을 생각해내더라도, 모이셰 피픽이 나에 대한 분노를 발산하기 위해 계획중인 그 일만큼 눈부신 효과를 보지는 못할 것이다.

그가 도전하려는 대상이 바로 나라는 사실이, 그 자신의 주장보다 어쩌면 훨씬 더 통렬할 수 있는 대의에 피해를 입힐 가능성이 있는 이 정신 나간 납치 계획이 나에 대한 집착에서 기인했다는 사실이 그렇게 성질이 날 만큼 또렷하지 않았다면, 나는 택시기사에게 킹 데이비드 호텔이 아니라 예루살렘 경찰서로 곧장 가자고 말했을지도 모른다. 어느 모로 보나 나와 동등하지 않은 적의 계략에 내가 매번 굴욕적으로 당한 것처럼 보이지 않았다면, 내가 아무 생각 없이 스마일스버거의 수표를 받는 실수를 저질렀고, 그 뒤에는 웨스트뱅크 분쟁의 규모를 이해하지 못한 것과 해가 진 뒤 라말라 도로를 달리다가 정중하고 합법적인 수색을 할 마음이 전혀 없는 이스라엘 순찰대에 붙잡힌 것으로 인해 그 실수가 더욱 정교해졌다는 생각이 아니었다면, 이 나쁜 놈을 이번에 아주 제압하는 일이 오로지 내 몫이 되었다는 생각은 하지 않았을지도 모른다. 그의 병적인 행동을 더 이상 내버려둘 수 없다. **나의** 병적인 행동도. 나는 처음부터 그를 지나치게 위협적으로 생각했다. 모이셰 피픽을 끝장내기 위해 이스라엘 해병대를 부를 필요는 없다고 나는 속으로 되뇌었다. 놈은 이미 무덤에 한 발을 들여놓은 상태였다. 그러니 그를 살짝 미는 것만으로 충분했다. 간단했다. 놈을 부숴버리자.

놈을 부숴버리자. 나는 이런 일이 가능하다고 생각할 만큼 화가 난 상태였다. 내가 반드시 해야 하는 일이라는 점은 분명했다. 우리의 순간이 왔다. 단둘이서 얼굴을 맞대고 최종대결을 벌이는 것이다. 진짜 대 가짜, 책임을 질 줄 아는 자 대 무모한 자, 진지한 자 대 천박한 자, 유연한 자 대 망가진 자, 다양성 대 편집증, 성취한 자 대 성취하지 못한 자, 상상하는 자 대 도피하는 자, 학식 있는 자 대 못 배운 자, 현명한 자 대 광적인 자, 핵심 대 표피, 건설적인 자 대 쓸모없는 자……

킹 데이비드 호텔의 원형 진입로에 택시를 대기시킨 뒤, 나는 호텔 문 앞의 무장 경비원과 함께 프런트데스크로 가서 경비원에게 했던 이야기를 직원에게 되풀이했다. 로스 씨를 만나기로 했다고.

직원은 빙긋 웃었다. "형제시라고요?"

나는 고개를 끄덕였다.

"쌍둥이."

나는 다시 고개를 끄덕였다. 못 할 것 없지 않은가.

"그분은 떠나셨습니다. 이제 여기 계시지 않아요." 직원은 벽에 걸린 시계를 확인했다. "삼십 분 전에 떠나셨습니다."

정확히 미마 깃차의 말이 아닌가!

"모두 떠났나요?" 내가 물었다. "정통파 친척들까지 전부?"

"혼자셨습니다."

"아냐, 그럴 리가 없어요. 여기서 친척들이랑 같이 만나기로 했는데요. 수염을 기르고 야물커^{유대인 남자들이 쓰는 정수리 모자}를 쓴 남자 세 명."

"오늘 밤에는 안 계셨습니다, 로스 씨."

"오지 않은 모양이네요."

"그런 것 같습니다."

"게다가 제 형제도 떠났고요. 4시 30분에. 완전히 나갔단 말이죠? 제게 남긴 메시지도 없이."

"없습니다."

"어디로 가는지 말하던가요?"

"루마니아로 가신다고 한 것 같습니다."

"새벽 4시 30분에. 그렇겠죠. 혹시 메이어 카한이 오늘 밤

왔던가요? 누군지 아시죠? 메이어 카한 랍비."

"카한 랍비가 누군지는 압니다. 카한 랍비는 호텔에 오시지 않았습니다."

나는 로비 저편의 공중전화를 써도 되느냐고 물었다. 그리고 아메리칸 콜로니 호텔에 전화를 걸어 내가 쓰던 방을 연결해 달라고 말했다. 호텔에서 숙박비를 치를 때 나는 아내가 아직 자고 있으며 아침에 호텔을 떠날 것이라고 직원에게 미리 말해두었다. 그런데 그녀는 이미 떠난 뒤였다.

"확실합니까?" 내가 직원에게 물었다.

"부부 모두 떠나셨습니다."

나는 전화를 끊고 일 분쯤 기다리다가 다시 호텔에 전화를 걸었다.

"데미야뉴크 씨의 방 좀 부탁합니다." 내가 말했다.

"실례지만 누구십니까?"

"여기는 교도소입니다."

잠시 뒤 불안하고 날카로운 목소리가 들려왔다. "여보세요?"

"아무 일 없어요?" 내가 물었다.

"여보세요? 누구십니까? 누구예요?"

그는 그곳에, 나는 여기에, 그리고 그들은 사라졌다. 나는 전화를 끊었다. 그들이 사라졌으니 그는 안전했다. 그들은 자기들의 플롯에서 도망쳤다!

그럼 그 플롯의 목적은? 그냥 절도죄? 아니면 전부 두 미친 X의 장난?

전화기 앞에 서서 이 재난 같은 일이 전부 갑작스레 끝나버렸을지도 모른다는 생각을 하며 나는 그 어느 때보다 어리둥절

했다. 그 두 X가 세상에서 도망치고 있는 건지, 아니면 세상이 그 두 X에게서 도망치고 있는 건지, 아니면 그 두 X가 나를 당황시키려고 모든 것을 날조한 건지……. 하지만 그런 목적으로 이런 일을 꾸민 이유가 무엇보다 답을 알 수 없는 의문이었다. 십중팔구 영원히 그 답을 알 수 없을 것 같았다. 처음부터 나를 사로잡은 것이 바로 그 의문인 것 같았다! 그들은 내가 자기들의 거짓을 모두 진실로 착각하게 만들고 싶었을 뿐인가, 아니면 그들 자신도 그것을 진실로 생각했는가, 아니면 그들 자신을 포함해서 모든 것과 모든 사람을 비현실로 만들어 피란델로 효과^{배우가 연기하는 캐릭터와 완전히 하나가 되는 것}를 내겠다는 생각에 들떠 있었는가? 참으로 굉장한 장난이 아닌가!

나는 프런트데스크로 돌아갔다. "내 형제가 쓰던 방을 쓰겠습니다."

"그냥 새 방을 드리면 어떨까요."

나는 지갑에서 50달러 지폐를 꺼냈다. "형제의 방이 좋습니다."

"여권을 주시겠습니까, 로스 씨?"

"우리 부모가 그 이름을 아주 좋아했어요." 나는 50달러와 함께 여권을 밀어주면서 설명했다. "우리 둘에게 같은 이름을 지어줄 정도로."

나는 직원이 내 사진을 자세히 살피고 여권번호를 숙박부에 기록하는 동안 기다렸다. 직원은 아무 말 없이 내게 여권을 돌려주었다. 나는 숙박 카드를 기입하고 스위트룸 511호의 열쇠를 받았다. 경비원은 이미 호텔 정문 앞으로 돌아가 있었다. 나는 그에게 택시비 20달러를 전해달라고 부탁하면서 거스름돈은 그냥 가지라고 말했다.

　동이 틀 때까지 삼십 분 동안 나는 피픽의 방을 뒤졌지만 서랍에서도, 책상 위에서도 아무것도 발견하지 못했다. 메모지에 남은 메모도 없고, 그가 두고 간 잡지나 신문도 없었다. 침대 밑에도, 안락의자의 쿠션 뒤에도 아무것도 없었다. 옷장에 걸려 있는 것도, 옷장 바닥에 놓인 것도 없었다. 베드스프레드와 담요를 젖혔더니 침대보와 베갯잇에서 방금 빨아 다림질한 냄새가 났다. 전날 아침 호텔 직원이 이 방을 정리한 뒤로 아무도 침대에서 잔 적이 없다는 뜻이었다. 화장실의 수건도 새것이었다. 변좌를 들어 올렸을 때에야 그가 이 방에 있었다는 흔적이 발견되었다. 변기의 에나멜 가장자리에 14포인트 크기의 & 기호처럼 생긴 검은색 음모가 곱슬곱슬하게 붙어 있었다. 나는 손가락 두 개로 그것을 떼어내 책상 서랍에서 찾아낸 호텔 봉투에 넣었다. 그다음에는 그녀의 머리카락, 속눈썹, 발톱 조각 등이 있는지 욕실 바닥을 살펴보았지만, 타일 바닥은 티끌 하나 없이 깨끗했다. 나는 무릎을 대고 엎드렸던 자세에서 일어나 세면대에서 손을 씻으려다가 세면대 가장자리, 온수 수도꼭지 바로 아래에서 아주 작은 톱밥 크기의 남자 수염 조각들을 발견했다. 나는 화장지에 그것들을(흩어진 조각들이 모두 열 개는 되는 것 같았다) 꼼꼼하게 묻힌 뒤 화장지를 두 번 접어 또 다른 봉투에 넣었다. 물론 수염 조각이 누구의 것인지는 확신할 수 없었다. 어쩌면 내 것일 수도 있었다. 놈이 내 호텔 욕실을 기웃거리다 그것들을 찾아내 우리가 하나라는 주장을 완성하기 위해 여기에 옮겨놓았을 수도 있었다. 놈이 지금까지 한 일들을 생각해보면, 그런 짓을 못 할 것도 없었다. 어쩌면 음모조차 내 것인지 몰랐다. 확실히 내 것이라고 주장하려면 주장할 수도 있었겠지만, 곱슬곱슬한 음모를 육안으로만 보고 누구 것인지 정확히 구분하기는 어려울 때가 많았다. 그래도 나는 그것을 챙겼다. 만약 놈이 작가로 변장할 수 있다면, 나도 탐정 행세를 할 수 있을 것이다.

그 두 개의 봉투와 천으로 만든 별, 그리고 놈이 손으로 쓴 'A-S.A.의 열 가지 원칙'이 지금 내가 글을 쓰고 있는 책상 위에 있다. 심지어 나조차도 그 일이 엉터리 같고, 조잡하고, 환상 같은 소극笑劇의 외피를 입고 나타났다고 자꾸만 확인해야 하는 그 일이 현실이었음을 증명하는 증거들이다. 두 개의 봉투 안에 든 증거들은 그 일이 유령 같고 반쯤 미친 것 같았다는 점이 바로 이론의 여지가 없는 현실의 특징이라는 것, 그리고 인생이 우리의 예상과 가장 동떨어진 모습일 때 어쩌면 실제 모습에 가장 가까운지도 모른다는 것을 내게 일깨워준다.

내 옆에는 카세트테이프도 있다. 내가 런던으로 돌아온 뒤 아하론 아펠펠드와의 대화를 녹음한 테이프를 들어보려고 했을 때 이 테이프를 발견하고 얼마나 놀랐는지 모른다. 아메리칸 콜로니 호텔의 옷장에 내가 넣어두었던 바로 그 녹음기 안에 들어 있었는데, 나는 침대에 잠들어 있는 징크스를 두고 가방으로 챙겨 호텔 방을 몰래 빠져나온 뒤 그때까지 녹음기를 열어보거나 사용한 적이 없었다. 그러니 피픽이 실종자들을 추적하면서 터득한 기술로 옷장의 잠금장치를 열었다고 생각하는 것 외에는 그 테이프가 어떻게 그 녹음기 안에 들어갔는지 설명할 길이 없었다. 테이프 라벨에 손으로 적은 글자들은 내 필체와 아주 비슷하게 보이지만, 물론 놈의 필체다. 거의 모든 것을 파괴해버린 사람들처럼 계속 조잘거리는 목소리도 그의 것이다. 사람을 미치게 만들고, 광기와 살기가 깃든 내용이 영락없이 비현실적으로 들린다. 라벨에는 'A-S.A. 워크아웃 테이프 #2. "정말로 육백만 명이 죽었는가?" 저작권자 반유대주의 익명 모임, 1988.'이라고 적혀 있다.

놈의 목적을 추측하는 일은 이 고백록을 읽는 독자들의 몫으로 남겨두겠다. 이를 통해 어쩌면 그 주에 예루살렘에서 경험했던 혼란의 일부, 나를 괴롭히던 그 '필립 로스' 때문에 내 안에서 생겨난 엄청난 혼란의 일부를 공유할 수 있을지도 모른다. (이 기록이 확인해주듯이) 그자가 실제로 얼마나 사기꾼 같은 인간이었는지 이루 말로 설명할 수 없다.

내 이목구비를 모델로 만든 가면을 쓰고 전체적으로 나와 같은 분위기를 풍기며 습관적으로 나를 사칭하던 자. 다른 사람 행세를 하면서 의기양양 기뻐하는 그를 다시 접할 수 있다. 그 입안에 혀가 몇 개나 있을까? 놈 안에 사람이 몇 명이나 있을까? 상처는 몇 개일까? 참을 수 없는 상처가 몇 개일까!

정말로 육백만 명이 죽었느냐고? 정신 차려. 유대인들이 또 우리한테 사기를 치면서 홀로코스트라는 새로운 종교의 숨을 붙여놓은 거야. 수정주의 글들을 읽어봐. **요점은 가스실이 없었다는 거야.** 유대인들은 숫자를 사랑하지. 숫자를 조작하는 걸 사랑해. 육백만이라. 요즘은 육백만을 입에 담지 않잖아, 그렇지? 아우슈비츠는 기본적으로 합성고무 공장이었어. 그래서 그렇게 고약한 냄새가 난 거라고. 그들은 유대인을 가스실로 보낸 게 아니라, 거기서 일을 시켰어. 이제야 알게 됐지만, 거기에는 가스실이 없었으니까. 화학 덕분에 알게 됐지. 화학은 자연과학이야. 프로이트는 사회과학이고. 저기 버클리의 매슨이 프로이트의 기본 연구는 가짜라는 사실을 증명해냈어. 프로이트는 그 여자들이 학대당했다고 털어놓은 이야기를 믿지 않았거든. 성적인 학대 말이야. 사회가 그런 이야기를 받아들이지 않을 거라면서, 그걸 어린이의 성 이야기로 바꿔버렸다는 거야. 그 새끼가. 정신분석의 바탕 전체가 가짜야. 그러니 그건 잊어버려도 돼. 아인슈타인, 물론 그는 폭탄의 아버지라고 불렸지. 오펜하이머랑 같이. 그런데 지금은 사람들이 그 둘을 마구 비난하면서 아우성을 치고 있어. 왜 그런 걸 만들어냈느냐고. 그러니 아인슈타인도 잊어버려. 마르크스[쿡쿡 웃는 소리], 음, 마르크스가 어떻게 됐는지는 알잖아. 엘리 위젤. 이 사람도 유대인 천재지. 그저 아무도 엘리 위젤을 좋아하지 않을 뿐. 솔 벨로를 좋아하지 않는 것과 똑같아. 여기 시카고 일대에서 솔 벨로를 좋아하는 사람을 찾아낸다면 내가 당신한테 5천 달러를 줄게. 그자한테는 문제가 있어. 그자가 부동산으로 많은 돈을 번 건 사람들이 알고 있지. 시카고에는 바르샤바를 제외하고 폴란드인 인구가 제일 많아. 폴란드인을 하나로 묶어주는 건 세 가지지. 로마가톨릭교회. 러시아에 대한 두려움. 그리고 유대인에 대한 증오. 그들이 왜 유대인을 미워하냐고? 러시아 차르들이 항상 못된 유대인들을 폴란드로 보냈는데, 그 사람들이 게토에 사는 환전상이었거든. 유대인은 아주 고약한 민족이야. 유대인들을 봐. 엉덩이 아래, 특히 무릎 아래를 보면 유대인들은 전부 엉망이야. 크고 길고 납작한 발, 비틀린 발과

O자 다리……. 대부분 동종번식 때문이지. 유대인에게는 친구가 전혀 없어. 심지어 깜둥이들도 유대인을 싫어한다고. 주택단지에서 어린 시절을 보내는 흑인들은 평생 백인을 다섯 명쯤 봐. 아일랜드나 이탈리아계 경찰관(이건 변하고 있어), 유대인 집주인, 유대인 식품점 주인, 유대인 교사, 유대인 사회복지사. 뭐, 물론 이제는 연방정부가 집주인이지. 그래도 그들은 유대인이 흑인들을 상대로 큰돈을 벌었으면서 그 보상으로 흰소리 외에는 아무것도 내놓지 않았다고 생각해. 깜둥이들은 유대인에게 등을 돌려. 모두가 유대인에게 등을 돌려. 유대인은 이른바 파제트병_{주로 유방에 발생하는 암의 일종}을 앓아. 사람들은 잘 모르는 사실이야. 테드 코펠_{미국의 유명 앵커}을 봐. 다른 사람들을 봐. 우디 앨런, 얼간이 자식. 마이크 월러스_{미국의 시사프로그램 〈60 분〉을 오랫동안 진행한 언론인}. 뼈가 두꺼워지고, 다리가 O자 모양으로 휘지. 여자들은 이른바 히브리 혹이 생겨. 손톱은 아주 단단해지고. 바위처럼 단단해. 아래턱은 헐거워지지. 나이 많은 유대인 여자들을 봐. 멍청이처럼 턱이 느슨해져 있지. 그래서 그들이 우리를 미워하는 거야. 우리한테는 그런 게 생기지 않으니까. 우리는 계속 단단하니까. 우리가 조금 살이 찔 수는 있어. 그래도 계속 단단해. 유대인이 뭔지 당신도 알잖아. 유대인은 폴란드에서 태어난 아랍인이야. 나중에 묵직해지지. 키신저. 바로 그렇게 묵직해져. 무거운 코. 묵직한 이목구비. 그래서 그들이 우리를 싫어해. 필립 로스를 봐, 젠장. 진짜 못생긴 놈. 진짜 개차반. 그놈이 《남자로서 나의 인생》에서 그 얘기를 했을 때 나는 놈의 책을 끊었어. 놈이 C. 대학에

서 신경증으로 망가진 대학원생이었을 때 말이야. 아, 진짜! 더러워, 젠장, 너도 봐. 이교도 여자를 워낙 좋아해서 놈이 어떤 웨이트리스를 손에 넣었어. 정신이 이상하고 아이가 둘 있는 이혼녀였는데, 놈은 끝내준다고 생각했지. 멍청이. 이제 놈이 다시 유대인의 울타리로 돌아오고 있어. 노벨상을 타고 싶으니까. 유대인들은 확실히 노벨상 타는 법을 알잖아. 위젤, 싱어, 벨로가 탔어. 그레이엄 그린은 물론 못 탔지. 아이작 스턴…… 모차르트, 슈베르트, 스턴도 못 탔어. 방법을 몰랐으니까. 뭐, 어쨌든……. 아까 무슨 얘기를 했지? 히틀러는 유대인들을 말살할 계획이 없었어. 반제 회의1942년 1월에 베를린 근교의 반제에서 열린 나치 수뇌부 회의. 유대인을 말살하는 '최종 해결책'이 채택되었다. A. J. P. 테일러가 이 주제에 대해 많은 연구를 했어. 영국인 역사가 말이야. 그 사람 말로는 문서가 존재하지 않는대. 진짜 기분 나쁜 유대인인 힐버그는 내가 문서를 읽을 수 있다고 했어. 내가 암호를 알고 있다고. 아이고, 웃기지 말라고 해〔웃음소리〕. 물론 그들은 암호를 잘 만들지. 상징이며 숫자며. 유대인 여자들은 숫자 점, 별, 이런 것에 빠져 있어. 미래 연구. 다들 망가졌거든. 그건 그렇고, 독일이 한 종족을 말살할 능력이 있기는 해. 그럴 필요가 없었던 거지. 유대인들을 일꾼으로 부리고 싶었거든. 독일인들한테 잔인한 면이 있다고 할 수는 있지만, 그건 우리도 마찬가지야. 우리가 인디언들을 말살했잖아. 독일인들은 유대인한테 일을 시켰어. 가스실은 없었다고. 육백만 명이 죽은 게 아니야. 유럽에 유대인이 육백만 명이나 있지도 않았어. 이게 사람들이 육백만이라는 숫자를 공격하는 이유 중 하나야. 지금은 그게 십오만에서 삼십만까지 떨어졌지. 그 사람들이 죽은 것도 전쟁 말기에 독일의 공급 시스템이 무너졌기 때문이야. 괴혈병과 발진 티푸스가 온 수용소에서 날뛰었기 때문이야. **여기에** 그들이 오는 걸 국무부가 원치 않았다는 건 당신도 알고 나도 알지. **어디에도** 그들을 원하는 사람은 없었어. 네덜란드 국경에 나타났을 때도, 스위스 국경에서도 그들은 거절당했어. 자기 나라에 유대인이 들어오는 걸 아무도 원하지 않았다고. 왜? 유대인들은……. 아까 말했듯이 깜둥이들조차 유대인을 싫어해……. 유대인들은 사회 안의 다른 집단들을 모두 따돌리는 경향이 있거든. 그러다 문제가 생기면 사람들에게 도움을 청해. 사람들이 왜 그들을 도와줘야 하지? 동유럽 유대인이 게토에서 나온 건 나폴레옹 때야. 그렇게 해방된 뒤에, 세상에, 마구 날뛰었어. 유대인은 뭐든 한번 손에 넣으면 놓치는 법이 없어. 유대인들은 쇤베르크를 통해 음악계를 장악했지. 그들은 조금이라도 쓸 만한 음악을 만들어낸 적이 없어. 할리우드. 그건 그냥 쓰레기야. 왜냐고? 유대인이 장악했거든. 유대인이 할리우드를 만들었다고들 하는데, 유대인은 창의적이지 않아. 그들이 만들어낸 게 뭐가 있어? 없어. 그림. 피사로. 리하르트 바그너가 유대인에 대해 쓴 글을 읽어봤어? 피상적인 천박함. 그래서 그들의 예술이 전부 실패하는 거야. 자기들이 살고 있는 나라의 문화와 동화하려 들지 않거든. 피상적인 인기를 누리기는 하지. 허먼 오크^{미국의 소설가 겸 극작가}나 아니면 마약중독자 같은 몰골로 추잡한 책을 쓰는 그놈, 메일러처럼. 하지만

365

그 인기가 오래가지는 않아. 사회의 문화적 뿌리와 연결되어 있지 않으니까. 솔 벨로는 그들의 지명을 받은 사람이야. 젠장, 진짜 멍청이지, 안 그래? 〔웃음소리〕벨로는 노벨상을 받고 기자회견에 나올 때 모자를 썼어. 대머리도 가리고, 세상 사람들에게 자기가 유대인이라는 사실도 보여주려고. 〔웃음소리〕로스. 로스는 그냥 자위행위나 하는 놈이야, 재수 없는 새끼, 화장실에서 용두질이나 하는 놈. 아서 밀러. 그자는 고물장수처럼 보이지 않아? 고물상 사장 같지 않아? 놈들의 외모라는 건 말이야, 진짜 형편없어. 놈의 얼굴은 항상 크고 길게 보여. 얼빠진 새끼. 놈은 **당신 권리를 지켜줄 거야.** 그게 무슨 소리인지는 모르겠지만. 유대인들의 문화 생산량은 아주, 아주 적어. 아주 적고 형편없어. 그리고, 물론 월스트리트가 있지. 보스키1980년대 중반에 내부자 거래 스캔들로 악명을 얻은 미국의 주식중개인 일당을 체포한 건 우리에게 번영을 안겨준 훌륭한 유대인을 깎아내리려는 이교도의 음모라지. 전부 헛소리야. 그들은 우리에게 번영을 준 적이 없어. 그들은 인플레이션 직전인 사회에만 존재해. 언제나 인플레이션이 발생한다는 전제하에 거래를 하지. 인플레이션이 발생하지 않으면, 디플레이션이 발생하면, 놈들은 망하는 거야. 문화적인 면? 웃기는 소리. 놈들이 문화기관을 **소유**할 수는 있어도 뭔가를 만들어내지는 못해. 한번 보라고. 저속한 텔레비전 프로그램에는 항상 유대인의 이름이 있어. 노먼 리어가 그중 하나야. 이교도의 이름 뒤에 숨어 있지만, O자 다리니 뭐니 온갖 특징을 갖고 있어. 국립보건원에 아는 사람이 하나 있는데, 랍비들을 잔뜩 모아서 연구를 했어. 이십 년인가 이십오 년 전에. 그 친구 말로는 유대인 특유의 질병이 있대. 동종번식 때문에 생긴 병. 놈들이 동종번식을 너무 많이 했거든. 아이들에게 발생하는 유대인 특유의 질병이 아홉 개 있는데, 다운증후군이 그중 하나야. 놈들은 그런 사람을 항상 숨겨. 유대인은 전부 천재여야 하니까. 전부 바이올리니스트, 핵물리학자지. 물론 이반 보스키 같은 월스트리트의 천재도 있고. 〔킬킬 웃는 소리〕 바보들이 있다는 얘기는 전혀 없지. 그거 진짜 동종번식 때문이야. 놈들은 다 미쳤어. 끊임없이 자기들끼리 애를 낳는다고. 물론 키신저처럼 결혼해서 애를 둘 낳고 여자를 치워버린 다음에 경리로 일하는 못생긴 이교도 여자를 쫓아다니는 사람도 많지. 〔조롱 섞인 웃음소리〕 아, 진짜 한심한 새끼들. 그렇지? 젠장, 창녀들한테 얼마나 큰돈을 주는지. 뭐, 우리도 한몫 잡아보자고. 먼저, 유대인 마피아가 있어. 제이콥 루빈스틴을 사람들한테 설명하려고 해봐. 당신이 잭루비로 알고 있는 그 사람. 오즈월드를 없애버린 놈. 그놈이 유대인 마피아의 일원이었어. 시카고 웨스트사이드에서. 아서 밀러. 이 친구는 마릴린 먼로로 돈벌이를 했지. 이친구랑 빌리 와일더, 그리고 또 한 명이 누구더라, 토니 커티스. 이 셋이 먼로를 〈뜨거운 것이 좋아〉에 끌어들였어. 내가 알기로 당시 먼로는 임신중이었는데, 그 아기를 잃었지. 영화를 잘 봐. 임신한 게 확연하다고. 하지만 물론 밀러는 그 영화에 지분이 있었어. **당신의 권리를 지켜준다**면서 하는 짓은 진짜 망할 쓰레기. 바다에 사는 민달팽이 같은 놈. 이교도와 결혼한 유대인은 항상 배우자에게 멍청하다고 말

367

해. 내 친구 중에 유대인이랑 결혼한 여자가 있었어. 내가 만난 사람들 중에 가장 극렬한 반유대주의자는 유대인이랑 결혼한 적이 있는 사람들이야. 그 사람들 말을 들어보면, 유대인은 진짜 정신병자라는 거야. 내가 아는 여자 하나는 유대인이랑 팔 년인가 구 년을 살았어. 그런데 그 남자가 긴장을 풀고 진짜 좋은 섹스를 한 건 열 번인가 열다섯 번밖에 안 된대. 자기가 유대인이라는 사실과 이교도 여자랑 섹스하고 있다는 사실을 너무 의식했거든. 놈의 부모가 그 여자를 어떻게 대하는지 당신도 봤어야 돼. 개똥 취급했다고. 젠장, 이 유대인들은 말이야, 온갖 종류의 문제를 안고 있어. 만날 하는 짓이 칭얼거리는 것뿐이야. 조너선 폴라드. 그 망할 놈이랑 같이 고등학교를 다닌 사람을 아는데, 폴라드가 인디애나주 사우스벤드의 고등학교에 다닐 때, 놈의 아버지가 노트르담, 노트르담 의대의 교수였거든, 하여튼 그때 깡패들이 놈을 기다리다가 두들겨 패곤 했다고 하더래, 다 헛소리야. 놈의 아버지가 워낙 부자라서 아들이 스탠퍼드에서 장학금을 받게 해줬는데 전형적인 유대인 새끼니까 십중팔구 돈이 없다고 말했을 거야. 놈은 스탠퍼드를 다니고 워싱턴으로 갔는데, 완전 미친놈이었어. 이스라엘도 놈이 미쳤다고 생각했지. 놈이 자진해서 찾아왔으니까. 이스라엘은 놈을 잘 대해줬어. 자기들한테 정보를 주는 놈이잖아. 하지만 놈이 워낙 미쳤어야지. 어쨌든, 무슨 이야기를 하던 중이었지? 유대인들은 항상 칭얼거려. 매번 반유대주의를 언급하면서. 할리우드 스타든 정치가든 핫도그 장수든 유대인에 대한 글에서 자기들이 고등학교 때, 바이

올린 레슨에 가는 길에 미리 숨어 있던 깡패들한테 두들겨 맞았다는 얘기가 빠지는 걸 못 봤어. 그러고는 핫도그 대학에 다닐 때에도 반유대주의를 경험하고, 핫도그학으로 최우등상을 받았는데도 핫도그 집에 취직하지 못했다고 하지. 전부 헛소리야, 당연히. 지금은 우리도 SAT 시험에 대해 알고 있지. 브루클린이나 다른 데의 유대인 거주지에서 학교를 운영하는 랍비들이 SAT 문제를 판다는 것 말이야. 유대인들이 그렇게 천재인 이유, 하버드니 예일이니 프린스턴이니 하는 학교에 들어가는 이유가 그거야. 빈 유대인들이랑 일한 적이 있어. 젠장, 놈들은 도무지 일다운 일을 하는 법이 없어. 항상 전화만 붙들고 있지. 네트워크에 대해 잘 알거든. 하지만 진짜 일은 **전혀** 안 해. 〔웃음소리〕다들 신경증 환자야. 반유대주의랑 싸울 돈이 수백만, 수천만 달러나 있어. 그래서 반유대주의가 지하로 숨었지. KKK니 나치니 하는 괴짜들은 대부분 스파이야. 유대인 스파이. 함정이라고. 내 친구가 사원에서 그런 모임에 참석한 적이 있어. 놈들은 사람들을 끌어들여서 홀로코스트 사진을 보여줘. 알잖아, 시체 사진. 그다음에는 남부에서 나치 제복을 입은 남자가 악을 써대는 사진을 〔웃음소리〕보여주는 거야. 유대인 첩자지. 그래, 사원의 짓이야. 만약 내가 나치 제복을 입고 소리를 지르기 시작하면, 놈들이 사진이며 그림을 잔뜩 만들어서 사원마다 돌아다니며 보여줄 거야. 그러면서 옛날부터 그랬듯이 돈을 달라고 선전하는 거지. 세상에, **파라칸**미국에서 네이션오브이슬람을 이끄는 종교지도자 겸 흑인 우월주의자 쪽 사람이랑 얘기해본 적 있어? 놈들이 유대인에 대해

하는 이야기는 믿을 수 없을 정도야. 유대인이 우리를 좌지 우지한다는 거야. 우리는 그렇게까지 유대인한테 휘둘리지 않아. 우리를 휘두르는 건 놈들의 명성이지. 하지만 숫자가 발표되면 우리는 스트라이샌드보다는 케니 로저스나 윌리 넬슨이 번 돈을 갖고 싶어져. 스트라이샌드. 그 여자도 유 대인 특유의 생김새를 갖고 있어. 캘리포니아에 사는 내 친 구가 영화계를 아주 잘 아는데 〔깔깔 웃는 소리〕 유대인을 별로 좋아하지 않아. 거기에는 이교도가 얼마 남아 있지 않 아. 옛날에는 디즈니가 놈들의 본거지였지. 하지만 이제는 전부 점령당했어. 사람들한테 물어보면, 유대인이 있는 회 사들은 전부 리베이트, 뇌물, 거래, 연줄동원으로 가득하다 고 말할 거야. 연줄동원, 그게 진짜 거지 같아. 멍청한 처남 을 고용할 수밖에 없다는 거니까. 왜? 장인이 그 회사에 투 자했거든. 다른 직원들은 고개를 절레절레 젓지만, 물론 처 남을 해고하는 건 불가능해. 처남이 자기 자리에 가만히 앉 아 있거나, 점심시간에 점심을 길게 먹고 오기만을 바랄 뿐 이야. 만약 처남이 적극적으로 일에 참여하면 모든 게 망가 져. 유대인들은 은행을 믿지 않기 때문에 개인 신탁을 갖고 있어. 내가 직접 경험해서 알아. 내가 상대한 유대인이 얼 마나 많은데. 전부 유대인 변호사를 두고 냉정하게 거래해. 이러니저러니 전부 똑같다고, 알겠어? 내 상사는 유대인을 대하는 법을 알아. 이건 우리가 치러야 하는 대가라나, 웃 기시네. 상사는 유대인들을 똥같이 대해. 〔웃음소리〕 유대 인이 들어오자마자 똥같이 대한다고. 난 상사가 왜 그러는 지 궁금했어. 상사 말이, 자기도 옛날에는 그 망할 인간들

370

을 친절하게 대했지만 그놈들한테는 친절하게 굴 수가 없다는 거야. 상사가 유대인들한테 편지를 쓰라고 시키면 놈들은 안 좋아해. 그놈의 전화를 어찌나 사랑하는지. 왜냐하면 놈들이 뭔가에 입찰할 때 내가 34만 달러를 지불하잖아? 그러면 놈들이 와서 이러는 거야. 내가 전화로 32만이라고 했잖아. 놈들은 당신의 머리 꼭대기에서 놀고 싶어해. 워낙 매정하게 거래를 하니 적이 생기지. 놈들도 사람들이 자기를 싫어하는 걸 알아. 왜냐고? 놈들이 그런 짓을 하니까 그렇지! 그래두 아이반 보스키 같은 놈들에 대해 나쁜 말을 할 수가 없어. 무슨 말이라도 했다가는 [속삭이는 소리로] **반유대주의자**가 되니까. 그러니 반유대주의가 지하로 숨었지. 그럴 수밖에 없잖아. 어떻게 사람이 반유대주의자가 아닐 수 있어? 놈들을 보면, 죄다 전화기를 붙들고 술수를 부리고 있는데. 더 좋은 직장으로 옮기려고. 친구를 도우려고. 젠장, 놈들은 날 때부터 PR 유전자가 있어. 공격적인 유전자를 갖고 태어나. 진짜 놀라울 지경이야. 물론 당신이 놈들을 해고하면, 특히 당신이 유대인을 시켜 유대인을 해고하게 하면, 젠장, 그런 일은 없을 것 같다. 진짜 이상한 민족이야. 유대인들의 특징 중에 내가 정말로 싫어하는 것 하나는 놈들이 이교도의 정신을 이해하지 못한다는 거야. 이교도한테 가서 "우리는 고통받았다"고 말할 수는 있어. 독일 사람들이 유대인을 험하게 대한 건 사실이야. 그런데 그다음에 유대인들은 육백만이라는 숫자를 꺼내 들고, 그걸 바탕으로 서독 정부한테서 돈을 뜯어냈어. 그 뒤로도 유대인들이 이런저런 이야기를 하니까 사람들이 그

육백만을 조금씩 깎아내기 시작했지. 육백만이 지금은 팔십만까지 줄어들었나? 놈들은 이교도의 정신을 이해하지 못해. 신앙 때문에 고통받은 적이 없다는 유대인의 이야기를 대중매체에서 들어본 적 있어? '생존자들'이라니. 누구나 생존자야. 아우슈비츠 '생존자'도 아주 많아. 물론 친구를 고발해서 살아남았느냐는 식의 질문을 던지는 사람은 하나도 없지. 그 '생존자들'은 전부 책을 썼어. 그런데 전부 같은 책이라는 거 알아? **놈들이 전부 서로의 책을 베끼거든.** 똑같을 수밖에 없어. 유대인 지휘센터의 말씀이 있으니. 아우슈비츠에 대한 문장은 이거다. **이걸 써!** 아, 망할 놈의 교활한 악마들 같으니. **교활하다고!**

아침 8시가 다 된 시각에 전화벨이 울렸을 때 나는 전화기 옆 의자에서 자고 있었다. 5시 30분쯤 데미야뉴크의 아들이 잘 있는지 확인한 뒤로 쭉. 나는 수도요금을 1억 2천 800만 달러나 밀린 꿈을 꿨다. 내가 그런 일들을 겪은 뒤 내 머리가 만들어낸 이야기가 그거였다.

잠에서 깨어나니 뭔가가 엄청나게 썩어가는 냄새가 났다. 곰팡내와 똥 냄새가 났다. 낡고 축축한 굴뚝 벽에서 나는 냄새가 났다. 정자가 발효하는 냄새가 났다. 그녀가 내 바지 속에서 자고 있는 냄새가 났다. 묵직하게 달라붙어서 떨어지지 않는, 양고기 냄새 같은 악취가 바로 그녀였다. 벨이 울리는 전화기에서 수화기를 든 손의 중지에 붙어 있는 불쾌감, 불쾌해서 마음에 드는 그 불쾌감도 그녀였다. 씻지 않은 내 얼굴에 그녀가 가득했다. 그녀가 살짝 묻어 있었다. 모두가 묻어 있었다. 내게서 모두의 냄새가 났다. 똥싸개 택시기사. 뚱뚱한 변호사. 피픽. 그는 말라붙은 피와 향냄새였다. 내가 겪은 지난 이십사 시간의 매분, 매초의 냄새가 났다. 삼 주 전 냉장고에 넣어놓고 잊어버린 용기의 뚜껑을 열었을 때 나는 냄새와 비슷했다. 내가 관에 누워 썩어갈 때나 되어야 이렇게 심한 썩은 내를 다시 풍길 수 있을 것이다.

호텔 방에서 전화벨이 울렸다. 내가 아는 사람들 중에는 내가 이곳에 있다는 사실을 아는 사람이 하나도 없는데.

어떤 남자가 수화기 속에서 말했다. "로스?" 이번에도 외국어 말씨의 영어를 쓰는 남자였다. "로스? 맞습니까?"

"누구⋯⋯?"

"메이어 카한 랍비의 사무실입니다."

"로스를 찾습니까?"

"로스입니까? 전 공보비서입니다. 왜 랍비에게 전화합니까?"

"피픽!" 내가 소리쳤다.

"여보세요? 그 로스입니까? 자신을 미워하는 유대인 동화주의자?"

"피픽, 어디야?"

"엿이나 먹어라."

나는 목욕한다.

두 단어.

나는 깨끗한 옷을 입고 있다.

다섯 단어.

나는 이제 냄새나지 않는다.

네 단어.

열한 단어. 내 몸에서 내 시체 같은 냄새가 난 적이 있는지

나는 이제 모른다.

　내 머리는 벌써 지나치게 근심으로 가득 차서 한쪽으로 기울어지며 이런 생각을 했다. 데미야뉴크, 데미야뉴크가 이렇게 하는 거구나. 과거의 부패한 것들이 그냥 꺾여져서 떨어져 나간다. 남은 것은 미국뿐. 남은 것은 자녀들과 친구들과 교회와 텃밭과 직장뿐. 혐의? 글쎄, 수도요금 1억 2천 800만 달러를 체납한 혐의로 기소될지도 모르겠다. 수도요금 고지서에 그의 서명이 있어도, 수도요금 고지서에 그의 사진이 있어도, 어떻게 그것이 그의 수도요금 고지서일 수 있을까? 어떻게 사람이 그렇게 물을 많이 쓸 수 있을까? 그가 목욕을 하고, 잔디밭에 물을 뿌리고, 텃밭에 물을 주고, 세차를 한 것은 사실이다. 세탁기와 건조기, 식기세척기가 있고, 요리에도 물을 쓰고, 화분에도 물을 주고, 매주 바닥 청소도 해야 했다. 식구는 모두 다섯. 다섯 사람이 물을 쓴다. 하지만 그걸 다 합치면 1억 2천 800만 달러어치나 된다고? 당신이 클리블랜드시를 대신해서 고지서를 보냈다. 당신이 오하이오 주를 대신해서 고지서를 보냈다. 당신이 이 놈의 세상을 대신해서 고지서를 보냈다! 이 법정에 있는 나를 봐. 이런 일들을 겪고 있지만 하루가 끝날 때까지 내가 한두 모금씩 먹은 물을 합하면 아마 90-120밀리리터쯤 될 것이다. 목이 마를 때도 물을 마시지 않는다는 얘기가 아니다. 당연히 마신다. 여름에는 밖에 나가 텃밭의 잡초를 뽑은 뒤 실컷 물을 마신다. 하지만 내가 무려 1억 2천 800만 달러어치나 물을 낭비할 사람처럼 보이는가? 하루 이십사 시간, 한 달 삼십 일, 일 년 열두 달 동안 온통 물만 생각하는 사람처럼 보이는가? 내 코와 입에서 물이 줄줄 흘러나오는가? 내 옷이 흠뻑 젖었는가? 내가 걸을 때 발밑에 물이 고이고, 내가 앉은 의자 밑에 물이 고이는가? 미안하지만, 사람을 잘못 찾아왔다. 내가 이런 말을 해도 될지 모르지만, 어떤 유대인이 내 고지서에 0을 여섯 개나 썼다. 순전히 내가 멍청한 우크라이나인이니까. 하지만 나는 내 수도요금 고지서도 모를 만큼 멍청하지 않다. 내 고지서에 적힌 액수는 128달러다. 1-2-8! 뭔가 착오가 있었다. 나는 평범하게 물을 사용하는 근교 주민이니, 이런 엄청난 고지서 때문에 재판을 받는 것은 부당하다!

∞

재판정으로 달려가기 전에 뭘 좀 먹으려고 방을 나서다가 나는 갑자기 앱터를 생각해냈다. 내가 자기를 버린 것인지 의아해할 거라는 생각, 그가 약한 사람이라는 생각, 외롭고 두려움이 가득하고 연약한 그의 삶에 대한 생각 때문에 나는 그에게 전화를 하려고 다시 방으로 들어갔다. 적어도 내가 그를 잊은 것이 아니며, 최대한 빨리 만나러 가겠다고 달래기 위해서……. 하지만 알고 보니 나는 그를 이미 만났다. 알고 보니 나는 바로 전날 그와 점심을 먹었다. 아하론과 내가 티초 하우스에서 식사를 하고 있을 때, 앱터와 나는 겨우 몇 블록 떨어진 에티오피아 거리의 채식 식당에서 식사를 하고 있었다. 과거 우리가 함께 식사할 때면 항상 가던 곳이었다. 알고 보니 스마일스버거가 내게 엄청난 금액의 기부금을 내밀 때, 앱터는 아랍인들의 칼에 찔려 죽을까 무서워서 구시가지에 있는 자신의 노점에 가는 게 겁난다고 내게 다시 말하고 있었다. 이제 그는 무서워서 집 밖으로 나오지도 못했다. 심지어 침대에 누워서도 잠을 이루지 못하고 밤새 경계했다. 눈을 깜박거리기라도 했다가는 그들이 창문으로 몰래 들어와 자신을 삼켜버릴 것 같았다. 그는 미국으로 돌아갈 때 자기도 데려가달라고 내게 울면서 간청했다. 자제력을 완전히 잃어버리고, 자신은 무력하니 오직 나만이 그를 구할 수 있다고 소리를 질러댔다.

나는 그의 말을 받아들였다. 그와 점심을 먹으면서 그의 말에 동의했다. 코네티컷에 있는 우리 집 헛간에 와서 살면 된다고 말했다. 내가 안 쓰는 헛간에 새로 큰 방을 만들어 채광창도 만들고, 침대도 넣고, 벽에는 새하얀 칠을 해주겠다고 말했다. 거기서 안전하게 살면서 풍경화를 그리면 다시는 자는 동안 산 채로 먹힐까 봐 걱정할 필요가 없을 것이라고 말했다.

수화기 속에서 그는 내가 전날 약속한 것들을 모두 일깨워주면서 고맙다고 울었다……. 그건 내가 아니었다고 내가 어떻게 그에게 말할 수 있을까? 솔직히 그게 피픽이었다고 확신할 수 있나? 피픽일 리가 없었다. 앱터가 아랍 봉기의 영향으로 꿈을 꾸었음이 분명했다. 가진 것 없고, 몸도 정상이 아니고, 성격은 내성적인 앱터가 과거의 손아귀에서 한 번도 풀려나지 못한 채 히스테리를 분출하는 것이 분명했다. 그는 봉기가 없을 때도 매시간 자신이 처형되기를 기다리는 사람이었다. 앱터가 잃어버린 가족과 도둑맞은 삶을 그리워하며, 결코 경험한 적이 없는 편안함과 안정감을 갈망하고 있음이 분명했다. 마음을 닫고 무표정하게 살아가는 앱터가 비현실적인 히스테리를 부리는 것이 분명했다. 계속 삶이 쪼그라들고 있는 그가 모든 것을 두려워한 나머지 갈망과 두려움 속에서 움츠러들고 있음이 분명했다. 그런 것이 아니라 정말로 피픽이 다시 정성 들여 내 행세를 하고 있었던 거라면, 앱터가 빈약하게 연결되어 있던 삶에서 떨어져 나와 망상에 빠졌거나 대놓고 거짓말을 하는 게 아니라면, 앱터가 앱터로 살아가려면 얼마나 망상에 빠져야 하는지를 내게 이해시키려고 앱터가 앱터 흉내를 내는 거라면, 피픽이 정말로 마음먹고 앱터를 추적해서 찾아내 점심을 함께 먹으며 앱터의 망가진 삶을 가지고 장난을 친 거라면, 그렇다면 그때까지 내가 한 이야기는 과장이 아니었다. 그렇다면 나는 손으로 만질 수는 없지만 악마적인 자를 상대하고 있었다. 내 가면을 쓰고 있지만 결코 인간이 아닌 자, 무엇이든 거짓을 꾸며내기 위해 못 할 일이 없는 자를 상대하고 있었다. 피픽은 현실과 나 둘 중에서 어느 쪽을 더 싫어하는가?

"아이처럼 굴지 않을게. 걱정 마, 친척 필립. 그냥 헛간에 있을게. 거기에만."

"그래요." 내가 말했다. "그래요." 내가 할 수 있는 말은 이것뿐이었다.

"귀찮게 안 할게. 아무도 귀찮게 안 할게. 난 아무것도 필요 없어." 앱터가 다짐했다. "그림을 그릴 거야. 미국 시골을 그릴 거야. 네가 말한 돌담을 그릴 거야. 커다란 단풍나무를 그릴 거야. 헛간과 강둑을 그릴 거야."

그의 말이 계속 이어졌다. 쉰네 살의 나이에 자신의 솔직한 욕망과 완벽한 피난처에 대한 동화 같은 꿈을 자유롭게 털어놓으면서 그의 삶의 무게가 떨어져 나갔다. 나는 묻고 싶었다. "그거 정말 있었던 일이에요, 앱터? 놈이 앱터를 식당에 데려가서 돌담에 대해 말했어요? 아니면 폭력사태 때문에 너무 무서워서 자기도 모르는 사이에 이런 이야기를 지어내고 있는 거예요?" 하지만 앱터가 두려움이 없는 삶에 대한 꿈의 주문 속으로 깊이 빠져들어가는 동안 나는 피픽에게 질문을 던지는 내 목소리를 들었다. "네가 정말로 앱터한테 이런 짓을 한 거야? 타향에서 자기 마음의 평정도 간신히 유지하는 이 사람에게 과거의 그림자와 소음에서 구원받을 수 있는 미국의 에덴동산이라는 아름다운 꿈을 정말로 심어놓은 거야? 대답해, 피픽!" 그러자 피픽이 대답했다. "나도 어쩔 수 없었어. 다른 행동을 할 수 없었어. 디아스포리스트로서도 인간으로서도. 앱터의 말 한마디, 한마디에는 두려움이 가득했어. 그가 평생 갈망한 것을 내가 어찌 안 된다고 말할 수 있을까? 넌 왜 그렇게 화가 난 거지? 내가 무슨 끔찍한 일을 했다고. 겁에 질리고 곤란한 일을 당한 유대인 친척에게 유대인이라면 누구나 하는 행동이잖아." "이젠 네가 내 양심 행세까지 하는 건가? 품위, 책임감, 윤리적 의무 같은 문제에 대해 날 가르칠 작정이야, 네가? 그 입으로 네가 오염시키지 않는 것이 하나라도 있기는 해? 진지하게 대답해! 네놈이 더럽히지 않는 것이 하나라도 있어? 네놈이 엉뚱한 길로 이끌지 않을 사람이 하나라도 있어? 거짓 희망을 부추기고 온갖 혼란의 씨앗을 뿌리는 게 너한테는 즐거운 일인가?"

나는 진지한 답을 원한다. 모이셰 피픽에게서. 그다음에는 지상의 평화와 사람들 사이의 선의를 원하면 어떨까? **나는 진지한 답을 원한다.** 누군들 그렇지 않을까.

나는 이렇게 말하고 싶었다. "앱터, 지금 현실을 잊어버린 모양이에요. 난 어제 앱터랑 점심을 먹지 않았어요. 아하론 아펠펠드랑 먹었죠. 내가 점심을 같이 먹은 사람은 아하론이에요. 어제 점심때 그런 대화를 했다면, 그 상대는 내가 아니었어요. 예루살렘에서 내 행세를 하고 다니는 그 사람이거나, 아니면 앱터가 혼자 속으로 나눈 대화일 거예요. 혹시 상상한 것 아니에요?"

하지만 앱터의 말 한마디, 한마디에 두려움이 가득해서 나는 차마 "그래요" 외에 다른 말을 할 수 없었다. 이 망상에서 그가 스스로 깨어날 때까지 내버려두어야 할 것 같았다⋯⋯. 하지만 망상이 아니라면? 나는 피픽의 입에서 내 두 손으로 혀를 뜯어내는 상상을 했다. 나는 또 상상을⋯⋯. 하지만 이것이 앱터의 망상이 아닐 가능성에 대해 더 이상 생각할 수 없었다. 그랬다가는 내가 폭발할 것 같아서.

∞

아침에 나온 〈예루살렘 포스트〉가 호텔 방 앞에 떨어져 있어서, 나는 방을 나서며 그것을 들어 1면을 재빨리 훑어보았다. 첫 번째 기사는 1988년 이스라엘 예산에 관한 것이었다. '수출 걱정이 새로운 국가 예산에 그림자로.' 두 번째 기사는 판사 세 명이 재판에 회부될 예정이며, 또 다른 판사 세 명은 부패 혐의로 징계를 받을 예정이라는 내용이었다. 이 두 기사 사이에 실린 사진에서 국방장관은 어제 조지가 나를 데려가려 했던 그 벽 앞에 있었다. 그 아래에 실린 기사 세 개는 웨스트뱅크 폭력사태에 관한 것이었는데, 라말라발發 기사의 제목은 '유혈 폭력이 일어난 벽을 시찰하는 라빈'이었다. 신문 1면 아래쪽 기사들에서 'PLO' '헤즈볼라' '무바라크' '워싱턴' 등의 단어들이 눈에 띄었지만, '데미야뉴크'라는 이름은 어디에도 없었다. 내 이름도 없었다. 나는 엘리베이터를 타고 내려가면서 1면을 제외한 아홉 개 페이지를 모두 재빨리 훑어보았다. 데미야뉴크 재판은 텔레비전 프로그램 편성표에만 언급되어 있을 뿐이었다. '이스라엘 채널 2. 8:30 데미야뉴크 재판-생방송.' 거기서 좀 떨어진 곳에는 '20:00 데미야뉴크 재판 정리'라는 제목. 그뿐이었다. 밤새 데미야뉴크 부자 중 어느 쪽이든 불행한 일을 겪었다는 보도는 없었다.

그래도 나는 호텔 아침식사를 건너뛰고 곧장 법정으로 가서 피픽이 거기 있는지 확인해보기로 했다. 전날 정오에 아하론과 점심을 먹은 뒤로 먹은 것이 없었지만, 법원 입구 바로 옆에 있는 커피숍에서 먹을 것을 좀 사면 당장은 버틸 수 있을 것 같았다. 나는 텔레비전 편성표를 통해 재판이 생각보다 훨씬 더 일찍 시작한다는 것을 알게 되었다. 재판이 처음 시작할 때부터 반드시 그곳에 있어야 했다. 오늘 반드시 놈을 쫓아내고 내가 완전히 주도권을 쥐어야겠다는 생각뿐이었다. 필요하다면 오전과 오후 재판에 내내 자리를 지킬 것이다. 놈이 지금도 음모를 꾸미고 있을지도 모르니까 그 음모에 시동을 걸기도 전에 막아내기 위해서였다. 오늘 모이셰 피픽을 반드시 지워버려야 했다(만에 하나 전날 밤에 이미 지워진 것이 아니라면). 이번 사태가 오늘 끝날 것이다. 1988년 1월 27일 수요일·5748년 슈바트유대 달력이자 이스라엘의 공식 달력인 히브리 달력에서 일반적인 달로는 다섯 번째 달, 종교적인 달로는 열한 번째 달 8일·1408년 주마다 알타니이슬람력에서 여섯 번째 달 9일.

이것은 〈예루살렘 포스트〉의 로고 아래에 한 줄로 찍힌 날짜였다. 1988년. 5748년. 1408년. 끝자리 숫자를 빼면 일치하는 것이 하나도 없고, 사사건건 불화하며, 저마다 시작지점이 다른 날짜. 5748년과 1408년이 수십 년이나 수백 년 정도가 아니라 무려 4340년이나 차이가 나니 '유혈 폭력이 일어난 벽을 시찰하는 라빈'이 신문에 실린 것도 무리가 아니었다. 아버지는 자신을 경쟁자로 여기는 장자에게 쫓겨나 거부와 억압과 박해와 추방과 위협을 당하며 아들의 적이 되어 욕을 먹는다. 이렇게 단순히 아버지였다는 죄로 완전히 말살당할 위험에서 간신히 도망친 그는 혼자 힘으로 소생해서 다시 몸을 일으켜 소유권을 두고 둘째 아이와 유혈투쟁을 벌인다. 이 아이는 찬탈과 방치와 무너진 긍지에 대한 불만, 그리고 시기심으로 날뛰고 있다. 1988. 5748. 1408. 이 숫자들에 비극적인 이야기가 모두 들어 있다. 유일신을 믿는 후계자는 고대의 조상과 도저히 화해할 수 없는 관계다. 조상의 죄는, 그들의 죄악은, 차마 말로 다 할 수 없는 파괴를 감내했으면서도 어찌 된 영문인지 여전히 **방해**가 된다는 것이다.

유대인은 방해가 된다.

내가 엘리베이터에서 내리는 순간, 십대 두 명, 그러니까 남자아이 하나와 여자아이 하나가 로비에 앉아 있다가 벌떡 일어서서 내 이름을 부르며 다가왔다. 여자아이는 빨간 머리에 주근깨가 있고 땅딸막한 편이었는데, 다가오면서 수줍은 미소를 지었다. 남자아이는 나와 비슷한 키에 앙상하게 말랐고, 아주 진지해서 나이 들어 보였다. 동굴처럼 어두운 얼굴에 학자 같은 표정을 한 그 아이는 움직임이 어색해서 마치 내게 다가오려고 낮은 담을 연달아 기어 넘는 것처럼 보였다. "로스 선생님!" 남자아이가 로비에서 사용하기에는 조금 큰 목소리로 힘차게 소리쳤다. "로스 선생님! 저희는 요르단 계곡에 있는 리야드 하나하

르 고등학교 11학년생입니다. 저는 탈˚이고요. 이쪽은 데보라˚
입니다."

"그래?"

데보라가 앞으로 나서서 내게 인사했다. 마치 대중연설을
시작하는 사람 같았다. "저희는 영어 시간에 선생님 소설을 읽으
면서 아주 도발적이라고 생각했습니다. 저희가 읽은 건 〈광신자
엘리〉와 〈신앙의 수호자〉예요. 두 작품을 읽고 나니 미국 유대인
들의 상황에 대해 의문을 품게 되었습니다. 선생님이 저희 학교
에 와주실 수 있을까요? 여기, 저희 선생님이 쓰신 편지입니다."

"내가 지금 좀 바쁜데." 나는 아이가 건넨 편지봉투를 받으
며 말했다. 히브리어 글자가 적혀 있었다. "이걸 읽어보고 최대
한 빨리 답을 줄게."

"저희 반 학생들 전원이 각각 지난주에 호텔로 편지를 보냈
습니다." 데보라가 말했다. "그런데 답장이 없어서 학급 투표로
탈과 저를 보내 직접 뜻을 전달하기로 결정한 겁니다. 선생님이
저희 반의 요청을 수락해주신다면 기쁠 거예요."

"난 학생들의 편지를 받은 적이 없어." 그거야 놈이 그 편
지를 받았으니까. 당연히! 놈이 도대체 무엇 때문에 이 아이들
의 학교로 나가 그 도발적인 작품들에 대한 질문에 답해주지 않
은 건지 궁금했다. 다른 일로 너무 바빴나? 만약 놈이 여기서 이
초청장을 받고도 거절 답장을 보내는 것조차 귀찮을 만큼 이 요
청이 시시하다고 생각한 거라면 끔찍한 일이었다. 학생들은 그
의 스타일이 아니었다. 학생들을 만나봤자 신문 헤드라인은 나
오지 않았다. 돈도 생기지 않았다. 그래서 놈은 학생들을 내 몫
으로 남겨놓았다. 놈이 나를 달래는 소리가 들리는 것 같았다.

"내가 문학적인 일에 감히 끼어들 수야 없지. 내가 당신을 작가로서 워낙 존경하거든." 사람들이 내게 보내는 줄 알고 부친 편지들을 놈이 받아서 읽어봤을 생각을 하다가 나는 애써 화를 가라앉혀야 했다.

"우선……." 탈이 내게 말하고 있었다. "선생님이 미국에서 유대인으로서 어떻게 살고 계시는지, 선생님이 작품 속에서 제시한 갈등들을 어떻게 해결하셨는지 알고 싶습니다. '아메리칸 드림'은 어떻게 되었나요? 〈광신자 엘리〉에서는 미국에서 유대인으로 살아가려면 광신두가 되는 길밖에 없는 것처럼 보입니다. 정말 그 방법뿐인가요? 알리야_{유대교 예배에서 찬미 기도를 올리기 위해 회당 단상의 작은 테이블로 다가가는 일}는 어떤가요? 이스라엘, 우리 사회에서 광신도는 부정적인 시선을 받습니다. 선생님은 고통에 대해 이야기하셨는데……."

즉석에서 질문을 던지는 탈에게 내가 짜증이 난 것을 데보라가 눈치채고 탈의 말을 막으며 조용히 말을 걸었다. 살짝 새침한 영국인 같은 태도가 상당히 귀여웠다. "학교가 키네레트 호수 근처에 있어서 아름답습니다. 나무, 풀, 꽃이 많아요. 골란 고원 아래에 있는 아주 아름다운 곳이죠. 너무 아름다워서 낙원이라고 생각하는 사람들도 있어요. 선생님도 오시면 좋아하실 겁니다."

탈이 말을 이었다. "선생님의 아름다운 문체가 인상적이었습니다만, 저희가 생각한 모든 문제가 해결되지는 않았습니다. 유대인 정체성과 다른 나라의 국민이라는 사실 사이의 갈등, 웨스트뱅크와 가자 상황, 폴라드 사건에서 나타난 것처럼 충성심이 갈리는 문제와 그것이 미국 내 유대인 사회에 미치는 영향……."

나는 한 손을 들어 그의 말을 막았다. "관심을 가져줘서 고맙지만, 지금은 내가 갈 데가 있어서. 나중에 너희 선생님에게 편지를 보내마."

그러나 탈은 아침 일찍 요르단 계곡에서 예루살렘까지 버스를 타고 와서, 내가 잠에서 깨어 여기까지 오기를 로비에서 초조하게 기다린 아이였다. 그는 이미 머리에 열이 오른 상태에서 뒤로 물러날 준비가 되어 있지 않았다. "국적과 유대인의 정체성 중 어느 쪽이 먼저입니까? 선생님의 정체성 위기에 대해 말씀해주세요."

"나중에."

"이스라엘에서는 많은 청소년이 정체성 위기를 겪다가 뭐가 뭔지도 모르는 상태에서 신앙으로 회귀합니다……."

어두운색의 더블 양복에 넥타이를 맨 단정한(이 나라에서는 예외적인) 차림을 한 남자가 웃음기 하나 없는 엄격한 표정으로 겨우 1미터 남짓 떨어진 소파에 앉아, 내가 어떻게든 아이들을 떼어내고 가려던 방향으로 움직이는 모습을 지켜보고 있었다. 무릎에 서류가방을 올려놓고 앉아 있던 그가 일어서서 다가오며 데보라와 탈에게 몇 마디 말을 건넸다. 그가 히브리어를 쓰는 모습을 보고 나는 깜짝 놀랐다. 그의 옷차림과 외모를 보고 나는 그가 북유럽인, 독일인, 네덜란드인, 덴마크인 중 하나인 줄 알았다. 그의 목소리는 조용했지만 말투는 몹시 권위적이었다. 탈이 히브리어로 난폭하게 대답하자, 그는 아이의 말이 끝날 때까지 눈 하나 깜짝하지 않고 들어준 뒤 철가면 같은 얼굴을 내게 돌려 영국식 영어로 이렇게 말했다. "아이들의 무례를 용서해주십시오. 이 아이들의 행동과 질문을 선생님에 대해 저희가 품고 있는 엄청난 존경심의 표현으로 받아들여주시면 좋겠습니다. 저는 고서적상인 다비드 수포스닉°입니다. 제 사무실은 텔아비브에 있죠. 저도 선생님을 귀찮게 해드리려고 온 셈이군요." 그가 건넨 명함에는 독일어, 영어, 히브리어, 이디시어로 된 고서와 희귀본을 거래하는 사람이라고 적혀 있었다.

"매년 선생님의 〈광신자 엘리〉를 배우는 것이 고등학생들에게는 항상 대단한 경험입니다." 수포스닉이 말했다. "우리 학생들은 엘리의 곤경에 최면처럼 홀려서, 광신적인 것이라면 무엇이든 내심 경멸하면서도 그의 딜레마에 진심으로 동질감을 느낍니다."

"맞아요." 데보라가 맞장구를 쳤다. 탈은 화가 나서 입을 열지 않았다.

"선생님이 학교를 찾아주시는 것만큼 학생들에게 기쁜 일은 없을 겁니다. 하지만 그런 일이 실현될 가능성이 희박하다는 걸 아이들도 알기 때문에, 이 아이가 기회를 놓치지 않고 여기서 당장 선생님께 질문을 던지려 한 겁니다."

"제 생애 최악의 심문은 아니었습니다만, 제가 오늘 아침에 좀 바빠서요." 내가 대답했다.

"이 아이의 질문에 대한 대답으로 학급 앞으로 된 답장을 보내주신다면, 그것만으로도 충분합니다. 아이들은 아주 신이 나서 고마워할 겁니다."

데보라가 입을 열었다. 부탁하지도 않았는데 외부인이 멋대로 끼어든 것에 그녀도 탈만큼 불만을 느끼고 있음이 분명했다. 데보라는 내게 간청하듯이 말했다. "그래도 선생님이 오시면 더 좋아할 거예요."

"선생님이 설명하셨잖아." 수포스닉이 말했다. 아까 탈에게 말할 때와 똑같이 무뚝뚝한 말투였다. "예루살렘에 볼일이 있다고. 이만하면 됐다. 사람이 동시에 두 곳에 있을 수는 없어."

"이만 가봐야겠다." 내가 이렇게 말하며 손을 내밀자, 데보라가 그 손을 잡고 악수했다. 탈도 마지못해 악수한 뒤 마침내 두 아이가 몸을 돌려 자리를 떴다.

누가 동시에 두 곳에 있을 수 없다고? 내가? 그런데 이 수포스닉이라는 사람은 누구지? 왜 저 아이들을 내 앞에서 억지로 치워버린 거야? 자기가 억지로 비집고 들어오려고?

내 눈에 보인 그는 두상이 긴 편이고, 밝은색의 작은 눈은 깊숙했다. 힘이 느껴지는 이마에서 밝은 갈색 머리카락을 두피에 착 붙게 뒤로 빗어 넘긴 모습이 장교 같았다. 아마도 영국 육군사관학교에서 교육을 받고, 영국 위임통치 시절 이곳에 근무했을 식민지 장교. 그가 밝히지 않았다면, 희귀한 이디시어 서적들을 다루는 상인이라고는 결코 짐작할 수 없었을 것이다.

수포스닉이 내 생각을 읽고, 또렷하게 말했다. "제 정체와 목적."

"그래요, 괜찮다면 빨리 말해요."

"십오 분만 주시면 모든 것을 명확히 설명할 수 있습니다."

"십오 분은 길어요."

"로스 씨, 저는 반유대주의와의 투쟁에 선생님의 재능을 빌리고 싶습니다. 그 투쟁에 선생님도 무심하시지 않다는 걸 압니다. 데미야뉴크 재판 또한 제 목적과 무관하지 않죠. 지금 그 재판에 서둘러 가시는 길 아닙니까?"

"그런가요?"

"선생님이 여기서 무엇을 하시는지 이스라엘 사람들은 다 압니다."

바로 그때 조지 지아드가 호텔로 들어와 프런트데스크로 다가가는 것이 보였다.

"잠깐 실례하겠습니다." 내가 수포스닉에게 말했다.

조지는 프런트데스크에서 나를 포옹했다. 그는 감정적인 면에서 어제저녁 나와 헤어졌을 때와 똑같은 상태였다.

"무사했군. 난 최악의 일을 걱정했어." 그가 속삭였다.

"난 괜찮아."

조지는 나를 놓아주려 하지 않았다. "구금당했나? 심문당했어? 자네를 때리던가?"

"난 구금당하지 않았어. 나를 때렸냐고? 그럴 리가. 전부 큰 오해 때문이었네. 조지, 긴장 풀어." 그래도 조지는 내가 주먹으로 그의 어깨를 누른 뒤에야 고작 팔길이만큼 나를 풀어줄 뿐이었다.

프런트데스크의 젊은 남자 직원은 내가 체크인할 때 보지 못한 사람이었다. 그가 내게 말했다. "안녕하십니까, 로스 씨. 오늘 아침 편안하십니까?" 그러고 나서 그는 조지에게 아주 밝은 목소리로 이렇게 말했다. "여기는 이제 킹 데이비드 호텔의 로비가 아니라 로스 랍비의 접견실입니다. 선생님의 팬들이 선생님 곁을 떠나려 하지 않아요. 아침마다 줄을 섭니다. 학생들, 기자들, 정치가들……. 이런 일은 처음 봅니다." 그는 웃으며 말을 이었다. "새미 데이비스 주니어 미국의 유명 가수 겸 배우가 통곡의 벽에 기도하러 왔을 때 이후로 처음이에요."

"비교가 과분하네요." 내가 말했다. "내가 그렇게까지 중요한 사람은 아니에요."

"이스라엘의 모든 사람이 로스 씨를 만나고 싶어하는걸요." 직원이 말했다.

나는 조지의 팔에 팔짱을 끼면서 프런트데스크에서 멀어졌다. "자네가 이 호텔에 온 게 가장 좋은 방법이었을까?"

"어쩔 수 없었어. 여기서 전화는 쓸모가 없다고. 죄다 도청당하고 있으니. 나나 자네가 재판을 받게 된다면 통화 녹음테이프가 법정에 나올 거야."

"조지, 그쯤 해둬. 누가 날 재판에 부친다고 그래. 날 때리는 사람도 없어. 지나친 생각이야."

"여긴 군사국가야. 무력으로 건설해서 무력으로 유지하고, 무력과 억압에 전력을 다하는 나라."

"그만, 내 생각은 달라. 지금은 그만해. 선전은 그만. 난 자네 친구야."

"선전? 여기가 경찰국가라는 증거를 어젯밤에 경험했잖아. 놈들이 자네를 쏠 수도 있었어, 필립. 바로 그 자리에서. 그러고는 아랍인 운전기사 탓으로 돌렸겠지. 놈들은 아주 뛰어난 암살 전문가야. 선전이 아니라 이게 진실이야. 놈들은 전세계 파시스트 국가를 위해 암살자들을 훈련시켜주고 있어. 살해 대상에 대해 양심의 가책 같은 건 느끼지 않는다고. 반기를 든 유대인은 놈들에게 용납할 수 없는 대상이야. 놈들은 우리를 살해하듯이 마음에 안 드는 유대인도 쉽게 죽여버릴 수 있어. 그럴 수 있고, 실제로도 그렇게 해."

"지, 지, 너무 흥분했어. 어젯밤에는 택시기사가 자꾸 멈췄다가 다시 시동을 걸고, 헤드라이트 불빛을 깜박거린 것이 문제였어. 실수가 모여 생겨난 코미디였다고. 기사가 똥이 마려웠던 건데, 그 때문에 순찰대의 의심을 샀지. 전부 아무 의미도 없는 일이야. 아무 의미도 없고, 아무 일도 아니었어."

"프라하라면 자네도 심각하게 생각했겠지. 바르샤바라면 심각하게 생각했을 거야. 오로지 여기서만 자네가, 심지어 자네조차, 그 의미를 이해하지 못해. 놈들은 자네에게 겁을 주려고 해, 필립. 죽을 만큼 겁을 주려고 한다고. 자네가 여기서 주장하고 돌아다니는 내용이 놈들에게는 저주처럼 싫거든. 놈들이 내세운 시온주의라는 거짓말의 가장 핵심을 자네가 찌르고 있기 때문이야. 자네는 반대파야. 그리고 놈들은 반대파를 '중화'하지."

"이봐, 조리 있게 말해봐. 지금 하는 얘기는 말이 안 되잖아. 일단 저 사람을 처리한 뒤에 우리가 차분히 얘기를 해야겠어."

"저 사람? 누군데?"

"텔아비브 출신의 고서적상. 희귀본을 다루는 사람이래."

"아는 사람이야?"

"아니. 날 만나러 여기까지 왔어."

내가 설명하는 동안 조지는 로비 저편 소파에 앉아 있는 수포스닉을 대담하게 바라보았다. 수포스닉은 내가 그 자리로 돌아오기를 기다리고 있었다.

"저자는 경찰이야. 신베트야."

"조지, 자네 지금 상태가 안 좋아. 너무 흥분해서 터지기 직전이라고. 저자는 경찰이 아니야."

"필립, 자네가 순진해서 그래! 놈들이 자네를 함부로 다루는 걸 가만히 두고 보지 않을 거야. 자네까지 그렇게 되면!"

"난 괜찮아. 제발 그만 좀 해. 그래, 이게 여기 분위기이긴 하지. 내가 자네한테 설명할 필요는 없을 거야. 길에서 거친 일들도 생기고. 나는 운이 없었을 뿐이야. 뒤죽박죽 혼란스러운 건 맞는데, 그건 자네와 나 사이의 일이야. 자네가 책임질 필요는 없어. 군이 책임을 따지자면 내 책임이지. 우린 이야기를 좀 나눠야 해. 내가 왜 여기 왔는지 자네는 혼란스러워하고 있지. 아주 이상한 일이 일어나고 있는데, 내가 그걸 영리하게 다루지 못했어. 자네도 안나도 어제 혼란스러웠을 걸세. 내가 자네 집에서 아주 멍청하게 굴었으니까. 용서할 수 없을 만큼. 지금은 그 이야기를 할 때가 아니고, 우선 나랑 같이 가세. 데미야뉴크 재판에 가야 하니까 나랑 같이 가자고. 택시 안에서 모든 걸 설명할게. 일이 걷잡을 수 없이 커졌는데, 나한테 큰 책임이 있어."

"필립, 데미야뉴크 재판부가 전세계 언론을 위해 증거를 신중하게 가늠하고, 온갖 종류의 전문가들을 불러다가 필체며 사진이며 종이 클립의 자국이며 잉크와 종이의 연대 같은 것을 꼼꼼하게 조사하고 있지. 이스라엘 사법부의 이런 연극이 라디오와 텔레비전과 전세계 언론에서 상연되고 있어. 그러는 동안 웨스트뱅크 전역에서는 사형이 시행되는 중이야. 전문가도 없이. 재판도 없이. 정의도 없이. 진짜 총알로. 무고한 사람들을 향해. 필립." 그의 목소리가 아주 조용해졌다. "아테네에 자네가 만나봐야 할 사람이 있어. 아테네의 그 사람도 자네와 같은 신념을 갖고 자네가 하고자 하는 일을 믿어. 돈도 있고, 유대인들을 위한 디아스포리즘과 팔레스타인인들을 위한 정의를 믿는 사람이지. 아테네에 자네를 도와줄 수 있는 사람들도 있어. 유대인이지만 우리 친구야. 우리가 회합을 주선할게."

조지 지아드가 나를 PLO 조직원으로 포섭중이라는 생각이 들었다.

"잠깐, 잠깐만." 내가 말했다. "먼저 이야기 좀 해. 자네가 여기서 기다리는 게 나을까? 아니면 바깥?"

"여기." 조지가 슬픈 미소를 지으며 말했다. "여기가 나한테는 완전히 이상적인 장소야. 킹 데이비드 호텔 로비에서는 감히 아랍인을 때리지 못할 테니까. 이 파시스트 정권을 지탱해주는 돈이 미국의 자유주의 유대인들한테서 나오는데, 여기에는 그런 사람이 많잖아. 그러니까 라말라의 내 집보다 여기가 나한테는 훨씬 더 안전해."

그때 내가 수포스닉에게 대화를 이어갈 수 없을 거라고 정중히 설명하러 돌아간 것이 실수였다. 그는 내가 미처 한마디도 꺼내기 전에, 나와 기껏해야 15센티미터 정도 간격을 두고 서서 십 분 동안 '내가 누구인가'라는 제목의 일장 연설을 했다. 내가 빠져나가려고 한발 물러설 때마다 그는 그만큼 가까이 다가왔다. 나는 그에게 고함을 지르거나 그를 때리거나 내가 낼 수 있는 최고 속도로 로비에서 달려나가지 않는 이상, 그의 말을 끝까지 들어주는 수밖에 없다는 사실을 깨달았다. 독일 미남처럼 생긴 이 텔아비브 출신 유대인은 앞뒤가 안 맞는 행동을 하면서도 위풍당당하게 상대를 쥐고 흔들었다. 독학으로 영어를 배웠다는데 학식 있는 영국 상류층 발음을 흠잡을 데 없이 구사했고, 그가 아주 멋들어지게 표현하고 있는 현학적인 분위기와 일장 연설에서 드러나는 박학다식은 우스꽝스러운데도 가슴을 울리는 구석이 있었다. 내가 급히 가야 하는 곳이 없었다면, 더 즐거워했을지도 모르겠다. 솔직히 그 상황을 감안할 때 나는 몹시 즐거워한 편이었다. 직업적으로 어쩔 수 없는 부분이라 그 때문에 저지른 실수도 많다. 나는 문헌을 가차 없이 수집한다. 그래서 대담한 시각을 지닌 사람 옆에 반쯤 감탄하며 서 있기도 하고, 내이야기와는 아주 다른 이야기들에 거의 성적인 흥분을 느끼기도 하고, 어느 낯선 사람이 지극히 환상적인 이야기를 할 때면 다섯살짜리 아이처럼 귀를 기울이기도 하고, 나의 뛰어난 회의주의를 발휘하거나 죽어라 달아나야 할 때 팔랑 귀의 즐거움을 느끼기도 한다. 피픽에게도 반쯤 감탄하고, 징크스에게도 반쯤 감탄하고, 지금은 이 샤일록 전문가에게도 반쯤 감탄했다. 반쯤 감탄스러운 조지 지아드가 이스라엘 비밀경찰이라고 내게 알려준 사람인데도.

"내가 누구인가. 저도 선생님의 친구 아펠펠드 같은 아이였습니다. 우리처럼 유럽에서 방랑하던 유대인 아이가 십만 명쯤됐죠. 누가 우리를 받아줄까요? 그런 사람은 없었습니다. 미국?영국? 어디도. 홀로코스트와 방랑을 겪은 뒤, 저는 유대인이 되기로 했습니다. 저를 해친 사람들은 비유대인이고, 저를 도와준사람들은 유대인이었거든요. 그 뒤에 저는 유대인을 사랑하게되고, 비유대인에게는 증오심을 품게 되었습니다. 내가 누구인가. 삼십 년 동안 4개 국어로 된 서적들을 수집한 사람이고, 영어를 사용하는 모든 작가의 최고 걸작을 평생 동안 읽은 사람입니다. 특히 히브리 대학에 다니던 시절에는 20세기 전반에 런던에서 공연된 횟수만 따지면 〈햄릿〉에 이어 2위를 차지한 셰익스피어 작품을 공부했지요. 그 작품의 첫 번째 대사, 그러니까 1막3장을 여는 대사에서 저는 충격을 받았습니다. 거의 사백 년 전샤일록이 세상의 무대에 나와 자신을 소개한 말 때문이에요. 그래요, 사백 년 전부터 유대인들은 이 샤일록의 그림자 속에서 살고 있습니다. 현대 세계에서 유대인은 항상 재판을 받는 신세였어요. 지금도 유대인은 재판을 받고 있습니다. 이스라엘인이라는 형태로. 유대인을 상대로 한 현대의 재판, 결코 끝나지 않는 이 재판의 시발점이 바로 샤일록 재판입니다. 전세계 관객들에게 샤일록은 유대인의 화신입니다. 엉클 샘이 미국의 정신을 구현하는 존재인 것과 같아요. 다만 샤일록의 경우, 셰익스피어식의 현실이 압도적인 비중을 차지하고 있습니다. 얄팍한 엉클 샘은 도저히 가질 수 없는 셰익스피어의 생생함이 무서울 정도죠. 저는 그 야만적이고 혐오스러운 악당 유대인, 증오와 복수심으로 일그러진 그가 계몽된 서구의 양심 속으로 우리의 도플갱어처럼 들어오며 말한 그 대사를 연구했습니다. 유대인의 증오스러운 부분을 모두 아우르는 말, 기독교 달력으로 이천 년 동안 유대인들에게 낙인을 찍고 오늘날까지 유대인의 운명을 결정한 말. 영어를 쓰는 작가들 중 가장 위대한 셰익스피어만이 그 말을 콕 집어내서 극에 넣을 수 있는 선견지명을 갖고 있었습니다. 샤일록의 그 대사를 기억하십니까? 정확한 말을 기억해요? 어떤 유대인이 그 말을 잊을 수 있을까요? 어떤 그리스도교인이 그 말을 용서할 수 있을까요? '**3천 두카트.**' 영어로 무뚝뚝하고 전혀 아름답지 않은 다섯 음절. 무대 위의 유대인은 천재 극작가의 솜씨 덕분에 정점까지 올라갔다가, '3천 두카트'라는 말 때문에 영원한 악명 속으로 고꾸라집니다. 18세기에 오십 년 동안 샤일록을 연기한 영국 배우, 당대의 샤일록은 찰스 매클린이라는 사람이었습니다. 매클린 씨가 '3천 두카트'에 각각 두 번 나오는 th와 s를 어찌나 느끼하게 발음했는지, 그 짧은 대사를 들은 관객들은 즉시 샤일록이 속한 민족에 대해 증오심을 품게 되었다고 합니다. 매클린 씨가 안토니오의 가슴에서 약속대로 살을 베어내려고 칼을 갈 때면, 관객들은 의식을 잃었다지요. 이성의 시대가 정점에 이르렀을 때인데요. 훌륭한 매클린! 그러나 빅토리아 시대 사람들이 생각한 샤일록, 그러니까 억울한 일을 당해서 마땅히 복수심을 느끼는 유대인 샤일록, 킨과 어빙_{둘 다 유명한 영국 배우}을 거쳐 우리 시대까지 전해진 이 이미지는 셰익스피어와 그의 시대에 활기를 주었던 진정한 유대인 혐오에 어긋날 뿐만 아니라 길고 화려한 유럽의 유대인 괴롭히기 역사에도 해가 되는 저속하고 감상적인 공격입니다. 요크에서 열린 십자가 행렬에 예술적인 뿌리를 둔 증오스러운 유대인 이미지. 연극 못지않게 역사에서도 오랫동안 악당 역할을 맡은 그들은 타의 추종을 불허하는 매부리코 고리대금업자이며, 인색하고 이기적이고 돈에 미친 자입니다. 유대인이 시나고그에 나가는 건 품성이 뛰어난 그리스도교인을 살해할 계획을 짜기 위해서죠. 이것이 유럽의 유대인입니다. 1290년에 영국에서 쫓겨난 유대인, 1492년에 스페인에서 추방된 유대인, 폴란드가 탄압한 유대인, 러시아가 학살한 유대인, 독일이 불태운 유대인, 트레블링카의 화장장에서 불이 활활 타오를 때 영국과 미국이 퇴짜를 놓은 유대인. 유대인을 인간적으로 묘사하고, 품위 있게 묘사하려던 빅토리아 시대의 시시한 눈속임은 계몽된 유럽인들이 3천 두카트에 대해 갖고 있던 생각을 결코 속이지 못했습니다. 앞으로도 영영 불가능할 겁니다. 로스 씨, 저는 지중해의 가장 작은 나라에 살고 있는 고서적상입니다. 온 세상 사람들은 지금도 이 나라가 너무 크다고 생각하지만요. 저는 책을 좋아하는 상점 주인이고, 은퇴를 앞둔 서적 수집가입니다. 사실 그냥 아무것도 아닌 사람입니다만, 그래도 학창 시절부터 공연을 이끄는 사람이 되는 꿈을 꾸고 있습니다. 밤이면 침대에 누워 제가 수포스닉 반유대주의 극단을 이끄는 공연 제작자, 연출자, 주연배우가 된 상상을 합니다. 관객이 가득 찬 객석과 기립박수를 꿈꾸고, 굶주리고 더러운 아이였던 수포스닉, 유럽을 방랑하는 십만 명의 아이들 중 하나였던 제가 매클린처럼 감상적이지 않은 방식으로 셰익스피어의 정신을 잘 살려 오싹하고 사나운 유대인을 연기하는 모습을 꿈꿉니다. 그가 믿는 종교의 내재적인 타락 때문에 냉혹한 악당의 모습이 저절로 흘러나오는 유대인. 매년 겨울 반유대주의 연극 페스티벌과 함께 문명 세계의 수도를 돌며 유대인을 미워하는 유럽의 걸작 연극들을 공연하는 겁니다. 오스트리아 작품, 독일 작품, 말로를 비롯한 엘리자베스 여왕 시대의 작품을 매일 밤 공연하면서, 언제나 천사 같은 그리스도교인인 포샤의 조화로운 우주에서 갱생 불가능한 유대인 샤일록을 쫓아내는 장면으로 끝을 맺지요. 걸작의 별 같은 순간인 이 장면은 히틀러가 꿈꾼 Judenrein˚유대인 없이 깨끗하다'는 뜻의 독일어 유럽을 예언합니다. 오늘은 베네치아에서 샤일록이 사라지고, 내일은 세상에서 샤일록이 사라질 겁니다. 샤일록이 딸을 빼앗기고, 재산도 빼앗기고, 훌륭한 그리스도교인들에 의해 강제로 개종당한 뒤 그의 행동은 아주 간결하게 지시되어 있습니다. '유대인 퇴장.' 이것이 바로 저라는 사람입니다. 이제 제가 원하는 것을 말할 차례군요. 여기."

나는 그가 내민 것을 받았다. 가짜 가죽으로 제본한 수첩 두 권인데, 각각 반지갑만 한 크기였다. 둘 중 빨간색 수첩의 표지에는 하얀 흘림체로 '나의 여행'이라는 말이 찍혀 있었다. 갈색 표지에 긁힌 자국과 곰팡이 자국이 조금 있는 또 하나의 수첩

에는 황금색 글씨로 '해외여행'이라는 말이 서양이 아닌 곳의 이
국적인 느낌을 풍기는 글씨체로 찍혀 있었다. 그리고 이 단어들
을 반원형으로 감싼 것은 용감한 여행자가 길에서 만나게 될 다
양한 교통수단들을 그린 우표 크기의 그림이었다. 파도를 헤치
며 둥실둥실 나아가는 배, 비행기, 머리를 하나로 묶은 아시아
인이 끌고 파라솔을 든 여자가 앉아 있는 인력거, 머리 꼭대기에
조련사가 앉아 있고 승객은 등에서 차양 아래에 앉아 있는 코끼
리, 로브를 입은 아랍인이 타고 있는 낙타, 그리고 표지 맨 아래
에는 보름달, 별이 빛나는 하늘, 고요한 석호, 곤돌라, 곤돌라 사
공이 아주 정교하고 상세하게 새겨져…….

　수포스닉이 말했다. "전쟁이 끝나고 안네 프랑크의 일기가
발견된 뒤로 이런 물건이 나온 건 처음입니다."

　"누구 것입니까?" 내가 물었다.

　"펼쳐서 읽어보세요."

　나는 빨간 수첩을 펼쳤다. '날짜' '장소' '날씨'를 쓰게 되어
있는 맨 위쪽에 '2-2-76' '멕시코' '좋음'이라고 적힌 것이 보였
다. 파란색 만년필로 읽기 쉽게 다소 큰 글씨로 적은 일기는 이
렇게 시작되었다. '아름다운 비행. 다소 거칠었음. 정시 도착.
멕시코시티의 인구는 오백만 명. 가이드가 도시의 몇몇 지역을
보여주었다. 용암 위에 지어진 주택가에도 갔다. 주택 가격은
3만-16만 달러다. 아주 현대적이고 아름다웠다. 꽃들은 형형색
색이었다.' 나는 앞으로 건너뛰었다. '수요일. 2-14-76. 산후소
드푸리아. 이른 점심을 먹고 풀장에 들어갔다. 여기에는 풀장이
네 개다. 각각 치료 효과가 있는 물을 담고 있다고 한다. 그다음
에는 스파 건물로 갔다. 여자들은 얼굴에 머드팩을 했고, 그것

을 끝낸 뒤에는 다 같이 미크바_{유대교에서 의식에 사용되는 욕탕}, 즉 욕탕에 들어갔다. 마릴린과 내가 같은 욕탕을 썼다. 가족탕이라고 불리는 곳이다. 가장 즐거운 경험이었다. 내 친구들이 모두 여기에 와봐야 한다. 심지어 내 원수들 중에도 몇 명쯤은. 진짜 좋다.'

"음, 앙드레 지드의 일기는 아니군요." 내가 수포스닉에게 말했다.

"누구 것인지 적혀 있습니다……. 맨 앞에."

나는 앞으로 돌아갔다. '바다에서 시간을 아는 법'이라는 제목의 페이지, '시계 바꾸기'라는 제목의 페이지, '위도와 경도' '마일과 노트' '바로미터' '조수潮水' '해로와 거리' '좌현과 우현' 등에 대한 정보, '미국 달러를 외국 화폐로 바꾸는 법'을 한 페이지 가득 설명한 부분, 그다음에 '신원'이라는 제목의 페이지가 나왔다. 일기를 쓴 사람 본인이 같은 만년필로 빈칸을 몇 개만 빼고 다 채워 넣은 자료였다.

이름	리언 클링호퍼			
주소	뉴욕주 뉴욕시 10번가 70 E. 10003			
직업	설비 제조업(퀸스)			
신장	171.4	**체중** 77	**생년**	1916
피부색	백	**머리색** 갈색	**눈**	갈색

해당사항 표시

질병 _____

사회보장번호 _____

종교 _____히브리_____

비상시 연락처

이름 _____마릴린 클링호퍼_____

"이제 아셨죠." 수포스닉이 진지하게 말했다.

"그래요." 내가 말했다. "맞습니다." 나는 갈색 일기장을 펼쳤다. '9-3-79. 나폴리. 날씨 흐림. 아침식사. 다시 폼페이 관광을 했다. 매우 흥미로웠다. 뜨거운 날씨. 배로 돌아와 카드를 쓰고 술을 마셨다. 런던에서 온 착한 젊은이 두 명 만남. 바바라와 로런스. 안전훈련. 날씨 좋아짐. 화사한 [읽을 수 없음] 방에서 열린 선장의 칵테일파티 참석.'

"이 사람 그 클링호퍼입니까?" 내가 물었다. "아킬레라우로호 해상 납치 사건의?"

"그들이 죽인 그 클링호퍼, 맞습니다. 몸이 불편해서 휠체어에 무방비하게 앉아 있던 이 유대인의 머리를 팔레스타인의 용감한 해방투사들이 총으로 쏘아 시체를 지중해에 버렸죠. 이건 그의 여행 일기입니다."

"그 여행 때 쓴 것?"

"아뇨, 즐거웠던 여행의 기록입니다. 그 여행 때의 일기는 사라졌습니다. 놈들이 그를 뱃전 너머로 던질 때 그의 주머니에 들어 있었는지도 모르죠. 용감한 해방투사들이 자기들의 영웅적인 엉덩이를 닦는 휴지로 사용했을 수도 있고요. 이건 그가 그 사건보다 한참 전에 아내, 친구들과 함께한 즐거운 여행의 기록입니다. 클링호퍼의 딸들을 통해 제 손에 들어왔지요. 이 일기에 대해 듣고 제가 딸들에게 연락했거든요. 그리고 뉴욕으로 날아가 그들을 만났습니다. 여기 이스라엘의 전문가 두 명, 그중 한명은 법무장관 휘하의 감식부서와 관련된 일을 하는 사람인데, 하여튼 그 두 사람이 클링호퍼의 필체를 확인해주었습니다. 저는 그의 사무실에 있던 문서와 편지도 가져왔습니다. 그 필체가 일기의 필체와 완전히 일치해요. 만년필, 잉크, 일기장의 제조연도까지……. 모두 진품이라는 전문가 확인서를 갖고 있습니다. 클링호퍼의 딸들은 돌아가신 아버지의 일기를 출판해줄 이스라엘 출판사를 대신 찾아달라고 제게 부탁했습니다. 그가 이스라엘에 대해 품고 있던 헌신의 표시이자 그의 기념물로서 이걸 여기서 출판하고 싶어해요. 수익금은 예루살렘의 하다사 병원에 기부해달라는 부탁도 했습니다. 아버지가 좋아하던 자선기관이라더군요. 그 두 여성에게 저는 이렇게 말했습니다. 오토 프랑크도 전쟁 뒤 수용소에서 암스테르담으로 돌아와, 가족들이 나치를 피해 다락방에 숨어 살던 시절에 어린 딸이 쓴 일기장을 발견했을 때 딸을 기념하기 위해 개인적으로 출판해서 네덜란드의 친구들에게만 나눠주려 했다고요. 안네 프랑크를 문학 작품의 주인공으로 만드신 적이 있으니 선생님은 잘 아실 겁니다. 안네 프랑크의 일기가 그렇게 소박하고 조용히 세상에 나왔다는 걸. 물론 저는 클링호퍼 자매의 뜻을 따를 겁니다. 하지만 어린 안네 프랑크의 일기처럼 《리언 클링호퍼의 여행 일기》도 전세계의 수많은 독자들을 만나게 될 운명이라는 것을 저는 알고 있습니다. 그러니까, 필립 로스의 도움을 얻을 수 있다면 말이죠. 로스 씨, 《안네 프랑크의 일기》가 미국에서 처음 출판되었을 때 머리말을 쓴 사람은 엘리노어 루스벨트였습니다. 전쟁 때 미국을 이끈 대통령의 부인이자 많은 존경을 받던 그분. 루스벨트 부인이 쓰신 몇백 단어 분량의 글과 안네 프랑크의 글은 유대인의 고통과 생존의 역사에서 감동적인 한 부분이 되었죠. 필립 로스도 순교한 클링호퍼를 위해 같은 일을 할 수 있습니다."

"미안하지만, 할 수 없습니다." 그러나 내가 수첩을 돌려주려 해도 그는 받지 않았다.

"끝까지 읽어보세요. 여기 두고 갈 테니까요."

"말도 안 됩니다. 난 책임질 수 없어요. 자요."

하지만 이번에도 그는 거부했다. "리언 클링호퍼는 선생님의 책에 등장하는 인물이라고 해도 될 정도입니다. 선생님한테 전혀 낯설지 않을 거예요. 그가 여기서 소박하고 어색하게, 진심을 담아 사용하는 관용적인 표현들도, 그가 삶에서 느끼는 기쁨도, 아내에 대한 사랑도, 자식들을 뿌듯하게 여기는 마음도, 동포인 유대인들에게 헌신하는 마음도, 이스라엘에 대한 사랑도 마찬가지죠. 이민자 가족이라는 배경 때문에 많은 제약에 시달리면서도 이 사람들이 미국에서 이룩한 일에 선생님이 어떤 감정을 갖고 있는지 압니다. 그들은 선생님 작품 속 주인공들의 아버지 세대죠. 선생님은 그들을 잘 알고, 이해합니다. 감상적인 눈으로 그들을 보지 않고 존중합니다. 선생님만이 이 두 권의 여행 일기에 연민 어린 지식을 덧붙일 수 있습니다. 그가 어떤 사람인지, 1985년 10월 8일에 크루즈선 아킬레라우로호에서 살해당한 그가 정확히 누구였는지를 세상에 알려줄 지식이죠. 그 어떤 작가도 유대인들에 대해 선생님 같은 글을 쓰지 않습니다. 내일 아침에 다시 오겠습니다."

"내일 아침에는 아마 내가 여기 없을 겁니다." 내가 성난 목소리로 말했다. "이봐요, 이걸 나한테 맡기고 가면 안 됩니다."

"그걸 맡기기에 선생님만큼 믿음직한 사람이 또 있을까요?" 이 말과 함께 그는 몸을 돌려 가버렸다. 두 권의 일기를 손에 든 나를 두고.

스마일스버거의 100만 달러짜리 수표. 레흐 바웬사의 육각

별. 이번에는 리언 클링호퍼의 여행 일기. 다음에는 뭐지? 훌륭한 매클린이 붙고 나온 가짜 매부리코? 한자리에 단단히 고정되지 않은 유대인의 보물이 죄다 내 얼굴을 향해 곧바로 날아오고 있었다! 나는 곧장 프런트데스크로 가서 두 권의 일기가 들어갈 만한 크기의 봉투를 달라고 한 다음, 봉투 중앙에 수포스닉의 이름, 왼쪽 위에 내 이름을 각각 썼다. "아까 그 남자분이 다시 오거든 이걸 드리세요." 나는 프런트 직원에게 말했다.

　직원은 알겠다고 고개를 끄덕였지만, 그가 그 봉투를 내 방 호수의 보관 칸에 넣으려고 몸을 돌리지미자 나는 내가 법정으로 떠난 뒤 피픽이 나타나 그 봉투를 요구하는 모습을 상상했다. 내가 마침내 승리를 거둬 그 두 사람이 사기극을 그만두고 도주했다는 증거가 아무리 많아도, 나는 그가 지금도 가까운 곳에 숨어 방금 일어난 일을 다 봤을 것 같다는 생각을 떨칠 수 없었다. 그가 유대교 정통파 공범들과 함께 벌써 법정에 도착해서 데미야뉴크의 아들 납치라는 미친 짓을 하려고 기회를 노리고 있을지도 모른다는 생각을 떨칠 수 없는 것과 마찬가지였다. 만약 피픽이 돌아와 저 봉투를 훔친다면……. 뭐, 그럼 그건 내가 아니라 수포스닉의 불운인 거지!

　그래도 나는 프런트데스크로 돌아가 직원에게 방금 맡긴 봉투를 달라고 요구했다. 직원이 나처럼 지금 이 상황에서 아직 발견되지 않은 대단한 희극의 가능성을 보았다는 듯이 아주 희미하게 능글맞은 미소를 띤 채 지켜보는 가운데 나는 봉투를 열어 빨간 일기('나의 여행')와 갈색 일기('해외여행')를 재킷의 두 주머니에 따로 넣었다. 그러고는 조지와 함께 재빨리 호텔을 나섰다. 조지는 그동안 자신의 악의에 푹 잠겨서, 오직 하느님만이 아실 복수와 배상을 공상하면서 문 근처의 의자에 앉아 줄담배를 피워댔다. 4성급 유대인 호텔의 조용하고 매력적인 로비에서 또 바쁜 하루가 펼쳐지는 모습을 지켜보고 있었으나, 이 호텔의 부유한 손님들과 수완 좋은 직원들은 자기들의 평범한 삶 때문에 그가 어떤 비참함을 느꼈는지에 대해서는 당연히 조금도 관심이 없었다.

밝은 햇빛 속으로 나가면서 나는 길가에 주차된 자동차들을 살폈다. 혹시 피픽이 시카고 탐정 시절처럼 '차량' 안에 숨어 있나 싶어서였다. 호텔 맞은편 YMCA 건물 옥상에 누가 서 있는 것이 보였다. 어쩌면 피픽일 수 있었다. 그가 가지 못할 곳은 없었다. 순간적으로 사방에서 그가 보였다. 그녀가 내게 어떻게 유혹당했는지 그에게 말했을 테니, 이제 그는 평생 동안 나의 테러리스트가 될 터였다. 앞으로 오랫동안 나는 옥상에서 그를 발견할 것이다. 그리고 그는 분노의 총을 들어 조준선 안에 잡힌 나를 볼 것이다.

9

위조, 편집증, 역정보, 거짓말

택시에 오르기 전에 나는 재빨리 택시기사를 확인했다. 튀르키예인처럼 보이는 자그마한 유대인으로 키는 피픽이나 나보다 45센티미터쯤 작았고, 우리 둘의 머리카락을 합한 것보다 열 배는 더 많은 튼튼한 검은색 머리카락이 머리를 덮고 있었다. 그의 영어는 기초적인 수준에도 미치지 못했기 때문에, 택시에 오른 뒤 조지가 히브리어로 우리 목적지를 다시 말해줘야 했다. 따라서 택시 안에는 사실상 우리 둘만 있는 거나 다름없었으므로, 호텔에서 법원까지 가는 동안 나는 전날 조지 지아드에게 말했어야 하는 것들을 모두 말해주었다. 조지는 조용히 귀를 기울였다. 삼십 년 전 함께 대학원을 다닌 내가 유일한 '나'인 줄 알았는데 여기 예루살렘에 '나'가 하나 더 있다는 말을 듣고도 깜짝 놀라거나 못 믿겠다는 반응을 보이지 않아서 나는 기가 막혔다. 그의 아내와 아들 앞에서 내가 어빙 벌린에게 광적인 경의를 바치는 광신적인 디아스포리스트 행세를 하게 만든 뒤틀린 충동에 대해 스스로 진단을 내리려고 애쓸 때에도 그는 (평소에는 정맥과

403

동맥이 눈에 띄게 덜덜 떨릴 만큼 화를 낼 때가 대부분인데도) 전혀 화를 내지 않았다.

"사과는 안 해도 돼." 그가 차분하고 날카로운 목소리로 말했다. "자네는 예전 그대로야. 항상 무대에 서 있지. 내가 그걸 어떻게 잊을까? 자네는 배우야. 친구들에게서 감탄을 얻으려고 한없이 연기하는 재미있는 배우. 풍자가이기도 하지. 항상 웃음을 좇는 사람. 풍자가가 마구 폭언을 퍼부으며 우는소리를 하는 아랍인 앞에서 어떻게 자신을 억제할 수 있겠어?"

"요즘은 내가 어떤 사람인지 모르겠어." 내가 말했다. "내가 어리석은 짓을 했네. 어리석고 설명할 수 없는 행동이야. 그래서 미안해. 안나와 마이클한테 그러면 안 되는 건데."

"그러는 자네는? 자네의 코미디 욕심. 억압받는 민족의 문제가 자네같이 훌륭한 코미디 배우에게 무슨 의미가 있겠나? 쇼는 계속해야지. 더 이상 말하지 말게. 자네는 아주 재미있는 배우야. 그리고 도덕적인 바보고!"

법원에 도착할 때까지 몇 분 동안 우리는 그대로 침묵을 지켰다. 조지가 망상에 빠진 광인인지 교활한 거짓말쟁이인지, 아니면 그 나름의 훌륭한 코미디 배우인지, 그가 주장하는 그 음모 네트워크가 정말로 존재하는지(그리고 조지처럼 전혀 통제가 안 되고 항상 이성을 잃기 직전인 사람이 그런 조직의 대표가 될 수 있는지) 내가 알아낼 길은 전혀 없었다. '아테네에 자네가 만나봐야 할 사람이 있어. 아테네에 자네를 도와줄 수 있는 사람들도 있어. 유대인이지만 우리 친구야……' 유대인들이 PLO에 자금을 제공한다고? 조지의 말이 이런 뜻이었나?

법원에 도착한 뒤 조지는 내가 기사에게 요금을 지불하기도 전에 택시에서 내렸다. 나는 그의 얼굴을 보는 것이 이제 마지막인 줄 알았다. 하지만 내가 일이 분 뒤 법정 안으로 조용히 들어갔을 때 그는 이미 법정 뒤편에 서 있었다. 그가 재빨리 내 손을 잡고 속삭였다. "자네는 역정보 일부러 유출한 허위 정보의 도스토옙스키야." 이 말을 한 뒤에야 그는 나를 지나쳐 좌석을 찾으러 갔다.

그날 오전 법정 방청석은 절반도 차지 않았다. 〈예루살렘 포스트〉에 따르면, 증인들의 증언은 모두 끝났고 그 내용을 요약해서 정리하기 시작한 지 오늘로 시흘째라고 했다. 둘째 줄에 앉아 있는 데미야뉴크의 아들이 훤히 시야에 들어왔다. 중앙에서 왼편으로 살짝 벗어난 그의 자리는 단상에서 두 경비원 사이에 앉아 있는 아버지와 일직선을 이뤘다. 바로 앞에는 변호인석이 있었다. 아들 데미야뉴크의 뒷줄 좌석이 거의 비어 있는 것을 보고 나는 그리로 가서 재빨리 앉았다. 재판은 이미 진행 중이었다.

나는 출입문 옆의 책상에서 미리 받아온 헤드폰을 머리에 쓰고 영어 통역 채널을 찾아 다이얼을 돌렸다. 그러나 재판관 중한 명(재판장인 이스라엘 대법관 레빈)이 증인석의 증인에게 하는 말을 내가 이해하는 데에는 일이 분쯤 시간이 걸렸다. 그날 첫 증인으로 증언대에 앉은 사람은 튼튼하고 건장해 보이는 육십대 후반의 유대인 남자였다. 상당히 큰 머리(묵직한 바위에 두꺼운 안경을 어울리지 않게 씌워놓은 것 같았다)가 시멘트 블록 같은 몸 위에 네모지게 붙어 있었다. 바지 위에 빨간색과 검은색이 들어가고 놀라울 정도로 활동적인 느낌인 스웨터를 입었는데, 말쑥하고 젊은 운동선수가 데이트에 나갈 때 입을 것 같은 옷차림이었다.

노동자의 손, 부두 노동자의 손처럼 단단해 보이는 손은 화를 꾹 꾹 누르던 헤비급 선수가 종소리를 듣고 싸우러 튀어 나갈 때처럼 열광적이고 사납게 증언대 가장자리를 꽉 붙잡고 있었다.

그의 이름은 엘리아후 로젠베르크. 데미야뉴크가 있는 법정에 그가 선 것은 오늘이 처음이 아니었다. 나는 여기 도착한 날 내 주의를 끌었던 데미야뉴크 기사 파일에서 본 놀라운 사진 덕분에 그 사실을 이미 알고 있었다. 데미야뉴크가 상냥한 얼굴로 활짝 웃으며 로젠베르크에게 손을 뻗어 악수를 청하는 사진이었다. 이 사진이 찍힌 날은 약 일 년 전, 재판이 시작된 지 칠일째. 당시 검사는 로젠베르크에게 증인석에서 약 6미터 떨어진 피고의 자리로 가서 그의 신원을 확인해달라고 요청했다. 로젠베르크는 오하이오 주 클리블랜드에서 온 존 데미야뉴크가 트레블링카 수용소 시절 공포의 이반이었다고 주장하는 검찰 측의 증인 일곱 명 중 하나였다. 로젠베르크에 따르면, 그와 이반은 당시 모두 이십대 초반이었으며, 거의 일 년 동안 매일 아주 가까이에서 일했다. 이반은 가스실을 운영하고 '죽음의 특공대'로 불리던 유대인 수용자들을 감시하는 간수였다. 가스실에서 시체를 치우고, 소변과 대변을 닦아내 다음 차례 유대인들을 맞을 준비를 하는 것이 이 유대인들의 업무였다. 핏자국을 감추기 위해 (이반을 비롯한 간수들은 유대인들을 가스실로 몰아넣으면서 칼, 곤봉, 철봉 등을 휘둘러 피를 볼 때가 많았다) 가스실 안팎을 새하얗게 칠하는 것도 그들의 일이었다. 얼마 전 바르샤바에서 끌려온 스물한 살의 엘리아후 로젠베르크는 서른 명가량 되는 그 죽음의 특공대에 속했다. 그들은 가스실 가동이 끝날 때마다 방금 죽은 유대인들의 벌거벗은 시체를 들것에 실어 야외 '구이장'으로 운반

하는 일도 했다(일하는 동안 계속 전속력으로 달려야 했다). 그러면 구이장에서는 수용자들 중 '치과 의사'가 독일의 국고를 위해 금니를 빼낸 시체들을 화덕에 솜씨 좋게 쌓았다. 불쏘시개가 될 여자와 아이의 시체는 바닥에, 남자들의 시체는 불이 더 쉽게 붙게 맨 위에.

첫 증언으로부터 십일 개월이 흐른 지금, 로젠베르크는 놀랍게도 피고 측의 부름을 받아 다시 법정에 나왔다. 재판관이 로젠베르크에게 말했다. "질문을 잘 듣고 오로지 그 질문에 대해서만 대답하면 됩니다. 논쟁을 벌이거나 자제력을 잃으면 안 됩니다. 불행히도 증인의 증언 중에 여러 번 그런 일이 있었으므로⋯⋯."

이미 말했듯이 법정으로 들어온 뒤 몇 분 동안 나는 헤드폰에서 들려오는 영어 통역 내용에 정신을 집중할 수 없었다. 내 앞줄에 앉은 데미야뉴크 아들 때문이었다. 주위를 계속 감시하면서 그 옆에 앉아 모이세 피픽의 음모에서 그를 보호하는 것이 내 임무였다. 게다가 내 주머니에는 일기장도 두 권 있었다. 그것이 정말로 리언 클링호퍼의 일기일까? 나는 최대한 눈에 띄지 않게 주머니에서 일기장을 꺼내 손에 쥐고 이리저리 돌려보았다. 심지어 두 일기장을 차례대로 코에 대고 종이 냄새를 킁킁 맡아보기도 했다. 오래된 도서관 서가에서 희미하게 맡을 수 있는, 기분 좋게 퀴퀴한 냄새. 나는 빨간색 일기장을 무릎 위에서 펼쳐 페이지 중간부터 잠깐 읽어보았다. '목요일. 9/23/78. 유고슬라비아로 가는 길. 두브로브니크. 메시나와 해협들을 지났다. 1969년 메시나를 여행한 것이 떠올랐다. 제노바에서 새로운 승객들 승선. 오늘 밤 공연은 훌륭했다. 모두 콜록거리느라 정신이 없다. 이유를 모르겠다. 날씨는 완벽한데.'

'모르겠다'와 '날씨'를 떼어놓는 쉼표, 나는 자문했다. 퀸스에서 설비업을 하는 남자가 여기에 이렇게 솜씨 좋게 쉼표를 떨어뜨리는 일이 가능한가? 이렇게 간략한 메모 같은 글에 구두점이 있는 것이 당연한 일인가? 낯선 지명을 쓸 때만 빼면 어디에서도 철자법 실수가 보이지 않는 건? '제노바에서 새로운 승객들 승선.' 이건 일부러 여기에 심어놓은 글귀인가? 이로부터 칠 년 뒤에 일어날 일의 예시로? 어느 이탈리아 항구에서(어쩌면 제노바였는지도 모르겠다) 아킬레라우로호에 새로 승선한 승객들 중에 바로 이 일기를 쓴 사람을 죽이게 될 팔레스타인 테러리스트 세 명이 숨어 있었다. 아니면 이 일기는 1978년 9월 항해 중에 일어난 일을 기록한 글에 불과한가? 제노바에서 새로운 승객들이 배에 올랐고, 클링호퍼 일행에게는 끔찍한 일이 전혀 일어나지 않았다.

나는 내 앞줄에 앉은 데미야뉴크 아들의 존재, 아직 납치를 당하지도 않고 다치지도 않은 그의 존재 때문에 판사가 재판을 시작하며 하는 말에 주의를 기울이지 못했다. 수포스닉이 내 손에 억지로 쥐여준 이 일기 때문에 혹시 이것이 위조품인지, 수포스닉이 위조범과 일당인 사기꾼인지, 아무것도 모르고 사기꾼들에게 당한 열정적인 유대인 생존자인지, 이 일기에 대한 설명이 정말로 맞는지, 그렇다면 이스라엘뿐만 아니라 다른 곳에서도 출판사들의 관심을 끌기 위해 내가 이 일기에 머리말을 쓰는 것이 유대인으로서 나의 의무인지 고민한 것도 영향을 미쳤는데, 게다가 내가 택시 안에서 조지 지아드에게 진심으로 한 말을 그가 모두 하필이면 '역정보'로 생각해버린 이유 또한 알아내려고 머리를 싸맨 탓에 더욱더 주의가 산만해졌다.

무엇보다도 조지는 고서적상 수포스닉처럼 자그마한 택시 기사도 이스라엘 비밀경찰이라고 단정하고 우리가 만난 장소들을 언급하며 내 주의를 돌리려 한 것이 분명했다. 우리 둘이 면밀한 감시를 받고 있을 뿐만 아니라, 내가 택시에 오르면서 그 사실을 짐작하고 영리하게 또 하나의 필립 로스가 있다는 이야기를 꺼내 뻐꾸기 울음 같은 헛소리로 대화 상대의 두뇌 회로에 오작동을 일으키려 했다고 그가 단정했음이 분명했다. 그런 것이 아니라면 '역정보'라는 단어를 어떻게 해석해야 할지 알 수 없었다. 나더러 도덕적인 바보라고 성난 목소리로 밀하고서 고작 몇 분 뒤에 내 손을 다정하게 잡아준 행동 역시 이해할 수 없었다.

내 행세를 하는 놈이 있다는 이야기를 액면 그대로 받아들이기 힘든 것은 사실이다. 내가 아니라 누구라도 마찬가지였을 것이다. 나 역시 그 사실을 받아들이기 힘들다는 점이 내가 피픽과 관련된 거의 모든 것에 그토록 형편없이 대처한 큰 이유, 어쩌면 지금도 그렇게 대처하는 큰 이유였다. 하지만 모이셰 피픽처럼 뻔뻔한 사기꾼의 존재를 받아들이기가 아무리 힘들어도, 놈이 어떤 식으로든 성공을 거둘 것이라고 생각하는 것만으로 무척 힘들다 해도, 나는 조지가 (1) 내가 디아스포리즘처럼 반反역사적이고 무모한 정치적 계획을 정말로 찬성할 사람이라거나 (2) 디아스포리즘이 팔레스타인 민족운동에 특히 재정적 지원이라는 측면에서 희망의 원천이 될 수 있다는 생각보다는 나를 닮은 사기꾼이 존재한다는 황당한 이야기를 더 쉽게 받아들일 줄 알았다. 조지 지아드처럼 똑똑한 사람이 그렇게 겉만 그럴듯한 주장에 대한 무모한 열광에 사로잡힌 건, 오로지 완전히 실패 직전인 대의에 너무나 오래 헌신했으나 자신이 무력하다는 사실을 알게 된 열성분자의 광적인 절망 때문이다. 하지만 만약 조지가 그토록 맹목적이라면, 고통에 그토록 패배감을 느끼고 있다면, 무력한 분노로 그토록 일그러졌다면, 그렇다면 오늘 아침처럼 아테네의 비밀 회합을 추진하려고 나를 보러 올 수 있을 만큼 영향력 있는 자리에 앉기에는 이미 오래전에 스스로 자격을 잃었음이 확실했다. 반면 옛날 시카고에서부터 알던 내 친구의 정신이 절망으로 심하게 어긋나서 자신이 스스로 만들어낸 꿈속에서 살기로 한 것일 수도 있었다. '아테네'는 팔레스타인인 그의 이상향이고, PLO를 지원한다는 유대인 부자들은 외로운 아이가 상상으로 만들어낸 친구와 다를 것이 없다.

지난 칠십이 시간을 겪은 지금, 이곳의 상황이 조지를 광기로 몰아갔을 가능성을 내가 터무니없다고 거부할 수는 없었다. 그래도 나는 거부했다. 그것은 너무 김빠진 결론이었다. 모두가 미친 것은 아니다. 결의를 다지는 것이 미친 짓은 아니다. 망상에 빠졌다고 해서 미친 것은 아니다. 좌절, 앙심, 두려움, 배신감을 느끼는 것도 미친 짓은 아니다. 심지어 광신적으로 환상을 믿는 것도 미친 짓은 아니다. 기만은 확실히 미친 짓이 아니다. 속임수, 교활함, 잔꾀, 냉소주의, 이 모든 것이 미친 짓과는 거리가 멀다……. 그래, 그것, **속임수**, 이것이 내 혼란의 열쇠였다! 그렇지! 내가 조지를 속인 것이 아니라 조지가 나를 속이고 있었다! 불의와 망명 생활로 거의 미쳐버린 가엾은 희생자의 비극적인 멜로드라마가 나를 봉으로 삼았다. 조지의 광기는 햄릿의 것과 같았다. 즉, **연기**였다.

그래, 설명하자면 이렇게 된 것이다! 저명한 유대인 작가가 예루살렘에 나타나 이스라엘의 아슈케나지들을 유럽의 원래 출신국으로 대거 돌려보내자고 주장한다. 메나헴 베긴뿐만 아니라 호전적인 팔레스타인인에게도 이 주장이 어처구니가 없을 만큼 비현실적으로 보일 수 있겠지만, 저명한 작가가 그런 생각을 해냈다는 사실 자체는 어느 쪽도 비현실적이라고 보지 않을지 모른다. 자신의 열정적이고 무지한 묵시록적 환상과 정치적 경쟁 세력들이 서로 경쟁하며 이기기도 하고 지기도 하는 현실 사이에 모종의 상관관계가 있다고 상상하는 저명한 작가가 딱히 독특하지는 않다. 물론 정치적인 측면에서 그 저명한 작가는 그냥 웃고 넘어가면 되는 존재다. 그의 생각은 이스라엘에서든 어디서든 사람을 움직이지 못한다. 하지만 그는 문화적 저명인사로서 전세계 어디서나 칼럼을 마음대로 쓸 수 있으므로, 유대인들이 팔레스타인에서 당장 빠져나와야 한다는 그의 생각을 무시하거나 조롱하지 말고 오히려 부추겨서 이용해야 한다. 조지는 그 작가와 아는 사이이다. 오래전 미국에서 친구 사이였다. 우리의 고통으로 그를 유혹해라, 조지. 저명한 작가들은 작품을 마치고 휴식을 취할 때, 좋은 호텔에서 대엿새쯤 지내며 영웅적으로 억압받는 사람들의 혼란스러운 비극에 푹 빠지는 것을 아주 좋아한다. 그를 추적해라. 그를 찾아내라. 저들이 우리를 어떻게 고문하는지 말해라. 불의에 특히 경악하는 사람들은 바로 최고급 호텔에 묵는 사람들이다. 그럴 만도 하다. 아침식사 쟁반에 놓인 더러운 포크를 보고 룸서비스 부서에 성난 목소리로 항의하는 사람들이니, 전기가 흐르는 소몰이 막대 이야기에 얼마나 화를 내겠는가. 아우성치고, 소리 지르고, 상처를 보이고, 그에게 '유명인 투어(군사법정, 피로 얼룩진 벽)'를 시켜주고, 아라파트 님을 직접 만날 수 있게 해주겠다고 말해라. 로스 씨의 홍보 활동을 위해 조지가 언론사 지면을 얼마나 얻어낼 수 있는지 보자. 이 과대망상 유대인을 〈타임〉 표지에 올리자!

그럼 또 다른 유대인, 과대망상증에 걸린 그 작가 행세를 하고 다니는 놈은 어쩌지? 조지 지아드가 택시 안에서 나더러 도덕적 바보라고 욕을 하고서는 겨우 몇 분 뒤에 법정 뒤편에서 작은 목소리로 혼자 속삭이듯이 내게 역정보의 도스토옙스키라는 찬사를 보낸 데에는 이런 사정이 깔려 있는 건지도 모른다. 내가 그동안 만들어낸 스파이 이야기가 조지의 정신 나간 듯한 행동에, 시장에서 그토록 우연히 나를 발견한 것에, 계속 나를 따라다니면서 논리적으로 정말 말이 안 되는 소리, 즉 모이셰 피픽이 어디에나 있다는 소리만 빼고 내가 아무리 이상한 연기를 해도 진지하게 받아들이던 것에 열쇠를 제공한 것일 수 있다. 조지는 내가 말한 모든 것을 믿지 않고, 그저 택시를 몰고 있는 이스라엘 정보요원, 팔레스타인 지역 정보부(그들이 나한테 조금이라도 관심이 있었는지는 모르겠다)를 혼란에 빠뜨리기 위해 지어낸 이야기로 생각하는 것 같지만, 피픽과 내가 각각 내 이름으로 당당하게 숙박한 두 호텔의 정보원을 통해 내 말이 사실임을 이미 알고 있을 것이다. 만약 팔레스타인 정보부의 고위인사들이 디아스포리즘 주창자와 소설가가 서로 다른 사람이라는 사실, 킹 데이비드 호텔 쪽이 사기꾼이고 아메리칸 호텔 쪽이 진짜라는 사실을 잘 알고 있다면, 그들은 왜 (더 정확히 말하자면 그들의 요원인 조지 지아드는 왜) 내 앞에서 이 둘을 동일인물로 생각하는 것처럼 구는 걸까? 더구나 내가 또 다른 나의 존재에 대해 그들만큼이나 잘 안다는 사실을 그들도 알고 있는데!

모이셰 피픽의 존재는 조지가 미치지 않았고, 이 모든 혼란의 배후에는 인간적으로 더 흥미로운 의미가 있다고 나 자신을 설득하기 위해 정리한 이야기의 개연성과 너무나 강력히 어긋났다. 물론 피픽이 애당초 그들이 일부러 심어놓은 존재라면, 내가 런던에서 피에르 로제 행세를 하며 피픽에게 처음 연락을 취해 인터뷰하는 데 거의 성공했던 그때부터, **처음부터 피픽이 그들을 위해 일하고 있었다면** 이야기가 다르다. 그렇지! 정보부가 항상 하는 일이 그런 것 아닌가. 그들은 나와 비슷하게 생긴 사람을 우연히 발견했을 것이다. 모르기는 몰라도, 어쩌면 그가 정말로 탐정업을 하다가 초라하게 문을 닫기 직전이었을 수도 있다. 그들은 돈을 주기로 하고 그를 일종의 선전 활동에 투입했다. 아주 살짝 위장된 반ㅆ시온주의 헛소리인 이른바 디아스포리즘을 사람들 앞에서 떠들어대라고. 그의 담당자가 내 옛 친구 조지 지아드였다. 조지는 그의 코치, 그의 접선자, 그의 두뇌였다. 그런 일을 한창 진행중에 내가 예루살렘에 나타날 줄은 그들도 몰랐을 것이다. 아니, 어쩌면 그것도 그들의 **계획**이었는지 모른다. 그들은 피픽을 미끼로 내세웠다. 하지만 날 그렇게 꾀어 들여서 뭘 하려던 거지?

그래, 바로 지금 내가 하고 있는 일. 지금까지 내가 한 일! **앞으로 내가 할 일.** 그들이 부리는 사람은 모이셰 피픽만이 아니었다. 나도 모르는 사이에 그들은 나도 부리고 있었다! 내가 여기 도착했을 때부터 줄곧!

나는 여기서 생각을 멈췄다. 지금까지 생각한 모든 것, 게다가 열렬히 믿고 있는 모든 것이 충격적이고 무서웠다. 내가 현실을 합리적으로 설명하려고 공들여 만들어낸 이야기가 정신분열증 병동에서 가장 심한 편집증 환자들이 정신과 의사에게 늘 늘어놓는 이야기와 비슷했다. 나는 생각을 멈추고, 맹목적으로 다가가던 구멍에서 물러났다. 조지 지아드를 그냥 미쳐서 멋대로 구는 사람이 아니라 '인간적으로 흥미로운' 존재로 만들기 위해 내가 나 자신을 미친놈으로 만들었다는 깨달음이 왔다. 알 수 없는 것의 인과를 이해하려고 정신 나간 환상을 동원하는 것보다는 진짜 현실이 통제를 벗어나는 편이, 머리로는 도저히 이해할 수 없는 인생을 사는 편이 더 낫다. 또한 지난 사흘 동안의 일들이 지금까지 내가 생각한 것처럼 내 정신을 조종하려는 외국 정보요원들의 음모라고 단정하기보다는 영원히 내가 이해할 수 없는 일로 남는 편이 더 낫다. 이건 우리 모두 한 번씩은 들어본 이야기다.

꿈

로젠베르크 씨는 일 년 동안 이어진 재판이 거의 끝나가는 지금에야 피고 측이 바르샤바 역사연구기관에서 찾아낸 68쪽 분량의 문서 때문에 다시 불려와 증언대에 앉게 되었다. 그 문서는 1945년에 트레블링카와 그곳에 수용된 유대인들의 운명에 대해 작성된 보고서였는데, 다른 누구도 아닌 엘리아후 로젠베르크 본인이 트레블링카에서 도망치고 거의 삼십 개월 후에 자신의 모국어인 이디시어로 쓴 것이었다. 당시 그는 폴란드 군인으로 복무하고 있었다. 주둔중이던 크라쿠프에서 일부 폴란드인들이 죽음의 수용소 얘기를 해달라고 조른 덕분에, 로젠베르크는 자신의 기억을 이틀 동안 글로 옮겨 당시 집주인이던 바세르

부인에게 주면서 이 문서가 역사적으로 유용할지는 모르겠지만 하여튼 적당한 기관에 전달해달라고 부탁했다. 그가 이 트레블링카 회고록을 본 것은 그때가 마지막이었다. 그날 오전 증인석에서 그는 자신이 쓴 원고의 복사본을 건네받았다. 피고 측 변호인 추막이 그에게 서명을 잘 살펴보고 자신의 것이 맞는지 말해달라고 부탁했다.

로젠베르크가 자신의 서명이 맞는다고 확인해주고, 검찰 측에서도 이의제기를 하지 않았기 때문에 그가 1945년에 쓴 회고록이 증거로 채택되었다. 레빈 판사는 "1943년 8월 2일에 트레블링카에서 있었던 봉기에 관해 그 글에 기록된 것과 관련해서 증인에게 질문하기 위한 목적이며 특히 그 글에 기록된 이반의 죽음이라는 주제에 대해서도 물어볼 것"이라고 말했다.

이반의 죽음? 내 바로 앞에 앉아 있는 데미야뉴크 아들은 이어폰 속에서 영어로 번역되어 들려오는 이 말을 듣고 힘차게 고개를 끄덕이기 시작했다. 하지만 법정 안의 다른 사람들은 누구도 눈에 띄는 움직임을 보이지 않았으며, 소리도 내지 않았다. 마침내 추막이 자신 있고 사무적이며 캐나다 말씨가 섞인 영어로 로젠베르크와 함께 그가 쓴 회고록 중 관련 부분들을 짚어보기 시작했다. 로젠베르크는 과거 재판 칠 일째에 엄청난 공포와 혐오감을 안고 그 '살기 띤 눈'을 바라보았던, 그가 증인석에 앉아 분명히 그렇게 말했던 그 남자의 죽음을 유럽에서 전쟁이 끝나고 겨우 몇 달 뒤에 쓴 글에서 언급한 모양이었다.

"로젠베르크 씨의 글 중 관련 부분을 곧장 살펴보고 싶습니다. 로젠베르크 씨는 이렇게 썼습니다. '며칠 뒤 봉기를 일으킬 날짜가 여덟 번째 달의 두 번째 날로 정해졌다.' 문서의 66페이지입니다."

추막은 이어 1943년 8월 2일 한낮의 날씨가 심하게 더웠다
는 기록을 인용했다. 로젠베르크는 함께 일하던 죽음의 특공대
를 '청년들'이라고 불렀는데, 새벽 4시부터 줄곧 일하던 그 청년
들은 그날 심한 더위로 인한 고통에 흐느끼며 시체들을 들것에
실어 화장장으로 나르다가 그대로 쓰러졌다. 반란은 오후 4시로
예정되어 있었으나, 십오 분 전에 수류탄이 하나 폭발하고 총소
리가 여러 차례 들렸다. 봉기가 시작되었다는 신호였다. 로젠베
르크는 이디시어로 쓴 원고를 소리 내어 읽은 다음 히브리어로
번역해주었다. 청년들 중 한 명인 시무엘이 가장 먼저 막사 밖으
로 뛰어나가며 봉기의 암호인 "베를린에 혁명이다! 베를린에서
봉기가 일어났다!"를 큰 소리로 외쳤으며, 또 다른 청년들인 멘
델과 하임이 막사를 지키던 우크라이나인 경비대원에게 달려들
어 총을 빼앗았다는 내용이었다.

"선생님이 쓰신 이 글은 정확한 내용입니까?" 추막이 말했
다. "당시 실제로 있었던 일이지요?"

"괜찮으시다면 제가 설명을 해야 할 것 같습니다. 제가 여
기에 쓴 건 남에게서 들은 내용이거든요. 제 눈으로 직접 보지는
못했습니다. 이 둘의 차이는 아주 크죠."

"하지만 방금 저희에게 읽어주신 내용 말입니다. 시무엘이
가장 먼저 막사에서 나갔다는 내용. 그가 막사에서 나가는 것을
직접 보셨습니까?"

로젠베르크는 직접 보지 못했으며, 자신이 쓴 글은 다른 사
람들이 본 것과 그들이 울타리를 넘어 무사히 숲으로 도망친 뒤
서로 주고받은 이야기를 담은 것이라고 말했다.

추막은 이 주제에 관해 로젠베르크를 곱게 내버려둘 생각이 없는 것 같았다. "하지만 이 글은 선생님이 나중에 숲에서 들은 이야기를 쓴 것처럼 보이지 않습니다. 현장에서 실제상황을 적은 것 같아요. 선생님은 1945년의 기억력이 지금보다 더 나았다고 인정하셨습니다. 따라서 선생님이 이 글을 쓰신 것이 확실하다면, 틀림없이 현장에서 직접 보았을 것이라고 생각합니다."

로젠베르크는 봉기의 참여자로서 자신이 직접 본 것과 나중에 숲에서 다른 사람들이 들려준 이야기들을 바탕으로 이 글을 쓸 수밖에 없었다고 다시 분명하게 설명했다.

수염을 기르고 정수리 모자를 썼으며, 안경을 콧등 중간쯤까지 내려 써서 전형적인 현자처럼 보이는 즈비 탈 판사가 계속 같은 이야기를 반복하는 추막과 로젠베르크의 대화에 결국 끼어들어 증인에게 다음과 같이 물었다. "왜 나중에 숲에서 이러이러한 것을 보고 들었다고 말하지 않았습니까? 왜 증인 본인이 직접 본 것처럼 글을 썼습니까?"

"제가 실수한 것 같습니다." 로젠베르크가 대답했다. "그걸 밝히는 게 맞았을 것 같은데, 그래도 모두 제가 들은 이야기라는 말은 사실입니다. 봉기가 진행중일 때 주위에서 벌어지는 일을 제가 모두 보지는 못했다고 저는 처음부터 말했습니다. 총알이 횡횡 날아다니는 판국이었으니 저는 그 지옥에서 무조건 빨리 도망칠 생각밖에 없었습니다."

"당연히 그러셨겠죠." 추막이 말했다. "그런 지옥에서는 누구라도 최대한 빨리 도망치고 싶을 겁니다. 하지만 사람들이 그 경비대원의 목을 조른 뒤 그를 우물 속에 던지는 모습을 봤습니까? 직접 봤습니까?"

"아뇨." 로젠베르크가 말했다. "숲에서 들은 이야기입니다. 저만 들은 게 아니라 모두 들었습니다. 이야기 내용도 갖가지였어요. 그것 하나가 아니라……."

레빈 판사가 증인에게 물었다. "증인은 사람들의 말을 믿고 싶었던 거죠? 증인 자신처럼 자유를 찾으려고 수용소에서 도망친 사람들의 말을?"

"네, 판사님." 로젠베르크가 말했다. "그건 우리가 대성공을 거뒀다는 상징이었습니다. 그런 놈들이 어떤 꼴을 당했는지 소식을 들었다는 사실 자체가 저희에게는 곧 소원이 성취되었다는 뜻이었습니다. 놈들이 목 졸려 죽었다는 말을 저는 당연히 믿었습니다. 우리가 성공했다는 뜻이니까요. 자신을 죽이려던 사람들을 죽이는 데 성공한 것, 그렇게 소원을 성취한 기분이 어떨지 상상이 가십니까? 제가 사람들의 말을 의심해야 했을까요? 저는 그들의 말을 온 마음으로 믿었습니다. 그게 사실이기만 하다면. 저는 그것이 사실이기를 바랐습니다."

이렇게 같은 설명을 또 들었는데도 추막은 비슷한 내용의 질문을 다시 로젠베르크에게 던졌다. "방금 제가 읽어드린 사건들을 직접 보시지 않았습니까?" 결국 수석 검사가 일어나 이의를 제기했다.

"제 생각에는 증인이 그 질문에 이미 여러 차례 대답한 것 같습니다."

하지만 재판관은 추막에게 질문을 계속하라고 허락했다. 심지어 탈 판사가 다시 끼어들어, 겨우 몇 분 전 로젠베르크에게 직접 물었던 것과 비슷한 질문을 또 던지기까지 했다. "증인이 쓴 글을 읽으면, 증인이 직접 본 것과 나중에 들은 이야기를 전혀 구분할 수 없다는 말에 동의하십니까? 다시 말해서, 이 글을 읽는 사람들은 증인이 모든 것을 직접 목격했다고 믿기 쉽다는 뜻입니다. 동의하십니까?"

로젠베르크가 무엇을 근거로 회고록을 썼는지를 놓고 이렇게 지루한 공방이 이어지는 동안 나는 속으로 생각했다. 저 사람의 글을 이해하기가 그렇게나 힘들다고? 말에 숙련된 사람도 아니고, 역사가나 기자도 아니고, 어떤 식으로든 글을 쓰는 사람도 아니잖아. 1945년에 헨리 제임스의 비평을 공부해서 상충하는 관점들의 극화와 모순되는 증언의 반어적인 사용에 대해 알 수 있는 대학생이었던 것도 아니고. 그냥 빈약한 교육을 받은 스물세 살의 유대계 폴란드인으로 나치의 죽음의 수용소에서 살아남은 뒤 종이와 펜이 생기자 크라쿠프의 하숙집에서 탁자에 앉아 열다섯 시간이나 스무 시간쯤 글을 썼을 뿐이야. 엄밀히 말해서, 트레블링카에서 자신이 겪은 독특한 경험을 썼다기보다는, 남이 써달라고 부탁한 글을 썼지. 트레블링카 생활에 대한 회고록. 이 '집단적인' 회고록에서 그는 다른 사람들의 경험을 모두 받아들여서 그들 모두를 위한 코러스가 되어 1인칭 복수와 3인칭 복수를 오갔어. 한 문장 안에서 이렇게 시점이 오간 적도 있을 정도야. 저 사람은 이 사실에 대해 잠시도 생각해본 적이 없을걸. 누군가가 직접 적은 회고록, 두어 번 탁자에 앉아 곧장 써낸 글에서 자의식이 들어간 서술이 사려 깊게 구분되어 있지 않은 건 놀랄 일이 아니지.

추막이 말하고 있었다. "자, 이제 진짜 핵심으로 들어가봅시다, 로젠베르크 씨. 1945년 12월에 쓰신 글의 다음 줄입니다." 그는 로젠베르크에게 그 구절을 소리 내어 읽어달라고 부탁했다.

"'우리는 곧 기관실로 들어갔다. 이반이…… 거기서 자고 있었다…….'" 로젠베르크는 이디시어 원고를 느리지만 힘찬 목소리로 번역했다. "'구스타브가 삽으로 그의 머리를 때렸다. 그리고 그는 영원히 그렇게 누워 있었다.'"

"다시 말해서 죽었다는 뜻이죠?" 추막이 물었다.

"네, 맞습니다."

"1945년 12월 20일에 증인이 직접 썼나요?"

"맞습니다."

"제 생각에 그 구절은 증인의 문서에서 몹시 중요한 정보인 것 같은데, 그렇지 않습니까?"

"물론 아주 중요한 정보입니다." 로젠베르크가 대답했다. "사실이라면."

"제가 68쪽 분량인 이 문서 전체에 대해 물어보았을 때…… 저는 트레블링카에서 있었던 일을 정확히 기록한 것이냐고 물었죠. 증인은 제가 교차신문을 처음 시작했을 때……."

"네, 맞습니다. 하지만 제가 들은 이야기도 있어요."

내 앞에서 데미야뉴크 아들은 1945년에 기록한 목격자 증언의 바탕이 된 증거에 신뢰성이 없을 수도 있다는 로젠베르크의 주장을 듣고 기가 막힌다는 듯이 고개를 절레절레 저었다. 피고인의 아들인 그는 로젠베르크가 거짓말을 하고 있다고, 달랠 수 없는 죄책감 때문에 거짓말을 하고 있다고 생각했다. 남들이 모두 죽을 때 그는 어떻게든 살아남았으니까. 나치의 지시로 동포인 유대인들의 시체를 고분고분하게 처리했으니까. 그것이 아무리 역겨운 일이었다 해도. 살아남기 위해 어쩔 수 없이 죽은 자, 죽어가는 자, 산 자, 병자, 모두의 것을 훔쳤으니까. 물론 모두가 항상 하던 짓이기는 했지만. 게다가 자신을 괴롭히는 자들에게 뇌물을 주고, 친구를 배신하고, 모두에게 거짓말을 하고, 채찍에 맞아 기가 꺾인 짐승처럼 모든 굴욕을 조용히 감수할 수밖에 없었으니까. 그는 짐승보다 못한 자라서, 유대인 어린이들 수천, 수만 명의 작은 시신을 불쏘시개 삼아 불태운 괴물이 되어버렸기 때문에 거짓말을 했다. 괴물이 된 자신을 합리화할 수 있는 유일한 방법은 자신의 죄를 내 아버지에게 돌리는 것뿐이다. 아무 죄도 없는 내 아버지는 수백만 명의 죽은 사람들뿐만 아니라 살아남기 위해 괴물 같은 행동을 하고서 이제는 스스로 괴물 같은 죄책감을 견디지 못하는 모든 로젠베르크들을 위한 희생양이다. 로젠베르크는 자신이 아니라 저자가, 데미야뉴크가 괴물이라고 말한다. 바로 자신이 그 괴물을 잡아 괴물의 정체를 밝혔으며, 그가 죽은 모습을 지켜볼 것이라고. 그 괴물 같은 범죄자가 바로 저기에 있다. 오하이오 주 클리블랜드의 존 데미야뉴크. 그렇게 해서 트레블링카의 나, 엘리아후 로젠베르크는 깨끗해진다.

아니, 이건 젊은 데미야뉴크가 할 만한 생각이 아닌가? 로젠베르크는 왜 거짓말을 하는가? 우크라이나인을 증오하는 유대인이기 때문이다. 유대인들이 우크라이나인을 잡으려 나섰기 때문이다. 모든 유대인이 모든 우크라이나인을 법정에 세워 온 세상 사람들 앞에서 헐뜯고 욕하려는 음모가 있기 때문이다.

아니, 이것도 젊은 데미야뉴크가 할 만한 생각이 아닌가? 로젠베르크는 왜 내 아버지에 대해 거짓말을 하는가? 유명해지기를 원하기 때문이다. 자기중심적이다 못해 아예 정신이 나가서 자기 사진이 신문에 실리는 것을 원하고, 위대한 유대인 영웅이 되고 싶어하기 때문이다. 로젠베르크의 생각은 이렇다. 내가 저 멍청한 우크라이나인을 끝장내면, 우표에 내 얼굴이 실릴 거야.

로젠베르크는 왜 내 아버지에 대해 거짓말을 하는가? 거짓 말쟁이이기 때문이다. 피고석에 앉은 사람은 내 아버지이니 틀림없이 진실만을 말하고 있다. 증인석의 남자는 다른 누군가의 아버지이니 거짓말을 하는 쪽은 그쪽임이 분명하다. 데미야뉴크의 아들에게는 이 문제가 이렇게 간단한 것인지도 모른다. 존 데미야뉴크는 내 아버지다. 내 아버지는 무고하다. 따라서 존 데미야뉴크는 무고하다. 어쩌면 유치한 애잔함이 느껴지는 이 효성 깊은 논리만 생각하면 충분한 것인지도 모른다.

내 뒤쪽 어딘가에 있을 조지 지아드는 무슨 생각을 하고 있었을까? 딱 한 단어만 생각했다. '홍보.' 로젠베르크는 그들에게 홀로코스트 홍보맨이다. 트레블링카의 화장장에서 나오는 연기…… 그 어둠의 어둠 뒤편에서 그들은 지금도 자신의 어둠과 사악한 행동을 세상이 보지 못하게 숨기려고 머리를 굴린다. 이런 냉소적인 생각이라니! 순교한 동포의 시신이 불에 타면서 나오는 연기를 염치없이 화려하게 이용하려 하다니!

그는 왜 거짓말을 하는가? 홍보란 그런 것이기 때문이다. 주급을 받기 위해 그들은 거짓말을 한다. 그러면서 그것을 이미지 메이킹이라고 지칭한다. 무엇이든 효과가 있는 방법, 고객의 요구에 잘 맞는 방법, 선전기구에 도움이 되는 방법. 말보로에는 말보로맨이 있고, 이스라엘에는 홀로코스트맨이 있다. 그는 왜 저런 말을 하는가? 광고카피에 대해 광고회사들에 물어보라. **모든 것을 가려주는 연막을 만들기 위해 홀로코스트에 연기를 피우라.**

아니면 조지는 나와 나의 쓸모에 대해, 나를 자신의 홍보맨으로 만드는 방안에 대해 생각하고 있었을까? 정당한 분노로 자신을 위협하는 내가 옆에 없으니, 그가 잠시 긴장을 풀고 조용히 철학적인 생각에 잠겼는지도 모른다. 그래, 이건 모두 텔레비전 방송시간과 신문 지면을 따내기 위한 싸움이야. 닐슨 시청률 조사를 지배하는 자가 세상을 지배하지. 중요한 건 홍보뿐. 우리 중 누가 그의 주장을 널리 알릴 화려한 드라마를 생각해낼지가 중요해. 트레블링카는 그들의 것, 봉기는 우리 것. 최고의 선전기구가 승리하기를.

아니면 조지는 완전히 현실적이고 불길한 소망을 생각했는지도 모른다. 그 시체들이 우리 수중에 있기만 했어도. 그래, 나는 이렇게 생각했다. 봉기의 배경에는 유혈이 낭자한 폭력사태를 향한 병적이고 절박한 욕망이 있는지도 모른다. 학살의 필요성, 이번에는 누가 희생자인지를 전세계 텔레비전 화면에서 극적이고 결정적으로 보여줄, 살육당한 시체 더미의 필요성. 어쩌면 그래서 아이들을 맨 앞에 세우는 것인지도 모른다. 적 앞에 성인 남자들을 내세워 싸우지 않고, 돌맹이만으로 무장한 아이들을 내보내 이스라엘 군대를 도발하는 이유. 그래, 방송국들이 그들의 홀로코스트를 잊게 만들려고 우리는 **우리의** 홀로코스트를 연출한다. 우리 아이들의 시체에 유대인들이 홀로코스트를 저지를 것이다. 그러면 마침내 시청자들이 우리의 곤경을 이해할 것이다. 아이들을 내보낸 뒤 방송국을 불러라. 홀로코스트를 파는 자들을 그들의 방식으로 물리치리라!

그러면 나는 무슨 생각을 했는가? 이런 생각을 했다. 저 사람들은 무슨 생각을 하고 있지? 모이셰 피픽이 무슨 생각을 할지 생각했다. 그가 어디에 있는지 궁금하다는 생각도 일 초에 한 번씩 했다. 재판을 계속 충실히 지켜보면서도 나는 혹시 그가 여기 있지 않은지 주위를 두리번거렸다. 나는 발코니 좌석을 떠올렸다. 그가 거기서 기자들, 텔레비전 촬영팀과 함께 나를 내려다보고 있다면 어쩌지?

나는 몸을 돌렸지만, 내 자리에서는 발코니 난간 너머가 전혀 보이지 않았다. 만약 그가 그 발코니에 있다면 이런 생각을 할 것 같았다. 로스는 무슨 생각을 하고 있을까? 로스는 무엇을 하고 있을까? 로스가 우리를 방해한다면, 저 괴물의 아들을 어떻게 납치하지?

법정 네 귀퉁이에는 제복 경관들이 있고, 법정 뒤편에는 무전기를 든 사복형사들이 서 있다가 정기적으로 통로를 오락가락했다. 저 사람들 중 한 명을 붙잡고 발코니로 올라가서 모이셰 피픽을 체포하라고 해야 하지 않을까? 하지만 피픽은 사라졌다. 다 끝났다…….

이런 생각을 하면서 나는 다른 생각은 전혀 하지 않았다.

로젠베르크가 트레블링카 회고록에 오류가 생긴 이유를 법정에서 설명하는 동안 피고가 무슨 생각을 했는지, 그것을 가장 잘 아는 사람은 피고 측 탁자에 앉은 이스라엘인 변호사 셰프텔이었다. 추막이 로젠베르크를 신문하는 동안 데미야뉴크는, 아마도 빈약한 영어 실력으로, 셰프텔에게 연신 메모를 써서 넘겼다. 데미야뉴크는 정신없이 메모를 휘갈겼지만, 어깨 너머로 그 메모를 전달받은 셰프텔은 그냥 대충 흘깃 보기만 하고는 탁자 위의 다른 메모들 위에 쌓아두는 것처럼 보였다.[*] 만약 저 메모들을 누가 모아서 책으로 펴낸다면, 사코와 반제티1920년대에 누명을 쓰고 사형당한 이탈리아계 미국인 무정부주의자가 옥중에서 엉터리 영어로 쓴 유명한 편지들처럼 데미야뉴크의 동포들에게 충격을 줄 것이라는 생각이 들었다. 아니면 클링호퍼의 여행 일기에 내가 머리말을 쓰는 은혜를 베풀어준다면 문명 세계의 양심에 그 영향이 미칠 것이라던 수포스닉의 과장된 말과 같은 효과가 날 수도 있었다.

*여담이지만, 셰프텔이야말로 경호원을 두었다면 좋았을 것이다. 내가 예루살렘에서 생각 없이 저지른 가장 큰 실수는 아마 이 선동적인 재판이 절정에 이르렀을 때 복수를 원하는 유대인의 격렬한 분노가 폭발한다면 또 다른 유대인에게 그 분노가 향할 것이라고 처음에 생각했는데도, 실제 상황이 그러했는데도, 유대인 풍자가들 중 가장 냉소적인 사람들조차 내놓을 만한 예측 또한 그러했는데도, 그만 그 분노가 이교도에게 향할 것이라고 믿어버린 데에 있는 것 같다.

1988년 12월 1일, 데미야뉴크의 재판에서 보조적인 역할을 하던 이스라엘인 변호사(데미야뉴크가 유죄판결을 받은 뒤 항고 준비를 위해 셰프텔과 합류했으나 겨우 몇 주 뒤 이유를 알 수 없는 자살을 했다)의 장례식 도중 일흔 살의 홀로코스트 생존자로서 데미야뉴크 재판을 자주 방청한 이스로엘 예헤즈켈리가 셰프텔에게 접근해 "모든 게 너 때문이야"라고 소리치면서 그의 얼굴에 염산을 뿌렸다. 이로 인해 왼쪽 눈의 각막을 덮은 보호막이 완전히 망가졌기 때문에 셰프텔은 그쪽 눈의 시력을 사실상 모두 잃었다가 약 팔 주 뒤 보스턴으로 와서 하버드의 의사에게 네 시간 동안 세포 이식 수술을 받아 시력을 회복했다. 그가 보스턴에 와서 수술을 받고 회복하는 동안 존 데미야뉴크 2세가 그와 동행하며 간병인 겸 운전기사 역할을 했다.

한편 이스로엘 예혜즈켈리는 가중폭행으로 유죄판결을 받았다. 예루살렘에서 열린 재판에서 판사는 그가 "죄를 뉘우치지 않는다"면서 징역 3년을 선고했다. 법정에서 증언한 정신과 의사는 피고에 대해 "정신이상은 아니지만, 살짝 편집증 증세가 있다"고 설명했다. 예혜즈켈리의 가족들은 대부분 트레블링카에서 목숨을 잃었다.

작가가 아닌 사람들이 쓴 글, 일기, 회고록, 그리고 언어가 지닌 능력을 1천 분의 1밖에 사용하지 못하는 가장 기본적인 능력만으로 서투르게 쓴 메모. 그러나 거기에 담긴 증언은 결코 설득력이 떨어지지 않을 뿐만 아니라, 오히려 서투르고 초보적인 표현력 때문에 훨씬 더 가슴을 태운다.

추막은 이제 로젠베르크에게 이런 질문을 던지고 있었다. "이반이 구스타브의 손에 목숨을 잃었다고 1945년에 글로 썼으면서 어떻게 이 법정에 나와 저분을 지목할 수 있습니까?"

로젠베르크는 재빨리 대답했다. "추막 씨, 그가 이반을 죽이는 걸 내 눈으로 직접 봤다고 말했던가요?"

"질문에 질문으로 대답하지 마십시오." 레빈 판사가 로젠베르크에게 주의를 주었다.

"저분은 죽었다가 살아난 것이 아닙니다, 로젠베르크 씨." 추막이 말을 이었다.

"말하지 않았습니다. 말하지 않았어요. 그가 죽는 모습을 내가 보았다고 말하지 않았습니다." 로젠베르크가 말했다. "하지만 추막 씨, 나는 그를 보고 싶습니다. 보지 못했지만, 그를 보지 못했지만. 그것이 나의 가장 귀한 소원이었어요. 그 소식을 들었을 때, 구스타브뿐만 아니라 여러 사람에게서 같은 이야기를 들었을 때 낙원에 온 것 같아서 나는, 나는 믿고 싶었습니다, 추막 씨. 이 짐승이 이제 존재하지 않는다고 믿고 싶었어요. 이젠 살아 있지 않다고. 하지만 놈이 우리 동포들을 찢어 죽인 것처럼 놈도 찢겨 죽는 모습을 보고 싶었습니다. 정말 슬픈 일이에요. 나는 놈이 죽었다고 진심으로 믿었습니다. 이해합니까, 추막 씨? 그건 그들의 가장 귀한 소원이었습니다. 놈을 다른 놈들과 똑같이 끝장내는 게 우리의 꿈이었어요. 하지만 놈은 거기서 도망쳐 살아남았습니다. 도대체 무슨 행운으로!"

"선생님은 직접 글로 쓰셨습니다. 독일어도, 폴란드어도, 영어도 아니고 선생님 자신의 언어인 이디시어로 쓰셨어요. 구스타브가 삽으로 그의 머리를 때려 그가 영원히 누워 있게 되었다고. 그렇게 쓰셨습니다. 그리고 1945년에 그 글을 쓸 때는 그것이 진실인 줄 알았다고 말했어요. 이젠 그것이 진실이 아니라고 말하는 겁니까?"

"아뇨, 진실입니다. 여기에 적힌 말은 진실이에요. 하지만 그 청년들이 우리에게 해준 이야기가 진실이 아니었던 겁니다. 그들은 자랑하고 싶어서 자기들 꿈을 그런 식으로 표현했습니다. 그들의 가장 귀중한 소원, 그들이 바라는 일은 그자를 죽이는 거였는데, 죽이지 못했습니다."

추막이 또 물었다. "그렇다면 왜 그를 죽이는 것이 그 청년들의 가장 귀한 소원이었고, 선생님은 그가 이러이러하게 죽었다는 이야기를 나중에 숲에서 들었다고 쓰지 않았습니까? 왜 그의 죽음에 대한 여러 가지 이야기를 모두 적지 않았어요?"

로젠베르크가 대답했다. "나는 그 이야기가 마음에 들었습니다."

"선생님이 그 이야기를 들었을 때, 그러니까 청년들이 그를 죽이고 싶어했고, 모두 영웅이 되고 싶어서 이 지독한 남자를 죽였다는 이야기를 들었을 때 누가 선생님과 함께 있었습니까?"

"숲에서 그 이야기를 들었을 때 주위에 사람이 아주 많았습니다. 우리는 몇 시간 동안 둘러앉아 있다가 각자 제 갈 길을 갔어요. 거기 그렇게 앉아 있을 때 각자 자신이 아는 이야기를 했고, 나는 그것을 받아들였습니다. 그중에 내가 기억하는 이야기가 이겁니다. 나는 이 이야기를 받아들이면서 그것이 진실이라고 굳게 믿고 싶었습니다. 하지만 실제로 일어난 일은 아니었네요."

데미야뉴크에게 시선을 돌리자, 그가 나를 향해 똑바로 미소를 짓고 있었다. 물론 내가 아니라, 내 앞에 앉은 자신의 충실한 아들에게 보내는 미소였다. 데미야뉴크는 앞뒤가 맞지 않는 증언을 들으며 몹시 즐거워하고 있었다. 심지어 의기양양한 기색까지 있었다. 자신이 들은 이야기가 사실이 아니었지만 자신은 그것을 모르고 1945년에 들은 대로 기록했다는 로젠베르크의 주장만으로 데미야뉴크의 혐의가 벗겨져서 곧 풀려나기라도 할 것처럼. 정말로 멍청하게 이런 생각을 하는 걸까? 왜 웃고 있는 거지? 아들과 지지자들을 격려하려고? 자신이 이 재판을 얼마나 하찮게 보고 있는지 방청객에게 새겨주려고? 그의 미소는 으스스하고 불가해했다. 로젠베르크에게는 일 년 전 데미야뉴크가 따스하게 내밀었던 '샬롬'이라는 인사와 우정의 악수만큼이나 가증스럽게 보인다는 사실을 누구나 알 수 있었다. 만약 로젠베르크의 증오가 가연성 물질이고 증인석 근처에서 누가 성냥을 긋기라도 했다면, 법정 전체가 화염에 휩싸였을 것이다. 부두 노동자인 로젠베르크의 손가락이 증언대를 파고들고, 턱은 포효를 참으려는 듯이 단단히 고정되었다.

추막이 말을 이었다. "선생님이 말씀하신 그 이야기, 이반이 살해당했다는 그 이야기에 따르면, 이반은 삽에 머리를 맞았습니다. 그렇게 삽에 머리를 맞은 사람이라면 머리가 찢어지거나 두개골이 골절되는 등 심각한 부상을 입지 않았을까요? 기관실에서 이반이 머리를 맞았다면 말입니다."

"물론입니다." 로젠베르크가 대답했다. "이반이 삽에 맞았고, 내가 글로 적은 그 이야기처럼 목숨을 잃었다면 상처는 어디 있을까요? 하지만 놈은 그 자리에 없었습니다. 그 자리에 없었습니다……. 그 자리에 없었으니까요." 로젠베르크는 추막 뒤편으로 시선을 돌려 데미야뉴크를 가리키며 그에게 직접 말을 걸었다. "놈이 그 자리에 있었다면 지금 저기에 저렇게 앉아 있지 않았겠죠. 저 영웅이 웃고 있네요!" 로젠베르크는 혐오가 가득 담긴 얼굴로 소리쳤다.

데미야뉴크는 이제 아예 소리 내어 웃고 있었다. 로젠베르크의 말과 로젠베르크의 분노를 비웃고, 이 법정을 비웃고, 재판을 비웃고, 자신에게 씌워진 기괴한 혐의가 터무니없다고 비웃고, 클리블랜드 교외에 살면서 포드 공장에서 일하며 교회에 다니고 친구들 사이에서 귀한 대접을 받고 이웃들의 신뢰와 가족의 사랑을 받던 가정적인 남자, 그런 남자가 사십오 년 전 무고한 유대인들을 죽인 사악한 사디스트 살인자 공포의 이반으로 폴란드의 숲을 어슬렁거린 미친 유령으로 오인당한 것이 어이없다고 비웃었다. 그런 범죄를 조금도 저지르지 않았으나 일 년 동안 법정에서 악몽 같은 허튼소리에 시달리며 이스라엘이라는 나라의 사법 제도에 의해 가족들과 함께 온갖 일을 겪은 탓에 그저 웃을 수밖에 없기 때문에 웃고 있거나, 아니면 자신이 정말로 그런 죄를 저질렀기 때문에, 정말로 공포의 이반이기 때문에 웃고 있거나, 둘 중 하나였다. 공포의 이반은 미친 유령일 뿐만 아니라 아예 악마 그 자체였다. 만약 데미야뉴크가 무고한 것이 아니라면, 이런 상황에서 로젠베르크를 향해 크게 웃을 수 있는 사람이 악마 외에 또 누가 있겠는가?

데미야뉴크는 계속 웃으면서 갑자기 벌떡 일어나 변호인석의 마이크에 입을 대고 로젠베르크를 향해 소리쳤다. "아타 샤크란!'넌 거짓말쟁이야!'라는 뜻의 히브리어" 그러고는 더 크게 웃어댔다.

데미야뉴크는 히브리어를 사용했다. 공포의 이반으로 기소된 그가 자신의 희생자라고 주장하는 트레블링카의 유대인들을 향해 유대인의 언어로 말한 것은 두 번째였다.

그다음에 입을 연 사람은 레빈 판사였다. 그도 히브리어를 사용했다. 나는 헤드폰으로 통역된 말을 들었다. "기록에 포함된 피고인의 말…… '넌 거짓말쟁이야'라는 뜻의 그 말은…… 기록되었습니다."

❦

겨우 몇 분 뒤 추막이 로젠베르크의 신문을 끝내자, 레빈 판사는 11시까지 휴정을 선언했다. 나는 아무것도 이해할 수 없을 것 같은 기분으로 상실감과 피로를 느끼며 최대한 빨리 법정 밖으로 나왔다. 깊이 사랑했던 사람의 장례식장에서 걸어 나올 때처럼 기분이 멍했다. 데미야뉴크와 로젠베르크의 무시무시한 대면처럼 고통스럽고 흉포한 만남은 지금껏 한 번도 본 적이 없었다. 그것은 온통 균열투성이인 이 행성에서조차 이토록 적대적일 수는 없겠다 싶은 두 삶의 충돌이었다. 내가 방금 본 광경 속의 모든 혐오스러운 것들 때문인지, 아니면 거의 이십사 시간 동안 본의 아니게 단식하고 있는 탓인지, 로비 한쪽의 매점에 있는 커피머신을 향해 몰려가는 방청객들 사이에서 애써 자리를 지키는 동안 내 머릿속에서는 말과 그림들이 서로 누덕누덕 거슬리게 달라붙었다. 로젠베르크가 자신의 뜻을 명확히 밝히기 위해 반드시 했어야 하는데 하지 않은 말, 독일의 국고를 위해 가스실에서 죽은 유대인들의 입에서 금니를 빼내는 장면, 데미야뉴크가 "넌 거짓말쟁이야"라는 말을 정확히 하기 위해 감방에서 열심히 히브리어를 독학할 때 사용한 히브리어-영어 독본이 합쳐져서 신경에 거슬리는 콜라주가 되었다. '넌 거짓말쟁이야'라는 말에는 '3천 두카트'라는 말이 얽혀 있었다. 나는 매점의 노인에게 돈을 건네면서 저 훌륭한 매클린이 유창한 발음으로 "3천 두카트"라고 말하는 소리를 또렷하게 들었다. 매점 노인은 놀랍게도 장애가 있는 늙은 홀로코스트 생존자 스마일스버거였다. 내가 피픽에게서 '훔쳤다가' 잃어버린 100만 달러 수표를 준 사람. 사람들이 내 뒤에 아주 빽빽이 서 있었기 때문에, 나는 커피와 빵 값을 치르자마자 옆으로 밀려났다. 밖을 내다볼 수 있는 널찍한 로비를 향해 사람들 사이를 헤치고 나아가면서 나는 커피가 쏟아지지 않게 하는 것이 고작이었다.

이제는 나도 헛것이 보이는 모양이었다. 매점에서 등받이 없는 의자에 앉아 현금등록기를 조작하는 사람은 그냥 머리가 벗어진 노인이었다. 뉴욕에서 보석상을 하다 은퇴하고 이스라엘에 와서 환멸을 느낀 그 노인과는 거리가 멀었다. 내가 닮은 꼴을 보고 있어. 나는 속으로 생각했다. 닮은 꼴들. 하지만 식사를 안 해서, 잠을 거의 못 자서, 아니면 일 년 만에 또 정신이 무너지고 있어서일까? 내 정신이 무너지고 있는 게 아니라면, 오로지 나만이 데미야뉴크 아들의 안전을 감독할 책임이 있다고 믿어버린 게 말이 안 되잖아. 그런 증언을 보고서, 데미야뉴크의 웃음과 로젠베르크의 분노를 봤으면서, 그 분별없는 피픽이 어떻게 우둔한 광대짓으로 계속 내 인생을 자기 것으로 주장할 수 있을까?

그런데 바로 그때 건물 밖에서 고함이 들리더니, 유리문 뒤에서 소총으로 무장한 군인 두 명이 주차장을 향해 전속력으로 뛰어가는 모습이 보였다. 나는 그들의 뒤를 좇아 로비에서 뛰어나갔다. 무슨 일인지는 몰라도 하여튼 소란의 원인이 된 곳에 이미 이삼십 명이 둥글게 모여 있었다. 그 사람들의 원 안에서 영어로 고함치는 목소리가 들렸을 때, 나는 놈이 여기 있으며 최악의 일이 일어났음을 확신했다. 이제 완전한 편집증 환자가 된 나는 멈출 수 없는 재앙이 벌어지고 있다는 확신에 겁을 먹었다. 우리가 서로에게 느끼는 분노가 우리 둘을 하나로 엮어주는 편집증에 붙들려 진짜 재앙을 빚어내고 있었다.

하지만 고함을 지르는 남자는 키가 2미터는 되는 것 같았다. 피픽이나 나보다도 키가 커서 나무처럼 보이는 그는 빨간 머리의 거인이었으며, 턱은 놀랍게도 권투 글러브 모양이었다. 커다란 사발처럼 생긴 이마에서 분노가 번득이고, 허공에서 높이 흔들어대는 손은 심벌즈만큼이나 커 보였다. 그 거대한 두 손이 쾅 맞부딪힐 때 나의 작은 두 귀가 그 사이에 끼기라도 한다면 큰일이 날 것 같았다.

그는 양손에 쥔 하얀 팸플릿을 구경꾼들의 머리 위에서 격렬하게 흔들어댔다. 모여든 사람들 사이에서도 몇 명이 그 팸플릿을 들고 뒤적였지만, 대부분의 팸플릿은 길바닥에 흩어져 있었다. 그 유대인 거인의 영어에는 한계가 있었으나, 그의 목소리는 커다란 폭포 같아서 그의 온몸이 그 안에 잠겨 있었다. 그가 말을 하면 누가 오르간을 연주하는 것 같은 효과가 났다. 내가 본 유대인 중에 가장 크고 시끄러운 그는 나이가 많고 얼굴이 둥근 가톨릭 신부를 향해 우렁차게 소리를 지르고 있었다. 신부는 중간 키에 다소 통통한 몸매인데도 거인 옆에 있으니 마치 깨지기 쉬운 소재로 만든 가톨릭 신부의 작은 조각상 같았다. 신부는 몸을 딱딱하게 굳히고 서서 자리를 지키며, 이 유대인 거인에게 겁을 먹지 않으려고 안간힘을 쓰고 있었다.

나는 허리를 숙여 팸플릿 하나를 주웠다. 하얀 표지 한가운데에 그려진 파란색 삼지창의 가운데 가지가 십자가 모양이었다. 십여 페이지 분량의 팸플릿에는 영어로 '우크라이나의 그리스도교 천 년'이라는 제목이 찍혀 있었다. 법정에 있다가 바람을 쐬러 나오는 사람들에게 신부가 이 팸플릿을 나눠준 모양이었다. 나는 팸플릿 첫 번째 페이지의 첫 문장을 읽었다. "1988년은 전세계의 우크라이나인 그리스도교인들에게 의미 깊은 해입니다. 우크라이나라고 불리는 땅에 그리스도교가 소개된 지 천 년째 되는 해이니까요."

이스라엘인이 대부분인 구경꾼들은 팸플릿의 내용도, 싸움의 원인도 이해하지 못하는 것 같았다. 유대인 거인의 영어 발음이 워낙 나빴기 때문에, 나조차도 그가 고함치는 내용을 금방 알아듣지 못했다. 내가 알아듣기로, 그는 폭력적인 학살을 선동했다고 생각되는 우크라이나인들의 이름을 외치며 신부를 공격하고 있었다. 그중에 내가 아는 이름은 흐멜니츠키였다. 얀 후스^{보헤미아의 종교개혁가} 또는 가리발디 급의 국민적 영웅이었던 것 같다. 나는 1950년대에 처음 뉴욕에 왔을 때 로어이스트사이드에서 노동계급의 우크라이나인들 동네에 살았으므로, 매년 아이들 수십 명이 민속의상을 입고 춤을 추며 거리를 돌아다니던 동네잔치를 어렴풋이 기억하고 있었다. 야외무대에서는 사람들이 공산주의와 소련을 비난하는 연설을 했고, 지하에 있던 내 아파트 근처의 우크라이나 정교 성당과 인근 상점 진열창에 크레용으로 써서 붙인 문구에는 흐멜니츠키와 성 볼로디미르의 이름이 등장했다.

"살인자 흐멜니츠키 책!" 내가 한참 만에 알아들은 유대인 거인의 말이었다. "살인자 반데라 책! 살인자 페틀류라 개자식! 살인자! 살인자! 우크라이나인 전부 반유대주의자!"

신부는 반항적으로 고개를 갸웃하면서 쏘아붙였다. "당신이 아는지 모르겠지만, 페틀류라 본인이 살해당했습니다. 순교했어요. 파리에서. 소련 공작원들 손에." 그는 알고 보니 미국인이자 우크라이나 정교 신부였다. 목소리를 들어보니, 십중팔구 뉴욕에서, 어쩌면 2번 애비뉴와 8번가가 만나는 지점에서 멀고 먼 예루살렘까지 날아온 뉴욕 사람인 것 같았다. 데미야뉴크 재판을 보러 온 유대인들에게 우크라이나 그리스도교 천 주년을 축하하는 팸플릿을 나눠주려고. 저 사람도 제정신이 아닌 건가?

그 순간 그를 신부로 인정하다니 나야말로 제정신이 아닌 것 같다는 생각이 들었다. 지금 이것은 일종의 가면극, 소란을 일으켜 경찰과 군인의 주의를 끌고 사람들을 붙잡아두려고 계획된 연극이라는 깨달음이 왔다……. 내가 항상 뒤에서 일을 꾸민다는 생각에서 벗어나지 못하는 피픽과 마찬가지로, 나 역시 이일의 배후에 피픽이 있다는 생각에서 벗어날 수 없었다. 이 신부는 피픽의 미끼이자 음모의 동지였다.

"아냐!" 유대인 거인이 소리쳤다. "페틀류라 살해, 맞아…… **유대인** 손에! **유대인**을 죽여서! 용감한 **유대인** 손에!"

"그만하시죠." 신부가 말했다. "하고 싶은 말을 다 하셨잖습니까. 브루클린에서도 모두 당신 목소리를 들었을 겁니다. 이제 이곳의 선량한 사람들도 다른 사람의 이야기를 듣고 싶어할 것 같은데, 내가 그분들에게 말해도 되겠습니까?" 신부는 유대인 거인에게서 돌아서서, 소란이 벌어지기 전에 하던 설교를 다시 시작했다. 그가 말하는 동안 **피픽이 예상했던 그대로** 사람들이 점점 불어났다. 신부는 이렇게 말했다. "860년경, 치릴로와 메토디오 형제가 그리스의 수도원을 떠나 슬라브 사람들에게 그리스도교를 가르치러 갔습니다. 당시 우리 선조들에게는 문자가 없었죠. 두 형제는 우리를 위해 키릴 문자라고 불리는 문자를 만들어주었습니다. 키릴은 두 형제 중 치릴로의 이름에서 온 것으로……."

그러나 유대인 거인이 또 구경꾼들과 신부 사이에 끼어들어, 기가 질릴 만큼 큰 목소리로 또 소리를 지르기 시작했다. "히틀러와 우크라이나! 두 형제! 하나! 유대인 죽인다! 난 알아! 어머니! 누이! 전부! 우크라이나인이 죽인다!"

"이봐요." 신부가 말했다. 팸플릿 뭉치를 계속 가슴에 꼭 끌어안고 있는 그의 손가락이 하얗게 변했다. "잘 모르시는 것 같은데, 히틀러는 우크라이나의 친구가 아니었습니다. 우리나라의 절반을 나치가 점령한 폴란드에 줘버렸어요. 혹시 모를까 봐 말해주는 겁니다. 히틀러는 부코비나를 파시스트 루마니아에 주고, 베사라비아를……."

"아냐! 닥쳐! 히틀러는 너한테 큰 선물 줘! 히틀러는 너한테 큰, 큰 선물 줘! 히틀러는 너한테 유대인을 죽이라고 줘!" 거인이 우렁차게 외쳤다.

"치릴로와 메토디오는……." 신부는 다시 용감하게 거인을 등지고 설교를 이어갔다. "성경과 미사 내용을 슬라브어로 번역했습니다. 그것이 그 언어의 이름이었지요. 두 사람은 자신들이 번역한 언어로 미사를 드려도 좋다는 허락을 교황 아드리아노 2세에게 구하려고 로마로 출발했습니다. 아드리아노 교황이 그들의 청을 받아준 덕에 우리의 슬라브어 미사, 즉 우크라이나 전례典禮가 거행되어……."

유대인 거인은 치릴로와 메토디오 수도사의 이야기를 더 이상 참고 들어주지 못했다. 그는 거대한 두 손을 신부에게 뻗었다. 갑자기 그가 뇌하수체의 문제 때문이 아니라 천 년에 걸린 유대인의 꿈 때문에 만들어진 거인처럼 보였다. 우크라이나 그리스도교 문제에 대한 우리의 최종 해결책. 시온주의도 디아스포리즘도 아니라 거인주의…… 골렘주의! 군중들 가장자리에서 소총을 들고 상황을 지켜보던 군인 다섯 명이 앞으로 튀어나와 사이에 끼어들어서 신부를 보호했으나, 일이 워낙 순식간에 벌어졌기 때문에 군인들이 손을 써보기도 전에 모두들 웃어대며 그 자리를 떠나기 시작했다. 그들의 웃음은 뉴욕에서 온 그 신부가 허공으로 들렸다가 바닥에 내동댕이쳐져서, 진흙이 묻은 거대한 부츠에 밟혀 내세로 떠나버렸기 때문이 아니라, 이백 장쯤 되는 팸플릿이 사람들 머리 위로 떠올랐기 때문이었다. 그것으로 상황은 끝났다. 거인은 신부의 손에서 팸플릿을 전부 빼앗아 있는 힘껏 허공으로 높이 던졌다. 그것이 끝이었다.

사람들이 법정으로 돌아가려고 흩어지는 동안 나는 그 자리에 서서 신부가 흩어진 팸플릿을 다시 주워 모으는 모습을 지켜보았다. 어떤 팸플릿은 15미터나 떨어진 곳까지 흩어져 있었다. 그다음에는 거인을 보았다. 그는 계속 고함을 지르면서 혼자 길을 향해 움직였다. 다른 곳과 마찬가지로 여기 예루살렘에서도 그날이 그냥 평범한 하루인 것처럼 도로에서는 버스가 달리고 자동차들이 흐르듯 움직였다. 심지어 날씨까지 밝고 화창했다. 물론 그 신부는 피픽과 아무 상관이 없는 사람이었다. 내가 반드시 막아내겠다고 결심한 그 음모 또한 오로지 내 머릿속에만 존재했다. 내가 무슨 생각을 하고 무슨 행동을 하든 모두 틀렸다. 모이세 피픽 씨라는 닮은 꼴이 세상을 돌아다니는 상황에서 내게 **옳은 일**이란 존재하지 않는다는 사실을 나는 이제야 깨달았다. 그와 내가 둘 다 살아 있는 한, 이 정신적 혼란은 계속 위세를 떨칠 것이다. 나는 뭐가 어떻게 돌아가는지, 내 생각이 말이 되는지 두 번 다시 확신하지 못할 것이다. 무엇이든 금방 이해가 되지 않는 것이 내게는 괴상한 의미를 지닌 것처럼 받아들여질 것이며, 놈이 어디 있는지 내가 전혀 알지 못하고 두 번 다시 놈의 소식을 듣지 못한다 하더라도 놈이 내 삶에 얄팍하기 짝이 없는 의미를 부여하며 돌아다니는 한 나는 부풀려진 생각이나 견디기 힘든 혼란에서 결코 벗어나지 못할 것이다. 놈에게서 영원히 자유로워지지 못하는 것보다 더 나쁜 것은, 나 자신에게서 두 번 다시 자유로워질 수 없다는 점이다. 이것이 끝나지 않는 처벌임을 나만큼 잘 아는 사람은 없다. 피픽은 평생 내 뒤를 따라다닐 것이며, 나는 영원히 '모호함'이라는 집에 살게 될 것이다.

신부는 팸플릿을 계속 한 장씩 주워 모았다. 그가 거인에게 반항적으로 맞서고 있을 때 내가 생각했던 것보다 그의 나이가 훨씬 더 많았기 때문에 그 일이 그에게 쉽지는 않았다. 신부는 몹시 약하고, 아주 뚱뚱한 노인이었다. 비록 거인과의 일이 폭력적으로 끝나지는 않았지만, 그는 실제로 무서운 주먹에 한 대 맞은 사람처럼 후들거리는 것 같았다. 팸플릿을 주우려고 허리를 숙이다 보니 현기증이 나는 것 같기도 했다. 정말로 몸이 좋지 않은 듯했다. 안색이 무서울 정도로 잿빛이었다. 거인과 맞설 때는 지금보다 더 용감하고, 훨씬 더 생기 있어 보였는데.

내가 신부에게 말했다. "오늘 같은 날 그 팸플릿을 들고 왜 하필이면 여기로 왔습니까?"

신부는 팸플릿을 좀 더 수월하게 주우려고 무릎으로 선 상태였다. 그 자세로 그가 대답했다. "유대인들을 구원하려고요." 그는 조금 힘이 돌아온 것 같은 목소리로 같은 말을 되풀이했다. "당신들 유대인을 구원하려고요."

"그보다는 신부님 자신을 생각하는 편이 낫겠는데요." 그럴 의도는 없었는데도, 나는 그에게 다가가 손을 내밀었다. 그렇게 하지 않으면 신부가 일어설 길이 없을 것 같았다. 옆에서 구경하던 두 명, 청바지 차림의 젊은 남자 두 명, 젊고 민첩하고 거들먹거리는 거친 청년 두 명이 고작 1미터쯤 떨어진 곳에서 우리를 지켜보고 있었다. 다른 사람들은 모두 흩어져 보이지 않았다.

"만약 그들이 무고한 사람에게 유죄판결을 내린다면……."
신부가 이 말을 하는 동안 나는 청바지 차림의 두 청년을 어디서
봤는지 기억을 더듬었다. "예수님이 십자가에 못 박혔을 때와 똑
같은 결과가 나올 겁니다."

"아이고, 세상에, 케케묵은 소리는 그만합시다, 신부님. 또
십자가에 못 박힌 그리스도 얘기라니!" 나는 똑바로 일어선 신
부를 부축하며 말했다.

내게 대답하는 신부의 목소리는 떨리고 있었다. 숨이 가빠
서가 아니라, 나의 성난 대답에 그 또한 화가 난 탓이었다. "유
대인들은 이천 년 동안 그 대가를 치렀습니다. 옳든 그르든 그들
은 십자가 처형의 대가를 치렀어요. 나는 조니가 유죄판결을 받
아 비슷한 결과가 생기는 것이 싫습니다!"

바로 그때 내가 그 땅을 떠나는 것 같은 기분이 들었다. 나
는 그곳에서 어딘가 다른 곳으로 옮겨지는 중이었다. 뭐가 어떻
게 된 건지 알 수 없었지만, 파이프가 양쪽에서 각각 내 몸속으
로 파고 들어와 나를 들어 올려서 옮기고 있는 것 같았다. 내 발
이 허공에서 자전거를 타다가 땅에 닿았다. 내가 파이프라고 생
각했던 것이 청바지를 입은 두 남자의 팔이라는 사실이 이제 눈
에 들어왔다.

"소리 지르지 마." 한 명이 말했다.

"저항하지 마." 다른 한 명이 말했다.

"가만히 있어." 처음 말한 사람이 말했다.

"하지만……." 내가 입을 열었다.

"말하지 마."

"당신은 말이 너무 많아."

"누구하고나 말을 해."

"그저 말, 말, 말."

"말, 말, 말, 말, 말, 말, 말······."

그들이 나를 어떤 자동차 안에 밀어 넣은 뒤 누군가가 운전석에서 차를 출발시켰다. 두 남자는 내 온몸을 거칠게 툭툭 두드리며 무기가 있는지 수색했다.

"엉뚱한 사람을 붙잡은 거야." 내가 말했다.

운전석의 남자가 큰 소리로 웃음을 터뜨렸다. "잘됐네. 엉뚱한 사람을 잡고 싶었는데."

"아." 자욱한 안개 같은 두려움 속에서 내 목소리가 들렸다. "재미있는 경험인가?"

"우리한테?" 운전석 남자가 대꾸했다. "아니면 당신한테?"

"당신들 누구야?" 내가 소리쳤다. "팔레스타인인? 유대인?"

"이런." 운전석 남자가 말했다. "우리가 당신한테 묻고 싶은 게 바로 그건데."

더 이상 말하지 않는 게 최선이라는 생각이 들었지만, '생각'이라는 말은 지금 내 정신이 작동하는 과정에 적합한 말이 전혀 아니었다. 나는 속을 게우기 시작했다. 날 붙잡아 온 사람들에게 호감을 살 수 있는 행동은 아니었다.

나는 중앙시장 바로 뒤편의 무너져가는 동네에 있는 석조 건물로 끌려갔다. 전날 조지와 우연히 만난 곳에서 멀지 않고, 앱터가 사는 곳과는 아주 가까웠다. 정통파 종교를 믿는 아주 작은 아이들 예닐곱 명이 있었다. 머리가 수정 같은 아이들이 거리에서 놀고 있었다. 놀라울 정도로 투명한 그 아이들의 젊은 엄마들은 대부분 임신한 몸으로 식료품 봉투를 들고 멀지 않은 곳에 서서 신나게 수다를 떨었다. 그 여자들 옆에 바싹 붙어 있는 어린 여자아이 세 명은 머리를 하나로 묶고, 긴 하얀색 스타킹을 신었다. 오로지 그 아이들만이 좁은 골목길로 끌려가는 나를 무표정하게 바라보았다. 나는 방금 빤 속옷들이 얼기설기 걸린 빨랫줄에 널어져 있는 작은 마당으로 끌려갔다. 우리는 거기서 돌계단으로 들어갔다. 잠긴 문을 열고 우리가 들어간 곳은 아주 허름한 치과 의원이나 동네 병원처럼 보이는 공간이었다. 히브리어 잡지들이 어지럽게 흩어진 탁자가 보였다. 접수대의 여성 직원은 통화중이었고, 나는 또 다른 문을 통과해 아주 작은 욕실로 끌려갔다. 누가 불을 딸깍 켜더니 나더러 씻으라고 말했다.

나는 한참 동안 얼굴과 옷을 흠뻑 적시며 입을 계속 헹궜다. 그들이 나를 이렇게 혼자 두었다는 점, 내 몸에서 역겨운 냄새가 나는 걸 원하지 않는다는 점, 내 눈을 가리거나 재갈을 물리지 않았다는 점, 이 작은 화장실의 문을 권총 손잡이로 쾅쾅 두드리며 서두르라고 재촉하는 사람이 없다는 점, 이 모든 사실에서 나는 처음으로 희망을 보고, 그들이 팔레스타인인이 아니라 피픽의 유대인인 것 같다고 짐작했다. 피픽이 정통파 유대인들과 함께 음모를 꾸몄으나 그들을 배신하고 도망치는 바람에 그들이 나를 피픽으로 착각하고 잡아 온 것 같았다.

깨끗이 씻은 뒤 나는 뒤에서 너무 심하지 않게 밀어대는 힘에 밀려 화장실을 나서서 복도를 걸어 좁은 계단으로 향했다. 스물세 개의 얕은 계단을 올라가서 도착한 2층에는 교실 네 개가 중앙 층계참에서 옆으로 늘어서 있었다. 머리 위의 채광창에는 검댕이 잔뜩 묻었고, 발밑의 바닥 널은 아주 심하게 닳은 상태였다. 퀴퀴한 담배 냄새가 진동해서, 나는 사십오 년 전 과거로 돌아간 것 같았다. 1940년대 초 내가 일주일에 삼 일씩 늦은 오후에 친구들과 함께 히브리어를 공부하려고 마지못해 다니던 시나고그 한 층 위의 탈무드 학교. 그곳을 담당한 랍비가 골초였다. 최대한 기억을 떠올려 보니, 냄새가 똑같은 건 그렇다 쳐도 그 시절 뉴어크의 그 시나고그 2층 풍경 역시 지금 이곳과 크게 다르지 않았다. 허름하고, 황량하고, 조금 거슬릴 정도로 빈민가 분위기를 풍기는 곳.

그들은 나를 교실 한 곳에 끌어다놓은 뒤 문을 닫았다. 나는 또 혼자가 되었다. 아무도 내게 발길질을 하거나 뺨을 때리거나 손을 묶거나 발에 족쇄를 채우지 않았다. 칠판에 히브리어가 적혀 있는 것이 보였다. 아홉 단어. 나는 전혀 읽을 수 없었다. 삼 년 동안 오후에 그 탈무드 학교에서 히브리어를 배운 지 사십 년이 흐른 터라, 이제 나는 히브리어 문자조차 식별할 수 없었다. 교실 앞쪽에는 이렇다 할 특징이 없는 나무 탁자가 하나 있고, 그 뒤에 교사가 앉을 나무 의자가 있었다. 탁자 위에는 텔레비전이 한 대 있었다. 그건 1943년에 우리 교실에 없던 물건이었다. 당시 우리가 앉았던 의자 또한 이동이 가능한 플라스틱 학생의자가 아니라 바닥에 못을 박아 고정한 긴 의자였다. 상판이 경사를 이룬 나무 책상 위에서 우리는 오른편에서 왼편으로 선생님의 말씀을 받아 적었다. 하루에 한 시간, 일주일에 세 번, 공립학교에서 여섯 시간 반의 수업을 마치고 곧바로 온 우리들은 그 교실에 앉아 평소와 반대방향으로 글을 쓰는 법을 배웠다. 마치 해가 서쪽에서 떠오르고, 낙엽이 봄에 떨어지고, 캐나다가 미국의 남쪽에 있고, 멕시코가 북쪽에 있고, 양말보다 신발을 먼저 신는 것 같았다. 수업이 끝나면 우리는 그곳과 반대방향으로 조정된 아늑한 미국식 세상으로 다시 도망쳤다. 그곳에서는 그럴 듯하게 말이 되는 것, 우리가 알아볼 수 있는 것, 예측할 수 있는 것, 합리적인 것, 이해할 수 있는 것, 유용한 것이 모두 왼쪽에서 오른쪽으로 펼쳐지며 의미를 드러냈다. 거기서 우리가 반대방향으로 나아가는 유일한 곳, 그것이 자연스럽고 논리적인 단 하나의 군건한 예외는 동네 공터의 임시 야구장이었다. 1940년대 초에 오른쪽에서 왼쪽으로 글을 읽고 쓰는 것이 내게는 외야수의 머리 위로 공을 넘긴 뒤 3루에서 2루를 거쳐 1루로 뛰면서 3루타로 인정받기를 바라는 것과 같은 일이었다.

나는 문에 빗장이 걸리는 소리를 듣지 못했다. 서둘러 창가로 가보니 창문이 잠겨 있지 않을 뿐만 아니라, 창문 하나는 아예 아래쪽이 열려 있기까지 했다. 그 창문을 끝까지 밀어올리고 밖으로 기어나가 창턱에 매달렸다가 3미터 정도 아래의 마당으로 떨어지기만 하면 도망칠 수 있었다. 거기서 20미터쯤 골목을 뛰어가 큰길로 나가면 소리쳐 도움을 청하거나 앱터의 집으로 곧장 갈 수 있을 것이다. 하지만 저들이 총을 쏜다면 어쩌지? 내가 뛰어내리다가 다쳐서 저들에게 붙잡혀 다시 안으로 끌려온다면? 나를 붙잡아 온 사람들이 누군지 아직 몰랐기 때문에 도망치는 쪽과 도망치지 않는 쪽 중 어느 편이 더 위험한지 알 수 없었다. 그들이 창문 하나 없는 지하감옥의 벽에 나를 사슬로 묶어놓지 않았다고 해서 반드시 그들이 착한 사람이라거나 내가 협조하지 않아도 별일 없을 거라고 생각할 수는 없었다. 하지만 협조한다 해도 도대체 무슨 협조? 여기 있다 보면 답을 알게 될 거라는 생각이 들었다.

나는 소리 없이 창문을 최대한 열었다. 하지만 내가 바닥까지 거리를 재보려고 고개를 내밀자, 머리의 왼쪽 절반이 깨지는 듯이 아파오면서 내 몸 안에서 펄떡거릴 수 있는 모든 것이 펄떡거리기 시작했다. 이제 나는 사람이 아니라, 내가 통제할 수 없는 어떤 것에 의해 시동이 걸려 점점 회전속도가 높아지는 엔진이 된 것 같았다. 나는 창문을 열 때와 마찬가지로 소리 없이 창문을 아래로 잡아당겨 내가 처음 창문을 봤을 때처럼 아랫부분만 살짝 열어두었다. 그리고 교실에 1등으로 도착한 열성적인 학생처럼 방 한복판으로 걸어가 칠판 앞 의자에 앉았다. 텔레비전이 놓인 교사의 책상에서 두 줄 떨어진 곳이었다. 유대인들에 대해서는 두려워할 것이 하나도 없기 때문에 괜히 겁을 먹을 필요가 없다는 확신이 들었지만, 그와 동시에 내가 이렇게 아이처럼 순진한 생각을 했다는 사실에 말문이 막혔다. 유대인들은 나를 때리거나, 굶기거나, 고문할 수 없을 거라고? 어떤 유대인도 나를 죽일 수 없을 거라고?

나는 다시 창문으로 다가갔지만, 이번에는 그냥 마당을 내다보기만 했다. 누구든 나를 발견하고 내가 여기 억지로 붙잡혀 있음을 나의 소리 없는 신호로 알아주기를 바라는 심정이었다. 지금 무슨 일이 벌어지고 있는 건지, 아니 사흘 전부터 뭐가 어떻게 돌아가는 건지는 잘 모르겠지만 이 모든 일의 시작은 내가 뉴어크에서 항상 조금이라도 가벼운 마음으로 보낼 수 있었던 학교에서, 나의 미래의 출발점이라고 천 일 동안 매일 똑똑히 확신하던 그 공립학교에서 하루 수업을 꼬박 들은 뒤 지금 여기 예루살렘의 임시 복제품과 똑같은 작고 퀴퀴한 교실에 앉아 어둑해지는 시간을 보내던 그때였다는 생각이 들었다. 하지만 히브리어 학교에 다닌 것만으로 무엇이든 달라질 수 있었을까? 그곳의 교사들은 외로운 외국인, 저임금에 시달리는 피난민이었고, 학생들(공부를 가장 잘하는 학생도 가장 못하는 학생도 똑같았다)은 지루해서 몸을 뒤트는 미국인 아이들이었다. 열 살, 열한 살, 열두 살의 아이들은 매년 가을, 겨울, 봄에, 우리의 감각을 자극하며 미국적인 즐거움을 자유로이 나눠보라고 손짓하는 그런 계절에 이런 식으로 갇혀 있는 것에 불만이 가득했다. 히브리어 학교는 학교가 아니라, 우리 부모들이 자기네 부모들과 맺은 거래의 일부였다. 손주들이 자기들과 똑같은 유대인이 되기를 바라는 나이 든 세대, 천 년 전의 관습에 손주들이 자기들처럼 묶이기를 원하는 그들의 마음을 달래기 위한 뇌물이자, 삼천 년에 걸친 우리 역사에서 어느 누구도 감히 엄두를 내지 못한 독특한 유대인이 되겠다는 생각을 품은 어린 이탈자들을 구속하기 위한 목줄이었다. 이 어린 이탈자들은 미국 영어로 말하고 생각했다. 오로지 미국 영어로만. 그러니 거기서 변절이 생겨날 수밖에 없었다. 우리 부모들은 슈테틀에서 태어난 세대와 뉴어크에서 태어난 세대 사이에서 협상하며 양편에서 얻어맞는, 전형적인 미국식 낀 세대였다. 그들은 윗세대에게 이렇게 말했다. "여긴 신세계예요. 여기서는 아이들이 제 길을 찾게 두어야 해요." 그러면서 자식들을 엄하게 꾸짖었다. "절대로, 반드시 해야 돼. 모든 것에 등을 돌릴 수는 없어!" 그런 타협이라니! 상상할 수 있는 최악의 학습환경에서 상상할 수 있는 최악의 가르침을 받으며 삼사천 시간을 보내봤자 무슨 소용이 있을까? 소용이 없기는…… 그 시간이 **모든 것**에 영향을 미쳤다! 내가 이제는 해독할 수 없는 그 암호 같은 언어가 사십 년 전 내게 지울 수 없는 표시를 찍어놓았다. 칠판에 적힌 알 수 없는 단어들에서 내가 지금까지 글로 적은 모든 영어 단어가 나왔다. 그래, 모든 것의 기원이 거기였다. 모이셰 피픽까지도.

나는 계획을 짜기 시작했다. 저들에게 모이셰 피픽의 이야기를 들려줄 것이다. 놈이 꾸미는 일과 내가 꾸미는 일이 어떻게 다른지 말해줄 것이다. 그들이 조지 지아드에 대해 물어보는 것에 모두 대답할 것이다. 조지와 만나서 대화를 나눈 일에 대해, 심지어 내가 디아스포리즘을 통렬히 비판한 것에 대해서도 나는 숨길 것이 전혀 없었다. 징크스에 대해서도 말할 것이다. 저들이 알고 싶어하는 일이라면 하나도 남김없이 말해줄 것이다. "나는 아무 잘못도 없어. 데미야뉴크 아들을 납치하겠다는 피픽의 협박을 경찰에 알리지 못한 게 혹시 잘못일 수도 있겠지만, 그 이유도 설명할 수 있어. 모든 걸 설명할 수 있어. 난 순전히 아하론 아펠펠드를 인터뷰하러 왔을 뿐이야." 하지만 나를 여기에 붙잡아둔 사람들이 정말로 피픽의 공범이라면, 그래서 바로 지금 데미야뉴크 아들의 납치 계획을 실행하기 위해 거추장스러운 나를 미리 치워둔 거라면, 그렇다면 방금 생각한 말이야말로 절대 하지 말아야 할 말이었다!

내가 정확히 어떤 변명을 내놓아야 할까? 누가 내 말을 믿어주기나 할까? 날 심문하러 올 사람이 나는 어떤 음모에도 참여하지 않았다, 나는 어떤 계획에도 손을 거들지 않았다, 음모 같은 건 없다, 모이셰 피픽과 나 또는 조지 지아드와 내가 비밀스럽게 꾸민 계략 같은 건 없다, 나는 개인적으로든 정치적으로든 선동을 위해서든 남에게 일을 맡긴 적이 없다, 팔레스타인인을 돕거나 유대인을 더럽히거나 어떤 식으로든 이 싸움에 개입할 전략을 고안한 적이 없다는 말을 믿어줄까? 교묘한 술책이나

은근한 목적이나 숨은 계획 같은 것은 없다는 사실, 지금 일어나는 일들은 아무런 의미도 없다는 것, 내가 음울하거나 불길한 저의로 빚어낸 패턴 같은 것은 없다는 사실, 아니 아예 내게 어떤 저의도 없다는 사실, 이건 해석과 비평의 대상이 될 수 있는 상상력의 창작물이 아니라 뒤죽박죽 혼란스럽기 짝이 없는 엉터리일 뿐이라는 것을 저들에게 어떻게 설명해야 할까!

1960년대 중반에 폽킨 교수라는 사람이 1963년 11월 22일에 케네디를 죽이는 데에 관여한 리 하비 오즈월드는 한 명이 아니라 두 명이며, 그 두 번째 오즈월드는 암살 전 몇 주 동안 댈러스 일대에서 일부터 눈에 잘 띄게 돌아다녔다는 주장을 공들여 다듬어서 들고 나온 것이 생각났다. 워런 위원회는 (오즈월드 본인이 다른 장소에 있었음을 분명히 입증할 수 있는 순간에) 두 번째 오즈월드를 보았다고 주장하는 사람들의 목격담을 착각으로 치부해버렸지만, 폽킨은 오즈월드가 동시에 두 곳에 나타난 사례가 너무 빈번하고 목격담의 근거가 너무 탄탄해서 무시할 수 없다고 주장했다. 그는 특히 오즈월드 닮은 꼴이 총기 상점에서 총기를 구매하는 걸 봤다는 목격담과 인근 사격장에서 화려하게 총을 쏘는 걸 봤다는 목격담을 지적했다. 그래서 그는 이 두 번째 오즈월드가 실존인물이며, 음모에 참여한 암살자 중 하나이고, 첫 번째 오즈월드는 미끼 역할을 했다는 결론을 내렸다. 그는 첫 번째 오즈월드가 자기도 모르는 사이에 죄를 뒤집어썼을 가능성도 있다고 말했다.

내가 곧 그런 상대를 마주할 것 같다는 생각이 들었다. 나나 리 하비 오즈월드 같은 사람이 아무런 음모도 없이 혼자 돌아다녔을 것이라고는 상상도 하지 못하는 음모의 천재. 나의 피픽이 나의 폼킨을 낳을 것이며, 이번에 죄를 뒤집어쓰는 사람은 내가 될 것이다.

나는 그 교실에서 거의 세 시간 동안 혼자 있었다. 창문에서 마당으로 뛰어내려 도망치지 않고, 그냥 여기서 걸어 나갈 수 있는지 시험해보려고 잠기지 않은 교실 문을 열어보지도 않고, 나는 결국 두 번째 줄의 그 자리로 돌아가 지금의 이 직업을 가진 뒤로 줄곧 하던 일을 했다. 먼저 노골적으로 황당하다고까지 말할 수는 없어도 하여튼 조금 극단적인 이야기를 어떻게 믿을 만하게 만들지 고민하고, 그다음에는 그 이야기를 들려준 뒤 거기서 창작자의 비틀린 행태보다는 그들의 행태를 더 겨냥한 듯한 의도를 읽어내고 모욕을 느낀 상대 앞에서 내 주장을 펼치며 나 자신을 어떻게 방어할지 고민했다. 나처럼 글을 쓰는 사람들이라면, 자꾸 무서운 상상만 드는 상황에서 내 행동에 따라 많은 것이 달라질 수 있다는 점만 빼면 그 방에서 날 심문할 사람들에게 이야기를 들려주려고 준비하는 과정이 새 책을 출간한 뒤 세상에서 가장 멍청하고 서투르고 천박하고 우둔하고 비뚤어지고 음을 듣고도 모르고 감각 없고 클리셰만 재활용하는 멍청이 비평가의 글을 기다릴 때와 다르지 않았다는 내 말을 이해할 것이다. 내 뜻이 전달될 가망이 별로 없었다는 뜻이다. 그러니 그냥 창문에서 뛰어내리자는 생각을 누군들 하지 않겠는가?

누구도 나타나 나를 묶거나 때리거나 머리에 총을 겨누고 질문을 던지는 일 없이 한 시간 하고 삼십 분쯤 지났을 때, 혹시 이건 그냥 전혀 위험하지 않은 장난이 아니었을까 하는 생각이 점차 들기 시작했다. 피픽이 나한테 흠씬 겁을 주려고 자동차가 있는 깡패 세 명을 고용했을 것이다. 고작 200달러면 가능한 일이었다. 어쩌면 절반도 안 되는 돈이 들었을 수도 있었다. 놈들은 나를 홀랑 붙잡아서 여기에 던져놓고 그냥 즐거운 시간을 보내러 갔을 것이다. 나를 잡아 오는 데 걸린 삼십 분 동안 나쁜 일이라고는 내가 놈들의 발끝을 향해 속을 게워낸 것밖에 없었다. 순전히 피픽다운 일이었다. 보란 듯이 상대를 도발하는 능력이 무한해 보이는 상상 속 사립탐정의 특징이 모두 있었다. 어쩌면 바로 이 방에 엿보는 구멍이 있어서, 지금 놈이 다른 누구도 아닌 나 자신의 포로가 되어 수치를 당하는 내 모습을 지켜보고 있을지도 몰랐다. 100만 달러를 훔쳐 긴 니를 향한 그의 복수. 그의 완다 제인을 훔쳐 간 나를 향한 그의 조롱. 자신의 안경을 부순 나를 향한 보복. 어쩌면 그녀가 지금 그와 함께 있을지도 몰랐다. 팬티도 입지 않고 그의 무릎에 앉아 그의 보형물 성기에 영웅처럼 자신을 꽂고, 함께 나를 엿보며 그의 흥분을 성실하게 부추기고 있을지도. 나는 그들의 구경거리였다. 처음부터 그랬다. 이 복수극의 창의성이 한없이 깊다.

하지만 나는 칠판에 적힌 아홉 단어를 유심히 살피면서 이 가능성을 머릿속에서 몰아냈다. 한참 동안 열심히 그 단어들을 보면 잊어버린 언어가 느닷없이 다시 생각나서 비밀 메시지의 뜻을 알게 될 것이라고 기대하기라도 하는 것처럼 글자 하나하나에 초점을 맞췄다. 그러나 그보다 더 낯선 외국어는 없었다. 히브리어의 특징 중 기억나는 것이라고는 아래쪽 점과 짧은 선이 모음이고 위쪽 표시들은 대체로 자음이라는 사실뿐이었다. 그 밖에는 모든 기억이 싹 지워진 것 같았다.

나는 내 나이만큼이나 오래된 충동에 따르기로 하고, 펜을 꺼내 아메리칸 콜로니의 계산서 뒷면에 칠판의 단어들을 천천히 옮겨 적었다. 어쩌면 그 글자들은 아예 단어가 아닐 수도 있었다. 내 입장에서는 중국어를 옮겨 적는 것과 다를 바 없었다. 과거 이 글자들을 그리면서 보낸 수백 시간이 흔적도 없이 사라졌다. 그 시간이 어쩌면 꿈이었는지도 모르겠다. 하지만 그 꿈속에서 나는 그 뒤로 아무리 원해도 빠져나오지 못하고 영원히 붙들려버린 모든 것을 발견했다.

나중에, 만약 나중이 있다면, 내가 어디서 누구에게 붙잡혀 있었는지를 정확히 밝혀줄 단서를 이 기호들이 제공해줄지도 모른다고 생각하면서 내가 힘들게 옮겨 적은 글자들은 다음과 같다.

וַיֹּאמֶר אֶל־עַבְדּוֹ לֵךְ וַיֵּלֶךְ
וַיֹּא גַּם אֶת־אַחַיֵ וְאֶת־צֹאנִי לָקַ֔ח

그리고 나서 나는 소리 내어 말하는 내 목소리에 화들짝 놀랐다. 내 안의 분별력이 모두 두려움에 무력화된 것은 아니라고, 정신 바짝 차리고 앉아서 나를 상대로 누가 무슨 일을 꾸미는 건지 가만히 두고 볼 만한 정신력이 남아 있다고 줄곧 나 자신을 납득시키려 했지만, 텅 빈 교실에서 들려온 내 목소리는 이런 말을 하고 있었다. "피픽, 너 거기 있는 거 알아." 아까 차 안에서 나를 붙잡은 자들에게 팔레스타인인인지 유대인인지 물어본 뒤로 처음 한 말이 이거였다. "신원도용에 이제는 납치까지. 피픽, 네 혐의가 시시각각 심각해지고 있어. 네가 원한다면 아직은 휴전 협상이 가능해. 내가 널 고발하지 않고, 넌 나를 건드리지 않는 거야. 지금 네가 거기 있다고 말해."

하지만 말하는 사람은 나뿐이었다.

나는 좀 더 현실적으로 그에게 접근했다. "얼마를 주면 네가 날 건드리지 않겠어? 액수를 말해봐."

그가 내 납치와는 아무 상관이 없고, 지금 근처에 있지도 않으며, 전날 밤 예루살렘을 떠났을 가능성이 높기 때문에 지금 그의 대답을 들을 수 없다는 주장(나도 이런 생각을 했다)은 논박하기가 거의 불가능할 정도였지만, 내가 말한 뒤에 또다시 이어진 긴 침묵은 그가 바로 거기에 있다는 내 믿음을 오히려 더 강화하는 역할도 동시에 했다. 그가 대답하지 않는 것은, 내가 그의 대답을 이끌어낼 방법을 아직 찾아내지 못했거나, 내가 결국 더 이상 굴욕을 견디지 못해 무릎 꿇고 눈물을 흘리며 자비를 애걸할 때까지 그가 온 예루살렘에서 내 행세를 할 때 내세웠던 그 얼굴을 감춘 채 지금 이 광경을 즐길 생각이기 때문인 것 같았다. 피픽의 광대극 같은 특징이 잔뜩 보이는 이 납치극이 완전히 다른 사람의 작품이라면, 피픽보다 내게 훨씬 더 과격한 위협이 되며 광대와는 거리가 먼 누군가가 지금 이 순간 나를 감시하고 있다면, 나와의 친밀한 관계를 결코 인정하지 않는 사람, 나의 애절한 탄원에 조금은 마음이 흔들릴지도 모르지만 나의 호소나 제안이나 간청이 전혀 닿을 수 없는 누군가가 지금 그러고 있다면 내 모습이 얼마나 한심하고 우습게 보일지 나는 물론 잘 알고 있었다. 피픽보다도 훨씬 더 낯선 감시자, 나의 생각과 안위에는 치명적일 정도로 무심하고 내 이름과 얼굴에도 전혀 관심이 없는 감시자가 지금 플라스틱 학생의자에 앉은 나를 샅샅이 훑어

보고 있을까 봐 두려워서 나는 나도 모르게 나를 흉내 내는 모이세 피픽의 목소리를 간절히 원하게 되었다. 내가 새벽에 전반적으로 실현하기 힘들고 무게도 전혀 없고 가능성이 희박한 우연의 일치에 기대고 있으며 내적인 일관성이 부족하고 진지한 의미나 목적 같은 것은 눈을 씻고 봐도 찾을 수 없다는 이유로 도망치려 했던 그 음모, 거짓과 사기성뿐만 아니라 유치함 때문에도 내가 진저리를 쳤던 피픽의 그 황당한 음모가 이제는 나의 유일한 희망인 듯싶었다. 놈의 형편없는 책에서 내가 아직도 바보 같은 인물이길!

"피픽, 여기 있어? 여기 있는 거야? 이거 네가 생각해낸 일이지? 아니야? 맞는다면 그렇다고 말해. 말하라고. 난 한 번도 네 적이었던 적이 없어. 지금까지 있었던 일을 자세히 돌이켜봐, 응? 내가 계속 도발당했다고 말할 권리쯤은 있지 않아? 넌 아무 잘못도 없어? 우리가 만나기 전에 네가 나의 공적인 지위 때문에 어떤 고통을 겪었는지 몰라도, 그게 어떻게 내 책임일 수가 있어? 게다가 그게 그렇게 힘들었어? 나랑 닮은 게 다른 사람들 같으면 대부분 귀찮다고 생각할 수준보다 훨씬 더 힘든 일이었다고, 정말로? 내가 너더러 예루살렘에 와서 우리 둘이 한 사람인 것처럼 행세하라고 시킨 것도 아니잖아. 솔직히 나한테 그런 걸 뒤집어씌울 수는 없지. 내 말 들려? 그래, 들릴 거야. 네가 대답하지 않는 건, 네가 나한테 품은 불만이 그게 아니기 때문이겠지. 내가 너한테 무례하게 군 것이 문제일 거야. 나는 동업자로 함께 사업을 벌이자는 네 제안을 받아들이고 싶지 않았어. 무례하고 신랄하게 굴었지. 네 말을 무시하고 깔봤어. 너를 처음 보는 순간부터, 아니 그 전에 피에르 로제 행세를 하면서 전화로

덧을 놓았을 때부터 네게 화를 내고 널 협박했어. 그래, 나한테 문제가 좀 있었던 건 인정해. 다음에는 내가 공격하기 전에 네 입장이 되어보려고 더 열심히 노력할게. '준비하시고 쏘세요' 대신에 '잠깐 심호흡하고 생각하자'를 하겠다고. 난 열심히 배우려고 하는 중이야. 어쩌면 내가 너무 적대적이었는지도 모르겠어. 어쩌면. 정말로 잘 몰라서 하는 말이야. 너한테 헛소리를 늘어놓으려는 게 아니야, 피픽. 네가 지금 유리한 위치에 있다는 이유로 내가 너한테 아부를 떤다면 넌 지금보다 훨씬 더 날 경멸하겠지. 내가 하고 싶은 말은, 널 만났을 때 내가 아무리 불쾌한 반응을 보였다 해도 내 위치의 사람이 보일 만한 반응의 범위에서 결코 벗어나지 않았다는 것뿐이야. 하지만 네게는 그보다 더 깊은 불만의 원인이 있지. 그 100만 달러. 그건 큰돈이야. 네가 내 행세를 하면서 갈취한 돈이라는 사실은 잊어버리자. 내가 간섭할 일이 아니라는 네 말이 옳은 건지도 모르지. 내가 신경 쓸 필요가 없잖아? 더구나 좋은 일에 쓰라고 준 돈인데. 네가 그렇게 주장한다면, 내가 뭐라고 반대하겠어? 그건 순전히 스마일스버거와 너 사이의 일이라고 기꺼이 믿어줄게. 매수자가 스스로 조심해야죠, 스마일스버거 씨. 하지만 그게 내 죄도 아니잖아, 안 그래? 네가 내 행세를 한 게 아니라 내가 네 행세를 하면서 그 돈을 갈취했다는 게 내 죄지. 네 행세를 하면서 내 것이 아닌 돈을 받은 죄. 네가 보기에 이건 무거운 절도죄일 거야. 장사는 네가 하고, 수익은 내가 가져갔으니. 내가 이런 말을 하면 네 기분이 나아질지 모르겠는데, 나는 그 돈을 한 푼도 가져가지 않았어. 나한테 수표가 없다고. 지금 나는 너한테 붙잡혀 있지. 날 데려온 놈들은 네 부하고. 여기선 네가 대장이니, 난 너한테 거짓말할 생각이 없어. 난 수표를 잃어버렸어. 잃어버렸다고. 네가 아는지 모르겠는데, 난 그동안 너하고만 다툰 게 아니야. 너무 긴 이야기라 다 말하기도 힘들고, 어차피 네가 믿지도 않을 테니, 그냥 내가 완전히 무력한 상태에서 수표가 사라졌다고만 해두지. 이제 우리가 같이 스마일스버거 씨를 찾아가 혼란스러운 상황을 설명해주면 안 될까? 지난번에 준 수표의 지불을 정지시키고 새 수표를 달라고 하면 어때? 지난번 수표가 지금 누군가의 주머니에 들어갔다기보다는, 라말라에서 돌아오던 그날 도로에서 군인들이 날 거칠게 다룰 때 바람에 날려갔거나 발에 짓밟혔을 거라는 데에 난 100만 달러를 걸 수도 있어. 넌 이 말을 믿지 않겠지만 믿어야 돼, 진짜로. 네가 늘어놓은 이야기보다 엄청 이상한 것도 아니잖아. 나는 여기서 벌어지고 있는 싸움의 십자포화에 걸렸어. 그때 네 수표가 사라진 거야. 우리가 노력해서 네가 새 수표를 받으면 돼. 내가 도와줄게. 널 대신해서 내가 최선을 다할게. 처음부터 네가 요구한 게 이것 아니야? 내 협조? 그래, 협조할게. 됐지? 난 네 편이야. 우리가 같이 너의 수표를 찾아오자."

나는 그의 대답을 기다렸지만 헛수고였다. 내가 수표를 교환해서 이미 내 계좌에 넣어놓고 거짓말을 하고 있다고 생각하거나, 내게서 더 많은 것을 원하는 모양이었다. 아니면 아예 그가 거기 없을 수도 있었다.

"그것도 사과할게." 내가 말했다. "징크스 일. 완다 제인. 그런 육체적인 고통을 겪고 살아남았으니, 당연히 그 일에 지독히 화가 나겠지. 아마 돈 문제보다 이것 때문에 훨씬 더 화가 났을 거야. 네 심장을 찌르는 것이 내 의도는 아니었다고 말해도,

네가 내 말을 믿어주지는 않을 거야. 당연히 다른 생각을 하겠지. 내가 널 응징하고 굴욕을 주려고 그런 짓을 했다고. 네가 가장 귀하게 여기는 것을 내가 훔치려 했다고. 너의 가장 약한 부분을 내가 때리려 했다고. 그런 생각이 틀렸다고 내가 말해봤자 아무 소용이 없을 거야. 네 생각이 부분적으로는 옳을 수도 있으니 더욱더. 인간의 심리라는 게 원래 이 모양이라, 심지어 네 생각이 모두 옳을 수도 있어. 하지만 진실은 진실이니 내가 상처에 소금을 뿌려도 그러려니 해줘. 내가 아무 감정도 없이 그런 짓을 한 게 아니야. 징크스한테 말이야. 그렇게 매력적인 여자 앞에서 남자다운 반응에 재갈을 물리는 게 너만큼이나 나한테도 힘든 일이었어. 그것도 우리의 닮은 점인가 봐. 네가 생각한 동반자 관계와는 거리가 먼 일이겠지만……. 아냐, 아무것도 아니야. 그만하자. 엉뚱한 얘기를 했네. 내가 그런 짓을 했어. 앞으로 비슷한 상황이 생기면 십중팔구 또 그렇게 하려고 할 거야. 하지만 앞으로 그런 상황이 생기는 일은 없겠지. 그건 내가 약속해. 그 일이 다시 일어나지는 않을 거야. 내가 오늘 이렇게 납치돼서 갇혀 있으니, 앞으로 무슨 일이 벌어질지 전혀 모르는 상태로 이 방에 앉아 온갖 공포를 맛봤으니, 너의 권리를 침해한 것에 대해 내가 충분한 질책을 당했다는 점만 인정해줘."

나는 대답을 기다렸다. '네가 생각한 동반자 관계와는 거리가 먼 일이겠지만.' 이 말을 할 필요는 없었다. 하지만 그 말만 제외하면, 지금처럼 모호한 위협이 느껴지는 곤경에 처했을 때 누구도 이보다 훨씬 더 훌륭한 말솜씨를 부릴 수는 없을 것이라는 생각이 들었다. 나는 겁쟁이처럼 굴지도 않았다. 그럭저럭 사실을 말하면서도 그가 원하는 말을 그럭저럭 해주었다.

하지만 계속 대답이 들려오지 않자, 나는 말솜씨를 모두 잃어버리고 이제는 차분하다고 하기 어려운 목소리로 선언하듯 말했다. "피픽, 날 용서할 수 없다면, 네가 거기 있다는 신호라도 보내줘. 네가 여기 있다고, 내 말을 듣고 있다고, 내가 벽을 보고 말하는 게 아니라고!" 아니면, 용서하겠다는 마음이 너보다 훨씬 더 약하고 너의 침묵보다 더 엄격한 비난을 할 수 있는 사람이 여기 있는 게 아니라고. "원하는 게 뭐야? 번제燔祭? 네 여자 근처에는 두 번 다시 가지 않을게. 너의 그 돈도 같이 되찾으면 돼. 뭐라고 말 좀 해봐! 말하라고!"

그제야 나는 그가 내게서 원하는 것이 무엇인지 깨달았다. 내가 처음부터 그에게 얼마나 서툴게 굴었는지, 남의 흉내를 내는 자들이 모두 갈망하는 것이자 오직 나만이 그에게 제대로 허락해줄 수 있는 것을 그에게 내어주지 않은 것이 얼마나 자기파괴적인 계산 착오였는지를 마침내 깨달은 것은 말할 필요도 없다. 내 이름을 마치 그의 이름이기도 한 것처럼 입에 담을 때에야, 그제야 피픽은 스스로를 드러낼 것이고, 그의 분노를 달래기 위한 협상이 시작될 것이다.

"필립." 내가 말했다.

그는 대답하지 않았다.

"필립." 내가 다시 말했다. "나는 너의 적이 아니야. 너의 적이 되고 싶지 않아. 따뜻한 관계를 맺고 싶어. 일이 이렇게 돼서 난 지금 거의 정신을 차릴 수 없어. 너무 늦지 않았다면 지금이라도 네 친구가 되고 싶어."

아무 대답이 없었다.

"내가 냉소적이고 무정했어. 미안해." 내가 말했다. "널 그런 식으로 대하면서 나를 높이고 너를 깎아내린 건 옳은 행동이 아니었어. 네가 내 이름을 부른 것처럼 나도 네 이름을 불렀어야 하는 건데. 이제부터는 그렇게 할게. 그렇게 할 거야. 난 필립 로스이고, 너도 필립 로스야. 나는 너와 같고 너는 나와 같아. 이름이 그렇고, 이름뿐만 아니라……."

하지만 그는 내 말을 믿지 않는 것 같았다. 아니면 거기 없거나.

그는 거기 **없었다.** 한 시간 뒤 문이 열리고 스마일스버거가 절룩거리며 교실 안으로 들어왔다.

"잘 기다리셨소." 그가 말했다. "정말 미안하지만 나도 붙들려 있었어요."

10

진심으로 형제를 미워하지 말라

그가 들어왔을 때 나는 글을 읽고 있었다. 누가 나를 지켜보고 있을지는 몰라도 내가 아직 두려움에 마비되거나 헛것을 보고 미쳐 날뛰는 지경은 아니라는 것을 보여주기 위하여, 치과나 이발소에서 차례를 기다리는 사람처럼 기다리고 있음을 보여주기 위하여, 혹시 뭐가 잘못되면 어쩌나 싶어서 의자에서 일어나지 못하는 내 소심함 말고 다른 것에 정신을 쏟으려고(그보다 훨씬 더 절박한 이유는 당장 창문에서 뛰어내리라고 고집스레 나를 몰아대는, 무모하기 짝이 없는 충동 말고 다른 데에 정신을 쏟아야 한다는 것), 나는 리언 클링호퍼의 일기장이라고 알고 있는 그 자료를 주머니에서 꺼내 정신적으로 아주 힘들게 노력을 기울인 끝에 언어의 세계에 나 자신을 올려놓았다.

옛날 학교 선생님들이 보면 얼마나 좋아하실까. 여기서도 글을 읽고 있다니! 하지만 이것이 처음 있는 일도 아니고, 마지막도 아닐 터였다. 불확실한 상황 앞에서 무력할 때 나는 두려움을 짓누르고 세상이 무너지는 것을 막기 위해 글로 시선을 돌렸다. 1960년 어느 날 저녁 바티칸의 성벽에서 채 100미터도 떨어지지 않은 곳에서 나는 모르는 이탈리아인 의사의 진찰 대기실에 앉아 이디스 워튼의 소설을 읽었다. 진찰실 안에서는 당시의 내 아내가 불법 낙태시술을 받고 있었다. 비행기를 타고 가다가 엔진에서 심하게 연기가 뿜어져 나오는 것을 알게 됐을 때도 조종사가 무서울 정도로 차분한 목소리로 어디에 어떻게 착륙할 계획인지 설명하는 것을 들으며 나는 '그냥 콘래드의 소설에 집중해'라고 재빨리 속으로 되뇌며 계속 《노스트로모》를 읽었다. 적어도 지금까지 살아온 모습으로 죽게 될 것이라는 생각을 머릿속 뒤편에 신랄하게 묻어둔 채로. 예루살렘에서 무사히 도망친 지 이 년 뒤 어느 날 밤 뉴욕 병원의 관상동맥 센터에 응급환자로 실려 가 코에 산소 호흡기를 꽂고 내 생명징후를 세심하게 지켜보는 수많은 의사와 간호사 들에 에워싸여 있을 때도 나는 내 막힌 동맥에 어떤 수술을 할 건지 결정이 내려지기를 기다리는 동안 벨로의 《벨라로사 커넥션》에 나오는 농담을 읽으며 약간의 즐거움을 느꼈다. 최악의 상황을 기다리는 동안 부여잡은 책의 내용을 우리가 조리 있게 요약하는 것은 불가능할지 몰라도, 그 책을 부여잡았다는 사실은 결코 잊을 수 없다.

어렸을 때 처음 학교에 가서 첫 수업을 할 때(중년의 나이로 어쩌면 내 마지막 교실일지도 모른다는 생각을 떨쳐버릴 수 없는 방에서 얌전히 앉아 있는 내 머리에 이 기억이 떠올랐다), 나는 칠판 위에 약 10.5센티미터 높이로 붙어 있는 검은색 띠 장식에 하얗게 적힌 알파벳을 보고 넋을 잃었다. "Aa Bb Cc Dd Ee." 각각의 글자가 흘림체로 이렇게 두 번씩 적혀 있었다. 부모와 자식처럼, 물체와 그림자처럼, 소리와 메아리처럼……. 균형이 맞지 않는 스물여섯 쌍의 글자들은 똑똑한 다섯 살 아이가 생각해낼 수 있는 모든 이원성과 대응을 나타내는 것 같았다. 각각의 쌍이 워낙 다양하게 얽혀 있는 데다가 서로 사이가 좋지도 않아서 그중에 무엇이든 두 쌍을 하나로 모아놓으면 왠지 조화롭지 않은 것 같아 감질이 났다. 기원전 1000년에 니네베의 부조 조각가들이 왕의 사자 사냥을 새겨놓은 방식처럼 나는 처음에 그 알파벳 장식띠 속의 글자들이 옆모습인 줄 알았지만, 전혀 움직이지 않는데도 교실 문을 향해 행진하는 것처럼 보이는 그 행렬은 결코 고갈되는 법이 없는 연상의 복주머니였다. 각각의 글자 쌍(시각적인 특징만으로도 아주 순수한 로르샤흐 검사좌우 대칭의 불규칙한 잉크 무늬를 보고 어떤 모양으로 보이는지를 말하게 하여 성격, 정신 상태 등을 진단하는 검사법 같은 즐거움을 주었다)에 저마다 이름이 있다는 사실이 내 머리에 새겨진 뒤, 가장 달콤한 형태의 정신적 망상이 시작되었다. 누구라도 나이를 막론하고 이런 일을 겪을 수 있을 것이다. 이제 나는 이 글자들이 어떤 유혹에 넘어가 단어가 되어 황홀경을 완성하는지, 그 비결만 배우면 되었다. 그렇게 기운을 북돋아주는 즐거움은 없었다. 약 천오백 일 전에 내가 걸음마를 배운 뒤로 의식의 지평을 그토록 급격히 넓혀준 즐거움은 없었다. 언어의 힘에 못지 않게 강력한 자극제(육체의 위험한 유혹과 자지의 억누를 수 없는 분출욕구)가 천사 같은 유년 시절을 뒤집어놓기 전에는 그 어떤 일도 영감을 자극한다는 점에서 그 즐거움의 발끝에도 미치지 못할 터였다.

스마일스버거가 나타났을 때 내가 글을 읽고 있었던 이유가 이제 설명이 되었을 것이다. 그런 상황에서 나를 보호해줄 수 있는 것은 알파벳뿐이다. 총 대신 내게 주어진 것이 바로 알파벳이었다.

1979년 9월, 그러니까 휠체어에 앉은 채로 팔레스타인의 테러리스트들 손에 붙잡혀 아킬레라우로호의 뱃전 너머로 던져지기 육 년 전에, 클링호퍼는 아내와 함께 이스라엘로 가는 유람선에 타고 있었다. 인력거, 코끼리, 낙타, 곤돌라, 여객기, 여객선이 표지에 황금색으로 새겨진 가죽 장정의 일기에서 그날 내가 읽은 내용은 다음과 같다.

9/5
날씨 맑음
금요일. 화창

그리스의 피레아스 항구와 아테네를 관광했다. 가이드가 아주 훌륭했다. 아테네는 분주한 현대 도시다. 차가 아주 많다. 아크로폴리스에 올라가 고대 유적을 모두 보았다. 훌륭한 가이드가 있는 재미있는 관광이었다. 2:30경 돌아왔다. 이스라엘 하이파까지 여정 중 4분의 1쯤. 아주 흥미로운 오후였다. 오늘 밤이 그날이었다. 저녁식사 후 이스라엘에서 온 가수가 공연했다. 나는 이 배의 여왕을 뽑는 심사위원 중 한 명이었다. 모두 어찌나 재미있던지. 대단한 밤이었다. 12:30에 잠자리로.

9/6 바다 잠잠
날씨 좋음

오늘도 즐거운 하루. 젊은 의사와 그의 아내가 프랑스 출신 유대인 의사들과 함께 이스라엘 남부의 큰 도시에 병원을 여는 문제를 살펴보려고 이스라엘로 가는 중이다. 혹시 프랑스에 무슨 일이 일어나는 경우에 대비해서, 그들은 이스라엘에 투자해 한 발을 걸쳐놓을 것이다. 칠 일 동안 많은 사람을 만나고 많은 친구를 사귀었다. 그들 모두 마릴린을 사랑했다. 그녀가 이렇게 편안하고 예뻐 보인 적이 없다. 늦게 자고 일찍 일어났다. 내일 배가 하이파에 들어간다.

9/7

하이파

모두 들떠 있다. 젊은 사람, 늙은 사람 모두. 무려 사십 일이나 되는 여행을 한 사람이 많다. 그보다 더 긴 여행을 한 사람도 있다. 지브 부부는 미국에서 삼 개월 동안 노래했다. 다른 사람들은 그냥 항해를 즐겼다. 고국으로 돌아온 기쁨을 어떻게 표현할까. 그들이 이스라엘을 얼마나 사랑하는지. 호텔 단은 아름다운 곳이다. 좋은 숙소다.

9/8

하이파에서 텔아비브로

하이파에서 텔아비브까지 한 시간 반 넘게 걸렸다. 현대적인 도로. 일부 구간에는 차가 많았다. 사방에서 건설중. 주택. 공장. 전쟁에서 태어나 전쟁을 살고 있는 나라가 이렇게 활기찬 것이 놀랍다. 완전군장을 하고 총을 든 군인들이 사방에 있다. 남녀군인 모두. 모든 곳에 관광 예약을 했다. 우리는 피곤하다. 그럴 만한 가치가 있었다. 파란 지중해를 굽어보는 아름다운 방에서 라디오를 들었다.

9/8 날씨 화창

텔아비브

7시에 일어나 관광 시작. 텔아비브. 야포. 레호보트. 아슈도드. 텔아비브 반경 50킬로미터. 활기. 건설. 모래언덕을 개척해 도시를 만든다. 도시의 성장이 놀랍다. 옛 아랍 도시 야포는 철거되고 있다. 오래전부터 빈민가가 있던 자리에 새로운 도시가 계획되어 건설중이다.

농업대학인 하임 바이츠만 연구소는 레호보트의 정원이다. 아름다운 건물들, 학습의 전당, 수변 풍경이 볼만하다. 분주하고 즐거운 교육의 현장, 그리고 전쟁에서 태어나 아직도 고통받는 땅에 대한 새로운 경의.

9/9 화창

텔아비브

5:45 기상해 사해로 갔다. 소돔. 베르셰바. 가파른 산을 넘어 지상에서 가장 낮은 곳으로. 대단한 날이다. 또 열두 시간. 이 작은 나라에서 벌어지고 있는 일이 놀랍다. 건물. 도로. 관개시설. 계획과 싸움. 아주 힘든 하루였지만 보람 있었다. 지상의 끝에 있는 키부츠 방문. 젊은 부부들이 완전한 고독과 우호적이지 않은 이웃들 속에 살면서 나라를 건설하고 있다. 배짱이 대단하다. 정말로.

9/10

예루살렘

대단한 도시. 엄청난 활기. 새로운 도로. 새로운 공장. 새로운 주택. 전세계에서 온 수천 명의 관광객들. 유대인과 이교도 모두. 11시에 도착해 관광을 시작했다. 홀로코스트 기념관. 나의 마릴린은 버티지 못했다. 나도 눈물이 났다. 이도시는 언덕의 연속이다. 새것과 옛것. 빌리 로즈의 작품이 전시된 공원. 가장 아름다운 곳에 미술관이 서 있다. 크고 널찍한 미술관에 작품이 가득하다. 여기서 내려다보는 도시가 장관이다. 저녁식사. 거리를 걸었다. 10시에 잠자리로.

9/11 목요일

1979년에 예루살렘의 언덕들을 본다. 아름다운 풍경이다. 지형은 그대로인데, 현대적인 주택, 좋은 도로, 트럭, 버스, 승용차, 에어컨 덕분에 삶이 편해졌다. 밤에는 날씨가 선선하고, 낮에는 사막에서 바람이 불어오지만 않는다면 따뜻하다.

9/12

화창

예루살렘 구시가지에 갔다. 통곡의 벽. 예수의 무덤. 다윗의 무덤. 아랍 구역의 좁은 길들을 걸었다. 작은 매점 같은 상점들이 가득하다. 각종 냄새와 흙먼지가 가득. 우리 호텔은 이스라엘과 요르단의 경계선이었다. 통곡의 벽 앞에서 벌어지는 일들이 흥미로웠다. 끊임없는 기도. 바르 미츠바. 결혼식. 등등. 1시에 돌아왔다. 잔뜩 돌아다녀서 또 피곤했다. 두 시간 반 동안 돌아다니며 계속 걸었다. 구시가지에서 자동차는 안 된다. 다음은 하다사 병원. 미국 여자들은 자신들의 노력이 거둔 성과가 자랑스러울 것이다. 연구센터와 숙소로 사용되는 건물에 독일에서 죽은 유대인들의 사진이 걸려 있다. 분노하고 경악하다가 눈에 눈물이 차올랐다. 문명과 그리스도교를 아는 나라가 어떻게 악당의 손에 자신을 맡겨 이런 만행을 저지르게 되었는지 알 수 없다. 그다음에는 시온주의의 창시자 헤르츨과 그의 가족들이 묻힌 곳으로 갔다. 모든 전쟁에서 죽은 사람들을 위해 언덕 위에 세워진 묘지에도 갔다. 13세에서 79세까지 모두 군인들. 그다음에는 이스라엘 의회, 대학교 등 정부와 교육의 중요 기관들로 갔다.

이 도시는 정말 아름답다. 역사와 놀라운 것들이 가득하다. 모든 길은 로마가 아니라 예루살렘으로 통한다. 여기에 올 수 있어서 기쁘다.

9/13

안식일과

나팔절 유대교의 신년제

아침 6시. 킹 데이비드 호텔의 우리 방에서 내다보이는 풍경이 너무나 아름답다. 예루살렘의 산들이 보인다. 호텔에서 고작 500미터쯤 되는 거리에 요르단 국경이 있었고, 거기 구시가지의 폐허 속에서 저격수들이 신시가지를 향해 총을 쏘았다. 예배당이 서른아홉 개 있었는데, 지난 전쟁 때 아랍인들이 모두 날려버렸다. 이 사람들은 디아스포라 유대인들 모두의 도움과 찬사를 받을 자격이 있다. 이 나라를 지키는 사람들은 18-25세다. 시내 사방에 군인들이 있는데도 특별히 눈에 띄지 않는다. 현대적인 도시지만 과거의 유적이 모두 보존되어 있다. 유대인들이 돌아오게 해달라고 이천 년 동안 기도했던 이 도시에 우리가 머무르는 마지막 날이다. 그들이 그렇게 기도한 이유를 이제 알 것 같다. 이들이 이곳을 다시 떠나야 하는 일이 벌어지지 않기를 바란다.

내가 이 글을 읽고 있을 때 스마일스버거가 들어왔다. 나는 글도 쓰고 있었다. 일기를 탐색하듯 한 페이지씩 끈질기게 읽으면서, 클링호퍼의 이 글을 미국과 유럽에서 출판했을 때 판매를 촉진할 것이라고 수포스닉이 주장한 머리말을 쓰기 위해 메모를 하고 있었다. 달리 무엇을 할 수 있겠는가? 내가 할 줄 아는 일이 또 뭐가 있는가? 내 손에 쥐고 있는 것도 없었다. 가끔 생각이 조금 방황하기 시작하면, 나는 그들을 더듬어 헝클어진 부분을 풀어서 잘 꿰어 맞췄다. 그것은 내재적인 활동, 내게 항시 존재하는 욕구였다. 두려움 같은 강렬한 감정에 짓눌리는 상황이라면 특히. 내가 글을 쓴 곳은 아메리칸 콜로니 호텔의 계산서 뒷면이 아니었다. 거기에는 이미 칠판에 적힌 정체불명의 히브리어 단어들을 기록해두었다. 나는 빨간색 일기장 끝부분에 십여 페이지쯤 남아 있는 백지에 글을 썼다. 무엇이든 기록할 수 있는 종이가 그것밖에 없었다. 점차 오래전부터 내게 익숙한 심리상태가 단단히 뿌리를 내리고, 어쩌면 의미를 알 수 없는 이 반╪감금 상태에 대한 반발심 때문인지 내가 친숙한 심연을 향해 한 발 한 발 다가감에 따라, 살해당한 순교자의 글에 나의 비속한 글을 덧붙이는 행동에 처음 느꼈던 충격, 딱히 신성한 작품이라고까지 할 수는 없어도 의미가 없지 않은 옛 문헌을 멋대로 파괴하고 있다는 생각이 지금 내 상황에 대한 어린 학생 같은 어리석은 판단 앞에서 힘을 잃었다. 내가 특별히 이 목적을 위해 잔인하게 납치되어 이 교실로 끌려왔으며, 유대인의 올바른 사고방식을 담은 진지한 머리말을 만족스럽게 작성해서 제출할 때까지 풀려날 수 없을 것이라는 판단이었다.

스마일스버거가 교활하게 나타나 내가 이곳에 끌려온 이유를 수다스럽게 선언하듯 말했을 때 내가 점차 살을 붙이며 다듬고 있던 인상들은 다음과 같다. 하지만 그가 내게 볼 일을 다 마쳤을 때 나는 클링호퍼의 인간적인 면모를 지지하는 이 이천 단어 분량의 글이 이 상황과는 전혀 관계없다는 사실을 알게 되었다.

이 일기의 엄청난 일상성. K의 몹시 합리적인 일상성. 그가 자랑스러워하는 아내. 함께 시간을 보내며 즐거워하는 친구들. 유람선을 탈 수 있는 돈. 자기만의 소박한 방식으로 하고 싶은 일을 하는 것. 이 일기에는 유대인의 '정상화'가 그대로 구현되어 있다.

순전히 우연으로 역사적인 싸움에 휘말린 평범한 사람. 역사가 끼어들 것이라고는 전혀 예상하지 못한 곳에서 역사의 지명을 받은 인생. 유람선은 모든 면에서 역사를 벗어난 곳.

유람선. 이보다 더 안전한 곳은 없다. 떠다니는 감옥. 사람들은 어디에도 가지 못한다. 원이다. 움직임은 많지만 진전은 없다. 정지된 삶. 어정쩡한 중간의 의식儀式. 세상에서 가장 한가로운 곳. 달로 발사된 로켓처럼 고립된 곳. 자기들 환경 안의 여행. 오랜 친구들과. 어떤 언어도 배울 필요 없다. 새로운 음식을 걱정할 필요 없다. 중립지대, 안전한 여행. **하지만 중립지대는 없다.** "당신, 디아스포라의 클링호퍼." 호전적인 시온주의자가 소리친다. "당신이 가장 안전하다고 생각하는 곳에서도 당신은 안전하지 않았어. 유대인이잖아. 유람선에서조차 유람에 나선 유대인은 없어." 시온주의자는 이스라엘 요새를 제외한 모든 곳에서 정상正常을 갈망하는 유대인의 충동을 먹이로 삼는다.

PLO의 약삭빠름. 그들은 유대인을 진정시키는 환상 속으로 꿈틀꿈틀 들어오는 방법을 항상 찾아낼 것이다. PLO도 유대인은 빈틈없이 무장하지 않는 한 안전해질 수 없다고 말한다.

A. F.의 일기를 읽을 때처럼 K의 일기를 읽을 때도 머릿속에 계획이 있었다. 그가 언제 어떻게 죽는지 알기 때문에, 끝까지 읽었다. 그가 뱃전에서 바다로 던져진다는 것을 알기 때문에 그가 하는 지루한 생각들(모두의 삶을 요약한 것이나 다름없다)이 가차 없는 열변이 되고 K는 갑자기 삶의 지복至福을 추구하는 영혼이 된다.

유대인들도 적이 없으면 다른 사람들처럼 지루해질까? 이 일기를 보면 그럴 것 같다. 걱정할 것 하나 없이 진부한 삶을 굉장하게 만들어주는 것은 머리에 박힌 총알이다.

게슈타포와 PLO가 없었다면, 이 유대인 작가 두 명(A. F.와 L. K.)의 글은 출간되지 않았을 것이다. 사람들에게 알려지지도 않았을 것이다. 게슈타포와 PLO가 없었다면, 많은 유대인 작가들이 반드시 무명은 아니더라도 지금과는 완전히 다른 작가가 되었을 것이다.

관용구, 관심사, 정신적인 리듬 면에서 K의 일기나 A. F.의 일기 같은 글들은 훤히 눈에 띄는 애잔함을 확인해준다. 첫째, 유대인은 평범하다. 둘째, 그들은 평범한 삶을 누릴 수 없는 상황이다. 평범함, 단조롭고 눈부시며 축복받은 평범함. 모든 관찰, 모든 감상, 모든 생각에 이것이 있다. 유대인이 꾸는 꿈의 중심, 시온주의와 디아스포리즘 모두에 열기를 제공해주는 것은 유대인이 유대인임을 잊었을 때 사람이 되리라는 것. 평범함. 지루함. 이렇다 할 사건이 없는 단조로움. 진을 치지 않은 삶. 각자 자기만의 유람선에서 반복적으로 느끼는 안전. 하지만 현실은 그렇지 않다. 유대인의 삶이라는 믿을 수 없는 드라마.

바로 전날 점심때 스마일스버거를 한 번 만났을 뿐인데도, 나는 그가 목발을 짚고 교실 안으로 들어오는 모습을 보고 거리에서 삼사십 년 만에 옛 학교 친구나 룸메이트나 연인을 보았을 때와 비슷한 충격을 느꼈다. 구김살 하나 없이 천진하기로 유명했던 사람을 세월이 가장 어울리지 않는 역할로 다시 캐스팅해놓고 좋아서 어쩔 줄 모르는 것 같았다. 내가 이미 오래전에 죽었다고 생각한 친한 사람을 다시 만난 듯한 기분이었다. 나를 강제로 끌고 와 가둬둔 사람이 피픽이 아니라 그라는 사실을 알았을 때의 충격이 그토록 섬뜩해서 불안했다.

아니지, '도둑질'당한 100만 달러 때문에 그가 피픽과 힘을 합쳤다면……. 애당초 나를 함정에 빠뜨리자고 그가 피픽을 끌어들인 거라면……. 내가 그 두 사람을 함정에 빠뜨린 거라면, 내가 모르는 새에 뭔가를 한 거라면, 내가 하고 싶은 일과는 정반대인데 그걸 그만둘 수 없다면, 그래서 마치 내가 아무 짓도 안 했는데 이런 일을 당하는 것처럼 보이는 거라면. 하지만 어떻게 봐도 내가 모두의 꼭두각시가 된 것 같은 상황에서 스스로 주연의 자리에 나 자신을 놓는 것은 지금껏 겪은 일 중에서 가장 정신을 무너뜨리는 일이었다. 나는 거의 세 시간 동안 방에서 혼자 기다리느라 얼마 남지도 않은 합리적 이성을 동원해 그 생각을 물리쳤다. 나 자신을 탓하는 것은 또 다른 형태의 생각 없음이었다. 가능성이 희박해 보이는 일련의 사건들에 상상할 수 있는 가장 원시적인 방법으로 순응하는 것, 진부함, 지금 벌어지고 있는 일이 뭔지는 몰라도 그것과 나의 관계에 대해 아무것도 알려주지 않는 다목적 환상. 내가 아까 법원 매점에서 물건을 파는 노인을 스마일스버거로 착각했다는 이유만으로 스마일스버거를 자처하는 이 장애인을 무슨 지하의 마법으로 불러낸 것이 아니었다. 이제 보니 매점의 그 노인과 스마일스버거는 전혀 닮지도 않았다. 내가 반쯤 망령이 난 사람처럼 멍청한 실수를 했지만, 지금 벌어지고 있는 일은 결코 내가 불러낸 것이 아니었다. 내 상상력이 지휘봉을 휘두르는 것이 아니라, 그들의 상상력에 내 상상력이 산산이 부서지고 있었다. '그들'이 누군지는 모르겠지만.

그는 어제 점심때와 똑같이 깔끔한 파란색 양복에 나비넥타이를 매고 있었다. 풀 먹인 흰 셔츠에 카디건은 꼼꼼한 보석상 주인의 옷차림이었다. 이상하게 홈이 파인 머리통과 하얗게 일어난 피부를 보니, 인생이 그에게 문제를 건네면서 미봉책은 받아들이지 않았고 상실의 경험은 다리에만 국한시킨 것 같았다. 말굽 모양으로 그의 양팔을 지탱하는 목발 사이에서 몸통이 속이 꽉 차지 않은 샌드백처럼 흔들렸다. 걸을 때의 부담이 어제처럼 오늘도 그를 괴롭혔다. 물 한 잔이 간절할 때 영원히 힘들게 오르막길을 올라야 한다는 선고를 받은 사람처럼 지치고 황폐한 표정을 하게 만든 저 장애를 얻은 뒤로 줄곧 그랬을 가능성이 아주 높았다. 내 조부모가 정착하고 내 아버지가 어린 시절을 보낸 빈민가에서 손수레에 면직물을 싣고 다니며 팔고, 통에 든 청어를 팔던 상인들처럼 이민자 특유의 말씨가 지금도 그의 영어에 섞여 있었다. 그 몸에 도저히 입에 담을 수 없는 삶의 경험만이 새겨진 것처럼 보이던 어제 이후 달라진 것은 우아하고 따뜻한 분위기, 들뜬 기분을 그대로 드러내며 터뜨리는 날카로운 웃음소리, 낮게 울리는 목소리였다. 마치 그가 두 개의 막대에 의지해 무겁게 걷는 것이 아니라 크슈타트*부유한 여행객들에게 인기 있는 스위스의 작은 마을에서 스키를 타고 있는 것 같았다. 이렇게 망가진 몸이 보여주는 역동성이 내 눈에는 가장 잔혹한 자기풍자거나 아니면 엄청난 괴로움에 시달리는 그 몸속에 오로지 저항의 의지뿐이라는 표시인 것 같았다.

"잘 기다리셨소." 그가 내 의자 가까이까지 흔들흔들 다가오며 말했다. "정말 미안하지만 나도 붙들려 있었어요. 적어도 당신은 읽을 것이라도 가져왔지. 텔레비전은 왜 켜지 않으셨소?

샤케드 씨가 발언중인데." 그는 세 번 폴짝폴짝 뛰어서 빙그르르 돌았다. 그렇게 목발을 중심으로 거의 발레리나처럼 돌면서 교실 앞쪽에 있는 교사의 탁자로 다가가 어떤 단추를 눌렀다. 그러자 화면에 법정이 나타났다. 정말로 미카엘 샤케드가 세 명의 판사를 향해 히브리어로 말하고 있었다. "재판 덕분에 저 친구가 섹스심벌이 됐지. 이스라엘의 모든 여자가 저 검사한테 푹 빠졌다니까. 녀석들이 창문을 열어주지 않았소? 공기가 답답하구먼! 식사는 했소? 먹을 것이 없다고? 점심식사도? 수프? 샐러드? 구운 닭고기? 마실 것은……. 맥주? 음료수? 좋아하는 걸 말해요. 우리!°" 그가 소리쳤다. 내가 마지막으로 자유의지를 발휘해 반유대주의 신부를 도와주었던 주차장에서 어디서 한번 본 사람 같다는 인상을 풍겼던 청바지 차림의 납치범 두 명 중 한 명이 열린 문간으로 들어왔다. "왜 점심을 안 줬지, 우리? 창문은 왜 닫아놓은 거야? 텔레비전도 안 켜줬어? 너희들 아무것도 안 했잖아! 냄새가 이게 뭔가! 저 녀석들은 카드게임을 하고 담배를 피우다가 가끔 사람을 죽여요. 그러면서 자기들이 건전한 일을 하는 줄 알지. 로스 씨한테 점심!"

우리는 웃음을 터뜨리고는 밖으로 나가 등 뒤로 교실 문을 닫았다.

로스 씨한테 점심? 무슨 뜻이지? 외국인 말씨가 심한 영어와 어울리지 않는 유창함, 우아하고 상냥한 태도, 묵직하고 남성적인 목소리에 살짝 드러나는 부성애……. 이 모든 것의 의미가 뭐지?

"당신에게서 2, 3센티미터 거리까지 누가 접근했다면 저 녀석이 갈기갈기 찢어버렸을 거요." 스마일스버거가 말했다.

"내가 당신을 위해 찾아낸 감시견 중에서 우리가 가장 사납소. 그 책은 뭐요?"

하지만 지금 상황에서 뭔가를 설명하는 것은 내가 할 수 있는 일이 아니었다. 내가 읽고 있는 책에 대한 설명까지도. 무슨 말을 해야 할지 알 수 없었고, 무엇을 물어야 할지도 알 수 없었다. 생각나는 거라고는 소리 지르기뿐인데, 너무 겁이 나서 그마저도 할 수 없었다.

스마일스버거가 송장 같은 몸을 의자에 앉히면서 말했다. "아무 소리도 못 들었소? 녀석들이 아무 말도 안 해줬다고? 변명의 여지가 없군. 내가 온다는 얘기를 아무도 안 해줬어요? 당신이 가고 싶으면 가도 된다는 얘기도? 내가 늦을 거라고 설명하러 온 사람도 없었다고?"

가학적인 유혹에 대답은 필요 없다. 엉뚱한 사람을 잡아 왔다고 그들에게 다시 말하지 말라. 무슨 말을 해도 나아지는 것은 없다. 예루살렘에 와서 지금까지 내가 한 말은 모두 상황을 악화시켰을 뿐이다.

"유대인들은 왜 서로에게 이렇게 배려가 없지? 아무것도 모르는 당신을 계속 이렇게 앉혀두다니." 스마일스버거가 안타깝다는 듯이 말했다. "하다못해 커피 한잔도 안 줬잖아. 이런 일이 끊임없이 계속되는데 나는 이해를 못 하겠소. 유대인들은 왜 심지어 자기들끼리도 사회적인 교류에 기본적으로 필요한 예의를 지키지 않는 거지? 왜 무례한 일을 당할 때마다 자꾸 그걸 과장하는 거야? 왜 도발을 당할 때마다 그것이 지독한 싸움으로 발전하는 거지?"

나는 누구에게도 무례하게 굴지 않았다. 누굴 도발하지도 않았다. 그 100만 달러에 대해서도 설명할 수 있었다. 하지만 그가 만족할까? 우리가 **내게 줄 점심**을 가지고 다시 나타나지 않는데? 나는 대답하지 않았다.

　스마일스버거가 말했다. "유대인이 같은 유대인에게 애정을 보여주지 않는 것이 우리 동포들 사이에서 많은 고통을 야기하고 있소. 유대인들이 서로에게 보이는 적의, 조롱, 순수한 증오……. 왜? 이웃을 위한 관용과 용서는 어디로 간 거야? 유대인들은 왜 이렇게 분열된 거지? 이런 불화가 1988년 예루살렘에서 갑자기 나타난 건 아니오. 백 년 전 게토에도 있었소. 하느님도 아시지. 이천 년 전 두 번째 성전이 파괴되었을 때도 있었소. 그 두 번째 성전이 왜 파괴되었소? 유대인들이 서로를 증오했기 때문이오. 메시아는 왜 오지 않을까? 유대인들이 서로에게 분노와 증오를 품고 있기 때문이오. 반유대주의 익명 모임은 이교도뿐만 아니라 유대인에게도 필요해요. 분노에 찬 논쟁, 욕설, 악의적인 험담, 조롱 섞인 뒷공론, 비웃음, 흠잡기, 불평, 비난, 모욕……. 우리에게 가장 검은 낙인을 찍는 행동은 돼지고기를 먹는 것이 아니오. 심지어 유대인이 아닌 자와 결혼하는 것도 아니지. 이 둘보다 더 나쁜 것은 바로 유대인들이 말로 짓는 죄요. 우리는 말이 너무 많아요. 멈춰야 할 때를 몰라. 유대인 문제의 일부는 유대인들이 어떤 목소리로 말해야 하는지 절대 모른다는 거요. 세련된 목소리? 랍비의 목소리? 히스테리컬한 목소리? 비꼬는 목소리? 유대인 문제의 일부는 목소리가 너무 크다는 거요. 너무 고집스럽고 너무 공격적이야. 무슨 말을 어떻게 하든 적절하지가 않아요. 이 '부적절함'이 유대인의 스타일이오. 끔찍하지. '침묵하는 순간마다 사람은 어떤 피조물도 상상할 수 없을 만큼 커다란 보상을 얻는다.' 이건 빌나 가온이 미드라시^구^{약성서에 대한 고대 유대인의 주석를} 인용해 한 말이오. '이 세상에서 사람이 할 일은 무엇인가? 스스로를 벙어리로 만드는 것.' 이건 현자들의 말을 인용한 것. 가장 많은 존경을 받는 랍비 학자 한 명이 몇 음절 되지도 않는 간단한 문장으로 이것을 아름답게 표현한 적이 있소. '말은 보통 일을 망칠 뿐이다.' 말하고 싶지 않다고? 좋은 일이오. 유대인이 지금 당신만큼 화가 나면, 말을 조심하는 것만큼 힘든 일이 거의 없다고 해도 될 정도요. 당신은 영웅적인 유대인이오. 심판의 날 필립 로스의 기록에는 오늘 여기서 침묵을 지키며 보여준 자제력 점수가 올라갈 것이오. 유대인들은 항상 말을 해야 한다는, 고래고래 떠들어야 한다는, 누군가를 놀리는 농담을 해야 한다는, 가장 친한 친구의 끔찍한 실수를 저녁 내내 전화로 분석해야 한다는 생각을 왜 하게 된 건지. '너의 사람들 사이에서 이야기를 하며 돌아다니지 말라.' 이렇게 적혀 있소. 하지 말라고! 금지한다고! 이것이 율법이야! '불필요한 말은 한마디도 하지 않게 해주소서……' 이건 호페츠 하임^{랍비}^{이스라엘 메이어 카간이 쓴 책의 제목이자 카간의 별명. '삶을 욕망하는 자'라는 뜻}의 기도문이오. 나는 호페츠 하임의 제자야. 호페츠 하임만큼 유대인들을 사랑한 유대인은 없소. 호페츠 하임의 가르침을 모른다고? 위대한 사람, 겸허한 학자, 존경받는 랍비로 폴란드의 라딘 출신이오. 유대인들이 입을 닫게 만드는 데 그 긴 삶을 바쳤지. 당신이 미국에서 태어나던 해에 폴란드에서 아흔세 살로 세상을 떠났소. 우리 민족을 위해 상세한 말의 규칙을 만들고 수백 년에 걸친 나쁜 습관을 치유하려고 노력한 사람이오. 호페츠 하임은 나쁜 말, 즉 로숀 호라의 법칙을 만들었소. 유대인이 다른 유대인에게 설사 사실이라 해도 경멸하는 말이나 깎아내리는 말을 하지 못하게 금지한 법칙이오. 거짓으로 그런 말을 한다면, 물론 더 심각하지. 로숀 호라를 말해도 안 되고, 로숀 호라를 들어도 안 되오. 그 말을 믿지 않는다 해도. 호페츠 하임은 노년에 귀가 먼 것을 크게 기뻐했소. 로숀 호라를 듣지 않게 되었으니까. 호페츠 하임처럼 대화를 좋아하는 사람이 그런 말을 할 정도면 얼마나 심각했는지 상상이 갈 거요. 로숀 호라에 대해 호페츠 하임은 모든 것을 명확히 구분하고 규정했소. 농담에 섞인 로숀 호라, 이름을 언급하지 않는 로숀 호라, 누구나 아는 것을 담은 로숀 호라, 친척, 사돈, 어린이, 망자, 이단, 무지한 자, 법을 어긴 자에 대한 로숀 호라, 심지어 상품에 대한 로숀 호라까지 모두 금지. 누가 나에 대해 로숀 호라를 말하더라도, 나는 그 사람에 대한 로숀 호라를 말할 수 없소. 범죄를 저질렀다는 누명을 써도, 누가 진범인지 말할 수 없소. '그자가 했다'는 말을 할 수 없다는 얘기요. 그것도 로숀 호라니까. 오로지 할 수 있는 말은 '나는 하지 않았다'는 것뿐. 호페츠 하임이 항상 이웃을 비난하는 유대인들의 습성을 막기 위해 이렇게까지 한 것을 보면, 당시 상황이 어땠는지 짐작하겠소? 그가 목격한 적의가 어느 정도였겠소? 모두들 억울해하고, 상심하고, 모욕에 파르르 떨고, 상대방의 말을 무조건 인신공격과 고의적인 공격으로 받아들이고, 모든 사람이 서로를 말로 깎아내리는 세상. 한편에는 반유대주의, 반대편에는 로숀 호라, 이 둘 사이에서 짓눌려 죽어가던 유대민족의 아름다운 영혼! 가엾은 호페츠 하임은 혼자서 중상비방에 반대하는 연맹 역할을 했소. 순전히 유대인들이 서로를 비방하는 걸 그만두게 하려고. 다른 사람이 호페츠 하임만큼 로숀 호라에 민감하게 반응했다면 살인을 저질렀을 거요. 하지만 그는 자기 민족을 사랑했기 때문에, 그들이 조잘거리는 입으로 인해 스스로 저열해지는 것을 가만히 두고 보지 못했소. 그들이 다투는 걸 참지 못했기 때문에, 지독한 분열 대신 조화와 화합을 유대인 사이에서 증진하겠다는 불가능한 과제를 스스로 설정했지. 유대인은 왜 한 민족이 되지 못하는가? 유대인은 왜 꼭 서로 갈등을 빚어야 하는가? 왜 유대인들끼리 분쟁을 벌여야 하는가? 단순히 유대인과 유대인 사이만 분열된 것이 아니라, 개인의 내면 또한 분열되어 있기 때문이오. 세상에 이보다 더 다중적인 성격을 지닌 사람이 있소? 나는 분열이라고 말하지 않소. 분열은 아무것도 아니야. 이교도들도 분열되어 있소. 하지만 모든 유대인의 내면에는 유대인 '무리'가 살아요. 착한 유대인, 못된 유대인, 새로운 유대인, 옛날 유대인. 유대인을 사랑하는 자, 유대인을 증오하는 자. 이교도의 친구, 이교도의 적. 거만한 유대인, 상처받은 유대인. 경건한 유대인, 파렴치한 유대인. 거친 유대인, 점잖은 유대인. 반항적인 유대인, 달래는 유대인. 유대인다운 유대인, 유대인에서 벗어난 유대인. 더 말해야 하오? 세계 문학계에서 선도적인 유대인 전문가로 큰 성공을 거둔 사람에게 내가 삼천 년 동안 쌓인 거울 조각들 같은 유대인의 모습을 상세히 설명해야 하오? 유대인들이 항상 다툰다는 사실에 놀라야 할까? 유대인은 논쟁의 화신이오! 유대인이 항상 말한다는 사실, 그의 말이 신중하지 못하고 충동적이고 생각 없고 민망하고 광대 같다는 사실, 말에서 조롱과 모욕과 비난과 분노를 걸러내지 못한다는 사실에 놀라야 할까? 가엾은 호페츠 하임! 그는 하느님에게 기도했소. '불필요한 말은 한마디도 하지 않게 해주소서. 저

의 말이 모두 천국을 위한 것이 되게 해주소서.' 그가 이러는 동
안 유대인들은 어디서나 순전히 말을 위한 말을 하고 있었소. 항
상! 멈추질 못했어! 왜? 모든 유대인의 내면에 **말하는 사람이 수
두룩했으니까.** 한 놈의 입을 막으면 다른 놈이 말을 했소. 그놈의
입을 막아도 또 다른 놈이 계속 튀어나와 떠들어대지. 호페츠 하
임은 이렇게 기도했소. '개인에 대해서는 말하지 않게 주의하겠
습니다.' 하지만 그가 사랑하는 유대인들은 밤낮으로 항상 다양
한 개인에 대해 떠들어댔소. 빈에서 활동했던 프로이트의 삶이
라딘에 살던 호페츠 하임의 삶보다 더 단순했을 거요. 틀림없어
요. 수다쟁이 유대인들이 프로이트를 찾아오면 그가 뭐라고 했
는지 아시오? 계속 말해요. 모두 말하시오. 금지된 말은 없습니
다. 로숀 호라가 많으면 많을수록 좋아요. 프로이트에게 조용한
유대인은 상상할 수 있는 최악의 존재였소. 그에게 조용한 유대
인은 유대인에게도 나쁘고 그의 사업에도 나쁜 존재였소. 나쁜
말을 하지 않는 유대인? 화를 내지 않는 유대인? 누구에게도 나
쁜 말을 하지 않는 유대인? 이웃과, 상사와, 아내와, 자식과, 부
모와 싸우지 않는 유대인? 다른 사람에게 상처가 될 수 있는 말
을 일절 거부하는 유대인? 철저히 허용 범위 내의 말만 하는 유
대인? 호페츠 하임은 이런 유대인들의 세상을 꿈꿨지만, 지그문
트 프로이트는 이런 세상에서 굶어 죽었을 거요. 다른 정신분석
가들도 모두 똑같았겠지. 그래도 프로이트는 바보가 아니니 유
대인들에 대해 잘 알았소. 슬픈 말이지만, 동시대를 살던 다른
유대인, 그의 유대인 꼬리에 붙은 유대인 머리, 즉 우리가 사랑
하는 호페츠 하임보다 더 유대인들을 잘 알았지. 말을 멈추지 못
하는 유대인들은 프로이트에게 떼 지어 몰려가, 두 번째 성전이

파괴된 뒤로 어떤 유대인의 입에서도 듣지 못한 엄청난 로숀 호라를 말했소. 그 결과는? 프로이트는 유대인들에게 무슨 말을 해도 좋다고 허락한 덕에 프로이트가 되었지. 호페츠 하임은 유대인들에게 하고 싶은 말을 사실상 모두 자제하라고, 무심코 입에 넣은 돼지고기를 뱉을 때처럼 반감과 역겨움과 경멸을 느끼며 로숀 호라를 뱉으라고, 자신의 말이 로숀 호라가 아니라고 100퍼센트 확신할 수 없다면 반드시 로숀 호라라고 가정하고 입을 다물어야 한다고 말한 탓에 유대인들 사이에서 지그문트 프로이트 박사만큼 인기를 끌지 못했소. 뭐, 로숀 호라를 말하는 것이 유대인을 유대인으로 만들어주는 행동이며, 프로이트가 유대인 환자들을 위해 처방해준 방법보다 더 유대인스럽게 유대인스러운 방법은 있을 것 같지 않았다고 냉소적으로 주장할 수도 있겠지. 유대인들에게서 로숀 호라를 빼앗으면 뭐가 남을까? 착한 이교도가 남지. 하지만 이 말 자체가 로숀 호라요. 최악의 로숀 호라야. 유대인 전체에 대한 로숀 호라를 말하는 것이 무엇보다도 심각한 죄니까. 나처럼 유대인의 로숀 호라를 호되게 나무라는 것 자체가 로숀 호라를 저지르는 일이오. 하지만 당신을 여기에 억지로 앉혀놓고 내 말을 듣게 한 것으로 최악의 로숀 호라라는 나의 죄가 더욱더 심각해졌소. 내가 호되게 나무라는 바로 그런 유대인이 된 거요. 아니, 그 유대인보다 더 나쁘지. 그 유대인은 멍청해서 자기가 무슨 짓을 하는지도 모르는데, 나는 호페츠 하임의 추종자로서 세상에 로숀 호라가 존재하는 한 구세주가 우리를 구원하러 오시는 일은 없으리라는 것을 알고 있으니 말이오. 그래도 나는 계속 로숀 호라를 말하고 있소. 방금도 유대인더러 멍청하다고 했잖소. 그럼 호페츠 하임의 꿈이 실현될 희망이 있을까? 만약 욤 키푸르일을 쉬고 단식하는 유대교의 속죄일에 음식을 먹지 않는 경건한 유대인이 음식 대신 하루 동안 로숀 호라를 포기한다면……. 어느 한순간 단 한 명의 유대인도 로숀 호라를 전혀 말하지 않게 된다면……. 지상의 모든 유대인이 일 초 동안 입을 다물어버린다면……. 그러나 유대인이 단 일 초만이라도 침묵하는 것은 불가능한 일이니, 우리 민족에게 무슨 희망이 남아 있겠소? 나는 유대인들이 갈리치아우크라이나 북서부에서 폴란드 남동부에 걸친 지역에서 라딘 같은 마을을 떠나 미국으로 도망치고 팔레스타인으로 온 여러 이유 중, 자기들의 로숀 호라에서 벗어나겠다는 생각이 큰 비중을 차지했을 것이라고 개인적으로 믿고 있소. 훌륭한 대화 능력을 가졌으며 인내의 성자였던 호페츠 하임 같은 사람조차 로숀 호라 때문에 미칠 것 같아서 귀가 멀었을 때 오히려 로숀 호라를 이제 안 듣게 되었다며 기뻐할 정도였다면, 쉽게 흥분하는 평범한 유대인들은 어떤 영향을 받았을지 우리는 상상만 할 뿐이지. 초창기 시온주의자들이 한 번도 말한 적은 없지만, 속으로 이런 생각을 한 사람이 한두 명은 아니었을 거요. 티푸스, 황열병, 말라리아가 있고. 기온이 38도가 넘는 팔레스타인까지 내가 가는 것은 이 끔찍한 로숀 호라를 두 번 다시 듣기 싫어서야! 그래, 우리를 미워하고 방해하고 조롱하는 이교도들이 없는 곳, 그들의 박해와 그로 인한 우리 내부의 혼란이 없는 곳, 그들의 혐오와 그로 인해 모든 유대인의 영혼이 느끼는 불안과 불확실성과 좌절감과 분노가 없는 곳, 그들에게 따돌림을 당하고 그들 손에 갇히는 굴욕이 없는 곳, 그 이스라엘 땅에서 우리는 우리만의 나라를 만들어 소속감을 느끼며 자유로워질 것이다. 거기서 우리는 서로를 모욕하지도, 등 뒤에서 악의적인 말을 하지도 않을 것이며, 이제 내면의 혼란에 푹 잠겨 있지 않은 유대인들은 동포를 비방하거나 깎아내리지 않을 것이다. 하지만 이스라엘 땅의 로숀 호라가 호페츠 하임 시대 폴란드의 로숀 호라보다 백 배, 천 배 더 나쁘다는 것을 내가 증언할 수 있소. 안타깝지만 내가 바로 그런 사례이기도 하고. 여기서는 우리가 하지 않는 말이 없소. 분열이 너무 심해서 사람들이 도무지 자제할 줄을 몰라요. 폴란드에는 반유대주의가 있었기 때문에, 유대인들은 이교도 앞에서 동포의 잘못에 대해 적어도 입을 다물기는 했소. 하지만 여기서는 이교도를 걱정할 필요가 없으니 한계가 없지. 이교도가 없으니 체면을 걱정할 필요 또한 없다 해도 우리가 해서는 안 되는 말이 있다는 것, 유대인이 그 입을 크게 벌려 지그문트 프로이트의 권유처럼 머릿속에 떠오르는 최악의 생각들을 자랑스레 떠들어대기 전에 한 번만 더 생각해볼 필요가 있을지도 모른다는 것을 조금이라도 생각하는 사람이 없어요. 증오를 유발하는 말이라도 그들은 해버린다오. 분노를 유발하는 말도 해버리고, 다른 사람을 놀리는 악의적인 농담도 해버려요. 아예 그걸 글자로 인쇄하고, 방송국 심야 뉴스에서 크게 떠들어버리기도 하지. 이스라엘 신문을 읽어보면, 조지 지아드가 백 명쯤 된다 해도 이기지 못할 만큼 우리에 대한 나쁜 말이 많다오. 유대인을 비방하는 일에서, 팔레스타인인들은 하찮게 신경을 긁는 존재에 불과해요. 심지어 그런 일에서도 우리는 그들보다 나아! 바로 이런 현상이 시온주의의 승리와 영광을 보여준다고. 우리가 이교도 앞에서는 로숀 호라에 대한 유대인의 천재성을 완전히 꽃피우기를 감히 바랄 수 없었으나 여기 이스라엘 땅에서 실현할 수 있었다고 다시 한번 냉소적으로 주장할 수 있겠지. 이교도의 귀에 오랫동안 예속되어 있다가 마침내 해방된 우리는 반세기도 안 되는 짧은 기간 동안 호페츠 하임이 가장 두려워했던 존재를 완벽하게 다듬어낼 수 있었소. 부끄러운 줄도 모르고 무슨 말이든 하는 유대인이라는 존재."

나는 미친 듯이 자문했다. 지나치게 자세하게 쏟아내는 이 말이 향하는 곳이 어디지? 도대체 주제가 뭔지 짐작도 가지 않았다. 내가 언어로 저지른 죄 때문에 이런 식으로 벌을 받는 건가? 이게 잃어버린 돈하고 무슨 상관인 거지? 호페츠 하임에 대해 늘어놓는 저 터무니없는 탄식은 우리가 내 점심을 가지고 돌아올 때까지 혼자 즐거워하면서 시간이나 때우려고 아무렇게나 내뱉는 말인가? 우리가 도착한 뒤에는 진짜로 가학적인 놀이가 시작되겠지? 이것은 내가 생각해낸 최고의 추측이자 가장 무서운 추측이었다. 폭군 같은 수다쟁이한테 또 이렇게 너덜너덜 얻어맞다니. 그가 복수에 사용하는 무기는 느슨해지지 않은 입이고, 그의 목적은 수만 개의 단어로 이루어진 숲 뒤에 숨어 언제라도 뛰어들 준비를 하고 있겠지. 그는 또 하나의 고삐 풀린 공연자, 차갑고 계산적인 배우였다. 잘은 몰라도 어쩌면 실제로 다리를 못 쓰게 된 것이 아니라, 자신의 분한 마음을 더 잘 표현하기 위해 목발을 동원한 것일 수도 있었다. 그는 증오심에 차서 **로숀 호라를 만들어낸** 자, 무슨 일에도 충격받지 않고 환상에 빠지지 않으면서 인간적인 치욕에 충격받은 척하는 자, 눈물을 글썽거리며 자신이 가장 증오하는 것은 바로 증오라고 크게 외치는 데서 기쁨을 느끼는 염세가였다. 나는 모든 것을 경멸하고 조롱하는 자의 손에 있었다.

스마일스버거가 다시 말을 시작했다. "호페츠 하임에게 불명확한 로슌 호라의 법칙은 하나뿐이었다고 하지. 그래, 유대인이 어떤 상황에서도 동포 유대인을 비방하고 모욕할 수 없다는 건 알겠는데, 자기 자신을 모욕하고 깎아내리는 말을 하는 것도 금지라고? 여기에 대해 호페츠 하임은 오랫동안 확실한 결론을 내리지 못했소. 노년에 이르러서야 모종의 일을 겪고서 이 골치 아픈 문제에 대해 마음을 정했지. 어느 날 라딘을 떠나 마차를 타고 여행하던 그는 옆에 앉은 사람도 유대인임을 알게 되었소. 그래서 곧 그 사람과 우호적인 대화를 나누기 시작했지. 호페츠 하임은 그 유대인에게 누구인지, 그리고 어디로 가는 길인지 물었소. 유대인은 신이 나서 호페츠 하임의 말씀을 들으러 간다고 말했소. 자신과 대화중인 노인이 바로 호페츠 하임이라는 사실을 모르는 그는 곧 연설을 듣게 될 그 현자에 대한 찬사를 쏟아냈지. 호페츠 하임은 자신을 찬미하는 말에 잠자코 귀를 기울이다가 그 유대인에게 이렇게 말했소. '그 사람은 그렇게까지 대단하지 않아요.' 그 유대인은 노인이 감히 그런 말을 한 것에 대경실색했소. '그 사람이 누군지나 알고 말하는 겁니까? 지금 무슨 말을 하는 건지 아세요?' 호페츠 하임은 대답했소. '그래요. 내가 무슨 말을 하는지 아주 잘 알고 있어요. 공교롭게도 내가 호페츠 하임과 아는 사이인데, 그 사람에 대한 소문을 다 믿으면 안 돼요.' 이런 식으로 대화를 주고받으면서, 호페츠 하임은 자기 자신에 대한 유보적인 의견을 되풀이하며 점점 다듬어나갔고, 유대인은 시시각각 심하게 화를 냈소. 마침내 그 유대인은 괘씸한 마음을 참지 못하고 노인의 뺨을 때렸지. 그때 마차가 옆 마을의 정거장에 멈춰 섰소. 거리를 가득 메운 호페츠 하임의 추종자들이 잔뜩 들떠서 그를 기다리는 곳이었소. 그가 마차에서 내리자 환호가 일었고, 마차 안의 유대인은 그제야 자신이 누구의 뺨을 때린 건지 깨달았소. 그 가엾은 남자가 얼마나 속이 상했을까. 호페츠 하임처럼 온화하고 점잖은 사람은 또 거기서 어떤 인상을 받았을까. 그 순간부터 호페츠 하임은 사람이 자기 자신에 대해서조차 로숀 호라를 말하면 안 된다고 선포했소."

그는 노련하고 재치 있게, 심한 외국어 말씨인데도 몹시 우아하고 매력적으로 이야기를 들려주었다. 그의 목소리가 감미롭고 매혹적이라서, 마치 어린 손주를 재우려고 비장의 옛날이야기를 들려주는 것 같았다. 나는 이렇게 말하고 싶었다. "왜 날 즐겁게 해주려고 애쓰는 겁니까? 뭘 하려고? 날 왜 여기로 데려왔습니까? 당신은 정확히 누구죠? 날 데려온 그 사람들은 또 누구고? 이번 일에서 피픽의 역할은 뭡니까?" 갑자기 말을 하고 싶어서 견딜 수 없었다. 도와달라고 외치고 싶고, 괴로워서 소리를 지르고 싶고, 그에게 뭔가 설명을 요구하고 싶었다. 그래서 그냥 창문에서 뛰어내리는 게 아니라 아예 내 몸에서 튀어 나갈 수 있을 것 같았다. 하지만 처음에는 히스테리성 무언증 비슷하게 시작된 침묵이 이제는 나의 자기방어를 위한 초석이 되었다. 침묵이 일종의 전술 같았다. 비록 스마일스버거든 우리든 누구든 별로 힘들이지 않고 무력화할 수 있는 전술임을 나조차도 알고 있었지만.

"우리는 어디 있는 거지?" 스마일스버거가 손목시계를 내려다보면서 말했다. "그자는 반은 인간이고 반은 표범이오. 식당으로 가는 길에 예쁜 여군이 있으면……. 하지만 이건 우리같은 자를 얻기 위해 치러야 하는 대가지. 다시 사과하겠소. 당신이 영양가 있는 식사를 한 지 며칠이 지났을 텐데. 다른 사람 같으면 이런 끔찍한 상황에서 그렇게 너그럽지 못했을 거요. 당신만큼 저명한 사람이 굶주림에 시달렸다면 이렇게 점잖게 자제력을 발휘하지 못했겠지. 헨리 키신저라도 이렇게 갑갑한 방에서 나처럼 아무것도 아닌 절름발이를 혼자 기다려야 했다면 목청이 터져라 고함을 질러댔을 거요. 이미 몇 시간 전에 벌떡 일어서서 밖으로 나가버리거나, 천장을 때렸겠지. 그래도 난 그를 비난하지 못했을 테고. 하지만 당신의 차분한 성격, 침착함, 냉정함……." 그는 의자에서 몸을 일으켜 절룩거리며 칠판으로 다가가서 몽당분필로 칠판에 영어 문장을 적었다. "**진심으로 형제를 미워하지 말라.**" 그리고 그 아래에 이렇게 적었다. "**동족의 자녀에게 복수하거나 어떤 원한도 품으면 안 된다.**" 이 문장을 적으면서 그는 입을 열었다. "하기야 속으로는 당신이 즐거워하고 있을지도 모르겠소. 그렇다면 이렇게 침착하게 참을성을 발휘한 게 이해가 되지. 당신은 어떤 상황에서든 자연스럽게 재미있는 면을 포착하는 유대인의 지성을 갖고 있소. 모든 것이 당신에게는 농담인지도 모르겠군. 그렇소? 저자가 농담이오?" 칠판에서 볼 일을 마친 그는 텔레비전 화면을 가리켰다. 변호사에게 줄 쪽지를 쓰는 데미야뉴크에게 카메라가 순간적으로 초점을 맞췄다. "처음에 저자는 매번 셰프텔의 옆구리를 쿡쿡 찔렀소. 하지만 셰프텔이 분명히 '내 옆구리를 찌르지 말고 쪽지를 써요'라고 말한 모양이오. 그래서 지금은 쪽지를 쓰는데 셰프텔은 읽지 않아요. 저자의 알리바이는 또 왜 그렇게 엉망진창이오? 놀랍지 않소? 법학대학 1학년생조차 쉽게 반박할 수 있을 만큼 장소와 날짜가 엇갈리는 이유가 뭐지? 데미야뉴크는 똑똑하지 않지만, 적어도 잔머리는 있는 것 같소. 오래전에 적어도 알리바이 증명에 도움이 될 만한 사람을 구해놨을 것 같은데, 그러려면 그 사람한 테 진실을 말해야 했겠지. 저자는 그러면 안 된다는 걸 잔머리로 알아낸 거야. 아마 저자의 아내도 모를걸. 친구들도 모르고, 가 없은 아들도 모르고. 당신 친구 지아드 씨는 저 재판을 '쇼'라고 부르더군. 미국에서 미국 이민국과 미국 법원이 십 년 동안 청문 회를 했소. 예루살렘에서는 벌써 일 년이 넘도록 훌륭한 판사 세 명이 재판을 주재하고, 전세계 언론이 면밀히 지켜보고 있지. 신 분증의 종이 클립이 진짜인지 아닌지를 입증하기 위해 법정에서 양측의 주장을 듣는 데만 거의 이틀이 걸리고 있소. 지아드 씨의 말은 틀림없이 농담이었을 거야. 농담이 아주 많지. 너무 많아. 몇몇 사람들이 좋아하는 말이 뭔지 아시오? PLO를 운영하는 게 사실은 유대인이라는 말이오. 아라파트는 무능할 뿐만 아니라 심복들에게 에워싸여 있기 때문에 유대인이 아주 조금이라도 도 와주지 않는 한 100억 달러나 되는 자산으로 다국적 거래를 혼 자 해낼 수가 없다는 거요. 사람들은 이렇게 말한다오. 아라파 트 위에 유대인이 있거나, 아니면 돈을 책임진 유대인이 틀림없 이 있을 거라고. 유대인이 아니고서야 누가 이 조직을 온갖 실수 와 부정부패에서 구원해줄 수 있겠소? 레바논의 파운드화가 무 너졌을 때, PLO가 베이루트의 은행들에서 돈을 잃는 걸 막아준 사람이 유대인이 아니라면 누굴까? 이 단체가 별로 효과를 보지 는 못했지만 하여튼 홍보를 위해 가장 최근에 벌인 일에서 자금 을 관리한 것이 누굴까? 저런, 셰프텔을 보시오." 그가 다시 텔 레비전을 가리키며 말했다. 데미야뉴크의 이스라엘인 변호사인 셰프텔이 방금 벌떡 일어서서 검사 측의 어떤 발언에 대해 이의 를 제기하고 있었다. "저 친구가 여기서 로스쿨에 다닐 때 정부가 마이어 랜스키폴란드 출신의 유대계 미국인으로, 유대인 범죄조직과 연계해 전세계에 도박 제국을 세웠다의 입국비자를 취소해버렸소. 셰프텔은 마이어 랜스키를 위한 학생회의 장이 되었지. 나중에는 랜스키의 변호사가 되어 그의 입국비자를 얻어냈소. 셰프텔은 이 유대계 미국인 조폭이 자기가 만난 사람 중 가장 똑똑한 사람이었다고 말한다오. '만약 랜스키가 트레블링카에 있었다면, 우크라이나인과 나치 간수들은 삼 개월도 버티지 못했을 것이다.' 셰프텔의 말이오. 그럼 셰프텔은 데미야뉴크의 말을 믿을까? 중요한 건 그게 아니지. 그보다는 셰프텔이 결코 국가를 믿지 못한다는 점이 중요해요. 이스라엘의 기성체제 편을 드느니 차라리 전쟁범죄자와 유명한 조폭을 변호하는 편이 낫다는 식이오. 하지만 이런 그도 PLO의 자금을 관리하는 유대인이라고 보기에는 거리가 멀어도 한참 멀지. 거기에 기부를 하는 유대인은 말할 것도 없고. 유대인들이 아일랜드인인 오코너를 내보내고 셰프텔에게 변호를 맡겼을 때 데미야뉴크가 셰프텔에게 뭐라고 한 줄 아시오? '처음부터 내게 유대인 변호사가 있었다면 이렇게 곤란한 처지가 되지 않았을 텐데.' 농담이냐고? 아닐 거요. 공포의 이반이라는 혐의를 받는 그가 '내게 유대인 변호사만 있었어도……'라고 말했다고 하니, 나는 다시 생각해본다오. PLO가 주식, 채권, 부동산, 모텔, 화폐, 라디오 방송국 등에 탄탄하게 투자해서 아랍 형제들에게서 어느 정도 경제적으로 독립한 데에 유대인 자문들이 영향을 미쳤다는 말이 반드시 농담일까? 고작 농담일까? 하지만 정말로 그런 유대인들이 있다면 도대체 어떤 유대인인 거지? 정말로 그런 유대인들이 있다면, 동기가 뭘까? 유대인들에게 창피를 주려는 아랍인들의 어리석은 선전일까? 아니면 정말로 민망한 진실일까? 나는 PLO에 돈을 기부하는 부유한 유대인의 동기보다는 영국 언론에 우리의 핵 기밀을 흘린 바누누 씨처럼 반역자 유대인의 동기에 훨씬 더 쉽게 공감할 수 있소. 어쩌면 호페즈 하임조차 우리 동족의 자손들에게 복수하면 안 된다는 토라의 가르침에 그토록 대놓고 반항하는 유대인을 용서할 마음이 생길까 싶소. 자기들은 해변에서 즐거운 시간을 보내면서 기관총으로 우리 젊은이들을 쏘아버리는 아랍 테러리스트들의 주머니에 유대인의 돈을 넣어주는 일보다 더 나쁜 로숀 호라가 있겠소? 우리가 죽을 때 가져갈 수 있는 돈은 지상에서 자선을 위해 쓴 돈뿐이라고 호페즈 하임이 말한 건 사실이지만, 설마 PLO에 기부한 돈까지? 그건 절대 천국에 보물을 쌓는 방법이 아니오. 우리는 형제를 진심으로 미워하면 안 되고, 대중이 한다는 이유로 나쁜 짓을 해도 안 되고, 유대인을 죽이는 테러리스트에게 수표를 줘도 안 되오. 난 그런 수표에 서명한 사람들의 이름을 알고 싶소. 그자들을 만나 도대체 무슨 생각을 하는 건지 물어보고 싶소. 하지만 그 전에 먼저 증오로 가득한 이 심술궂은 사람의 상상만이 아니라 그런 자들이 정말로 존재하는지부터 확인해야 하겠지. 그자의 머릿속은 문제를 일으키는 갖가지 술수와 거짓말로 터질 듯하니까. 조지 지아드가 완전히 미친 사람인지, 완전히 교활한 사람인지, 아니면 그 둘 다인지 전혀 알지 못하오. 하기야 이 지역 사람들은 항상 그렇게 파악하기 힘들지. 우리의 가장 흉악한 적을 지원하는 당신을 만나겠다고 아테네에서 기다리는 부유한 유대인들이 정말로 존재하오? 이 나라가 처음 숨을 쉬기 시작한 순간부터 우리를 파괴하고 싶어하던 사람들 손에 언제든 자기네 재산을 쥐여줄 준비가 된 유대인들 말이오. 일단 그런 자들이 다섯 명이라고 가정해봅시다. 아니, 열 명이라고 가정해봅시다. 그들이 얼마나 기부할 수 있겠소? 일인당 100만 달러? 아랍의 부패한 족장 한 명이 매년 아라파트에게 주는 돈에 비하면 하찮것없는 액수요. 고작 1천만 달러 때문에 그자들을 추적할 가치가 있을까? 당신이 싫어하는 사람들에게 돈을 기부한다는 이유로 그 부자 유대인들을 죽이며 돌아다닐 수 있겠소? 그렇다면 죽이는 대신 그들과 합리적인 대화를 나눌 수는 있을까? 처음부터 비틀린 생각에 단단히 중독된 사람들인데? 아마 그들이 영원히 창피한 짓을 하게 내버려두고 잊어버리는 것이 최선의 방법일 것이오. 하지만 난 그렇게 못하겠단 말이지. 난 그들에게 집착하고 있소. 사회의 책임 있는 일원처럼 보이지만 사실은 두 얼굴을 지닌 제5열의 유대인들. 난 그저 그런 자들 중 한 명을 만나, 그러니까 그런 자가 존재한다면, 그자를 만나 지금 당신과 이야기하듯이 대화를 나누고 싶을 뿐이오. 내가 열성적인 유대인이라 잘못 생각한 걸까? 아랍의 거짓말쟁이한테 속아 넘어가 스스로 바보짓을 하는 걸까? 호페츠 하임이 일깨워준 말을 나는 믿소. '논쟁중에 스스로 입을 다무는 사람들에게 세상이 달려 있다.' 하지만 지금 당신이 감히 몇 마디 말을 한다고 해서 세상이 즉시 무너지지는 않을 거요. 그런 유대인들이 이런 식으로 내 정신을 잡아먹는 걸까? 당신 생각에는 어떤 것 같소? 소련의 유대인들을 위해서 해야 할 일이 아직 많은데, 이 작은 나라를 괴롭히는 안보 문제가 아직 많은데, 자기혐오에 빠진 유대인 몇 명이 결정적으로 행동하게 만드는 이유가 뭔지 알아내겠다고 그들을 뒤쫓는 데 귀한 에너지를 쓸 이유가 있소? 유대민족을 비방하는 이런 유대인들에 대해 호페츠 하임은 많은 말을 해주었소. 그들을 움직이는 힘은 로숀 호라다, 로숀 호라로 움직이는 사람들이 모두 그렇듯이 그들도 다가올 세상에서 처벌받을 것이다. 그렇다면 왜 이 세상에서 내가 그들을 쫓아야 하오? 이것이 내가 당신에게 묻고 싶은 첫 번째 질문이오. 두 번째는 이거요. 만약 내가 그들을 쫓는다면, 필립 로스가 날 도울 거라고 믿어도 되는가?"

이때 우리가 마치 기다리던 신호를 마침내 받은 사람처럼 교실 안으로 들어왔다.

"점심이군." 스마일스버거가 따뜻하게 웃으며 말했다.

카페테리아의 식판 위에 접시들이 빽빽이 놓여 있었다. 우리가 식판을 텔레비전 옆에 놓자 스마일스버거가 나더러 의자를 가져와 앉아서 먹으라고 권했다.

수프는 플라스틱이 아니고 빵도 마분지로 만든 모형이 아니었다. 감자 역시 돌멩이가 아닌 진짜 감자였다. 모든 것이 눈에 보이는 그대로였다. 이렇게 분명하고 확실한 일은 며칠 만에 처음이었다.

음식이 식도를 타고 넘어갈 때에야 나는 전날 우리를 처음 보았다는 사실을 기억해냈다. 청바지와 운동복 티셔츠 차림의 두 청년. 내 눈에는 농장 일꾼처럼 보였지만, 조지 지아드는 이스라엘 비밀경찰이라고 말했다. 그 두 명 중 하나가 우리였다. 다른 한 명은 호텔에서 나와 피픽을 날려버리겠다고 했던 그자라는 사실 또한 이제 알 수 있었다. 이 교실은 아마 그들이 잠시 빌린 장소인 것 같았다. 나를 여기 가둬두면 특별히 효과를 발휘할 거라고 생각한 모양인데, 멍청한 생각은 아니었다. 그들은 이 학교 교장에게 가서 이렇게 말했을 것이다. "당신도 군대에 있었죠. 우린 당신에 대해 압니다. 당신의 기록을 읽었기 때문에, 당신이 애국자라는 걸 알아요. 오늘 오후 1시 이후에 이 학교에서 사람을 죄다 쫓아내시오. 오늘 오후 수업은 없소." 교장은 십중팔구 한마디도 반대하지 않았을 것이다. 이 나라에서 비밀경찰은 못 하는 일이 없다.

내가 점심식사를 마치자 스마일스버거가 100만 달러가 든 봉투를 또 내게 건넸다. "어젯밤 이걸 떨어뜨리셨소." 그가 말했다. "라말라에서 돌아가는 길에."

❦

그날 오후에 내가 스마일스버거에게 던진 질문들 중에서 그가 솔직히 대답하지 않은 것처럼 보이는 질문들은 모두 모이셰 피픽과 관련된 것이었다. 스마일스버거는 나의 닮은 꼴인 그가 어디서 나타났는지, 어떤 사람인지, 누구 밑에서 일하고 있는지에 대해 내가 아는 것 이상은 자기도 알지 못한다고 주장했다. 피픽이 스마일스버거 일당 밑에서 일하는 사람이 아닌 것만은 확실했다. "기회의 신이 그를 보내주셨소." 스마일스버거가 말했다. "소설가들과 마찬가지로 정보국에서도 그렇다오. 기회의 신이 우리 안에서 창조하는 것. 먼저 가짜가 나타나고, 그다음에는 진짜가 나타났소. 그리고 마지막으로 진취적인 지아드가 나타났지. 이걸 바탕으로 우리는 임기응변을 발휘하고."

"그자가 정신 나간 사기꾼에 불과하다는 뜻이군요."

"당신에게는 더 큰 의미가 있겠지. 당신에게는 편집증적인 의미가 풍부한 독특한 일일 거요. 그럼 그자 같은 협잡꾼들은?

항공사들은 그들에게 특별요금을 적용해요. 평생 지구를 종횡무진 돌아다니는 자들이니까. 당신의 그자는 아침 비행기를 타고 뉴욕으로 갔소. 지금 미국에 있어요."

"당신은 그자를 막으려 하지 않았군요."

"오히려 그 반대였지. 그자가 떠날 수 있게 노력을 아끼지 않고 도와줬소."

"그럼 여자는?"

"그 여자에 대해서는 아는 것이 전혀 없소. 어젯밤 이후로는 아마 당신이 그 여자에 대해 가장 잘 아는 사람일걸. 내 생각에 그 여자는 악당과의 모험에 저항할 수 없는 매력을 느끼는 여자인 것 같소. 팔리카, 남성적인 욕망의 여신. 내가 잘못 생각한 거요?"

"둘 다 사라졌네요."

"그래요. 이제 당신 하나만 남았소. 미친놈도 아니고, 협잡꾼도 아니고, 바보도 아니고, 약골도 아닌 사람. 침묵할 줄 알고, 인내심을 발휘할 줄 알고, 조심할 줄 알고, 더할 나위 없이 불안한 상황에서도 쉽게 흥분하지 않는 사람. 당신은 높은 점수를 받았소. 모든 본능이 아주 뛰어나요. 속에서는 어떤 난리가 벌어졌어도 상관없소. 심지어 당신이 토한 것도 괜찮아요. 실수를 하거나 발을 잘못 내딛지 않았으니까. 기회의 신이 이 일에 가장 잘 맞는 최고의 유대인을 보내주셨소."

하지만 나는 그 일을 받아들일 생각이 없었다. 다른 사람이 꾸민 터무니없는 음모에서 나를 뽑아내 이번에는 또 다른 음모에 가담하라고 나를 협박하다니. 스마일스버거가 자신이 '스마일스버거'라는 암호명으로 참가하고 있는 첩보작전에 대해 설명하며 나더러 그 작전에 자원하라고 말하면 말할수록 나는 점점 더 화가 났다. 오만하게 상대를 희롱하는 그의 태도가 당혹스러운 수수께끼 같아서 내가 잔뜩 경계하며 꼼짝도 못 하던 순간은 이미 지나갔기 때문이었다. 그뿐만 아니라, 마침내 빈속을 채우고 점차 차분함을 되찾으면서 엄청나게 고압적인 이 이스라엘인들이 올리버 노스1980년대 말에 이란과 니카라과 반군이 관련된 불법 무기거래 스캔들에 연루되었던 미국의 퇴역군인. 이 무기거래의 목적은 레바논에 억류된 미국인 인질의 석방이었으며, 노스에 대한 기소는 나중에 모두 기각되었다만큼의 재능을 지닌 자가 방향을 잘못 잡은 머리로 지어낸 공상의 산물처럼 보이는 첩보 게임을 하면서 나를 잔인하게 굴렸다는 사실을 깨달은 탓이기도 했다. 내가 자기들의 임무에 얼마나 잘 맞는지 보기 위해 그들은 나를 억지로 납치해서 여기에 붙잡아두었다. 한참 뒤 그들이 내게 차가운 닭고기 한 조각을 제공해주었을 때 나는 고마움을 느꼈지만, 해방감이 찾아오면서 이제 그 고마움은 사라지고 분노가 일었다. 내 분노가 얼마나 큰지 나조차도 놀랄 정도였지만, 이미 시작된 폭발을 나도 어쩔 수 없었다. 나를 얕보는 듯한 우리의 거친 시선(그는 유리주전자를 가지고 돌아와 내게 갓 내린 커피를 따라주었다)은 그 분노를 더욱 부채질했다. 스마일스버거에게서 내게 점심을 가져다준 이 부하가 줄곧 나를 미행했다는 말을 들은 뒤에는 특히 더 화가 났다. "라말라 도로에서 당한 기습?" 우리가 그 자리에도 있었음을 나는 알게 되었다. 이자들은 내가 모르는 사이 내 동의도 받지 않고 그동안 나를 미로 속의 쥐처럼 굴리고 있었다. 들은 얘기를 모두 종합해보아도 그들이 이 일에서 어떤 보상을 받을지 정확히 알 수 없었다. 스마일스버거는 피픽이 예루살렘에 왔다는 사실을 근거로 순전히 육감에 의지해 움직였다(그가 내 신원을 도용한 가짜 여권을 들고 입국수속을 통과한 지 겨우 몇 시간 만에 한 정보원이 그가 가짜라는 사실을 알아냈다). 일주일 뒤 내가 도착한 것도 그의 움직임에 영향을 미쳤다. 창의적인 속임수를 꾸밀 수 있는 잠재력으로 가득한 우연의 일치 앞에서 호기심에 불이 붙지 않는다면 스마일스버거가 어떻게 프로라고 자부할 수 있겠는가? 이렇게 자극적인 상황과 맞닥뜨리는 것이 무엇을 의미하는지 소설가라면 반드시 이해할 터였다. 그는 자신이 정말로 작가 같았다고, 복잡하고 순수한 모습을 모두 지닌 진정한 소재를 만난 아주 운 좋은 작가 같았다고 설명하면서, 이 비교에 냉소적인 공감을 표했다. 자신의 예술이 미학적으로 순수하지 못하다는 점, 실용적인 기능을 해야 하기 때문에 확실히 급이 좀 떨어지는 책략이라는 점은 스마일스버거도 기꺼이 인정했다. 그래도 그에게 제시된 수수께끼가 정확히 작가에게 맞는 것이라는 사실은 분명했다. 이 문제의 핵심은 아주 단단하게 뭉쳐 있었고, 여기서 어떻게 연쇄반응을 일으킬 것인가 하는 의문이 그의 애를 태웠다. 자신이 다치지 않게 폭발을 일으켜 상황을 밝히는 방법이 무엇일까. 스마일스버거는 작가가 하듯이 하면 된다고 내게 말했다. 먼저 추측이 필요하다. 그런데 조금이라도 제대로 된 추측을 하려면 생각을 제약하는 관습을 경우에 따라 무시할 수 있는 원칙, 도박사처럼 위험을 무릅쓰는 성향, 금기에 손대는 대담함이 있어야 한다. 그는 내가 만들어낸 최고의 작품에 항상 이런 특징들이 있었다고 찬사를 덧붙였다. 그가 하는 일도 짐작을 바탕으로 한다. 도덕적인 측면을 말하자면 그렇다. 그는 내게 운을 시험해보라고 말했다. 사람은 실수를 하지요. 지나치게 열성을 보이거나 열성이 부족한 상태로, 어떤 상상의 가닥을 집요하게 따라가봐도 결과를 얻을 수 없을 때가 있소. 그런데 그때 뭔가가 슬그머니 들어오지. 사소하지만 어처구니없는 부분, 우스꽝스러운 유머, 민망할 정도로 속이 들여다보이는 책략, 이런 것들이 의미심장한 행동으로 이어져 엉망진창이던 일을 하나의 **작전**으로 만든다오. 구조적으로 예리하게 잘 마무리되었으면서도 우리네 인생처럼 말이 안 되는 것 같은데 말이 되고 깔끔하지 못한 우연의 일치로 저절로 생겨난 듯 보이는 작전 말이오. "아테네가 또 어디로 이어질지 누가 알겠소? 조지 지아드를 위해 아테네로 가시오. 거기서 당신의 역할을 설득력 있게 해낸다면, 그가 당신 앞에서 대롱대롱 흔들고 있는 그 만남, 튀니스에서 아라파트를 소개해주겠다던 약속이 정말로 실현될지도 모르지. 실제로 그런 일이 일어나곤 해요. 당신에게는 이것이 대단한 모험이 될 것이고, 우리에게도 물론 당신을 튀니스로 보내는 것이 작지 않은 성취가 될 것이오. 나도 전에 아라파트와 일주일 동안 함께 보낸 적이 있소. 야세르는 재미있는 사람이오. 어찌나 반짝거리는지. 쇼맨십이 있어요. 아주, 아주 표현력이 좋소. 겉으로 드러나는 행동을 보면, 그는 남의 마음을 사는 능력이 아주 뛰어난 사람이오. 당신도 즐거운 경험을 할 거요."

이 말에 대한 대답으로 나는 민망할 정도로 속이 들여다보이는 책략, 우스꽝스러운 유머, 사소하지만 어처구니없는 부분인 100만 달러 수표를 그의 면전에서 흔들어댔다. "나는 미국 국민입니다. 여기에 온 건 미국 신문사의 의뢰 때문이에요. 나는 유대인 무명용사가 아닙니다. 유대인 비밀요원도 아니고. 나는 조너선 폴라드도 아니고, 야세르 아라파트를 암살하고 싶은 생각도 없습니다. 그냥 다른 작가를 인터뷰하러 여기에 왔을 뿐이에요. 그의 책에 대해 그와 이야기를 나누려고 온 겁니다. 당신은 나를 미행하고, 도청하고, 괴롭혔습니다. 물리적으로 나를 함부로 다루고, 심리적으로 나를 학대하고, 당신이 원하는 대로 나를 장난감처럼 조종했습니다. 그런데 이제는 감히……."

내가 이들의 용서할 수 없는 방종과 나를 멋대로 괴롭힌 무례한 태도에 대한 분노를 모두 쏟아내는 동안 창턱에 앉아 있던 우리가 나를 향해 씩 웃었다.

"가고 싶으면 자유로이 가도 좋소." 스마일스버거가 말했다.

"나한테는 조치를 취할 자유도 있죠. 이건 법적인 조치를 취할 수 있는 일입니다." 나는 이 말을 하면서, 피픽과 처음 얼굴을 맞대고 만났을 때 내가 똑같은 주장을 했지만 과연 무슨 소용이 있었는지 돌이켜보았다. "당신은 여기가 어딘지, 당신들이 누구인지, 내가 무슨 일을 당할지 조금도 알리지 않고 몇 시간 동안 나를 여기에 붙잡아놓았습니다. 당신이 '첩보'라는 말을 사용하는 걸 듣고 내 귀를 믿기 힘들 만큼 터무니없고 하찮은 계획을 위해서. 나의 권리나 프라이버시나 안전을 조금도 고려하지 않은 채 당신이 저지른 이 어리석은 짓……. 이런 것이 첩보활동입니까?"

"어쩌면 우리가 당신을 보호한 건지도 모르오."

"누가 부탁했는데? 라말라의 도로에서도 날 보호한 거였습니까? 거기서 내가 하마터면 맞아 죽었을 수도 있습니다. 총에 맞았을 수도 있고."

"하지만 당신은 심지어 멍도 들지 않았지."

"그래도 더할 나위 없이 불쾌한 경험이었어요."

"우리가 차로 당신을 미국 대사관까지 데려다줄 거요. 거기서 대사에게 불만을 접수해요."

"그냥 택시나 불러줘요. 우리에게는 이제 질렸습니다."

"저 말대로 해." 스마일스버거가 우리에게 말했다.

"여긴 어딥니까? 정확히 어디예요?" 우리가 밖으로 나간 뒤 내가 물었다. "여긴 어딥니까?"

"감옥이 아닌 건 확실하지. 창문 하나 없는 방에서 재갈이 물리고 눈이 가려진 채 파이프에 사슬로 몸이 묶여 있지도 않았고."

"여기가 베이루트가 아닌 걸 다행으로 생각하라는 말이라면 그만둬요. 그보다 쓸모 있는 걸 말해봐요. 나를 사칭하는 놈이 누구인지."

"조지 지아드에게 묻는 편이 더 나을 거요, 아마. 나보다는 그 팔레스타인인 친구가 당신에게 더욱더 못된 짓을 한 건지도 모르지."

"그래요? 확실한 사실입니까?"

"내가 그렇다고 하면 믿겠소? 당신이 나보다 더 믿을 만한 사람에게서 정보를 모아야 할 것 같은데. 나 역시 당신만큼 쉽사리 화내지 않는 사람의 도움을 얻어 정보를 모아야 할 것 같고. 피커링 대사는 내 행동과 관련해서 적절한 사람에게 연락할 거요. 그것이 어떤 결과로 이어지든, 나는 최선을 다해 감내하며 살아야 하고. 하지만 이번 일이 당신에게 영원한 흉터를 남길 만큼 큰 시련이었다고는 생각하지 않소. 앞으로 나올 책에 내가 얼마나 기여하게 될지 모르지만, 하여튼 그것에 대해 당신이 언젠가 고마운 마음을 품을 수도 있어요. 만약 당신이 우리와 조금 더 함께 나아가는 쪽을 택한다면 그 책에 더 많은 내용이 담기겠지만, 당신처럼 재능 있는 사람에게 모험은 별로 필요하지 않다는 걸 당신도 알겠지. 결국 아무리 무모한 정보요원이라도 소설가의 환상적인 창조물과는 경쟁할 수 없소. 이제 당신은 잔인한 현실의 방해 없이, 우리 같은 단순한 불한당이나 나처럼 기분 나쁜 장난을 치는 불한당보다 더 의미 있는 인물들을 혼자서 창조해낼 수 있을 것이오. 당신을 사칭하는 자가 누구냐고? 소설가인 당신의 상상력은 우스꽝스럽고 하찮은 진실보다 훨씬 더 매혹적인 결론을 만들어내겠지. 조지 지아드는 누구고, 그는 무슨 게임을 하고 있는 거냐고? 그자 역시 철없는 진실보다 더 복잡하게 공명하는 골칫거리가 될 거요. 현실이란 너무나 진부하고, 너무나 어처구니없고, 너무나 앞뒤가 안 맞아. 도무지 이해할 수 없고 실망스러운 골칫거리. 코네티컷의 그 서재에 있을 때와는 다를 것이오. 거기서 현실은 오로지 당신뿐이니."

우리가 방 안으로 고개를 빼꼼 내밀었다. "택시!"

"그래." 스마일스버거가 텔레비전을 끄면서 말했다. "모든 것이 자신의 의지대로 돌아가는 세상을 향한 당신의 여행이 이제 시작되는군."

하지만 이 택시가 정말로 택시라고 내가 믿을 수 있을까? 이 사람들이 이스라엘 정보기관과 조금이라도 관계가 있을 거라고 믿기가 점점 어려워지는데? 증거가 없지 않은가. 이번 일의 심오한 비논리성, 그것이 증거인가? '택시'를 생각하다가 나는 문득 내 몸을 빼낼 가장 안전한 방법을 떠올릴 때까지 여기 남아서 계속 이들의 말에 귀를 기울이는 것보다 지금 떠나는 편이 더 위험할 것 같다는 느낌을 받았다.

"당신은 누굽니까?" 내가 물었다. "누가 당신을 내게 배정했어요?"

"그건 걱정 마시오. 당신 책에 나를 어떻게 묘사해도 좋으니까. 나를 낭만적으로 그리는 쪽이 좋으시오, 아니면 악마로 그리는 게 좋으시오? 나를 영웅으로 만들고 싶소, 아니면 웃음거리로 만들고 싶소? 뜻대로 해요."

"팔레스타인 사람들에게 돈을 기부하는 부자 유대인이 열 명이라고 가정해보죠. 그 일을 왜 당신이 맡게 됐는지 말해봐요."

"택시를 타고 미국 대사관으로 가서 불만을 접수하고 싶소, 아니면 믿을 수 없는 사람의 말을 계속 듣고 싶소? 택시는 기다리지 않을 거요. 기다려주길 원한다면 리무진을 불러야지."

"그럼 리무진으로 해요."

"이 말대로 해." 스마일스버거가 우리에게 말했다.

"현금입니까, 신용카드입니까?" 우리가 완벽한 영어로 말하고는 크게 웃으며 멀어져갔다.

"저자는 왜 항상 바보같이 웃는 겁니까?"

"유머감각이 없는 척하려고 그러는 거요. 당신에게 겁을 주려고. 하지만 당신은 훌륭하게 버텨냈지. 아주 잘하고 있소. 계속해요."

"PLO에 돈을 기부할 수도 있고 안 할 수도 있는 부자 유대인들, 그들은 당신 같은 사람의 방해 없이 자기 돈을 마음대로 쓸 권리를 왜 완전히 누리지 못합니까?"

"그들은 유대인으로서 권리를 갖고 있을 뿐만 아니라, 유대인이라서 벗어날 수 없는 도덕적 의무도 갖고 있소. 어떤 형태로든 팔레스타인인들에게 보상을 해줘야 할 의무. 우리는 팔레스타인 사람들에게 나쁜 짓을 저질렀소. 그들을 쫓아내고 억압했으니까. 그들을 추방하고, 때리고, 고문하고, 살해했으니까. 유대인 국가는 처음 생겨난 순간부터 역사적으로 팔레스타인의 땅이었던 곳에서 팔레스타인인들의 존재감을 지우고 그 땅을 빼앗는 데 전력을 다했소. 팔레스타인 사람들은 유대인들 손에 쫓겨나 이리저리 흩어지고 정복당했지. 유대인 국가를 만들기 위해 우리는 우리 역사를 배반했소. 그리스도교인들이 우리에게 한 짓을 우리가 팔레스타인 사람들에게 했다는 뜻이오. 그들을 경멸과 예속의 대상인 '타자他者'로 만들어, 인간의 지위를 빼앗았소. 테러나 테러리스트나 야세르 아라파트의 어리석은 정치행보와는 상관없이, 사실은 이것이오. 팔레스타인 민족은 전적으로 무고하며, 유대 민족은 전적으로 유죄다. 내게 있어 경악스러운 일은 소수의 부자 유대인이 PLO에 거액을 기부한다는 사실이 아니라, 세상의 모든 유대인이 자기도 기부하고 싶다는 생각을 전혀 하지 않는다는 사실이오."

"이 분 전에는 이 말과 모순되는 말을 했습니다."

"내가 냉소적으로 이런 말을 한다고 생각하는군."

"당신은 모든 걸 냉소적으로 말해요."

"내 말은 진심이오. 그들은 무고하고, 우리는 유죄야. 그들은 옳고, 우리가 틀렸소. 그들은 침범당했고, 침범한 자는 우리요. 나는 가차 없는 나라에서 가차 없는 일에 종사하는 가차 없는 사람이오. 다 알면서도 자발적으로 가차 없는 행동을 하지. 언젠가 팔레스타인이 승리한다면, 그래서 여기 예루살렘에서, 예를 들면 지금 데미야뉴크 씨의 재판이 열리는 바로 그곳에서 전범재판이 열린다면, 그 재판에서 거물들뿐만 아니라 나 같은 하급 관리들도 다뤄진다면, 나는 팔레스타인 사람들의 비난 앞에서 나 자신을 변호할 말이 하나도 없을 것이오. PLO에 후하게 기부했던 유대인들이 양심적인 사람으로, 유대인의 양심을 대표하는 사람으로 내 앞에 제시되겠지. 팔레스타인을 억압하는 데 협조하라는 유대인들의 갖은 압박에도 그들은 오랫동안 고통받은 유대 민족의 영적인 유산과 도덕적 유산에 충실한 길을 선택했으니까. 그들의 올바름을 기준으로 나의 무도함이 측정될 것이고, 나는 교수형을 당할 것이오. 내 적들이 주재한 재판에서 유죄판결을 받은 뒤 내가 법정에서 뭐라고 할까? 우리를 깎아내리고, 모욕하고, 겁을 주며 야만적인 살기를 드러냈던 반유대주의의 천 년 역사를 변명으로 꺼내 들까? 이 땅이 우리 것이라는 주장, 유대인이 천 년 전부터 이곳에 정착해 살았다는 이야기를 되풀이할까? 홀로코스트의 참상을 들먹일까? 절대 안 되지. 지금도 그런 식으로 나 자신을 정당화할 생각이 없고, 그때도 그런 식으로 타락하지는 않을 거요. '그 시대에 그런 곳에서 태어난 유대인으로서 나는 어딜 봐도 예나 지금이나 항상 비난의 대상'이라는 간단한 사실을 내세워 호소하지도 않을 것이고, '어딜 봐도 예나 지금이나 항상 내가 비난의 대상이었던 시대에 그런 곳에서 태어난 유대인'이라는 복잡한 사실을 내세워 호소하지도 않을 것이오. 법정에서 내게 최후의 발언 기회를 주면, 나는 심금을 울리는 근사한 말 대신, 재판관들에게 딱 이 말만 할 거요. '나는 당신들에게 그런 행동을 했습니다.' 이것이 사실이 아니라 해도, 내가 할 수 있는 한 사실에 가장 근접한 말이지. '나는 이런 행동을 한다.' 당신은 재판관들에게 최후의 발언으로 무슨 말을 하겠소? 아하론 아펠펠드의 뒤에 숨겠지. 지금도 그렇고 그때도 그럴 거요. 그러면서 이렇게 말할 거야. '나는 샤론에게 찬성하지 않았고, 샤미르에게도 찬성하지 않았습니다 샤론과 샤미르 모두 이스라엘 전직 총리. 내 친구 조지 지아드의 고통을 보았을 때, 부당한 현실 때문에 그가 미친 듯한 증오를 품게 된 것을 보았을 때 내 양심은 혼란과 고민에 빠졌습니다.' 이런 말도 할 거요. '나는 구시 에무님 정통 유대교를 기반으로 한 이스라엘의 극우조직으로 웨스트뱅크, 가자지구, 골란 하이츠에 유대인 정착지를 세워 유대인의 이주를 확대하는 데 적극 나섰다에 찬성하지 않았고, 웨스트뱅크 정착지에도 찬성하지 않았습니다. 베이루트 폭격 때는 경악을 금치 못했습니다.' 당신은 자신이 얼마나 인간적이고 측은지심을 아는 사람인지 수만 가지 방법으로 증명할 것이고, 그러면 그들은 당신에게 이렇게 물을 것이오. '이스라엘에는, 이스라엘이 존재하는 것에는 찬성했습니까? 제국주의와 식민주의적 도둑질의 산물인 이스라엘이라는 나라에 찬성했습니까?' 당신이 아펠펠드 뒤에 숨는 것이 바로 이때지. 그러면 팔레스타인 사람들은 당신도 교수형에 처할 거야. 그래, 정말로 그럴 거야. 그들이 하이파와 야파를 도둑맞은 것에 대해 부코비나 체르노비츠 출신인 아펠펠드 씨가 어떤 구실을 제공해줄 수 있겠소? 그들은 나와 나란히 당신의 목을 매달 거요. 물론, 그들이 당신을 또 다른 필립 로스로 착각한다면 얘기가 달라지겠지만. 만약 그들이 당신을 그자로 착각한다면, 당신은 조금이나마 희망을 품을 수 있을 거요. 그 필립 로스는 유럽 출신 유대인들이 훔친 땅에서 물러나 유럽으로 돌아가야 한다고, 유럽 디아스포라가 그들에게 마땅하다고 주장했으니까. 그 필립 로스는 그들의 친구, 그들의 동맹, 그들의 유대인 영웅이었소. 그리고 그 필립 로스가 당신의 유일한 희망이오. 당신이 괴물로 생각하는 그자가 사실은 당신의 구원이라고. **그 사기꾼이 곧 당신의 무고함이오.** 재판에서 그자 행세를 하면서, 온갖 속임수를 동원해 당신들 두 사람이 사실은 하나라고 믿게 만들어야 하오. 그렇게 하지 않으면, 당신은 스마일스버거 못지않게 증오에 찬 유대인으로 판정될 테니. 아니, 지금처럼 사실을 숨기는 걸 보면 증오가 더 많은 거겠지."

"리무진!" 다시 교실 문에 나타난 우리의 목소리였다. 미소 짓는 근육남, 적대적이지 않은 태도는 조롱하는 듯하고, 인생에 대한 나의 합리적인 견해에 공감하지 못하는 생물임이 분명했다. 나는 그의 존재에 적응할 수 없을 것 같았다. 키는 작지만 아주 탄탄해서 강해 보이는 몸매에 다른 사람들의 경우에는 이질적으로 요동치는 모든 요소가 조금 지나치다 싶을 만큼 솜씨 좋게 잘 정리되어 있었다. 머리의 간섭을 받지 않는 그 모든 강인한 근육을 보면, 내 키가 상당히 더 큰데도 마치 아주 작고 무력한 소년이 된 것 같았다. 옛날 분쟁이 벌어지면 무조건 전투를 벌여 해결하던 시절에는 인류의 절반인 남성 전체가 대략 우리와 비슷한 생김새였을 것이다. 인간으로 위장한 육식동물, 군대에 징집되어 특별한 훈련을 거치지 않아도 죽이는 법을 아는 남자들.

"가시오." 스마일스버거가 말했다. "아펠펠드에게 가요. 뉴욕으로 가시오. 라말라로 가시오. 미국 대사관으로 가시오. 당신의 장점을 마음껏 누릴 자유가 있소. 어디든 가장 비난받지 않을 것 같아서 마음에 드는 곳으로 가시오. 그것이야말로 완전히 변신한 미국 유대인들이 누릴 수 있는 즐거운 사치니까. 즐겨요. 당신은 놀랍고, 현실 같지 않고, 무엇보다 장대한 현상이오. 진정 해방된 유대인이라니. 책임질 의무가 없는 유대인. 세상이 자신의 마음에 쏙 든다고 생각하는 유대인. **편안한** 유대인. **행복한**

유대인. 가요. 선택하고, 취하고, 가져요. 당신은 어떤 불행한 운명도 없이 축복받은 유대인이오. 특히 무엇보다도 우리의 역사적 투쟁과 아무런 상관이 없어요."

"아뇨." 내가 말했다. "그건 100퍼센트 진실이 아닙니다. 나는 어떤 불행한 운명도 없는 행복한 유대인이지만, 가끔 잘난 척하는 유대인 수다쟁이들이 세상에 불행한 일뿐이라고 한탄하며 흥청망청 즐거워하는 것을 들어줘야 하는 불행한 운명을 지녔습니다. 오늘의 쇼가 이제 끝난 겁니까? 수사학적인 전략을 다 소진했어요? 설득의 수단이 남지 않았습니까? 그 무엇도 내 신경을 부수지 못했으니, 이제 당신의 표범을 풀어놓는 건 어떻습니까? 우선 내 목부터 찢어버릴 수 있을 텐데!"

나는 고함을 지르고 있었다.

다리를 저는 노인은 목발을 잡고 휙 일어서서 칠판으로 다가가 아까 영어로 쓴 성경의 훈계를 펼친 손바닥으로 반쯤 지웠다. 하지만 다른 사람이 써둔 히브리어 단어들에는 손을 대지 않았다. "수업 끝." 그는 우리에게 이렇게 말한 다음, 다시 내게 돌아서서 실망한 표정으로 말했다. "**지금도 '납치'**당한 것에 화를 내고 있소?" 그 순간 그는 전날 점심때 빈약하고 제한된 영어를 쓰며 연기한 병들고 패배한 노인과 거의 비슷했다. 갑자기 확 시들어버린 것 같았다. 오래전 인생에 패배한 사람처럼. 하지만 내가 그를 이긴 것은 아니었다. 그건 확실했다. 유대인 자선단체 UJA에 돈을 내지 않는 부자 유대인들을 덫으로 잡을 방법들을 생각해내느라 유독 피곤한 하루였는지도 모를 일이었다. "1번 로스 씨, 그 좋은 유대인 머리를 좀 써요. 당신에게 찬사를 보내는 팔레스타인인들에게 잘못된 생각을 심어주기 위해, 자기들의 보물이자 반시온주의자이며 유명인사인 유대인이 강제로 납치당하는 모습을 보여주는 것만큼 좋은 방법이 어디 있겠소?"

　이미 나는 이야기를 들을 만큼 들었고 스마일스버거에게 붙잡힌 지 거의 다섯 시간이나 되었는데도 이 말을 듣고서야 마침내 용기를 내서 문을 나설 수 있었다. 어쩌면 목숨을 건 모험일 수도 있지만, 저들이 마음 내키는 대로 나를 다루는 것이 저들의 공상에 얼마나 잘 들어맞는지 더 이상 들어줄 수가 없었다.

　아무도 나를 막으려 하지 않았다. 우리, 속 편하고 낙천적인 우리가 문을 끝까지 밀어 열더니, 하인도 아닌 주제에 광대처럼 딱딱한 차렷자세로 서서 벽에 바짝 붙어 내가 지나갈 수 있는 길을 최대한 넓게 비워주었다.

　내가 층계참에 이르렀을 때 스마일스버거가 크게 외치는 소리가 들렸다. "잊은 것이 있소."

　"아니, 그런 건 없습니다." 내가 마주 소리쳤지만, 우리가 벌써 내 옆에 와서 내가 아까 정신을 집중하려고 읽던 빨간 수첩을 내밀었다.

　"의자 옆에." 스마일스버거가 대답했다. "클링호퍼의 일기 한 권을 두고 갔소."

　내가 우리에게서 그 일기장을 받는 순간 스마일스버거가 교실 문간에 나타났다. "전투로 얼룩진 작은 나라치고 우리는 운이 좋은 편이오. 멀리까지 뻗어나간 디아스포라 속에 당신처럼 재능 있는 유대인들이 많이 있으니. 나는 우리를 위해 이 일기장을 만들어준 훌륭한 당신 동료를 직접 우리 편으로 끌어들이는 영광을 누릴 수 있었소. 그는 점점 자신의 임무를 즐기게 되었지. 처음에는 이런 말을 하면서 거절했소. '로스에게 맡기시

505

죠. 그 사람한테 딱 맞는데요.' 하지만 나는 그에게 이렇게 말했
소. '로스 씨에 대해서는 달리 생각해둔 것이 있소.'"

O P E R A T I O N S H Y L O C K

에필로그
대체로 말은 현실을 망가뜨릴 뿐

    나는 마지막 장章을 삭제하기로 했다. 아테네에서 만난 사람들, 우리가 한자리에 모이게 된 경위, 아테네에서 보낸 교육적인 주말이 유럽의 또 다른 수도를 향한 원정으로 이어진 것을 묘사한 만이천 단어 분량의 원고였다. 이 책의 원고가 완성된 뒤 전체를 감수하겠다고 나선 스마일스버거는 11장인 '샤일록 작전'에 대해서만 자신의 기관과 이스라엘 정부에 심각한 피해를 입힐 수 있는 정보를 담고 있어 영어로 출판되면 안 될 것 같다는 평가를 내렸다. 영어를 제외한 15개 언어에 대해서는 말할 것도 없었다. 물론 원고 전체 또는 일부를 출판 전 감수를 위해 제출할 의무도, 스마일스버거나 그의 기관이나 이스라엘을 위해 40쪽쯤 되는 원고를 지워달라는 요청에 따를 의무도 내게는 없었다. 내 임무에 대해 글을 발표하는 것을 자제하겠다는 약속이나 출판 전 그들에게 감수를 받겠다는 약속에 서명한 적도 없고, 내가 납치된 지 이틀 뒤에 텔아비브에서 열린 브리핑 때 이런 주제가 논의된 적도 없었다. 이것은 파괴적인 잠재력을 지닌 이슈라서 적어도 한동안은 어느 쪽도 꺼내고 싶어하지 않았다. 내 담당관들은 내가 착한 유대인이라기보다는 포부가 큰 작가로서 '이스라엘의 안보를 위협하는 유대인 반시온주의 움직임'에 대한 정보를 수집하는 일에 마침내 동의했다고 믿었기 때문이었던 것 같고, 나는 순전히 착한 유대인으로서 사명감을 느껴 이스라엘의 공작원이 되는 데에 동의한 것처럼 구는 것이 작가라는 내 직업을 위해 가장 좋은 방법이라는 결론을 내렸기 때문이었다.

하지만 글쓰기에 수반되는 미지의 위험을 훨씬 뛰어넘는 온갖 위험과 불확실성을 감안할 때, 나는 왜 그 일에 나섰는가? 힘과 힘이 사납게 부딪히고 거기에 심각한 일들이 걸려 있는 현실 속으로 왜 들어갔는가? 매혹적이고 활기찬 인물들, 그들이 홍수처럼 쏟아내는 위험한 이야기, 모순 가득한 그들의 견해 안에서 소용돌이처럼 돌고 있는 이야기 내용, 그리고 아무래도 내가 탁구공 역할을 하고 있는 것 같은 이 이야기 평풍에 어떻게든 손을 쓸 능력이 전혀 없는 상태 등이 한데 어우러진 가운데, 나는 새롭고 강렬한 흥분에 전에 없이 취약한 상태였을 뿐인가? 이 세상이라는 황무지를 걸어가는 나의 흥미로운 걸음, 절망한 자의 구렁텅이인 할시온과 함께 시작되어 바닥 없는 구덩이의 왕인 피픽과의 싸움을 거친 뒤 거인 모사드의 던전에서 끝난 그 걸음이 나의 유대식 순례여행을 위한 새로운 논리를 싹틔웠는가? 아니면 나의 오랜 본성을 배신했다기보다는 마침내 내 존재의 기본 법칙에, 내가 순전히 소설의 영역 안에서만 나의 모순을 구현하고 활기를 부여하는 수단이 되어준 흉내 내기의 본능에 무릎을 꿇었는가? 나는 내가 하고 있는 일의 배후에 무엇이 있는지 정말로 알지 못했다. 어쩌면 그것 역시 내가 그 일을 한 이

유였는지도 모른다. 나는 천치 같은 생각에서, 그러니까 배후에는 아마 아무것도 없을 것이라는 생각에서 기운을 얻었다. 명확하지 않은 어떤 행동을 하는 것, 설명할 수 없는 행동이나 자신조차 알 수 없는 일을 하는 것, 책임의 영역에서 벗어나 아주 커다란 호기심에 온전히 몸을 맡기는 것, 미처 예측하지 못한 상황의 기묘함과 혼란에 아무 저항 없이 몸을 빼앗기는 것⋯⋯. 아니, 무엇이 나를 끌어들였는지 나는 콕 집어 말할 수 없었다. 모든 것이 이 결정에 영향을 미치고 있는지, 아니면 아무것도 영향을 미치지 않는지도 알 수 없었다. 그래도, 나의 광신에 불을 붙일 직업적인 이념이 없는 상태로, 또는 나처럼 직업적인 이념이 없는 사람의 이념을 연료로 삼아, 나는 내 생애 가장 극단적인 일을 하면서 고작 한 권의 책보다 더 극적인 일에서 다른 사람들을 현혹하는 작업을 진지하게 시작했다.

내가 '언젠가 베스트셀러 집필에 이용하면 걸맞겠다'고 생각한 작전의 내용에 대해 출판 전 원고를 읽게 해달라고 스마일스버거가 개인적으로 요청한 것은 내가 예를 들면 《카운터라이프》의 주커먼 속편의 맥락에서 이 이야기를 가늠해보기보다는 논픽션으로 처리해보자는 결정을 내리기 이 년 반쯤 전이었다. 그의 몫의 일이 끝난 뒤로 나는 두 번 다시 그의 소식을 듣지 못했으므로, 거의 오 년이 흐른 뒤 《샤일록 작전》의 11장을 마무리했을 때쯤에는 그의 요청을 잊어버린 척하기가 그리 어렵지 않았을 것이다(그는 헤어질 때 특유의 조롱 섞인 익살을 곁들이며 짜증스러울 만큼 부드럽게 굴었다). 아니면 그냥 그의 요청을 무시하고, 예전에 다른 책을 출판할 때처럼 어떻게든 원고에 손을 뻗으려 하는 외부인들의 간섭에 구애되지 않는 작가로서 이 책도 완성된 원고 그대로 출판해버리는 방법도 있었다.

하지만 원고를 마무리했을 때, 나는 스마일스버거에게 이것을 보여주고 싶은 나만의 이유가 있음을 알게 되었다. 우선, 내가 그를 위해 일하던 시절로부터 몇 년이 흘렀으니 지금도 내게는 오리무중인 여러 핵심요소, 특히 피픽의 신원과 그의 역할에 대한 질문 같은 것에 그가 더 솔직하게 대답해줄지도 모른다는 점이 있었다. 나는 내 파일보다 스마일스버거의 파일에 피픽에 관한 기록이 더 완전하게 갖춰져 있을 것이라고 여전히 확신하고 있었다. 또한 스마일스버거에게 그럴 의사만 있다면, 작전에 대한 내 묘사에서 틀린 부분을 고쳐줄 수 있을 터였다. 어쩌면 내가 그를 설득해서, 내 앞에 스마일스버거로 나타나기 이전 그의 삶에 대해 조금 이야기를 들을 수 있을지도 몰랐다. 하지만 내가 그에게 가장 원한 것은, 내가 묘사한 일들이 정말로 일어났다는 확인이었다. 나는 당시에 자세히 기록한 일지를 갖고 있어서 내 이야기가 진실임을 입증할 수 있었다. 내 기억도 거의 지워지지 않고 남아 있었다. 그런데도, 평생 소설을 쓰며 살아오지 않은 사람들에게는 이상하게 들릴지 모르겠지만, 그런데도 11장의 집필을 끝내고 원고 전체를 다시 읽어보던 중에 나는 이 책의 진실성에 대해 묘하게 확신할 수 없음을 깨달았다. 이미 그 일을 현실로 겪은 내가 다른 사람은 말할 것도 없고 내게 그런 현실 같지 않은 일이 정말로 일어났음을 더 이상 믿을 수 없게 된 것은 아니었다. 삼십 년 동안 소설가로 살아오면서, 현실이 이미 충분히 자극적인데도 내 주인공들에게 역경이 될 만한 일들을 상상하는 데 너무나 익숙해진 나머지 비록 내가 있지도 않은 '샤일록 작전'을 꾸며낸 것은 아니지만 소설가의 본능으로 지나치게 극적인 묘사를 한 것 같다고 반쯤 믿게 된 것이 문제였다. 그래서 스마일스버거가 나 자신의 희미한 의심을 쫓아주기를, 내 기억이 불완전하지도 않고 내가 지나친 재량권을 발휘해서 이야기를 날조하지도 않았다고 확인해주기를 바랐다.

내가 이런 확인을 얻기 위해 손을 내밀 수 있는 사람이 스마일스버거밖에 없었다. 아하론은 가볍게 변장한 스마일스버거가 수표를 주고 간 그 점심식사 때 그 자리에 있었지만, 그것 외에는 아무것도 직접 목격하지 못했다. 나는 예루살렘에서 피픽, 징크스를 처음 만났을 때의 일을 아하론에게 조금 열광적으로 자세히 들려주었지만, 그 이상은 이야기하지 않았다. 이야기를 마친 뒤 나는 그에게 친구로서 방금 들은 이야기를 누구에게도 하지 말아달라고 부탁했다. 나는 심지어 이런 생각도 들었다. 아하론이 《샤일록 작전》을 읽게 되었을 때, 혹시 자기가 본 것만이 사실이며 나머지는 그냥 꾸며낸 이야기, 내가 마치 뭔가가 있는 것처럼 감질내기만 할 뿐 현실에서는 어떤 결과로도 이어지지 않은, 확실히 조리 있는 결과로는 이어지지 않은 경험의 배경으로 공들여 만들어낸 시나리오라고 생각하지 않을까. 나는 이런 생각을 하는 그를 쉽게 상상할 수 있었다. 이미 말했듯이, 완성된 원고를 처음으로 끝까지 읽으면서 나조차도 예루살렘에서 피픽이 내가 이 책에서 묘사한 것보다 더 미꾸라지처럼 굴었는지 의심하기 시작했기 때문이다. 소설가가 아닌 사람에게 이런 생각은 괴상하고 불안할 것이다. 이런 생각에 너무 몰입하다 보면, 도덕적으로 박약하다 못해 괴로운 삶을 살게 된다.

곧 나는 적대적인 독자도 호의적인 독자도 모두 신빙성을 다뤄봐야 한다고 느낄 수도 있는 자전적인 고백서가 아니라, 현실 같지 않은 현실이 바로 포인트인 이야기가 아니라, 초超창의적인 현실이 인심 좋게 공짜로 제공해준 소재에 내가 상상력을 덧붙여 쓴 소설로, 깨어 있는 상태에서 꿈꾼 이야기로 독자들에게 내놓는 것이 최선이 아닐까 하는 생각을 하게 되었다. 저자가 명명백백한 이야기를 쓸 때처럼 신중하게 내용을 숨겨놓은 이야기로. 나는 심지어 《샤일록 작전》이 소설로 잘못 소개되어, 독창적인 소수의 사람들에게 할시온 환각의 연대기로 받아들여지는 미래를 상상할 수 있었다. 나조차도 예루살렘에서 놀라운 일을 겪던 중에 순간적으로 거의 그런 생각을 할 뻔했다.

스마일스버거를 왜 그냥 잊어버리지 못하는 거지? 나는 속으로 자문했다. 나의 독립적인 판단에 따라 현재 그의 존재가 이 책에서 성실하게 밝힌 다른 모든 것과 마찬가지로 현실처럼 보이지 않기 때문에, 그가 책의 사실성을 확인해주는 것이 어차피 이제는 불가능하다. 검열과 편집 없이 원고를 이대로 출판하자. 맨 앞에 내 책임의 한계를 밝히는 일반적인 문구만 넣으면, 스마일스버거가 혹시 이 원고를 미리 읽을 기회를 얻었을 때 제기했을지도 모르는 모든 이의를 무력화할 수 있을 거다. 또한 별로 내키지 않을 수도 있는 모사드와의 대결을 피할 수도 있어. 게다가 무엇보다 좋은 건, 저자로서 자신의 책에 예술적인 성聖변화化신학에서 빵과 포도주를 예수의 피와 살로 변화시키는 것을 뜻하는 말라는 신성한 장난을 자연스럽게 칠 수 있다는 점이다. 바뀐 요소들이 자서전의 외양을 유지하면서 소설의 잠재적 가능성을 획득하게 해주기 때문이다. 길이가 단어 오십 개도 안 되는 친숙한 문구만 있으면 모든 문제를 해결할 수 있다.

이 책은 픽션이다. 등장인물의 이름과 성격, 장소, 사건은 저자가 상상으로 만들어낸 산물이거나 가공된 형태다. 실제 사건이나 장소, 산 자와 죽은 자를 모두 포함한 실존 인물과 조금이라도 닮은 부분이 등장한다면, 그것은 전적으로 우연의 일치다.

그래, 정형화된 이 세 문장을 책의 맨 앞에 넣으면 나는 스마일스버거를 만족시킬 뿐만 아니라, 피픽을 최종적으로 혼낼 수 있다. 그 도둑놈이 이 책을 펼쳐, 내가 그의 무대를 훔쳤음을 깨닫는 순간을 기다려보자! 그 어떤 복수도 이보다 더 가학적으로 적절할 수 없다! 물론 피픽이 아직 살아 있어서, 내가 그를 통째로 삼켜버렸음을 충분히 음미하고 고통스러워할 수 있는 상태여야 하겠지만……

피픽이 어떻게 되었는지 나는 전혀 몰랐다. 예루살렘에서 그렇게 며칠을 보낸 뒤로 피픽에 관한 소식을 전혀 듣지 못했기 때문에 나는 혹시 그가 죽은 것이 아닌가 하는 생각이 들었다. 가끔은 그의 부재 외에는 아무 증거가 없는데도 그가 암에 무릎을 꿇었을 것이라고 나 자신을 납득시키려 애쓰기도 했다. 심지어 그가 지독히 병적인 인생을 살아왔을 것이라고 가정하고, 거기에 걸맞게 그 인생이 끝났을 만한 상황을 정리해보기까지 했다. 나는 성난 사람들이 자주 빠져드는, 위장된 살인 몽상 같은 것을 만들어내려고 열심히 달려들었지만, 그런 몽상에는 대체로 희망사항이 너무 노골적으로 가득 들어가기 때문에 내가 원하는 확신을 얻을 수 없었다. 모든 것이 거짓말인 그의 존재 자체보다 그럭저럭 믿을 만한 그의 종말이 내게는 필요했다. 그래야 내가 그의 간섭에서 영원히 벗어나, 괜히 책을 출판했다가 실패로 돌아간 그의 예루살렘 데뷔보다 내게 훨씬 더 무시무시한 만남이 이루어질까 봐 걱정하지 않고 사실을 사실대로 적어도 괜찮은 것처럼 행동할 수 있을 것 같았다.

그래서 나는 이런 시나리오를 생각해냈다. 먼저 징크스의 편지가 내 우편함에 들어 있다고 상상했다. 글자가 얼마나 작은지, 두 권짜리 옥스퍼드 영어사전을 볼 때 사용하는 돋보기를 들이대야만 읽을 수 있었다. 약 일곱 장 길이인 이 편지는 감옥에서 몰래 내보낸 문서처럼 보이지만, 필체는 레이스 짜는 사람이나 미세수술을 하는 외과 의사의 솜씨 같았다. 처음 이 편지를 언뜻 봤을 때 나는 피픽의 포동포동한 완다 제인처럼 몸매가 튼튼하고 관능적으로 나긋나긋한 여자의 것이라고는 생각할 수 없었다. 게다가 그녀는 알파벳과 사이가 무척 나쁘다고 주장한 적이 있었다. 그러니 이 훌륭한 바느질 같은 글씨가 어떻게 그녀의 작품일 수 있겠는가? 그녀가 원래 히피 부랑아였으나 예수님을 발견했다는 이야기, 이제는 노예처럼 복종하는 신자가 되어 속으로 '나는 아무 가치가 없다, 나는 아무것도 아니다, 하느님이 모든 것이다'라는 말을 되뇌며 평안을 얻는다는 말을 기억해낸 뒤에야 나는 처음의 의심에서 벗어나, 편지에서 살짝 엿보듯이 고개를 내민 이야기가 실제로 가능한 것인지 생각해볼 수 있었다.

공교롭게도 그 편지에는 피픽에 대해 내가 차마 믿을 수 없는 이야기가 전혀 없었다. 극단적인 내용이었는데도. 하지만 필체보다도 더 의심스러운 것은 편지의 중간쯤에 나오는 완다 제인의 놀라운 고백이었다. 스마일스버거가 '팔리카'라는 이름을 붙일 만큼 자연스러운 매력이 넘치는 여자가 시체와 간음을 저질렀고, 그것을 마치 열세 살 때 처음 경험한 프렌치키스를 회상하듯이 유쾌하게 적어놓았다는 사실이 너무 충격적이어서 믿을 수가 없었다. 그녀를 장악한 피픽의 광기가 설마 그렇게까지 기괴할 리는 없었다. 편지의 고백은 틀림없이 그녀가 직접 한 일이 아니라 나를 속이려고 피픽이 지어낸 이야기일 것이다. 그의 영원한 라이벌인 나에게 자신이 그녀의 팔을 등 뒤로 꺾어 얼마나 단단히 붙잡고 있는지 보여주려고 만들어낸 공상일 것이다. 또한 그녀에 대한 나의 기억을 오염시켜 그녀를 영원한 금기로 만들어버리려는 의도도 있을 것이다. 그런 악의적인 포르노가 실제로 있었던 일일 수는 없었다. 마치 핀으로 콕콕 새기듯이 그녀가 편지에 적어놓은 이야기는 그가 그녀를 얼마나 장악하고 있는지, 그녀가 그를 얼마나 무서울 정도로 숭배하고 있는지를 보여주는 증거였으며, 그녀를 지배하는 독재자가 자신이 죽은 뒤뿐만 아니라 살아 있는 동안에도 그녀와 내가 만날 가능성을 완전히 없애버리려고 구술한 내용이었다. 나는 피픽의 본질이 드러난 이 계략에서 그의 삶이 안타까운 끝을 맞이하지 않았음을 추론해낼 수밖에 없었다.

그래, 그는 살아서…… 이렇게 돌아왔다. 이 편지는 그가 이제 죽었으니 다시 나타나 나를 괴롭히는 일은 없을 것이라고 안심시켜주는 것과 거리가 멀었다. 물론 순전히 나의 해석일 뿐일 수도 있지만, 이 편지는 피픽이 다시 힘을 얻어 나의 서큐버스라는 역할을 다시 시작했음을 피픽 특유의 가학적이고 독창적인 방식으로 주장했다. 이 편지를 보내서 나를 다시 편집증적인 무인지대로 떨어뜨린 사람은 피픽일 수밖에 없었다. 그 무인지대에서는 있을 수 없는 일과 확실한 일 사이에 경계가 없으며, 나를 위협하는 현실이 불분명해서 가늠해볼 수 없기 때문에 더욱더 불길하다. 피픽은 여기서 그녀의 모습을 자신이 원하는 대로 상상했다. 극단적으로 그에게 봉사하다가, 그가 죽은 뒤에는 상상조차 할 수 없는 방법으로 그의 남성성을 숭배하는 도구로. 심지어 나는 그가 항상 죽음을 앞두고 완전히 미쳐버리기 직전인 사람으로 스스로를 솔직히 드러내는 것이, 자신이 아무리 악마처럼 굴어도 그녀가 보여주는 기적적인 헌신에 대해 스스로 생각해낼 수 있는 가장 결정적인 증거일 것이라고 설명할 수 있었다. 그러니 그가 자신의 깊은 거짓을 숨기거나, 그녀를 노예처럼 묶어둔 저속하고 무시무시한 협잡꾼의 모습을 위장하거나 어떤 식으로든 누그러뜨리려는 시도를 전혀 하지 않았다는 사실에 놀라지 않았다. 오히려 그 반대다. 그가 자신의 끔찍함을 과장하고, 자신을 실제보다 더 괴물 같은 모습으로 묘사하면 안 될 이유가 무엇인가? 만약 내게 겁을 줘서 영원히 그녀에게 다가가지 못하게 하는 것이 그의 의도라면.

나는 실제로 겁을 먹었다. 나는 대담하기 짝이 없는 그의 거짓에 내가 얼마나 쉽게 무너질 수 있는지를 거의 잊어버리고 있다가 그 편지를 받았다. 완다 제인이 보낸 것처럼 되어 있는 그 편지는 너무나 난공불락처럼 보이던 나의 대적자가 이제 존재하지 않는다는 믿음을 내게 심어주려 했다. 그가 죽었다는 이 반가운 소식을 순식간에 그의 지속적인 생존에 대한 확인으로 바꿔버린 나의 피학적이고 변태적인 반응만큼 그의 재출현에 대한 나의 두려움을 잘 보여주는 것이 또 있을까? 예루살렘에서 있었던 일에서 단서를 얻어, 모든 과장된 표현을 이 편지가 진짜

518

라는 확실한 증거로 보면 안 되나? 물론 완다 제인의 말은 사실이었다. 그 편지에 우리가 이미 그 사람에 대해 알고 있는 사실에 어긋나는 말은 하나도 없다. 특히 가장 비위에 거슬리는 내용이 그렇다. 내가 피픽보다 오래 살게 되었다는 소식에서 용기를 얻지 않고, 내가 피픽에게 승리를 거뒀다며 마음을 강하게 다지지 않고, 이 편지를 터무니없이 모호하게 해석한 뒤 그것을 이용해서 내가 성취하고자 하는 마음의 평정을 무너뜨리는 자멸적인 행동을 할 거라면, 애당초 이런 편지를 상상으로 만들어낼 필요도 없지 않는가?

답은 이것이다. 내가 그들과 함께(조지, 스마일스버거, 수포스닉, 이들 모두와 함께) 겪은 일에서 배운 교훈은, 모호하다는 측면에서 덜 당황스럽지만(또는 해독하기가 조금이라도 쉽기는 하지만) 속내를 조금도 드러내지 않는 편지, 내게서 진심 어린 믿음을 이끌어내고 나를 가장 괴롭히던 불안감을 비록 일순간이나마 씻어준 편지라도 내 상상력을 지배하는 힘이 있다는 믿음, 거짓말을 믿어버리고 싶어하는 전적으로 인간적인 욕망이 있다는 믿음만을 심어줄 뿐이라는 점이다.

나를 자극해 그의 앙갚음을 두려워하지 않고 이 이야기를 모두 털어놓게 만들기 위해 내가 만들어낸 편지의 실체는 이렇다. 다른 사람 같으면 자신의 불안감을 잠재우는 더 효과적인 방법을 생각해냈을지도 모른다. 하지만, 비록 모이셰 피픽은 동의하지 않겠지만, 나는 나다.

필립에게 살날이 일 년도 남지 않은 것 같다는 사실이 분명해졌을 때, 그들은 멕시코에서 북쪽으로 올라와(그는 절박한 상황인 만큼 비록 신중한 행동은 아니지만 그래도 최후의 수단으로 미국에서

법으로 금지된 약물치료에 믿음을 걸어보기 위해 멕시코에 가 있었다)
내 고향인 뉴어크에서 북쪽으로 삼십 분 거리인 뉴저지주 해컨
색에 가구가 갖춰진 작은 집을 빌렸다. 그것은 또 다른 재앙이었
다. 육 개월 뒤 두 사람은 내가 이십 년 전부터 살고 있는 곳에서
북쪽으로 고작 64킬로미터밖에 떨어지지 않은 버크셔로 이사해
살고 있었다. 이번에 그들이 빌린 집은 숲이 우거진 산길을 절반
쯤 올라간 곳에 있는 외딴 비포장도로 옆의 작은 농가였다. 여기
서 그는 디아스포리즘에 대한 웅대한 논문이 될 글을 점점 쇠약
해지는 몸으로 녹음기에 구술하기 시작했다. 완다 제인은 인근
병원에 응급실 담당 간호사로 취직했다. 여기서 두 사람은 자신
들을 영원히 하나로 묶어준 신파극 같은 현실에서 마침내 조금
숨을 돌릴 수 있었다. 일상이 차분해지고, 조화가 회복되고, 사
랑에 다시 불이 붙었다. 기적이었다.

　죽음은 사 개월 뒤인 1991년 1월 17일 목요일에 갑자기 찾
아왔다. 이라크가 쏜 첫 번째 스커드 미사일이 텔아비브 주택가
를 때린 지 겨우 몇 시간 뒤였다. 그가 녹음기로 원고를 구술하
기 시작한 뒤로 몸이 쇠약해지는 속도가 거의 알아차리기 힘들
만큼 느려졌기 때문에, 완다가 보기에는 암이 다시 고개를 숙인
것 같았다. 어쩌면 그가 매일 원고를 진행하는 것, 그리고 저녁
에 그녀가 병원에서 돌아와 그를 목욕시키고 저녁식사를 준비하
는 동안 그가 희망에 차서 원고에 대해 이야기하는 것이 그런 결
과를 낳은 것 같기도 했다. 그러나 심하게 파손된 아파트 건물
들에서 사람들이 부상자를 들것에 실어 급히 이송하는 장면이
CNN으로 방송되자 그는 어떤 위로도 통하지 않을 만큼 낙심했
다. 폭격의 충격으로 그는 아이처럼 울었다. 디아스포리즘으로

유대인들을 구하기에는 이제 너무 늦었어. 그는 그녀에게 이렇게 말했다. 텔아비브의 유대인들이 학살당하는 것도 차마 볼 수 없지만, 이스라엘이 날이 밝기 전에 반격을 위해 반드시 쏠 것이라고 예상되는 핵무기가 어떤 결과를 낳을지도 차마 생각할 수 없었다. 필립은 상심한 채 그날 밤 숨을 거뒀다.

완다는 이틀 동안 잠옷 차림으로 CNN을 보면서 침대에 누운 시신 옆을 지켰다. 이스라엘이 어떤 형태로든 보복공격을 하지 않을 것이라는 소식으로 그를 위로하고, 미국이 관리하는 패트리엇 미사일이 설치되어 추가 공격으로부터 이스라엘을 보호할 것이라고 그에게 말해주었다. 이스라엘이 이라크의 세균전 위협에 어떻게 대비하고 있는지도 설명해주었다. "저들이 유대인을 학살하지는 못할 거야. 다들 괜찮을 거야!" 그녀는 이렇게 그를 안심시켰다. 그러나 아무리 기운을 북돋아주어도 그는 되살아나지 않았다. 그녀는 그를 되살릴 수 있을까 싶어서 그의 성기 보형물과 정사를 나누기도 했다. 그녀는 편지에서 이렇게 썼다. 이상하게도 그 부위만이 '살아 있는 것처럼 보였고, 정말 그의 것처럼 느껴졌어요.' 그녀는 피픽의 죽음을 이겨내고 발기상태를 유지한 성기가 자신에게 이틀 낮, 이틀 밤 동안 위안을 주었다는 말을 별로 부끄러운 기색 없이 털어놓았다. '우리는 섹스하고 이야기하고 텔레비전을 봤어요. 행복한 옛날로 돌아간 것 같았어요.' 그러고 나서 그녀는 이렇게 덧붙였다. '그걸 틀렸다고 생각하는 사람은 진짜 사랑을 모르는 겁니다. 죽은 나의 유대인과 섹스할 때보다 영성체를 받는 어린 가톨릭 신자일 때 나는 훨씬 더 제정신이 아니었어요.'

그녀의 유일한 후회는 그가 사망한 지 이십사 시간 이내에 그를 유대인들에게 넘겨 유대인다운 방식으로 땅에 묻히게 해주지 못했다는 점이었다. 그녀는 자신이 잘못했다고 생각했다. 죄악이 될 정도의 잘못이라고. 특히 그를 생각한다면. 하지만 산속의 그 작고 조용한 집에 고립되어 병든 아들을 돌보듯이 필립을 보살피면서 그녀는 어느 때보다 더 깊이 그를 사랑하게 되었고, 그 결과로 사후의 신혼여행이라고 할 만한 그 기간에 '행복한 옛날'의 열정과 친밀함을 재현하지 않고서는 그를 놓아 보낼 수 없었다. 그녀가 자신의 행동에 대한 변명으로 내놓을 수 있는 말은, 아무리 강한 성적 흥분도 그의 시신을 되살릴 수 없다는 사실을 깨달았을 때(그녀 자신도 정말 제정신이 아니었기 때문에 이 깨달음이 지독히 늦게 찾아왔다) 재빨리 행동에 나서서 전통적인 유대인 의식으로 인근 묘지에 그를 즉시 묻어주었다는 것뿐이었다. 미국 독립전쟁 이전의 매사추세츠주까지 역사가 거슬러 올라가는 그 묘지의 묏자리는 피픽이 직접 골랐다. 초창기 양키 이름을 지닌 오랜 양키 가문들에 둘러싸여 영면하는 것이 그에게는 묘비의 이름 아래에 조금 쓸쓸하지만 간단하게 '디아스포리즘의 아버지'라는 묘비명만 새겨 넣을 예정인 자신에게 딱 맞는 것처럼 보였다.

그가 내게 느끼는 반감(아니, 내 그림자에 느끼는 감정이었나?)은 몇 달 전 그들이 뉴저지에 살고 있을 때 광적으로 고조되어 절정에 이른 모양이었다. 그녀는 편지에 이렇게 썼다. 멕시코에서 돌아온 뒤 그가 나의 흉악한 모습을 폭로하는 《그의 길》을 집필하는 동안 뉴저지를 집으로 삼기로 그가 결정했다고. 그는 《그의 길》을 집필하는 데 사로잡혀 있었으며, 이 원고가 책으로 완성되어 출판되면 내가 사기꾼, 협잡꾼이라는 사실이 만방에 드러날 것이라고 믿었다. 두 사람은 황량한 뉴어크 일대를 차로 돌아다녔다. 그는 내가 가식적으로 사람들에게 내보이는 모습과는 완전히 다른 사람이라는 사실을 밝혀줄 '문서'를 그곳에서 발굴하려 했지만 성과가 없었다. 옛날 내가 태어났던 병원 맞은편, 지금은 채 이 분 거리도 안 되는 곳에서 마약상들이 모이는 그동네에 차를 세우고 그와 함께 차 안에 앉아서 그녀는 울며 그에게 정신 좀 차리라고 애원했다. 하지만 그는 내가 거짓을 일삼는다며 몇 시간 동안 펄펄 뛸 뿐이었다. 해컨색의 집 부엌에서 어느 날 아침식사중에 그는 자기가 이미 오래 참았다면서, 예루살렘에서 내가 자신의 적임을 이미 드러냈으니 이제 페어플레이 규칙에 구애받지 않겠다고 말했다. 바로 그날 나의 연로한 아버지를 찾아가 '그의 사기꾼 아들'에 대한 진실을 들이대기로 마음을 정했다는 것이었다. "무슨 진실?" 그녀는 이렇게 소리쳤다. "진실! 그 인간의 모든 것이 거짓이라는 진실! 그자의 성공이 거짓을 바탕으로 한 것이라는 진실! 그자가 인생에서 수행하고 있는 역할도 거짓이라는 진실! 자신에 대한 오해를 사람들에게 심어주는 것이 그 망할 자식의 유일한 재능이라는 진실! 놈은 가짜야, 그게 바로 얄궂은 거라고. **닮은 꼴은 그놈이야.** 나를 사칭하는 거짓말쟁이 사기꾼, 망할 놈의 위선적인 가짜. 나는 오늘 놈의 멍청한 아버지를 시작으로 온 세상에 다 말할 거야!" 그녀가 엘리자베스에 있는 내 아버지 집(그는 멕시코에서 돌아온 뒤로 내 아버지의 주소를 쪽지에 적어 계속 지갑에 넣어두었다)까지 차로 데려다줄 수 없다고 말하자, 그는 포크를 들고 그녀에게 달려들어 그녀의 손등을 찔렀다. 그녀가 눈을 보호하려고 아슬아슬한 순간에 들어 올린 손이었다.

뉴저지로 이사한 뒤 그녀가 그에게서 도망칠 계획을 짜지 않은 날은 단 하루도 없었다(어떤 날은 단 한 시간도 쉬지 않고 계획을 짜기도 했다). 하지만 포크에 뚫린 손등의 구멍과 거기서 배어 나오는 피를 내려다보면서도, 그런 상황에서도 그녀는 병에 걸린 그를 버리고 혼자 살겠다고 도망칠 기운도 두려움도 찾아내지 못했다. 그래서 그녀는 도망치는 대신 그에게 소리를 질러대기 시작했다. 멕시코에서 치료에 실패했기 때문에 그가 화를 내는 거라고. 협잡꾼은 멕시코의 그 가짜 의사이며, 그의 주장이 모두 더러운 거짓말이었다고. 그의 분노는 바로 **암**에서 뻗어나온 것이었다. 그러자 그는 자신에게 암을 준 사람이 바로 그 작가라고 그녀에게 말했다. 삼십 년 동안 그 작가의 배신행위와 다투다 보니 겨우 쉰여덟 살의 나이에 죽음과 얼굴을 맞대게 되었다고. 바로 그 순간 자기를 희생해가며 헌신하던 포제스키 간호사가 무너져, 제정신이 아닌 사람과는 더 이상 함께 살 수 없다고 선언했다. 이제 떠나겠다고!

"그놈한테 가려는 거지!" 그가 의기양양하게 소리쳤다. 마치 그녀가 마침내 그의 암을 치료할 방법을 밝히기라도 한 것 같았다. "당신을 사랑하는 사람을 두고, 그 거짓말쟁이 개자식한테 가다니! 온갖 방법으로 당신과 섹스를 하고는 사라져버리는 놈이잖아!"

그녀는 아니라고 말했지만, 그의 말은 당연히 사실이었다. 누가 자기를 구해주면 좋겠다는 꿈은 바로 내게 구조당하고 싶다는 꿈이었다. 그녀가 예루살렘의 아랍인 구역에서 내 호텔 방 문 아래로 바웬사의 육각별을 밀어 넣으며, 존재만으로도 복사본의 화를 부채질하는 원본에게 피난처를 간청하던 그날 밤에 연기한 바로 그 꿈이었다.

"난 갈 거야! 여기서 나갈 거야, 필립, 나쁜 일이 벌어지기 전에! 야만적인 어린애하고는 같이 살 수 없어!"

하지만 그녀가 설명할 수 없는 순교 정신으로 이어진 유대 관계를 마침내 끊어버릴 각오를 하고 그날 아침식탁에서 벌떡 일어섰을 때, 그는 히스테리를 부리듯이 울음을 터뜨렸다. "엄마, 잘못했어요." 그러고는 부엌 바닥에 쿵 무릎을 꿇었다. 그는 피가 흐르는 그녀의 손을 자신의 입에 대고 누르며 이렇게 말했다. "용서해줘. 다시는 당신을 찌르지 않을게!" 꼼꼼하고 세심한 계산 착오뿐만 아니라 다스릴 수 없는 충동에도 분별없이 휘둘리며 남을 헐뜯고, 파렴치하고, 완전히 병적이고, 무절제한 이 미친놈, 모든 것이 불완전하고 모자란 이 피해자, 꾸미는 계획마다 대실패로 끝나고, 언제나 무방비한 그녀에게 과장된 말을 늘어놓던 그가 자신이 입힌 상처를 핥아주기 시작했다. 투덜거리듯이 후회를 말하고, 후회하는 모습을 보란 듯이 목을 울리는 소리를 내며 그는 목마른 사람처럼 그녀를 혀로 찹찹 핥았다. 마치 그녀의 혈관에서 배어나오는 피가 자신의 재앙 같은 인생을 더 길게 연장하기 위해 그가 찾아 헤매던 바로 그 묘약이라도 되는 것 같았다.

이 무렵 그의 몸무게는 45킬로그램을 크게 넘지 않았기 때문에, 그녀처럼 힘센 사람이 그를 바닥에서 들어 올려 사실상 품에 안다시피 한 자세로 계단을 올라가 침대에 눕히는 것은 그리 어려운 일이 아니었다. 가늘게 떨리는 그의 손을 잡고 옆에 앉은 그녀에게 그는 자신이 실제로 어디 출신의 어떤 사람인지 밝혔다. 그때까지 그가 그녀에게 말한 모든 것과 전혀 일치하지 않는 이야기였다. 그녀는 그의 말을 믿고 싶지 않았기 때문에, 그가 자신의 죄라며 털어놓은 이야기를 내게 보낸 편지에 단 한 마디도 언급하지 않았다. 그녀는 그가 착란상태였음이 분명하다고 썼다. 그런 것이 아니라면, 그녀가 경찰에 연락해 그를 체포하게 하거나 아니면 병원에 입원시켜야 했다. 그가 수치스러운 일들을 모조리 고백했을 무렵에는 거리가 이미 어둠에 잠겨 있었다. 그녀가 욱신거리는 상처에 반창고를 붙여놓은 손으로 그에게 음식을 먹여줘야 하는 시간이었다. 하지만 그 전에 먼저 그녀는 대야에 담긴 따뜻한 물과 스펀지로 바로 그 침대에서 그의 몸을 조심조심 씻겼다. 그러고는 매일 밤 하던 대로, 그가 기분 좋은 소리를 낼 때까지 다리를 주물러주었다. 그가 어떤 사람이고 무슨 짓을 했는지, 그가 생각하는 자신이 누구이고 스스로 어떤 짓을 했다고 생각하는지, 스스로 할 수 있다고 생각하는 일과 대담하게도 저질렀다고 생각하는 일과 정신이 아파서 자신이 했다고 상상하는 일과 이렇게 불치병에 걸린 걸 보니 자신이 틀림없이 저지른 것 같다고 상상하는 일이 무엇이든 결국 무슨 상관이겠는가? 순수하든 타락했든, 무해하든 무자비하든, 유대인의 구세주 지망생이든 스릴을 좋는 자든, 자주 말을 바꾸는 도착적인 배신자든, 그는 분명히 고통받고 있었고, 그녀는 처음부터 그랬듯이 그 고통을 진정시키기 위해 그 자리에 있었다. 아침식탁에서 그가 손을 찔러버린 이 여자(원래 겨냥한 곳은 얼굴이었다)가 달콤한 젖짜기, 그의 머릿속에서 언어를 모두 지워버리는 구강성교로 (그가 굳이 부탁하지 않아도) 그를 재워주었다. 어쨌든 그녀의 말은 그랬다. 아니, 거칠고 야만적이고 비합리적인 이자들, 악마 같은 갈등과 미치도록 하찮고 연극 같은 정신병으로 지탱되는 두 재앙꾼에 대해 단 한 문장도 책에 쓰지 말라고 내게 경고하기 위해 편지에 이러이러한 말을 쓰라고 그녀에게 가르쳐준 사람의 말은 그랬다. 그녀의 편지에 담긴 메시지는 이것이었다. '코미디는 다른 데서나 찾아라. 당신이 고개 숙이고 퇴장하면 우리도 고개 숙여 퇴장할 것이다. 그는 죽은 거나 마찬가지지만, 책 속에서 우리 둘 중 한 명이라도 감히 조롱한다면 우리가 당신을 결코 가만두지 않을 것이다. 피픽과 징크스는 당신에게 만만치 않은 호적수이며, 둘 다 건강히 잘 살아 있다.' 물론 이 메시지는 이 편지를 쓴 사람의 의도와 달리, 내게 결코 확신을 주지 못했다.

두 사람이 화해한 다음 날 아침, 그녀의 용기를 빨아내는 모든 것이 다시 작동하기 시작했다. 처음에는 포크로 그녀의 손을 찌른 야만적인 행동에 피픽조차 충격을 받아 절망 속에서도 마침내 자제하는 것처럼 보였으나 그뿐이었다. 그녀는 그다음 날 아침 그가 '당신처럼 마음을 달래주는 목소리로' 말을 걸었다고 편지에 썼다. 그녀가 갈망하는 모든 것, 때로는 나라는 성소로 도망치는, 상상조차 할 수 없는 복수를 통해 찾아낼 수 있기를 남몰래 꿈꾸는 모든 것을 담고 조절해 표현하는 목소리였다.

그는 뉴저지를 떠날 것이라고 그녀에게 알렸다. 그리고 뒷마당으로 나가 《그의 길》의 첫 네 개 장章 초고를 불태우라고 말했다. 그 지긋지긋한 집착이 끝났으니 이제 떠날 것이라고.

그녀는 기뻐 날뛰었다. 이제 그녀는 계속 그의 곁에 남아 그를 살리는 일에 집중할 수 있었다(하지만 그녀 자신도 인정하듯이, 그녀가 고통 속에서 혼자 죽어가는 그의 곁을 떠나는 것은 애당초 불가능했다). 이름이 같은 사람과 함께 하나의 인생을 꾸려가는 것은 어차피 동화 같은 이야기였다. 그가 그녀에게 일깨워주었듯이 내가 그녀에게 원하는 것은 '오로지 섹스뿐'이었으나, 두려움이라는 섬에 아무것도 없이 혼자 도착한 그가 죽어가는 사람만이 보일 수 있는 강렬함으로 그녀에게 원하는 것은 그녀가 환자에게 줄 수 있는 '모든 것'이었다. 그녀는 이렇게 썼다. '모든 것'이라고.

그들은 뉴저지를 떠나 버크셔로 갈 예정이었다. 거기서 그는 유대인에게 남기는 유산이 될, 디아스포리즘에 관한 책을 쓸 것이다.

난독증이 있는 완다는 나를 비롯해서 모든 소설가가 쓴 글을 단 한 페이지도 읽은 적이 없으므로, 내 작품 속에서 피곤한 영웅 E. I. 로노프의 집이 있던 곳이 바로 그곳임을 그와 함께 매사추세츠주 서부에 정착한 뒤에야 알게 되었다. 로노프가 보여주는 플로베르식 은둔생활은 그가 등장하는 내 소설 《유령작가》의 젊은 풋내기이자 작가를 숭배하는 네이선 주커먼에게 가장 고상한 문학적 이상을 확인해준다. 그러나 비록 그녀가 내 신원을 도용하는 것을 출발점으로 삼은 피픽이 이제 사심 없는 로노프가 스스로를 지워버릴 기세로 헌신하는 것을 (그의 방식대로) 패러디로 바꿔 자신의 도둑질을 더욱더 심화시키는 데 몰두하고 있음을 이해하지는 못했을지라도, 내 집이 거기서 남쪽으로 한 시간 거리도 채 되지 않는 코네티컷 주의 북서부 산 속에 있다는 사실은 분명히 알고 있었다. 내가 그렇게 가까운 곳에 있다는 사실은 자극이 될 수밖에 없었으므로 그녀의 두려움이 다시 깨어났고, 나와의 교훈적인 만남에서 생겨난, 탈주를 향한 지울 수 없는 환상 또한 그와 함께 깨어났다. (내가 그녀를 매력적으로 느끼면 안 되는 거였다는 생각이 들었다. 천재가 아니라도 이런 결과를 예상할 수 있을 테니까.)

"자기야." 그녀가 소리쳤다. "제발 그 사람을 그냥 잊어버려. 우리 《그의 길》을 태워버리고, 그 사람이 존재했다는 걸 아예 잊어버리자! 그 사람이 태어난 곳을 떠나 그 사람이 지금 살고 있는 곳으로 이사하다니! 언제까지 이런 식으로 쫓아다닐 거야! 그런 짓을 하기에는 우리가 함께 있는 시간이 너무 소중하잖아! 그 사람을 쫓아다니면서 당신은 미쳐가고 있어! 또다시 당신 마음이 독으로 가득 찰 거야! 거기 사는 것만으로도 당신은 다시 제정신이 아니게 될 거라고!"

"지금은 그자 곁에 있으면 내 정신이 맑아질 뿐이야." 그는 이 주제에 대해서는 언제나 이렇게 말이 통하지 않았다. "그자 곁에 있으면 난 더 강해질 뿐이야. 그자 곁에 있는 건 해독제야. 난 그렇게 이걸 물리칠 거야. 그자 곁에 있는 게 **치료법**이야."

"그 사람한테서 최대한 멀어져야 돼!" 그녀가 애원했다.

"최대한 가까워져야 돼." 그가 대꾸했다.

"운명을 시험하는 짓이야!" 그녀가 소리쳤다.

"절대 안 돼. 그자를 만날 테면 어디 한번 가서 만나봐."

"내가 운명을 어쩌겠다는 뜻이 아니야. 당신 얘기를 한 거야. 전에는 그 사람 때문에 당신이 암에 걸렸다고 말하더니 이제는 그 사람이 치료법이라고? 그 사람은 어떤 식으로든 아무 관련이 없어. 그 사람을 잊어버려! 그 사람을 용서해!"

"난 그자를 용서해. 그자가 그런 사람인 걸 용서하고, 내가 이런 사람인 걸 용서하고, 심지어 당신이 그런 사람인 것도 용서해. 다시 말하지만, 원한다면 가서 그자를 만나. 다시 만나서 다시 유혹하고……."

"원하지 않아! 내 남자는 당신이야, 필립, 내 유일한 남자야! 그렇지 않으면 내가 왜 여기 있겠어?"

"당신 지금…… 내가 제대로 들은 거 맞아? 당신 정말로 '내 맨슨은 당신이야, 필립'이라고 말했어?"

"내 남자라고 했어! 남자! 내 남-자는 당신이라고!"

"아니, '맨슨'이라고 했어. 왜 맨슨이라고 말한 거야?"

"맨슨이라고 하지 않았어."

"내가 당신의 찰스 맨슨1960년대 말에 추종자들을 몰고 다니며 살인을 저지른 미국의 범죄자이라고 당신이 말했어. 난 그 이유가 궁금해."

"안 했다니까!"

"안 하다니, 뭘? 찰스라고 말한 거, 아니면 맨슨이라고 말한 거? 당신이 찰스는 빼고 맨슨만Manson 말했다면, 그건 단순히 남자-아들man-son이라는 뜻인가? 내가 당신의 유아적이고 무력한 새끼, 어제 당신이 말했던 '야만적인 아이'라는 뜻이야? 오늘 눈을 뜨자마자 그런 식으로 날 또 모욕한 거야? 아니면 그 말 그대로의 뜻이야? 문신을 새겨 넣은 맨슨의 고추를 숭배했던 그 좀비 여자들처럼 나랑 살고 있다고? 내가 찰스 맨슨처럼 당신을 무섭게 해? 내가 스벵갈리남의 마음을 조종해 나쁜 짓을 하게 할 수 있는 사람가 되어 당신을 노예처럼 부리고, 겁을 줘서 굴복시켜? 그래서 이미 절반은 시체나 마찬가지인 남자한테 계속 충성하는 거야?"

"당신이 이렇게 변한 게 바로 그 이유 때문이잖아. 죽음!"

"날 이렇게 만드는 건 당신이야. **내가 당신의 찰스 맨슨이라고 당신이 말했어!**"

여기서 그녀는 비명처럼 고함을 질렀다. "당신 그런 사람

맞아! 어제! 온통 끔찍하고 끔찍한 이야기들만! 당신 그런 사람이야! **그보다 더 심해!**"

"그렇군." 그는 마음을 달래주는 내 목소리로 대답했다. 겨우 몇 분 전만 해도 그녀에게 커다란 희망을 주던 목소리였다. "그래, 포크의 결과가 이거군. 당신은 날 전혀 용서하지 않은 거야. 그자가 악마처럼 나를 증오하는 걸 용서해주라고 당신이 요구하니까, **나는 용서해.** 하지만 당신은 손등에 작게 뚫린 구멍 네 개를 용서할 마음이 없어. 내가 끔찍한 이야기들, 끔찍하고 끔찍한 이야기를 하면 당신은 내 말을 믿지."

"안 믿었어! 절대 안 믿었어."

"그래, 당신은 날 안 믿어. 한 번도 날 믿은 적이 없어. 난 심지어 당신한테도 이기지 못해. 내가 진실을 말하면 당신은 안 믿고, 내가 거짓을 말하면 당신은 믿고……."

"아, 이건 모두 죽음 때문이야. **죽음**……. 당신답지 않아!"

"이런……. 나답지 않아? 그럼 누구다운데? 내가 짐작해볼까? 단 한 순간만이라도 그자 말고 다른 사람을 생각할 수 없어? 날 보면서 그자를 생각하는 걸로 우리의 끔찍한 생활을 견디고 있는 거야? 침대에서도 그런 상상을 하나? 그래서 속을 게워내지 않고 나의 혐오스러운 욕망을 채워줄 수 있는 거야? 예루살렘에서 그의 욕망을 채워주는 척하면서? 문제가 뭐지? 그놈의 것은 진짜고, 내 것은 가짜라는 것? 그놈은 건강하고 나는 환자라는 것? 나는 죽어서 사라질 테지만, 그놈은 그 훌륭한 책들을 통해 영원히 살아 있으리라는 것?"

그날 오전 늦게, 그가 장광설을 그만두고 침대에서 잠을 자는 동안 그녀는 그가 지시한 대로 뒷마당에서 《그의 길》의 미완성 원고를 파기했다. 설사 그가 잠에서 깨더라도 너무 기운이 없어서 창가까지 움직여 그녀를 지켜볼 수 없는 상태임을 그녀는 알고 있었다. 따라서 그의 가방 속에 든 원고를 불길 속에 곧장 던져버리지 않고, 그가 나에 대해 폭로한 내용을 재빨리 최대한 읽어보려고 했다. 하지만 아무 내용이 없었다. 모든 종이가 백지였다.

버크셔에서 생애의 마지막 몇 달을 보내는 동안, 그녀가 병원에서 일하고 있을 때 그가 디아스포리즘 원고를 구술로 녹음해놓았다고 주장하던 테이프들도 마찬가지였다. 그가 죽고 육주 뒤, 이미 이 세상 사람이 아닌 그의 목소리를 들으면 장례를 위해 그의 시신을 유대인에게 넘겨주고 나서 며칠 동안 하마터면 죽을 뻔했던 그때처럼 슬픔의 발작이 다시 일어날지도 모른다고 걱정하면서도 어느 날 밤 그가 너무 그리운 나머지 녹음기를 들고 식탁에 앉아 들어보다가 테이프들 역시 텅 비어 있음을 알게 되었다. 산속의 그 외딴집에 혼자 앉아서 밤이 다 가고 아침이 될 때까지 테이프를 차례로 들어보았지만, 아무것도 들리지 않았다. 그러자 뉴저지에서 그 끔찍한 날 오전에 자신이 직접 태워 재로 만든 그 백지들이 생각났다. 사람들이 사랑하는 사람을 잃은 뒤에야 그 사람의 고통을 온전히 이해할 때가 많은 것처럼, 그녀도 내가 모든 것을 가로막는 장벽이었음을 깨달았다. 이 부분에 대한 그의 말은 거짓이 아니었다. 나는 그가 품은 가장 이타적인 꿈의 실현을 막고, 원래 그의 것이었던 모든 잠재력의 물꼬를 틀어막은 장애물이었다. 삶의 끝에서 그는, 유대인들의 파멸을 막기 위해 그들에게 많은 말을 하는 임무를 맡았는데도 불구하고, 나의 달랠 수 없는 적의를 떠올리고는 무슨 말도 할 수 없었다. 맨슨을 닮은 그의 증오(내가 이 편지를 올바르게 이해한 거라면)가 이제는 내 숨통을 막아버리겠다고 위협하는 것과 같았다.

　친애하는 징크스〔나는 편지를 썼다〕
　힘드시겠습니다. 그렇게 아픈 일을 어떻게 무사히 겪어내셨는지 모르겠습니다. 당신의 강인함, 인내심, 참을성, 너그러움, 의리, 용기, 견디는 힘, 강한 마음, 연민, 그가 깊이 파묻혀 있던 악마들의 손아귀에 붙들려 마지막 생명이 꺼질 때까지 무력하게 갈기갈기 찢기는 모습을 지켜보면서도 흔들리지 않던 헌신……. 이 모든 것이 그 시련 못지않게 놀랍습니다. 상실감에 슬퍼하면서도, 어마어마한 악몽에서 깨어난 것 같은 심정이겠습니다.
　그가 입으로는 고상하기 짝이 없는 동기를 말하면서도 나 때문에, 또는 나의 신비에 이끌려 그렇게 지나친 행동을 한 것을 나는 결코 이해하지 못할 것입니다. 내가 주문을 외워 그에게 마법을 걸었을까요? 내 느낌에는 반대일 것 같습니다. 모든 것이 죽음을 피하기 위한 그의 몸부림이었을까요? 내가 되어 죽음을 피하고, 나로 다시 태어나 죽음을 내게 미루려는 몸부림? 그가 무엇에서 자신을 구원하려 한 건지 언젠가 이해하고 싶다는 생각이 듭니다. 그것을 이해하는 것이 어쩌면 내 임무는 아닐지라도.
　최근 나는 예루살렘에서 호텔에 머무를 때 어쩌다 보니 내 녹음기에 들어가 있게 되었던 그 이른바 A-S.A. 연습 테이프를 다시 들었습니다. 그 오싹한 의식의 흐름은 뭐죠? 이번에 다시 듣다 보니, 혹시 그가 원래 유대인이 아니라 단지 외모가 유대인을 닮았을 뿐 병에 걸린 이교도인데 나로 대표되는 그 비열한 종족에게 거침없이 복수를 하려고 나섰던 게 아닌가 하는 생각이 들었습니다. 설마 이것이 진실일까요? 그가 부린 온갖 멍청한 묘기들 중에서, 그 사기극(정말로 그런 것이라면 말이죠)이야말로 지금도 가장 불길하고 제정신이 아닌, 그러나 슬프게도 마음을 사로잡는…….그래요, 불쾌하고 메스껍고 셀린과 비슷하다는 점에서 내게는 미학적인 매력을 지니고 있었습니다. (셀린도 정신이 온전치 못했지만 프랑스의 천재 소설가였으며, 제2차 세계대전 무렵 목소리를 높인 반유대주의자였습니다. 나는 그를 경멸하려고 열심히 노력하고 있으며, 내 제자들에게 그의 분별없는 책을 가르치고 있습니다.) 하지만 여기서 무슨 결론을 내릴까요? 내가 확실히 아는 것이라고는, 내가 작가로 등장한 때보다 먼저 끝내낫지 않은 그 무시무시한 상처가 나타났다는 점입니다. 그건 확실합니다. 나는 그 무시무시한 최초의 타격이 아닙니다. 그럴 리가 없습니다. 현기증이 날 것 같은 그 모든 에너지, 나와 경쟁한다는 그 무의미한 일 뒤의 모든 혼란과 광기는 나 아닌 다른 것을 가리킵니다.

저자로서 그가 아무것도 하지 못한 것 역시 내 탓이 아닙니다. 죽음을 앞두고 녹음했다는 테이프도 원고를 집필했다는 종이도 모두 텅 비어 있었던 데에는 내가 방해되는 내용을 출간할 것이라는 두려움 외에 아주 훌륭한 이유가 있었습니다. 사람들이 글쓰기를 손에서 놓는 것은 글쓰기 때문입니다. 자신을 투영하겠다는 편집증의 힘이 반드시 종이에까지 연장되지는 않습니다. 위험에 처한 것을 구해야 한다는 이념과 가짜를 골라내기 위한 폭로가 머릿속에 터질 듯이 가득 차 있었다 해도 마찬가지입니다. 언제나 날조를 할 수 있다는 마르지 않는 가능성은 편집증적인 분노를 강화하지만, 책을 해방시키는 환상과는 전혀 공통점이 없습니다.

《그의 길》은 결코 그가 쓸 수 있는 책이 아니었습니다. 《그의 길》은 그의 길에 놓인 방해물, 그에게 가장 큰 수치를 안겨준 일을 묻어버리는 일은 그렇지 않아도 실현하기 힘든데 그것을 최고로 불가능하게 만들어버리는 요인이었습니다. 그가 원래 어떤 사람이었는지는 몰라도, 하여튼 어떤 점이 그렇게 참을 수 없는 굴욕이었는지 말해줄 수 있습니까? 그는 다른 사람이 되어 자신의 처지에서 벗어나려다가 그런 꼴이 되고 말았는데, 혹시 처음 그의 처지가 나중에 그가 처하게 된 상황보다 더 수치스럽거나 덜 합법적이었을까요? 겉으로 드러난 역설은, 그가 나로 행세할 때는 파렴치할 정도로 지나친 행동을 할 수 있었지만, 만약 내 추측이 옳다면, 자기 자신으로 있을 때는 수치심 때문에 거의 소멸될 지경이었다는 점입니다. 이런 점에서 그는 책의 집필에 관해 스스로 생각했던 것보다 훨씬 더 가까이 다가갔으며, 많은 소설가에게 낯설지 않은 전략, 즉 제정신을 유지하기 위한 전략을 비록 순서가 거꾸로 뒤집히기는 했어도 실행했습니다.

내 말이 당신에게 흥미롭게 들립니까? 어쩌면 당신은 그가 마침내 사라졌으니 내가 다시 당신을 만나고 싶은지만

이 궁금한 건지도 모르겠습니다. 내가 언젠가 오후에 차를 몰고 갈 수도 있을 겁니다. 당신이 나를 그의 무덤으로 안내해도 좋겠지요. 나는 그의 무덤을 봐도 괜찮습니다. 그의 묘비에 적힌 이름을 보면 기분이 이상해지겠지만요. 당신을 만나는 것도 괜찮습니다. 당신의 그 솔직함이 강한 인상을 남겼거든요. 당신이 그에 대해 제공할 수 있는 정보를 마지막 하나까지 캐내고 싶다는 유혹이 어마어마합니다만, 솔직히 그것이 가장 생생히 떠오르는 유인은 아닙니다.

음, 나는 당신을 다시 만나고 싶습니다. 하지만 우리 둘 모두에게 그보다 더 나쁜 일이 있을까 싶군요. 어쩌면 그가 내 내면의 조각들과 공명했는지도 모릅니다만, 내가 아무리 생각해봐도 그의 매력은 그런 것이 아니었습니다. 그에게는 잃을 것이 하나도 없어서 죽음조차 빤히 마주 보는 사람 같은 섬뜩한 남성성이 있었습니다. 죽어가고 있었으니 자유에 대한 감각도 다소 섬뜩했지요. 남은 시간이 얼마 없으니까 온갖 위험을 무릅쓰고 모든 것을 기꺼이 해보려는 태도가 어떤 여성들에게는 매력적입니다. 섬뜩한 남성다움에 그 여성들은 사랑에 빠져 헌신하게 되죠. 나는 그 매혹을 이해합니다. 이해하는 것 같습니다. 그가 보여준 모종의 태도 때문에 당신은 그렇게 헌신하게 된 겁니다. 하지만 당신이 그렇게 엄청난 부담을 지는 대가로 무엇을 얻었는지 내가 호기심을 갖게 된 것은, 헌신하는 당신의 태도가 무서울 정도로 매혹적이었기 때문입니다. 간단히 말해서, 당신은 나 없이 반유대주의에서 완전히 회복해야 할 겁니다. 그렇게 기꺼이 스스로를 희생하는 여성, 그런 몸과 영혼, 손과 건강과 병을 지닌 간호사인 당신 주위에 틀림없이 수많은 유대인 남성들이 나타나 당신이 우리 민족을 사랑할 수 있게 도와주겠다고 자발적으로 나설 겁니다. 하지만 나는 그렇게 힘든 일을 하기에는 나이가 너무 많습니다. 그런 일들이 이미 내 인생을 많이 차지해버렸습니다.

내가 최대한 내놓을 수 있는 제안은 이렇습니다. 그가 쓰지 못한 것을 내가 대신 써서 그의 이름으로 발표하겠습니다. 딱 그만큼 편집증적으로 굴면서, ㄱ가 ㄱ의 방식대로 자신이 자랑스러워할 만한 디아스포리즘 논문을 쓴 것처럼 보이기 위해 최선을 다하겠습니다. 그는 내게 이렇게 말했습니다. "우리는 파트너가 될 수도 있어. 멍청하게 둘로 갈라지기보다는 서로 협력하는 공동인격." 그래요, 그렇게 하지요. 그는 이렇게 항변했습니다. "당신이 하는 일이라고는 내게 저항하는 것뿐이야." 맞습니다. 그가 살아서 분노하는 동안 나는 달리 행동할 수 없었습니다. 그를 이겨내야 했으니까요. 그러나 죽음 뒤에 나는 그를 포용하고, 그의 성취를 봅니다. 그가 세상을 뜬 지금, 내가 내 행세를 한 자의 창조물이 되지 않고 작업실에서 그의 보물(이젠 이 말이 당신을 의미하지 않습니다)을 함께 누리지 않는다면 나는 아주 어리석은 작가일 것입니다. 여기의 또 다른 P.R.(나를 뜻합니다)은 신원을 사칭한 자의 목소리를 억압하지 않을 것이라고 당신에게 확언합니다.

이 편지에는 답장이 오지 않았다.

내가 최종원고 한 부를 그의 사무실로 보낸 지 겨우 일주일 뒤 스마일스버거가 케네디 공항에서 내게 전화를 걸었다. 그는 책을 받아 읽었다고 말했다. 내가 코네티컷으로 가서 이야기를 나눌까요, 아니면 당신이 맨해튼으로 오는 편이 더 좋습니까? 그는 아들 부부와 함께 맨해튼 어퍼웨스트사이드에 머무르고 있다고 말했다.

　묵직하게 울리는 그의 목소리를 듣자마자, 아니 그가 갑자기 나타나 짜증이 났는데도 얌전하고 예의 바르게 대답하는 내 목소리를 듣는 순간, 나는 그가 요청한 대로 행동하면서 내세운 나의 이유들이 얼마나 허울만 그럴듯한 것이었는지 깨달았다. 내가 계속 기록한 일지와 기억 속에 각인된 그때의 경험을 생각할 때, 내가 사실이라고 주장하는 것들 또는 내가 쓴 글의 정확성을 스마일스버거가 확인해줄 필요가 있다고 나 자신을 설득한 것은 누가 봐도 우스꽝스러운 일이었다. 내가 순전히 나의 직업적 관심사 때문에 그를 위해 그 작전에 참가했다고 믿는 것과 마찬가지로 우스꽝스러웠다. 내가 그런 행동을 한 것은 그가 원했기 때문이었다. 나는 그의 다른 부하들과 마찬가지로 그에게 복종했다. 우리나 나나 다를 것이 없었다. 나 자신도 그 이유를 설명할 수 없었다.

　평생 단 한 번도 나는 이런 식의 검토를 받으려고 원고를 제출한 적이 없었다. 그런 행동은 작가로서의 독립성과 작가로서 타인의 암시에 저항하는 힘이 이미 제2의 본성이 된 덕분에 오래 견디는 힘을 얻었지만 또한 한계와 계산 착오도 생긴 나의 모든 성향에 어긋났다. 좋든 싫든 나 자신이 이미 유대교 장로의 모든 특징을 획득했는데도 율법을 정하는 장로들을 묵묵히 따르며 기쁨을 안겨주는 유대인 청년으로 뒷걸음질 치는 것은 적잖은 퇴화였다. 내게 '정보를 알린' 죄가 있다고 판정한 유대인들이 내가 이십대 중반에 처음 작품을 발표하기 시작했을 때부터 나더러 '책임'을 지라고 외쳤다. 그러나 젊었을 때 나는 많은 것을 경멸했다. 아직 시험을 거치지 않은 예술적 신념도 많았다. 그들의 공격에 개의치 않는 것처럼 굴었어도 사실은 그렇지 않았지만, 그래도 나는 내 입장을 지킬 수 있었다. 글로 써도 되는 것이 무엇인지 다른 사람들의 지시나 받으려고 작가의 길을 선택한 것은 아니라고 나는 선언했다. 써도 되는 것이 무엇인지는 작가가 다시 규정했다. 내가 책임져야 할 것은 바로 그 부분이었다. 픽션 속에 숨겨야 하는 것은 하나도 없다. 등등.

그러나 '독립하기!'를 반항적인 신조로 채택하고, 써도 되는 것을 재규정하던 젊은 시절의 나보다 두 배 이상 나이를 먹은 지금 나는 스마일스버거에게서 전화를 받은 다음 날 아침 일찍 차를 몰고 뉴욕까지 수백 킬로미터를 달려가고 있었다. 그가 내 책에서 무엇을 지우고 싶어하는지 의견을 들으려고. 픽션 속에 숨겨야 하는 것은 하나도 없지만, 위장하지 않고 드러내도 되는 일에도 한계가 없는가? 모사드가 내게 그 답을 알려줄 것이다.

왜 나는 그의 호구가 되었나? 그냥 두 사람 사이에서 일어날 수 있는 일인가? 자신보다 더 강한 것처럼 보이는 상대방의 조작에 이쪽이 쉽게 걸려들 때? 그가 나를 움직여 자기 뜻에 따르게 할 수 있는 것은 그 특유의 권위적인 남성성 때문인가? 아니면 그는 인생의 아픈 비극 속을 헤엄치는데 나는 고작 예술 속에서 헤엄치고 있다는 이유로 나의 세상경험이 그에게 미치지 못한다고 내가 느끼기 때문인가? 나의 지성이 그의 크고 강인한 (거의 낭만적으로 느껴질 정도로 강인한) 정신에 취약해서 나의 판단력보다 그의 판단력을 더 신뢰하게 된 것이 문제인가? 어쩌면 유대인들이 항상 자기 아버지에게 원했던 것처럼 체스판의 말을 움직이는 그의 능력 때문인가? 스마일스버거에게는 나의 진짜 아버지가 아니라 **상상** 속의 아버지, 나를 지배하고 **책임지는** 아버지와 비슷한 점이 있었다. 나는 가짜 필립 로스를 정복하고, 스마일스버거는 진짜 필립 로스를 정복한다! 나는 그를 밀치고 그와 언쟁을 벌이지만, 마지막에는 항상 그가 원하는 대로 한다. 마지막에는 내가 굴복해서 그가 시키는 일을 전부 한다!

아니, 이번에는 안 된다. 이번에는 내가 주도권을 쥘 것이다.

스마일스버거는 우리의 편집회의 장소로 암스테르담 애비뉴에 있는 유대인 식품점을 선택했다. 훈제생선 전문인 그 집은 베이글과 비알리납작한 모양에 가운데가 우묵한 롤빵 판매대 옆의 방 안에 포마이카 상판의 식탁 십여 개를 놓고 아침식사와 점심식사를 팔았다. 오래전 누군가가 '현대화'를 하자는 아이디어를 반짝 생각해냈지만 실내장식을 바꾸는 작업이 절반쯤 진행되었을 때 현명하게 작업 중단을 결정한 것처럼 보였다. 이 상점을 보니 건물 1층에 있던 어렸을 적 친구들의 초라한 거처가 생각났다. 그 애들의 부모는 상점의 금전등록기와 종업원에게서 눈을 떼지 않으려고 상점 바로 뒤에 있는 벽장 크기의 창고에서 서둘러 식사를 하곤 했다. 1940년대에 뉴어크에서 우리는 일요일의 특별한 아침식사를 위해 가족들이 모두 나와 운영하는 길모퉁이 가게에서 귀한 훈제연어 슬라이스, 통통하고 반짝이는 황어, 두툼

한 잉어살, 파프리카를 넣은 과자 등을 샀다. 모두 두툼한 밀랍
종이 두 겹으로 포장되어 있었다. 그 가게의 풍경과 냄새가 지금
이곳과 아주 비슷했다. 타일 바닥에 톱밥이 뿌려져 있는 것, 소
스와 오일에 생선을 재운 통조림이 쌓인 선반. 금전등록기 옆의
거대한 할바깨와 꿀로 만드는 튀르티예의 과자 덩어리는 곧 가루가 부스
스 떨어지는 납작한 판 모양으로 잘릴 것이고, 카운터 길이와 똑
같은 진열장 뒤편에서는 식초, 양파, 흰 살 생선과 훈제 청어, 온
갖 종류의 피클, 후추나 소금에 재운 것, 훈제한 것, 스튜, 절임,
말린 것 등의 강렬한 냄새가 퍼져 나왔다. 이런 상점들과 마찬가
지로 십중팔구 슈테틀과 중세의 게토까지 거슬러 올라가는 계보
를 지닌 냄새들로, 유행에 따른 식사를 할 여유가 없어서 검소하
게 살던 사람들의 영양분, 선원과 평민의 식사였다. 그들에게는
오래전부터 내려오는 이 저장식품들의 냄새가 곧 삶이었다. 우
리가 한 달에 한 번씩 특별히 호화로운 '외식'을 하던 동네 식당
이자 이런 저장식품을 직접 만들어 팔던 곳에서도 똑같이 수수
하고 가정적인 분위기가 풍겼다. 원래 보기 싫던 곳이 새로 단장
한답시고 또 보기 싫은 꼴로 변하지 않고 그나마 옛 모습을 간직
하고 있을 때 특징적으로 나타나는 분위기였다. 접시에 놓인 음
식에서 눈과 머리와 귀를 떼게 만드는 것이 전혀 없었다. 만족
스러운 토속음식을 소박한 곳의 식탁에서 먹는 것. 접시에 침을
뱉는 사람들이 없을 뿐, 다른 면에서는 잔칫집치고 최대한 소박
한 환경에서 몸을 지탱해주는 영양분을 섭취하며 가장 진부한
식도락을 즐기는 그곳은 유대인의 식당들 중 널찍한 공간에 샹
들리에가 달린 마이애미비치 퐁텐블로의 식당과 가장 먼 극단
에 위치했다. 보리, 달걀, 양파, 양배추 수프, 순무 수프 등 구식

으로 요리한 저렴하고 평범한 음식들을 특별 할인매장에서 산 그릇에 담아 이렇다 할 호들갑을 떨지 않고 즐겁고 맛있게 먹는 곳이었다.

물론 예전에는 많은 유대인의 평범한 일상이던 것이 지금은 대량 이민자들의 2세나 3세로 맨해튼에서 전문직업인으로 일하며 1세기 전만 해도 갈리치아의 모든 유대인에게 일 년 내내 매일 잔치를 열어줄 수 있었을 금액의 연봉으로 간신히 그럭저럭 살아가는 어퍼웨스트사이드 주민들에게 이국적인 자극을 제공해주게 되었다. 나는 코네티컷에서 맨해튼에 볼일을 보러 갈 때 한 시간쯤 시간을 내서 바로 그런 식당을 찾아가 북쪽으로 달려가는 트럭, 택시, 소방차 등을 바라보며 그냥 이렇다 할 격식 없이 상에 차려지는(그것 자체가 격식이었다) 청어 샐러드를 향한 꺼지지 않는 식욕을 달래던 중 그 사람들(그중에는 내가 아는 변호사, 기자, 편집자도 섞여 있다)이 카샤 바르니슈카스미국 유대인들 중 아슈케나지 사람들의 전통 요리로 나비넥타이 모양의 파스타로 만든다와 게필테 피슈생선살을 갈아서 만드는 요리. 아슈케나지의 전통 전채요리를 먹으며 즐거워하는 것(그리고 한없이 음식을 먹는 내내 일간신문 하나 또는 둘 또는 세 종류를 읽으며 신문에서 눈을 떼지 않는 것)을 본 적이 있다. 스마일스버거는 그런 식당에서 오전 10시에 만나 아침식사를 하면서 내 책에 대해 의논하자고 제안했다.

스마일스버거와 악수를 하고, 그가 목발을 기대놓은 옷걸이와 그를 똑바로 마주 보는 자리에 앉은 뒤, 나는 뉴욕에 올 때면 거의 항상 이곳에 들러 아침식사나 점심식사를 한다고 그에게 말했다. 그러자 그는 자기도 다 알고 있었다고 대답했다. "내 며느리가 당신을 두어 번 봤다오. 바로 이 근처에 살거든."

"무슨 일을 하시는데요?"

"예술사가. 정교수요."

"그럼 아드님은?"

"국제적인 기업인이지."

"이름이?"

"물론 '스마일스버거'가 아니오." 그는 친절한 미소를 지었다. 그러고는 이 조롱의 달인에게서 내가 미처 예상하지 못한 솔직하고 매력적이고 활기차고 따뜻한 태도로, 진짜처럼 깊이가 있어서 상대의 무장을 해제할 수 있을 것 같은데도 그 무정함과 날카로움을 미처 다 빼내지 못한 그런 태도로 그가 이런 말을 하는 바람에 나는 하마터면 홀라당 속아 넘어갈 뻔했다. "그래, 잘 지내셨소, 필립? 심장 수술을 받았다던데. 아버님이 돌아가셨고. 내가 《아버지의 유산》을 읽었어요. 따뜻하지만 힘들더군. 그동안 힘든 일을 겪으셨소. 그런데도 아주 좋아 보여요. 지난번 만났을 때보다 더 젊어 보이기도 하고."

"당신도 그렇습니다." 내가 말했다.

그는 신나게 양손을 부딪혔다. "퇴직했거든." 그가 대답했다. "십팔 개월 전에. 이제 모든 일에서, 비열하고 불길한 모든 일에서 자유롭소. 기만. 역정보. 속임수. '우리의 잔치는 이제 끝났다……. 녹아서 허공으로, 흔적도 없이 사라졌다.'^{셰익스피어의} ^{〈템페스트〉에 나오는 프로스페로의 대사}"

우리가 오늘 만난 이유를 생각할 때 퇴직했다는 스마일스버거의 말은 기묘한 소식이었다. 그가 내 상황이 지금은 결코 위협적이지 않으며 설사 내가 재치 있게 프로스페로의 말을 인용하는 연금 생활자, 낙천적인 노인, 마법 지팡이가 없는 늙은 프

543

로스페로, 마법의 힘을 빼앗기고 신처럼 배반을 거듭한 일생에 부드러운 석양빛을 던지고 있는 이 프로스페로의 속임수에 넘어가 무슨 일을 억지로 하게 된다 해도 고작해야 체커를 두는 정도일 것이라고 믿게 만들어 예전에 항상 그랬던 것처럼 처음부터 우위를 점할 수작인 건가 하는 생각이 들었다. 전에 내가 여기서 식사하는 것을 보았다는 며느리가 바로 이 근처에 살고 그가 지금 그 집에 머무르고 있다는 말은 당연히 사실이 아닐 것이라고 나는 속으로 생각했다. 피부가 초콜릿색으로 그을려서 피부 상태가 아주 극적으로 나아진 것처럼 보이는 것, 그래서 주름이 많은 시체 같은 얼굴에 방부처리를 한 시체처럼 빛이 나는 것도 퇴직 후 네게브이스라엘 남부의 사막지대에서 느긋한 생활을 했기 때문이라기보다는 피부과에서 자외선 치료를 받은 덕분일 가능성이 아주 높았다. 그러나 그가 내게 해준 이야기에 따르면, 그는 사막 개발 공동체에서 아내와 함께 식물을 가꾸며 행복하게 살고 있었다. 그의 사위가 경영하는 섬유회사를 베르셰바네게브 사막 입구에 있는 도시로 옮긴 뒤 딸 부부가 청소년기의 자녀 셋과 함께 줄곧 살고 있는 집에서 도로를 따라 겨우 1.5킬로미터쯤 떨어진 곳이었다. 나를 만나러 미국으로 가기로 결정한 것도, 그리고 여기 있는 동안 미국인인 두 손주와 며칠을 함께 보내기로 한 것도 순전히 그의 뜻이었다. 그는 퇴직 후 발을 들여놓은 적이 없는 옛 사무실에서 내 원고를 전해 받았다. 그가 아는 한, 봉인된 봉투를 열어 원고를 읽어본 사람은 하나도 없었다. 하지만 만약 누가 읽어봤다면 과연 어떤 반응을 남겼을지 우리 둘 다 상상하기 힘들지 않을 것이라고 그가 말했다.

"당신 책이나 마찬가지예요." 내가 말했다.

"아니. 내 것이라고 생각하지 않았소."

"그건 나도 어쩔 수 없는 일이에요. 그 사람들도 어쩔 수 없는 일이고."

"그리고 당신은 책임질 필요가 없지."

"이봐요, 작가로서 이미 이런 일을 겪은 적이 있습니다. 내가 '책임'에 실패했다는 것이 유대인들과 관련된 작품을 쓴 동기입니다. 우리는 계약서를 쓰지 않았어요. 난 아무 약속도 하지 않았습니다. 당신을 위해 모종의 일을 했고……. 그 일을 제대로 했다고 생각합니다."

"그 이상이지. 그 겸손함이 눈부실 정도로군. 당신은 전문가의 솜씨를 보여줬소. 입만 놀려서 극단주의자 행세를 하는 것과는 달라요. 하기야 작가들한테는 그것도 위험한 일이지만. 그런데 직접 가서 그런 일을 하는 건……. 사람이 살면서 그런 일에 대비해 각오를 다질 길은 없소. 전혀. 당신이 생각할 줄 아는 사람이라는 건 알았어요. 글을 쓴다는 것도 알았고. 머리로 이런 저런 일을 할 수 있다는 것도 알았지. 하지만 실제로 그런 일을 해낼 수 있다는 건 몰랐소. 아마 당신도 몰랐을 거요. 당신이 이룩한 일을 자랑스럽게 생각하는 게 당연하지. 당신이 얼마나 용감했는지 온 세상에 널리 알리고 싶은 게 당연하지. 나도 그랬을 거요."

우리 잔에 커피를 따라주는 젊은 웨이터를 올려다본 순간, 나는 그가 인도인 아니면 파키스탄인임을 알아차렸다. 스마일스버거도 알아차렸다.

웨이터가 메뉴판을 놓아두고 멀어지자 스마일스버거가 물었다. "이 도시에서는 누가 누구의 포로가 될까? 인도인이 유대

인의 포로, 유대인이 인도인의 포로, 아니면 이 둘이 라틴 사람
의 포로? 어제 72번가로 갔소. 브로드웨이를 따라 이동하는 내
내 길가에서 흑인들이 베이글을 먹고 있더군. 푸에르토리코인들
이 만들고 한국인들이 파는 베이글…… 이런 유대인 식당에 대
한 옛 우스갯소리를 아시오?"

"내가요? 아마 알걸요."

"유대인 식당의 중국인 웨이터 얘기요. 이디시어를 완벽히
구사하는 친구지."

"예루살렘에 있을 때 호페츠 하임 이야기로 즐거움을 충분
히 맛봤으니, 뉴욕에서 또 유대인 우스갯소리를 해줄 필요는 없
습니다. 지금 우리는 내 책에 대해 이야기하고 있어요. 내가 일
을 마친 뒤 써도 되는 것과 쓰면 안 되는 것에 대해 미리 아무도
말해주지 않았습니다. 단 한 마디도. 당신은 그 작전이 내 직업
에 새로운 가능성을 열어줄 수 있다며 내 관심을 끌었죠. 기억하
는지 모르겠지만, 날 유혹하려고 이런 말을 했습니다. '이 일로
굉장한 책이 나올 것 같소.' 내가 당신을 위해 아테네에 간다면
가지 않을 때에 비해 훨씬 더 좋은 책을 쓸 수 있을 거라고. 그때
는 내가 책을 쓸 생각을 하기도 전인데 말이죠."

"믿기 힘든 이야기군." 그가 온화하게 대답했다. "하지만
당신이 그렇게 말한다면야."

"당신의 말 때문에 나는 책을 생각하게 되었습니다. 그런데
내가 책을 쓰고 나니 당신은 마음을 바꿔서, 내 목적은 아닐지언
정 당신의 목적을 위해 더 좋은 책을 쓰고 싶다면 아테네 이야기
를 몽땅 들어내라고 하는군요."

"나는 그런 말을 한 적이 없소."

"스마일스버거 씨, 괴짜 노인 행세를 해봤자 얻을 것은 없습니다."

"그거야, 뭐." 그는 괴짜 노인의 의견이 얼마나 대단하겠느냐는 듯 어깨를 으쓱하며 씩 웃었다. "당신이 허구를 약간 섞는다면, 음, 그러면 괜찮을지도 모르겠소."

"하지만 이건 픽션이 아닙니다. 게다가 당신이 지금 원하는 건 '약간'의 허구가 아니잖아요. 허구의 작전 하나를 완전히 새로 창조해내는 걸 바라고 있어요."

"내가? 난 오로지 당신에게 가장 좋은 일이 무엇일지 생각할 뿐이오."

인도인 웨이터가 다시 와서 주문을 기다리고 있었다.

"여기선 뭘 드시오?" 스마일스버거가 내게 물었다. "뭘 좋아하시나?" 퇴직한 그는 아주 재미없는 사람이라서 내 도움 없이는 감히 주문하려 하지 않았다.

"가볍게 구운 양파 베이글에 청어 샐러드를 얹은 것." 내가 웨이터에게 말했다. "토마토를 곁들이고, 오렌지주스도 한 잔 줘요."

"나도." 스마일스버거가 말했다. "정확히 똑같은 걸로."

"당신은 여러 다양한 아이디어를 내게 주려고 왔을 겁니다. 아테네 작전과 똑같이 사실이고 훌륭한 아이디어. 당신은 이번 것보다 훨씬 더 훌륭한 이야기를 내게 찾아줄 수 있겠죠. 그 주말에 아테네에서 일어났던 일보다 훨씬 더 짜릿하고 흥미로운 이야기를 우리 둘이 함께 내 독자들을 위해 생각해낼 수도 있을 테고. 하지만 나는 다른 이야기를 원하지 않아요. 알겠습니까?"

"당연히 다른 이야기는 필요 없겠지. 이건 당신이 직접 찾아낸 소재 중에서 가장 먹음직스러운 거니까. 아주 확실하게 말하시는군. 까다롭기도 하고."

"됐습니다. 내가 거기 가서 한 일, 만난 사람, 눈으로 본 것, 배운 것……. 아테네에서 겪은 일 중 그 무엇도, 그 무엇도 다른 것과 교환할 수 없어요. 그 사건들이 지닌 의미는 처음부터 그 사건들 고유의 것입니다."

"말이 되는군."

"난 일거리를 구하러 간 게 아닙니다. 이 일거리가 나를 찾아왔지. 그것도 아주 격렬하게. 나는 우리가 합의한 모든 조건을 지켰어요. 출판되기 한참 전에 당신에게 원고를 한 부 보낸다는 조건까지도. 사실 당신은 이 원고를 가장 먼저 읽은 사람입니다. 내가 억지로 강요를 받아서 원고를 보낸 게 아니에요. 난 이미 미국에 돌아와 있었으니까. 할시온으로 인한 광기에서 회복중인 것도 아니고. 이건 그때 이후로 내가 쓴 네 번째 책입니다. 난 다시 원래 모습으로 돌아와서, 단단히 서 있어요. 그런데도 원고를 보냈습니다. 당신이 원고를 보겠다고 요청했으니까."

"그걸 보여주기로 한 건 좋은 생각이었소. 당신에게 호감이 덜한 사람에게 나중에 보여주느니 지금 나한테 보여주는 편이 낫지."

"그래요? 나한테 하고 싶은 말이 뭡니까? 아야톨라가 루시디한테 한 것처럼 모사드도 날 죽이라는 명령을 내린답니까?"

"내가 할 수 있는 말은, 여기 마지막 장이 그냥 넘어가지 않을 거라는 것뿐이오."

"글쎄요, 만약 누가 날 찾아와서 불평을 늘어놓으면, 네게브에 있는 당신의 텃밭으로 가보라고 해야겠군요."

"그래봤자 소용없을 거요. 내가 옛날에 아무리 좋은 '미끼'를 내밀었다 해도, 당신이 이런 모험을 글로 써서 자랑하고 싶다는 유혹이 아무리 강렬해도, 지금쯤이면 이 책을 발표하는 것이 그 나라의 국익에 얼마나 파괴적인 영향을 미칠 수 있는지 당신도 알고 있을 거요. 그들은 당신의 충성심을 믿었는데 이 마지막 장이 그 믿음을 배반했다고 주장하겠지."

"난 예전에도 지금도 당신에게 고용된 몸이 아닙니다."

"그들에게 고용되었지."

"나는 보상을 받지 않았어요. 보상을 요구하지도 않았고."

"자신이 지닌 전문지식이나 솜씨가 도움이 될 만한 일에 자원한 전세계의 유대인들도 비슷했소. 디아스포라 유대인들이 다른 나라 국적으로 워낙 많이 살고 있으니, 충성심을 내세워 이만한 자원을 정보기관들이 활용할 수 있는 나라는 또 없지. 이건 헤아릴 수 없는 자산이오. 이 자그마한 나라가 안보를 지키기 위해 해야 하는 일이 얼마나 많소. 유대인들의 도움이 없었다면, 지금 상황이 아주 안 좋았을 거야. 당신이 했던 것과 비슷한 일을 하는 사람들은 자신의 지식을 다른 데서 활용해 이득을 얻거나 금전적인 보상을 얻으려 하지 않소. 이 유대인 국가의 안전과 안녕을 증진하는 데서 보람을 느끼지. 유대인의 의무를 충실히 수행한 데서 **모든** 보람을 얻는단 말이오."

"그때도 지금도 내 생각은 다릅니다."

이때 주문한 음식이 나왔다. 그 뒤로 몇 분 동안 음식을 먹으면서, 스마일스버거는 돌아가신 어머니가 청어를 작게 썰어 만들어주시던 음식에 어떤 재료들이 들어갔는지를 놓고 젊은 인도인 웨이터와 마치 전문가라도 된 것처럼 이야기를 나눴다. 그의 어머니가 사용하던 청어와 식초 비율, 식초와 설탕 비율, 다진 달걀과 다진 양파의 비율 등등. "이건 청어 샐러드의 가장 높은 요구조건을 충족시킨 음식이군." 그는 웨이터에게 이렇게 말하고 나서, 내게 시선을 돌렸다. "당신이 내게 잘못 가르쳐준 게 아니었어."

"그럴 이유가 없죠."

"나는 당신을 좋아하게 되었지만, 당신은 그만큼 날 좋아하지 않잖소."

"아마 좋아하게 되었을걸요." 내가 대답했다. "정확히 당신만큼."

"부정적인 냉소주의자가 순수하던 어린 시절의 맛과 향기에 대한 갈망을 다시 분명히 드러내는 것은 인생의 어느 시점이오? 이제 설탕을 친 청어가 당신의 핏줄 속을 뛰어다니고 있을 테니, 내가 아까 그 우스갯소리를 해도 되겠소? 어떤 남자가 이곳과 비슷한 유대인 식당에 들어와 테이블에 앉아서 메뉴판을 들고 잘 살펴본 뒤 주문할 음식을 정했는데, 고개를 들어보니 웨이터가 중국인이오. 그 웨이터가 하는 말이, '보스 빌트 이흐르 에센?' 중국인 웨이터가 완벽한 이디시어로 이렇게 물은 거요. '어떤 음식을 드시겠습니까?' 손님은 깜짝 놀랐지만, 어쨌든 웨이터에게 음식을 주문하오. 중국인 웨이터는 음식이 나올 때마다 이건 당신이 주문하신 이러이러한 음식입니다, 맛있게 드십시오, 라고 말하지. 전부 완벽한 이디시어로. 식사가 끝난 뒤 손님은 계산서를 들고 계산대로 가요. 계산대에는 주인이 앉아 있소. 지금 저기 금전등록기 옆에 앞치마를 입은 덩치 큰 남자가 있는 것과 똑같아. 주인은 지금 내 말씨와 아주 비슷한 서투른 말씨로 손님에게 이렇게 말한다오. '식사는 잘하셨습니까? 불편하신 점은 없었나요?' 손님은 완전히 들떠서 대답해요. '완벽했습니다. 모든 것이 훌륭했어요. 그리고 그 웨이터⋯⋯. 이게 가장 놀라운 점인데⋯⋯. 중국인 웨이터가 완전히 완벽한 이디시어를 쓰더군요.' '쉬이이, 너무 크게 말씀하시지 마세요. 그 친구는 자기가 영어를 배우는 줄 아니까요.'"

나는 웃음을 터뜨렸다. 스마일스버거도 빙긋 웃으며 말했다. "한 번도 들어보지 못한 이야기요?"

"내가 유대인과 중국인 웨이터에 관한 우스갯소리를 모두 들어보았을 것 같겠지만, 아뇨, 이건 못 들어봤습니다."

"오래된 이야기인데."

"한 번도 못 들었어요."

말없이 식사를 하는 동안 나는 이 남자에게 진실이라는 것이 과연 존재할 수 있는지, 작전과 책략과 조작에 대한 본능보다 더 열정을 보일 수 있는 일이 있는지 궁금해졌다. 피픽이 이 사람 밑에서 공부했어야 하는 건데. 아니, 어쩌면 실제로 공부했는지도 모른다.

내가 불쑥 말했다. "말해보시죠. 모이셰 피픽을 고용한 사람이 누굽니까? 이제 나한테 말해줄 때가 됐잖아요."

"편집증이 도진 모양이군. 이런 말을 해도 되는지는 모르겠소만. 얄팍한 사람이 혼란스러운 현상과 마주쳤을 때 기반이 되는 선입관, 생각하지 않는 사람이 머리를 쓰는 방식, 그리고 우리 직업에서 일상적으로 맞닥뜨리는 위험. 세상이 우리를 편집증 환자로 만드는 건 맞지만, 너무 선을 넘지는 마시오. 누가 피픽을 고용했냐고? 인생이 피픽을 고용했소. 만약 전세계 정보기관들이 하룻밤 새에 모두 폐지되더라도 사람들의 정돈된 삶을 복잡하게 만들고 파괴할 피픽 같은 인물은 아주 많을 거요. 오로지 구경거리, 무의미한 폭력, 혼란을 원하는 얼간이들이 스스로 나설 테지. 당신이나 나처럼 조리 있고, 중요하고, 고결한 목적에만 헌신하는 사람들보다 훨씬 더 깊이 현실에 뿌리를 둔 채로. 비합리라는 수수께끼에 대해 미친 듯이 꿈을 꾸는 짓은 이제 그만둡시다. 설명이 필요 없어요. 인생에는 없어서 겁이 나는 뭔가가 있어요. 우리는 당신이 모이셰 피픽이라고 부르는 자 같은 사람들에게서 그게 뭔지 흐릿한 힌트를 얻소. 우리는 공상으로 그것을 포장해 우러르지 않고 그저 견뎌내는 법을 배워야 하오. 이제 다른 이야기를 합시다. 진지해집시다. 내 말을 잘 들어요. 난 내 돈을 써가며 여기에 왔소. 나 혼자 친구로 왔어요. 당신 때문에 온 거요. 당신은 내게 책임감을 느끼지 않을지 몰라도, 나는 당신에게 책임감을 느끼고 있소. 내가 당신에게 책임을 져야 해. 조녀선 폴라드는 어려울 때 자신을 버린 자신의 담당자들을 결코 용서하지 않을 거요. FBI가 폴라드를 점점 추적해올 때, 야구르 씨와 에이탄 씨는 그를 완전히 혼자 내버려두고 가버렸소. 페레스 씨와 샤미르 씨도 마찬가지고. 폴라드의 말에 따르면 그들은 '나의 개인적인 안전을 위해 최소한의 예방조치도 취하지' 않았소. 그리고 이제 폴라드는 종신형을 선고받고 경비가 삼엄한 미국 최악의 교도소에 갇혀 있지."

"그 사건은 좀 다릅니다."

"내가 지적하는 게 바로 그거요. 내가 당신을 포섭했지. 어쩌면 심지어 가짜 미끼까지 내걸고서. 그러니 이제는 당신이 이 마지막 장을 발표함으로서 앞으로 오랫동안 어려운 상황에 스스로를 노출하는 것을 막기 위해 내가 할 수 있는 모든 일을 할 거요."

"확실하게 말해요."

"이보다 더 확실하게 말할 수는 없소. 나는 이제 그쪽 멤버가 아니니까. 내가 과거의 경험을 바탕으로 당신에게 해줄 수 있는 말은, 이 장을 지금 그대로 발표해서 생길 수 있는 당황스러운 상황을 누가 자초한다면, 대수롭지 않게 지나가는 경우는 절대 없다는 것뿐이오. 만약 당신이 어느 요원, 어느 접선자의 안전을 위험에 빠뜨렸다고 누가 생각하기라도 하면⋯⋯."

"간단히 요약하면, 당신이 지금 날 협박하고 있는 거네요."

"퇴직한 공무원이 누굴 협박할 수나 있겠소? 경고를 협박으로 착각하면 안 돼요. 내가 뉴욕에 온 건, 당신이 얼마나 심각하게 경솔한 일을 저지르려 하는지 전화나 우편으로는 당신에게 도저히 전달할 수 없었기 때문이오. 제발 내 말을 들어요. 지금 네게브에 살면서 나는 오랜 세월 읽지 못했던 것들을 조금씩 따라잡기 시작했소. 먼저 당신의 책을 모두 읽기 시작했지. 심지어 야구에 대한 책까지도. 나 같은 사람한테는 그 책을 읽는 것이 제임스 조이스의 《피네간의 경야》를 읽는 것과 비슷하다는 점을 당신이 이해해줘야 해요."

"내가 구해줄 가치가 있는 사람인지 알아보고 싶었군요."

"아니, 즐거운 시간을 보내고 싶었소. 실제로 즐거웠고. 난 당신을 좋아하오, 필립. 당신이 믿든 말든. 처음에는 당신과 함께 일을 하면서, 그다음에는 당신의 책을 읽으면서, 나는 당신을 상당히 존중하게 되었소. 내 직업과는 상당히 어긋나게, 심지어 가족적인 애정까지도 느끼고 있지. 당신은 훌륭한 사람이오.

그러니 당신의 평판을 깎아내리고 당신의 이름에 오점을 묻히고 싶어하는, 어쩌면 그보다 더 심한 짓도 하려고 할 수 있는 사람들에게 당신이 당하는 꼴을 보고 싶지 않아요."

"사람을 홀리는 솜씨가 여전히 대단하시네요. 퇴직했든 아니든. 당신이 남을 속이는 방식은 대단히 재미있습니다. 하지만 지금 당신이 나에 대한 책임감 때문에 이러는 것 같지는 않아요. 당신 쪽 사람들을 대표해서 날 위협해 내 입을 닫게 만들려고 왔 겠죠."

"내가 온 것은 내 뜻이오. 개인적으로 상당한 돈까지 들여가면서, 당신 자신을 위해 부탁하러 왔지. 이 책의 끝부분에서, 당신이 작가로서 평생 해오던 일만, 딱 그만큼만 하라고. 조금만 상상력을 발휘해주시오. 그런다고 죽는 것도 아니잖소. 오히려 그 반대지."

"만약 내가 그 부탁을 따른다면, 이 책 전체가 허울만 그럴 듯하게 변할 겁니다. 허구를 사실이라 주장하는 꼴이니 모든 게 무너질 거예요."

"그럼 허구라고 말해요. '내가 지어낸 이야기입니다'라는 문장을 부록으로 덧붙이는 거요. 그러면 남을 배신하는 죄는 짓 지 않게 되지. 당신 자신도, 독자들도, 그리고 지금까지 당신이 흠잡을 데 없이 일해준 그 사람들도."

"불가능합니다. 어떤 방법으로도 불가능해요."

"그럼 더 좋은 제안을 하리다. 책의 내용을 상상의 이야기로 바꾸지 말고, 그냥 그 장章을 통째로 잘라내요. 그게 당신 자신에게 베푸는 가장 큰 호의가 될 거요."

"결말 없이 책을 발표하라고요?"

"그래요, 불완전한 상태로. 나처럼. 기형도 때로는 효과를 낼 수 있소. 비록 꼴사나운 모양이라 해도."

"내가 정확히 뭘 위해 아테네에 갔는지 쓰지 말라고요?"

"이번 작전을 순전히 작가로서 받아들였다고 고집을 피우는 이유가 뭐요? 최근에야 당신의 책을 모두 즐겁게 읽은 나뿐만 아니라 당신도 충성스러운 유대인으로서 그 일을 받아들여 수행했음을 알고 있지 않소? 유대인의 애국심을 왜 그렇게 부득부득 부정하려 하는 거지? 당신의 글을 읽으면서 나는 거기에 유대인의 모습이 무엇보다 강하게 박혀 있음을 깨달았소. 그보다 강한 걸 꼽으라면 남자의 리비도 정도일까? 당신이 유대인으로서 품었던 동기를 왜 이렇게 위장하려 하는 거요? 사실은 동포이자 애국자인 조너선 폴라드 못지않게 헌신적인 이념을 품고 있으면서. 나도 당신처럼 할 수만 있다면 절대 뻔한 짓을 하지 않으려 하는 사람이지만, 당신이 순전히 당신의 그 천직 때문에 아테네에 간 것처럼 계속 행세하는 건……. 당신이 아주 뼛속까지 유대인이라서 그 일을 했다고 인정하는 것보다 이편이 정말로 당신의 독립성을 덜 해친다고 보는 거요? 그렇게 유대인의 정체성이 강하다는 사실이 당신에게는 가장 비밀스러운 악덕이지. 당신의 작품을 읽은 독자라면 모두 알아요. 당신은 유대인으로서 아테네에 갔으니, 유대인으로서 이 장章을 지우시오. 유대인들은 당신을 위해 많은 것을 참았소. 아무리 당신이라도 그건 인정할 거야."

"그래요? 그랬다고요? 뭘 참았는데요?"

"막대기를 들고 당신의 치아를 때려서 목구멍 속으로 던져버리고 싶다는 강력한 욕망. 하지만 사십 년 동안 누구도 그렇게 한 적이 없지. 그들은 유대인이고 당신은 작가니까, 그들은 당신에게 폭력 대신 상과 명예학위를 줬소. 루시디가 동족들에게서 받은 것과는 좀 다르지. 유대인들이 없으면 당신은 어떤 사람이 되었겠소? 유대인들이 없으면 당신은 뭐가 되었을 것 같아? 당신이 그 모든 글을 쓸 수 있었던 건 그들 덕분이오. 홈구장 없이 떠돌아다니는 야구팀 이야기를 쓴 그 책까지도. 유대인이라는 정체성은 유대인들이 당신에게 설정해준 문제요. 그 문제로 당신을 돌아버리게 만드는 유대인들이 없다면, 작가도 없었을 테지. 그들에게 감사하는 태도를 조금이라도 보이시오. 지금 당신 나이가 예순에 가까우니, 아직 손이 식지 않았을 때 베푸는 게 제일 좋아요. 십일조가 예전에는 그리스도교인들뿐만 아니라 유대인들 사이에도 널리 퍼진 관습이었음을 일깨워드리리다. 번 돈의 10분의 1을 내서 자신의 종교를 지탱한 거지. 당신에게 모든 것을 준 유대인들에게 이 책의 11분의 1도 양보할 수 없는 거요? 당신이 지금까지 **그들 덕분에** 발표한 책의 분량을 모두 합하면, 십중팔구 고작해야 1퍼센트의 50분의 1밖에 안 될 텐데. 그들에게 11장을 양보하고, 그다음부터는 마음대로 해요. 사실이든 아니든, 남은 원고를 예술 작품이라고 불러도 되고. 기자들이 묻거든 이렇게 말하시오. '스마일스버거? 말씨가 웃기고 이스라엘의 정보요원이라는 수다쟁이 불구자? 나의 풍부한 상상력이 빚어낸 산물이오. 모이셰 피픽? 완다 제인? 그것도 당신들이 속은 거야. 그 두 사람처럼 걸어 다니는 몽상가들을 어디서 만날 수 있겠소? 환상을 투영한 거요. 순수한 망상이야. 그 책은 바로 그런 책이오.' 대략 이런 말을 해주면, 골치 아픈 일을 많이 줄일 수 있을걸. 정확히 어떤 말을 할 건지는 당신에게 맡기리다."

"그래요? 피픽도? 누가 피픽을 고용했는지 드디어 나한테 대답해주는 겁니까? 피픽은 **당신의** 풍부한 상상력이 빚어낸 산물이라고 말하는 거예요? 왜? 왜? 난 이유를 모르겠습니다. 날 이스라엘로 불러들이려고? 하지만 난 이미 아하론 아펠펠드를 만나러 이스라엘로 가려던 참이었어요. 날 꾀어 조지와 대화하게 하려고? 하지만 조지와 나는 이미 아는 사이였지. 내가 데미야뉴크 재판을 보게 만들려고? 나는 그런 일에 관심이 있기 때문에 혼자서도 정보를 찾아봤을 겁니다. 날 끌어들이는 데 피픽이 필요했던 이유가 뭐죠? 징크스 때문에? 징크스가 아닌 다른 사람이어도 상관없었을 거예요. 피픽이라는 생물을 만들어낸 당신 측 이유가 뭡니까? 정보기관이고 목적지향적인 모사드의 관점에서 볼 때, **왜 이 피픽이라는 인물을 만들어냈어요?**"

"만약 내가 금방 내놓을 수 있는 대답을 안다 하더라도, 당신처럼 입이 싼 작가에게 그걸 양심적으로 털어놓을 수 있겠소? 내 설명을 받아들이고, 피픽에 대해서는 그쯤 해둬요. 피픽은 시온주의의 산물이 아니오. 피픽은 심지어 디아스포리즘의 산물도 아니야. 피픽은 인간사에 영향을 미치는 모든 무분별한 것 중에서도 아마 가장 강력하다고 할 만한 것의 산물이오. 바로 피픽주의지. 모든 것을 대수롭지 않게 만들어버리는 반反비극적인 힘. 모든 것을 희극화하고, 모든 것을 하찮게 만들고, 모든 것을 피상화하는 힘. 우리가 유대인으로서 겪는 고통도 예외가 아니오. 피픽 얘기는 이만합시다. 난 당신이 기자들에게 조리 있는 대답을 하는 방법에 대해 의견을 내고 있을 뿐이니. 간단한 답을 내요. 그자들은 고작해야 기자들 아니오. '예외는 없습니다, 여러분. 처음부터 끝까지 가설을 쓴 책이에요.'"

"조지 지아드도 포함해서."

"조지에 대해서는 걱정할 필요 없소. 그자의 아내가 당신에게 편지를 보내지 않았던가? 당신들 두 사람이 절친한 친구 사이니 나라면……. 정말 모르는 거요? 그럼 내가 충격적인 소식을 전해야겠군. 당신의 PLO 담당자는 죽었소."

"그래요? 사실입니까?"

"끔찍한 사실이지. 라말라에서 살해당했소. 아들과 함께 있었는데 복면을 쓴 남자들이 그를 다섯 차례나 찔렀소. 아들에게는 손을 대지 않았고. 일 년쯤 되었군. 마이클과 그 애 어머니는 다시 보스턴에 살고 있소."

마침내 보스턴으로 돌아와, 아버지가 하려던 일에 충성을 바치는 삶에서 자유로워졌지만, 또한 앞으로 영원히 자유를 찾을 수 없게 된 셈이었다. 저주받은 아들이 한 명 더 생기다니. 조지가 허비한 열정이 이제는 마이클에게 평생의 딜레마가 될 것이다! "어쩌다가?" 내가 물었다. "무슨 이유로 살해당한 겁니까?"

"부역자라는 이유로 팔레스타인 측에 살해당했다는 것이 이스라엘의 말이오. 그들은 이런 식으로 매일 서로를 죽여요. 팔레스타인 쪽에서는 이스라엘이 죽였다고 하지. 이스라엘인들이 살인자라서."

"그럼 당신 주장은?"

"나는 모두라고 하겠소. 그자가 이스라엘의 부역자였는데, 자기처럼 부역자인 팔레스타인 사람들 손에 이스라엘 때문에 살해당했다고. 뭐, 아닐 수도 있고. 이 책을 쓴 당신에게 답하는 거라면, 나는 모르겠다고 할 거요. 우리 같은 상황에서는 사람이 바뀔 가능성이 무한하니까. 모든 아랍인이 적과 아군이 각각 누군지 알 수 없어 불안해하는 분위기를 만드는 것이 목적이지. **무엇도 안전하지 않다.** 이것이 그 지역에 사는 아랍인들에게 보내는 메시지요. 주위에서 벌어지는 일에 대해 그들은 별로 아는 것 없이 완전히 잘못 알고 있어야 하오. 실제로 그들은 별로 아는 것 없이 모든 것을 완전히 잘못 알고 있지. 거기 사는 사람들의 상황이 이렇다면, 여기 살고 있는 당신 같은 사람들은 아는 것이 더 적고 잘못 아는 것이 더 많다고 봐야지. 그러니 예루살렘을 배경으로 한 당신의 책을 상상의 산물이라고 표현하는 것이 당신 생각만큼 틀린 말이 아닐 수도 있는 거요. 어쩌면 책 전체가 가상의 상황을 그린 것이라고 하는 편이 아주 정확할 수도 있어요. 당신은 내가 남을 잘 속인다고 생각하고 있으니, 내가 감탄한 작품을 쓴 작가인 당신의 이번 책에 대해 잔인할 정도로 솔직하게 말하겠소. 내가 영어로 쓴 글에 이러쿵저러쿵 판정을 내릴 자격은 없소만, 글이 아주 훌륭하다는 생각은 들더군. 하지만 그 내용에 대해서는……. 음, 솔직히 글을 읽으면서 웃었소. 원래 웃음을 노린 부분이 아닌 곳에서도. 이건 실제 있었던 일을 쓴 글이 아니야. 아주 간단히 말해서, 당신은 실제 있었던 일에 대해 조금도 모르기 때문이오. 당신은 객관적인 현실에 대해 거의 아무것도 모르고 있소. 그 의미를 완전히 놓치고 있어. 당시 진행중이던 상황과 그 의미에 대해 이보다 더 순진무구한 설명이 있을지 상상이 가지 않소. 열 살짜리 아이의 시각에서 현실을 이해한 글 같다는 말까지는 하지 않겠소. 그보다는 극단적으로 주관적인 글이라고 생각하고 싶군. 관찰자 특유의 시각이 반영된 글이라서, 이것을 허구가 아닌 다른 종류의 글로 발표한다면 무엇보다 큰 거짓말이 될 거요. 이걸 예술적인 창작물이라고 표현한다면, 그럭저럭 비슷하겠군."

우리가 족히 이십 분 전에 식사를 마쳤기 때문에 웨이터가 이미 식기들을 모두 가져가고, 테이블에는 커피 잔만 남아 있었다. 심지어 그 잔도 웨이터가 계속 오가며 커피를 몇 번이나 채워준 뒤였다. 그때까지 나는 대화 외에는 모든 것을 잊어버리고 있다가, 점심 손님들이 하나둘씩 들어오는 것을 이제야 알아차렸다. 그 손님들 중에는 내 친구인 테드 솔로타로프와 그의 아들 아이반도 있었는데, 창가의 테이블에 앉은 두 사람은 아직 나를 발견하지 못한 것 같았다. 물론 옛날에 우드워드와 번스틴이 딥스롯을 만나 이야기를 나눌 때처럼 우드워드와 번스틴은 워터게이트 사건 보도로 특종을 터뜨린 기자들이고, 딥스롯은 그들에게 정보를 준 사람 내가 지하주차장에서 스마일스버거를 만나게 되지는 않을 것임을 알고 있었으나, 그래도 아는 사람이 갑자기 시야에 들어오자 심장이 덜컹 내려앉으면서 나는 식당에서 불륜 상대와 열띤 대화를 나누다가 들켜서 이 불륜 상대를 누구라고 소개해야 좋을지 재빨리 머리를 굴리기 시작한 유부남의 기분이 되었다.

나는 스마일스버거에게 부드럽게 말했다. "당신의 주장에는 모순이 많아서 설득력이 없어요. 하기야 나한테는 무슨 주장을 펼칠 필요가 없다고 생각하겠죠. 나의 비밀스러운 악덕이 힘을 발휘할 거라고 믿을 테니. 나머지는 그저 오락, 즐거운 말장난, 미혹의 수단. 거기서나 여기서나 당신 기법은 똑같습니다. 당신이 퍼붓는 말의 앞뒤를 따져볼 생각이 있기는 합니까? 이 책에서, 그러니까 마지막 장章뿐만 아니라 책 전체에서, 나는 확실히 편집증이 **아니**라고 입증할 수 있는 당신의 관점에서 볼 때 당신의 요원들과 접선자들을 위험에 빠뜨릴 수 있는 정보를 적에게 주고 있습니다. 듣자 하니, 이스라엘을 하느님만이 아실 재앙에 노출시키고, 앞으로 수백 년 동안 유대민족의 안녕과 안전을 해칠 수 있는 정보인 것 같은데. 또한 이 책은 객관적인 현실을 아주 무지한 시각으로 일그러지게 묘사하고 있어서, 나의 문학적 평판을 구축하고 맑은 머리의 경험론자들이 보낼 조롱이나 당신이 어쩌면 훨씬, 훨씬 더 심각할 수 있다고 암시하는 처벌로부터 나를 지키고 싶다면 내가 현실을 인정하고 《샤일록 작전》을 출간할 때…… 어떻게 하라는 겁니까? '우화'라는 소제목이라도 달까요?"

"훌륭한 생각이오. 주관적인 우화. 그러면 모든 문제가 해결되지."

"정확성이라는 문제만 빼고."

"그걸 당신은 어떻게 아오?"

"내가 주관성이라는 벽에 사슬로 묶여서 내 그림자만 보고 있다는 뜻입니까? 이봐요, 이런 건 전부 헛소리예요." 나는 계산서를 가져다 달라는 뜻으로 웨이터를 향해 팔을 들었다가 뜻하지 않게 아이반 솔로타로프의 시선도 끌고 말았다. 나는 아이반이 아직 갓난아기이던 1950년대 중반부터 시카고에서 그 아이를 알고 지냈다. 세상을 떠난 조지 지아드가 도스토옙스키와 키르케고르를 공부하던 그곳에서 아이반의 아버지와 나는 학부 1학년생들에게 작문을 가르치던 초조한 대학원생이었다. 아이반이 내게 마주 손을 흔들어주고, 테드에게 내 자리를 손짓으로 알려주었다. 그러자 테드가 나를 돌아보며 어깨를 으쓱했다. 언제 한번 식사나 같이하자고 약속을 잡으려 했으나 몇 달째 실패하던 중에 여기서 이렇게 우연히 만나다니, 이보다 더 적절한 일이 과연 지상에 있겠느냐는 뜻이었다. 그 순간 나는 스마일스버거를 솔직하게 소개하는 방법을 깨달았고, 다시 심장이 덜컹했다. 다만 이번에는 승리감 때문이었다.

"짧게 끝내죠." 내가 스마일스버거에게 이렇게 말하는 순간 계산서가 테이블에 놓였다. "나는 상황을 객관적으로 알 수 없지만, 당신은 알 수 있어요. 나는 나 자신을 초월할 수 없지만 당신은 가능하죠. 나는 나 자신과 동떨어져서 존재할 수 없지만, 당신은 할 수 있습니다. 나는 내 삶과 내 생각 너머의 것은 전혀 알지 못하고, 내 머리는 내 눈에 현실이 어떻게 보이는지만을 결정할 뿐이에요. 하지만 당신의 머리는 다르게 작동합니다. 당신은 있는 그대로의 세상을 알고, 나는 보이는 그대로의 세상을 알 뿐이죠. 당신의 주장은 어린애 철학이고 싸구려 심리학이고 너무 어리석어서 반대조차 할 수 없어요."

"절대적인 거절이군."

"물론이죠."

"당신 책을 실제와 다르게 묘사하지도 않을 것이고, 저들이 틀림없이 좋아하지 않을 부분을 검열하지도 않겠다?"

"내가 어떻게 그럴 수 있겠어요?"

"만약 내가 어린애 철학과 싸구려 심리학에서 벗어나, 호페츠 하임의 지혜를 들먹인다면? '불필요한 말은 한마디도 하지 않게 해주소서…….' 만약 내가 마지막으로 한 번 더 호소하는 뜻에서 당신에게 로숀 호라의 법칙을 일깨워준다면, 그것도 헛수고일까?"

"성경을 인용해도 소용이 없을 겁니다."

"모든 일은 반드시 혼자서, 개인적인 신념을 바탕으로 행해야 한다. 당신은 그렇게나 자신을 믿는군. 오로지 당신만이 옳다고 아주 확신하고 있어."

"이 문제에 대해서요? 그러지 못할 이유가 없죠."

"그럼 오로지 당신 자신의 판단력만 믿고 타협 없이 앞으로 나아갔을 때의 결과는? 그 결과에 대해서는 상관하지 않소?"

"내가 그럴 필요가 있습니까?"

"음." 그가 이 말을 할 때 나는 그가 계산서를 들어 아침식사 값을 의심스럽게 모사드에 넘기는 것을 막으려고 재빨리 계산서를 잡았다. "그럼 이야기는 끝이로군. 유감이오."

그는 뒤쪽의 옷걸이에 기대어 세워둔 목발을 향해 몸을 돌렸다. 나는 그가 일어나는 것을 도우려고 다가갔지만, 그는 벌써 서 있었다. 나와 눈이 마주쳤을 때 그의 얼굴에 드러난 실망감은 전혀 거짓처럼 보이지 않았다. 아무리 스마일스버거라 해도, 조작과 기만을 멈추는 지점이 틀림없이 있지 않겠는가? 어쩌면 그가 정말로 가면을 벗어버리고 순수하게 나를 걱정하는 마음에서 혹시 닥쳐올지 모르는 불행을 막아주려고 여기까지 왔을지도 모른다고 생각하니 내 마음속에서 상당한 감정적 격변이 소리 없이 일었다. 하지만 내 생각이 옳다 해도, 그것이 내가 여기서 굴복해 그들에게 내 살을 자진해서 떼어줄 이유가 되는가?

"이 책의 1장에서 당신은 스스로를 망가진 사람으로 표현했는데, 지금은 많이 변했소." 그는 목발과 함께 서류가방을 어찌어찌 들어서 손잡이를 잡고 있었다. 작지만 힘이 셀 것 같고 털이 숭숭 난 그의 손가락이 인간과 어느 정도 거리가 있는 영장류, 스마일스버거가 여기 테이블에서 거리까지 나가는 데 필요한 시간 동안 정글에서 꼬리로 나무를 잡고 흔들흔들 이동할 수

563

있는 영장류의 것과 비슷하다는 사실을 나는 처음으로 알아차렸다. 서류가방 안에는 아마도 내 원고가 들어 있을 것 같았다. "그 모든 불확실성과 두려움, 혼란……. 그런 것들이 이제는 당신에게 완전히 과거지사가 된 것 같군. 틈이 없는 사람이 되었소." 그가 말했다. "마젤토브'행운을 빈다'는 뜻의 유대인 인사말'."

"지금은 그렇죠." 내가 대답했다. "지금은. 확실한 건 하나도 없습니다. 불안정의 기둥인 인간. 그것이 전달하려는 메시지 아닙니까? 모든 것의 불확실성."

"당신 책의 메시지? 그건 아닌 것 같은데. 내가 보기에는 행복한 책 같소. 책에서 행복이 뿜어져 나와요. 온갖 종류의 시련이 있지만, 그래도 회복하는 인간에 대한 이야기야. 사람들과의 만남에 활기와 에너지가 넘쳐서, 그는 회복이 잘되지 않아서 다시 압도당한다는 느낌이 들 때마다 스스로를 바로잡고 상처 하나 없이 거기서 빠져나와요. 고전적인 의미의 희극이지. 주인공이 모든 일을 상처 하나 없이 헤쳐나가니까."

"하지만 그건 이 시점까지의 이야기일 뿐이죠."

"그것도 사실이긴 해요." 스마일스버거는 안타까운 얼굴로 고개를 끄덕였다.

"하지만 내가 말한 '모든 것의 불확실성'은 **당신** 책의 메시지입니다. 불확실성이 속속들이 퍼져서 주입되고 있다는 뜻이었어요."

"그거? 하지만 그런 건 사는 동안 항상 존재하는, 돌이킬 수 없는 위기요. 그렇지 않소?"

이것이 유대인 관리자가 나를 관리하는 방식이었다. 내 처지가 이보다 나빠질 수도 있었겠다는 생각이 들었다. 폴라드는 그랬다. 그래, 스마일스버거는 나와 같은 종류의 유대인이다. 내가 생각하는 '유대인'의 모습, 최고의 모습이다. 세상을 바라보는 부정적인 태도. 유혹적인 다변. 지적인 호색. 증오. 거짓. 불신. 세속적인 태도. 진실함. 지성. 악의. 희극. 인내. 연기. 부상. 장애.

내가 그의 뒤를 따라 움직이는데, 테드가 인사하려고 일어서는 것이 보였다. "스마일스버거 씨." 내가 말했다. "잠깐만요. 편집자 겸 작가인 솔로타로프 씨를 소개하고 싶습니다. 그리고 이쪽은 아이반 솔로타로프. 아이반은 기자예요. 스마일스버거 씨는 요즘 사막에서 밭을 가꾸는 흉내를 내면서 우리 주님의 명령을 수행하고 있지. 사실은 이스라엘의 첩보 전문가야. 나를 관리하는 관리자이고. 만약 이스라엘에 유리한 아주 내밀한 방이 있다면, 스마일스버거 같은 사람들은 그 방을 차지하는 데서 기쁨을 느낄걸. 이스라엘의 적들은 스마일스버거 씨가 제도적으로 국가적, 애국적, 종족적 정신병의 첨단에 있다고 말할 거야. 하지만 내 경험상, 그 광적인 국가에 중앙의 의지라는 게 만약 있다면 그게 스마일스버거 씨에게 맡겨져 있는 것 같네. 확실히 자기 직업에 잘 맞는 사람이지만, 수수께끼이기도 해. 예를 들어, 목발을 짚는 척 장난을 치고 있는 걸까? 사실은 운동을 아주 잘하는 사람일까? 이것도 가능하지. 어쨌든 스마일스버거 씨는 아주 놀라울 정도로 혼란스러운 모험을 내가 맛볼 수 있게 해줬어. 자네도 내 책에서 그 이야기를 곧 읽을 수 있을 거야."

스마일스버거는 거의 수줍어 보이는 미소를 지으며 솔로타로프 부자와 차례로 악수를 했다.

"유대인들을 위한 스파이인가요?" 아이반이 재미있다는 표정으로 내게 물었다. "저는 유대인들을 염탐하는 것이 아저씨의 직업인 줄 알았는데요."

"이 경우 그 둘은 이름만 다를 뿐이야. 스마일스버거 씨와 내가 계속 다투는 원인이기도 하고."

스마일스버거가 테드에게 말했다. "당신 친구는 스스로 재앙을 구축하고 싶어 안달이군요. 항상 이렇게 지나치게 애를 쓰면서 서두릅니까?"

"테드, 나중에 전화할게." 내가 말했다. 테드는 스마일스버거 옆에 탑처럼 높이 우뚝 서서, 내가 아주 신중하고 수다스럽게 묘사한 관계 외에 또 무슨 관계가 우리 사이에 있을지 머리를 굴리는 중이었다. "아이반, 만나서 반갑다. 안녕!"

테드가 스마일스버거에게 부드럽게 말했다. "조심히 가세요." 나는 관리자와 함께 계산대로 가서 음식값을 치렀다. 그러고는 함께 거리로 나갔다.

웨스트 86번가의 모퉁이, 한낮의 도로에서 자동차들이 시끄럽게 지나가는 가운데 가난한 흑인 커플이 더러운 담요 한 장을 덮고 잠들어 있는 교회 계단에서 겨우 1미터 남짓 떨어진 그곳에서 스마일스버거가 내게 자신의 서류가방을 내밀며 대신 열어달라고 부탁했다. 가방 안에는 이 책의 전체 원고 복사본이 내가 처음 그에게 이 복사본을 보낼 때 사용한 커다란 마닐라 봉투에 아직 그대로 들어 있었다. 그 봉투 밑에는 그보다 작은 봉투가 하나 더 있었다. 딱 벽돌만 한 크기와 모양을 한 그 두툼한 직사각형 봉투 겉면에 내 이름이 굵은 글씨로 적혀 있었다.

"이게 뭡니까?" 내가 물었다. 하지만 나는 봉투의 무게를 손으로 가늠해보는 것만으로 그 내용물을 알아차릴 수 있었다.

"이건 누구 생각이죠?"

"내 생각은 아니오."

"여기 얼마나 들었습니까?"

"나는 모르오. 아마 상당히 많을 거요."

나는 이 봉투를 있는 힘껏 도로로 던져버리고 싶은 격렬한 충동을 느꼈으나, 온갖 세속적인 물건들이 빽빽이 들어 있는 흑인 커플의 쇼핑카트를 보고 그냥 그쪽으로 가서 두고 오자는 생각이 들었다. "3천 두카트." 나는 스마일스버거에게 이렇게 말했디. 조기를 위한 것이라던 그 임무를 떠나기 전 스마일스버거가 내게 준 그 식별암호를 아테네에서 돌아온 이후 소리 내어 입에 담은 것은 이번이 처음이었다.

"액수가 얼마든 그건 당신 거요." 그가 말했다.

"무슨 대가? 내가 이미 수행한 일의 대가? 아니면 당신이 지금 내게 권유하는 그 일의 대가?"

"나도 비행기에서 내린 뒤에 가방 안에서 그것을 발견했소. 나 역시 아무 소리도 못 들었어요. 케네디 공항에서 시내로 오는 길에 서류가방을 열었더니 그게 있었소."

"아, 진짜!" 나는 그에게 고함을 질렀다. "저들이 폴라드에게 한 짓이 이거잖아요. 이렇게 돈으로 처바르다가 그자가 속속들이 더러워진 거라고!"

"필립, 난 내 것이 아닌 것을 원하지 않소. 내 것이 아닌 것을 훔쳤다는 소리를 듣고 싶지 않아. 그러니 제발 이걸 내 손에서 가져가주시오. 이제는 내가 아무 역할도 하지 않는 일에 휘말려 더러워지기 전에. 당신은 아테네에서 쓴 경비를 한 번도 신청하지 않았소. 호텔비는 아메리칸익스프레스 카드로 지불하고,

거액의 식당 계산서는 아예 처리하지 못하기도 했지. 그러니까, 자. 서구문명의 원천에서 스파이 활동을 하다가 발생한 비용을 이걸로 처리해요."

"바로 조금 전, 나는 당신보다 훨씬 더 나쁜 처지가 될 수도 있었겠다고 생각했습니다. 하지만 이제는 그런 게 가능한지 상상이 잘 안 가네요." 나는 원고가 든 봉투를 겨드랑이에 끼고, 돈이 가득 든 봉투는 서류가방에 다시 놓았다. "자요." 나는 가방을 딸깍 닫아서 스마일스버거에게 내밀었지만, 그는 목발만 단단히 붙잡고 서서 가방을 받으려 하지 않았다. "좋습니다." 나는 이렇게 말하고 나서, 교회 계단에서 동료와 함께 자고 있던 여자가 이제 깨어나 우리 둘을 조심스레 지켜보는 것을 보고 가방을 스마일스버거의 발 앞 길바닥에 놓았다. "비非유대인 노숙자들을 위한 모사드 기금."

"농담할 때가 아니오, 제발…… 가방을 들어요." 스마일스버거가 말했다. "그걸 가져가지 않으면 당신에게 무슨 일이 생길지 모르오. 돈을 가져가고, 그들이 원하는 대로 해주시오. 평판을 무너뜨리는 건 원자로를 파괴하는 것에 비해 중요성이 전혀 떨어지지 않는 첩보작전이오. 그들은 마음에 들지 않는 사람의 입을 막으려 할 때, 우리 이슬람 형제들처럼 서툰 짓을 하지 않고도 그걸 해내는 법을 알아요. 멍청하고 야만적인 파트와이슬람 율법에 따른 명령. 호메이니가 살만 루시디를 죽이라고 명령한 것도 파트와였다를 발령해서, 아무도 읽을 수 없는 책의 저자를 순교한 영웅으로 만드는 짓은 안 하지. 대신 조용히 평판을 공격한다오. 건성으로 하는 것도 아니야. 과거에 당신에게 그랬던 것처럼, 잡지에 지식인 끄나풀을 푸는 짓은 안 한다는 뜻이오. 아주 강경한 방식, 로숀 호라를 쓰지. 소곤소곤 소문을 퍼뜨리면, 막을 수도 없고 지워버릴 수도 없소. 더러워진 이름을 깨끗이 씻는 것은 영원히 불가능하지. 당신의 직업적인 능력을 헐뜯고 깎아내리는 이야기들, 당신이 일과 관련해서 속임수를 쓰고 도착적인 일탈을 저지른다며 경멸하는 보도, 당신의 도덕적 문제, 악행, 성격적 결함을 격렬히 비난하는 글……. 당신의 천박함, 당신의 저속함, 당신의 비겁함, 당신의 탐욕, 당신의 추잡함, 당신의 거짓, 당신의 이기심, 당신의 배신. 당신을 깎아내리는 정보. 당신을 헐뜯는 주장. 모욕적인 재담. 당신을 비방하는 일화들. 근거 없는 조롱. 고약한 수다. 악의적이고 터무니없는 이야기들. 신경을 긁어대는 재담. 기막힌 거짓말. 이렇게 엄청난 규모의 로숀 호라라면 두려움, 고뇌, 질병, 영적인 고립, 경제적 손실을 초래할 뿐만 아니라 수명까지 상당히 줄여놓지. 당신이 거의 육십 년 동안 열심히 구축해놓은 지위가 난장판이 될 거요. 당신 인생의 모든 부분이 오염될 거야. 내 말을 과장이라고 생각한다면, 당신은 정말로 현실감각이 떨어지는 사람이오. 비밀 정보국에 대해 '그런 일은 안 해요'라고 말할 수 있는 사람은 하나도 없소. 그런 기관에 대한 정보가 워낙 분산되어 있어서 그렇게 단언할 수가 없으니까. 기껏해야 할 수 있는 말은 이것뿐이오. '내 경험만 이야기한다면 그런 일은 없었다. 하지만 언제나 처음이라는 게 존재하니까.' 필립, 당신 친구 코신스키가 어떻게 되었는지 기억하시오! 호페츠 하임의 말은 그냥 무책임한 공상이 아니었소. 혓바닥을 조심하지 않는 유대인이 말하지 못하는 지나친 말, 분노의 말, 사악한 말은 존재하지 않소. 당신은 조녀선 폴라드가 **아니야.** 지금 버림을 받는 것도, 절연당하는 것도 아니오. 오히려 당신을 누구보다 높이 평가하게 되어서 당신이 파괴당하는 꼴을 가만히 지켜보지 못하는 사람에게서 평생의 경험을 전달받고 있는 거요. 당신이 쓴 글이 어떤 결과를 몰고 올지는 아예 계산이 불가능해요. 난 당신을 걱정하고 있소. 당신은 아픈 곳을 건드리고 있어. 당신이 쓴 것은 조용한 책이 아니오. **자살**의 책이지. 당신이 취하고 있는 지극히 유대인스러운 입장에서 봐도. 돈을 받아요, 제발. 내 간청하리다. 간청해. 그걸 받지 않으면, 당신이 모이셰 피픽 때문에 당한 고통이 굴욕과 수치라는 양동이 속의 물 한 방울처럼 느껴지게 될 거요. 놈들은 당신을 걸어 다니는 웃음거리로 만들 거야. 그 옆에서 모이셰 피픽은 거룩하고 순수한 말만 하는 엘리 위젤처럼 보이겠지. 당신은 피픽 같은 닮은 꼴로 인해 굴욕을 겪는 삶을 오히려 **갈망**하게 될 거요. 당신과 당신의 이름을 더럽히는 놈들의 작업이 끝나면, 피픽은 겸손함, 품위, 진실을 향한 열정의 화신처럼 보일걸. 그들을 유혹으로 이끌지 마시오. 당신 같은 차디크_{유대교에서 덕이 있고 경건한 사람} 상대라 해도, 인격살인이라는 임무가 주어지면 그들은 무한한 창의력을 발휘하니까. 정직한 사람, 도덕적으로 올바른 사람, 나는 당신이 이런 사람이라고 생각하게 되었소. 그러니 그런 사람이 수치를 당하는 걸 막기 위해 소리치는 것이 나의 인간적인 의무야! 필립, 그 서류가방을 들고 집으로 가서 돈을 매트리스에 넣으시오. 아무도 그걸 알지 못할 거야."

"그럼 그 보답은?"

"당신의 유대인 양심이 이끄는 대로 따르시오."

독자에게 보내는 말

이 책은 허구다. 3장과 4장에 인용된 아하론 아펠펠드와의 격식 있는 대화는 1988년 3월 11일자 〈뉴욕타임스〉에 처음 실렸다. 9장에 인용된 법정 대화는 1988년 1월 27일 예루살렘 지방법원에서 열린 존 데미야뉴크의 재판중 오전에 진행된 내용을 그대로 적은 기록을 바탕으로 한 것이다. 그 외에는 모든 이름, 인물, 장소, 사건이 저자의 상상력의 산물이거나 가상의 것이다. 실제 사건, 장소, 인물과 혹시 비슷한 점이 있다면, 그것은 전적으로 우연이다. 이 고백록은 가짜다.

옮긴이 김승욱

성균관대학교 영문학과를 졸업하고 뉴욕시립대학교 대학원에서 여성학을 공부했다. 〈동아일보〉 문화부 기자로 근무했으며, 현재는 전문 번역가로 활동하고 있다. 《우리 패거리》《킹덤》《고양이에 대하여》《무줏간 소년》《진주》《완전한 구원》《네타냐후》《카탈로니아 찬가》《들끓는 꿈의 바다》《스토너》《19호실로 가다》《동물농장》《듄》 등 다수의 작품을 우리말로 옮겼다.

샤일록 작전

1판 1쇄 인쇄 2025년 2월 5일 **1판 1쇄 발행** 2025년 2월 24일

지은이 필립 로스 **옮긴이** 김승욱
펴낸이 박강휘
편집 박규민 박정선 **디자인** 지은혜
마케팅 이헌영 박유진 **홍보** 박상연 이수빈
발행처 김영사
주소 경기도 파주시 문발로 197(문발동) 우편번호10881
등록 1979년 5월 17일(제406-2003-036호)
구입 문의 전화 031)955-3100 **팩스** 031)955-3111
편집부 전화 02)3668-3290 **팩스** 02)745-4827 **전자우편** literature@gimmyoung.com
비채 블로그 blog.naver.com/viche_books
인스타그램 @drviche @viche_editors **트위터** @vichebook
ISBN 979-11-7332-065-1 03840 책값은 뒤표지에 있습니다.

비채는 김영사의 문학 브랜드입니다.